www.tredition.de

Jürgen W. Roos

Der Rosental Plan

Politkrimi

www.tredition.de

© 2020 Jürgen W. Roos
Lektorat, Korrektorat: Tatjana Dörfler

Verlag & Druck: tredition GmbH, Halenreie 40-44, 22359 Hamburg

ISBN
Paperback: 978-3-347-01509-8
Hardcover: 978-3-347-01510-4
e-Book: 978-3-347-01511-1

Das Werk, einschließlich seiner Teile, ist urheberrechtlich geschützt. Jede Verwertung ist ohne Zustimmung des Verlages und des Autors unzulässig. Dies gilt insbesondere für die elektronische oder sonstige Vervielfältigung, Übersetzung, Verbreitung und öffentliche Zugänglichmachung.

1.

Belgrad - Serbien. Die zwei Männer, die sich in einem Zimmer des Hotels Slavija in der Balkanska 1 gegenübersaßen, stammten beide ursprünglich aus Berlin. Doch das war rein zufällig. An dem Tag sahen sie sich zum ersten Mal.

Das einzige Fenster war mit Jalousien abgedunkelt. Hier drinnen war vom Straßenlärm kaum etwas zu hören, doch die ungewöhnlich große Hitze des Septembertages machte sich auch hier bemerkbar.

Aus einem Nebenzimmer drang ab und zu die schrille Stimme einer Frau. Die Antworten der anderen Person waren nicht zu hören. Die zwei Männer achteten nicht weiter darauf. Es war die normale Geräuschkulisse in einem unscheinbaren Hotel, nicht mehr und nicht weniger lästig als die stickige Luft des Zimmers. Die Klimaanlage hatte der größere der beiden Männer beim Eintreten ausgeschaltet. Sie funktionierte nicht richtig, machte dafür viel Lärm. Er war auch der Sprecher. Mit den sorgfältig gekämmten, etwas angegrauten Haaren und der Brille mit Goldumrandung sah er wie ein Geschäftsmann aus. Die hellgraue Jacke seines leichten Anzuges hatte er ausgezogen, akkurat über eine Stuhllehne gehängt und die hellblaue Krawatte gelockert. Die braune Aktenmappe auf dem Tisch zeigte deutlich sichtbare Abnutzungsspuren und passte eigentlich nicht zu seiner Erscheinung.

Sein Gegenüber war das genaue Gegenteil von ihm. Er mochte vielleicht Ende fünfzig sein, war höchstens 160 cm groß, ziemlich beleibt und machte einen ungepflegten Eindruck. Er lag mehr in dem Sessel, als dass er saß. Die schlechte Luft im Zimmer schien ihm zu schaffen zu machen. Dauernd wischte er mit einem Papiertaschentuch die Schweißperlen von seiner Stirn. Mit den abgewetzten Jeans, dem karierten Hemd sowie der großen Fototasche sollte man ihn wohl für einen der, inzwischen wieder zahlreichen, Touristen halten, die sich zurzeit in Belgrad aufhielten.

Der große, gut gekleidete Mann redete betont aufdringlich auf ihn ein. Seine Stimme war kühl und gedämpft.

„Heute Abend fahren sie mit dem Autobus vom Bahnhof hier in Belgrad ab. Passen Sie auf, dass sie in den richtigen Bus einsteigen. An der Grenze zu Kroatien müssen Sie aussteigen, Ihr Bus endet dort. Wie die meisten anderen Passagiere auch, gehen sie zu Fuß über die Grenze. An der Passkontrolle auf serbischer Seite werden die Ausweise nur flüchtig kontrolliert. Bei der Einreise nach Kroatien sind die Kontrollen etwas genauer. In dieser Nacht sind dort zwei Grenzer im Einsatz. Sie stellen sich in die Schlange bei der Grenzbeamtin mit Brille. Sie wird lediglich einen kurzen Blick in Ihren Pass werfen und ansonsten keine Fragen stellen. Nachdem sie die Grenzkontrolle passiert haben, steigen sie in den Omnibus nach Zagreb. Sie finden ihn etwa zweihundert Meter nach der Passkontrolle. Er ist nicht zu übersehen. In Zagreb müssen sie in den Bus nach Zadar umsteigen. Können sie sich das merken?"

Sein Gegenüber nickte gelangweilt. Solche Kurierdienste hatte er schon oft erledigt. Die Auftraggeber waren immer zufrieden gewesen.

„Sie haben die einzelnen Bustickets erhalten? Es gab doch keine Schwierigkeiten?"

Der dicke Mann schüttelte den Kopf. Er sprach zum ersten Mal. Er hatte eine seltsam piepsige, aber trotzdem heisere Stimme.

„Ich habe mich genau an die Anweisungen gehalten. Gestern Abend, direkt nach meiner Ankunft am Bahnhof in Belgrad, bin ich 30 Minuten kreuz und quer durch die Stadt gelaufen. Niemand interessierte sich für mich. Danach bin ich, so wie es mir vorher gesagt wurde, in das Café gegenüber vom „Dom des Heiligen Sava" gegangen. Dort habe ich zwei Tassen Kaffee getrunken. Nach exakt 30 Minuten habe ich bezahlt. Bei dieser Gelegenheit hat mir die Bedienung einen Umschlag mit den verschiedenen Bustickets ausgehändigt."

„Ihnen ist niemand zu Ihrem Hotel gefolgt?"

„Mir sind keine Personen aufgefallen, die sich irgendwie auffällig verhalten haben."

Die Stimme des großen Mannes wurde etwas schrill: „Sie haben nicht einmal die ältere Frau mit der roten Einkaufstasche bemerkt? Sie ist ihnen die ganze Zeit über gefolgt."

Bei diesen Worten schien der Dicke noch mehr ins Schwitzen zu kommen.

Der große Mann beruhigte sich etwas.

„Sie ist Ihnen in großem Abstand hinterhergegangen. Wir wissen jetzt, dass sie von niemandem beobachtet wurden."

Der Dicke lächelte zufrieden, tupfte sich noch mal die Stirn und spürte die Erleichterung im gesamten Körper. Sie mussten ihn die ganze Zeit, seitdem er sich in Belgrad aufhielt, beobachtet haben. Vermutlich waren sie ihm dann auch gestern Abend in den Park hinter dem Bahnhof gefolgt, wo er sich eine recht hübsche, sehr junge Nutte ausgesucht hatte. Ob ihm dabei auch die ältere Frau mit der roten Tasche nachgegangen war? Die Hure hatte ihn zu einer unbeleuchteten Stelle am Flussufer geführt. Dort, im Dunklen, hatte er sich von ihr mit dem Mund befriedigen lassen.

Er überlegte, wo sich die Aufpasserin wohl während dieser Zeit aufgehalten haben könnte. Ob sie ihnen, hinter einem Gebüsch lauernd, dabei zugeschaut hatte? Der Gedanke heiterte ihn auf. Gerade noch rechtzeitig unterdrückte er sein Grinsen.

„Das hier nehmen Sie nach Zadar mit", sagte der Mann mit dem grauen Anzug. Er hatte die Aktenmappe geöffnet und einen dicken Briefumschlag herausgezogen. Es handelte sich um ein einfaches, undurchsichtiges braunes Kuvert, ganz ohne Beschriftung.

„Der Inhalt ist sehr wichtig. Er hat uns mehrere Monate Arbeit gekostet. Er darf auf keinen Fall abhandenkommen oder von Unbefugten entdeckt werden. Deshalb schicken wir ihn mit einem Kurier."

Der Dicke nahm den Umschlag in Empfang und runzelte die Stirn. Schließlich öffnete er die Fototasche und schob das Kuvert unter die Digitalkamera und das zusätzliche Objektiv.

Der schlanke große Mann machte mit seinen Instruktionen weiter. Man sah ihm an, dass er sich in Gegenwart des ungepflegten Dicken unwohl fühlte. Er selber wäre niemals auf die Idee gekommen, diesem Mann solch eine wichtige Aufgabe anzuvertrauen. Die Entscheidung hatten andere getroffen.

„In Zadar ist im Hotel Venera ein Zimmer für Sie reserviert worden. Es ist zentral in der Innenstadt gelegen und wird überwiegend von Touristen gebucht, die sich nur für wenige Tage in der Stadt aufhalten. Dort fallen Sie nicht auf."

Der Dicke benutzte abermals das Taschentuch. Auf seinem Hemd zeichneten sich Schweißflecken ab.

„Und wie geht es dann weiter?"

„Sie sind einer der vielen Touristen aus Deutschland. Denken Sie immer daran. Bei Ihrer Ankunft buchen Sie an der Rezeption des Hotels einen Schiffsausflug zu den Kornaten gleich für den nächsten Tag. Über Nacht lassen Sie das Kuvert im Hotelsafe. Die Anlegestelle ist nur wenige Gehminuten von Ihrer Unterkunft entfernt. Dort wird man ihnen den Weg genau beschreiben. Bevor Sie auf das Schiff gehen, übergeben Sie den Briefumschlag an unseren Kontaktmann."

„Woran erkenne ich ihn?"

„Eigentlich ist es eine Frau. Man hat mir berichtet, dass Sie vor gut sechs Monaten einen Koffer nach Berlin gebracht haben. Sie wurden von ihr am Flugplatz erwartet. Werden sie die Frau wiedererkennen?"

Der Dicke nickte. Und ob er diese eingebildete Ziege wiedererkennen würde. Am Flughafen in Berlin war sie ihm bei seiner Ankunft gleich um den Hals gefallen. Sie hatte ihn so herzlich begrüßt, als wäre er ihr Ehemann oder Geliebter, der nach einer wochenlangen Geschäftsreise nachhause kam. Nicht nur ihre Titten konnte er spüren, als sie sich an ihn drückte. Da war ihm gleich richtig heiß geworden.

Auf der Fahrt vom Flughafen ins Hotel war es mit ihrer Herzlichkeit vorbei gewesen. Während sie sich beim Autofahren auf den Verkehr konzentrierte, hatte er versucht, eine Hand unter ihren engen und sehr kurzen Rock zu schieben. Ohne das Auto abzubremsen, hatte die Schlampe mit ihrer rechten Hand ausgeholt. Der Schlag traf ihn genau auf der Nase. Er erinnerte sich nur zu gut an das viele Blut auf seinem Hemd.

„Behalten Sie diesmal Ihre Hände bei sich."

Der Dicke überhörte den spöttischen Ton. Sein Gegenüber schien wirklich alle Einzelheiten von damals zu kennen. Er nickte aber zustimmend, stand auf und schaute auf die Uhr. Er wollte raus aus diesem stickigen Zimmer, weg von seinem unsympathischen Gegenüber. Vorher musste er dringend auf die Toilette.

Der Mann mit dem grauen Anzug hielt ihn zurück.

„Ich gehe zuerst und allein. Sie bleiben mindestens noch fünf Minuten, bevor Sie das Hotel durch den Seitenausgang verlassen. Falls Sie möchten, können Sie auch bis zur Abfahrt Ihres Busses hier warten. Den Zimmerschlüssel lassen Sie einfach stecken. Das Zimmer wurde im Voraus bis morgen bezahlt."

Die vorgegebenen fünf Minuten waren verstrichen. Die Zwischenzeit hatte er genutzt, um seine Blase zu entleeren und dabei kurz erwogen, die Zeit bis zur Abfahrt des Busses in dem Hotelzimmer zu verbringen. Bei einer funktionierenden Klimaanlage wäre er sicher geblieben. Der Portier in diesem Hotel besaß sicherlich entsprechende Kontakte, um ihn mit einer Nutte zu versorgen. Er hätte die verbleibende Zeit für ein paar vergnügliche Stunden nutzen können. In Belgrad wimmelte es ja geradezu von Frauen aus Bulgarien und Rumänien, die hier das Geld für ihre Familien in der Heimat verdienen mussten. Es wäre auf alle Fälle amüsanter gewesen, als stundenlang in der miefigen Stadt die Zeit totzuschlagen.

Doch im Zimmer war es ihm eindeutig zu heiß. Missmutig hängte sich der Dicke schließlich die Fototasche über die Schulter und ging zum Lift.

Während er auf den Aufzug wartete, saß der Mann mit dem grauen Anzug bereits in einem Taxi. Auf dem Weg zu seinem eigenen Hotel würde er es noch zweimal wechseln.

Wie befohlen, verließ der Kurier das Hotel durch den Seitenausgang. Draußen blieb er einen Moment stehen, so als ob er sich orientieren müsste. Langsam marschierte er schließlich die Straße entlang. Immer wieder machte er vor einem Schaufenster halt und musterte dabei genau die Menschen, die ihm eventuell folgten. Sollte es einen Beobachter geben, musste der sich sehr geschickt verhalten. Er konnte niemanden entdecken, der für eine Verfolgung infrage käme.

Kurz vor einem Lastwagen, der wütend hupte, überquerte er die Straße und verschwand zwischen anderen Passanten in einer Nebenstraße. Diesmal war ihm mit Sicherheit niemand gefolgt.

2.

Deutlich fühlte Markus Hagen den nachgiebigen Körper der zierlichen Frau in seinen Armen. Es war, als wollte sie ihn spüren lassen, dass es noch etwas

Anderes gab als seine immer wiederkehrenden, düsteren Erinnerungen an die Vergangenheit.

Sie trug ein leichtes, fast bodenlanges weißes Sommerkleid. Die Schlitze an den Seiten zeigten häufig die gebräunten langen Beine. Durch den dünnen, seidigen Stoff spürte er die Wärme ihres Körpers. Auf einen BH hatte sie verzichtet, und als er neugierig seine Hand über ihren Rücken hinuntergleiten ließ, merkte er, dass es auch keinen störenden Slip gab.

Langsam, mit aufreizender Sinnlichkeit, bewegte sie sich zu den schmachtenden Klängen der Musik. Soweit Markus den kroatischen Text verstand, ging es in dem Lied um schmale Gässchen und die ewige Liebe. Immer wenn der Sänger der kleinen Kapelle mit voller Inbrunst den Refrain von „Skalinada" anstimmte, sangen die wenigen einheimischen Gäste lautstark mit.

Bettinas Kopf lag an seiner Schulter, ihre dunkelblonden Haare kitzelten ihn an der Nase. Herausfordernd drückte sie nicht nur ihre Brüste an ihn.

Verstohlen warf Tina zwischendurch einen Blick auf ihren Mann Eberhard. Er würde heute nicht mehr viel von dem Geschehen mitbekommen.

Sie zog Markus Kopf zu sich hinunter und gab ihm einen leichten Kuss auf die Lippen. Gleich darauf drehte sie sich beim Tanzen herum, sodass er kurz die kleinen, festen Brüste mit den aufgerichteten Brustwarzen unter seinen Fingern spürte. Die Blicke der anderen Gäste und des Personals schienen sie nicht zu stören.

Vinko, der Kellner, stand am Tresen der Bar, lächelte verschwörerisch zu ihnen hin und machte das Siegeszeichen. Markus grinste zurück.

Eberhard, Bettinas Mann, hing schon jetzt, am frühen Abend, angetrunken in einem Sessel. Kaum zu glauben, dass der Mann im normalen Alltag als Steuerberater mit eigener Kanzlei in Hannover seine Brötchen verdiente. Ob er da auch so reichlich dem Alkohol zusprach?

Hier in Kroatien vernichtete er den ganzen Tag über einen Whisky nach dem anderen. Überall da, wo er sich gerade aufhielt, stand mit hoher Wahrscheinlichkeit ein Glas sowie eine Flasche seines Lieblingsgetränkes. Das Besäufnis begann in der Regel unmittelbar nach dem Frühstück. Der viele Alkohol, den er im Laufe des Tages bei glühender Sonne zu sich nahm, verfehlte seine Wirkung so gut wie nie.

Bettina und ihr Ehemann Eberhard waren vor fast zwei Wochen als Chartergäste auf seine Motorjacht „NINA" gekommen. Gemächlich schipperten sie von da an von Insel zu Insel. Jeden Abend lagen sie in einem anderen Hafen. Die Kornaten bildeten eine traumhafte Kulisse für den Urlaub auf einer Jacht. Meistens wehte ein angenehmer Wind, der die Hitze erträglich machte.

Oft ankerten sie, auf Bettinas Wunsch hin, stundenlang in einsamen Buchten mit glasklarem, türkisfarbenem Wasser. Selbst Eberhard konnte dann gelegentlich von seiner Frau dazu überredet werden, mit ihr ein paar Runden zu schwimmen. Während Bettina, nur mit winzigen Bikinihöschen bekleidet, kopfüber von der Jacht aus ins Meer sprang, kletterte Eberhard immer sehr vorsichtig über die Badeleiter ins Wasser.

Da Bettinas Mann keinen Tag ausließ, um sich zu betrinken, war er nur selten in der Lage, seine Frau bei ihren abendlichen Spaziergängen in den diversen kleinen Hafenstädten zu begleiten.

Notgedrungen bummelte Markus dann abends nach dem Abendessen in irgendeinem kleinen Restaurant allein mit der attraktiven Frau durch die romantischen Inselstädtchen und zeigte ihr, falls vorhanden, die Sehenswürdigkeiten. Noch wichtiger als die Touristenattraktionen waren Bettina die zahlreichen kleinen Boutiquen und Souvenirläden. An keinem dieser Geschäfte konnte sie vorbeigehen, ohne ausgiebig die Auslagen zu betrachten. Gefiel ihr etwas, wurde es gekauft. Meistens handelte es sich dabei um nette Sommerkleider, hübsche Pullover oder unnütze Mitbringsel für ihre Freundinnen in Hannover. Wenn sie schließlich zur „NINA" zurückkehrten, kam Markus sich manchmal wie ein Packesel vor.

Schon zu Beginn der Reise hatte Bettina ihm deutlich zu verstehen gegeben, dass sie gegen ein kleines Urlaubsabenteuer nichts einzuwenden hätte. Oft nahm sie bei ihren Abendspaziergängen seine Hand oder streichelte ihm zärtlich über den Rücken. Sie benahm sich ganz so, als wenn sie mit ihrem Geliebten unterwegs wäre.

Während der gesamten Reise hatte Markus ihren Verführungskünsten standgehalten. Das sollte ihm auch in der kommenden Nacht gelingen. Es war der letzte Abend ihrer gemeinsamen Tour. Am nächsten Tag würden sie nachmittags in die Marina von Zadar einlaufen. Bettina sowie ihr Mann kehrten dann in ihr gewohntes Leben nach Hannover zurück.

Seine vorletzten Chartergäste für diese Saison kamen bereits in wenigen Tagen. Bis dahin würde er sich die Zeit in Zadar vertreiben. Möglicherweise ergab sich die Gelegenheit, mit einem Bekannten zum Fischen aufs Meer zu fahren.

Das war nun bereits der dritte Sommer, den er hier an der Adria in Kroatien verbrachte. Nur für die Zeit im Herbst und Winter, wenn es am Meer kühl und regnerisch wurde, fuhr er in die Wohnung nach München. Dort traf er sich dann mit Freunden oder ehemaligen Kollegen. Seinen vierzigsten Geburtstag im November und später die Weihnachtsfeiertage würde er bei Bekannten auf einer Alm in Tirol verbringen. Dorthin fuhr er auch zum Skifahren.

Im letzten Winter hatte er sich nach einem Telefongespräch mit seinem ehemaligen Chef Gottlieb Freden dazu überreden lassen, einen Artikel über die Salafisten in München zu schreiben. Nach der Zeit in Israel war das seine erste Arbeit als Journalist gewesen.

Diese ultrakonservativen Islamisten machten durch verschiedene Aktionen in der Fußgängerzone Münchens immer mehr auf sich aufmerksam. Seine Recherchen zeigten, dass sich hauptsächlich jüngere Männer für die radikalen Strömungen des Islam begeistern konnten. Einige von ihnen verschwanden dann in Trainingslagern der Islamisten in Afghanistan oder Pakistan. Dort wurden sie zu Terroristen ausgebildet. Oft genug starben sie bei unsinnigen Scharmützeln oder Attentaten. Zum Glück gab es für diese Radikalen, wenigstens in München und Umgebung, nur eine geringe Anhängerschar.

Vor ein paar Tagen hatte Freden ihn telefonisch um einen weiteren kleinen Gefallen gebeten. Er sollte ein Interview mit einem ehemaligen Professor der Universität Jerusalem führen. Der Akademiker hatte sich inzwischen zur Ruhe gesetzt und lebte zusammen mit seiner kroatischen Frau in der Nähe von Zadar. Markus war kein glaubhafter Grund eingefallen, um seinem ehemaligen Chef den Gefallen abzuschlagen. Zwischen zwei Touren gab es meist ein paar Tage Zeit. Da konnte er leicht einige Stunden für das Interview erübrigen. Freden wollte ihm mit den gelegentlichen Aufträgen wohl zeigen, dass er auch weiterhin große Wertschätzung für den ehemaligen Mitarbeiter hegte. Und ihm selber schadete es ganz sicher nicht, wenn er seinen ursprünglichen Beruf nicht ganz verlernte. Vielleicht kam ja mal die Zeit, in der es keinen Spaß mehr machte, mit Touristen durch die Adria zu schippern.

Zeit heilt alle Wunden und so erging es auch ihm. Die unsäglichen Schmerzen über den Verlust seiner Tochter sowie den Verrat der damaligen Geliebten ließen langsam nach. Soweit wie möglich, vermied er es, an die schrecklichen Ereignisse in Israel zurückzudenken. Die große Leere, die der Tod der Tochter in ihm hinterlassen hatte, blieb.

Zum Glück für ihn gab es immer mehr Momente in seinem Leben, in denen die düsteren Erinnerungen nicht mehr ganz so stark im Vordergrund standen.

Die Flucht vor der Vergangenheit hatte in Israel begonnen. Vor mehr als drei Jahren war seine heile Welt zusammengebrochen.

Als Korrespondent einer kleinen Presseagentur war Markus Hagen viel in Europa, Asien und manchmal

auch den USA unterwegs. Er flog zu den Orten, an denen Aufregendes geschah und wo seiner Firma keine örtlichen Mitarbeiter zur Verfügung standen. Die Arbeit machte ihm Spaß und nach dem unerwarteten Verschwinden seiner Frau Karin war er für die Abwechslung, die ihm der Job bot, dankbar.
Nur für Tochter Nina blieb ihm viel zu wenig Zeit. Während der zahlreichen Dienstreisen lebte sie bei den Eltern seiner ehemaligen Frau. Nachdem Ninas Mutter einfach so aus ihrer aller Leben verschwunden war, kümmerten sie sich mit viel Liebe um ihr Enkelkind. Sie konnten es nie richtig überwinden, dass Karin, ihre einzige Tochter, alles stehen und liegen ließ, um irgendwo in Venezuela ein neues Leben zu beginnen.
Von einem Tag auf den anderen war sie ganz plötzlich verschwunden. Zurück ließ sie lediglich eine kurze Nachricht, in der sie ihre Eltern und Markus über den Entschluss unterrichtete. Ohne einen Grund zu nennen. Vielleicht ein anderer Mann? Ihre beste Freundin schloss das kategorisch aus. Eine plausible Erklärung für Karins Verschwinden konnte sie auch nicht geben.
Auch in den folgenden Monaten hörte Markus nichts von seiner Frau. Es kamen noch nicht einmal Geburtstagswünsche oder Weihnachtsgrüße für Nina. Man konnte fast denken, dass es ihre Tochter und die Ehe mit ihm für sie nie gegeben hatte.
Für ihn blieb es ein Rätsel, wieso sie ausgerechnet nach Südamerika gegangen war. Solange sie sich kannten, schwärmte sie für Neuseeland und sprach immer wieder einmal davon, dort leben zu wollen. Ziemlich am Anfang ihrer Beziehung hatten sie beide dort einen wunderschönen Urlaub verbracht.

Über die deutsche Botschaft in Caracas nahm Markus schließlich Kontakt zu ihr auf. Er brauchte ihre Zustimmung für das Sorgerecht der gemeinsamen Tochter und die anstehende Scheidung. Nach wenigen Wochen bekam er alle Unterlagen, zusammen mit ihrer beglaubigten Unterschrift, von der Botschaft zugeschickt.
Markus vergötterte seine Tochter. Jedes Mal, wenn er von einer der Reisen zurückkam, verbrachte er so viel Zeit wie möglich mit ihr. Das schlechte Gewissen gegenüber seiner Tochter nagte oft an ihm. Gelegentlich spielte er mit dem Gedanken, endlich sesshaft zu werden. Mit ihren blonden Haaren und dem hübschen, lebhaften Gesicht, schien Nina ein Ebenbild ihrer Mutter zu werden. Inzwischen war sie fünf Jahre alt geworden und würde bald zur Schule gehen.
Innerhalb weniger Monate musste Markus gezwungenermaßen sein Leben ändern. Der Großvater von Nina wurde sehr krank und kam, zumindest für die nächste Zeit, in ein Pflegeheim. Ninas Großmutter musste jetzt die Zeit zwischen ihrem Mann und der Erziehung der Enkelin aufteilen. Das brachte die alte Frau an die Grenze ihrer Leistungsfähigkeit. Markus war sich im Klaren darüber, dass es so nicht weitergehen konnte. Es ging nicht anders. Er musste sich nach einem neuen Job umsehen. Nina brauchte ihn.
Sein Chef bot ihn daraufhin den Job als Leiter des kleinen Pressebüros in Israel an. Als Büroleiter in Tel Aviv konnte er die Arbeitszeit besser nach den Erfordernissen seiner Tochter ausrichten. Markus brauchte keine Bedenkzeit.

Nina freute sich auf das neue Leben zusammen mit ihrem Vater. Nur der Abschied von den Großeltern fiel ihr schwer. Vor der Abreise musste er versprechen, mindestens dreimal oder auch viermal im Jahr mit ihr nach München zu fliegen.

Sie bezogen eine hübsche Neubauwohnung in Tel Aviv. Diese ersten Monate in Israel waren, auch später in seinen Erinnerungen, eine schöne, unbeschwerte Zeit.

Bei einem Empfang in der deutschen Botschaft lernte er Christine kennen. Sie arbeitete dort. Die junge Frau war nicht nur intelligent und schlagfertig, sondern auf eine ganz bestimmte Art sehr hübsch. Für diesen Typ Frau war er schon immer empfänglich gewesen. Es war nicht die große Liebe, aber sie ergänzten und verstanden sich. In vielen Dingen erinnerte sie ihn an seine Frau. Er genoss es, mit ihr auszugehen und dabei die abschätzenden Blicke der Frauen und Männer in seinem Rücken zu spüren.

Christine besaß das Talent, so ziemlich jede männliche Person in kürzester Zeit um den Finger zu wickeln. Sie kannte ihre Fähigkeiten und nutzte sie oftmals schamlos aus. Ihn störte es nicht.

Nina und Christine verstanden sich von Anfang an recht gut. Eine wichtige Voraussetzung für Markus. Sonst hätte er sich nie auf dieses Verhältnis mit ihr eingelassen.

Zusammen mit den beiden „Frauen" unternahm er oft Ausflüge. Sie besuchten zahlreiche Orte, von denen bereits in der Bibel erzählt wurde. Viel Zeit verbrachten sie zudem am belebten Strand von Tel Aviv. Markus war beruflich schon oft in Israel gewesen, hatte dabei aber nie Zeit für solche Freizeitaktivitäten gefunden. Besonders gern

spazierten sie Freitagabend, wenn der Sabbat begann, durch die Altstadt von Jerusalem. Außerdem liebte Nina es, in Jerusalem mit der Straßenbahn zu fahren. Meist begannen sie ihre Fahrt auf dem Herzlberg und stiegen erst an der Station Pisgat Ze'ev wieder aus.
Seine Tochter lebte sich in der neuen Umgebung schnell ein und fand in der Nachbarschaft unzählige Freunde. In erstaunlich kurzer Zeit konnte sie sich mit ihnen auf Hebräisch unterhalten. Nina ging in Tel Aviv zur Schule und danach verbrachte sie viel Zeit mit ihren Freundinnen.
Wenn Markus von einer seiner seltenen, kurzen Reisen nach Tel Aviv zurückkehrte, freute er sich jedes Mal auf das Wiedersehen mit Nina und Christine.
Dann kam dieser verhängnisvolle 3. Februar. Er befand sich auf der Fahrt nach Dimon, südlich von Jerusalem. Dort waren zwei Tage vorher der Bürgermeister, dessen Frau sowie zwei seiner Kinder durch einen Scharfschützen getötet worden. Schon seit mehreren Monaten gab es in Israel eine Reihe von zumeist tödlichen Anschlägen auf Geschäftsleute und Lokalpolitiker. Das Seltsame daran war, dass es sich bei den Opfern um relativ unbedeutende und unbekannte Menschen handelte. Die Mordanschläge sorgten für viel Unruhe unter der Bevölkerung. Es waren nicht die üblichen Sprengstoffanschläge der Palästinenser. Es machte den Eindruck, als wolle man mit diesen Attentaten ganz gezielt bestimmte Personen ausschalten. Dass dabei auch unbeteiligte Menschen getötet oder verletzt wurden, schien den Tätern offensichtlich egal

zu sein. Bekennerschreiben gab es nicht und alle rätselten über die Hintergründe der Anschläge.

Markus hätte auch einen seiner Leute nach Dimon schicken können, aber manchmal hielt er die stickige Büroluft nicht mehr aus. Er wollte versuchen, dort vor Ort etwas über die Vergangenheit der Getöteten in Erfahrung zu bringen. Bei solchen Recherchen konnte er beweisen, dass er die Arbeit als Journalist noch beherrschte.

Zeev Zakin, ein Bekannter aus Tel Aviv, der ihm immer mal wieder vertrauliche Informationen zukommen ließ, erreichte ihn während der Fahrt nach Dimon auf dem Handy. Markus glaubte zu wissen, dass der Anrufer für den Mossad, den israelischen Geheimdienst, arbeitete. Sicher war er aber nicht.

Über Zakin wurde viel geredet, meist hinter vorgehaltener Hand. Einer seiner Informanten hatte ihm mal erklärt, dass er zu den speziell ausgebildeten Männern beim Mossad gehörte, die sich weltweit auf die Suche nach Attentätern und ihren Hintermännern machten. Waren die Terroristen einmal gefunden, gab es für sie kein Entkommen. Dank Zakins exakten Recherchen sollten schon etliche Führungsleute der Hamas ums Leben gekommen sein. Durch Männer wie ihn bekam das israelische Militär angeblich die Koordinaten, um die Terroristen dann durch gezielten Beschuss zu töten. Markus selber konnte nicht sagen, inwieweit diese Informationen zutrafen. Er kannte den Israeli nur als zuvorkommenden und überaus freundlichen Gesprächspartner.

„Markus, du musst sofort nach Tel Aviv zurückkommen. Es ist etwas Schreckliches passiert." Wie immer sprach Zakin mit knappen, zackigen Worten.

„Um was geht es?"
Die Stimme des Anrufers stockte für einen Moment und Markus ahnte, dass etwas wirklich Schlimmes geschehen sein musste. In Gedanken sah er den kleinen Israeli mit den graumelierten Haaren vor sich.
„Es hat einen Anschlag auf den stellvertretenden Bürgermeister von Tel Aviv gegeben. Er hatte einen Vortrag in einer Schule gehalten und sich danach, zusammen mit den Schülern, zu einem Pressefoto aufgestellt, als die Schüsse fielen. Der Täter benutzte diesmal ein Schnellfeuergewehr. Es gibt sehr viele Tote und ..."
Markus fuhr das Auto an den Straßenrand. „Was und?"
Es dauerte eine Weile, bis der Anrufer weitersprach. .„Mindestens acht Menschen sind gestorben und es gab unzählige Verwundete, darunter viele Kinder. Deine Tochter wurde bei dem Attentat ebenfalls schwer verletzt. Man hat sie ins Assaf Harofeh Medical Center eingeliefert. Vermutlich wird sie in diesem Moment operiert."
Die Worte von Zeev Zakin trafen Markus wie ein Schlag.
„Weißt du mehr über ihre Verletzungen?"
„Nein. Ich habe noch keine genaueren Informationen." Der Anrufer unterbrach die Verbindung. Vielleicht wollte er weiteren Fragen aus dem Weg gehen.
Die Zeit danach erschien Markus wie ein einziger, großer Albtraum. Die Stunden in der Klinik am Bett seiner Tochter, die vielen Apparate, die sie am Leben hielten. Unter den dicken Verbänden sah er nur ihre geschlossenen Augen und den schmächtigen Körper. Sie war von zwei Kugeln getroffen worden. Ein

Querschläger war in der rechten Brustseite steckengeblieben und musste herausoperiert werden. Die zweite Kugel hatte sie an der rechten Schläfe getroffen. Die dadurch entstandenen Kopfverletzungen waren erheblich. Die Ärzte zweifelten von Anfang an daran, dass sie die Verletzungen überleben würde.
Für Markus folgten viele Stunden des Hoffens und Bangens. Die Versuche des Klinikpersonals, ihn nach Hause zu schicken, waren vergebens. Die Ärzte hatten Nina in ein künstliches Koma versetzt, aus dem sie nicht mehr aufwachen sollte. Siebenundsechzig Stunden, nachdem die Kugeln des Attentäters sie getroffen hatten, wurde seine kleine Tochter für tot erklärt.
Markus verkroch sich in der Wohnung, die bis vor kurzem noch vom Lachen Ninas erfüllt gewesen war. In seinem Inneren hatte sich ein riesiger Klumpen gebildet, der mit aller Macht auf sein Herz zu drückte. Immer wieder ging er in ihr Zimmer, nahm die Spielsachen in die Hand und wenn er ihr Kopfkissen an sein Gesicht hielt, konnte er sie noch riechen.
Später, Tage später, bekam er Besuch von Zeev Zakin: „Wir haben den Attentäter ausfindig gemacht. Er ist tot."
„Wie ist er gestorben?" Die Frage von Markus klang eher gleichgültig. Zu dieser Zeit konnte er noch nicht an Vergeltung denken.
„Er wurde erschossen. Wir vermuten, dass seine eigenen Leute ihn getötet haben. Die Leiche wurde in einem wenig genutzten Lager in der Altstadt von Jaffa gefunden. Durch Bilder einer Überwachungskamera in der Nähe der Schule konnten wir ihn identifizieren."

„Er ist also auch tot. Gut so." Markus starrte weiter auf einen Flecken an der Wand.
„Markus, ich brauche deine Hilfe."
„Warum?"
„Kannst du mir sagen, wo sich deine Lebensgefährtin befindet?"
„Keine Ahnung. Wahrscheinlich in der Botschaft."
Markus runzelte die Stirn: „Ich glaube, seit den schrecklichen Ereignissen habe ich Christine noch nicht gesehen. Jedenfalls kann ich mich nicht daran erinnern."
Jetzt machte er sich Sorgen. Die letzten Tage war er zu sehr mit seinem eigenen Kummer beschäftigt gewesen. Da gab es keinen Raum für etwas anderes. Nach reiflichen Überlegungen musste Markus sich eingestehen, dass er nach dem Anschlag tatsächlich nichts mehr von Christine gehört hatte. Erst jetzt fiel ihm auf, dass sie kein einziges Mal im Krankenhaus gewesen war. Hätte Zakin nicht nach ihr gefragt, wäre es ihm nicht einmal aufgefallen.
Bei Christine kam es öfter vor, dass sie beruflich für ein paar Tage unterwegs war und nicht nach Hause kommen konnte. Aber in der Vergangenheit hatte sie nie versäumt, ihm wenigstens telefonisch Bescheid zu geben.
Zu ihren Aufgaben in der Botschaft gehörte es, sich um Probleme von Deutschen in Israel zu kümmern. Meistens handelte es sich dabei um Touristen, die plötzlich erkrankten oder in einen Unfall verwickelt wurden. Sie kümmerte sich dann um die Formalitäten für den Rückflug oder sprach mit der Polizei.
„In der Botschaft ist sie seit mehreren Tagen nicht erschienen und hat auch keine Nachricht hinterlassen", sagte Zakin und verabschiedete sich.

*Es dauerte noch weitere Tage, bis Markus wenigstens etwas in die Normalität zurückfand und wieder klarer denken konnte. Der Druck in seinem Inneren war noch da. Fast schien es ihm, als würde er täglich größer. Immerzu hatte er in Gedanken das Bild Ninas vor Augen. Wenn er aus einem unruhigen Schlaf erwachte, sah er als Erstes ihre fröhlichen Kinderaugen, die ihn anlachten.
Nach einem Anruf Zakins traf er sich mit ihm in einem Café in der Nähe seiner Wohnung. Christine blieb weiterhin verschwunden und hatte auch nichts von sich hören lassen. Auf der Mailbox ihres Handys hatte er unzählige Nachrichten hinterlassen. Inzwischen machte er sich ernsthafte Sorgen.
Zeev Zakin kam gleich zur Sache: „Wir wissen mehr über den oder die Attentäter. Leider nicht viel mehr. Der Tote, den wir in Jaffa gefunden haben, ist sehr wahrscheinlich ein Deutscher. Laut seinem Pass heißt er Manfred Kramer. Vor über vier Wochen ist er in Begleitung eines Mannes namens Gerhard Troger als Tourist in Israel eingereist."
„Das Bundeskriminalamt in Deutschland konnte dir nicht weiterhelfen?"
Zeev Zakin schüttelte den Kopf.
„Beide Männer existieren in Deutschland überhaupt nicht. Die Nummern ihrer Pässe wurden nie vergeben. Es handelt sich dabei um Fälschungen."
„Das Motiv für die Tat?"
Der Israeli zögerte ein wenig, schüttelte aber dann abermals den Kopf.
„Da gibt es ebenfalls keinen Anhaltspunkt, der uns weiterbringt. Wir gehen davon aus, dass die Beiden für etliche Attentate, die es in letzter Zeit gab, verantwortlich zu machen sind. An verschiedenen*

Tatorten haben wir Spuren gesichert, die wir Manfred Kramer zuordnen konnten. Die Personalien der Männer wurden bei der Einreise gespeichert, aber sie bringen uns nicht weiter."
„Also absolut keine Spur?"
„Jedenfalls gibt es nur wenige Anhaltspunkte."
Zakin legte zwei Fotos auf den Tisch. „Das ist der tote Attentäter. Es ist die Aufnahme einer Überwachungskamera am Flughafen."
Zeev Zakin beobachtete den Journalisten sehr genau, als dieser das Bild in die Hand nahm.
Markus starrte auf das Foto. Das war der Mörder Ninas? Sein Kopf schien zu explodieren, nachdem er sich die zweite Person auf dem Bild genauer ansah. Christine. Das Haar war ihr ins Gesicht gefallen, aber er erkannte sie sofort. Auf der Aufnahme sah es aus, als würde sie sich mit ihm unterhalten. Beide schienen sehr vertraut miteinander zu sein. Eine Hand lag auf dem Arm des Mannes.

Es war später Nachmittag, als Markus mit der „NINA" in die Marina von Zadar fuhr. Schon vom Meer aus konnte man den Turm der Kirche des heiligen Donats sehen. Die Sonne zeigte an diesem Tag nochmals ihre ganze Kraft. Es war sehr heiß. Auf dem Meer spürte man die Spätsommerhitze viel weniger stark als hier in der windgeschützten Bucht. Gekonnt und ohne Unterstützung legte Markus Hagen die achtzehn Meter lange Ferretti im Jachthafen an.
Ivo, der bullige, glatzköpfige Hafenmeister der Marina, hatte ihn bereits bei der Einfahrt in den Hafen kommen sehen und ihm per Handy einen der beliebten Plätze direkt am Anfang des Jachthafens, ganz in der Nähe zur Promenade, zugewiesen.

Die Anlegestelle für die großen Fähren war weit genug weg, um von dem Lärm nicht gestört zu werden. Lediglich die Touristen, die in der Früh zu den Ausflugsbooten pilgerten, würden für etwas Unruhe sorgen.

Jetzt, im September, gab es nicht mehr so viele Jachten im Hafen, da konnte der Hafenmeister bei der Vergabe der Liegeplätze großzügig sein.

Nada, Ivos fünfzehnjährige Nichte, stand neben ihrem Onkel. Sie wartete geduldig bis Markus die Jacht festgemacht hatte, die Motoren abstellte und die Gangway ausfuhr.

Jedes Mal, wenn er von einer seiner Touren zurückkehrte, bekam das Mädchen einen Anruf von ihrem Onkel. Sie verdiente sich ein bisschen Taschengeld, indem sie die Kabinen der „NINA" auf Vordermann brachte. Diesmal würde sie damit relativ wenig Arbeit haben. Nur zwei der drei Kabinen und Badezimmer waren von den Gästen benutzt worden. Dazu kam noch die Mannschaftskabine, in der Markus während der Reisen schlief.

Bettina war nach der Hälfte ihrer Fahrt von der Eignerkabine in die zweite Kabine umgezogen. Angeblich weil ihr Mann so fürchterlich schnarchte. Insgeheim hatte sie wohl darauf gehofft, dass Markus sie dort zu fortgeschrittener später Stunde besuchen kam.

Ein Cousin des Hafenmeisters, der in Zadar ein kleines Lebensmittelgeschäft betrieb, würde später kommen, um die Vorräte an Bord aufzufüllen.

Der Fahrer eines etwas älteren Mercedes, ebenfalls mit dem Hafenmeister verwandt, half den Chartergästen dabei, ihr reichliches Gepäck im

Wagen zu verstauen. Er würde die Beiden zum Flughafen bringen.
Interessiert schauten alle zu, als der Skipper sich von seinen Gästen verabschiedete. Bettina legte zum letzten Mal ihre Arme um Markus und küsste ihn, nach einem vorsichtigen Blick zu ihrem Mann hin, zärtlich auf den Mund. Sie ließ sich viel Zeit dabei, nachdem sie gesehen hatte, dass ihre bessere Hälfte anderweitig beschäftigt war. Bei der Abschiedszeremonie schienen sie die übrigen, interessierten Zuschauer nicht zu stören.
Von Eberhard bekam Markus zum Abschied eine eher schwache Umarmung und einen Teil von dessen Whiskyfahne ins Gesicht geblasen. Er winkte ihnen nach, bis sie nicht mehr zu sehen waren.
Der Hafenmeister und Markus machten es sich auf Deck in den Sesseln unter dem Sonnensegel bequem. Ivos Nichte zeigte, dass sie sich an Bord auskannte. Unaufgefordert brachte sie für jeden eine Flasche Bier. Sie wusste inzwischen, dass ihr Onkel, wenn er sich zu einem Schwätzchen bei Markus Hagen niederließ, ein eiskaltes Bier trinken wollte.
„Dem zärtlichen Abschied der Frau nach zu urteilen, scheint es für dich eine anstrengende Fahrt gewesen zu sein?"
Markus überhörte die Frage. Er wollte keine Einzelheiten preisgeben. Ivo hätte ihm sowieso nicht geglaubt.
Die beiden Männer saßen in ihren Sesseln und schauten den wenigen Leuten nach, die zu dieser Tageszeit über die Promenade schlenderten und die Jachten bestaunten. Abschätzend begutachteten sie hauptsächlich die jüngeren, hübscheren Touristinnen und gaben ihre fachmännischen Kommentare über

Beinlänge, Oberweite sowie andere Aussichten ab. Zwei Männer, die einen friedlichen Spätnachmittag in der Marina von Zadar verbrachten. Gelegentlich riefen sie nach Nada, die ihnen dann rasch ein weiteres kaltes Bier aus dem Kühlschrank brachte.
Erst der Anruf von Ivos Frau, die mit dem Abendessen auf ihren Mann wartete, beendete das gemütliche Beisammensein.
Aufgeregtes Stimmengewirr und ein kleiner Menschenauflauf, nur wenige Meter von der „NINA" entfernt, unterbrachen den geruhsamen Ablauf des folgenden Morgens. Markus ließ sich anfangs davon nicht stören.
Er hatte soeben gefrühstückt und überlegte, was er mit dem Tag anfangen sollte. Die Sonne zeigte bereits zu dieser frühen Stunde viel von ihrer Kraft.
Ihm fiel ein, dass Gottlieb Freden, sein ehemaliger Chef, ihn in einer Mail gebeten hatte, mit einem Ex-Professor, der jetzt in der Nähe von Zadar lebte, ein Interview zu führen. Doch darauf hatte er heute keine Lust. Professor Marek Subkow hatte an der Universität in Jerusalem Vorlesungen in politischer Geschichte gehalten, bevor er sich an Demonstrationen gegen die Regierung beteiligte, die letztendlich zu seiner Entlassung führten.
Subkow kam ursprünglich aus Polen und war erst 1967 nach Israel eingewandert. Von ihm sollte es mehrere Bücher über rechtspopulistische Parteien, hauptsächlich in Europa, geben. Markus musste sich eingestehen, dass er keines davon kannte. Er konnte sich auch nicht an einen Autor namens Marek Subkow erinnern. Weitere Auskünfte über den Professor waren von Freden nicht gekommen.

Bevor er das Interview mit diesem Mann führte, musste er unbedingt im Internet nach weiteren Informationen suchen. Er ging nicht gerne unvorbereitet zu solch einem Gespräch. Irgendwann für die Zeit nach der kommenden Tour würde er einen Termin mit dem Mann vereinbaren.
Gottlieb Freden, sein früherer Chef, ließ den Kontakt zu Markus Hagen nie ganz abreißen. Immer wieder mal bekam er eine Mail oder einen Anruf von ihm. Damals, als er den Job in Israel aufgab und nach Kroatien ging, bestärkte Freden ihn darin. Gleichzeitig gab er seiner Hoffnung Ausdruck, dass Markus nach der Auszeit zu ihm in die Presseagentur zurückkehren würde. Daran hielt er auch drei Jahre später noch fest.
Der Menschenauflauf sowie das Stimmengewirr am Kai nahmen noch mehr zu. Markus versuchte, von seinem Sessel aus zu erkennen, was da vor sich ging. Zu dieser Tageszeit waren im Hafen meistens nur Touristen unterwegs, die auf einem der zahlreichen Ausflugsboote eine Tagestour zu den vorgelagerten Inseln unternahmen.
Als sich eine Lücke unter den Menschen auftat, sah Markus einen Mann, der regungslos am Boden lag. Keiner der umstehenden Touristen schien etwas unternehmen zu wollen. Sie standen lediglich herum und diskutierten. Viel mehr konnte er aus dieser Entfernung nicht erkennen.
Eher unwillig begab er sich an Land. Um sich ein Bild zu machen, musste er zuerst die neugierigen Gaffer zur Seite drängen. Auf dem Boden vor ihm lag ein kräftiger, eher dicker Mann. Sein Gesicht besaß die Farbe reifer Tomaten und das Atmen schien ihm schwerzufallen.

Eine rothaarige, elegant gekleidete Frau Anfang vierzig, die sich in diesem Moment über den Mann beugte, wollte ihm offenbar Hilfe leisten.
Fast zu spät sah Markus, was sie in Wirklichkeit vorhatte. Sie zog kräftig an dem langen Tragriemen einer braunen, abgenutzten Fototasche in der Hand des am Boden liegenden. Als der schließlich losließ, nahm sie die Tasche an sich und versuchte damit zwischen den Zuschauern zu verschwinden.
Da unternahm doch die Frau kaltblütig den Versuch, einem hilflosen Mann am helllichten Tag die Tasche zu stehlen. Über diese Dreistigkeit, vor den Augen der zahlreichen Zuschauer, konnte Markus nur den Kopf schütteln.
Sie trat und schlug nach ihm, als er recht unsanft ihren Fluchtversuch stoppte, die Tasche an sich nahm und sie sich um den Hals hängte.
„Wenn Sie weiter um sich schlagen, bekommen Sie von mir ein paar kräftige Ohrfeigen, bevor ich Sie der Polizei übergebe. Denen können Sie dann erklären, warum Sie einem wehrlosen Mann die Tasche klauen wollten."
Automatisch hatte Markus auf Deutsch mit ihr gesprochen. Sie schien ihn zu verstehen. Sie riss sich von ihm los und verschwand mit wütendem Gesichtsausdruck zwischen den Gaffern.
Inzwischen war auch Ivo, der Hafenmeister, eingetroffen. Lautstark und mit energischen Handbewegungen brachte er die neugierigen Zuschauer dazu, wenigstens ein paar Schritte zurückzutreten. Nur widerwillig folgten sie seinem Kommando.
Routiniert, fast fachmännisch, fühlte Ivo dem Mann am Boden den Puls, brachte ihn danach in eine

stabile Seitenlage, schob ihm seine Jacke unter den Kopf und rief über Handy einen Rettungswagen.
Es dauerte fast fünfzehn Minuten, bis der Krankenwagen eintraf. Markus trat zurück, um Platz zu machen. Die rothaarige Frau hatte er im Moment völlig vergessen. Ganz unerwartet stand sie plötzlich hinter ihm und drückte ihm einen harten Gegenstand in die Seite.
„Geben Sie mir die Tasche! Sofort! Wenn Sie schreien, schieße ich."
Früher, in der Zeit als Korrespondent, war er gelegentlich in brenzlige Situationen geraten. Zwei Mal hatten ihn seine Gegner dabei mit Schusswaffen bedroht. Bisher konnte er es immer vermeiden, von einer Kugel getroffen zu werden.
Betont ruhig drehte er sich zu der Frau um, während er gleichzeitig den Riemen der Tasche über seinen Kopf zog und sich dabei umsah. Direkt neben ihnen schwappte das schmutzige Hafenwasser gegen die Kaimauer. Keiner der Leute schien zu bemerken, was sich ein paar Meter weiter abspielte. Alle starrten zu dem Krankenwagen hin.
Markus zuckte die Schultern: „Ihre Argumente sind wirklich überzeugend."
Mit Schwung drückte er die Tasche fest gegen ihre Brust. Automatisch griff sie mit beiden Händen danach. Die kleine Pistole zeigte für einen kurzen Moment von ihm weg. Darauf hatte er gehofft. Blitzschnell ließ er sich aus dem Stand heraus mit dem ganzen Gewicht gegen die Frau fallen, die damit keinesfalls rechnete und sich dagegen auch nicht mehr wehren konnte. Rückwärts fiel sie, Markus über sich, in das schmutzige Wasser des Hafens. Wie von ihm geplant, landeten sie in der Lücke zwischen zwei

kleinen Ruderbooten. Ihm tat es gar nicht leid, dass die Frau sich heftig den Kopf an einem der Rümpfe anschlug und dabei das Bewusstsein verlor.

Schwimmend zog Markus den leblosen Körper der Frau zu einer verrosteten Metallleiter, die in die Hafenmauer eingelassen war, und von da aus auf den Kai.

Der Hafenmeister hatte ihm beim letzten Teil seiner Bemühungen interessiert zugeschaut und half schließlich mit, die Frau das restliche Stück aus dem Wasser zu ziehen.

„Was ist mit dir und der Frau passiert? Gibst du hier Schwimmunterricht? Nicht besonders erfolgreich, wie ich sehe."

Zum zweiten Mal an diesem Tag fühlte Ivo einem Menschen den Puls. „Die kommt bald zu sich. Ist nur ohnmächtig. Was ist passiert?"

„Sie wollte dem Bewusstlosen die Tasche klauen. Ich habe sie daran gehindert. Daraufhin ist sie ohne ihre Beute abgehauen. Urplötzlich war sie wieder da und hat mir eine Pistole in die Seite gedrückt."

„Wo sind Knarre und Tasche jetzt?"

Markus deutete auf die Stelle, an der sie ins Wasser gefallen waren.

„Sie liegen noch auf dem Grund deiner Marina."

Der Hafenmeister schaute in die schmutzige Brühe und rümpfte die Nase.

„Der Tag fängt ja gut an. Soll ich da hineinsteigen, um sie zu suchen?"

Hoffnungsvoll fügte er hinzu: „Womöglich sind sie schon abgetrieben und liegen sonst wo am Grund. Vielleicht könntest du ..."

Markus verstand: „Du meinst, nachdem ich bereits in der Brühe gebadet habe, kommt es auf ein weiteres Mal nicht an."
Diesmal kletterte er über die Leiter ins Wasser. Schon beim zweiten Tauchgang fand er zumindest die Tasche.
„Die Pistole ist nirgendwo zu sehen. Ich habe keine Lust, weiter danach zu suchen. Wenigstens habe ich die Tasche."
Hilfsbereit zog ihn der Hafenmeister aus dem Wasser, während er dabei die unscheinbare braune Tasche begutachtete.
„Egal, wir übergeben die Frau der Polizei. Wenn die nach der Waffe suchen wollen, ist das ihr Problem."
Keiner von ihnen achtete in diesem Moment auf die Rothaarige, die plötzlich unerwartet flink aufsprang und davonrannte.
„Ivo, die Frau haut ab!"
Verdutzt schauten sie der Frau nach. Entweder war ihre Bewusstlosigkeit nur gespielt gewesen, oder sie war viel schneller, als erwartet, wiedererwacht. Sie sahen gerade noch, wie sie barfuß in einer schmalen Gasse der Altstadt verschwand.
Mäßig interessiert zuckte der Hafenmeister die Schultern: „Die Polizei dürfte keine Probleme haben, sie zu finden. In ihrer nassen Kleidung fällt sie überall auf."
Nach dieser gleichgültigen Aussage seines Freundes verspürte Markus ebenfalls keine Lust, die Frau durch die Altstadt von Zadar zu verfolgen. Stattdessen setzte er sich auf eine Bank und öffnete den Reißverschluss der Tasche. Das Wasser aus seiner nassen Kleidung tropfte auf den Boden und unter ihm bildete sich langsam eine Pfütze. Der

Hafenmeister schaute ihm interessiert über die Schulter.

Als Erstes fand er eine teure Digitalkamera. In einem Seitenfach lagen zwei benutzte Bustickets sowie eine Geldbörse mit etwa fünfhundert Euro und knapp eintausend kroatischen Kuna.

Die Hupe des Rettungswagens störte die weitere Untersuchung der Tasche. Der Sanitäter fuchtelte mit beiden Armen in der Luft herum und winkte. Offensichtlich wollte er damit erreichen, dass der Hafenmeister zu ihm kam.

Eher unwillig unterdrückte der seine Neugier.

„Bin gleich wieder da. Der Rettungsdienstler will vermutlich nur eine Unterschrift von mir."

Markus machte währenddessen mit der Untersuchung weiter. Eigentlich hatte die rothaarige Frau in ihrer eleganten Kleidung nicht den Eindruck einer Diebin auf ihn gemacht. Aber was interessierte sie so an der Tasche?

Sorgfältig breitete er den gesamten Inhalt neben sich auf der Bank aus. Geldscheine und Bustickets waren durch das Bad im Hafen nass geworden und auch die Digitalkamera brauchte mutmaßlich eine gründliche Überholung, bevor man sie wieder benutzen konnte. Wenn er Glück hatte, war der Chip der Kamera unbeschädigt. Er würde später an Bord der „NINA" versuchen, die Bilder auf seinem eigenen Rechner zu öffnen.

Auf dem Boden der Tasche fand er einen schwarzen, mit Reißverschluss verschlossenen Plastikbeutel. Dessen Inhalt war nicht mit dem Wasser in Berührung gekommen und vollkommen unbeschädigt.

Zu seinem Erstaunen handelte es sich um sechzehn gültige israelische Pässe, ausgestellt auf sechzehn verschiedene Namen. Alle sahen etwas abgegriffen aus und besaßen den Einreisestempel unterschiedlicher Schengen-Staaten. Die Personen in den Pässen waren männlich und angeblich in den letzten fünf Tagen über sechzehn verschiedene Länder außerhalb Europas eingereist. Es gab noch eine Besonderheit an seinem Fund. Die Ausweispapiere waren nur für acht Personen gedacht. Immer zwei Pässe zeigten das Bild des gleichen Mannes, wenn auch mit verschiedenen Namen.

Unwillkürlich stieß Markus einen Pfiff aus, als er in einem separaten, weißen Briefumschlag vierzig Geldscheine über jeweils fünfhundert Euro fand. Was mochte es für einen Grund geben, um so viel Geld spazieren zu tragen? Der bewusstlose Mann auf dem Kai sah nicht aus, als wenn ihm Geldbeträge in dieser Höhe zur Verfügung standen.

Durch Zufall war er in Zadar offenbar auf eine besondere Geschichte gestoßen. Er hatte geglaubt, dass seine journalistische Neugier längst eingeschlafen war, doch dieser Fund hatte sie jedenfalls wieder geweckt.

Er beschloss, Ivo vorerst nichts von den Pässen und dem Geld zu erzählen. Dessen Vorgesetzte konnten auf die Idee kommen, die Dokumente verschwinden zu lassen und das Geld unter sich aufzuteilen.

Sorgsam schob er das Päckchen mit den Pässen und dem Geld hinter den Gürtel seiner Hose. Das lose darüber hängende, nasse Hemd würde es notdürftig verbergen. Rechtzeitig, bevor der Hafenmeister zurückkam, entfernte er noch den Speicherchip aus der Kamera und ließ ihn in der Hosentasche verschwinden.

3.

Nachdem Markus sich der nassen Kleidung entledigt hatte, saß er an Deck der „NINA" und dachte nach. Wen in der israelischen Regierung sollte er von dem Fund der Pässe sowie des Geldes unterrichten? Dass damit etwas ganz und gar nicht stimmen konnte, war offensichtlich.

Bevor er die Sachen in seinem Safe auf der Jacht einschloss, hatte er sich die Bilder in den Ausweisen nochmals genaue angeschaut. Einen der Männer kannte er; besser gesagt, der Ausdruck in diesem Augenpaar kam ihm bekannt vor. Nur fiel ihm im Moment einfach nicht ein, bei welcher Gelegenheit er sich ihm eingeprägt hatte. War es bei einer persönlichen Begegnung gewesen, oder kamen ihm die Augen lediglich bekannt vor, weil er sie öfter auf einem Bild oder in einer Zeitung gesehen hatte?

Der Speicherchip, den er unbemerkt aus dem Fotoapparat entfernen konnte, war trotz des Salzwassers unbeschädigt, aber leider vollkommen leer. Der Besitzer der Tasche schien kein Freund der Fotografie zu sein. Die Kamera diente offensichtlich nur zur Tarnung. Der dicke Mann wollte, dass man ihn für einen Touristen hielt. Gleichzeitig gab die Tasche ein brauchbares Versteck für die Pässe und das Geld ab.

In Gedanken ließ Markus so nach und nach alle wichtigen und ihm bekannten Regierungsbeamten aus Israel vor seinen Augen Revue passieren. An wen konnte er sich mit dem brisanten Fund wenden?

Zuerst dachte er an Zeev Zakin. Da er über dessen offizielle Funktion so gut wie nichts wusste, schied dieser aus. Er brauchte als Ansprechpartner eine vertrauenswürdige Person, die der israelischen Regierung nahestand. Es sollte jemand sein, der die geeigneten Kontakte besaß, um die Nachricht über den seltsamen Fund an die zuständige Stelle weiterzuleiten.

Markus entschied sich nach gründlichen Überlegungen dafür, mit seinem ehemaligen Wohnungsnachbarn Ben Davidovich Kontakt aufzunehmen. Ben war damals, zu seiner Zeit als Korrespondent in Israel, Abteilungsleiter im Außenministerium. Ein kleiner, freundlicher Mann mit Hornbrille. Zusammen mit seiner Frau und den drei Kindern wohnte er in Tel Aviv zwei Etagen über ihm. Eine von Bens Töchtern war mit Nina zur Schule gegangen. Über sie lernten sie sich mit der Zeit etwas besser kennen. Gelegentlich hatten sie bei einem Tee oder Kaffee zusammengesessen, um über ihre Töchter genauso wie über die israelische Politik und deren Folgen für den gesamten Nahen Osten zu diskutieren.

Markus ging extra ins Postamt von Zadar, um von dort aus zu telefonieren. Aus diversen Informationsquellen in seinem früheren Berufsleben wusste er, mit welchem Aufwand die Geheimdienste Auslandsgespräche von Handys aufzeichneten und auswerteten. Gespräche vom Postamt aus waren zwar auch nicht unbedingt abhörsicher, aber wenigstens konnten eventuelle Mithörer nicht sofort auf seine Person schließen. Sein Gesprächspartner sollte dann selber entscheiden, wie viel

Vertraulichkeit ihm diese Nachricht wert war, falls sie nochmals miteinander telefonieren würden.

Es war gar nicht leicht, Ben Davidovich ausfindig zu machen. Unter der Telefonnummer im Außenministerium war er nicht mehr zu erreichen. Weiterführende Auskünfte wollte oder konnte man ihm dort nicht geben. Auch Davidovichs private Rufnummer führte nicht zum Erfolg. Eine grämliche Frauenstimme teilte ihm lediglich mit, dass die Familie unter dieser Anschrift nicht mehr zu erreichen war.

Schließlich bekam er den Aufenthaltsort von Davidovich durch seine ehemalige Sekretärin im Büro der Nachrichtenagentur in Tel Aviv heraus. Sarah arbeitete immer noch bei der Firma und freute sich, von ihm zu hören. Für die Agentur war sie von unschätzbarem Wert. Alle halbwegs wichtigen Personen in Israel schien sie persönlich zu kennen. Über ihre zahlreichen Kontakte erfuhr sie oft Neuigkeiten, die noch nicht für die Öffentlichkeit bestimmt waren.

Markus sah sie förmlich vor sich mit ihren wechselnden grün, blau oder auch orange gefärbten Haaren und dem kolossalen Busen. Ihre enorme Oberweite, meist unter einem viel zu engen Shirt eingequetscht, zog automatisch die Blicke sämtlicher Besucher auf sich. Egal ob männlich oder weiblich. Besonders interessant wurde es, wenn sie sich über etwas aufregte oder freute. Dann fing ihr Busen förmlich an zu vibrieren. Jeder, der dieses mittlere Erdbeben mitbekam, wartete gespannt darauf, ob ihr Büstenhalter dem starken Druck standhielt. Sämtliche Anwesenden waren danach regelrecht erleichtert, wenn alles ohne Komplikationen abging.

Von ihr erfuhr er, dass Ben Davidovich nach Rom an die dortige israelische Botschaft versetzt worden war. Sarah gab ihm, nach einem Blick in ihr privates Telefonverzeichnis, die direkte Durchwahlnummer. Das Wissen dieser Frau war wirklich bemerkenswert. Ben zeigte sich nicht wenig erstaunt darüber, von Markus zu hören. Nachdem sie sich ausgiebig über die Geschehnisse der vergangenen Jahre ausgetauscht hatten, blieb Davidovich ganz still und hörte aufmerksam zu, als er ihm von dem Fund der Pässe sowie den dazugehörenden zwanzigtausend Euro berichtete.

„Das ist wirklich eine interessante Geschichte Markus, aber ich benötige etwas Zeit, um dir da weiterzuhelfen. Zuerst muss ich ein paar Telefongespräche führen, um überhaupt herauszufinden, für wen dieser Fund von Interesse sein könnte. Kann man dich über die Telefonnummer, die hier auf meinem Display angezeigt wird, zurückrufen?"

„Nein, für diesen speziellen Anruf bin ich extra ins Postamt von Zadar gegangen. Ich wusste nicht, ob eine Handyverbindung sicher genug ist. Ich bin aber jederzeit über mein privates Handy oder per Mail zu erreichen."

In Rom notierte sich Davidovich die Handynummer und E-Mailadresse von Markus.

„Meine Frau und ich würden uns wirklich freuen, dich wiederzusehen. Besuche uns doch mal. Rom ist eine wunderbare Stadt."

„Oder du machst mit der Familie mal Urlaub in Kroatien. Auf der „NINA" ist genügend Platz. Es wird euch bestimmt gefallen."

Schließlich beendeten sie das Gespräch mit dem Versprechen, sich bald persönlich zu treffen. Ben hatte mit keinem Wort den Tod von Nina angesprochen.

Es war fast Mittag geworden, als er sich auf den Rückweg zu seiner Jacht machte. Ivo, der Hafenmeister, wartete auf ihn. Die Aufregungen so früh am Tage hatte ihn durstig gemacht. Nach einem Bier lud er Markus zu sich nach Hause zum Mittagessen ein. Ivo erzählte ihm, dass sich die rothaarige Frau, trotz intensiver Suche durch die Polizei, nicht finden ließ. Auch der Mann, den man ins Krankenhaus gebracht hatte, war schon wieder verschwunden.

„Die Sanitäter haben ihn in der Klinik abgeliefert. Auf der Fahrt dorthin muss er sich recht gut erholt haben. Er weigerte sich strikt, untersucht zu werden. Zuletzt wurde er gesehen, als er den Wegweisern zum Ausgang folgte."

„Was passiert jetzt weiter in dieser Angelegenheit?"

„Die Polizei hat offiziell beschlossen, die Sache auf sich beruhen zu lassen. Damit haben unsere Ordnungshüter am wenigsten Arbeit. Das Opfer sowie die Frau sind verschwunden. Keiner hat Anzeige erstattet. Zurückgeblieben sind lediglich die Tasche mit dem Fotoapparat und die benutzten Bustickets."

„Ausweispapiere habt ihr nicht gefunden?"

„In der Fototasche waren sie nicht. Vielleicht hatte der Mann sie in seinem Brustbeutel. Als er auf dem Boden lag, habe ich einen bei ihm gesehen. Übrigens hat uns der Fotoapparat bei der Suche nach einer Erklärung nicht weitergeholfen. Es gab keinen

Speicherchip. Das ist schon eine verdammt seltsame Geschichte."

Der frische Fisch, den Ivos Frau Anka zum Mittagessen auf dem Grill zubereitet hatte, war so ausgezeichnet, dass Markus mehr aß, als er eigentlich wollte. Dazu gab es einen leichten Weißwein, den Ivo aus einem Plastikkanister in eine Karaffe füllte, bevor er ihn einschenkte.

„Den Wein haben wir von meinem Schwiegervater. Er keltert ihn immer noch selber."

Nach dem obligatorischen Kaffee war es für den Hafenmeister an der Zeit, sich wieder der Arbeit zu widmen. Sein täglicher Nachmittagsrundgang in der Marina stand an. Markus beschloss, ihn trotz der Hitze ein Stück zu begleiten. Das reichhaltige Mittagessen verlangte nach körperlicher Bewegung. Ein Spaziergang konnte der Verdauung nur guttun.

Der große, schlanke und schon ältere Mann im weißen, eleganten Leinenanzug sowie weißen Lederschuhen fiel ihnen gleich auf. Eindeutig handelte es sich bei ihm nicht um einen normalen Spaziergänger. Recht unschlüssig schlenderte er in der Marina an den Jachten und Booten vorbei. Er schien etwas oder jemanden zu suchen. Gelegentlich sprach er mit den Leuten auf den Schiffen. Ein Engländer auf einer kleinen Segeljacht schüttelte bedauernd den Kopf, und als er den Hafenmeister mit seinem Begleiter kommen sah, schickte er den Mann zu ihnen.

Sie wurden in einem holprigen Englisch begrüßt. Sehr schnell wechselte er ins Deutsche, nachdem der Hafenmeister ihm in dieser Sprache antwortete.

„Ein Freund von mir hatte heute Morgen einen kleinen Unfall hier in der Marina. Vielleicht wissen Sie darüber Bescheid?"

Aufmerksam musterten die beiden den Mann im Leinenanzug. Trotz der dunklen Haare schätze Markus sein Alter auf weit über sechzig Jahre. Die hellblauen Augen in dem schmalen, kantigen Gesicht mit der großen Nase strahlten eine unangenehme Arroganz aus. Er sprach deutsch mit einem starken Akzent, der ihm irgendwie gekünstelt vorkam. Im Augenblick konnte er nicht sagen, was ihn daran störte. Trotzdem ging Markus davon aus, dass es sich bei ihm um einen Landsmann handelte.

Ivo nickte gleichgültig: „Ja, ich habe den Rettungswagen gerufen, der ihn in die Klinik gebracht hat. Wie geht es Ihrem Freund?"

„Schon viel besser. Er konnte das Krankenhaus bereits verlassen. Aber als ihm dieses kleine Missgeschick passierte, ist seine Tasche abhandengekommen. Vielleicht können Sie mir sagen, durch welche Hände sie gegangen ist?"

„Natürlich. Ich selber habe sie der Polizei übergeben."

Diese Antwort schien dem Mann nicht zu gefallen.

„Bei der hiesigen Polizei waren wir selbstverständlich schon. Mein Freund hat die Tasche auch zurückbekommen. Leider fehlte ein Teil des Inhaltes."

„Ich kann Ihnen versichern, dass mich der Inhalt nicht interessiert hat. Was vermisst er denn?"

„In der Tasche befanden sich Papiere, die für meinen Freund ungemein wichtig sind. Wenn Sie ihm dabei helfen, die Unterlagen zurückzubekommen, können Sie mit einer großzügigen Belohnung rechnen."

Markus verfolgte das Gespräch, ohne sich einzumischen. Er wollte nicht unnötig die Aufmerksamkeit auf sich ziehen. Warum, konnte er selber nicht sagen. Darum war es ihm auch sehr recht, dass der Mann nur mit dem Hafenmeister sprach und ihn nur gelegentlich mit kurzem, flüchtigem Blick musterte.

„Dann hat diese Frau also doch ..."

„Welche Frau?"

„Irgendeine rothaarige Frau wollte dem Bewusstlosen die Tasche stehlen. Mein Freund hier hat sie ihr wieder abgenommen. Vielleicht hat sie in der kurzen Zeit eine Möglichkeit gefunden, um die Papiere, von denen sie sprachen, an sich zu nehmen."

Der Mann im Leinenanzug richtete jetzt seine Aufmerksamkeit auf Markus. Die hellblauen Fischaugen in dem gebräunten Gesicht musterten ihn abschätzend und fragend gleichzeitig. Er versuchte, möglichst freundlich zu schauen, aber irgendwie gelang ihm das nicht. Sein Blick war ohne jegliche Wärme.

Markus zuckte mit den Schultern: „Mehr als der Hafenmeister kann ich Ihnen dazu auch nicht sagen. Eine rothaarige Frau wollte die Tasche Ihres Freundes an sich nehmen. Ich habe lediglich verhindert, dass sie damit das Weite sucht und habe sie sofort an den Hafenmeister weitergegeben."

„Was ist danach mit der Frau passiert? Wo kann ich sie finden?"

„Sie ist geflüchtet. Zuerst hat die Polizei nach ihr gesucht. Nachdem Ihr Freund keine Strafanzeige gestellt hat, wurde die Suche schließlich eingestellt. Wenn aus der Tasche etwas fehlt, sollten Sie noch einmal mit der Polizei sprechen. Dort kann man Ihnen vielleicht bei der Suche nach der rothaarigen Frau weiterhelfen."

Für Ivo war das Gespräch damit beendet. Sie sahen es dem Mann an, dass er mit den Antworten, die er bekommen hatte, unzufrieden war.

Am Abend, es war bereits dunkel, saß Markus allein an Bord der „NINA" und schaute den Touristen dabei zu, wie sie auf der Promenade vor den Jachten entlang spazierten und den schönen Tag ausklingen ließen. Er liebte den Übergang vom Tag zur Nacht nach einem heißen Sommertag. Vermutlich dachten die Menschen, die bei ihm vorbeiliefen, ebenso. Vielleicht brauchten sie auch nur etwas Bewegung, um sich für ein reichhaltiges Abendessen zu wappnen. Oder es lag bereits hinter ihnen und sie unternahmen jetzt einen abendlichen Verdauungsspaziergang. Die Familien mit kleinen Kindern würden danach in ihren Hotels verschwinden und die jüngeren Leute sich eine Diskothek oder Bar suchen.

Eine junge Frau, das attraktive Gesicht umrahmt von nackenlangen, blonden Haaren, weckte seine Aufmerksamkeit. Lebhaft diskutierte sie in einem Mischmasch aus Deutsch und Englisch direkt vor der „NINA" mit zwei etwas zudringlich wirkenden, einheimischen Verehrern. Die leicht rauchige Stimme passte besser zu einer berufserfahrenen Bardame mittleren Alters als zu ihr. Wirkliche Probleme schien sie mit den beiden Männern nicht zu haben. Die wussten offensichtlich nicht so genau, ob die schöne

Frau mit ihrem fröhlichen Lachen sie aus- oder anlachte.
Als sie Markus auf der „NINA" bemerkte, blickten ihre großen Augen ihn flehend an. Bevor er darauf eingehen konnte, flüchtete sie lachend über die Gangway auf seine Jacht.
Irritiert beratschlagten die beiden Verehrer, was sie jetzt tun sollten. Sie schienen zu überlegen, ob es sich lohnen würde, auf ihre Rückkehr zu warten. Schließlich gingen sie enttäuscht und mit unzufriedenen Gesichtern weiter. Die junge Frau winkte ihnen zum Abschied erleichtert nach.
Ein wenig belustigt hatte Markus die Szene verfolgt und schaute sich die Besucherin noch etwas genauer an. Er ließ sich Zeit dabei. Sie war eindeutig der Typ Frau, nach dem sich Männer gerne umdrehten und deren Anblick bei anderen weiblichen Wesen ein misstrauisches Stirnrunzeln hervorrief. Die großen, braunen Augen, die ihn jetzt verwirrend unschuldsvoll und fast schüchtern anblickten, harmonierten so gar nicht mit ihrem überfallartigen Besuch bei ihm an Bord. Schon besser zu ihrem Auftreten passte da der etwas spöttisch verzogene Mund mit den vollen Lippen. Zusammen mit den wirren, von der Sonne gebleichten, glatten hellblonden Haaren, die ihr dauernd in die Augen fielen, ergab ihre ganze Erscheinung eine zauberhaft widersprüchliche Mischung.
Erstaunt blickte sie Markus an; fast so, als wäre er zu ihr an Bord gekommen und sie müsste jetzt überlegen, ob sie vor ihm fliehen sollte.
Zum hübschen Gesicht gehörte eine sehenswerte Figur, wie er fachmännisch feststellte. Der gleichmäßig goldbraunen Haut nach zu urteilen

konnte es sich um eine Südeuropäerin handeln. Ihrer Aussprache nach zu urteilen konnte sie aus Italien stammen.

Ihre Bluse, die vorne lediglich mit einem Knoten zusammengehalten wurde, verhüllte nur wenig die vollen Brüste und betonte die schmale Taille. Ihr kleines, festes Hinterteil steckte in sehr engen, kurzen Hosen. Die langen Beine schienen nicht enden zu wollen, was durch die hochhackigen Schuhe noch unterstrichen wurde.

Sie musterte Markus ebenso ausgiebig. Das Ergebnis schien zu ihrer Zufriedenheit ausgefallen zu sein. Ohne ein Wort zu sagen, oder auf eine Einladung zu warten, spazierte sie über die Treppe hoch zur Flybridge, warf einen Blick auf die Fotos von Nina sowie seiner Patentochter Sofiyanti und stieg danach zum Salon der Jacht hinunter. Die Kombüse mit der modernen Ausstattung schien jedenfalls ihre Zustimmung gefunden zu haben, wie er ihrem Kopfnicken zu entnehmen glaubte. Etwas erstaunt und auch belustigt folgte ihr Markus. Besuche dieser Art hatte er an Bord noch nicht erlebt.

Nachdem sie sich auf der „NINA" ausgiebig umgeschaut hatte, fand sie ihre Sprache wieder und es folgte doch noch eine etwas konfuse Erklärung für ihren überraschenden Besuch. Ihre rauchige Stimme und alles was dazugehörte, gefielen ihm immer noch. Ohne Umschweife ließ sie sich von Markus zu einem Glas Wein einladen.

Ihr schüchterner Blick, gepaart mit einem provozierenden Funkeln, sowie ihr selbstbewusster, gleichzeitig scheuer und doch auch spöttischer Gesichtsausdruck brachten Markus mehr als einmal aus dem Gleichgewicht. Alles zusammen ergab eine faszinierende Mischung.

So nebenbei erfuhr er von ihr, dass sie Chiara Bertone hieß, Tochter einer Deutschen und eines Italieners war, in Rom Medizin studiert hatte und jetzt bei ihren Eltern in Neapel lebte. Das blonde Haar hatte sie von der Mama und ihre dunkle Haut vom Papa geerbt. In Zadar verbrachte sie zurzeit ihren Urlaub.

Ihm gefiel es, wenn sie ihrem Temperament freien Lauf ließ; ihm gestenreich etwas erklärte und sich immer wieder die ungezähmten Haare aus der Stirn strich. Ihr lebhafter Gesichtsausdruck veränderte sich dabei dauernd.

Es war ein seltsames Zusammentreffen. Je länger sie sich unterhielten, umso mehr kam das Gefühl auf, sich bereits seit Ewigkeiten zu kennen. Ihre Unterhaltung zog immer weitere Kreise. Keiner von ihnen schien Lust zu haben, sie zu beenden. Wie alte Freunde diskutierten sie hitzig über die verschiedenen politischen Systeme ihrer Länder und gleich danach über das immer häufigere Auftreten Rechtsradikaler bei Fußballspielen in den Stadien. Irgendwie kamen sie zu den Reisen Goethes in Italien, bevor sie schließlich wieder in der Gegenwart bei den Unterschieden in der medizinischen Versorgung zwischen ihrer Heimat und Deutschland landeten.

Als sie sich schließlich voneinander verabschiedeten, ging es auf Mitternacht zu. Sie stand neben Markus an der Gangway. Mit den hohen Schuhen war sie fast so groß wie er. Zum ersten Mal an diesem Abend wurde sie ernst.

„Die Pässe und das Geld sind noch bei Ihnen?"

Für einen kurzen Moment verschlug es Markus die Sprache.

„Wovon reden Sie?"

„Sie haben Ben Davidovich kontaktiert und ich wurde von einem Freund darum gebeten, meinen Urlaub für einen kurzen Besuch bei Ihnen zu unterbrechen." Ihre Augen funkelten immer noch: „Es hat mir aber Spaß gemacht, Sie kennenzulernen", fügte sie hinzu.

Bevor er antworten konnte, hakte sie sich freundschaftlich bei ihm unter und redete einfach weiter.

„Morgen bekommen Sie Besuch von einem Mann aus der israelischen Botschaft in Zagreb. Passen Sie bis dahin gut auf Ihren Fund auf."

„Niemand weiß, dass Pässe und Geld bei mir sind."

„Passen Sie trotzdem darauf und auf sich selber gut auf. Man kann nie wissen."

Markus fiel der Mann im weißen Anzug ein und beschloss, in dieser Nacht ihrem Rat zu folgen.

„Wie erkenne ich den Besucher?"

„Sein Name ist Danny Danon. Er wird sich mit einem Diplomatenpass ausweisen. Außerdem wird sich ihr alter Freund Zeev Zakin telefonisch bei ihnen melden. Das sollte möglicherweise aufkommendes Misstrauen zerstreuen."

Zum Abschied küsste sie ihn auf die Wange. Ihre unbekümmerte Fröhlichkeit und das scheue Lachen waren zurück. Jeder Beobachter musste annehmen, dass sich da zwei gute Bekannte oder sogar Freunde voneinander verabschiedeten.

Markus schaute ihr nachdenklich nach, als sie in Richtung Altstadt verschwand. Ihre rauchige und doch warme Stimme glaubte er noch zu hören, als sie längst zwischen den Häusern verschwunden war. Plötzlich kam er sich auf der „NINA" ziemlich einsam vor.

4.

Beim späten Frühstück am nächsten Tag musste Markus sich eingestehen, dass ihm der überraschende Besuch vom Abend vorher nicht mehr aus dem Kopf ging. Es war schon lange nicht mehr vorgekommen, dass er sich auf Anhieb mit einem vollkommen fremden Menschen so wunderbar verstanden hatte. Die junge Dame hatte ihn beeindruckt. Das machte nicht nur ihre äußere Erscheinung aus. Bei ihr handelte es sich um eines der seltenen weiblichen Geschöpfe, die Intelligenz und gutes Aussehen nicht wie einen Panzer vor sich hertrugen.

Ein wenig beunruhigte ihn ihre Verbindung zum israelischen Geheimdienst. Trotzdem gab er sich insgeheim der Hoffnung hin, die kurze Bekanntschaft vertiefen zu können. Gleichzeitig musste er sich eingestehen, dass die Aussichten auf ein Wiedersehen nicht gerade günstig waren. Eigentlich hatte er vorgehabt, sich beim Abschied mit ihr zu verabreden. Ihr plötzlicher Hinweis auf die Fundsachen hatte ihn völlig durcheinandergebracht. Nun konnte er sich über die verpasste Chance nur noch ärgern.

In Zadar gab es, auch jetzt im Spätsommer, immer noch jede Menge Touristen und während ihrer Unterhaltung hatte sie kein einziges Mal erwähnt, in welchem Hotel oder Pension sie abgestiegen war. Sie konnte auch eine der zahlreichen Ferienwohnungen gemietet haben. Wie sollte er sie finden? Er musste es auf einen Zufall ankommen lassen.

Dazu kam, dass er morgen, zusammen mit den neuen Chartergästen, Zadar für eine Woche verlassen würde. Bis er zurückkehrte, konnte sie längst abgereist sein.

Missmutig darüber, dass er sie nicht nach ihrer Anschrift gefragt hatte, rief er schließlich den Professor an, um einen Termin für das Interview zu vereinbaren. Marek Subkow schien mit dem Anruf gerechnet zu haben. Sie verabredeten, sich in gut einer Woche im Haus des Professors zu treffen. Markus würde sich wenige Stunden vorher nochmals telefonisch bei ihm melden. Subkow wohnte etwas außerhalb von Bibinje, einer kleinen Ortschaft nicht weit von Zadar entfernt.

Seine hübsche Besucherin vom Abend zuvor hätte ihm die angekündigte Person ruhig genauer beschreiben können. Als der Mann am späten Vormittag auftauchte, brachte Markus ihn keinesfalls mit einem Diplomaten in Verbindung.

Der Mann war jung, groß und sehr dünn. Das zerknitterte Hemd sowie die Jeans schlotterten regelrecht um seinen Körper. Er sah eher wie einer jener Rucksacktouristen aus, die mit wenig Geld den Sommer am Mittelmeer verbrachten und im Schlafsack am Strand schliefen. Zuerst hatte Markus ihn nur von hinten gesehen und dabei für eine Frau gehalten. Seine dunklen, ungepflegten Haare reichten fast bis zur Taille. Den langen Vollbart sah er erst, nachdem er sich umdrehte und die „NINA" sowie Markus abschätzend musterte.

„Kann man den Kutter chartern?"

„In dieser Saison nicht mehr."

„Schade, ein Freund hat Sie mir empfohlen. Sie werden sich vielleicht an ihn erinnern. Sein Name ist Ben Davidovich."

Mit drei langen Schritten sprang der Bärtige über die Gangway an Bord. „Hätten Sie mal ein kaltes Bier für mich? Es ist verdammt heiß hier. Mein Name ist übrigens Danny Danon."

Er zeigte Markus seinen Diplomatenpass und hielt ihn dabei so versteckt, dass kein eventueller Beobachter vom Ufer aus sehen konnte, was er in der Hand hatte. Die würden sich eher über den schmuddeligen Besucher an Bord wundern, der so gar nicht zu der eleganten Jacht passte.

Schweigend musterte Markus den seltsamen Gast, bevor er schließlich aufstand, zwei Bier aus dem Kühlschrank holte und sie öffnete. Der Mann sprach gut deutsch. Nur ganz leicht war ein französischer Akzent zu hören. Zuerst fiel seine volle Unterlippe auf, die nicht recht zu den kleinen, eng zusammenstehenden grünen Augen mit den starken Augenbrauen passte. Auch die winzige, spitze Nase schien einem anderen Gesicht entnommen worden zu sein. Markus schätzte den Besucher als schnell aufbrausend und jähzornig ein. Sein überheblicher Ton machte ihn auch nicht sympathischer.

„Kann ich die Fundsachen mal in Augenschein nehmen?"

„Wovon sprechen Sie?"

Der Besucher neigte fast unmerklich den Kopf. Das ärgerliche Lächeln passte zu dessen nächsten Worten.

„Was soll das? Mein Kommen ist Ihnen angekündigt worden. Ich bin doch nicht umsonst von Zagreb hergefahren, um ..."

Er brach seinen Satz ab, als Markus Handy sich bemerkbar machte.

„Hallo Markus, lange nichts von dir gehört. Wie geht es so?"

Die Stimme von Zeev Zakin erkannte er sofort.

„Hallo Zeev, gut, dass du dich meldest. Ich habe auf deinen Anruf gewartet."

„Ist Danny bei dir?"

„Kannst du ihn mir beschreiben?"

Markus hörte, wie Zeev Zakin leise lachte und dann den Besucher genau beschrieb.

„Wieso bist du so misstrauisch? Gib ihn mir mal kurz, bitte."

Der Bärtige und Zeev Zakin wechselten nur wenige Worte. Es schien der richtige Danny zu sein.

„Es ist unser Mann. Du kannst ihm die Sachen beruhigt anvertrauen. Noch mal zu meiner Frage von vorhin. Warum bist du so misstrauisch? Ist was passiert?"

„Im Hafen treibt sich ein Mann herum, der sich ebenfalls dafür interessiert. Ich wollte nur sichergehen."

„Gib Danny eine Beschreibung des anderen Interessenten. Eventuell kennt er ihn oder findet ihn später in der Kartei der Botschaft."

Nachdem das Gespräch mit Zakin beendet war, ging Markus durch den Salon in seine private Kajüte. Die Plastiktasche mit den Pässen und dem Geld lag in einem Safe. Er war neben dem Bett so gekonnt in den Boden eingelassen, dass man die Konturen der Öffnung unter der Holzverkleidung nur bemerkte, wenn man sehr genau hinschaute.

Der Langhaarige folgte ihm in den Salon, wo er die Plastiktasche öffnete. Hier konnten sie von niemanden gesehen werden. Ruhig breitete er die blauen, israelischen Pässe mit der siebenarmigen Menora auf der Vorderseite und das Geld auf dem Tisch aus. Routiniert und vorsichtig ging der Mann vor. Nur langsam fasste Markus etwas Vertrauen zu seinem Besucher; sympathischer wurde er ihm trotzdem nicht.

Ganz sachlich nahm der sich einen Pass nach dem anderen vor und kontrollierte sie sehr genau auf ihre Echtheit. Zwei der Dokumente schienen es ihm besonders angetan zu haben. Er nahm sie mehrmals in die Hand und betrachtete immer wieder die Bilder. Irgendetwas daran beunruhigte ihn. Nachdem auch die Geldscheine einzeln auf ihre Echtheit kontrolliert waren, wandte er sich an Markus.

„Haben Sie sich die Pässe genauer angesehen?"

„Warum sollte ich es tun?"

„Weil Sie als Journalist von Berufs wegen neugierig sind. Ich möchte lediglich wissen, ob Sie einen der Männer in den Pässen erkannt haben?"

„Einer der Männer, genauer gesagt die Augenpartie auf einem der Bilder kommt mir bekannt vor", gab Markus zu.

„Vielleicht von dem da?" Danny legte einen der Pässe vor ihm hin.

Markus nickte.

„Diese Augen habe ich schon einmal gesehen, aber mir will nicht einfallen, wo das gewesen sein könnte."

Abrupt wechselte der Mann aus Zagreb das Thema. „Müssen Sie mit Ihrem Kahn hier in Zadar liegen bleiben oder können Sie eine Zeit lang aus der Stadt verschwinden?"

„Bis morgen muss ich auf jeden Fall hierbleiben. Dann kommen meine neuen Gäste. Wir werden eine Woche lang durch die Kornaten kreuzen und danach setze ich sie wieder in Zadar ab."

„Es wäre besser, wenn Sie sofort losfahren könnten?"

„Unmöglich, das kann ich mir nicht erlauben. Unzuverlässigkeit spricht sich in der Branche schnell herum. Meine Gäste haben bereits vor etlichen Monaten die Tour gebucht. Den Termin kann ich nicht absagen. Die Leute haben viel Geld bezahlt. Dafür erwarten sie eine entsprechende Gegenleistung. Warum will der israelische Geheimdienst mich aus Zadar weghaben?"

„Wie kommen Sie auf den Geheimdienst. Sehe ich so aus?"

„Einen Diplomaten stelle ich mir auch anders vor. Trotzdem reisen Sie mit dem entsprechenden Pass."

Danon neigte den Kopf fast unmerklich, gab aber keine direkte Antwort.

„Ihr Fund dürfte für bestimmte Leute sehr wichtig sein. Hier in der Marina sind Sie leicht zu finden. Die könnten auf die Idee kommen, sie intensiver zu befragen."

„Ein Mann hat das schon versucht. Ich habe ihn zur Polizei geschickt."

„Beschreiben Sie mir den Mann und was genau wollte er wissen?"

Markus schilderte das Treffen mit dem älteren Mann und brach plötzlich in seiner Erzählung ab. Ihm war eingefallen, woher er die Augen in dem Pass kannte.

„Kann ich diesen einen Pass noch mal sehen?"

Danon reichte ihm den Pass.

„Ist Ihnen in den Sinn gekommen, wo Sie den Mann schon einmal gesehen haben?"

Nachdenklich schaute Markus das Bild an.

„Das könnten die Augen von Zeev Zakin sein. Ich würde es aber sicherlich nicht beschwören. Das Gesicht ist irgendwie anders. Hier auf dem Bild sind die Wangen voller, die Nase breiter und Zakin habe ich auch nie mit Bart gesehen."

Danny Danon nickte.

„Wahrscheinlich ist er es wirklich. Ich werde ihn vorsorglich genauer über den Fund unterrichten. Ich glaube nicht, dass er begeistert sein wird."

„Um was könnte es da gehen?"

„Weiß ich auch nicht."

Markus ließ nicht locker.

„Wissen Sie es nicht oder wollen Sie es mir nicht sagen?"

„Ich kann Ihnen wirklich nicht mehr sagen. Ich nehme die Pässe und das Geld mit. Damit sollte die Angelegenheit für Sie erledigt sein."

„Diese Antwort gefällt mir gar nicht. Ein bisschen könnten Sie meine Neugier schon befriedigen. Schließlich haben Sie durch mich die Pässe bekommen."

Danny Danon schüttelte den Kopf.

„Lassen Sie es gut sein. Zu viel Wissen kann für sie verdammt gefährlich werden. Wie schon gesagt, wäre es mir sogar sehr lieb, wenn Sie sofort aus Zadar verschwinden könnten. Der Mann im weißen Anzug wird wiederkommen."

„Dieser alte Mann kann mir nicht gefährlich werden."

Danon sah Markus Hagen prüfend an.

„Ich will es Ihnen offen sagen. Er wird dann sicherlich nicht alleine kommen. Bis jetzt wissen wir nur noch von der rothaarigen Frau und dem Mann, der die Tasche verloren hat. Was ist, wenn er weitere Gehilfen für die Schmutzarbeit hat?"

„Etwas unangenehm für mich", musste Markus feststellen. Er gab sich großzügig und kompromissbereit. „In der kommenden Nacht werde ich sehr gut auf mich aufpassen und ab morgen bin ich sowieso eine Woche nicht hier. Bis dahin wird sich die ganze Aufregung hoffentlich gelegt haben. Falls es für mich dann immer noch gefährlich sein sollte, kann ich die paar Nächte bis zu meiner nächsten Fahrt in Bibinje verbringen."

„Wieso kommen Sie ausgerechnet auf Bibinje?"

„Dort habe ich eine Verabredung zu einem Interview. Eigentlich wollte ich mich von einem Taxi hinbringen lassen, aber genauso gut kann ich mit der „NINA" hinfahren."

Markus kannte den kleinen Hafen in Bibinje recht gut. Er hatte dort schon öfter zwischen den stinkenden Fischerbooten gelegen. Meist dann, wenn in der Hochsaison die Marina in Zadar überfüllt war.

Sein Besucher schien nicht zu glauben, dass das Problem nach einer Woche gelöst sein würde.

„Die werden bis zu Ihrer Rückkehr warten. Da bin ich fast sicher. Und Bibinje ist auch nur ein Steinwurf von hier entfernt."

Danon wirkte weiterhin unzufrieden. „Wen wollen Sie denn ausgerechnet in Bibinje interviewen?"

„Das geht Sie zwar nichts an, aber es ist ein ehemaliger Professor für politische Geschichte der Universität in Jerusalem. Der Mann heißt Marek Subkow, hat Israel nach seinem Rauswurf verlassen, eine Kroatin geheiratet und sich in Bibinje zur Ruhe gesetzt."

„Rauswurf?"

„Er hat sich in der nationalen sowie internationalen Presse ziemlich heftig gegen die Siedlungspolitik Ihrer Regierung geäußert und wohl auch an einigen Demonstrationen teilgenommen. Er ist ein paar Mal verwarnt worden. Nachdem das keine Wirkung zeigte, hat ihm die Universität den Stuhl vor die Tür gestellt."

„Ach so einer ist das. Habe aber nie von ihm gehört."

Der Langhaarige machte eine abfällige Bewegung. „Auf alle Fälle dürfte es für Sie in Bibinje etwas sicherer sein als hier. Sehen Sie aber zu, dass Sie dort einen Liegeplatz bekommen, wo Sie nicht schon von weitem gesehen werden. Hier an der Promenade liegen Sie ja wie in einem Schaufenster."

Der Mann aus Zagreb schaute Markus an. „Was gibt es noch? Sie wirken unzufrieden."

„Ich muss mir für den Hafenmeister eine Ausrede einfallen lassen, wenn ich nach der Rückkehr sofort wieder von hier verschwinde. Er kennt meine Termine und wird fragen, wo ich hin will."

Danon klopfte ihm auf die Schulter: „Das werden Sie schon hinkriegen. Aber sagen Sie auf keinen Fall, wo Sie wirklich sind. Erzählen Sie ihm von mir aus die

Geschichte über eine wunderschöne Frau auf einer dieser Inseln da draußen. Kroaten sind Romantiker. Er wird Ihnen die Story abnehmen und Sie insgeheim beneiden."

„Eine Frau, die dazu passen würde, haben Sie mir gestern vorbeigeschickt. Können Sie mir sagen, wie ich sie finde? Wenn Sie ihr Quartier auf einer der Inseln aufgeschlagen hat, wäre das geradezu ideal und ich müsste noch nicht einmal lügen."

Die Augen des Israelis funkelten ärgerlich, fast wütend.

„Diese Frau passt auf keinen Fall zu ihrer Geschichte. Sie hat damit nichts zu tun. Am besten machen sie einen weiten Bogen um sie. Ich hoffe, wir haben uns verstanden."

Ganz schön eifersüchtig, dachte sich Markus. Trotzdem hatte er nicht vor, sich Vorschriften diktieren zu lassen.

„Um was oder wen ich einen Bogen mache, können Sie ruhig mir überlassen. Das haben Sie hoffentlich verstanden."

Wütend nahm der langhaarige Israeli den Plastikbeutel mit den Pässen und dem Geld. Unschlüssig blieb er einen Moment stehen, so als suche er nach den richtigen Worten für seinen Abgang. Schließlich drehte er sich um und verschwand wortlos über die Gangway.

5.

Die darauf folgende Woche mit seinen neuen Chartergästen verlief für Markus angenehm und stressfrei.

Drei unscheinbare Schweizer Geschäftsmänner mittleren Alters mit ihren jungen, aber ausgesprochen dekorativen Gespielinnen waren pünktlich in Zadar gelandet und zu ihm auf die Jacht gebracht worden. Während des gemeinsamen Törns erfuhr Markus aus Gesprächen, dass die Männer als Abteilungsleiter in einer Züricher Bank arbeiteten. Die noble Urlaubsreise hatten sie vom Vorstand als Belohnung geschenkt bekommen.

Gelegentlich stellte er sich die Frage, ob die drei jungen Frauen ebenfalls von der Bank speziell für die Reise angeheuert und bezahlt worden waren. Freimütig hatten sie ihm erzählt, dass sie für eine Escort-Agentur in Zürich arbeiteten. Auf diese ungewöhnliche Art finanzierten sie ihr Studium.

Für Markus waren es angenehme Gäste. Ihnen reichte es, wenn sie tagsüber viel Sonne tanken konnten und sich am Abend ein Restaurant mit gutem Essen für sie fand. Für die Schönheit der dalmatinischen Inselwelt zeigten sie nur mäßiges Interesse. Begeisterung löste bei ihnen höchstens die kleinen, verschwiegenen Badebuchten mit ihrem glasklaren Wasser aus. Dort konnten sie ohne Badebekleidung schwimmen gehen.

Gleich zu Anfang ihrer Reise, nach Besichtigung der Lebensmittelvorräte an Bord, beschlossen seine Gäste, sich um Frühstück und Mittagessen selber zu kümmern. Ihre Begleiterinnen übernahmen den Service, ohne sich zu beklagen. Markus konnte sich auf die „NINA" konzentrieren. Ansonsten musste er nur dafür sorgen, dass täglich frisches Brot, sowie Obst und Gemüse an Bord kamen. Gegen diese Arbeitsteilung hatte er nichts einzuwenden.

Nachts sorgten die weiblichen Begleitungen für die Unterhaltung der Schweizer Banker. Die Frauen schienen sich ihren Urlaub redlich verdienen zu müssen. Jedenfalls ging es in den drei Kajüten vorne im Bug oftmals ziemlich lebhaft zu.

Am Ende der Tour setzte er die drei Pärchen in der Marina von Zadar ab. Sofort anschließend machte er sich auf die kurze Fahrt nach Bibinje. Ob der Hafenmeister ihm die Ausrede über die hübsche Frau, die auf ihn wartete, wirklich abnahm, konnte Markus nicht sagen. Jedenfalls schaute der ihn sehr zweifelnd an.

Früher oder später würde Ivo sowieso von seinem Aufenthalt in Bibinje erfahren. Bis dahin hatte er hoffentlich eine gute Erklärung für ihn parat.

Der Hafenmeister machte sich allerdings ganz eigene Gedanken. Seit gut einer Woche wimmelte es in seiner Marina von Leuten, die nicht hierher passten. Sie gehörten keinesfalls zu den normalen Touristen. Überall im Hafen lungerten sie einzeln oder zu zweit herum. Sie schienen auf etwas zu warten. Konnte die plötzliche Abreise von Markus mit diesen Männern zu tun haben? Ivo wollte von seinem Freund nicht mit einer Ausrede abgespeist werden und unterließ es daher, gezielte Fragen zu stellen.

Halbwegs versteckt zwischen zwei älteren Fischkuttern blieb Markus mit der „NINA" für die beiden nächsten Nächte im Hafen von Bibinje. Die zweite Nacht dort wurde allerdings sehr kurz für ihn. Schon gegen fünf Uhr früh wurde er vom Klingelton des Handys geweckt. Zu seiner Überraschung war es Zeev Zakin, der sein Kommen zu dieser frühen Stunde ankündigte. Markus hatte keine Ahnung gehabt, dass sich der Israeli in Kroatien aufhielt. Der

Langhaarige von der israelischen Botschaft hatte die Möglichkeit nicht einmal angedeutet.
Er fand gerade noch Zeit, sich die Zähne zu putzen und etwas Wasser ins Gesicht zu spritzen, als er auch schon Schritte auf dem Holzsteg, der zu seiner Jacht führte, hörte. Zeev Zakin war nicht allein gekommen.
Der Israeli erschien Markus noch kleiner, als er ihn in Erinnerung hatte. Die schwarzen Haare waren inzwischen angegraut. Die Kerben rechts und links neben der Nase schienen noch tiefer geworden zu sein.
Zakin begrüßte ihn herzlich wie einen alten Freund und hielt ihm eine Tüte mit frischem, warmem Weißbrot unter die Nase.
„Wir sind bei einem Bäcker vorbeigekommen. Der Laden war zwar noch geschlossen, aber an der Hintertür wurden schon etliche Kunden bedient. Da haben wir uns kurzerhand entschlossen, nicht mit leeren Händen bei dir aufzutauchen."
Den Begleiter stellte er als Martin Müller vom Verfassungsschutz aus Köln vor. Der Mann war fast zwei Meter groß, mit kräftiger, durchtrainierter Figur. Die kurzen, blonden, etwas dünnen Haare bedeckten nur unzureichend den Sonnenbrand auf seinem Kopf. Während die Kaffeemaschine lief und Markus den Tisch für das überraschende Frühstück deckte, erwähnte Zeev Zakin mit keinem Wort das Thema, das ihn hergeführt hatte. Zwanglos unterhielten sie sich über das kroatische Wetter und ähnliche Nebensächlichkeiten. Sein Begleiter sagte während der ganzen Zeit kein einziges Wort. Er musterte Markus nur sehr intensiv. Fast so, als wolle er ihn

kaufen, und müsse jetzt überlegen, ob der den Preis auch wert war.

Es war auch der Israeli, der auf den Grund des Besuches zu sprechen kam.

„Markus, bitte erzähle uns genau, wie du in den Besitz der Pässe gekommen bist." Er hob die Hand, als der ihn unterbrechen wollte. „Ich weiß, du hast das alles schon Danny erzählt, aber wir wollen es mit deinen eigenen Worten aus deinem Mund hören."

„Also gut, wenn es euch weiterhilft."

Während sie ihre dritte Tasse Kaffee tranken, erzählte Markus, wie er den bewusstlosen Mann inmitten der Zuschauer ganz in der Nähe seines Bootes gefunden hatte. Ebenso von dem unfreiwilligen Bad mit der rothaarigen Frau, die ihn zuvor mit einer Pistole bedroht hatte. Sein Bericht endete mit der Beschreibung des Mannes im weißen Anzug.

„Jedenfalls hat Danny dir einen guten Rat gegeben, als er dich von Zadar wegschickte. Ohne ausreichenden Schutz wäre es sonst unangenehm für dich geworden."

„Was ist passiert?"

„Drei Männer wollten dich in der Nacht nach der Rückkehr von deiner Tour besuchen. Wahrscheinlich hatten sie nicht die richtigen Leute in Zadar, um dieses Vorhaben bereits vorher durchzuführen. Etwas Ähnliches hatte Danny ja von Anfang an befürchtet. Nun wollte er wissen, ob er mit seiner Vermutung richtiglag. Deswegen hatte er die ganze Zeit einen Mann auf eine der Jachten in der Nähe deines Liegeplatzes postiert. Der Beobachter hatte die drei Männer schon vorher am Kai gesehen, als sie stundenlang gelangweilt herumlungerten. Das kam

ihm gleich verdächtig vor. Zwischendurch sind sie zwar ein paar Mal weg gewesen, aber nach kurzer Zeit immer wieder zurückgekommen. Sie haben bemerkt, dass du mit der Jacht verschwunden warst und haben wohl gehofft, dass du am selben Abend wiederkommen würdest. Nachdem das nicht geschehen ist, haben sie offenbar den Auftrag bekommen, deine Rückkehr abzuwarten. Sie dürften zwischendurch in Erfahrung gebracht haben, dass du für eine ganze Woche unterwegs bist."
„Vielleicht wollten sie sich nur nett mit mir unterhalten. Hat euer heimlicher Beobachter sie beschreiben können?"
„Viel besser. Unser Mann war mit einer Infrarotkamera ausgestattet und konnte ein paar nette Bilder von den Dreien schießen."
Zeev Zakin holte einige Fotos aus seiner Tasche und legte sie auf den Tisch.
Den Mann im weißen Anzug erkannte Markus sofort wieder, auch wenn er auf dem Bild einem dunklen Trainingsanzug trug. Für sein Alter machte er immer noch eine gute Figur.
„Das ist der Mann, von dem ich euch erzählt habe. Die anderen zwei kenne ich nicht."
„Wir konnten alle drei identifizieren. Der Mann, den du kennengelernt hast, ist Ralf Knoten, ein Deutscher, geboren in Siebenbürgen, Rumänien. Er ist so etwas wie der persönliche Sekretär des Freiherrn von Thurau. Falls es dich interessiert, kann Martin dir nachher ein bisschen mehr über diesen Adligen erzählen."
Der blonde Deutsche nickte.
„Die anderen beiden Männer sind Kroaten hier aus der Gegend. Kleine Ganoven, die schon mehrmals

wegen Körperverletzung und Diebstahl vor Gericht standen. Knoten muss sie mitgebracht haben, um dich ein bisschen, sagen wir mal, einzuschüchtern."
„Wieso konntet ihr die Männer so schnell identifizieren?"
Zeev grinste: „Wir haben die Fotos über das Internet an die Botschaft in Zagreb geschickt und dort ein bisschen Druck gemacht. Alle drei sowie den Freiherrn haben wir in unserem Archiv gefunden. Thurau, der Chef des Deutschen, ist uns bereits vor Jahren aufgefallen. Er unterstützt mit viel Geld etliche Parteien des rechten Spektrums in fast jeder Ecke von Europa. Wir vermuten, dass er auch hinter der Finanzierung der neuen rechtsradikalen Kraft in Kroatien steht. Von den zwei Männern in Knotens Begleitung wissen wir jedenfalls, dass sie zum Fußvolk der neu erwachten faschistischen Ustascha-Bewegung hier in Kroatien gehören."
Markus hatte in letzter Zeit schon mehrmals gehört, dass die verbotene Ustascha ganz still und heimlich wieder zum Leben erweckt wurde. Die Menschen, die dahinterstanden, hatten ihr einen anderen Namen gegeben, aber das Programm war im Großen und Ganzen gleichgeblieben. Ihr Ziel bestand, wie schon vor Jahrzehnten, immer noch darin, ein faschistisches Groß-Kroatien zu errichten. Soweit er sich erinnerte, nannten sie sich jetzt „Nasá Hrvatska", was so viel wie „Unser Kroatien" bedeutete.

Die kroatische revolutionäre Organisation, also die Ustascha, war ursprünglich 1928 von Ante Pavelic gegründet worden. Im 2. Weltkrieg verbündeten sich ihre Anhänger mit den Nazis in Deutschland. Nach Ende des Krieges wurde die Organisation rigoros zerschlagen. Etliche ihrer Mitglieder flüchteten nach Südamerika. Viele von ihnen kamen schon vorher ums Leben.

„Gibt es Anhaltspunkte dafür, dass diese neue Ustascha mehr ist als eine kleine Splittergruppe ewig Gestriger?"

Zeev schüttelte den Kopf. „Bis jetzt halten wir sie für nicht besonders wichtig. Noch ist ihr Einfluss in Kroatien gering und wir unternehmen alles, dass es so bleibt."

Er ließ es vorerst unerwähnt, dass einer ihrer Führer durchaus Chancen hatte, bei den nächsten Wahlen als kroatischer Präsident an die Macht zu kommen.

„Trotzdem werden sie vom israelischen Geheimdienst beobachtet?"

„Wir richten unser Augenmerk auf möglichst alle Faschisten und andere Fanatiker. So gibt es später weniger Überraschungen."

Zeev Zakin ging mit keinem Wort oder Blick auf die Bemerkung über den Geheimdienst ein.

„Ich finde, wir haben jetzt genug Zeit mit der Einleitung vertan. Warum kommt ihr zu dieser frühen Stunde zu mir an Bord? Doch bestimmt nicht, um mit mir über die faschistische Bewegung in Kroatien zu diskutieren."

Martin Müller, der Mann vom deutschen Verfassungsschutz, machte zum ersten Mal den Mund auf: „Da sprechen Sie mir aus dem Herzen. Ich bin ebenfalls dafür, endlich zum wahren Grund unseres Besuches zu kommen."

Für Markus stand inzwischen fest, dass seine Vermutung richtig war und der Israeli zum Mossad gehörte. Deutscher Verfassungsschutz und israelischer Geheimdienst arbeiteten zusammen. Es musste schwerwiegende Gründe dafür geben.

„Also dann raus damit. Nachdem ihr mich zu dieser unchristlichen Zeit aus dem Bett geworfen habt, will ich endlich erfahren, um was es geht."

„Unsere Regierung, also Berlin, hat den Hinweis bekommen, dass in München ein größerer Anschlag geplant ist. Genauere Angaben haben wir leider noch nicht. Wir wissen nur, dass sich dort im Herbst, während des Oktoberfestes, die Außen- und Verteidigungsminister einiger führender Nationen treffen wollen. Der Anschlag könnte ihnen gelten, aber das ist lediglich eine sehr schwache, unbewiesene Vermutung unsererseits. Das Attentat soll laut unseren Informationen von einer Spezialabteilung des Mossad geplant und ausgeführt werden."

„Was natürlich nicht stimmt", warf Zakin ein. Mit der Bemerkung gab er indirekt zu, über Aktivitäten des israelischen Geheimdienstes wenigstens informiert zu sein.

Markus ahnte immer noch nicht, warum die beiden Geheimdienstleute ihm die Geschichte erzählten.

„Was könnte der Zweck oder Sinn des Attentates sein?"

Zeev Zakin ergriff wieder das Wort: „Wenn wir von der Möglichkeit ausgehen, dass bei diesem Anschlag zum Beispiel die amerikanischen, englischen und deutschen Außenminister verletzt oder sogar getötet würden und der israelische Geheimdienst durch gefälschte Beweise für das Attentat verantwortlich gemacht werden kann, dürfte es die Öffentlichkeit in diesen Ländern nicht mehr akzeptieren, Israel weiterhin zu unterstützen. Unser Land verlöre mit einem Schlag das Vertrauen der wichtigsten Verbündeten."

„Jetzt begreife sogar ich den Zusammenhang zwischen den gefundenen Pässen und dir, Zeev. Die gefälschten Ausweispapiere könnten nach dem Anschlag den deutschen Behörden in die Hände gespielt werden. Zusätzlich wirst du Zeev, von einem Zeugen eindeutig als einer der Attentäter identifiziert. Das dürfte wirklich unangenehm für Israel und auch für dich persönlich werden."

Markus war sich klar darüber, welche weitreichenden, politischen und wirtschaftlichen Folgen so ein Attentat für den jüdischen Staat und den gesamten Nahen Osten haben konnte.

Zakin grinste süßsauer: „Du hast es erfasst. Die Überschrift in den Zeitungen der Weltpresse und auf sämtlichen Fernsehkanälen sehe ich bereits vor mir. Wobei es sich bei dem Anschlagsziel nicht unbedingt um die Minister der Konferenz handeln muss. Das Treffen würde nur ins Zeitfenster passen. Es kommen aber alle möglichen Ziele, auch zu einem etwas späteren Zeitpunkt, infrage. Auf alle Fälle ist diese Situation nicht gerade angenehm für mein Land und auch nicht für mich."

Markus verteilte den Rest des Kaffees gleichmäßig auf alle drei Tassen.

„Was habt ihr vor? Mich für den Geheimdienst anzuwerben?"

Zeev und Müller gaben sich gleichermaßen entrüstet.

„Du lieber Himmel, nein! Wir möchten dich nur um eine kleine Gefälligkeit bitten. Absolut harmlos und ungefährlich."

„Warum ausgerechnet mich?"

„Dazu komme ich gleich." Zakin fing an, laut zu überlegen. „Ralf Knoten, dieser angebliche Sekretär des Freiherrn, kam nach Zadar und zeigte auffällig großes Interesse an den von dir gefundenen Pässen."

„Es könnte durchaus dieser Thurau sein, der im Hintergrund die Fäden für den Anschlag zieht." Der Deutsche hatte wieder das Wort ergriffen. „Uns ist lediglich bekannt, dass der Freiherr sich sehr oft mit hochrangigen Leuten aus dem rechten Parteienspektrum trifft und ihre Organisationen in Deutschland sowie im Ausland finanziell unterstützt. Ansonsten wissen wir sehr wenig über ihn. Wir können noch nicht einmal genau sagen, woher das Geld stammt, das er so großzügig verteilt. Angeblich hatte seine Familie den Großteil ihres flüssigen Kapitals bereits vor Beginn des Zweiten Weltkrieges in der Schweiz deponiert. Beweise oder Unterlagen dafür haben wir nicht. Wir können daher auch nicht sagen, wie hoch sein Vermögen ist."

„Was wissen sie überhaupt über ihn?"

„Thurau ist etwa im selben Alter wie sein Sekretär Knoten. Ansonsten gibt es bei ihm keine besonderen Auffälligkeiten, außer dass er bei seinen Reisen häufig von zwei bis vier Männern begleitet wird. Über diese Leute gibt es ebenfalls nichts zu sagen, das uns weiterhilft. Sie traten polizeilich nie in Erscheinung. Nicht mal eine Verkehrsübertretung liegt gegen sie vor. Wir vermuten, dass sie so etwas wie seine Leibwächter sind. Daneben werden sie von Thurau als Chauffeur oder für gelegentliche Botengänge eingesetzt. Außerdem wird der Freiherr meist von einer weiblichen Person begleitet, die über viele

Jahre sehr eng mit ihm zusammengearbeitet hat. Sie hat sich bereit erklärt, uns mehr über ihn zu erzählen."

„Darf ich fragen, wer das sein soll?"

Markus erkundigte sich mehr aus Höflichkeit. Die Geschichte des Freiherrn und die Spekulationen über die Herkunft dessen Vermögens interessierten ihn nicht. Sollten sich der Verfassungsschutz in Verbindung mit dem israelischen Geheimdienst um ihn kümmern.

„Freiherr von Thurau ist seit etlichen Jahren mit einer Frau liiert, die sich nach eigener Aussage nun von ihm trennen möchte. Wenn sie tatsächlich so viel über ihn weiß, wie sie vorgibt, wird er diese Trennung nur auf seine Art akzeptieren. Er lässt sie möglichst spurlos verschwinden. So drückte sie sich jedenfalls bei einem Gespräch aus. Wer sich in der rechtsnationalen Szene etwas auskennt, wird ihr zustimmen."

Müller schien immer noch nicht bereit zu sein, den Namen von Thuraus Begleiterin zu nennen. Er machte es spannend.

„Vor gut zwei Monaten ist diese Frau über Bekannte im deutschen Außenministerium an uns herangetreten. Sie erkundigte sich diskret, ob wir ihr einen kleinen Gefallen täten, wenn sie uns wichtige Details zu gewissen Straftaten ihres Geliebten erzählen würde. Dabei machte sie Andeutungen über illegale finanzielle Transaktionen des Freiherrn. Zudem könne sie Beweise über seine Verwicklungen zu rechten Organisationen in Europa liefern. Damals haben wir ihr Angebot abgelehnt. Wir hielten Thurau für nicht besonders wichtig und hatten kein größeres Interesse an ihm. Erst als uns die Israelis vor wenigen Tagen über den Fund der gefälschten Pässe und das

Auftauchen von Ralf Knoten informierten, wurden Thurau und diese Frau für uns interessant. Inzwischen haben wir versucht, über das Umfeld des Freiherrn, also auch über die Geliebte, weitere Informationen zu bekommen."

Martin Müller machte eine Pause. Er schien zu überlegen, wie er in seiner Erzählung weiter vorgehen sollte.

„Wenn die Kenntnisse dieser Frau für die Geheimdienste doch interessant sind, warum gehen Sie dann nicht einfach auf ihre Wünsche ein?"

„Das Wissen der Frau könnte wirklich wichtig sein, wenn der Freiherr tatsächlich etwas mit dem geplanten Anschlag zu tun hat. Unter Umständen kennt sie relevante Einzelheiten, die uns helfen würden, ihn zu verhindern. Deshalb haben wir gestern schließlich mit ihr in München Kontakt aufgenommen."

„Ohne dass der Freiherr von Thurau davon etwas bemerkte?"

„Wir sind keine Amateure. Ihr Geliebter hielt sich zu dieser Zeit bereits in Venedig auf und sie befand sich auf dem Weg zum Flughafen, um ihm nach Italien zu folgen."

„Was hat sie euch erzählt?"

„Sie hat bestätigt, dass sie unter gewissen Voraussetzungen bereit wäre, uns Informationen, nicht nur über den geplanten Anschlag in München, zu liefern. Dieser Freiherr scheint viel tiefer in die rechtspopulistische und rechtsradikale Szene verwickelt zu sein, als wir angenommen haben. So viel konnten wir ihren Andeutungen entnehmen."

„Was verlangt sie für ihr Entgegenkommen?"

„Eigentlich nicht zu viel. Für die Offenlegung dieser kleinen Geheimnisse möchte sie lediglich einen neuen Pass; nach Möglichkeit einen amerikanischen oder kanadischen. Ihr Geliebter darf davon natürlich nichts mitbekommen. Außerdem benötigt sie etwas Hilfe, um sich unbemerkt von Thurau zu lösen und unterzutauchen."

Markus überlegte angestrengt, warum dieser Martin Müller so viele Einzelheiten an einen Außenstehenden weitergab. Es konnte nur bedeuten, dass es da noch etwas gab, wovon sie ihm bisher nichts erzählt hatten.

„Wenn sie sonst keine weiteren Forderungen hat, solltet ihr vielleicht auf das Angebot eingehen. Es dürfte doch kein großes Problem sein, den gewünschten Pass und die dazugehörende Staatsbürgerschaft für die Frau zu beschaffen. Soviel mir bekannt ist, helfen sich befreundete Regierungen in solchen Fällen gegenseitig. Mir ist aber immer noch nicht klar, was ich dabei tun soll."

„Du schipperst doch auch in den kommenden Tagen in Richtung Venedig?" Zakin schien endlich in die Endphase ihrer Unterhaltung zu kommen.

„Da sind eure Informationen absolut richtig. Ich werde meine nächsten Chartergäste in gut zwei Wochen in der Nähe von Venedig absetzen. Das Boot bleibt danach in Jesolo auf der Werft und ich verkrieche mich den Winter über in München. Für dieses Jahr ist die Saison hier an der Adria vorbei. Aber jetzt kommt endlich raus mit der Sprache. Was hat eure Geschichte mit meinem Törn nach Italien zu tun?"

„Diese Geliebte des Freiherrn möchte, dass du dich mit ihr in Venedig triffst, Markus." Endlich den

Namen der Frau zu nennen, schien dem Israeli nicht leicht zu fallen.

„Warum will sie sich ausgerechnet mit mir treffen? Dass sie den Geheimdiensten nicht über den Weg traut, ist verständlich. Aber wieso kommt sie auf mich? Kenne ich sie?"

„Sie reist zurzeit mit einem kolumbianischen Diplomatenpass auf den Namen Maria Sanchez."

Markus überlegte nur kurz.

„Ich kann mich nicht an eine Person dieses Namens erinnern."

Der Israeli räusperte sich und sprach nur zögernd weiter: „Du kennst sie unter ihrem früheren Namen, Christine Landers."

Der Name traf Markus wie ein heimtückischer Schlag in den Magen. Unmittelbar setzten die Erinnerungen an die Geschehnisse in Israel ein. Er sah seine Tochter Nina im Krankenhaus; ihr schmales, blasses Gesicht mit den geschlossenen Augen, die sich nie mehr öffnen sollten. Als sie schließlich für immer einschlief, hatte er ihre Hand gehalten. Einfach so, von einer Sekunde zur anderen, hörte sie auf zu atmen.

Vergeblich versuchte er, die Tränen zu unterdrücken. Dabei hatte er geglaubt, diesen Teil aus seiner Vergangenheit inzwischen etwas besser im Griff zu haben. Er ging vor zum Bug und schaute eine Weile aufs Meer hinaus. Nur mühsam konnte er sich fassen.

Als er zu den Besuchern zurückkehrte, war seine Stimme lediglich ein heiseres Flüstern: „Zeev, du weißt also seit einiger Zeit, wo sich die Komplizin des Mörders meiner Tochter aufhält? Sie kann sich frei bewegen? Ihr habt sie nicht festgesetzt? Mir wäre es dabei völlig egal, ob sie euch tot oder lebendig in die Finger gefallen ist. Über die Nachricht, dass sie endlich gefunden wurde, hätte ich mich gefreut. Jetzt wollt ihr ein Geschäft mit ihr abwickeln und ich, ausgerechnet ich, soll mich mit ihr treffen und ihr dabei in die Augen sehen? Warum soll ich mir das antun? Ich bin mir keineswegs sicher, ob ich ihr bei dieser Gelegenheit nicht den Hals umdrehe oder sie erschlage."

Der Israeli stand auf und schaute sich suchend um. Schließlich brachte er eine Flasche Sliwowitz sowie drei Wassergläser an den Tisch und schenkte allen einen großen Schluck ein. Schweigend tranken sie den starken Pflaumenschnaps.

„Frau Landers hat nach unseren jetzt vorliegenden Informationen keine, jedenfalls keine direkte Schuld an den Anschlägen in Israel, also auch nicht am Tod Ihrer Tochter", sagte der Deutsche. „Während der damaligen Attentatsserie verfolgten die Israelis alle möglichen und unmöglichen Spuren sowie Hinweise. Polizei und Nachrichtendienst standen unter starkem Druck der Regierung und der Öffentlichkeit. In dieser Zeit hat man auch einen gewissen Manfred Kramer überprüft. Er gehörte nicht zum Kreis der wirklich Verdächtigen. Zusammen mit anderen israelischen Sicherheitsorganen hatten wir damals in Erfahrung gebracht, dass sich Frau Landers und Manfred Kramer über die deutsche Botschaft in Tel Aviv kennengelernt haben. Dieser Hinweis stellte sich später leider als falsch heraus. Auf ausdrücklichen Wunsch des israelischen Inlandsgeheimdienstes Schin Bet und mit Wissen des deutschen Botschafters sollte Frau Landers herausfinden, was dieser Kramer in Israel wollte. Sie sollte ihn lediglich ein bisschen aushorchen. Dabei handelte es sich um einen an sich harmlosen Auftrag. Sie wäre damit nicht beauftragt worden, wenn man Kramer wirklich verdächtigt hätte. Dass Frau Landers selber ein Teil der rechten Szene in Deutschland gewesen ist und Manfred Kramer, sowie dessen Komplizen Gerhard Troger bereits aus Deutschland kannte, haben wir erst bei späteren Überprüfungen ihrer Person erfahren. Kramer, der mit richtigen Namen Alfred Freud heißt, war sogar ihr Schwager. Durch ihn kannte sie auch seinen Freund Troger, alias Jochen Schawemann."

„Ihr habt also mit Christine Landers den Bock zum Gärtner gemacht. Und nun wollen Sie mir mit diesen lächerlichen Argumenten klarmachen, dass sie nichts mit den Attentaten zu tun hatte? Das kann unmöglich ihr Ernst sein. Jetzt spricht doch noch viel mehr gegen sie. Offensichtlich hat sie das Verhältnis mit mir vorher genauestens geplant. Ich Idiot bin ihr auf den Leim gegangen. Durch mich kam sie möglicherweise erst an die Informationen, die ihre Komplizen für die Anschläge benötigten."

Zeev Zakin trank vorsichtig noch einen Schluck des scharfen Schnapses, bevor er weitersprach: „In einem Punkt hast du Recht, Markus. Sie hat dich benutzt. Inzwischen wissen wir, dass Christine Landers schon vor ihrer Zeit in Israel für Friedrich von Thurau arbeitete. Sie kam in dessen Auftrag nach Israel und durch seine Verbindungen auch zu ihrem Job an der deutschen Botschaft."

„Was wollte sie dann in Israel, wenn sie eurer Meinung nach nicht an den Anschlägen beteiligt war?"

„Das ist uns bis jetzt nicht bekannt, aber es dürfte mit den Plänen des Freiherrn zu tun haben. Wir denken uns, dass sie für Thurau etwas in Erfahrung bringen sollte und er sie deshalb in die deutsche Botschaft schleuste. Genaueres werden wir wohl erst wissen, wenn sich die Dame länger mit uns unterhalten hat. Du bist für sie jedenfalls eine zusätzliche und dazu nützliche Tarnung gewesen. In deiner Begleitung konnte sie Kontakte zu Leuten knüpfen, an die sie als kleine Botschaftsangestellte nie gekommen wäre. Über Christine Landers wissen wir ansonsten lediglich, dass sie, ebenso wie ihre ältere Schwester, seit ihrer frühen Jugend aktives Mitglied bei den „Heimattreuen" gewesen ist. Sagt dir der Name etwas?"

„Natürlich habe ich von dem Verein gehört, mich aber nicht weiter damit beschäftigt."

„Die „Heimattreuen" sind inzwischen zur größten rechtsnationalen Gruppierung in Deutschland angewachsen. Die Jugendorganisation dieser Gruppe hat es besonders auf Jugendliche abgesehen, denen in ihrem familiären oder beruflichen Umfeld keine Perspektive geboten wird. Sie veranstalten des öfteren Kameradschaftsabende, Jugendzeltlager und viele andere Freizeitaktivitäten. Damit binden sie die Jugendlichen immer fester an sich. Für sie sind „die Heimattreuen" so etwas wie eine zweite Familie. Die Schwester von Frau Landers lernte dort auch ihren späteren Mann, Alfred Freud, kennen."

„Das ist also der richtige Name des Mörders meiner Tochter. Gleichzeitig war er ihr Schwager. Braucht es da weitere Überlegungen? Christine hat von Anfang an ihren Schwager bei den Planungen seiner Anschläge unterstützt. Nur deshalb ist sie nach Israel gekommen."

„Nachdem, was wir bisher in Erfahrung bringen konnten, ist das eher unwahrscheinlich. Nach dem Tod Kramers haben wir dessen Partner Troger, alias Schawemann, mit internationalem Haftbefehl suchen lassen. In Kenia konnte die dortige Polizei den Freund ihres Schwagers festnehmen. Bei seiner Vernehmung behauptete er glaubhaft, Kramer habe aus eigenem Antrieb die Idee gehabt, mit den Anschlägen in Israel Angst zu verbreiten. Er erzählte uns, wie sie zusammen mit ihrer Ortsgruppe noch in Deutschland alles geplant haben. Troger und Kramer sind auf eigene Faust nach Israel gekommen. Von Troger erfuhren wir, das Frau Landers und dieser Kramer verschwägert sind. Sie muss sich in Israel einmal mit ihm getroffen und durch Prahlereien von seinem Vorhaben erfahren haben. Danach hat sie mit allen Mitteln versucht, die beiden von weiteren Anschlägen abzuhalten. Sie hat deswegen sogar mit ihrem Chef, dem Freiherrn, in Deutschland Kontakt aufgenommen. Sie hoffte, er könnte durch seine Beziehungen irgendwie Einfluss auf die beiden Männer nehmen. Als dies nicht gelang, war der Frau klar, dass die Israelis sehr schnell eine direkte Verbindung zwischen ihr und Kramer herstellen konnten, sobald man ihn verhaftete. Unter Umständen würde sie möglicherweise wegen Mittäterschaft vor ein israelisches Gericht gestellt werden. Dadurch, dass sie ihn nicht verriet, hat sie sich natürlich nachträglich schuldig gemacht. Darum ist sie nach dem Tod ihres Schwagers auf dem schnellsten Weg aus dem Land verschwunden."

„Und wer hat Kramer umgebracht?"

„Bei der Vernehmung in Kenia vermutete Troger, dass es Christine Landers gewesen sein muss, kurz bevor sie Israel verließ. Beweise dafür gibt es nicht. Wir hatten für den nächsten Tag vom zuständigen Richter die Genehmigung, Troger erneut zu vernehmen. Dazu kam es nicht mehr. Er wurde vorher in seiner Zelle umgebracht."

Zeev Zakin stand auf und warf einen Blick raus auf den Steg. „Könntest du uns noch einen Kaffee machen? Der Sliwowitz bekommt mir zum Frühstück nicht besonders."

Schweigend stand Markus auf. Sagten Zeev und dieser Müller die Wahrheit? War seine Tochter Nina wirklich nur das sinnlose Opfer perverser Rechtsradikaler geworden, die nur aus ihrem Hass auf die Juden heraus handelten? Oder erzählten ihm die beiden Besucher nur eine Story? Eigentlich unvorstellbar, dass es in der heutigen Zeit immer noch Menschen gab, die so verblendet wie diese Nazis waren. Auf keinen Fall konnte er glauben, dass seine damalige Lebensgefährtin nichts mit den Mordanschlägen zu tun hatte. Darüber wollte er sich lieber selber eine Meinung bilden.

Als er den Kaffee in den Salon brachte, unterbrachen die Besucher ihre Unterhaltung. Die Stimmung zwischen den beiden schien leicht angespannt zu sein. Markus tat, als würde er es nicht bemerken. Er selber hatte seine Fassung inzwischen wiedergefunden.

„Wie ist Christine überhaupt an einen Diplomatenpass auf den Namen Maria Sanchez gekommen?"

„So viel wir bisher über die Dame herausfinden konnten, ließ sie sich vor zwei Jahren von einem gewissen Hugo Sanchez adoptieren. Den Grund dafür können wir nur vermuten. Vielleicht hoffte sie, so von ihrem Vorleben als Christine Landers und der kurzen Episode in Israel abzulenken. Das ist immerhin eine Zeit lang gut gegangen. Mit der Adoption ist sie gleichzeitig kolumbianische Staatsbürgerin geworden. Maria ist ihr zweiter Vorname. Auf den ersten Blick ist alles in Ordnung mit der Namensänderung. Den Diplomatenpass hat sie durch die Verbindungen des Freiherrn bekommen. Er selber ist Honorarkonsul von Kolumbien. Manchmal kann so ein Pass sehr nützlich sein."

„Falls ich mich bereit erkläre, Christine Landers in Venedig zu treffen, wie würde das ablaufen?"

„Das wird dir mein Begleiter erzählen." Zeev Zakins Gesichtsausdruck nach zu urteilen, war er offenbar mit dessen Plan nicht einverstanden.

Der Deutsche nahm das Wort „falls" bereits als Zusage und schien darüber erleichtert zu sein.

„Bevor Sie nach Venedig abreisen, treffen wir uns noch zu einem ausführlichen Gespräch. Dann besprechen wir auch die weiteren Einzelheiten. Möglicherweise wissen wir bis dahin schon, wann und wo genau die Begegnung stattfinden kann. Nur so viel kann ich bis jetzt sagen: Frau Landers wird Ihnen bei dem Treffen eine CD oder einen Speicherstick übergeben. Das ist alles."

„Das kann doch auch einer Ihrer Leute erledigen, wenn Sie es nicht selber machen wollen."

„Wie schon gesagt, hat Christine Landers, alias Maria Sanchez, den Wunsch geäußert, ihnen persönlich diese Daten zu übergeben. Weitere Fragen dazu kann ich eventuell bei unserem abschließenden Gespräch in Zadar beantworten. Allerdings nur, wenn wir bis dahin nochmals Gelegenheit bekommen, mit Frau Landers zu sprechen."

Markus gab vorläufig nach.

„Ich werde mir die ganze Angelegenheit durch den Kopf gehen lassen und mich erst nach dem Gespräch in Zadar festlegen, ob ich mich überhaupt mit der Frau treffen will. Gibt es noch mehr Informationen, die Sie mir lieber gleich sagen sollten?"

„Eine Kleinigkeit gäbe es da noch. Ich hätte es gerne, wenn Sie nach Ihrem Interview mit dem Professor mit Ihrer Jacht zurück in die Marina nach Zadar fahren."

„Erst war der Aufenthalt dort für mich noch zu gefährlich und jetzt ist das nicht mehr der Fall? Sind diese Männer, die nach mir gesucht haben, inzwischen verschwunden, oder soll ich als Lockvogel missbraucht werden?"

Martin Müller versuchte es mit einem schamhaften Grinsen, das nicht zu ihm passen wollte.

„Das Wort Lockvogel trifft in etwa zu. Wir möchten herausfinden, wer hier in Kroatien alles mit diesem Knoten zusammenarbeitet. Dadurch könnten wir womöglich wichtige Querverbindungen aufdecken."

Beschwichtigend hob er beide Arme hoch: „Sie werden, sobald Sie in Zadar in der Marina liegen, keinen Moment unbeobachtet bleiben. Wir passen dort sehr gut auf Sie auf. Ihr Freund, der Hafenmeister, wird Ihnen, wie immer bei Ihrer Einfahrt in den Hafen, einen ganz bestimmten Liegeplatz zuweisen. Ich werde ihm vorher sagen, an welcher Stelle ich Sie gerne hätte."

„Ich bezweifle, dass sich Ivo in seine Arbeit reinreden lässt."

„Er wird sich bestimmt von mir überzeugen lassen. Die Schiffe rechts und links neben ihnen sind, bis zum Beginn ihrer Fahrt nach Venedig, Tag und Nacht von meinen Leuten oder eventuell auch mir selber besetzt. Sie wurden von uns gechartert."

Er grinste: „Auf diese Art spart die deutsche Regierung auch noch die Hotelkosten. Außerdem überlege ich mir bereits, ob es sinnvoll sein könnte, ihnen für die Dauer Ihrer nächsten Reise eine Hilfskraft an Bord zu schicken."

„Das kommt nicht infrage", unterbrach Markus ihn. „Meine Besatzung suche ich mir immer noch selber aus – falls ich jemanden benötigen sollte."

Eigentlich hatte er bereits vorher in Erwägung gezogen, auf dieser Tour die Nichte oder Frau des Hafenmeisters mitzunehmen. Das hatte er in der Vergangenheit gelegentlich gemacht. Die Frauen waren für die Abwechslung in ihrem Alltagsleben und den zusätzlichen Verdienst dankbar. Im Vorfeld hatte er bereits Ivo gegenüber so etwas angedeutet.

In den Verträgen mit den Chartergästen war bewusst ungenau angegeben, dass bei Bedarf oder auf Wunsch zusätzliches Personal an Bord kommen würde. Um das zu entscheiden, musste er seine neuen Gäste erst kennenlernen und mit ihnen sprechen. Falls sie es vorzogen, ihre Mahlzeiten regelmäßig an Bord einzunehmen, war es für ihn unumgänglich, eine gute Köchin auf dem Schiff zu haben. Zudem waren Menschen, die sich die Charterpreise für seine Jacht leisten konnten, oft daran gewöhnt, sich von vorne bis hinten bedienen zu lassen. Das hieß für die mitfahrende Köchin, auch die Arbeiten eines Zimmermädchens zu übernehmen.

Am ehesten gab es auf seinen Touren Probleme, wenn ältere Männer mit ihren sehr jungen Geliebten an Bord kamen. Etliche dieser Frauen konnten, außer ihren körperlichen Reizen, nicht viel vorweisen. Deutlicher ausgedrückt: Oft genug waren sie strohdumm. Meist verstanden sie sich aber hervorragend darauf, Kommandos zu erteilen und sich von vorne bis hinten bedienen zu lassen. Bei solchen Touren durch die Kornaten fragte Markus sich gelegentlich, wie es die Männer auch nur für begrenzte Zeit mit Frauen dieser Art aushalten konnten? Da schien nur ihre Jugend eine Rolle zu spielen.

Zum Glück hatten die Gäste der zurückliegenden Tour nicht ganz zu der Kategorie gehört. Die Männer waren nicht zu alt und die Frauen wirkliche Profis, die völlig darin aufgingen, ihren Begleitern jeden Wunsch von den Lippen abzulesen. Sie wurden für die Arbeit großzügig bezahlt. Da zählten eigene Befindlichkeiten nicht. Trotzdem waren ihm am liebsten Ehepaare, gerne auch mit Kindern, die einfach ihren Urlaub an der Adria genießen wollten.

Schlagartig kam ihm eine Idee. Ein Versuch war es allemal wert.

„Es sei denn, Sie wollen mir eine ganz bestimmte, ausgesprochen hübsche Hilfskraft mitgeben. Dann würde ich mich sicherlich überreden lassen."

Zakin schaute ihn neugierig an: „An wen denkst du da?"

„Vor meiner letzten Tour tauchte eure hübsche, blonde Kollegin Chiara Bertone bei mir an Bord auf.

Gegen ihre Begleitung hätte ich ganz sicher nichts einzuwenden."

Zakin schüttelte bedauernd den Kopf und Müller grinste.

„Deinen Wunsch kann ich ja durchaus verstehen, aber ich muss dich leider enttäuschen. Chiara Bertone ist keine Kollegin, sondern lediglich eine gute Bekannte oder sogar Freundin von Danny Danon. Er wusste, dass sie in Zadar ihren Urlaub verbringt und hatte sie telefonisch gebeten, dir eine Nachricht zu überbringen. Ihr Besuch bei dir ist also eine reine Gefälligkeit gewesen. Ansonsten hat sie mit der Arbeit von Danny Danon absolut nichts zu tun."

„Sie könnte euch doch noch einen kleinen Dienst erweisen und in den nächsten Wochen auf mich aufpassen. Ein kostenloser Urlaub auf der Jacht und dazu in meiner Begleitung – eigentlich müsste sie da schwach werden."

„Keine Chance, Markus." Zeev schüttelte den Kopf. „Ich war schon dagegen, dass du noch mehr in die Sache verwickelt wirst. Einen weiteren Laien, der in dieser Angelegenheit mitmischt, würden meine Nerven nicht verkraften."

Markus ahnte jetzt, worüber die zwei Männer vorhin diskutiert hatten.

„Du denkst, ein Amateur wie ich ist schon mehr, als du vertragen kannst?"

„So ungefähr", gab Zeev grummelnd zu. „Schließlich wissen wir nicht, was Thurau und Knoten noch alles versuchen werden, um die Pässe in die Hand zu bekommen. Da reicht es schon, dass wir auf dich aufpassen müssen."

„Schade", gab Markus sich geschlagen. „Diesmal hätte es auch für mich ein ausgesprochen angenehmer Trip durch die Kornaten bis nach Venedig werden können."

„Trotzdem sollten Sie sich meine Idee von vorhin nochmals durch den Kopf gehen lassen." Müller strahlte. „Sobald Sie zurück in Zadar sind, lernen sie ein anderes, ausgesprochen hübsches Exemplar von Frau kennen. Dafür werde ich sorgen."

Der deutsche Agent und der Israeli wechselten einen kurzen Blick, worauf Zakin zustimmend nickte.

„Sie haben in Zadar ja noch ein bisschen Zeit, sie kennenzulernen. Bevor Sie mit Ihren Gästen nach Venedig aufbrechen, werden Sie die Frau selber einladen, bei ihnen mitzufahren."

„Und wenn sie mir nicht zusagt?"

„Ich bin überzeugt davon, dass Sie nichts gegen sie einzuwenden haben. Sie ist hübsch, klug und sämtlichen Situationen gewachsen. Sie wird es so anstellen, dass alle, einschließlich des Hafenmeisters, glauben, dass Sie bis über beide Ohren verliebt sind."

„Noch mehr Ärger. Langsam verfluche ich den Tag, an dem ich die Pässe gefunden und Kontakt zu euch aufgenommen habe."

6.

Vom Hafen in Bibinje aus machte sich Markus zu Fuß auf den Weg, um Professor Subkow in seinem Haus, etwas außerhalb der Ortschaft, zu interviewen.

Es war erneut ein schöner Spätsommertag. Sehr viele davon würde es in diesem Jahr an dem Teil der Adria nicht mehr geben.

Die Sonnenstrahlen spiegelten sich im ruhigen Meer, das sich nur gelegentlich im leichten Wind sanft kräuselte. Obwohl es bereits später Vormittag war, schien die Sonne nicht mehr ganz so heiß wie in den letzten Wochen. Die große Sommerhitze dürfte vorbei sein. Für den kleinen Spaziergang war es das optimale Wetter. Lediglich an den Stellen, wo sich die Wärme staute und der leichte Wind nicht hinkam, wurde es unangenehm drückend. Hinter den Bergen hatten sich riesige, bedrohliche Wolken aufgebaut. Vielleicht würde es im Laufe des Tages noch zu einem kräftigen Gewitter kommen.

Bei seinem Telefonat mit dem Professor hatte er sich den Weg genau erklären lassen. Ohne Probleme fand Markus die beschriebene Ausfallstraße und bog dann sofort nach links in eine kleinere, asphaltierte Straße ein. Vorbei ging es an gepflegten, beschaulichen und schon etwas älteren Häusern, vor denen die Tomaten rot leuchteten. Die dazugehörenden, großen Terrassen waren teilweise mit dichten Weinranken überwachsen. Gelegentlich traf er auf Einheimische, leicht zu erkennen an ihrer Arbeitskleidung. Möglicherweise kamen sie von der Arbeit auf ihren Feldern und gingen jetzt nach Hause zum Mittagessen.

Wie von dem Professor beschrieben, erreichte er eine weitere kleine Kreuzung. Laut Hinweisschild führte der Weg links zu einem ziemlich abseits gelegenen Restaurant namens „Riva-Dalmacija". Markus ignorierte das Schild und spazierte weiter geradeaus. Hier standen mehrheitlich neuere Häuser, meist mit geschlossenen Rollläden. Kleine, gemütlich wirkende Ferienhäuser, die sicherlich nur während der Urlaubszeit benutzt wurden. Überall an der Adria fand man sie. Ihre Besitzer kamen entweder aus den größeren Städten des Landes oder arbeiteten im Ausland und verbrachten hier mit ihren Familien den Urlaub.

Die asphaltierte Straße endete und ging in einen Feldweg über. Rechts von ihm führte eine schmale Zufahrtsstraße zu einem dunkelgrünen Haus mit verschlossenen Rollläden. Ein schwarzer Mercedes mit dem Kennzeichen ZD für Zadar, in dem zwei Männer saßen und der vor dem geschlossenen Gartentor stand, zog seine Aufmerksamkeit auf sich. Beim Vorbeigehen drehten die Insassen ihre Gesichter zur Seite. Absicht oder Zufall? Wollten sie nicht erkannt werden?

Belustigt schüttelte Markus den Kopf. Das Gespräch mit Müller und Zakin hatten ihn wohl misstrauisch gemacht. Jetzt sah er bereits in jedem parkenden Auto ihm feindlich gesonnene Agenten.

Das vorletzte Haus auf der linken Seite des Weges gehörte dem Professor. Sein Kommen blieb nicht unbemerkt. Als er das Tor zum Garten erreichte, fing ein großer, schwarzer Hund an zu bellen. Auf der mit Wein berankten Terrasse erschien eine Frau mit Besen in der Hand, die ihn neugierig, aber freundlich musterte. Sie war vollschlank, hatte dunkle, kurze Haare sowie volle, dunkelrote Lippen.

„Sind Sie der Journalist, der sich mit meinem Mann unterhalten möchte?" Sie sprach deutsch mit starkem dalmatinischem Akzent.

Als Markus bejahte, stellte sie den Besen eilig in eine Ecke, wischte sich die Hände an ihrer Schürze ab und kam ihm entgegen. Die Frau mochte etwa so alt sein wie er selber. Sie lächelte ihn mit offenem, freundlichem Gesicht an. Mit beiden Händen ergriff sie den Besucher am Arm und zog ihn auf die Terrasse.

„Bitte setzen Sie sich hier in den Schatten. Mein Mann wird in wenigen Minuten kommen. Ich sage ihm, dass Sie da sind."

Markus stand vor einem großen Tisch mit mehr als zehn bequemen Stühlen.

Die Frau eilte ins Haus und kam kurz darauf mit einer Karaffe Rotwein zurück. Unaufgefordert schenkte sie ein.

„Falls Ihnen der Wein um diese Tageszeit zu stark sein sollte, sagen Sie es mir. Dann bringe ich Wasser zum Verdünnen."

Nachdem sie erneut im Haus verschwunden war, hörte er sie fröhlich nach ihrem Mann rufen.

Markus trank einen Schluck Rotwein und lehnte sich in dem gemütlichen Stuhl zurück. Das hier war ein schöner, luftiger Platz, bestens geeignet, um Freunde zu treffen, zusammen zu essen und sich zu unterhalten. Jetzt, am späten Vormittag, fielen ein paar Sonnenstrahlen durch die Weinranken und zauberten die verschiedensten Muster auf den Tisch. Bis auf einige Geräusche, die aus dem Haus kamen, war es absolut ruhig. Der schwarze Hund, der ihn bellend begrüßt hatte, lag im Schatten am anderen Ende der Terrasse und schaute nur noch gelegentlich zu dem Besucher.

Schließlich hörte er Schritte. Ein kleiner, schmächtiger Mann in gepflegter grauer Hose sowie weißem Hemd stand in der Tür. Seine tief liegenden, braunen Augen musterten den Journalisten.

„Sie sind sehr pünktlich." Die Stimme klang prägnant, aber melodisch.

Trotz der vollen weißen Haare, die sorgfältig gebürstet waren, konnte der Professor höchstens fünfzig Jahre alt sein, schätzte Markus. Das magere Gesicht mit dem kräftigen Kinn und der hohen Stirn vermittelten den Eindruck wacher Intelligenz. Aufmerksam und gleichermaßen neugierig musterten sich die Männer.

„Mein alter Freund Freden hat sich also nach all den Jahren plötzlich wieder an mich erinnert. Sicher können Sie mir den Grund dafür nennen?"

Markus war froh, dass sein Gastgeber das Gespräch begann. Nachdem er von Freden gebeten wurde, den ehemaligen Professor Marek Subkow zu interviewen, hatte er vergeblich versucht, Hintergrundinformationen über ihn zu bekommen. Bei seinen Nachforschungen im Internet konnte er seltsamerweise nur wenig in Erfahrung bringen.

Inzwischen wusste er, dass der ehemalige Professor für politische Geschichte bereits 1967 mit seinen Eltern aus Polen nach Israel eingewandert war. Während der Zeit an der Universität in Jerusalem veröffentlichte er vier oder fünf Bücher über rechtsradikale Strömungen in den verschiedensten Ländern. Weitere Hinweise zu diesen Veröffentlichungen fand Markus nicht. Nicht einmal Buchkritiken gab es. Es schien fast so, also wollte man den Professor totschweigen, indem man keine Informationen über ihn preisgab. Über jeden Durchschnittsbürger konnte er mehr herausfinden. Das hatte ihn neugierig gemacht.

Markus Hagen holte das kleine Aufnahmegerät aus seiner Tasche und schaute den Professor fragend an. Nachdem dieser zustimmend nickte, schaltete er es ein.

"Wenn Gottlieb Freden etwas möchte, hat er eigentlich auch einen Grund dafür. Weshalb er mich zu ihnen geschickt hat, kann ich bedauerlicherweise nicht sagen. Vielleicht will er Ihre Meinung zu einem bestimmten Thema wieder mehr in den Vordergrund rücken. Können Sie mir erzählen, warum Sie jetzt hier in Bibinje leben."

"Was wissen Sie über mich und meine Arbeit in Israel?"

"Leider nicht sehr viel. Sie waren an der Universität in Jerusalem Professor für politische Geschichte und haben einige Bücher veröffentlicht. Diese Informationen habe ich durch Gottlieb Freden bekommen. Natürlich wollte ich vor meinem Besuch bei Ihnen im Internet mehr über Sie erfahren. Es ist wie verhext und auch schon irgendwie unwirklich. Es scheint, als hätte es einen Professor Subkow nie gegeben. Selbst auf den Seiten der Universität in Jerusalem habe ich keinen Hinweis über Sie gefunden."

Der Professor nickte und wirkte in sich gekehrt.

"Ja, meine Feinde haben hervorragende Arbeit geleistet. Soweit es ihnen möglich war, haben sie sämtliche Spuren über mich im Internet gelöscht. Wer dort mehr über mich erfahren möchte, wird auf falsche Fährten gelockt. Meist landet er schließlich bei Backrezepten oder auf Pornoseiten. Meine Bücher sind, soweit mir bekannt ist, aus allen öffentlichen Bibliotheken verschwunden. In den Verkaufsregalen der Buchhandlungen gibt es sie längst nicht mehr. Sie werden auch keinen Verlag finden, der sich traut, eine Neuauflage herauszugeben. Gelegentlich findet man noch ein

Exemplar meiner Bücher auf dem Flohmarkt oder in einem Antiquariat."

„Aber warum?"

„Die Faschisten aus vielen Ländern dieser Erde, insbesondere in Europa, versuchen zurzeit verstärkt, ihre Interessen und unterschiedlichen Meinungen in einem Block zu vereinheitlichen. Da wirken sich meine Veröffentlichungen störend aus."

„Was haben Sie geschrieben, um die rechte politische Szene so zu verärgern?"

„In meinen Büchern habe ich eigentlich nicht mehr aufgedeckt, als das, was inzwischen allgemein bekannt ist. Ich habe lediglich gewisse Themen, meist aus der israelischen, arabischen oder europäischen Politik, genommen und sie in Bezug zu anderen Ereignissen in der Welt gestellt. Jeder Mensch, der sich etwas genauer informiert, würde zu ähnlichen Ergebnissen kommen wie ich auch."

„Können Sie mir ein Beispiel nennen?"

Der Professor nickte nachdenklich: „Natürlich kann ich das. Wie Sie wissen, sind bereits in mehreren europäischen Ländern die Faschisten in Regierungen eingebunden oder werden von den dort führenden Politikern toleriert. Zum Beispiel versucht das Europäische Parlament seit Jahren, die Versorgung und Unterbringung der vielen Flüchtlinge in Europa zu verbessern. Sie auf einen einheitlichen Standard zu stellen. Sämtliche rechte Parteien kämpfen vehement dagegen an. Sie verzögern alle Beratungen mit Hunderten von Anfragen bis ins Unendliche. Wenn es dann endlich zu den entscheidenden Abstimmungen kommt, sind gänzlich unerwartet auch einige Mitglieder des sozialistischen oder konservativen Flügels gegen die neuen Regeln.

Bei zwei Abgeordneten habe ich nachweisen können, dass sie ihre Meinung plötzlich änderten, nachdem es Übergriffe auf deren Familien in der Heimat gab. Bei einem Parlamentsmitglied gab es zwei Tage vor der Abstimmung einen Überfall auf dessen Vater. Er wurde dabei schwer verletzt. Eine weitere Abgeordnete stimmte dagegen, nachdem am Tag vorher eine ihrer Töchter angegriffen und vergewaltigt wurde. Der Frau haben Unbekannte gänzlich unverblümt mitgeteilt, dass diese Vergewaltigung etwas mit der bevorstehenden Abstimmung zu tun habe. Sollte sie weiterhin für den Antrag des Parlaments stimmen, würde man auch ihre zweite Tochter finden.

Die Täter konnten letztendlich von der Polizei gefasst und vor Gericht gestellt werden. In den darauffolgenden Gerichtsverhandlungen hat man sie lediglich zu Bewährungsstrafen verurteilt. Bei allen Verhandlungen war vorher bekannt, dass die Richter bei Rechtsradikalen gerne beide Augen zuzudrücken. Trotzdem oder gerade deswegen hat man ihnen diese Fälle übertragen."

„Führten Ihre Ansichten zum Rechtsextremismus dazu, Israel zu verlassen."

„Da gab es viele Beweggründe. Zuerst verscherzte ich es mir mit den drei rechtsgerichteten Parteien ‚Israel Bethenu', ‚Moledet' sowie ‚Tekuma', als sie begannen, eine einheitliche Liste für die Knesset-Wahlen aufzustellen und ich öffentlich dagegen Stellung bezog.

Etwa zur gleichen Zeit bekam ich Ärger mit der ‚National-Religiösen Partei', deren neuer Vorsitzender sich offen dafür ausspricht, ganz Palästina dem israelischen Staat einzuverleiben, ohne der dort wohnenden Bevölkerung ein Stimmrecht bei Wahlen zu geben. Sie wären dann so etwas wie Bürger zweiter Klasse. Offiziell wurde ich an der Universität in Jerusalem gefeuert, weil ich mich an Sitzblockaden gegen die israelische Siedlungspolitik beteiligt habe. Es hat sogar eine Strafanzeige gegeben. Ich soll mich meiner Festnahme durch „Gewalt gegen Staatsorgane" entzogen haben. Das stimmte natürlich nicht. Die Anzeige wurde fallen gelassen, nachdem ich Israel verlassen hatte."

„Gab es weitere Gründe?"

„Es gab viele anonyme Bedrohungen, nicht nur gegen mich, sondern betrafen auch meine Familie. Meine erste Ehefrau ließ sich schließlich scheiden und zog mit unseren Kindern in die USA. Wahrscheinlich war es das Beste für sie."

Während der folgenden Stunde unterbrach Markus den Professor nur selten mit Zwischenfragen. Zu vielen Ausführungen machte er sich zusätzliche, handschriftliche Notizen und nahm sich vor, sie zu überprüfen. Sollte Marek Subkow mit seinen Thesen zur rechtspopulistischen Szene in Europa nur zur Hälfte Recht behalten, war das mehr als beängstigend.

Nach Meinung des Professors gab und gibt es in vielen Ländern politische Entwicklungen, die unweigerlich zu einer Diktatur führen würden.

„Schon jetzt wird die Freiheit des Einzelnen immer mehr eingeengt. Sie werden immer mehr überwacht. Sogar Wochen später kann man noch herausfinden, wo sich jemand an einem bestimmten Tag aufgehalten hat. Ich halte die Entwicklung für sehr gefährlich", sagte er.

In dem Fall konnte Markus dem Professor nur zustimmen. Bereits in den vergangenen Jahren hatte es unter den Kollegen heftige Diskussionen über diesen Punkt gegeben.

Der Professor schaute Markus direkt in die Augen und wechselte vorerst das Thema: „Wussten Sie, dass es in Deutschland im letzten Jahr mehr als dreihundert Anschläge auf Asylantenheime gegeben hat? Das ist die offizielle Zahl. Flüchtlingsinitiativen schätzen die Dunkelziffer weitaus höher ein. Einige der Attentäter hat man gefasst und vor Gericht gestellt. Allesamt waren es Mitglieder der „Heimattreuen". Darüber wurde so gut wie nie berichtet. Bevor diese Verbrecher endlich vor Gericht stehen, wird im Hintergrund an vielen Fäden gezogen. Es wird dafür gesorgt, dass die Anklage von ganz bestimmten Staatsanwälten vertreten wird. Oder die Richter stellen im Prozess fest, dass es sich nur um Totschlag statt um Mord handelt, und verurteilen die Täter zu milden Strafen. Ist das die Demokratie der Zukunft?"

„Sie haben noch kein Wort darüber verloren, warum Sie ausgerechnet in Bibinje gelandet sind? Sie hätten ebenfalls in die USA gehen können."

Der Professor lachte verschmitzt.

„Da hat wohl das Schicksal seine Fäden gezogen."

Markus glaubte zu wissen, was passiert war.

„Sie haben Ihre jetzige Frau kennengelernt?"

Subkow lächelte immer noch und nickte: „Nachdem ich Israel den Rücken gekehrt hatte, waren die USA mein eigentliches Ziel. Insgeheim hatte ich den Plan, mich irgendwo in Kalifornien niederzulassen. Da wäre ich in der Nähe meiner Kinder gewesen. Zudem leben dort etliche gute

Freunde von mir. Ich habe einen Umweg über Zadar gemacht, um für eine israelische Organisation bestimmte Informationen zu sammeln. Im Grunde genommen handelte es sich dabei um nichts Wichtiges. Die Auskünfte hätte ich auch telefonisch einzuholen können. Aber in Kroatien bin ich zuvor nie gewesen. Ich habe nur gehört, dass die Küstenregion unvergleichlich schön sein soll. Deshalb habe ich den kleinen Umweg in Kauf genommen. Innerhalb dieser wenigen Tage in Kroatien lernte ich meine spätere Frau kennen. Nach reiflicher Überlegung habe ich sämtliche Zukunftspläne geändert und bin hiergeblieben."

„Ist dieses Leben für Sie nicht ein bisschen zu ruhig? Die Hektik einer großen Universität zu tauschen gegen das zurückgezogene Dasein in diesem kleinen Ort. Wie geht man damit um?"

„Das Leben hier hat seine Vorteile. Jetzt finde ich die Zeit, um endlich Bücher zu lesen, die mich immer schon interessiert haben. Hektik kommt lediglich dann auf, wenn mal wieder die Stromversorgung ausfällt und ich vergessen habe, Benzin für den Generator zu kaufen. Außerdem gibt es noch viele ehemalige Kollegen oder Studenten, die keine Furcht vor meinen Gegnern haben und mich besuchen kommen."

Der Professor schien zu überlegen, ob er weiterreden sollte. Er sah Markus nachdenklich an.

„Ich bin über die Reihe von Anschlägen damals in Israel, denen auch Ihre Tochter zum Opfer fiel, recht gut informiert. Haben Sie nie versucht, die Hintermänner der Attentäter ausfindig zu machen?"

Da war er wieder, dieser Druck in der Herzgegend. Wie immer, wenn Markus an seine Tochter erinnert wurde, stellte sich der Schmerz ein.

„Beide Attentäter sind tot. Angeblich handelten sie aus eigenem Entschluss und es fanden sich keine Hintermänner, die man zur Verantwortung ziehen konnte." Christine Landers erwähnte er nicht. Zuerst wollte er selber mit ihr sprechen.

„Da hat man Ihnen nur die offizielle Meinung wiedergegeben", unterbrach ihn Subkow sehr heftig. „Ich und zahlreiche andere Leute in Israel glauben nicht an die Version der Geschichte. Es gab schon damals zu viele Indizien, die dagegensprachen. Meiner Meinung nach wollten die Regierungen in Israel und Deutschland diese schrecklichen Anschläge bewusst herunterspielen. Dass ausgerechnet zwei Deutsche die Attentate ausgeführt haben, hat in der israelischen Öffentlichkeit genug Staub aufgewirbelt. Damals standen die Regierungen von Israel sowie Deutschland kurz vor dem Abschluss wichtiger Verhandlungen über Waffenlieferungen und einem milliardenschweren Handelsabkommen. Da konnte man keine antideutsche Stimmung unter der israelischen Bevölkerung gebrauchen."

„Wie kommen Sie darauf?"

Markus musste sich abwenden. Er starrte unbestimmt zum Himmel. Er hatte solange gebraucht, um den Tod seiner Tochter wenigstens etwas in den Hintergrund zu schieben. Nun wurde er, innerhalb von kurzer Zeit, zum wiederholten Mal daran erinnert. Wie immer, wenn er an sie dachte, stand sie bildlich vor ihm. Ganz deutlich sah er ihr hübsches, kindliches Gesicht mit den blauen Augen, die ihn anlächelten. Was konnte er unternehmen, falls der Professor Recht hatte? Ihm fiel die geplante Verabredung in Venedig ein. Vermochte Christine etwas mehr zur Aufklärung der Taten beitragen?

„Die beiden Attentäter besaßen nicht das Format, um Anschläge in dieser Größenordnung im Alleingang zu planen", fuhr der Professor fort. „Wie sollten sie in Israel an die Waffen gekommen sein? Woher haben die Männer ihre Informationen erhalten, um ihre Anschläge zu verüben, ohne sofort entdeckt zu werden? Es gab noch viele offene Fragen in dieser Sache, die nie geklärt wurden. Ich habe ein paar Freunde beim Schin Bet, dem israelischen Inlandsgeheimdienst. Die überwiegende Mehrheit von ihnen zweifelt jedenfalls sehr an den offiziellen Erklärungen über die beiden Deutschen als Einzeltäter. Die Untersuchungen wurden damals gegen den Widerstand der Ermittler auf Weisung der Regierung eingestellt."

„Was denken Sie? Wer kann hinter den Attentaten stecken?"

„Diese Frage kann man erst beantworten, wenn man weiß, was eventuelle Hintermänner mit den Anschlägen bezwecken wollten. Sie galten relativ unbedeutenden Geschäftsleuten und Politikern, die unauffällig ihren jeweiligen Tätigkeiten nachgingen. Es gab keine wirklich herausragenden Persönlichkeiten unter den Opfern. Sie konnten leicht ersetzt werden. Möglicherweise geschahen die Anschläge in der Hoffnung, die damaligen Verhandlungen zwischen Israel und Deutschland zu stören. Oder es handelte sich um eine Art Test. Man wollte sehen, wie die Reaktionen der Israeli sowie ihrer Bündnispartner ausfallen würden. Es kann auch sein, dass die Attentäter etwaigen zukünftigen Verbündeten zeigen wollten, wie weit man zu gehen bereit war. In etwa die gleiche Schublade möchte ich auch die vielen Morde der vergangenen Jahre an ausländischen Mitbürgern in Deutschland stecken."

Markus runzelte die Stirn. Subkow kam unmittelbar auf den ersten Teil ihres Gespräches zurück. Ihm selber wäre nie in den Sinn gekommen, die beiden Ereignisse in Verbindung zu bringen.

„Sie sprechen jetzt von den sogenannten NSU-Morden?"

Subkow nickte: „Genau die meine ich. Ich kann nicht glauben, dass alle, wirklich alle ermittelnden Behörden so viele Fehler bei ihrer Arbeit gemacht haben sollen. Die Ermittler bei diesen Tötungsfällen waren sämtlich hervorragend ausgebildete Spezialisten. Ganz plötzlich sind sie blind und taub geworden? Mit solchen Argumenten kann man vielleicht einzelne, besonders naive Politiker und die Öffentlichkeit belügen. Dabei gab es gezielte Anordnungen von höchster Stelle, Ermittlungsakten über den nationalsozialistischen Untergrund verschwinden zu lassen. Warum? Entdeckte man bei den Ermittlungen doch mehr, als man jetzt der Öffentlichkeit sagen möchte? Mitglieder der rechtsradikalen Szene wurden in den vergangenen Jahren finanziell vom Verfassungsschutz unterstützt. Das ist inzwischen allgemein bekannt. Die Verantwortlichen dafür entschuldigten sich für ihre bedauerlichen Fehler, machten ein zerknirschtes Gesicht vor den Untersuchungsausschüssen und zogen sich mit ihren dicken Pensionen oder Abfindungen in den Ruhestand zurück."

„Ihrer Meinung nach stecken hinter diesen Anschlägen ganz bestimmte Leute, die der rechtsradikalen Szene nahestehen?"

„Ja, das ist meine feste Überzeugung. Vieles deutet daraufhin, dass die damaligen Anschläge in Israel, die brennenden *Asylantenheime* sowie die Morde an ausländischen Mitbürgern in Deutschland im Zusammenhang stehen. Meiner Meinung nach hat alles bereits mit der Explosion einer Rohrbombe auf dem Oktoberfest in München angefangen. Sie erinnern sich? Im Abschlussbericht des Generalbundesanwaltes wird ein Einzeltäter dafür verantwortlich gemacht. Ein politisches Motiv konnte nicht erkannt werden. Der Täter, ein Student, handelte angeblich aus Perspektivlosigkeit und sexueller Frustration. Dabei ist den Ermittlern bekannt gewesen, dass der Attentäter Mitglied in einer ultrarechten, paramilitärischen Wehrsportgruppe war. Darauf ging man im Abschlussbericht nicht ein. Die Beteiligung weiterer Täter wurde ausdrücklich ausgeschlossen."

Markus erinnerte sich an den furchtbaren Anschlag auf das Oktoberfest. Er lag schon viele Jahre zurück. Soweit er noch wusste, gab es dabei mehr als zehn Tote und über zweihundert Verletzte.

Konnte Subkow damit Recht haben, wenn er die Tat von damals in Zusammenhang mit den Anschlägen der jüngeren Zeit brachte? Markus selber hielt die These für sehr gewagt. Seines Wissens gab es dafür keine stichhaltigen Beweise. Jedenfalls hatte er nie etwas davon gehört.

Obwohl er damals noch ein Kind gewesen war, blieb das Oktoberfestattentat immer in seiner Erinnerung haften. Am Nachmittag des gleichen

Tages war er zusammen mit seiner Mutter, selber auf dem Oktoberfest gewesen. Der Unterhaltung der Eltern am nächsten Tag entnahm er, dass etwas Schreckliches passiert sein musste, und verstand es nicht. Später, auf dem Gymnasium, musste er über diesen Anschlag ein Referat schreiben. Bereits damals fand er in Zeitungsartikeln Hinweise darauf, die eine rechtsextreme Gruppe mit dem Attentat in Verbindung brachten. Beweise dafür gab es offiziell nicht.

„Zu welchen Erkenntnissen sind Sie selber gekommen?"

Gespannt wartete er auf die Antwort von Subkow.

„Ein Kollege von Ihnen, also ebenfalls ein Journalist, bekam später Kopien der Untersuchungsakten über das Oktoberfestattentat zugespielt. Es gab einen Zeugen, der den Attentäter dreißig Minuten vor dem Anschlag mit zwei Männern am Haupteingang des Oktoberfestes diskutieren sah. Exakt beschrieb der Augenzeuge, dass der Student einen Koffer und eine weiße Plastiktüte mit einem schweren, runden Gegenstand trug. Die Ermittler stempelten ihn als unglaubwürdig ab. Ein Angehöriger genau der Wehrsportgruppe, wo der Attentäter Mitglied gewesen ist, wollte zu dem Anschlag eine Aussage machen. In der Nacht davor erhängt er sich.

Den Verdachtsmomenten, die zur rechten Szene führen, geht man nicht nach, und das von einer Zeugin angefertigte Phantombild der Mittäter verschwindet spurlos aus den Akten. Es gibt auch keinerlei Hinweise auf eine abgetrennte Hand, die man am Tatort fand. Sie gehörte weder dem Attentäter noch einem Opfer."

Subkows Frau stellte eine Kanne Kaffee und etwas Gebäck auf den Tisch. Leise, wie sie gekommen war, verschwand sie wieder.

„Da musste es sich schon damals um eine Organisation handeln, die stark war und sich eventuell sogar hinter der Wehrsportgruppe versteckte. Es mussten auch entsprechende Barmittel zur Verfügung gestanden haben. Denken Sie, dass die Hintermänner aus Deutschland kamen?"

„Davon gehe ich aus." Der Professor überlegte, bevor er weitersprach. „Es muss sich bei diesen Leuten aber nicht nur um Deutsche handeln. Wir leben in einer Zeit, in der sich viele rechtsradikale Gruppierungen aus den verschiedensten Ländern zusammenschließen. Die Linken von der „Roten Armee Fraktion" haben es vorgemacht mit ihren Verbindungen nach Italien, Japan sowie Jordanien. Ich möchte aber zur heutigen Zeit zurückkommen. Die Nationalität ist inzwischen nicht mehr wichtig. Zwar verfolgen alle faschistischen Gruppierungen, die mir bekannt sind, mehr oder weniger unterschiedliche Ziele, aber meiner Meinung nach gibt es im Hintergrund Personen, die gewaltbereite Rechtsradikale und rechte Parteien enger zusammenschließen möchten, um sie für ihre eigenen Absichten einzusetzen. Mehr noch, als es bis jetzt bereits geschehen ist."

„Bedauerlicherweise gibt es dafür keine Hinweise oder Namen von Leuten, die man damit in Verbindung bringen könnte."

Subkow schaute den Journalisten prüfend an. „Was würden Sie tun, wenn es Namen gibt, die zu den Hintermännern führen?"

Erst in diesem Moment wurde Markus klar, dass der Professor nicht nur über Vermutungen sprach.

„Ich könnte nach zusätzlichen Informationen suchen. Solange, bis sich aus vielen Teilen ein Bild ergibt. Wie bei einem Puzzle. Wenn es uns gelingt, dafür die breite Öffentlichkeit zu interessieren, wären wir einen großen Schritt weiter. Vielleicht kommen wir dadurch an Beweise, um wenigstens einige dieser Leute aus dem Hintergrund vor Gericht zu bringen. Geben Sie mir ein paar Namen oder wenigstens Anhaltspunkte."

Die Antwort schien Subkow zu gefallen. Trotzdem zögerte er.

„Ein andermal vielleicht. Ich muss es mir überlegen. Schließlich kenne ich Sie erst seit kurzer Zeit. Zudem könnte es für Sie gefährlich werden."

Marek Subkow musste die Enttäuschung von Markus Hagen bemerkt haben.

„Mein Schwager Ivo Gotovac besitzt nicht weit von hier ein kleines Restaurant. Sie sind auf dem Weg zu mir fast daran vorbeigekommen. Obwohl etwas abseits gelegen, ist das „Riva-Dalmacija" für seine hervorragende Küche über Dalmatien hinaus bekannt."

„Was hat dieses Restaurant mit den Faschisten zu tun?"

„Ante Zivkovic, der Führer der kroatischen Faschisten, trifft sich dort fast regelmäßig, mindestens aber zweimal wöchentlich, mit seinen wichtigsten Gefolgsleuten aus anderen Landesteilen Kroatiens. Über ihn sagt man, dass er insgeheim für die Übergriffe rechter Schlägertrupps auf zwei Journalisten in Zagreb verantwortlich ist. Das passierte zu Beginn des Jahres. Er ist ein Schwein.

Es gibt gewichtige Hinweise darauf, dass er im Krieg bis Anfang 1999 für die Serben gegen sein eigenes Volk spioniert hat. Nachdem die NATO anfing, Serbien zu bombardieren, wurde er unversehens zum großen Freiheitskämpfer, der sein Leben als Kommandant einer zivilen Partisanenarmee für sein geliebtes Kroatien gegen Serbien einsetzte. Bei einem Überfall seiner Gefolgsleute auf ein Dorf wurden sämtliche Frauen, Kinder und alte Menschen getötet. Was er bis heute abstreitet. Angeblich handelt es sich bei ihm um einen Urenkel von Nikola Zivkovic, dem früheren Führer der Kroaten vor der Zeit von Tito."

„Woher wissen sie das alles?"

„Mein Schwager kam mit seinem kleinen Spähtrupp der kroatischen Armee kurz nach dem Blutbad in das Dorf, geriet in einen Hinterhalt der Leute von Zivkovic und wurde dabei schwer verletzt. Seitdem hat er ein persönliches Interesse daran, alles über diesen Mann zu erfahren."

„Also hat Zivkovic mit seiner kroatischen Privatarmee gegen die offizielle Armee gekämpft? Eigentlich sollte das ein Fall für den internationalen Strafgerichtshof in Den Haag sein."

„Dort wird seit Jahren ohne Erfolg gegen ihn ermittelt. Alle Zeugen verschwanden spurlos, bevor sie überhaupt vernommen werden konnten."

Markus war sich im Klaren darüber, dass Subkow nicht ohne Grund das Gespräch auf die kroatischen Faschisten lenkte.

„Warum trifft sich ein Mann wie Zivkovic ausgerechnet hier, in einer Urlaubsregion weitab von jeder Großstadt, mit seinen Gesinnungsgenossen?

Und welche Verbindung soll es zu den Faschisten aus anderen Ländern geben?"

„Ante Zivkovic ist nicht nur Führer der kroatischen Faschisten, sondern zudem ein hoher Beamter der Regierung in Zagreb. Er besitzt viel Einfluss. Es ist ein offenes Geheimnis, dass er die alte Ustascha als politische Kraft zu neuem Leben erweckt hat. Die Partei, die er zusammen mit Gleichgesinnten gegründet hat, nennt sich „Nasá Hrvatska". Ihre Zentrale befindet sich in Split. Womöglich haben Sie von der Bewegung gehört?"

Markus nickte. Bereits zum zweiten Mal innerhalb von kurzer Zeit tauchte der Name auf.

„Damit Zivkovic seine hochgesteckten Ziele erreichen kann, benötigt er die finanzielle Unterstützung reicher Gönner. Hier, weit weg von Zagreb und doch in der Nähe der Parteizentrale, kann er sich unauffällig mit solchen Leuten treffen. Zufällig besitzt Zivkovic ganz in der Nähe ein großes Ferienhaus. Im Sommer hält er sich dort oft mit seiner Familie auf. Was kann unverdächtiger sein, als sich im Urlaub mit Freunden zu einem gemütlichen Abendessen zu treffen. Im Restaurant meines Schwagers ist er nur selten mit Familienangehörigen gewesen. Dort trifft er sich hauptsächlich zu Besprechungen. Alle zwei bis drei Tage gehen meine Frau und ich dort essen. Ich habe selber gesehen, wie er sich dort mit Freiherr von Thurau getroffen hat. Der gilt schon seit vielen Jahren als Drahtzieher der rechten Szene in Deutschland und Europa. Er könnte einer dieser Hintermänner sein, von denen wir gerade gesprochen haben."

„Sie oder ihr Schwager konnten nicht hören, um was es in dem Gespräch ging?"

Der Professor schüttelte den Kopf.

„Leider nein. Sie sprachen sehr leise. Als mein Schwager an ihren Tisch trat, um sich nach ihrer Zufriedenheit zu erkundigen, wechselten sie sofort das Thema."

„Schade, es wäre interessant zu wissen, um was es bei dem Gespräch ging."

„Ich könnte mir vorstellen, dass die beiden über eine engere Zusammenarbeit zwischen den Rechtsradikalen in Deutschland und der neuen Ustascha gesprochen haben. Es würde auch Sinn machen. Mit der finanziellen Unterstützung durch den Deutschen könnte Ante Zivkovic bei den nächsten Wahlen in Kroatien viele Stimmen gewinnen, die ihn seinem Ziel näherbringen."

Markus erinnerte sich daran, wie Zakin in ihrem Gespräch die Gruppierung um Zivkovic als unbedeutend abgetan hatte.

„Was hat er für ein Ziel?"

„Man redet davon, dass er sich bei der nächsten Wahl als Kandidat für die Präsidentschaft aufstellen lassen möchte. Falls er gewinnen sollte, könnte das einen gewaltigen Rechtsruck für den gesamten Balkan bedeuten. Man sagt auch, dass Zivkovic die Unterstützung des ungarischen Ministerpräsidenten hat. Die beiden sollen gute Freunde sein."

„So wie Sie über Zivkovic sprechen, kann ich das verstehen. Wahrscheinlich denken beide in die gleiche Richtung. Aber welche Vorteile sollte Freiherr von Thurau davon haben?"

„Als Operationsbasis, aber auch als Rückzugsgebiet ist Kroatien nicht zu verachten. Gleichzeitig wird dadurch der faschistische Block im Europaparlament gestärkt. Das könnten die

Beweggründe für Thurau sein, Zivkovic zu unterstützen. Die rechtsnationalen Parteien sind in Europa überall auf dem Vormarsch. Sie brauchen da nur nach Frankreich, Griechenland und Holland schauen."

Subkow machte eine kurze Pause, bevor er fortfuhr: „Freiherr von Thurau ist übrigens nicht allein gekommen, als er sich mit Zivkovic getroffen hat. In seiner Begleitung befand sich eine auffallend hübsche, junge Dame, die sich intensiv an den Gesprächen der beiden beteiligt hat."

Beim letzten Satz blickte Subkow fast lauernd in das Gesicht des Besuchers.

„Vermutlich handelte es sich bei der Frau um Maria Sanchez."

Markus schaute dem Professor offen in die Augen: „Ich kannte sie noch unter ihrem früheren Namen Christine Landers. Ihrem Gesichtsausdruck nach zu urteilen, wissen Sie, dass Frau Landers und ich uns einmal recht nahestanden."

Markus gab diesmal nicht zu erkennen, wie viel Wut, Hass und auch Traurigkeit über den sinnlosen Tod seiner Tochter dieser Name in ihm auslöste. Daran konnten auch die Erklärungen von Zeev Zakin über ihre eventuelle Unschuld nichts ändern.

Der Professor wirkte etwas verlegen. „Entschuldigen Sie, aber als Sie mit mir den Termin für das Interview vereinbarten, habe ich mich natürlich über Sie erkundigt. Ich muss vorsichtig sein."

Markus wollte nicht weiter über diese Frau sprechen. Er lenkte ab.

„Stehen Sie unter Beobachtung?"

„Ich denke nicht. Wie kommen Sie darauf?"

„Auf dem Weg zu Ihnen fiel mir ein Pkw mit dem Autokennzeichen von Zadar auf. Er stand in der Einfahrt zu einem dunkelgrünen Haus mit geschlossenen Rollläden. Als ich vorbeiging, drehten die beiden Männer im Wagen ihre Köpfe zur Seite. Es kam mir vor, als sollte ich ihre Gesichter nicht sehen. Mir kam das eigenartig vor. Wer setzt sich bei dem schönen Wetter freiwillig zu einem Gespräch ins Auto?"

„Das ist tatsächlich seltsam. Der Eigentümer wohnt in Karlovac. Er ist dort Geschäftsführer einer Brauerei. Das Haus wird nur in der Ferienzeit und gelegentlich an den Wochenenden von ihm sowie seiner Familie genutzt. Sie sind vor etwa zehn Tagen abgereist."

Subkow überlegte kurz, bevor er mit einer knappen Entschuldigung im Haus verschwand.

Markus hörte ihn mit seiner Frau reden, verstand aber nicht, was sie miteinander sprachen. Mit zufriedenem Gesichtsausdruck tauchte der Professor kurz darauf wieder auf.

„Meine Frau ruft ihren Cousin an. Er arbeitet bei der hiesigen Polizei und ist sicherlich froh, mal aus seinem Büro zu kommen. Um diese Jahreszeit haben unsere Ordnungshüter hier in Bibinje nicht mehr allzu viel zu tun. Dann sind sie über gelegentliche Abwechslung recht froh."

Augenzwinkernd fügte er hinzu: „Es darf nur nicht zu viel Arbeit damit verbunden sein."

Markus schaute den Professor fragend an: „Wenn sich hier in dieser Gegend die Führer rechtspopulistischer und sogar rechtsradikaler Kreise aus verschiedenen Ländern treffen, haben Sie dann keine Angst, dass Sie beobachtet werden?

Schließlich dürften Ihre Bücher unter den Anhängern für ziemlich viel Ärger gesorgt haben."

„Warum sollten Sie mich beobachten lassen. Seitdem ich mich hier niedergelassen habe, wurde von mir nichts mehr veröffentlicht und die Bücher sind aus den Buchhandlungen verschwunden. Meine gelegentlichen Nachforschungen verlaufen sehr diskret. Sie dürften diesen Leuten nicht aufgefallen sein."

7.

Mit einem angenehmen Gefühl verließ Markus Hagen das Haus von Marek Subkow. Das Interview war interessanter geworden, als er es vorher gedacht hatte. Die Zeit war dabei viel zu schnell vergangen. Irgendwie war daraus mehr eine informative Unterhaltung als ein Interview geworden. Jetzt konnte er den Bericht für Freden schreiben. Er selber hatte einen Mann kennengelernt, dessen Einstellungen ihn durchaus beeindruckten. Auch wenn er nicht in allen Punkten mit ihm übereinstimmte. Das Wissen des Professors über die gesamte rechte Szene, nicht nur in Europa, war gewaltig. Subkow schien insgeheim einen kleinen Nachrichtendienst zu unterhalten. Nur so konnte er an die vielen Informationen kommen.

Er hätte das Gespräch gerne ausgedehnt, aber Subkow und seine Frau erwarteten Besuch, dem sie nicht absagen wollten.

Er würde das Interview am Abend vom Boot aus per Mail nach München schicken. Sobald das Wetter es zuließ, konnte er, wie mit Zakin und Müller verabredet, die „NINA" nach Zadar zurückbringen.

Jetzt allerdings hatten die Wolken den Kampf mit den Bergen gewonnen. Eine dicke Wolkenwand baute sich über ihm auf. Falls die Gewitterfront sich hier festsetzte, würde die kommende Nacht auf seinem Boot etwas unruhig werden. Doch womöglich verzog sie sich bis dahin. An die jähen Wetterumschwünge, gerade im Frühjahr oder Spätsommer, musste man sich in diesem Teil des Landes gewöhnen.

Das Auto aus Zagreb in der Zufahrt zu dem grünen Haus war verschwunden. Möglicherweise hatte der Anruf bei der Polizei Wirkung gezeigt oder sein Misstrauen war unnötig gewesen. Die Männer hatten sich vielleicht nur verfahren, dann hier gehalten, um sich an ihren Straßenkarten zu orientieren. Die Software in den Navigationsgeräten war in dieser Gegend nicht immer auf dem neusten Stand. Dass sie sich wegdrehten, als sie ihn kommen sahen, konnte Zufall sein oder er hatte es sich eingebildet.

Eigentlich hatte Markus keine rechte Lust dazu, den Abend in Bibinje alleine auf der „NINA" zu verbringen. In seltenen Momenten bekam er solche Anwandlungen. Viel besser wäre es, sich später mit einer hübschen Frau zu treffen. Dafür würde er auch länger in Bibinje bleiben. Selbstverständlich sollte sie schön und intelligent sein sowie die richtige Portion Humor besitzen. Unwillkürlich sah er dabei das Gesicht der Italienerin vor sich. Im Geiste sah er den unschuldsvoll spöttischen Blick und erinnerte sich an die zerzausten blonden Haare, die ihr dauernd in die Augen fielen. Hielt sie sich noch in Kroatien auf oder war sie bereits nach Neapel zurückgekehrt?

Sobald er nach Zadar zurückkam, würde er den Hafenmeister nach ihr fragen. Wenn ihm einer bei der Suche helfen konnte, dann er.

Während er weiterlief, kehrten seine Gedanken immer wieder zu ihr zurück. Vor allem wünschte er sich bei einer Frau, dass sie aufrichtig war. Traf das auf die Italienerin zu? Er wollte keine zweite Christine. Nach außen hin die perfekte Partnerin, hinter deren Maske sich zielbewusste Berechnung verbarg. Möglicherweise verlangte er einfach zu viel. Die von ihm gewünschten Eigenschaften fand man nur selten in einer Person vereint.

Die Unterhaltungsgabe der Schönen war oftmals nach einer halben Stunde erschöpft. Es sei denn, man interessierte sich für Make-up, Schönheitsoperationen oder die neuste Mode. Die Intelligenteren waren meist so von sich selber überzeugt, dass man den Humor mit der Lupe suchen musste.

Das war zumindest einer der Gründe, warum er seit dem Verschwinden von Christine in Tel Aviv keine feste Verbindung mehr eingegangen war. Gelegentlich kam es zu einer kurzen Affäre mit einer Touristin. Meist war er froh, wenn ihr Urlaub zu Ende ging und sie abreiste.

Markus verdrängte seine Grübeleien. Jetzt brauchte er ein kühles Bier, um diese Gedanken zu verbannen.

Fast wäre er an dem Wegweiser zum Restaurant „Riva-Dalmacija" vorbeigegangen. Gerade noch rechtzeitig fiel ihm ein, dass er das Bier mit einem sehr späten Mittagessen beziehungsweise frühen Abendessen verbinden konnte. In den meisten Lokalen hier an der Küste gab es auch am späten

Nachmittag etwas zu essen. Warum sollte er es nicht in diesem Restaurant versuchen. Subkows Hinweis auf den Führer der Rechten in Kroatien hatte ihn neugierig gemacht.

Es waren weniger als zweihundert Meter von der Kreuzung aus bis zu dem etwas abgelegenen Restaurant. Trotz der Uhrzeit waren auf der überdachten Terrasse bereits fünf Tische besetzt. Eigentlich ungewöhnlich. In den südlichen Ländern Europas ging man meist recht spät zum Abendessen.

An einem saßen zwei Männer, etwa in seinem Alter, die lebhaft diskutierten. Ansonsten befanden sich noch drei ältere Paare auf der Terrasse, die sich schweigend ihrem Essen widmeten. Ein weiteres Paar saß wartend an einem Tisch mit leeren Tellern.

In der Mitte der Terrasse stand ein beachtliches Salatbuffet, über dem sich ein großer Ventilator drehte. An der rückwärtigen Wand hingen zwei geschmackvolle Kopien der Bilder von Sava Sekulic, einem der wenigen kroatischen Maler, die Markus kannte.

Ganz eindeutig handelte es sich hier nicht um ein typisches Speiselokal für Touristen, in denen man schnell abgefertigt wurde, um Platz für die nächsten Gäste zu schaffen. Hier kam man her, um die angebotenen Speisen zu genießen.

Markus zögerte und überlegte, ob er wieder gehen sollte. Das hier sah nicht nach einem Restaurant aus, in dem man alleine zum Essen ging.

An einem kleinen Tisch, gleich neben dem Aufgang zur Terrasse, saß eine Frau mit kurzen, grauen Haaren. Sie schien so etwas wie die Empfangsdame zu sein. Als sie ihn bemerkte, stand sie auf und ging ihm einige Schritte entgegen.

„Sie möchten einen Tisch?"

Zu spät, um zu verschwinden. Ohne auf seine Antwort zu warten, zitierte sie einen alten Kellner herbei. Danach war ihr Interesse an ihm erschöpft und sie ging zu ihrem Beobachtungsposten zurück.

Das eisgekühlte Bier kam sehr schnell und nach dem ersten, kräftigen Schluck widmete sich Markus entspannt der Speisekarte. Er entschied sich für das Lamm am Spieß.

Während er auf das Essen wartete, betrachtete er die anderen Gäste. Lauter gediegene Bürger. Die Stimmen der Paare waren gedämpft, die Gesten beherrscht. Nur die zwei Männer schienen sehr unterschiedlicher Meinung zu sein. Sie diskutierten immer noch lebhaft, aber ebenfalls sehr leise. Keiner kümmerte sich darum, was in seiner Umgebung geschah. Genau der richtige Ort für heimliche Zusammenkünfte, dachte sich Markus.

Der stattliche Mann mit weißer Schürze, der jetzt aus dem Hintergrund auftauchte, musste Ivo Gotovac sein. Er blieb an jedem der besetzten Tische stehen, verbeugte sich leicht, sprach ein paar Worte und ging weiter. Es wirkte ganz natürlich, als er auf Markus zukam.

„Sie wurden noch nicht bedient oder erwarten Sie noch jemand?"

Der Wirt sprach ein akzentfreies Deutsch. Seine dunklen Augen mit den buschigen Augenbrauen blinzelten vergnügt.

„Oder hat Sie nur die Neugierde hergetrieben, Herr Hagen?"

Markus Blick wurde von der großen, gezackten Narbe auf der linken Wange angezogen, die sich vom

Kinn bis fast unter das Auge hinzog. Außerdem fehlte dem Mann ein Ohr.

Als Markus ihn verwundert ansah, fügte er hinzu: „Ich habe soeben einen Anruf von meinem Schwager bekommen."

Markus grinste vergnügt: „Professor Subkow hat Ihnen also gesagt, dass Sie mich erwarten sollen. Woher wusste er, dass ich hier vorbeikommen werde?"

„Ich würde sagen, dass er sie richtig eingeschätzt hat."

„In meiner Neugierde auf Ante Zivkovic?"

Der Wirt sah ihn bestürzt an: „Wie ich sehe, haben Sie ein interessantes Gespräch mit ihm gehabt. Wie haben Sie die Information über diesen Mann aus ihm herausgeholt?"

„Lässt er sich überhaupt etwas entlocken, wenn er nicht will?"

Gotovac nickte zustimmend: „Warum sind Sie hergekommen? Meinen Schwager hat es nicht gewundert, aber mich."

„Ach – das ist eher Zufall. Ich wollte nur die Geschichte, die er mir erzählte, nachprüfen. Bei Journalisten wird das zur Gewohnheit. Zudem hat er mir gesagt, dass Ihr Restaurant für seine gute Küche bekannt ist. Ich bekam ganz plötzlich Hunger und konnte so beides miteinander verbinden."

„Eine gute Entscheidung. Sonst wären Sie jetzt nass geworden."

Der Wirt warf einen prüfenden Blick zum Himmel: „Nur ein kleines Unwetter. In einer Stunde ist der Regen vorbei."

Wie auf Kommando fuhr ein Windstoß über die Terrasse des Restaurants und große Regentropfen prasselten davor auf den Boden. Der alte Kellner bemühte sich, die Schiebewände an den Seiten zu schließen, um die Gäste vor dem Wind zu schützen.

„Und wie kann ich helfen? Soll ich Ihnen den Führer der Faschisten in Kroatien zeigen?"

„Jetzt?"

„Er ist zehn Minuten vor Ihnen gekommen. Zuerst dachte ich, dass Sie ihn möglicherweise verfolgen."

„Welcher von den beiden diskutierenden Männern ist es?"

„Falsch. Es ist der Mann im grünen Polohemd mit der grauhaarigen Frau dort links am Tisch. Sie warten noch auf ihr Essen."

Markus sah sich gleichgültig um.

„Der mit der roten Knollennase und den fleischigen Lippen? Das neben ihm ist seine Frau?"

„Ja und es ist eines der wenigen Abendessen, die er zusammen mit ihr in meinem Restaurant einnimmt."

„Ist das ein gutes oder ein schlechtes Zeichen?"

„Wer kann das schon sagen. Vielleicht hat er heute keine andere Begleitung gefunden. Im Moment sieht es so aus, als würde sich Ante Zivkovic für sie, Herr Hagen, interessieren. Jedenfalls schaut er auffallend oft zu uns her. Er scheint überrascht zu sein, sie hier zu sehen."

„Wie sollte er wissen, wer ich bin. Ich kann mich nicht erinnern, ihm jemals begegnet zu sein. Eventuell denkt er auch, dass ich ihn verfolge."

Gotovac zuckte die Schultern: „Möglich ist es, aber eher unwahrscheinlich. Falls Sie sich nicht persönlich kennen, wird er wohl ein Foto von ihnen gesehen haben."

„Ihrem Gesichtsausdruck nach zu urteilen, scheinen Sie nicht viel von diesem Gast zu halten. Warum bewirten Sie ihn dann," wollte Markus wissen.

Der Wirt fuhr mit der Hand über die Narbe im Gesicht: „Irgendwann ist auch seine Zeit gekommen. Vielleicht kann ich mit meinen bescheidenen Mitteln dazu beitragen, sie herbeizuführen. Bis dahin erlaube ich mir jedes Mal den Spaß, in sein Essen zu spucken, bevor es ihm serviert wird."

Der alte Kellner erschien mit dem bestellten Lamm für Markus. Gotovac warf einen prüfenden Blick darauf und schien zufrieden zu sein.

„Noch ein Bier oder lieber ein Glas von unserem ausgezeichneten Wein?"

Er entschied sich für ein zweites Bier.

Gotovac gab dem Kellner eine entsprechende Anweisung und nickte ihm zum Abschied freundlich zu.

Das Essen war ausgezeichnet und Markus ließ es sich schmecken. Ein weiterer Windstoß ließ die Seitenwände erbeben, während sich der Regenschauer zu einem prasselnden Platzregen verstärkte. Unwillkürlich schaute er nach draußen. Ein weiterer Gast konnte sich gerade noch rechtzeitig unter das schützende Dach der Terrasse retten.

Da stand sie mit ihren zerzausten, blonden Haaren. Diesmal bekleidet mit einem pastellfarbenen, ärmellosen Kleid, deren seidiger Stoff sich an ihre Haut schmiegte. Mein Gott dachte Markus, wie kommt man nur zu solchen wohlgeformten, langen Beinen.

Ihre Augen wanderten über die Gäste auf der Terrasse und blieben schließlich mit erleichtertem Lächeln bei Markus hängen. Sie kam auf ihn zu, achtete nicht auf den alten Kellner, der ungewöhnlich rasch auftauchte, ebenso wenig auf die misstrauischen Blicke des weiblichen Wachhundes an ihrem kleinen Tisch.

„Es tut mir leid, dass ich mich verspätet habe", sagte sie.

Ihre wunderschönen braunen Augen unter den dunklen Wimpern blickten flehend. Das bezaubernde, schüchterne Lächeln um ihren Mund vertiefte sich, als Markus sich erhob, um sie zu begrüßen.

8.

„Falls Sie sich nicht mehr an meinen Namen erinnern, ich bin Chiara Bertone", flüsterte sie ihm leise mit ihrer faszinierenden, rauchigen Stimme ins Ohr, während sie sich auf den von Markus angebotenen Stuhl setzte. Ihre Augen blickten verwirrt und etwas verlegen, was auch diesmal so gar nicht zu ihr passen wollte. Routiniert strich sie sich immer wieder die blonden Haare aus der Stirn.

Sie schüttelte verneinend ihren hübschen Kopf, als der Kellner ihr die Speisekarte reichen wollte.

„Bitte bringen Sie mir nur einen kleinen Salat und dazu ein Glas Weißwein. Oder soll ich ihn mir selber am Buffet holen?"

Entrüstet winkte der Kellner ab: „Wenn Sie mir vertrauen, stelle ich für sie einen kleinen Salatteller zusammen. Haben Sie besondere Wünsche?"

Die hübsche Frau schüttelte den Kopf und der Ober verschwand.

Markus musste sich eingestehen, dass ihn sein erster Eindruck bei ihrem Besuch auf der „NINA" nicht getäuscht hatte. Sie sah umwerfend aus und es gab bei ihr nicht die geringste Spur von Arroganz oder reservierter Steifheit, wie man sie meist bei schönen Frauen fand. Ihre einfache Natürlichkeit machte erneut großen Eindruck auf ihn. Das Gleiche schien auch für die anderen männlichen Gäste im Restaurant zu gelten. Nur mühsam wandten sie die Blicke von ihr. Die unterbrochenen Gespräche an den Nachbartischen wurden zögernd wieder aufgenommen.

„Es tut mir leid, wenn ich Sie in Ihrer Einsamkeit störe." Ihre Augen glitzerten vergnügt, während sie sich in dem Restaurant umsah.

„Das braucht es nicht. Für mich ist es ein ausgesprochenes Vergnügen, Sie hier zu sehen. Wie haben Sie es geschafft, bei dem Regen herzukommen, ohne nass zu werden?"

„Mein geliehener Wagen steht gleich links neben dem Restaurant, und den Regenschirm habe ich vor dem Lokal liegen gelassen."

Chiara überwand ihre erste Verlegenheit und sah Markus mit ihren wunderschönen großen Augen direkt an. Ihre braune Haut war makellos, musste er feststellen. Weder eine Sommersprosse und auch keinen Leberfleck konnte er darauf sehen. Zu gerne hätte er ausprobiert, ob sich ihre Haut so samtweich anfühlte, wie sie aussah. Die hübschen Lippen lächelten ihn an: „Sind Sie fertig mit Ihren Betrachtungen?"

„Wird man jemals fertig beim Betrachten eines vollendeten Kunstwerkes," antwortete Markus mit einer Gegenfrage. Er freute sich darüber, dass sie unter der gebräunten Haut leicht errötete. Jedenfalls bildete er es sich ein.

Der Kellner unterbrach ihre Unterhaltung, als er das bestellte Glas Wein brachte und am Tisch stehen blieb, um zu sehen, ob sie zufrieden war. Erst nachdem Chiara einen kleinen Schluck probiert und ihm lächelnd zugenickt hatte, ging er zögernd weg.

„Ein Wunder ist geschehen. Ich saß hier einsam bei meinem Essen, wünschte Sie herbei und Sie erschienen."

Sie lächelte ihn, diesmal leicht verlegen, an. Wieder einmal erstaunte ihn, wie schnell der Ausdruck ihrer Augen sich ändern konnte. Den einen Moment blickte sie schüchtern, fast scheu, um ihn im nächsten Augenblick spöttisch anzufunkeln. Machte sie sich über ihn lustig?

„Sie sind fürchterlich. Wie schaffen Sie es nur, mich dauernd in Verlegenheit zu bringen? Leider habe ich jetzt nicht sehr viel Zeit und ihr Wunder wurde von Danny Danon verursacht."

Betont traurig schüttelte Markus den Kopf. „Ich habe es geahnt und doch die ganze Zeit gehofft, Sie seien meinetwegen gekommen. Jetzt frage ich mich, ob ich diesem Danny möglicherweise sogar dankbar sein muss."

Zögernd legte sie eine Hand auf seinen Arm: „Ich soll Ihnen von Danon ausrichten, sehr vorsichtig, wirklich sehr vorsichtig zu sein. Im Hafen von Zadar sind bereits kurz nach Ihrer Abfahrt vor einer Woche einige fremde Männer aufgetaucht, die Erkundigungen über Sie eingezogen haben. Danny will seitdem herausfinden, zu wem sie gehören. Es kann sein, dass diese neugierigen Männer ihren Aufenthaltsort hier in Bibinje bereits herausgefunden haben. Nach Möglichkeit sollen Sie heute noch nach Zadar zurückfahren. Danny lässt Ihnen ausrichten, er hat alles wie besprochen arrangiert."

Zeev musste Danon über sein Gespräch mit ihm unterrichtet haben. Markus wunderte sich nur darüber, dass der Israeli ausgerechnet diese junge Frau zu ihm geschickt hatte. Bei ihrem letzten Treffen hatte er eher eifersüchtig reagiert, als die Sprache auf sie kam.

Der Druck auf seinen Arm verstärkte sich etwas. Jetzt schaute sie ihn wirklich sehr ernst an.

„Bitte halten Sie sich an Dannys Warnung. Er scheint sich große Sorgen zu machen."

Markus nahm ihre schmale Hand von seinem Arm in beide Hände. Sie fühlte sich seltsam vertraut an.

„Was haben Sie mit der Arbeit von Danny Danon zu tun?"

Ruhig, wie selbstverständlich, ließ sie ihre Hand in der von Markus liegen.

„Mit seiner Arbeit? Eigentlich nichts. Danny habe ich vor einigen Jahren durch gemeinsame Bekannte in Neapel kennengelernt. Er hat eine Zeit lang beim dortigen israelischen Konsulat gearbeitet. Wir haben uns angefreundet. Wir sind wirklich nur gute Freunde."

Chiara wunderte sich. Warum betonte sie so ausdrücklich die Harmlosigkeit ihrer Beziehung zu Danny?

„Umso weniger verstehe ich, dass er Sie in seine Arbeit einbezieht. Es könnte auch für Sie gefährlich werden. Sie wissen, für wen Ihr Freund arbeitet?"

„Meine Kenntnisse darüber halten sich in Grenzen. Ich ahne schon lange, dass er nicht nur für die Botschaft arbeitet, sondern auch für den israelischen Geheimdienst oder eine ähnliche Organisation. Möglicherweise lässt sich seine Arbeit auch nicht eindeutig zuordnen. Er hat mich nur das eine Mal um Hilfe gebeten, als ich Ihnen die Nachricht auf Ihr Boot brachte."

„Und heute?"

„Ich war zufällig bei dem Telefongespräch dabei, als er die Meldung bekam, dass Männer in Zadar über Sie Erkundigungen einziehen. Über Handy konnte er Sie nicht erreichen und musste selber zu einer wichtigen Verabredung."

„Danon hat Ihnen erzählt, um was es geht?"

„Leider nein. Er meinte, es wäre besser für mich, wenn ich nicht zu viel wüsste." Missbilligend zog sie ihre Stirn in Falten.

„Im Grunde genommen bin ich da derselben Meinung. Es könnte für Sie sogar besser sein, sofort nach Neapel abzureisen."

Sie ging auf den Rat nicht ein.

„Trotz Dannys Weigerung, mir mehr zu erzählen, bot ich ihm an, Sie zu benachrichtigen. Erst wollte er absolut nichts davon wissen. Er scheint Sie nicht gerade in sein Herz geschlossen zu haben. Etwas später konnte ich ihn doch noch überzeugen und er hat mir gesagt, wo ich Sie finden kann. Also bin ich zu dem Professor gefahren. Seine Frau hat mir gesagt, dass Sie bereits gegangen sind. Ihr Mann kam dazu und gab mir den Tipp, der mich zu dem Restaurant führte."

Markus genoss es, mit dieser Frau zusammenzusitzen, wie ein verliebter Schuljunge ihre Hand zu halten und sich mit ihr zu unterhalten.

„Unter Umständen bringt Sie Ihre Anwesenheit hier in Gefahr."

Der Kellner brachte den Salat für Chiara, den er sorgsam am Buffet für sie ausgewählt hatte. Nur ungern befreite sie ihre Hand, um sich dem Essen zu widmen.

Sie lächelte ihn unbekümmert an, erneut mit ihrem scheuen Blick: „Die einzige Gefahr, die mir hier droht, scheint von ihnen auszugehen. Ich denke aber, dass ich damit leben kann."

Zu gerne wäre Markus auf ihren versteckten Flirt eingegangen. Er hoffte, es später nachholen zu können. So erzählte er ihr von Zivkovic, der genau in ihrer Blickrichtung saß, und der Beobachtung von Gotovac, dem Wirt.

„Falls er mit seiner Mutmaßung Recht hat, rücken Sie jetzt automatisch zu dem Kreis von Leuten auf, die mit mir verkehren und damit unter Umständen verdächtig sind."

Nachdenklich aß sie ihren Salat: „Wollen Sie mir nicht die ganze Geschichte erzählen? Ich platze vor Neugierde."

„Zu einem späteren Zeitpunkt vielleicht. Aber nicht hier und jetzt. Sobald Sie mit dem Essen fertig sind, sollten wir besser von hier verschwinden."

Der Wirt erschien persönlich, um sie zu verabschieden, und begleitete sie nach draußen. Vor dem Restaurant deutete er auf einen schwarzen Mercedes, an dem ein Mann mit blonden Haaren und dunklem Anzug lehnte.

„Das ist das Auto von Zivkovic. Die Person daneben ist sein Chauffeur und Leibwächter. Passen Sie auf sich auf."

Am Himmel hingen immer noch dunkle Wolken, aber es hatte, jedenfalls vorübergehend, aufgehört zu regnen. Trotzdem nahm Markus das Angebot von Chiara an, ihn bis zur Jacht mitzunehmen.

„Das Wetter wird besser. Ich werde nachher, wie vom israelischen Geheimdienst gewünscht, mit der „NINA" nach Zadar zurückfahren. Können wir uns heute Abend dort sehen?"

Offen lächelte Chiara ihn an: „Zuerst muss ich Danny über meine Unterhaltung mit Ihnen berichten. Danach bin ich mit einer Freundin in der Bar von Mirko verabredet. Wenn Sie mir versprechen, mindestens einmal mit mir zu tanzen, sind Sie herzlich willkommen. Kennen Sie die Bar?"

„Mirko ist ein Freund von mir. Aber wenn Sie mit einer Freundin verabredet sind, will ich Sie nicht stören."

Die Italienerin bremste scharf und stellte den Motor ab, als sie den Hafen von Bibinje erreichten.

Ihr Gesichtsausdruck wurde ernst, als sie Markus direkt in die Augen schaute: „Das wäre keine Störung. Ich würde mich freuen, sie sobald wiederzusehen."

Behutsam fasste er sie bei den Schultern und zog sie zu sich heran. Mit dem Mund streifte er ihr Ohr, um schließlich auf ihre weichen Lippen trafen.

Chiara zögerte ein wenig, bevor sie ihre Hände leicht um seinen Hals legte und den Kuss sanft erwiderte.

Als sie sich von ihm trennte, trat wieder das spöttische, funkelnde, scheue Lächeln in ihre Augen.

„Ist es bei euch Seeleuten üblich, eine Frau schon so kurz nach dem Kennenlernen zu küssen?"

„Nur dann, wenn man eine Frau für immer festhalten möchte."

Markus hatte die Antwort automatisch gegeben. Gleichzeitig wusste er, dass sie der Wahrheit entsprach.

Chiara lehnte den Kopf bei ihm an die Schulter, die schmale Hand lag auf seiner Brust. Sie war wieder ernst geworden.

„Lass uns ein wenig Zeit, Markus. Ich will kein schnelles Abenteuer. Wir kennen uns erst seit gut einer Woche und sehen uns heute zum zweiten Mal. Ich habe ein bisschen Angst. Was geschieht gerade mit uns, und vor allem in so einem rasanten Tempo?"

„Ich kann dir nur sagen, was mir passiert ist. Ich habe mich in die schönste Frau der Welt verliebt und möchte sie nie mehr loslassen."

„Für kurze Zeit musst du mich aber loslassen", neckte Chiara ihn. „Wie du weißt, habe ich eine Verabredung mit Danny. Aber heute Abend sehen wir uns?"

„Wie könnte ich unser erstes richtiges Rendezvous vergessen?"

„Dann los. Ich bin schon spät dran."

Er fühlte ihren heißen Atem am Hals, als sie seinen Kopf zu sich drehte und diesmal ausgiebig mit ihren weichen, vollen Lippen zärtlich küsste.

Chiara sah im Rückspiegel, wie Markus ihr nachblickte und winkte, als sie losfuhr. Sie fühlte sich so unheimlich glücklich und beschwingt, wie lange nicht mehr. Vom ersten Moment an, bei ihrem Besuch auf seiner Jacht, hatte sie die starke Anziehungskraft verspürt, die es zwischen ihnen gab. Aus Verlegenheit und um sich wieder zu fangen, war sie damals ziellos auf der Jacht herumgegangen. Wenn er sie anschaute, meinte sie, ihr Herz laut klopfen zu hören. Wie bei einem Teenager, schalt sie sich.

Dieses erste Zusammentreffen war der Grund gewesen, weshalb sie ihm unbedingt die Nachricht von Danny überbringen wollte. Über eine Woche lang hatte sie keine Gelegenheit gehabt, Markus zu treffen. Sie musste oft an ihn denken. Notfalls wäre sie ihm zufällig über den Weg gelaufen. Aber von Danny wusste sie, dass er mit Chartergästen zwischen den Inseln spazieren fuhr. Sie wollte unbedingt herausfinden, ob sich die starke Anziehungskraft auch bei ihrer zweiten Begegnung einstellte. Jetzt wusste sie es und ihm schien es ebenso zu ergehen.

Aber konnte das gut gehen mit diesem Mann? Sie wollte keinen kurzen Urlaubsflirt. Wie ernst meinte er es, als er sagte, sie nie mehr loslassen zu wollen? In welche Richtung würde sich eine Beziehung entwickeln, falls es überhaupt dazu kam? Markus lebte hier in Kroatien sein Vagabundenleben. Wie passte sie da hinein? Sie war jetzt 31 Jahre alt, wollte nach Möglichkeit in ihrem Beruf arbeiten. Vielleicht in nicht allzu weiter Zukunft eine Familie gründen. Vorausgesetzt natürlich, dass sie den richtigen Mann traf.

Als sie ihren Eltern erzählte, dass sie in Rom und nicht in Neapel studieren würde, begannen wochenlange Diskussionen. Ausgerechnet in Rom. Wenn man ihrem Vater zuhörte, hätte man glauben können, dass alle römischen Männer nur darauf aus waren, mit ihr ins Bett zu gehen, um sie anschließend mit einem Kind sitzen zu lassen. Ähnliche Verdächtigungen äußerte er aber auch über die Männer aus Neapel und die vielen Touristen in ihrer Stadt.

Sie liebte ihre Eltern über alles, aber in manchen Dingen waren sie sehr altmodisch. Das traf besonders auf ihren Vater zu. Gelegentlich fragte sie sich, wie er ihre Mutter überreden konnte, ihn zu heiraten und mit ihm von Deutschland nach Neapel zu ziehen. Tatsache war aber auch, dass die beiden sich nach über dreißig Ehejahren genauso liebten wie am Anfang ihrer Beziehung. Noch immer gingen sie Hand in Hand spazieren. Nach jedem kleinen Streit folgte innerhalb kürzester Zeit die Versöhnung. Chiara hatte manchmal den Verdacht, dass sie sich nur deshalb stritten.

Aus Erzählungen wusste sie, dass es vor der Hochzeit in beiden Familien heftigen Streit gegeben haben musste. Die Eltern ihrer Mutter waren absolut gegen eine Heirat mit diesem „Mafioso" gewesen. Bei ihm hatte die gesamte Verwandtschaft Einwände gegen eine Ehe mit der Deutschen vorgebracht. Einige waren der Meinung, dass sie ihm wohl auf sehr unmoralische Art den Kopf verdreht haben musste.

Erst als ihr Vater damit drohte, Neapel und die gesamte Familie für immer zu verlassen, erklärten sich seine Eltern wenigstens dazu bereit, die Auserwählte in Augenschein zu nehmen. Die Großeltern in Deutschland änderten die Meinung über den „Mafioso" erst, nachdem ihre Mutter schon schwanger war.

Bei den Hochzeitsfeierlichkeiten musste es zu einer großen Verbrüderung beider Familien gekommen sein. Seitdem verstand man sich jedenfalls glänzend. Ihr Großvater in Deutschland fing nach der Hochzeit sogar an, italienisch zu lernen. Inzwischen sprach er es nahezu perfekt.

Nach zahlreichen Diskussionen konnte Chiara schließlich doch ihren Kopf durchsetzen. Die Eltern brachten sie samt ihren Habseligkeiten persönlich nach Rom und halfen dabei mit, das Zimmer im Studentenwohnheim wohnlich herzurichten. Erleichtert stellten sie fest, dass Männerbesuche hier grundsätzlich verboten waren. Ausnahmen gab es nur für Väter, die sich vorher persönlich bei der Heimleitung anmelden mussten. Etwas beruhigt fuhren sie nach Neapel zurück.

Chiara machte es Spaß, ihr Leben selber auf die Reihe zu bringen. Hier gab es keine besorgte Familie, die dauernd wissen wollte, mit wem sie sich traf.

Ihre Eltern besaßen in Neapel ein mittelgroßes Lebensmittelgeschäft und unterstützen sie während des Studiums finanziell, so gut sie es konnten. Trotzdem hatte sie von Anfang an die Absicht, nebenbei etwas Geld zu verdienen.

Sie stellte bald fest, dass es in Rom nicht leicht war, einen geeigneten Job zu finden, ohne das Studium zu vernachlässigen.

Von einer Zimmernachbarin ließ sie sich dazu überreden, am Casting einer Modellagentur teilzunehmen.

Gleich zu Anfang bekam sie zu hören, dass ihr Busen einer großen Mannequin-Karriere im Weg stehen würde. Die Kleider, die sie vorführen sollte, waren eher für flachbrüstige Frauen entworfen worden. Das Angebot, auf Modenschauen Unterwäsche vorzuführen, lehnte sie ab. Wenn ihr Vater davon erfahren hätte, wäre ein Weltuntergang das geringere Übel gewesen.

Trotzdem bekam sie vereinzelt seriöse Aufträge für kleinere Modenschauen in Rom und Umgebung.

Nach ihrem zweiten Semester erhielt sie einen der begehrten Praktikantenplätze am „Gemelli". Immerhin behandelten die Mediziner des Krankenhauses auch den „Heiligen Vater", wenn er krank wurde.

Dort traf sie einen jungen, fröhlichen und dazu gutaussehenden Arzt, der auf der gleichen Station wie sie arbeitete. Edoardo hatte nicht dieses anmaßende Getue wie die anderen Mediziner. Sie fand ihn von Anfang an sympathisch. Er war selbstbewusst, aber immer sehr höflich und stets zu einem Scherz aufgelegt. Sie verliebte sich.

Natürlich blieb das ihren Kollegen im Krankenhaus nicht verborgen. Auf ihrer Station tuschelte man bereits über sie beide, bevor ihr Verhältnis überhaupt begonnen hatte.

Soweit ihr Schichtplan es zuließ, verbrachten sie die Zeit gemeinsam. Nur an den freien Wochenenden hatte er nie Zeit für sie. Dann fuhr Edoardo zu seinem Vater, der irgendwo in der Toscana in einem Altenheim lebte und auf den Besuch des Sohnes wartete. Bis zum Schluss vermied er es, sie dorthin mitzunehmen. Trotzdem begann sie begeistert, mit ihm die gemeinsame Zukunft zu planen.

Erst durch eine mitleidige Oberschwester erfuhr Chiara, dass ihr Edoardo längst verheiratet war und zwei Kinder hatte. Seine Familie, auch der Vater, lebte irgendwo auf dem Land unweit von Rom. Die gemeinsamen Zukunftspläne waren für ihn lediglich ein Spiel, um sie als willfähriges Betthäschen in Stimmung zu halten.

Der Schmerz über seine vielen Lügen und die darauffolgende Trennung trafen sie tief. Damals nahm sie sich vor, niemals mehr dermaßen naiv in eine Beziehung zu gehen.

Sofort nach dem Praktikum verließ sie Rom, um in Neapel weiter zu studieren. Ihre Eltern verloren über ihre plötzliche Rückkehr kein Wort. Sie ahnten wohl, dass sich ihre Tochter unglücklich verliebt haben musste und deshalb zurückgekommen war.

In Neapel konzentrierte sie sich voll auf ihr Studium. Nur selten ging sie aus.

In der Zeit lernte sie Danny Danon kennen. Keine ihrer Freundinnen verstand, warum sie sich mit diesem ungepflegten, langhaarigen Kerl abgab. Womöglich weil er ganz anders war als Edoardo. Es stand für sie außer Frage, dass sie sich jemals in Danny verlieben konnte. Auf schonende Art versuchte sie immer wieder, ihm das beizubringen.

Der Besuch hier bei der Verwandtschaft in Kroatien war die Belohnung für die bestandenen Prüfungen zur Kinderärztin. Nach dem vielen Lernen brauchte sie eine kleine Auszeit. Zadar schien dafür der geeignete Ort zu sein.

Da sie die deutsche Sprache sehr gut beherrschte, wollte sie nach dem Urlaub versuchen, eine Stelle an einer Klinik in Deutschland zu bekommen. So sehr sie ihre Eltern und Neapel liebte, brachte sie es nicht über sich, weiterhin in einem italienischen Krankenhaus zu arbeiten. Die Verhältnisse dort waren für eine junge Ärztin nicht gerade optimal. Sie hoffte, in Deutschland bessere Zustände vorzufinden.

Und nun trat urplötzlich dieser Mann in ihr Leben, der all ihre Planungen für die Zukunft über den Haufen werfen konnte. Doch schließlich war das noch mit einem großen Fragezeichen versehen, wies sie sich selbst zurecht.

Was wusste sie eigentlich von Markus? Im Grunde genommen so gut wie nichts. Sein Alter konnte sie schwer einschätzen. Vielleicht Mitte dreißig oder ein paar Jahre darüber. Er sah gut aus, war groß, schlank mit breiten, kräftigen Schultern, dunklen Haaren und sehr schönen, graublauen Augen, mit denen er tief in ihr Inneres blicken konnte. Jedenfalls dachte sie es jedes Mal, wenn er sie anschaute.

Die Nase in dem markanten Gesicht war vielleicht ein bisschen zu groß geraten. Sie gab ihm ein etwas verwegenes Aussehen, das hervorragend zu seinem Beruf passte. So hatte sie sich früher immer einen Piraten vorgestellt. Er verbreitete eine absolut ruhige Zuverlässigkeit und Beständigkeit. Konnte es diese Ausstrahlung sein, die sie dazu gebracht hatte, sich dermaßen schnell zu verlieben? Ein zuverlässiger, beständiger Pirat? Irgendwie passte das nicht zusammen. Über ihre verrückten Gedankengänge musste sie selber lachen.

Vor wenigen Tagen hatte Danny eher zufällig erwähnt, dass Markus früher als Journalist gearbeitet hatte. Was mochte ihn dazu bewogen haben, den Beruf aufzugeben?

Was verband ihn überhaupt mit Danny Danon? Arbeitete er insgeheim für die Israelis? Es gab so viele Fragen und noch fand sie keine Antworten darauf.

Bis jetzt wusste sie ja noch nicht mal, ob in Deutschland Frau und Kinder auf ihn warteten. Wenn ja, würde es für sie zu Ende sein, bevor es überhaupt beginnen konnte. Immerhin gab es die zwei Kinderbilder bei ihm auf der Flybridge.

Chiara schob die aufkommenden, pessimistischen Gedanken zur Seite. Sollte das Schicksal entscheiden. Sie würde es nicht ändern können.

Ihre Glücksgefühle gewannen wieder die Oberhand. Jetzt freute sie sich erst einmal auf die Verabredung mit ihm. Das Autoradio war auf einen italienischen Sender eingestellt. Zur Belustigung vorübergehender Passanten sang sie, bei offenem Autofenster, lautstark im Duett mit Eros Ramazzotti „Quasi Amore".

Danny war nicht allein, als Chiara an dem verabredeten Treffpunkt eintraf. Zilly, eine Kollegin aus der Botschaft, unterhielt sich angeregt mit ihm. Zwei weitere, ihr unbekannte Männer saßen außerdem am Tisch. Insgeheim rümpfte sie die Nase. Zilly missbilligte die Freundschaft zwischen Danon und ihr. War es Eifersucht oder steckte etwas Anderes dahinter? Eigentlich sollte Zilly inzwischen wissen, dass ihr Interesse an Danny rein kameradschaftlicher Natur war. Sie würde ihr bei ihm nicht im Wege stehen.

Zilly war so blond wie sie, etwas kleiner und hatte sehr helle, blaue Augen. Zusammen mit ihren Eltern war sie erst vor wenigen Jahren von Russland nach Israel gezogen.

Danny schien es mal wieder eilig zu haben, oder tat wenigstens so. Bevor sie sich zu der Gruppe setzen konnte, stellte er schon seine erste Frage.

„Hast du Hagen die Warnung zukommen lassen?"

Da Danny vor Zilly sowie den beiden fremden Männern, die er ihr flüchtig als Martin und Zeev vorstellte, kein Geheimnis zu haben schien, erzählte sie von dem Treffen mit Markus. Ebenso von der zufälligen Begegnung mit Ante Zivkovic, dem Führer der faschistischen Kroaten.

Danon zog zischend den Atem ein, und die beiden Fremden schauten sie gespannt an.

„Das ist nicht gut. Das ist gar nicht gut. Die Männer, die über ihn im Hafen von Zadar Erkundigungen eingezogen haben, gehören zu seinen Leuten. Und Zivkovic hat dich mit Markus Hagen zusammen gesehen?"

Sie zuckte mit den Schultern: „Natürlich, wir haben schließlich gemeinsam im gleichen Restaurant wie Zivkovic gegessen."

Das schien Danny noch weniger zu gefallen. Er sah sie nicht mehr besorgt, sondern wütend an.

Sie berichtete von ihrer Fahrt nach Bibinje, wo sie Markus Hagen schließlich in dem Restaurant fand und er sie dort auf Zivkovic aufmerksam machte.

Danon packte sie recht grob am Handgelenk: „Dann solltest du schnellstmöglich aus Zadar verschwinden. Dieser Mann ist der Führer der Faschisten in Kroatien und nicht zu unterschätzen. Ich möchte jedes unnötige Risiko für dich vermeiden."

Sie schlug ihm leicht auf die Hand, damit er sie losließ.

„Das solltest du mir schon genauer erklären. Ich habe nicht die Absicht, meinen Urlaub abzubrechen."

„Ich kann dir keine Einzelheiten sagen, aber du musst deinen Urlaub nicht unbedingt hier in Zadar verbringen. Die Küste ist lang und es gibt überall schöne Badeorte."

„Warum sollte dieser Zivkovic für mich gefährlich werden. Nur weil ich ihn in dem Restaurant gesehen habe?"

„Markus Hagen ist durch Zufall in etwas hineingezogen worden, das unsere Regierung sowie die von Deutschland betrifft. Dieser Zivkovic könnte glauben, dass du daran beteiligt bist. Du solltest abreisen, bevor sich seine Leute für dich interessieren."

„Und was ist mit Markus? Dann ist er doch genauso in Gefahr?"

Danny Danon sah in Chiaras Augen ein verräterisches Funkeln.

„Ihr duzt euch? Du hast dich doch hoffentlich nicht in diesen Kerl verknallt?"

Chiara war es unangenehm, in Anwesenheit der anderen, und dazu noch fremden Leuten über so ein Thema zu sprechen. Bewusst spöttisch schaute sie Danon an. Er sollte nicht glauben, dass sie von ihm Befehle annahm.

„Und wenn es so wäre? Es ginge niemanden etwas an. Auch dich nicht."

Sie sah, dass Danny kurz vor einem seiner unkontrollierten Wutausbrüche stand. Nur mühsam beherrschte er sich.

„Wo ist Hagen jetzt?"

„Vermutlich mit der „NINA" auf der Fahrt von Bibinje nach Zadar. Das wolltest du doch so."

„Das war bestimmt nicht mein Einfall. Die Idee kam von Zeev und Martin." Danny deutete auf die zwei Männer. „Ich wäre dafür, dass ihr, also du und Markus Hagen, Zadar und Umgebung verlassen würdet."

Aber getrennt voneinander und jeder in eine andere Richtung, fügte er in Gedanken hinzu.

„Um was geht es eigentlich?" Chiara war wütend und sie zeigte es. „Ich bin zwar blond, aber nicht blöd. Hier läuft irgendeine dämliche, möglicherweise auch noch gefährliche Geheimdienstoperation und ihr wollt Markus mit hineinziehen."

Danny legte beruhigend die Hand auf Chiaras Arm. Nach außen hin hatte er sich wieder beruhigt.

„Hagen soll uns nur bei einer kleinen Sache helfen. In den nächsten Tagen kommen seine neuen Chartergäste. Er schippert mit ihnen durch die dalmatinische Inselwelt. Nach der Tour setzt er sie, wie mit den Leuten ausgemacht, in Jesolo an Land. In Venedig trifft er sich mit einer Person, nur um sie für uns zu identifizieren. Das ist schon alles und absolut ungefährlich."

„Warum wird er dann hier in Zadar von Zivkovic gesucht?"

„Hagen hat zufällig etwas gefunden, was Freunde von ihm wiederhaben möchten. Sie glauben, dass er es immer noch hat, was aber nicht der Wahrheit entspricht."

„Dann sagt diesen Männern, dass er die Sachen nicht mehr hat. Sagt denen, dass sie sich deswegen an euch wenden sollen."

„Das geht nicht. Die Gegenseite darf nicht erfahren, dass wir ihnen auf den Fersen sind."

Martin, der Aussprache nach Deutscher, mischte sich in das Gespräch ein: „Sie brauchen sich keine Sorgen machen. Sobald er heute in Zadar in der Marina einläuft, bekommt er vom Hafenmeister einen Platz zwischen zwei anderen Jachten, die Tag und Nacht von meinen Leuten besetzt sind."

„Und was ist während der zwei Wochen, die er mit seinen Gästen auf der Adria unterwegs ist?"

„Da wird Zilly ihn begleiten und auf ihn aufpassen." Danny schien es zu gefallen, diese Nachricht an sie weiterzugeben.

Chiara bemerkte, wie seine Kollegin sie triumphierend anschaute, und hatte eine ungefähre Vorstellung davon, welche Funktion sie nach außen hin bei Markus an Bord ausfüllen sollte. Sie zwang sich, ihre Verärgerung nicht zu zeigen.

„Und Markus ist über euer Arrangement im Bilde?"

Zeev nickte: „So haben wir es abgesprochen. Über die Begleitung von Zilly war er zwar nicht gerade begeistert, hat aber schließlich mehr oder weniger zugestimmt."

Der Deutsche grinste. Er spürte, dass sich die zwei Frauen nicht besonders mochten. Er wollte der hübschen Italienerin ein bisschen helfen.

„Eigentlich hat er uns gefragt, ob sie nicht mit ihm nach Venedig fahren können. Das hat er noch angenommen, dass wir zusammenarbeiten."

Chiara strahlte den Deutschen mit ihrem unvergleichlichen Lächeln an. Er hatte sie auf eine Idee gebracht. Für sie war es keineswegs abgemacht, dass Zilly Markus auf seiner Fahrt begleitete.

9.

Der Hafenmeister der Marina von Zadar war in keiner guten Stimmung, als sich Markus vor der Einfahrt zum Hafen per Handy bei ihm anmeldete. Etwas mürrisch teilte der ihm mit, welchen Liegeplatz er mit der „NINA" anfahren sollte. Trotzdem kam Ivo zum Steg, um ihm beim Festmachen zu helfen. Es gab einige Probleme, die über fünf Meter breite Jacht in die schmale Lücke zwischen einem alten

Zweimaster und dem umgebauten Fischkutter auf der anderen Seite zu manövrieren.

Interessiert sah Markus zu den zwei Nachbarbooten. Die Mannschaften darauf waren also seine Beschützer. Zwei von ihnen befanden sich an Deck und schauten zu, wie er die „NINA" festmachte. Zur Begrüßung winkten sie ihm kurz zu.

Nada, die Nichte des Hafenmeisters, stand ebenfalls bereit, um die verschobene Reinigung der Jacht vorzunehmen.

„So ein Idiot wollte unbedingt diesen Platz für dich haben", knurrte der Hafenmeister. Verärgert über die Forderungen unwissender Landratten ließ er sich in einen Sessel an Deck fallen, während seine Nichte in den Kabinen verschwand, um aufzuräumen. Vorher nahm er aber das Bier entgegen, das sie ihm reichte.

Markus prostete ihm zu.

„Du hast dir diesen Wunsch bestimmt gut bezahlen lassen."

Die Erinnerung an die hundert Euro, die er dem Fremden dafür abknöpfen konnte, vertrieb die düsteren Gedanken des Hafenmeisters. Endgültig beruhigte er sich, als sein Freund ihm erzählte, warum er gerade an diesem Platz festmachen sollte. Nachdem die Leute, die sich für Markus interessierten, auch schon mit ihm gesprochen hatten, wurde ihm jetzt einiges klarer. Der Skipper der „NINA" schien Unannehmlichkeiten zu erwarten und die Besatzungen der Nachbarboote sollten Markus vor unliebsamen Überraschungen bewahren.

Ivo hätte zu gerne gewusst, was sich da vor seinen Augen in der Marina abspielte. Schließlich trug er hier die Verantwortung. Es begann damit, dass sie den Bewusstlosen fanden und Markus zusammen mit der

Rothaarigen ein unfreiwilliges Bad im Hafenbecken nehmen musste. Dabei schien etwas passiert zu sein, dass ihm entgangen war. Seitdem tauchten diese Fremden in der Marina auf und wollten alles Mögliche über die „NINA" und ihren Skipper wissen. Er würde schon noch herausfinden, was genau dahintersteckte. Vielleicht fand sich ja mal eine günstige Gelegenheit, bei der Markus ihm ein paar diskrete Fragen beantworten konnte. Nachdenklich, aber immerhin mit besserer Laune als vorher, verabschiedete er sich schließlich von seinem Freund.

Markus sprang nur schnell unter die Dusche und wechselte die Kleidung, bevor er zu dem Rendezvous mit Chiara aufbrach.

Einer der Wachhunde vom Nachbarschiff stellte sich ihm wie zufällig in den Weg. Sie wechselten ein paar freundliche Worte miteinander. Ein ganz unverdächtiger Vorgang zwischen Bootsnachbarn. Markus teilte dem Mann dabei mit, wo er sich den Abend über aufhalten würde. Sein Bewacher schien darüber erleichtert zu sein. In der Bar konnten sie unauffällig auf ihn aufpassen. Insgeheim fragte er sich, wie viel Leute Zeev Zakin und dieser Martin Müller für seine Sicherheit wohl extra abstellten. Er selber hielt den enormen Aufwand für unnötig. Möglicherweise suchten die Agenten auch nur eine Möglichkeit, ihre Mitarbeiter sinnvoll zu beschäftigen. Für Markus blieb es zudem ein Rätsel, weshalb Müller mit so vielen Leuten vor Ort war. Dafür musste es einen Grund geben, den er nicht kannte.

Der mit Chiara verabredete Ort ihres Treffens, die Bar von Mirko in einer Seitengasse der Altstadt, war eigentlich keine richtige Bar. Früher war sie mal eine einfache Kneipe für die Fischer von Zadar gewesen. Die spartanische Ausstattung aus roh gezimmerten Tischen und gewöhnlichen Holzstühlen konnte, dem Aussehen nach, noch aus der Zeit stammen. Von einem Maler aus der Umgebung stammten die bunten Malereien an den Wänden.

Trotz der Einfachheit wurde daraus im Lauf der Jahre ein beliebter Treffpunkt, an dem sich abends Touristen jeden Alters auf ein Glas Wein oder Bier einfanden. Aus den versteckt angebrachten Lautsprechern kam angenehme, nicht zu laute Musik. Gelegentlich traten in dem Lokal einheimische Sänger auf und sorgten für die notwendige Folklore. Umso verwunderlicher war es, dass die Mehrzahl von Mirkos Gästen aus jungen Leuten bestand. Hier verabredeten sie sich. Erst zu späterer Stunde verschwanden sie dann in den diversen Diskotheken.

Er traf vor Chiara bei Mirko ein. Für die Nachsaison herrschte bereits jetzt recht lebhafter Betrieb. In der Hauptferienzeit war es reines Glück, wenn man überhaupt einen freien Platz ergatterte. Dann standen und saßen die Gäste im Lokal sowie vor der Tür dicht an dicht.

Mirko mixte hinter der Theke Cocktails. Zur Begrüßung winkte er ihm freundlich zu. Im Laufe der Jahre war so etwas wie eine Freundschaft zwischen ihnen entstanden.

Wenn Markus im Hafen lag und Mirko gerade mal eine Auszeit vom Trubel in seinem Lokal brauchte, kam er gelegentlich auf einen Kaffee zu ihm an Bord.

„Besuchst du deinen alten Freund auch mal wieder. Dachte schon, du hast mich vergessen."

Markus angelte sich einen Barhocker und Mirko stellte ihm unaufgefordert ein Bier auf die Theke.

Sie waren beide im gleichen Alter, aber der Wirt hatte bereits jetzt schneeweiße Haare, und das ließ ihn viel älter aussehen.

Mirko konnte von seinem Platz hinter der Theke alles überblicken. Sobald er merkte, dass bei einem der Gäste das Glas leer war, bekam einer der Kellner einen Wink. Falls es mal zu Streitigkeiten kam, ahnte er es meist im Voraus und regelte es auf seine Art. Zudem drehte sich an der Decke eine Videokamera, die das Geschehen im Lokal aufzeichnete. Markus wusste aber nicht, ob es sich dabei um eine echte Kamera oder nur um eine Attrappe handelte.

Der Wirt und er wechselten ein paar belanglose Worte. Markus versuchte herauszufinden, wer unter den nach ihm eintreffenden Leuten ihn beschützen sollte. Es gab nur drei Männer, die dafür infrage kamen. Nachdem er sich für keinen entscheiden konnte, stellte er das Raten ein.

Als der Wirt für einen Moment in der Küche verschwand, kletterte eine hübsche Blondine auf den Barhocker neben ihm.

„Der Platz ist doch frei?"

Markus nickte, ohne etwas zu sagen. Das tiefe Dekolleté war beachtlich, und unter dem kurzen Rock konnte er ein paar hübsche Beine sehen. Die dick aufgetragene Schminke im Gesicht und dazu die falschen, schwarzen Wimpern machten den ersten positiven Eindruck zunichte. Wie mochte sie wohl ohne Maske aussehen?

„Sie sind der Skipper der „NINA" habe ich mir sagen lassen?" Sie besaß eine etwas piepsige Stimme.

„Ja", gab Markus wortkarg zurück. „Warum wollen Sie das wissen?"

Die Frau spürte seine ablehnende Haltung, lächelte ihn aber trotzdem verführerisch an.

„Zeev schickt mich. Ich bin Zilly. Wir sollen uns besser kennenlernen, da ich Sie auf Ihrer nächsten Fahrt begleiten werde."

Markus erinnerte sich an die vage Abmachung mit den beiden Geheimdienstleuten. Nach dem überraschenden Zusammentreffen mit Chiara in Bibinje würde er die Vereinbarung auf keinen Fall einhalten und es ihnen bei der nächsten Begegnung sagen. Sollten die ihre Angelegenheiten doch anders regeln.

Auf der Fahrt von Bibinje nach Zadar hatte er sich vorgenommen, Chiara so bald wie möglich nach ihren Plänen für die kommenden zwei Wochen zu fragen. Vielleicht konnte er sie dazu überreden, ihn auf der Tour durch die Adria bis nach Venedig zu begleiten.

Zeev und Müller hatten diesen Vorschlag zwar schon entschieden abgelehnt, aber da war es von seiner Seite aus eher scherzhaft gemeint gewesen. Die Situation hatte sich inzwischen grundlegend geändert.

Sollten die Agenten weiterhin darauf bestehen, dass diese aufgetakelte Blondine ihn begleitete, konnten sie das geplante Treffen mit Christine in Venedig vergessen. Nachdem er ihren jetzigen Namen, Maria Sanchez, kannte, dürfte er sie dort auch ohne ihre Hilfe finden. So viele Hotels, in denen ein Freiherr absteigen würde, gab es in Venedig nicht. Abgesehen von ihrem Wissen über den Tod Ninas hatte er kein größeres Interesse daran, seine ehemalige Lebensgefährtin wiederzusehen.

Ausgenommen vielleicht bei einem Prozess, wenn sie auf der Anklagebank Platz nahm.

Dazu musste aber erst einmal geklärt werden, wie weit sie in die Anschläge in Israel verwickelt war. Der letzte Punkt war schließlich entscheidend für ihn gewesen, dem Plan von Zeev und dem deutschen Agenten zuzustimmen. Im Grunde genommen rechnete er damit, dass Christine lügen und alles abstreiten würde. Trotzdem blieb eine kleine Chance, der Wahrheit ein Stückchen näherzukommen. Dazu brauchte er auf keinen Fall die Blondine neben ihm.

„Richten Sie Zeev und seinem Freund Müller von mir aus, dass daraus nichts wird. Sie können Zeev ausrichten, dass sich meine Pläne geändert haben."

Die Frau, die sich Zilly nannte, schaute ihn pikiert an. Ihre Tonlage wurde um einige Grad höher.

„Das geht so nicht. Wir haben alles bis ins kleinste Detail geplant."

„Störe ich dich, mein Liebling?"

Durch das Gespräch mit dieser Zilly abgelenkt, hatte Markus gar nicht mitbekommen, dass Chiara die Bar betreten hatte. Als wären sie schon seit Ewigkeiten ein Paar, legte sie ihm die Arme um den Hals und küsste ihn liebevoll auf den Mund. Mirko, der wieder hinter seiner Theke stand, stieß einen bewundernden Pfiff aus.

Als Chiara in das Lokal kam und die Frau neben Markus sitzen sah, wollte sie zuerst verärgert reagieren. Wie konnte Zilly wissen, wo und wann sie sich mit Markus treffen wollte? Sehr schnell fiel ihr ein besseres Mittel ein. Bewusst provozierte sie die Israelin, als sie ihn besitzergreifend mit diesem langen Kuss begrüßte.

Ihr Ärger verflog gänzlich, als Markus sie in die Arme nahm, eng an sich zog und sie anschließend, an der Hand haltend, dem Wirt vorstellte. Mirko kam extra hinter der Theke hervor, um sie mit einem charmanten Handkuss zu begrüßen. Das war bei ihm der höchste Grad seiner Bewunderung und kam nur sehr selten vor. Zufrieden mit ihrem Auftritt begrüßte Chiara nun auch die Israelin mit einem knappen Kopfnicken.

Diesmal war sie mit einer engen, weißen Hose sowie einem kurzen Shirt bekleidet, das den Bauch freiließ. Die blonden Haare hatte sie hinter die Ohren gesteckt, was den Blick auf ihren goldbraunen, makellosen Hals freigab. Nur die Stirnfransen hielten sich nicht an die Ordnung. Sie fielen ihr immer wieder in die Augen. An Schmuck trug sie zwei kleine, goldene Ohrstecker und eine ebenfalls goldene, breite Halskette ohne Anhänger.

Markus hob sie mit Schwung auf seinen Barhocker und stellte sich neben sie.

„Wann kommt deine Freundin oder ist sie bereits hier?"

„Dubravka muss zuerst die Kinder ihrer Schwester ins Bett bringen. Danach will sie sofort herkommen. Ihre Schwester arbeitet im Krankenhaus und hat Nachtschicht. Da ist es an ihr, sich um deren Nachwuchs zu kümmern. Ihr Mann sowie der Schwager arbeiten als Lastwagenfahrer. Sie kommen meist erst spät nach Hause."

„Ihr kennt euch schon länger oder erst seit diesem Urlaub?"

„Eigentlich sind wir weitläufig verwandt miteinander. Ihr Vater ist der angeheiratete Cousin meines Vaters oder so ähnlich. Wir haben uns in

Neapel bei der Hochzeit einer meiner Cousinen kennengelernt und gleich gut verstanden. Hier in Zadar wohne ich allerdings bei ihrer Tante. Da gibt es mehr Platz als bei Dubravka."

Zilly hörte sich die belanglose Unterhaltung der beiden eine Zeit lang wütend an. Sie ärgerte sich darüber, dass sie davon so konsequent ausgeschlossen wurde. Ganz so, als wäre sie gar nicht da. Sie entschied sich schließlich dazu, vorerst das Feld zu räumen. Der Plan ihrer Kollegen, sie als Mitreisende bei Hagen unterzubringen, konnte unter den Umständen wohl nicht ausgeführt werden. Keiner von ihnen hatte damit gerechnet, dass die Italienerin und der Skipper der „NINA" ein Paar waren. Sie würde Zakin anrufen. Sollte er sich etwas einfallen lassen. Oder es gelang ihm mit irgendeiner Ausrede, die Italienerin von Hagen abzubringen. Er konnte auch Danny darüber unterrichten, dass sich seine Angebetete einen anderen Liebhaber gesucht hatte. Wenn er es nicht längst ahnte. Sie dachte an dessen Wutausbruch bei der Besprechung.

Dubravka kam erst nach einer halben Stunde und entschuldigte sich wortreich bei Chiara für die Verspätung. Zusammen setzten sie sich an einen Tisch, den Mirko extra für sie freigehalten hatte. Neugierig betrachtete die Freundin Markus. Sie waren sich in den vergangenen Jahren ein paar Mal über den Weg gelaufen. Von den Außenbezirken abgesehen, war Zadar nicht besonders groß. In der Altstadt oder Marina traf man sich immer mal wieder. Sie wusste von ihm nur, dass ihm eine der Jachten gehörte, die er in der Saison an reiche Touristen vercharterte.

Es war das erste Mal, dass sie ihre Freundin in Begleitung eines Mannes sah, obwohl diese sie geradezu belagerten. Ihr Mann stellte dazu schon allerlei dumme Mutmaßungen an. Wann und wie mochten sich kennengelernt haben?

Die Beiden schienen sehr verliebt zu sein. Das erkannte man sofort. Sie nutzen jede Gelegenheit, um Blicke zu wechseln und sich wie unabsichtlich zu berühren.

Wieso hatte Chiara bisher nie von Markus gesprochen? Vor ihrer Freundin brauchte sie daraus doch kein Geheimnis machen. Der auf seine Art recht gutaussehende Mann mit den breiten Schultern passte, rein äußerlich gesehen, gut zu Chiara. Die beiden gaben ein attraktives Paar ab. Bei nächstbester Gelegenheit würde sie ihr einige gewichtige Fragen stellen müssen.

Von der kleinen Bühne neben der Theke hörte man erste, leise Gitarrenklänge. Dubravka war begeistert.

„Der Sänger heißt Mirko, genauso wie der Wirt. Er singt mit Vorliebe die älteren Schlager von Oliver. Er ist unwahrscheinlich gut. So wie er manche Lieder interpretiert, klingen sie oft besser als im Original."

Sie merkte, dass Chiara und Markus nicht wussten, von wem sie sprach.

„Oliver Dragojević ist ein sehr bekannter Sänger hier aus Dalmatien. Seine Lieder sind bei uns in Kroatien richtige Ohrwürmer", fügte sie erklärend hinzu. „Als Kind kannte ich jeden Schlagertext von ihm auswendig."

Dubravka verschwand für kurze Zeit, um den Wirt zu begrüßen und sich mit ihm ein bisschen zu unterhalten.

Chiara schaute lächelnd zu Markus: „Weißt du noch, was du mir versprochen hast?"

Hand in Hand gingen sie bis vor die kleine Bühne und ließen sich treiben von der einschmeichelnden, langsamen Musik. Chiara hatte ihre Arme um den Hals von Markus geschlungen, ihr Kopf lag mit geschlossenen Augen an seiner Brust. Er spürte ihren geschmeidigen Körper, roch ihr Parfüm und wollte sie am liebsten für immer in den Armen halten. Erst als der Sänger eine Pause einlegte, lösten sie sich voneinander.

Die Freundin war überglücklich, als der Wirt den Sänger an ihren Tisch brachte und vorstellte. Zu später Stunde gesellte sich noch Dubravkas Mann Vedran zu ihnen. Neugierig musterte er den Begleiter Chiaras. Einwände schien er keine zu haben.

Es wurde ein traumhaft schöner Abend. Jedes Mal, wenn der Sänger die Gitarre in die Hand nahm, hatten es Chiara und Markus eilig, um auf die Tanzfläche zu kommen. Dubravkas Mann ließ sich von seiner Frau nur gelegentlich dazu überreden, es den beiden Verliebten gleichzutun. Ein schwerer Arbeitstag lag hinter ihm und eigentlich war er müde.

Dubravka konnte ihre Neugierde nicht länger zurückhalten und löcherte Chiara zwischendurch ganz leise, sodass niemand sie hörte, immer wieder mit Fragen.

„Markus hast du etwas dagegen, wenn ich Dubravka samt Familie für morgen auf die „NINA" einlade? Sie haben dein Boot schon öfter in der Marina liegen sehen und gelegentlich darüber gesprochen. Vedran findet, dass es schnittiger aussieht als die meisten anderen Jachten. Morgen ist Sonntag. Da müssen die Männer nicht arbeiten."

Chiara schaute Markus mit dem ihr eigenen scheuen Lächeln fragend an. Damit brachte sie sein Innenleben immer aufs Neue durcheinander.

Sie fügte hinzu: „Da könnte ich mit dir und der „NINA" ein bisschen angeben."

„Von mir aus können wir zum Schwimmen auf eine der kleinen Inseln fahren."

Begeistert gab sie ihm mitten auf der Tanzfläche einen zärtlichen Kuss.

Es war bereits spät, als sich Dubravka und ihr Mann verabschiedeten. Die blonde Israelin hatte sich nicht wieder blicken lassen.

Für Chiara und Markus war es zu früh, den schönen Abend schon zu beenden. Hand in Hand bummelten sie durch die Altstadt. Ab und zu schaute er sich um. Er war überzeugt davon, dass seine Wachhunde sich irgendwo in der Nähe aufhielten. Obwohl um diese Zeit nur noch wenige Leute unterwegs waren, konnte er niemanden entdecken. Gelegentlich begegneten sie einem anderen Liebespaar oder ein paar Jugendlichen, die es ebenfalls noch nicht in ihre Hotelzimmer zog.

Irgendwann standen sie am Eingang zur Marina. Markus sah Chiara fragend an. Er hatte nicht die Absicht, sie zu überrumpeln, doch wie selbstverständlich spazierte sie mit ihm weiter bis hin zur „NINA".

Auf dem umgebauten Fischkutter neben seinem Boot saßen auch zu dieser späten Stunde wie zufällig zwei Männer mit einer Flasche Wein und unterhielten sich. Sie grüßten leise, als die beiden an Bord der „NINA" gingen.

Seine bezaubernde Besucherin schleuderte die Schuhe von ihren Füßen und ließ sich in einen

Ledersessel auf dem Hauptdeck fallen, während er eine Flasche Wein aus der Kombüse holte.

Chiara lachte leise: „Jetzt komme ich mir wie die Hauptdarstellerin in einem dieser Kitschromane vor. So in etwa habe ich mir einen romantischen Abend, natürlich zusammen mit einem gut aussehenden Mann, als Teenager immer vorgestellt. Ein Mann und eine Frau in einer warmen Spätsommernacht auf einer schicken Jacht, dazu der Mond und dieser atemberaubende Sternenhimmel. Das hier ist wirklich absolut romantisch."

Markus setzte sich so neben sie, dass er ihr einen Arm um die Schultern legen konnte.

„Danke für diesen wunderschönen Abend. Ich kann mich nicht erinnern, wann ich das letzte Mal so glücklich war."

Die Italienerin kuschelte sich an ihn: „Ich habe Angst, dass ich plötzlich aus diesem Traum aufwache."

„Das ist kein Traum, meine Schöne. Das alles geschieht wirklich mit uns und ich weiß nicht, bei wem ich mich dafür bedanken kann."

Chiara schwieg einen Moment, dachte nach und stellte dann doch die Frage, die sie interessierte.

„Als ich das erste Mal bei dir an Bord war, habe ich auf der Flybridge die Bilder zweier kleiner Mädchen gesehen. Deine Töchter?"

Sie spürte, wie sich Markus versteifte. Im Stillen schimpfte sie über ihre Neugier.

Er fing sich sofort und merkte erst jetzt, dass es der erste Abend seit Ninas Tod war, an dem er nicht dauernd an sie dachte. Er war froh darüber. Um wieder ein unbeschwertes Leben führen zu können, musste er irgendwann diese ewige Trauer loswerden.

Deswegen würde sie doch immer noch in ihm weiterleben.

Erst stockend, dann langsam flüssiger erzählte er Chiara vom plötzlichen Verschwinden seiner Exfrau, wie er letztendlich mit Nina nach Tel Aviv zog, wo es diesen sinnlosen Anschlag gab, bei dem sie starb. Es tat Markus gut, mit jemanden darüber reden zu können. Auch den Teil von Christine und der Ungewissheit, ob sie für den Tod Ninas mitverantwortlich war, ließ er nicht aus.

Chiara ließ ihn reden. Sie spürte den inneren Schmerz, der ihn auch nach all den Jahren nicht loslassen wollte. Es war gut für sie beide, wenn er darüber mit ihr sprechen konnte.

Jetzt wusste sie, wieso er nach Ninas Tod seinen Beruf als Journalist aufgegeben hatte. Er brauchte damals einfach Abstand und suchte einen neuen Anfang. Darum trennte er sich von dem Haus in München, das ihn immer an seine Tochter erinnern würde. Der Erlös aus dem Hausverkauf, zusammen mit seinen Ersparnissen, reichte aus, um das Boot zu kaufen. Er hatte es nach seiner Tochter benannt. Für die Wintermonate besaß er eine kleine Wohnung am Stadtrand von München.

Als er schließlich schwieg und in Gedanken versunken aufs Meer schaute, ging sie barfuß in die Kombüse und kochte für beide einen starken Espresso. Bei ihrer Suche nach dem Kaffee fand sie eine Flasche Cognac und Zigaretten. Sie nahm alles zusammen mit an Deck. Sie war nie eine regelmäßige Raucherin gewesen, aber gelegentlich, vor allem, wenn sie etwas aufwühlte, fand sie daran Geschmack.

Markus hatte sich wieder gefangen. Er wirkte erleichtert. Verlegen grinste er sie an. „Jetzt kennst du also meine traurige Geschichte."

„Wie war deine Frau?"

„Meistens sehr lebenslustig, aber dann plötzlich, von einer Minute zur anderen, konnte sie ohne bestimmten Grund ziemlich nachdenklich werden. Wir waren bereits auf dem Gymnasium ein Paar. Bei uns beiden gab es von Anfang an den Wunsch, nach Abschluss der Schule als Berichterstatter für eine Zeitung oder ein Nachrichtenmagazin zu arbeiten. Nach dem Journalistenkolleg sind Karin und ich allerdings nur bei einer Boulevardzeitung in München gelandet. Für mich war diese Art der Berichterstattung nicht das Richtige. Es ist geradezu ein Glücksfall gewesen, dass der Chef einer Presseagentur auf mich aufmerksam wurde und mir einen Job anbot. Später, nachdem Nina unterwegs war, haben wir dann geheiratet. Karin verschwand nach Südamerika. Da ist unsere Tochter noch nicht einmal ein Jahr alt gewesen. Einfach so. Den Grund dafür habe ich nie erfahren. Das dunkelhaarige Mädchen auf dem zweiten Bild oben ist meine Patentochter Sofiyanti. Sie ist ein elfjähriges Muslimmädchen von der Insel Lembada."

„Von dieser Insel habe ich noch nie gehört."

„Das denke ich mir. Lembada gehört zur Inselgruppe Solor und liegt in Indonesien."

„Bist du dort gewesen?"

„Nein, meine Patentochter habe ich über eine Agentur in Deutschland kennengelernt. Ich unterstütze sie jeden Monat mit einem geringen Geldbetrag. So kann sie in ihrer Heimat die Schule besuchen. Ich finde, dass man in bestimmten

Ländern Mädchen generell mehr fördern sollte. Sie müssen immer hinter ihren Brüdern zurückstehen. Sofiyantis Eltern sind kleine Bauern und kämpfen jeden Tag erneut ums Überleben."

„Wirst du sie einmal besuchen?"

„Vielleicht. Ihre Eltern haben mich eingeladen. Konkrete Pläne dafür gibt es aber nicht. Sofiyanti und ich schreiben uns gelegentlich. Alle paar Monate kommt ein Brief von ihr. Zuletzt hat sie dieses Bild geschickt, das du oben auf der Flybridge gesehen hast."

Beim Kaffeetrinken erzählte er ihr auch, wie er hier in der Marina die Pässe gefunden hatte. Das er dadurch Danny und schließlich sie kennenlernte.

Chiara war in diesem Moment vor allem glücklich darüber, dass es keine andere Frau in seinem Leben gab und er ihr so vorbehaltlos vertraute. Ihre letzten Ängste waren verflogen. Der Gedanke an die Bilder der kleinen Mädchen auf der Flybridge hatte doch ziemlich an ihr genagt. Zudem war sie froh darüber, dass sie jetzt die Zusammenhänge kannte, die sie letztendlich zusammenbrachten.

Es hatte sie von Anfang an gestört, dass Danny sie als Nachrichtenüberbringerin einsetzte, ihr aber keine plausible Erklärung gab. Auch später nicht.

Ein mulmiges Gefühl blieb, wenn sie an die Besatzungen der Nachbarboote dachte. Müller und Zakin mussten gewichtige Gründe dafür haben, dass sie Markus so aufwendig beschützen ließen. Viel mehr, als sie ihr erzählt hatten. Konnte es für ihn gefährlich werden?

„Jetzt haben wir uns lange genug über ernste Themen unterhalten. Möchtest du noch tanzen?"

Markus nahm Chiara bei der Hand und zog sie in den Salon. Bald erklang wieder die schmachtende Stimme des kroatischen Sängers Oliver aus den versteckten Lautsprechern der Musikanlage.

„Wie du siehst, findet sich auch die Musikrichtung bei mir an Bord. Viele meiner Gäste lieben besonders im Urlaub die einheimischen Lieder. Oder hast du genug von kroatischen Schlagern und möchtest etwas Anderes hören?"

„Lassen wir es dabei. Dann weiß ich wenigstens, dass der Abend noch nicht vorbei ist."

Markus nahm sie in die Arme und küsste sie zärtlich. Ohne Zuschauer tanzten sie noch enger als in der Bar von Mirko. Er fühlte ihre Brüste und die schlanken Hüften, die sich an ihn drängten.

Chiara merkte, wie sein Körper auf sie reagierte. Sie wollte es so und in dieser Nacht. Auf angenehme Art fühlte sie sich ganz schwerelos, so wie noch nie in ihrem Leben.

Sie seufzte. Ihre Augen bekamen wieder den erstaunten, verwirrten Blick, als er sie aufhob und über den Niedergang in eine der Kabinen trug.

Wenig ernsthaft überlegte sie doch noch, den weiteren Verlauf der Nacht zu stoppen. Sie kannten sich erst seit so kurzer Zeit und sie wollte nicht enttäuscht werden. Nicht von diesem Mann.

Sanft legte er sie auf das breite Bett und streichelte ihr zärtlich mit einem Finger über die Wange. Er konnte sich nicht sattsehen an ihr.

Der weiche Mund kam ihm entgegen und er spürte ihre Zungenspitze zwischen den Lippen. Dabei nahm sie seine Hand von ihrem nackten Bauch und schob sie unter ihr Shirt. Mit den Fingern ertastete er die samtweiche Haut ihrer Brüste mit den aufgerichteten Brustwarzen.

Länger wollten sie beide nicht mehr warten. Gegenseitig halfen sie sich aus der Kleidung. Im gedämpften Licht der Kabine kam sie in seine Arme.

10.

Laute Männerstimmen auf dem Steg vor der Jacht holten Markus aus einem nahezu perfekten Traum. Er hörte, wie jemand seinen Namen rief. Halbwegs wach, kam ihm die Stimme bekannt vor. Erstaunt musterte er im Halbdunkel den Raum, in dem er sich befand. Wieso hatte er in einer der großen Hauptkabinen geschlafen? Normalerweise logierte er, auch wenn keine Gäste an Bord waren, in seiner eigenen Kabine. Sie war kleiner als diese, aber nicht weniger bequem. Eng wurde es dort nur, wenn er eine weitere Person zur Unterstützung mitnehmen musste. Mittels einer Trennwand konnte er aus einem bequemen Raum zwei kleinere machen. Dort schlief er auch deswegen, weil dort seine privaten Sachen untergebracht waren. Bei Bedarf hatte er sie sofort zur Hand.

Ernsthaft dachte er daran, die Stimmen vor der Jacht zu ignorieren. Versuchsweise schloss er erneut die Augen.

Erst als er sich verschlafen auf die Seite drehen wollte, merkte er, dass ihn etwas Schweres auf den Beinen daran hinderte. Seine tastenden Hände fühlten weiche Haut und die Konturen eines fremden Körperteiles.

Dadurch wurde er endgültig wach. Die vergangenen Stunden waren doch kein Traum gewesen. Als er den Kopf hob, sah er Chiara tief schlafend, unbekleidet auf dem Bauch quer über dem Bett liegen. Es war ein Teil ihres Oberkörpers, der auf seinen Beinen lag.

Vorsichtig, um sie nicht zu wecken, zog er sie unter ihr hervor. Dabei konnte er es nicht lassen, mit den Fingern über ihr goldbraunes Hinterteil zu streichen. Sie seufzte leise protestierend. Rasch zog er sich einen Morgenmantel über und lief an Deck.

Seine Ohren hatten ihn nicht getäuscht. Vor der „NINA" standen Zeev sowie dessen langhaariger Kollege Danny. Nachdem er über Nacht die Gangway eingezogen hatte, konnten sie nicht so ohne weiteres an Bord kommen. Wenig begeistert schaute er sie an.

„Was macht ihr denn um diese Zeit hier? Das wird bei euch hoffentlich nicht zur Gewohnheit, mich so früh am Morgen zu wecken."

Etwas unwillig fuhr er die Gangway aus. Mit einem Wink lud er die Männer ein, an Bord zu kommen. Er selber ging in den Salon, um die Kaffeemaschine einzuschalten. Spaßeshalber stellte er sich vor, was passieren könnte, wenn Chiara aufwachte und, nichts ahnend von dem überraschenden Besuch, aus der Kabine käme. Der langhaarige Israeli würde wohl vor Eifersucht explodieren. Bis jetzt schien er ahnungslos zu sein und Markus hoffte, dass es auch noch eine Zeit lang so blieb.

Zeev kam ihm nach, während Danon es sich auf dem Hauptdeck bequem machte.

„Tut mir leid Markus, aber wir wollten sehen, ob bei dir alles in Ordnung ist. Außerdem müssen wir mit Zilly sprechen."

„Eure Aufpasser wachen doch direkt neben mir. Wie sollte mir da etwas passieren?"

„Meine Kollegin hat sich nicht, wie verabredet, bei uns gemeldet. Auf ihrem Handy konnten wir sie ebenfalls nicht zu erreichen. Da meldet sich nur die Mailbox. Wir sind schließlich davon ausgegangen, dass sie das Telefon abgeschaltet hat, um mit dir ganz ungestört zu sein."

„Mit mir? Wie kommst du darauf, dass sich die Dame bei mir an Bord befindet?"

„Die Aufpasser, wie du sie nennst, haben uns gemeldet, dass du letzte Nacht mit einer blonden Frau zurückgekommen bist."

Zeev vermied es erstaunlich gut, sein Grinsen zu unterdrücken.

„Deine Leute haben mir gesagt, dass sie mich in der Bar von Mirko für alle Fälle unter Beobachtung halten. Dann sollten sie auch gesehen haben, dass eure Kollegin nur für kurze Zeit da gewesen ist."

Zeev wurde ernst.

„Willst du damit sagen, dass sie nicht bei dir an Bord ist? Müllers Leute hier neben dir in den Nachbarbooten haben gestern Abend gesehen, wie du dich mit Zilly in der Bar sehr angeregt unterhalten hast. Da sie dich in guten Händen wussten, haben sie die Überwachung abgebrochen. In der letzten Nacht haben sie mit eigenen Augen gesehen, wie du mit einer blonden Frau zurückgekommen und mit ihr auf die „NINA" gegangen bist. Sie sind davon ausgegangen, dass es sich dabei um Zilly handelte. In der Nacht konnten sie nicht mehr erkennen."

Markus schüttelte den Kopf.

„Da muss ich dich enttäuschen. Das angeregte Gespräch, was deine Leute in der Bar gesehen haben wollen, war lediglich ein kurzer Streit."

„Um was ging es dabei?"

„Ich habe ihr gesagt, dass ich sie auf meinem nächsten Törn nicht mitnehmen werde und der Teil eures Planes hinfällig geworden ist. Sie reagierte ziemlich eingeschnappt und ist gegangen."

„Wir hatten doch verabredet, dass sie dich begleitet."

„Moment mal. Das war eure Idee. Ich bin davon von Anfang an nicht begeistert gewesen und habe bestimmt nicht eingewilligt. Es wäre sowieso nicht gut gegangen. Wahrscheinlich hätte ich sie schon nach dem ersten Tag irgendwo auf einer der Inseln ausgesetzt."

Mit der vollen Kaffeekanne und drei Tassen gingen sie zum Hauptdeck, von wo ihnen Danny neugierig entgegenblickte.

Als er in das sorgenvolle Gesicht von Zeev sah, konnte er sich bereits denken, dass etwas nicht stimmte. Fragend schaute er ihn an.

„Zilly ist nicht hier an Bord."

„Aber wo, verdammt, ist sie dann?"

Danny schaute fragend zu Markus. Nachdem dieser nur mit den Schultern zuckte, wandte er sich an Zeev.

„Es passt nicht zu ihr, einfach so zu verschwinden. Sie ist immer zuverlässig gewesen. Wir müssen nach ihr suchen, auch wenn ich im Augenblick nicht weiß, wo wir da anfangen sollten."

Zeev nickte. „Ich werde Martin anrufen und fragen, ob wir seine Leute bei der Suche einsetzen können."

Er deute mit dem Kopf zu den Nachbarbooten hin. „Sie gehören zu Müller und deshalb brauche ich seine Zustimmung."

„Falls ihr meine Hilfe braucht, könnt ihr über mich verfügen."

Markus wollte sich eigentlich nicht an der Suche nach Zilly beteiligen, aber irgendwie fühlte er sich an ihrem Verschwinden ein bisschen mitschuldig.

Zeev hob abwehrend die Hände: „Nein, du bleibst, wo du bist. Du musst aber für ein paar Stunden auf deine Wachmannschaft verzichten. Sei vorsichtig und halte unbedingt die Augen offen. Nicht dass du uns auch noch verloren gehst. Kannst du uns einen Tipp geben, wo wir mit der Suche beginnen sollten? Schließlich lebst du hier und kennst dich besser aus als wir."

„Fragt am besten zuerst Ivo, den Hafenmeister der Marina. Der hört in Zadar das Gras wachsen und kennt so ziemlich alle Einwohner in der Umgebung."

„Sobald wir Zilly gefunden haben, melden wir uns bei dir und besprechen alles Weitere. Wenn du unsere Kollegin nicht mitnehmen willst, haben wir ein kleines Problem. Vielleicht änderst du deine Meinung ja noch."

Gerade noch rechtzeitig viel Markus das Versprechen ein, dass er Chiara gegeben hatte.

„Ich bin heute den ganzen Tag über nicht im Hafen. Ich fahre für ein paar Stunden mit einigen Leuten raus zu den Inseln, komme aber irgendwann am Abend zurück. Und versucht nicht weiter, mir eure Zilly anzuhängen. Das ist sinnlos. Da mache ich auf keinen Fall mit. Zu der Besprechung können wir uns später per Handy verabreden, auch wenn dann nicht mehr viel Zeit bleibt. Meine neuen Gäste landen morgen gegen Mittag auf dem Flughafen von Zadar. Spätestens zwei Stunden später sind sie dann hier in der Marina."

„Dann fahrt ihr sofort los?"

„Im Prinzip ist das richtig. Es sei denn, die Passagiere haben andere Wünsche. Sobald sie an Bord sind, werde ich über meine Zeit nur begrenzt verfügen können."

Zeev hatte inzwischen mit Müller telefoniert und ihn über das Verschwinden der Agentin unterrichtet. Er war sofort damit einverstanden, seine Leute bei der Suche nach ihr einzusetzen.

Danach musste er mit ihnen telefoniert haben. Nur wenige Minuten nach dem Anruf verließen sie, mit dem langhaarigen Israeli im Schlepptau, ihre Boote.

Markus sah seine Wachhunde das erste Mal zusammen. Drei Männer und eine Frau.

Zeev wollte bereits gehen, als er sich nochmals umdrehte und zurückkam.

„Wer ist dann die Blondine, die mit dir an Bord gegangen ist? Bist du sicher, dass sie nicht zu Knotens Leuten gehört und auf dich angesetzt wurde?"

Markus lachte: „Da kann ich dich beruhigen. Ich habe dir bei unserem letzten Gespräch gesagt, wen ich mir als Begleitung vorstellen könnte. Du hast bedauerlicherweise abgelehnt. Da musste ich selber tätig werden."

Zeev runzelte die Stirn: „Du meinst doch hoffentlich nicht die Freundin von Danny?"

Nachdem Markus darauf nicht antwortete, sondern lediglich lächelte, wurde dessen Miene noch ein bisschen sorgenvoller.

„Wenn das mal keinen Ärger gibt. Ich habe nicht die geringste Ahnung, wie Danny auf diese Nachricht reagiert. Darüber wird er sich bestimmt nicht freuen."

Als Markus in die Kabine zurückkam, war Chiara wach. Neugierig schaute sie ihm entgegen. Unter der leichten Decke zeichneten sich ihre Konturen ab. Er konnte nicht widerstehen. Er ließ seinen Bademantel fallen und nahm sie in die Arme.

Lachend protestierte sie: „Wir haben keine Zeit mehr. Dubravka und ihre Familie werden bald kommen. Was sollen sie denken, wenn wir bei ihrer Ankunft noch im Bett liegen?"

Trotzdem schob sie die Bettdecke zur Seite, sodass er die Hände über ihren warmen Körper gleiten lassen konnte. Sein Gesicht lag auf ihren Brüsten und er atmete tief den unvergleichlichen Duft ihrer Haut ein. Dann gab es zwischen ihnen nur noch den Austausch liebevoller Zärtlichkeiten, in einem Ausmaß, wie sie es beide bisher nicht gekannt hatten.

Sie schafften es gerade noch, schnell zu duschen und in aller Eile eine Tasse Kaffee zu trinken, bevor Chiaras Cousine Dubravka samt Anhang eintraf.

Der Hafenmeister hatte aus reiner Neugier die Führung der Besuchergruppe übernommen. Mit Dubravka sowie deren Mann war er zur Schule gegangen. Die restlichen Leute kannte er zumindest vom Sehen. In Zadar lief man sich immer mal wieder über den Weg. Besonders in der kalten Jahreszeit, wenn die Städte an der Adria ihren Winterschlaf hielten. Dann blieben die Einwohner größtenteils unter sich. In den Wintermonaten verirrten sich nur wenige Touristen zu ihnen.

Dubravka und ihre Gefolgschaft waren ihm in der Marina zufällig über den Weg gelaufen. Bei der Gelegenheit hatte sie sich nach dem Liegeplatz der „NINA" erkundigt. Das weckte sein Interesse. Erst recht, als sie dabei erwähnte, ihre Cousine an Bord der Jacht besuchen zu wollen.

Als Markus vor wenigen Tagen von der letzten Tour durch die Kornaten zurückgekehrt war, hatte er ihn mit der Mitteilung überrascht, Zadar sogleich wieder zu verlassen. Selbst die Reinigungsarbeiten durch seine Nichte Nada, die sonst sofort nach jeder Reise anstanden, mussten auf einen späteren Zeitpunkt verschoben werden.

Markus hatte ihm eine Verabredung auf einer der Inseln vor der Küste als Grund genannt. Und dabei vielsagend gelächelt.

Bis jetzt hatte er ihm die Ausrede nicht so richtig geglaubt. Sollte die Erklärung des Skippers eventuell doch gestimmt haben? Wie kam diese angebliche Cousine von Dubravka aber an Bord der „NINA"?

Gestern, als Markus in die Marina einlief, konnte sie nicht an Bord gewesen sein. Oder wollte sie nur nicht gesehen werden und war deshalb in einer der Kabinen geblieben? Eigentlich unmöglich. Davon hätte Nada bei den Aufräumarbeiten etwas bemerken müssen.

Falls sein Verdacht zutraf, stammte sie möglicherweise aus Zadar und wollte nicht ins Gerede kommen. Anderseits war es dumm von ihr, sich erst zu verstecken, um sich dann am nächsten Tag von der Familie besuchen zu lassen. Die Lösung zu diesem Rätsel wollte er unbedingt herausbekommen.

Während er die Gruppe zur Jacht führte, ärgerte er sich ein bisschen über Markus. Er brauchte vor ihm keine Geheimnisse zu haben und sollte doch wissen, dass er solche pikanten Geschichten höchstens seiner Frau weitererzählen würde.

Falls Markus sich mit einer Einheimischen eingelassen hatte, konnte es nicht schaden, wenn er wusste, wer sie war. Dass es sich um eine verheiratete Frau handelte, hielt er für unwahrscheinlich. Die hätte sich nicht von einem großen Teil der Familie auf der Jacht besuchen lassen.

Sollte Markus mit dieser Frau ernste Absichten haben? Doch wieso hatte er in der Vergangenheit nie etwas von ihr erzählt?

Auf dem Weg zur Jacht versuchte der Hafenmeister vergeblich, Dubravka auszufragen. Seine Frau würde es ihm nie verzeihen, wenn er nicht wenigstens ein paar interessante Einzelheiten mit nach Hause brachte.

Die Frau, die er schließlich an der Gangway der „NINA" stehen sah und die jeden Einzelnen der Gäste herzlich begrüßte, kannte er flüchtig vom Sehen. Sie war ihm einige Male in der Stadt und am Hafen bei Spaziergängen aufgefallen. Er hatte sie für eine der zahlreichen Touristinnen gehalten. Nie wäre er darauf gekommen, dass sie zu Dubravkas Familie gehörte. An besonders hübsche Frauen erinnerte er sich immer.

Aus Zadar stammte sie jedenfalls nicht. Dass sie von einer der Inseln kam, hielt er ebenfalls für ausgeschlossen. Die Frauen dort verkörperten einen ganz anderen Typ von Weiblichkeit.

Chiara bekam einen leichten Schreck, als sie die Gruppe kommen sah. Schnell zählte sie. Zusammen waren es vierzehn Personen. Bei der Einladung hatte sie an Dubravka mit Mann und Kindern gedacht; vielleicht noch die Schwester mit Anhang. Jetzt konnte sie nur darauf hoffen, dass für alle Besucher genügend Getränke an Bord waren.

Wenigsten um das Essen brauchten sie sich keine Sorgen zu machen. Die Männer trugen zwei volle Kühltaschen mit frischem Fisch an Bord.

Dubravka erzählte ihr, dass sie vorhatten, auf einer der unbewohnten Inseln zu grillen. Natürlich nur, wenn ihr Freund damit einverstanden wäre, fügte sie verschmitzt lächelnd hinzu.

Der Hafenmeister ließ es sich nicht nehmen, mit den Besuchern an Bord zu gehen. Da Markus beschäftigt war, holte er sich sein Bier selber aus dem Kühlschrank.

Zustimmend nickte er ihm zu, nachdem er Chiara ausführlich aus der Nähe begutachtet hatte. Sie war ausgesprochen hübsch und schien ein fröhlicher, offener Typ zu sein. Zuhause konnte er jetzt berichten, dass Markus Hagen eine gute Wahl getroffen hatte.

Der Skipper stand inzwischen neben Chiara am Heck der Jacht, hatte den Arm leicht um ihre Taille gelegt, während die Meute über die Gangway an Bord kam und sie ihm alle vorstellte.

Von Dubravka bekam er jeweils rechts und links einen kräftigen Kuss auf die Wange. Danach verschwand sie mit Chiara geschäftig im Inneren der Jacht, um für alle Getränke zu holen.

Nach der Führung ließ Markus die zwei Dieselmotoren an. Der Hafenmeister half ihm beim

Losmachen, bevor er an Land sprang und der „NINA" nachschaute, die langsam die Marina verließ.

Chiara hatte mit ihrer Einladung erreicht, was sie wollte. Alle Besucher zeigten sich beeindruckt von dem unaufdringlichen Luxus an Bord. Obwohl die Menschen direkt am Meer wohnten, bekamen sie kaum jemals die Gelegenheit, solch eine Jacht zu betreten. Für sie selber war ja ebenfalls vieles neu, was sie sich aber auf keinen Fall anmerken lassen wollte.

Die Frauen waren von den drei Doppelkabinen, jeweils mit eigenem Bad, dem Salon mit offener Küche und der Bartheke mit dem eingebauten Grill ganz verzückt.

Die Männer interessierten sich mehr für die technische Ausstattung der Jacht, wie Motoren, Radar, GPS, Funk und dem Autopiloten.

Das Meer war ruhig. Trotzdem ließ Markus an die Kinder Schwimmwesten verteilen, bevor er die zweimal 530 PS starken Motoren voll aufdrehte und in die dalmatinische Inselwelt vor der Küste Zadars eintauchte.

Dubravkas Mann Vedran blieb neben Markus am Steuerstand und lotste ihn nach einer halbstündigen Fahrt zu einer kleinen, unbewohnten Insel, wo sie ungestört von anderen Ausflüglern ihr Picknick veranstalten konnten.

Die versteckte Bucht der Insel, hinter einem Felsvorsprung gelegen, kannten nur wenige Einheimische und Fischer, erfuhr er von Vedran. Die Wassertiefe von über zwei Metern, die fast bis zum Ufer reichte, genügte der „NINA" vollkommen. Kurz vor dem kleinen Kieselstrand ließ Markus den Anker ins Wasser.

Die Kinder hatten auf diesen Augenblick gewartet. Unter lautem Geschrei sprangen sie über die Badeplattform in das wunderbar klare und warme Meer, während Markus, zusammen mit den Männern und Frauen, die Kühltaschen und Getränke mittels Beiboot an Land brachte.

Dann hielten es auch die Erwachsenen nicht mehr aus. Schnell schlüpften sie in ihre Badekleidung und machten es den Kindern nach.

Chiara war glücklich und stolz. Etwas entfernt von den anderen klammerte sie sich im Wasser heftig an Markus und küsste ihn so lange, bis sie zusammen untergingen und prustend wieder an die Wasseroberfläche kamen. Ihr war es egal, dass die anderen dabei zusehen konnten.

Das Zusammentreffen zwischen ihrer Verwandtschaft und Markus war hervorragend verlaufen. Sie verstanden sich gut. Selbst die große Anzahl der Leute, die über sein Boot herfielen und ihn dabei vorsichtig prüfend abschätzten, hatten ihn nicht für einen Moment aus der Ruhe gebracht.

Markus genoss den Ausflug genauso wie sie. Es gefiel ihm, dass Chiara ihn nach so kurzer Zeit mit einem Teil ihrer Familie bekannt machte. Auch wenn es sich dabei nur um entfernte Verwandte handelte. Wenn er allerdings daran dachte, dass er morgen Nachmittag ohne sie losfahren musste, beschlich ihn eine leichte Niedergeschlagenheit. Bis jetzt hatte er noch keine passende Gelegenheit gefunden, sie zu fragen, ob sie ihn begleiten wolle. Während der gemeinsamen Nacht waren sie anderweitig beschäftigt und danach nie allein gewesen.

Als sie beide, sich am Ankertau der „NINA" festhaltend, eine kleine Pause vom Schwimmen und

Herumplanschen einlegten, nutzte Markus die Gelegenheit.

„Ab morgen Nachmittag muss ich wieder Geld verdienen. Dann ist es vorerst aus mit weiteren gemeinsamen Nächten und solchen Ausflügen."

„Ich weiß. Du hast es mir schon gestern gesagt."

Chiara sah ihn fragend an. Der gespielt hilflose Blick ihrer großen, braunen Augen mit dem verdächtigen Funkeln darin und dazu die etwas spöttisch verzogenen Lippen brachten Markus, wie so oft, völlig durcheinander. Nur mit Mühe konnte er sich konzentrieren. Er zog sie dicht an sich.

„Habe ich dich eigentlich schon gefragt, ob du mich auf meiner Fahrt nach Venedig begleiten möchtest?"

Mit beiden Händen hielt er sich am Ankertau fest, als Chiara ihre Gliedmaßen um ihn schlang und den Kuss erst beendete, als sie keine Luft mehr bekamen.

„Und ich dachte schon, die Frage kommt gar nicht mehr, mein Geliebter."

Sie lachte unbeschwert, begann ihn wieder zu umklammern und sah ihn gleichzeitig mit gespielt traurigen Augen an.

„Eigentlich hatte ich mich damit abgefunden, jeden Abend einsam aufs Meer zu schauen und darauf zu warten, bis du mit der ‚NINA' wieder zu mir zurückkommst. So wie es eine echte Seemannsbraut eben macht."

Bei dem Gerangel verrutschte das Oberteil des Bikinis und Markus hatte mit einem Mal ihre nackte Brust in der Hand.

„Du hast mir noch gar nicht erzählt, wieso du weißt, was die Bräute von Seeleuten so machen", neckte er sie. „Gehört das dazu?"

„Ja und noch einiges mehr." Ihre Hand glitt in seine Badehose. Triumphierend sah sie ihn an.

„Wenn du nicht sofort damit aufhörst, verbringen wir die nächste Stunde auf der „NINA" im Bett. Was sollen deine Verwandten dann von uns denken?"

Lachend gab sie ihn frei und zog das Bikinioberteil wieder an die dafür vorgesehene Stelle. Sie wurde unvermittelt ernst und sah ihn direkt in die Augen.

„Markus, ich möchte dich um etwas bitten."

„Soweit ich kann, werde ich dir jeden Wunsch erfüllen, meine Schöne."

„Es ist ernst gemeint und womöglich ist jetzt der falsche Zeitpunkt, dich darum zu bitten."

„Was denn?"

„Ich habe große Angst. Wir kennen uns erst seit kurzer Zeit und trotzdem habe ich mich Hals über Kopf in dich verliebt. Bitte tue mir nicht zu weh, wenn ich dich nicht mehr interessiere und wir uns deshalb möglicherweise trennen."

Zärtlich hob er ihren Kopf an und küsste sie sanft.

„Das verspreche ich dir. Doch mein innerstes Gefühl sagt mir, dass deine Angst unbegründet ist. Ich liebe dich. Das ist mir spätestens bei unserem Treffen in dem Restaurant in Bibinje klargeworden. Da wusste ich, dass ich dich für immer festhalten möchte."

Nach der Erfrischung im Meer machten sich die Männer daran, Feuer anzuzünden. Markus sah draußen, vor der Insel, eine kleine Motorjacht, die aber keinerlei Anstalten unternahm, in ihre Bucht zu kommen. Fast automatisch stellte er fest, dass es sich dabei um eine „Bayside 765" handelte. Weiter machte er sich keine Gedanken darüber. Möglicherweise hatte die Besatzung der anderen

Jacht selber vorgehabt, auf der Insel zu picknicken und war jetzt enttäuscht, dass der Platz belegt war.

Die Frauen nahmen Chiara mit, um etwas abseits von den Männern die Fische auszunehmen und für den Grill vorzubereiten. Er ahnte, dass sie nur auf eine Gelegenheit gewartet hatten, um sie ausführlich über ihn auszufragen. Schließlich war er für alle recht überraschend in ihr Dasein getreten.

Aber du, meine Schöne, hast auch mein Leben ziemlich schnell auf den Kopf gestellt, dachte er. Konnte es sein, dass sie sich tatsächlich erst seit so kurzer Zeit kannten?

Die andere Motorjacht lag immer noch vor der Bucht, als er nach dem Essen im Beiboot mit Chiara zur „NINA" ruderte. Für diese kurze Strecke benötigte er keinen Motor. Eigentlich war sie nur mitgekommen, weil sie an seinen Fähigkeiten zweifelte, richtigen kroatischen Kaffee zu kochen.

Als er das Beiboot an der hinteren Badeleiter festmachte, bemerkte er sofort die nassen Fußabdrücke an Deck. Sie konnten erst vor kurzer Zeit entstanden sein, sonst wären sie längst von der Sonne getrocknet worden. Er bedeutete Chiara, still zu sein und im Boot sitzen zu bleiben.

Mit einer Leuchtpistole bewaffnet, die er aus der Seitenbox nahm, stieg er vorsichtig über die Leiter an Bord und folgte den deutlichen Spuren.

Die Leute auf der kleinen Jacht draußen mussten sein Kommen bemerkt haben. Sie kamen mit Vollgas in die Bucht gefahren. Offenbar war es das verabredete Zeichen für den ungebetenen Eindringling, sich abzusetzen. Markus sah gerade noch eine Gestalt aus dem Salon rennen, über die Reling steigen und kopfüber ins Wasser springen.

Das andere Schiff war inzwischen bis auf wenige Meter an die „NINA" herangekommen. Zwei Männer mit Tauchmasken über dem Gesicht zogen den Schwimmer aus dem Meer, bevor sie Gas gaben und aus der Bucht verschwanden. Leider konnte er den Namen der Jacht und die Registrierungsnummer nicht erkennen. Beide Kennzeichen waren mit schwarzer Klebefolie abgedeckt worden.

Aus seiner Sicht machte es wenig Sinn, den Männern zu folgen. Bis die „NINA" fahrbereit war, würden die anderen längst sonst wo sein.

Er gab Chiara ein Zeichen, an Bord zu kommen. Er selber folgte den Fußspuren, um zu sehen, was der Eindringling an Bord gesucht haben konnte. Weiter als bis zum Salon schien der ungebetene Besucher nicht gekommen zu sein. Auf den ersten Blick war alles in Ordnung. Hatten sie nur einen Dieb bei der Arbeit gestört, oder steckte hinter der Aktion etwas Anderes? Ein ungutes Gefühl blieb bei ihm zurück. Er würde mit Zeev Zakin oder Martin Müller darüber sprechen.

11.

Am frühen Abend kehrten Chiara und Markus mit ihren Gästen zurück in die Marina von Zadar. Schon aus einiger Entfernung sah er den langhaarigen Israeli. Ganz allein saß er auf dem Rand eines der Nachbarboote. Er schien sich zu langweilen.

Ungeduldig wartete Danny Danon darauf, bis sich die Besucher von dem Skipper verabschiedet hatten. Sein Blick wurde ärgerlich, nachdem er zwischen all den Leuten Chiara entdeckte. Hatte er sich ihr und vor allem diesem Markus Hagen gegenüber nicht deutlich genug ausgedrückt? Was wollte sie an Bord der Jacht?

Richtig wütend machte ihn der ausgedehnte Kuss, mit dem sie sich von dem Deutschen verabschiedete. Am liebsten wäre er sofort losgestürmt, um ihr die Meinung zu sagen. Es fiel ihm schwer, sich zu beherrschen.

Ihm selber winkte sie zur Begrüßung lediglich kurz zu, bevor sie mit den Leuten die Marina verließ.

„Es wurde ja auch Zeit, dass sie hier wieder auftauchen. Ich warte schon über zwei Stunden auf sie", raunzte er, nachdem Markus endlich allein war und sie ungestört reden konnten.

Dabei musste er dauernd daran denken, wie liebevoll sich Chiara von Hagen verabschiedet hatte. Nach ihrer gestrigen Rückkehr aus Bibinje war ihm schon der Verdacht gekomen, dass sich zwischen den beiden etwas anbahnte. Auf seine Frage hin hatte sie nur ausweichend geantwortet. Nach dieser Abschiedsszene, die er mit ansehen durfte, schien sich die Vermutung zu bestätigen. Was konnte sie an dem Deutschen finden? Allein der Gedanke, dass Hagen bald zu seiner Kreuzfahrt aufbrach, tröstete ihn. Dann würde er eine Gelegenheit herbeiführen, um vernünftig mit ihr zu reden.

Damals in Neapel, nachdem er sie bei gemeinsamen Bekannten zum ersten Mal gesehen hatte, war er sofort von ihr fasziniert gewesen. Von einem Moment zum anderen hatte er sich in sie verliebt. Leider ergab sich nie die Gelegenheit, es ihr zu sagen. Sobald er darauf zu sprechen kam, wechselte sie ihrer typischen Unschuldsmiene und dem aufreizend spöttischen Lächeln das Thema.

Trotzdem ging sie weiterhin gelegentlich mit ihm aus. Die Hoffnung auf ein gutes Ende blieb bestehen. Natürlich ärgerte es ihn, wenn sie ihn bei Bekannten lediglich mit dem Namen vorstellte. Dabei hatte er immer gehofft, dass sie über ihn mal als „ihren Freund" sprechen würde.

Gelegentlich war ihm schon damals klargeworden, dass er bei seinen Bemühungen um sie keinen Schritt vorwärtsgekommen war. Nur den Grund dafür konnte er sich nicht erklären. Sie musste doch auch fühlen, dass es zwischen ihnen mehr als nur Sympathie gab. Warum sollte sie sich sonst mit ihm treffen und seine Einladungen annehmen? Lag es daran, dass er Jude war? Möglicherweise hatten ihre Eltern etwas gegen eine solche Verbindung.

Trotz aller Misserfolge konnte er es nicht lassen, sich mit ihr zu treffen. Das Jagdfieber ließ ihn nicht los. Zwischendurch nahm er sich immer wieder mal vor, ihr die kalte Schulter zu zeigen. Dann fand er prompt einen Vorwand, um sie doch anzurufen. Meistens handelte er sich dabei auch noch eine Abfuhr ein. Trotzdem tat er es immer wieder.

Nach seiner turnusmäßigen Versetzung an die Botschaft in Zagreb, hielt er die Verbindung zu ihr per Mail oder Telefon aufrecht. Bei einem dieser Telefongespräche erzählte sie ihm von der bestandenen Facharztprüfung zur Kinderärztin und dass Verwandte in Zadar sie eingeladen hatten, den anstehenden Urlaub bei ihnen zu verbringen.

Ihr unverbindliches Angebot, sich dort mal zu treffen, falls er gerade Zeit und Lust habe, weckte erneut Hoffnungen in ihm. Die Vorfreude war riesig. Eventuell bot sich da eine neue Chance, Chiara näherzukommen. Die Urlaubsstimmung konnte sich positiv auswirken.

Bevor sich dieser Markus Hagen wegen der gefundenen Pässe mit ihnen in Verbindung setzte, hatte er vorgehabt, ein paar Urlaubstage in Zadar zu verbringen. Nach Möglichkeit mit ihr.

Den Urlaub musste er auf unbestimmte Zeit verschieben, nachdem Zeev Zakin zusammen mit dem deutschen Agenten Müller in Kroatien aufgetaucht war. Seitdem hatten sie ihm kaum eine ruhige Minute gelassen. Und nun dieser innige Kuss zum Abschied. War da bereits mehr zwischen den beiden?

Der unfreundliche Ton des Israelis ärgerte Markus, obwohl er zu wissen glaubte, woher die schlechte Laune rührte. Ihm war klar, dass Danons Interesse an Chiara mehr als freundschaftlicher Natur war. In gewisser Weise konnte er ihn verstehen. Der Israeli musste gesehen haben, wie liebevoll sie sich von ihm verabschiedet hatte. Dabei wollte sie nur ihre Sachen für die Reise packen und danach schnellstmöglich zurückkommen.

Trotzdem gab das dem bärtigen Israeli kein Recht, seine üble Laune an ihm auszulassen. Schließlich gehörte er nicht zu den Befehlsempfängern der israelischen Botschaft oder ihrer Geheimdienstleute.

Für seinen Geschmack bezogen Zeev und Müller ihn viel zu sehr in ihre Arbeit mit ein. Wäre da nicht die Aussicht, durch Christine mehr über den Tod Ninas herauszufinden, hätte er ihren dauernden Forderungen längst eine Abfuhr erteilt.

Er ließ den Israeli absichtlich unbeachtet stehen, um von Deck aus mit dem Hafenmeister zu telefonieren. Nada, seine Nichte, würde morgen

Vormittag noch mal an Bord kommen müssen, um alles für die Ankunft der neuen Gäste vorzubereiten. Es ging da lediglich um die letzten Feinheiten. Absichtlich zog er die Unterhaltung in die Länge. Dabei konnte er vergnügt beobachten, wie der Israeli immer missmutiger wurde.

Nachdem mit Ivo alles geklärt und das Gespräch beendet war, versuchte Danon, an Bord der „NINA" zu kommen. Demonstrativ sperrte Markus mit seinem Körper die Gangway. Stattdessen ging er dem Mann entgegen.

Bei der Rückfahrt von der Insel war ihm der heimliche Besucher vom Nachmittag nicht aus dem Kopf gegangen. Was hatte er wirklich auf der „NINA" gewollt? Möglicherweise hatte er gar nicht vorgehabt, zu stehlen, sondern wollte etwas an Bord unterbringen? Markus dachte dabei an die kleinen Abhörgeräte, die Gespräche aufnehmen und über Funk weiterleiten konnten. Allerdings hatte er noch keine Zeit gefunden, danach zu suchen. Falls es solch eine Wanze an Bord gab, war das mehr als unangenehm. Er musste Zakin und Müller davon erzählen,

Sollten die Agenten den Verdacht teilen, konnten sie auch gleich nach Mikrofonen suchen. Er nahm an, dass sie sich mit sowas auskannten. Bis dahin würde an Bord der „NINA" nicht über das Treffen in Venedig gesprochen werden.

„Zu mir an Bord kommen nur Leute, die sich zu benehmen wissen. Das scheint mir bei Ihnen, jedenfalls im Moment, nicht der Fall zu sein."

Markus drängte den Israeli weiter weg von der Jacht. Er wusste nicht, wie groß die Reichweite solcher Mikrofone sein konnte.

„Bis jetzt habe ich gar nicht gewusst, dass ich mich bei Ihnen für meine Abwesenheit rechtfertigen muss. Ich habe Sie nicht eingeladen. Wenn es ihnen Spaß macht, hier auf mich zu warten, ist das ihre Sache", fuhr er den Israeli an.

Danon merkte, dass er zu weit gegangen war. Trotz seiner Erregung versuchte er, sich zu beherrschen. Es fiel ihm schwer.

„Tut mir leid, dass ich eben etwas ruppig gewesen bin. Ich soll ausrichten, dass Zakin und Müller noch später am Abend zu Ihnen an Bord kommen."

„Warum? Wir haben uns für morgen Vormittag verabredet. Aber die Terminänderung hätte Zeev mir auch am Telefon durchgeben können. Deswegen machen Sie so einen Aufstand?"

Nur mühsam konnte Danon die Wut auf diesen aufgeblasenen Deutschen mit der protzigen Jacht unterdrücken.

„Die beiden wollen unbedingt noch heute Abend mit Ihnen sprechen. Die Polizei hat Zilly gefunden."

„Was ist mit ihr?" Markus stellte die Frage, obwohl er bereits ahnte, dass die Antwort keineswegs angenehm ausfallen würde.

„Sie ist tot. So wie es aussieht, hat man sie letzte Nacht, als sie von dem Treffen mit Ihnen kam, entführt. Sie wurde gefoltert und danach wie ein räudiger Hund erschlagen."

Und du bist zumindest mitschuldig an ihrem Tod, dachte sich Danon im Stillen.

„Sie haben sich da einen risikoreichen Beruf ausgewählt. Was sagt die Polizei?" Markus blieb betont kühl, obwohl ihm der Tod der jungen Frau doch zu schaffen machte.

Verächtlich zuckte der Israeli mit den Schultern.

„Die Kleinstadtpolizisten hier in Zadar können vielleicht den Verkehr regeln oder einen Taschendiebstahl aufklären. Bei allem, was darüber hinausgeht, sind sie überfordert. Da es sich in diesem Fall um eine getötete Ausländerin handelt, haben sie erst einmal Hilfe von der Kriminalpolizei in Zagreb oder vielleicht auch Split angefordert. Bis dahin passiert hier kaum etwas."

„Falls das auf Anweisung von Knoten oder Zivkovic geschehen ist, dürfte die Gegenseite die Pläne in Bezug auf Venedig kennen?"

„Nein, Zilly kann nicht allzu viel verraten haben. Zakin hatte sie nur über die Geschehnisse hier in Zadar informiert. Sonst wusste sie lediglich, dass sie mit ihnen zusammen nach Venedig fahren sollte. Natürlich ist es nicht ganz auszuschließen, dass sie einiges aus unseren Gesprächen mitbekommen hat."

„Von dem geplanten Treffen wusste sie nichts?"

„Müller leitet die Aktion in Italien. Er bestand von Anfang an darauf, so wenigen Leuten wie möglich davon zu erzählen. In ihrer Gegenwart haben wir darum nie darüber gesprochen."

„Schade, ich hatte gehofft, dass dieses Treffen jetzt abgesagt oder verschoben wird und ich mit eurem Verein nichts mehr zu tun habe."

„Das müssen sie Müller oder Zakin fragen. Ich bin hier nur der Laufbursche. Meine Meinung ist da nicht gefragt."

„Wenn die beiden später kommen, werden sie mir hoffentlich sagen können, wie es jetzt weitergeht."

Nachdem Danon keine Anstalten machte, sich zu verabschieden, schaute Markus ihn fragend an:

„Haben Sie mir noch mehr zu sagen? Sie hatten es vorhin doch so eilig."

„Ich bin nur verärgert darüber gewesen, als ich Ihr Boot nicht an seinem Liegeplatz vorfand. Sie hätten uns vorher über Ihren Ausflug Bescheid geben müssen. Zakin hat mir den Auftrag gegeben, solange ein Auge auf Sie zu haben, bis er mit Müller bei Ihnen ist. Er hat mit keinem Wort erwähnt, dass Sie erst abends zurückkommen."

Er deutete mit der Schulter auf die Nachbarboote: „Müller brauchte seine Leute in Zadar und darum ist keiner hier in der Marina, der auf Sie aufpassen kann."

„Zakin wusste, dass ich einen Ausflug unternehme. Er wird seine Gründe gehabt haben, als er es Ihnen nicht gesagt hat."

Markus Hagens Geduld mit dem Israeli ging dem Ende entgegen: „Zum wiederholten Mal. Ich gehöre nicht wie Sie zu den Hampelmännern irgendeiner Regierung, deren Befehlen ich Folge leisten muss. Ich brauche mich niemandem gegenüber zu rechtfertigen, wenn ich die Marina verlasse. Ich kann nur hoffen, dass Sie sich das endlich merken. Sie müssen hier auch keineswegs den Beschützer spielen. In Ihrer erfreulichen Verfassung lasse ich Sie sowieso nicht an Bord. In den nächsten Stunden werde ich selber auf mich aufpassen können. Sagen Sie Zakin von mir aus, dass ich Sie weggeschickt habe. Wenn ich die Gangway einziehe, kommt niemand an Bord, ohne dass ich es merke."

Markus wollte auf keinen Fall, dass Danon noch hier war, wenn Chiara zurückkam. Die unsinnige Diskussion mit dem eifersüchtigen Mann wollte er ihr und auch sich selber ersparen.

„Außerdem habe ich noch einige Vorbereitungen zu treffen, bevor morgen meine Tour beginnt. Dabei stören sie nur."

Danon war nicht abgeneigt, Hagens Angebot anzunehmen. So wie es aussah, würde ihn der Deutsche nicht an Bord lassen. Dann musste er vor der Jacht warten, bis Zakin und Müller sich hier einfanden. Dabei kam er fast um vor Hunger und Durst. Die beiden beschäftigten ihn schon den ganzen Tag. Noch nicht einmal zum Mittagessen war er gekommen. Wenn er Hagens Angebot annahm, musste er nicht länger in der Marina bleiben und konnte ein schnelles Abendessen zu sich nehmen. Vielleicht sollte er anschließend bei Chiara vorbeifahren und mit ihr reden. Möglicherweise fand er heraus, was sich zwischen ihr und dem Deutschen tat. Der Gedanke an einen Besuch bei Chiara gab letztendlich den Ausschlag.

Mürrisch schaute er zu Hagen: „Sie versprechen mir, die Gangway einzuziehen?"

„Natürlich. Wenn Sie einen Moment warten, können Sie es mit eigenen Augen sehen."

Erleichtert sah Markus zu, wie der langhaarige Israeli den Jachthafen verließ. Die angeblichen Vorbereitungen für die morgige Abfahrt waren erfunden. Es gab nichts vorzubereiten. Falls seine Gäste keine anderen Wünsche hatten, würden sie morgen nach ihrer Ankunft bis Vodice oder Sibenik fahren und dort in der Marina über Nacht bleiben. In der Regel fuhr er dann über Trogir weiter bis Split und schließlich noch das kurze Stück bis zur Insel Brac.

Falls sie es wünschten, konnten sie auch sofort in die Inselwelt Dalmatiens eintauchen und ankern, wo es ihnen gefiel. Soweit das Wetter mitspielte, mussten sie nicht unbedingt in einer Marina anlegen. Auf den kleineren bewohnten Inseln gab es meistens nur winzige Häfen, die für die „NINA" ungeeignet waren. Er ankerte dann vor der jeweiligen Insel und schaffte seine Gäste mit dem Beiboot an Land. Manchmal wurde ihm auch gestattet, die Anlegestelle der Dampfer zu benutzen.

In Gedanken versunken saß Markus an Deck. Durch den Tod der Agentin änderte sich auch seine Sicht auf das Treffen mit Christine in Venedig. Es war nicht mehr nur eine für ihn unliebsame Zusammenkunft. Jetzt zeigte sich, dass es durchaus gefährlich werden konnte. Darüber musste er unbedingt mit Zakin und Müller sprechen.

Chiara brauchte weniger als zwei Stunden, um mit Koffer, großer Tasche und in Begleitung von Dubravka zurückzukommen. Jetzt konnte er ganz sicher sein, nicht alles nur geträumt zu haben. Obwohl es ihm immer noch so vorkam. Er freute sich auf die kommenden Wochen, die sie zusammen verbringen würden.

Noch vor Kurzem hatte er nicht geglaubt, dass es eine Frau, die all seinen Vorstellungen entsprach, überhaupt geben konnte. Amor musste es gut mit ihm meinen.

Dubravka, Chiaras Cousine, hatte es eilig. Sie wurde zu Hause erwartet und war nur mitgekommen, um beim Tragen des Gepäcks zu helfen. Beim Abschied hielt sie Markus eine Weile an den Schultern fest und redete ernsthaft in kroatischer Sprache auf ihn ein. Dabei lächelte sie ihn gutmütig an.

Er verstand nur einige Worte. Den Rest konnte er sich denken. Falls er Chiara nicht gut behandelte, würde sie ihn, zusammen mit ihrer gesamten Familie, suchen und im Meer ertränken.

Später flossen ein paar Tränen, als sie sich mit nassen Küssen verabschiedete. Chiara musste versprechen, aus jedem Hafen eine Postkarte zu schicken und sich öfter über das Internet zu melden. So konnte die Familie mitverfolgen, wo sie gerade waren. Der Gesprächsstoff würde ihnen dabei sicherlich nicht ausgehen.

Markus half Chiara, die Gepäckstücke in die Kabine zu bringen, die für die nächsten zwei Wochen ihr gemeinsames Schlafzimmer sein würde.

Sie lachte protestierend, ließ es aber geschehen, als er sie auf das Bett zog und ausgiebig küsste. Viel später schob Chiara ihn aus der Kabine, um in aller Ruhe ihre Sachen auszupacken. Sie sang bei der Arbeit. Er konnte ihre rauchige, melodische Stimme bis zum Hauptdeck hören.

Eng aneinandergeschmiegt saßen sie später an Deck bei einem Glas Wein. Längst war es dunkel geworden. An Bord hatten sie die Beleuchtung ausgeschaltet. Nur die Lichter der Stadt und die Sterne gaben ihnen etwas Helligkeit. Bis auf die leichten Wellen, die in der Marina an die Boote schlugen, war alles ruhig.

Nur ungern unterbrach er die romantische Stimmung. Er erzählte ihr von dem Gespräch mit Danny. Wie erwartet, reagierte Chiara geschockt auf die Nachricht vom schrecklichen Tod Zillys. Gleichzeitig lehnte sie es aber kategorisch ab, ihre Pläne zu ändern. Sie wollte die zwei Wochen auf der Jacht, um sich besser kennenzulernen. Genauso sagte sie es ihm auch.

Zakin und Müller kamen wenige Minuten vor Mitternacht. Lange vorher waren die Besatzungen der zwei Boote neben ihnen gekommen und nach einem kurzen Gruß in den Kabinen verschwunden. Markus hatte zuvor mehrmals vergeblich versucht, Zeev oder Müller übers Handy zu erreichen. Er hatte einfach wissen wollen, ob das Treffen an diesem Abend noch stattfinden würde.

Als Chiara die späten Besucher kommen sah, verabschiedete sie sich mit dem Versprechen, im Bett auf ihn zu warten.

Sie wusste von Markus, dass die Agenten von ihrer Anwesenheit an Bord nicht gerade begeistert waren. Sie hatten das anders geplant. Sie konnte sich denken, dass sie ihr unter Umständen einen Teil Mitschuld am Tod von Zilly gaben. Ohne sie wäre sie Israelin möglicherweise bereits gestern Abend mit an Bord gegangen. Trotzdem bekam sie deswegen kein übermäßig schlechtes Gewissen.

Markus ging den Besuchern ein Stück entgegen. Er unterrichtete sie als Erstes über den Eindringling am Nachmittag auf der Jacht und seinem eventuell lächerlichen Verdacht.

„Wie Sie sehen, bewegen sich meine Gedanken bereits auf Geheimdienstniveau. Bei den dauernden Besprechungen mit Ihnen muss etwas abgefärbt haben."

Dagegen fand Müller die Vermutung gar nicht so abwegig. Er nickte anerkennend und ging zu einem der Nachbarboote. Sie hörten, wie er leise mit jemanden sprach.

Es war die Frau, die kurz darauf mit einem unscheinbaren Gerät auftauchte und an Bord der „NINA" mit der Durchsuchung begann. Müller folgte ihr, während Zakin und Markus auf dem Bootssteg warteten. Es dauerte fast eine halbe Stunde, bis sie wieder an Deck auftauchten.

„Sie hatten recht mit ihrer Vermutung. Im Salon wurden zwei Wanzen angebracht, ansonsten ist das Boot sauber."

Seinem Gesichtsausdruck nach schien ihm nicht nur die Entdeckung der Abhörgeräte zu gefallen. „In ihrem Schlafgemach konnten wir ebenfalls nichts finden. Ich hoffe, dass wir die junge Dame dort nicht allzu sehr gestört haben."

Auf die letzte Bemerkung gab Markus keine Antwort.

„Sie haben die Dinger hoffentlich entfernt?"

Müller schüttelte den Kopf: „Wenn es ihnen nicht allzu viel ausmacht, möchte ich sie lieber an Ort und Stelle lassen. Vielleicht ergibt sich auf Ihrer Fahrt mal die Gelegenheit, unsere Gegner ein bisschen in die Irre zu führen."

„Und ob mir das was ausmacht. Ich habe keine Lust, mir jedes Wort genau zu überlegen, bevor ich es ausspreche."

„Brauchen Sie auch nicht", beschwichtige ihn der Agent des Verfassungsschutzes. „Benehmen sie sich ganz normal. Wenn Sie im Salon sind, sprechen sie nur über banale Dinge. Alles, was außerhalb des Raumes gesprochen wird, kann nicht mitgehört werden. Ihr Besucher wollte bestimmt nicht nur da die Wanzen anbringen. Durch ihr Auftauchen haben sie ihn vermutlich bei der Arbeit gestört."

„Wie funktionieren die Dinger?"

„Die Gespräche im Umkreis von wenigen Metern werden auf einem Speicherchip, der in der Abhöreinrichtung ist, aufgezeichnet und nach

Möglichkeit über GPS zu einem Rechner weitergeleitet. Allerdings nur, wenn sich der entsprechende Empfänger in der Nähe befindet. Die Sendeleistung der Mikrofone hier an Bord ist aber nicht besonders groß. Der andere Computer, zu dem die Aufzeichnungen überspielt werden sollen, muss sich in einem Radius von höchstens fünfzig Metern um sie herum befinden. Für eine Jacht sind die Dinger weniger geeignet. Die Unbekannten müssen also wieder zu Ihnen an Bord kommen, um die Speicherchips auszutauschen. Ansonsten ist es für Lauscher in der heutigen Zeit sehr einfach, sobald die Wanzen an Ort und Stelle sind."

„Und wie weiß ich, dass der Kerl seine Arbeit nicht fortsetzt, wenn die ‚NINA' unbewacht ist?"

Wieder einmal ärgerte sich Markus darüber, die Pässe und das Geld dem Geheimdienst übergeben zu haben. Jetzt waren auch noch Mikrofone an Bord, die ihn und alle Anwesenden belauschten. Dazu konnte er nie sicher sein, dass heimliche Besucher weitere Abhörvorrichtungen auf der „NINA" anbrachten. Gerade noch rechtzeitig fiel ihm an, dass er Chiara nur dadurch kennengelernt hatte. Für sie würde er noch viel mehr auf sich nehmen.

„Ich werde Ihnen morgen Vormittag eines von diesen Spürgeräten zukommen lassen. Wenn das Boot mal eine Zeit lang unbeaufsichtigt gewesen ist, können Sie danach sofort feststellen, ob weitere Wanzen an Bord geschmuggelt wurden."

„Müssen wir jetzt das Gespräch hier auf dem Steg weiterführen oder ist es möglich, dass wir uns irgendwo gemütlich hinsetzen? Der Tag war anstrengend genug und ich bin, ehrlich gesagt, hundemüde", mischte sich Zakin ein.

Müller hob einladend die Arme: „Wenn der Skipper es zulässt, können wir von mir aus an Bord gehen. Selbst wenn wir uns direkt vor dem Salon unterhalten, kann niemand mithören. Die Verbindungstür sollte aber vorsorglich geschlossen sein."

Sicherheitshalber stiegen sie doch zur Flybridge hoch, wo sich die Agenten auf die Lederpolster fallen ließen. Hier gab es ein kleines Kühlfach mit Getränken. Markus reichte jedem ein Bier, bevor er sich selber setzte.

„Ehrlich gesagt ist mir immer noch nicht klar, warum sich Christine Landers ausgerechnet mit mir treffen will? Unter euren Leuten sollte es doch jemanden geben, der den Austausch des Datensticks oder der CD gegen einen Pass fertigbringt."

„Ich hätte dich wirklich gerne aus dieser Angelegenheit rausgehalten. Das kannst du mir glauben, Markus."

„Warum macht ihr es dann nicht?"

„Erstens hat Ihre ehemalige Lebensgefährtin uns ausdrücklich darum gebeten."

Müller übernahm die weitere Beantwortung. „Sie befürchtet, in Venedig unter verstärkter Beobachtung durch Thurau und Knoten zu stehen. Ein Treffen mit ihnen, selbst wenn der Freiherr es erfahren sollte, könnte sie mit einer Aussprache begründen. Sozusagen von Angesicht zu Angesicht. Immerhin werfen sie ihr vor, am Tod ihrer Tochter mitschuldig zu sein."

„Sie wird eine verdammt gute Erklärung brauchen, um mich vom Gegenteil zu überzeugen. Wieso wusste sie überhaupt, dass ich mich in Kroatien aufhalte? Warum bekommt der Kurier ausgerechnet vor meinen Füßen einen Schwächeanfall, sodass ich die gefälschten Pässe finden kann? Ich kann mir nicht vorstellen, dass es ein Zufall gewesen ist. Haben Sie die Möglichkeit bedacht?"

„Wir glauben inzwischen auch nicht mehr daran, dass ihnen die Ausweispapiere zufällig zugespielt wurden. Seitdem Frau Landers uns mitgeteilt hat, dass sie sich ausgerechnet mit ihnen in Venedig treffen will, gehen wir davon aus, dass der Kurier seinen Kollaps absichtlich vor Ihrem Boot bekommen hat. Wie sie ihn dazu gebracht hat, wissen wir nicht."

„Dagegen spricht, dass andere die Pässe vor ihnen hätten entdecken können", warf Zakin ein. „Möglicherweise die Sanitäter oder die Polizei auf der Suche nach Ausweispapieren des Mannes."

„Vielleicht hätte der Kurier dann umdisponiert und die Pässe wären auf eine andere Art bei Herrn Hagen gelandet." Müller zuckte desinteressiert mit den Schultern. „Wir wissen es nicht und im Grunde genommen ist es auch nicht besonders wichtig. Ich bin überzeugt, dass Frau Landers bei ihren Planungen diese Möglichkeit in Betracht gezogen hat."

„Sie hätten ihr bei der Begegnung in München trotzdem davon abraten können, mich als Mittelsmann auszusuchen."

Markus hatte gegen dieses, ihm aufgezwungene Treffen, immer noch große Vorbehalte. Irgendetwas an den Erklärungen der Agenten störte ihn. Es war nur so ein unbestimmtes Gefühl. Früher, in seiner Zeit als Journalist, hatte er sich darauf meistens verlassen können. Er war überzeugt, dass es einen weiteren Grund gab, ausgerechnet ihn für das Treffen auszuwählen.

Müller musste die Gedanken Hagens erraten haben.

„Eventuell wäre es uns möglich gewesen, Frau Landers oder Maria Sanchez, wie sie sich jetzt nennt, davon abzubringen, sich ausgerechnet mit ihnen treffen zu wollen. Aber es gibt da noch einen wichtigen Punkt, den es aufzuklären gilt."

„Und der wäre?"

„Wir sind nicht ganz sicher, ob es sich bei ihr tatsächlich um Christine Landers, alias Maria Sanchez, handelt. Genau genommen kann es sich auch um zwei vollkommen verschiedene Frauen handeln. Das ist der weitere Grund, warum wir dem Treffen mit Ihnen zugestimmt haben. Von unserer Seite aus ist es eine reine Vorsichtsmaßnahme. Nachdem Frau Landers selber den Vorschlag dazu gemacht hat, gehen wir allerdings davon aus, dass sie echt ist."

„Meine Aufgabe ist es also, Christine Landers zu identifizieren, den Datenträger in Empfang zu nehmen und an Sie weiterzugeben. Und dann?"

„Danach sind Sie wieder ihr eigener Herr. Sie können tun und lassen, was Sie möchten."

„Da bin ich aber froh. Ich hatte schon die Befürchtung, dass Sie mich auf Dauer für den Geheimdienst rekrutieren wollen."

„Gott bewahre. Sie fahren morgen los?"

„So habe ich es jedenfalls geplant. Wo genau und wann werde ich Christine treffen?"

„Zuerst einmal müssen Sie Ihre Passagiere in Venedig ausladen. Was passiert danach mit Ihrem Boot?"

„Es kann durchaus sein, dass meine Gäste nicht in Venedig, sondern in Jesolo von Bord gehen. Die

Entscheidung liegt bei ihnen. Die „NINA" wird dort überwintern."

„Gut. Vom Jachthafen aus fahren Sie am besten mit einem Taxi nach Venedig und lassen sich zum Hotel „Locanda de La Spada" bringen. Das Hotel liegt direkt am Canale Grande. Ich habe mir erlaubt, ein Doppelzimmer auf Ihren Namen zu reservieren."

„Ich muss schon sagen, Sie haben da ein recht nobles Hotel ausgesucht. Die Rechnung übernehmen Sie hoffentlich ebenfalls?"

Müller lächelte: „Keine Angst. Sie und eine eventuelle Begleitperson sind natürlich unsere Gäste. Das wurde bereits geregelt."

„Und auch noch unter meinem richtigen Namen? Bei einer Operation des Geheimdienstes hätte ich damit gerechnet, mir einen falschen Namen zulegen zu müssen. Ich könnte mir auch einen künstlichen Bart ankleben."

Müller schaute etwas pikiert, bevor er begriff, dass Hagen sich einen Scherz erlaubte.

„Ein falscher Name wäre in dem Fall nicht angebracht. Freiherr von Thurau und seine Geliebte wohnen rein zufällig ebenfalls in diesem Hotel. So sollte es genug Möglichkeiten für Frau Landers geben, „unbeabsichtigt" mit Ihnen zusammenzutreffen."

„Die Idee ist vielleicht nicht mal so schlecht", gab Markus zu. „Aber der Freiherr wird wissen, wer ich bin. Und ob er bei einem Zusammentreffen von mir und Christine an einen Zufall glaubt, halte ich für fraglich. Er wird sich fragen, was ich wirklich in Venedig zu tun habe, nachdem ich schon die Pässe und das Geld gefunden habe."

„Es ist möglich, dass Sie deshalb von seinen Leuten genauestens überwacht werden. Damit rechnen wir jedenfalls. Aber er wird ganz bestimmt nicht auf den Gedanken kommen, dass Christine Landers ihnen praktisch vor seinen Augen etwas übergibt. Ihren Aussagen nach vertraut er ihr völlig. Wir gehen davon aus, dass es der Frau gelingen wird, ihnen den Stick oder die CD unbemerkt zuzuspielen."

„Warum jetzt diese Geheimniskrämerei?"

„Wir wollen möglichst viel Verwirrung bei unseren Gegnern stiften. Knoten muss inzwischen mitbekommen haben, dass wir sie bewachen lassen. In Venedig dürften er und der Freiherr darum ziemlich überrascht sein, wenn Sie sich ausgerechnet im selben Hotel einquartieren. Die beiden werden Nachforschungen anstellen und herausbekommen, dass Sie sehr kurzfristig gebucht haben. Das wiederum ist nur mit sehr guten Verbindungen möglich. Das „Locanda de La Spada" ist für die nächsten Wochen restlos ausgebucht. Natürlich werden Thurau und Knoten sich fragen, wer hinter Ihnen steht und wieso Sie ausgerechnet in dem Hotel abgestiegen sind. Vielleicht werden sie nervös und machen Fehler."

„Sie könnten auf die Idee kommen, mich zu überwältigen, um eine kleine, unfreiwillige Befragung durchzuführen. Denken sie an ihre Kollegin Zilly."

Markus machte sich jetzt doch einige Sorgen. Dabei dachte er weniger an sich, als vielmehr an Chiara. Auf was ließ er sich da ein?

„Das wird auf keinen Fall geschehen. Es werden immer mehrere Leute von uns in der Nähe sein. Nur wenn Sie die Tür ihres Zimmers von innen verschließen, sind Sie unbeobachtet. Wenn es das geringste Risiko geben sollte, greifen wir ein. In dem Fall lassen wir sie von da verschwinden."

„Das wäre dann doch ziemlich schade. Ich hatte gehofft, zusammen mit meiner Freundin ein paar angenehme Tage in Venedig auf Kosten der deutschen Steuerzahler zu verbringen. An einen Abenteuerurlaub habe ich dabei weniger gedacht. Im Hotelzimmer gibt es hoffentlich keine Mikrofone?"

„Das ist eher unwahrscheinlich. Von unserer Seite aus sowieso nicht. Die Flure im Hotel werden durch Videos überwacht, und in diesem speziellen Fall sogar von uns gesichtet. Trotzdem sollten Sie jedes Mal nach ihrer Rückkehr das kleine Gerät einschalten. Dann wissen sie es genau."

Für Markus gab es noch eine, wenn auch nebensächliche Frage: „Wie steht es übrigens um die Rechte an der Geschichte? Ich bin immer noch genug Journalist, um daran interessiert zu sein."

„Genießen Sie zunächst einmal zusammen mit Ihrer Freundin Venedig. Falls wir von unseren Vorgesetzten für eine Veröffentlichung das Okay bekommen, sind Sie natürlich derjenige, der als Erster darüber berichtren darf. Gehen Sie mit der Story aber nur an die Öffentlichkeit, wenn sie unsere Zustimmung haben."

Markus akzeptierte die vorsichtige Zusage von Müller, erst über den Vorfall zu berichten, wenn seine Vorgesetzten damit einverstanden waren. Gegebenenfalls würde er ihn zu einem späteren Zeitpunkt daran erinnern.

„Wie sieht übrigens Ihre Reiseroute aus", wollte Müller wissen. „Ich frage nur, damit sich meine Leute, die in den nächsten zwei Wochen brav hinter Ihnen herfahren werden, ungefähr danach richten können?

Nachdem niemand von uns mitfährt, sind sie und die junge Dame tagsüber auf sich allein gestellt. Da kann es nicht schaden, wenn unsere Leute nicht zu weit von Ihnen entfernt sind."

„Wahrscheinlich schippern wir morgen bis Vodice oder Sibenik. Mit Sicherheit kann ich das aber nicht sagen. Vielleicht haben meine Gäste andere Wünsche. Die erfahre ich erst nach ihrer Ankunft. Ich kann Ihnen eine SMS schicken oder Sie fragen den Hafenmeister der Marina. Wenn ich losfahre, melde ich mich bei ihm ab. Bis dahin kenne ich auch das Ziel für den ersten Tag. Ansonsten bin ich meistens über Bordfunk oder Handy zu erreichen. Sie denken immer noch, dass diese Leute mich suchen?"

„Die haben die Mikrofone nicht umsonst hier angebracht. Irgendwann werden sie an die Aufzeichnungen der Gespräche kommen wollen. Also wird es Kontakt geben. Sie werden versuchen, in einem günstigen Moment an Bord Ihrer Jacht zu gelangen, um die Chips in den installierten Mikrofonen auszutauschen. Ein direktes Abhören Ihrer Gespräche ist, wie schon gesagt, nur möglich, wenn sich die Verfolger in einem Radius von ungefähr fünfzig Metern befinden. Auf dem Meer ist das wohl eher unwahrscheinlich. Das ginge dann nur in den Häfen. Und da ist es gut, wenn sich meine Leute in der Nähe aufhalten."

Markus nickte resignierend.

„Diese verdammten Mikrofone. Vielleicht werfe ich sie doch noch ins Meer."

„Dass die Gegner wenig Zurückhaltung zeigen, haben Sie uns deutlich mit der Ermordung von Zilly gezeigt."

Zeev machte immer noch kein Hehl aus seiner Unzufriedenheit mit der Einbindung Hagens bei dieser Aktion.

„Gibt es dazu Neuigkeiten und was hat sie gewusst?"

Der Israeli schüttelte mit verbissener Miene den Kopf.

„Nichts Neues. Sie wurde gefoltert, bevor man sie erschlagen hat. Viel kann sie nicht verraten haben. Die Gegenseite weiß jetzt mit ziemlicher Sicherheit, dass wir die Pässe haben. Egal was sie unternehmen, für sie sind die Ausweispapiere verloren."

„Was könnte sie ihren Mördern über das Treffen in Venedig gesagt haben?"

Zeev schüttelte wiederum den Kopf: „Zilly hat lediglich gewusst, dass sie in den nächsten zwei Wochen bei dir Kindermädchen spielen sollte."

„Ihr wisst noch nicht, aus welcher Ecke ihre Mörder kommen?"

„Wir vermuten, dass es sich um mehrere Männer aus dem Umfeld von Ante Zivkovic handelt. Er und Knoten hatten Kontakt. Unter den Leuten, die das getan haben, ist mit hoher Wahrscheinlichkeit sein Chauffeur und Leibwächter Stanko Krajic. Er ist für seine Brutalität bekannt. Interpol fahndet schon länger nach ihm, aber hier in Kroatien gibt es viele, die ihre Hände schützend über ihn halten. Ihm sind solche Taten ohne weiteres zuzutrauen. Vor dem Mord hat es in Zadar geradezu von seinen Leuten gewimmelt. Ganz plötzlich sind sie alle verschwunden. Zivkovic selber wohnt aber immer noch samt Ehefrau in seinem Ferienhaus. Er weiß genau, dass wir eine Verbindung zwischen ihm und den Mördern nur herstellen können, wenn wir die Täter finden. Darum wird er dafür gesorgt haben, dass man sie in Zadar und Umgebung auf keinen Fall findet."

„Wieso willst du wissen, dass es sich um Mehrere handelt?"

„Bevor man Zilly erschlug, wurde sie mehrmals vergewaltigt. Die Spuren an ihr stammen eindeutig von mehr als einer Person."

„Dann solltet ihr mindestens einen der Täter finden."

Zakins Stimme zitterte vor unterdrückter Wut: „In einem Punkt kannst du sicher sein: Sobald wir uns einen von den Kerlen geschnappt haben, wird er reden. Danach werden sie in Israel vor Gericht gestellt, soweit sie dazu noch in der Lage sind."

Zakin schwieg abrupt. In seiner Wut auf die Mörder war ihm mehr rausgerutscht, als gut war.

Markus tat so, als hätte es den letzten Satz von Zeev nicht gegeben und Müller wechselte das Thema.

„Sie nehmen jetzt also tatsächlich die Freundin von Danny mit auf die Reise? Was hat unser Freund dazu gesagt?"

Markus war froh, dass sie von etwas Anderem sprechen konnten.

„Zuerst muss ich klarstellen, dass es sich nicht um Dannys Freundin handelt. Die beiden sind, jedenfalls von ihrer Seite aus, nur Freunde, aber nicht mehr. Auch wenn Danon das gerne anders möchte. Als ich heute am späten Nachmittag von meinem Ausflug zurückkam, hat er bereits auf mich gewartet."

„Er sollte ihnen mitteilen, dass wir am Abend noch vorbeikommen und außerdem ein bisschen auf Sie aufpassen. Wo ist er überhaupt?"

„Vermutlich hat er gesehen, wie sich Frau Bertone von mir verabschiedet hat. Das dürfte ihm die Laune verdorben haben. Er hat mich blöd angeblafft. Da habe ich ihn weggeschickt."

„Dann weiß er also, dass die junge Frau bei ihnen mitfährt?"

„Von mir hat er es nicht erfahren. Ich hatte keine Lust, mich auf eine sinnlose Diskussion einzulassen. Er hat nur gesehen, wie sie sich von mir verabschiedete. Dass sie kurz darauf mit ihrem Gepäck zurückkehrte, hat er nicht mitbekommen. Vermutlich wird er es bald wissen."

Martin Müller konnte schon wieder lächeln.

„Es ist wirklich jammerschade, dass die junge Dame sie begleitet. Ich habe bereits darüber nachgedacht, mich als Reisebegleitung anzubieten. Für die Arbeit als Zimmermädchen und Köchin bringe ich die besten Voraussetzungen mit. In meiner Studienzeit habe ich mal in einem Restaurant mit angeschlossener Pension gejobbt. Zwei Wochen Auszeit auf dem Schiff hätten mir gutgetan."

„Mir ist die Begleitung von Frau Bertone um einiges lieber. Das können Sie mir glauben."

„Das kann ich verstehen. Erlauben Sie mir eine private Frage? Sie müssen sie aber nicht beantworten, wenn sie es nicht möchten."

„Was wollen Sie wissen?"

„Wie kommt man zu solch einer Luxusjacht. Als normaler Journalist, der Sie ja früher waren, kann man doch so viel Geld nicht verdienen. Oder?"

„Vor etlichen Jahren habe ich von einer Tante zwei Doppelhaushälften in einer recht guten Münchener Wohngegend geerbt. In dem einen Teil habe ich bis zur Versetzung nach Tel Aviv mit meiner Tochter gelebt, die andere Hälfte war vermietet. Nach ihrem Tod wäre es mir unmöglich gewesen, dort noch einmal zu wohnen. Alles hätte mich dauernd an sie erinnert. Darum habe ich die Häuser verkauft."

Wie immer, wenn Markus von seiner Tochter sprach, war er ernst geworden.

„Die Jacht stammt aus einer Konkursmasse in Griechenland. Ich habe sie günstig erwerben können und von dort aus nach Kroatien überführt. Zusammen mit meinen Ersparnissen hat das Geld ausgereicht, um mir dazu noch eine kleine Wohnung in München zu kaufen."

„Ist das nicht ein gewaltiges finanzielles Wagnis gewesen?"

„Natürlich sind die laufenden Kosten für so ein Schiff ziemlich hoch. Die Ausgaben allein für Treibstoff und Liegeplatzgebühren summieren sich. Das Risiko war für mich trotzdem überschaubar. Ein Freund von mir betreibt von München aus eine Agentur, die weltweit Jachten vermietet. Er hat mich zuerst beraten und später unter seine Fittiche genommen. In unserem Vertrag garantiert er mir Mindesteinnahmen, die wenigstens die laufenden Kosten der „NINA" decken. Notfalls reichen sie auch noch für etwas Taschengeld. Dazu ist das Schiff bereits so ausgestattet gewesen, dass es ohne weitere Besatzung auskommt. Es fallen also keine dauernden Personalkosten an. Ich kann aber sagen, dass meine Erwartungen weit übertroffen wurden. Ich hätte vorher nicht gedacht, dass diese privaten

Kreuzfahrten so gefragt sind. In der Regel bin ich ausgebucht. Zwischen zwei Reisen gibt es manchmal ein paar Tage Leerlauf, aber mehr nicht. Warum wollen sie das wissen?"

Müller lächelte etwas gequält.

„Hin und wieder träumen wir doch alle mal davon, unser altes Leben zu verlassen. Irgendwo ganz neu anzufangen. Ihr Alltag in dieser wunderschönen Gegend Europas ist doch für viele Leute ein unerfüllbarer Wunsch. Dazu wohnen Sie auf der Luxusjacht. Das muss doch einem Normalbürger wie mir wie ein Traum erscheinen."

Die Besucher schienen es nicht mehr eilig zu haben. Zeev saß in Gedanken versunken da und schaute auf die Lichter der Stadt.

Markus holte ihn in die Wirklichkeit zurück: „Zeev hast du eigentlich Kontakt zu Professor Subkow?"

„Wie kommst du darauf?"

„Subkow hat große Kenntnisse über die Verflechtungen rechtsradikaler Gruppen in Europa. Wenn Ante Zivkovic etwas mit dem Tod deiner Agentin zu tun hat, kann er dir möglicherweise mit Informationen weiterhelfen. Mir scheint, er weiß sehr viel mehr über diesen Mann, als er mir gesagt hat."

„Ja, ich kenne ihn recht gut. Wir treffen uns manchmal, wenn ich in der Gegend bin. Heute Mittag wollte ich ihn besuchen, aber er ist nicht da gewesen."

„Möglicherweise war er bei seinem Schwager im „Riva-Dalmacija". Übrigens, als ich ihn wegen des Interviews besuchte, schien man ihn zu beobachten."

Markus erzählte von dem verdächtigen Auto mit den wartenden Männern.

Zakin wurde plötzlich wieder munter.

„Falls diese Leute zu Zivkovic gehören, haben sie gesehen, dass du den Professor besucht hast und es ihm sehr wahrscheinlich berichtet. Später tauchst du ausgerechnet in dem Restaurant des Schwagers auf und der Wirt unterhält sich auch noch mit dir. Wenn Zivkovic zu diesem Zeitpunkt schon wusste, dass du der Mann bist, der die Pässe gefunden hat, wird er sich einiges zusammengereimt haben."

„Es ist durchaus möglich, dass Zivkovic wusste, wer ich bin", gab Markus zu. „Jedenfalls hat er mich in dem Restaurant von Subkows Schwager nicht aus den Augen gelassen."

„Dann muss ich Subkow unbedingt warnen. So wie es bis jetzt aussieht, ist Zivkovic in die ganze Angelegenheit sehr viel mehr verwickelt und könnte langsam nervös werden. Erst findest du die Pässe und danach triffst du dich mit Subkow, über dessen heimliche Nachforschungen er sicherlich informiert ist. Auch wenn diese beiden Ereignisse für uns in keinem Zusammenhang stehen, wird Zivkovic das möglicherweise anders sehen. Auf alle Fälle hatte er Ralf Knoten Leute zur Verfügung gestellt, die ihn auf der Suche nach den verloren gegangenen Pässen unterstützt haben. Ich möchte nicht, dass dem Professor dasselbe passiert wie Zilly. Deine Bootsnachbarn werden wir nochmals anweisen, in dieser Nacht besonders gut auf euch aufzupassen."

Mehrmals versuchte Zeev Zakin von Bord der „NINA" aus, den Professor zu erreichen. Es meldete sich niemand.

„Kein Wunder, dass er nicht ans Telefon geht. Normale Leute schlafen um diese Uhrzeit", versuchte Martin Müller, ihn zu beruhigen.

„Nicht Subkow. Er nimmt sein Telefon auch mit ins Bett. Es ist vielleicht besser, wenn ich jetzt gleich zu ihm hinfahre. Auf alle Fälle kann ich danach beruhigt schlafen."

Zakin stand auf und hatte es mit dem Verabschieden plötzlich eilig.

„Wir sehen uns in Venedig", sagte er zu Markus.

Müller beschloss, mit dem Israeli zusammen nach Bibinje zu fahren, und verabschiedete sich ebenfalls.

„Wann wir uns sehen, kann ich nicht sagen. Möglicherweise treffen wir uns schon mal während Ihrer Tour durch die Kornaten. Aber spätestens in Venedig bin ich auf jeden Fall zur Stelle."

Als Markus, für seinen Geschmack viel zu spät, endlich ins Bett gehen konnte, wartete Chiara tatsächlich noch auf ihn. Nur mit einem hellblauen Negligé bekleidet lag sie auf dem Bett und blätterte in einem der Bücher.

„Ich befürchtete schon, gleich die erste Nacht unseres Zusammenseins allein verbringen zu müssen."

Ihre Augen funkelten ihn übermütig an. Die Haut roch einladend nach Mandeln und Oliven. Markus spürte den geschmeidigen, nachgiebigen Körper, als sie ihn zu sich heranzog. Von diesem Moment an waren Zakin, Müller und alles, was damit zusammenhing, vergessen.

12.

Ihr letzter Tag in Zadar begann, wie eigentlich alle Tage anfangen sollten. Himmel und Meer stritten darum, wer das schönere Blau aufweisen konnte.

Vom Meer her wehte eine leichte Brise, die das Wasser sanft kräuselte. In der Marina selber war es ruhig.

Gleichzeitig merkte man immer deutlicher, dass sich die Saison ihrem Ende zuneigte. Markus mochte diese Zeit ganz besonders. In der Hauptsaison wimmelte es in der Marina zu jeder Tageszeit von Menschen. Da war es durchaus normal, dass Frühaufsteher während des morgendlichen Spazierganges zum Bäcker auf Nachtschwärmer trafen, die um diese Zeit, nach einer durchfeierten Nacht, zu ihren Schiffen zurückkehrten.

Chiara ließ es sich nicht nehmen, für sie beide das Frühstück zu bereiten. Als Markus helfen wollte, scheuchte sie ihn trotz seiner Proteste nach draußen. „Mia Cara, eine richtige neapolitanische Frau wird es niemals zulassen, dass ihr der Geliebte in der Küche im Wege steht. Ein normaler italienischer Mann setzt sich entspannt an den Tisch, liest ein bisschen in der Zeitung und wartet, bis die Frau seines Herzens ihm das Frühstück serviert. An diese Sitte kannst du dich ruhig schon mal gewöhnen."

Chiara musste selber über die nicht ganz ernst gemeinte Charakterisierung der Männer aus ihrer Heimat lachen.

Nachdem sie seine Hilfe nicht brauchte, schaute er ihr vom Hauptdeck durch die geöffnete Tür einfach nur bei der Arbeit zu. In den kurzen Hosen, die ihre schlanken Beine so wirkungsvoll zur Geltung brachten, hantierte sie geschickt hinter der Küchentheke. Ein knappes, leuchtend blaues Bikinioberteil vervollständigte die Kleidung.

Bei der Zubereitung des Frühstücks sang sie mit ihrer rauchigen Stimme „Santa Lucia", nur gelegentlich unterbrochen von einer kräftigen, italienischen Schimpftirade, wenn sie etwas in den Schränken suchte und nicht sofort fand.

Die Harmonie zwischen ihnen war ungewöhnlich, fast greifbar. Markus erlebte das mit einer Frau zum ersten Mal. Kannten sie sich wirklich erst seit wenigen Tagen?

Sie saßen noch beim Frühstück auf dem Hauptdeck, als Nada, die Nichte des Hafenmeisters, erschien, um die Kabinen für die Gäste vorzubereiten, und damit die ruhige Zweisamkeit störte.

Fast zur gleichen Zeit meldete sich Ivo über Handy, um ihn und Chiara zum Mittagessen zu sich nach Hause einzuladen. Er wollte sich mit dem Essen für diese Saison von ihm verabschieden. Das jedenfalls gab er als Begründung an. Markus war überzeugt, dass seine Frau nur ihre Neugierde in Bezug auf Chiara stillen wollte. In den vergangenen Jahren hatte es nie ein Abschiedsessen gegeben.

Der Hafenmeister bestand auch darauf, als Markus ihm mitteilte, dass er die neuen Chartergäste bereits gegen fünfzehn Uhr erwartete und rechtzeitig bei ihrer Ankunft an Bord sein musste. Kurzerhand wurde das Mittagessen um eine Stunde vorverlegt.

Der nächste Besucher gehörte zu Müllers Leuten. Er brachte das versprochene Gerät, mit dem er in Zukunft versteckte Abhöreinrichtungen lokalisieren konnte. Bei der Einweisung zeigte er ihm auch gleich, wo sich die bereits vorhandenen winzigen Mikrofone befanden. Eines davon klebte unter dem großen Tisch und das andere in der Nähe des Steuerstandes.

Chiara machte sich in dieser Zeit mit den Lebensmittelvorräten auf dem Schiff vertraut. Nicht alles fiel zu ihrer Zufriedenheit aus. Für ihren Geschmack fehlten einige wichtige Zutaten, insbesondere bei den Gewürzen, ohne die man ihrer Meinung nach unmöglich kochen konnte. Damit sie auch das Richtige bekam, wollte sie selber einkaufen.

Markus erklärte ihr, in welchem Geschäft in der Nähe der Marina sie die fehlenden Sachen kaufen konnte. Gegebenenfalls würde der Lieferant, der in der Regel die „NINA" belieferte, sie noch vor dem Eintreffen der Gäste an Bord bringen lassen.

Wenige Stunden vor der Abfahrt schien Chiara ein bisschen nervös zu werden. Markus hoffte, dass die Passagiere bei ihrer ersten Fahrt nicht zu den unangenehmen Typen zählten.

Der Inhaber des Geschäftes, bei dem sie die noch fehlende Bordverpflegung kaufte, beäugte sie ausgiebig. Ihm war schon zu Ohren gekommen, dass der Skipper der „NINA" bei seiner nächsten Fahrt von einer ausgesprochen hübschen Frau begleitet wurde. Wenn solche Dinge in der Marina passierten, sprach es sich bald herum.

Chiara konnte ihre Einkäufe schnell erledigen. Sie befand sich auf dem Rückweg zur Jacht, als unvermittelt Danny vor ihr auftauchte. Sie wusste nicht genau, ob sie sich über das Treffen freuen sollte. Eigentlich hatte sie vorgehabt, mit ihm zu telefonieren, sobald sie auf dem Meer waren.

Dem Gesichtsausdruck nach zu urteilen, wäre es für sie besser gewesen, wenn sie ihn nicht mehr gesehen hätte. Inständig hoffte sie, dass er nicht auch noch einen seiner jähzornigen Wutanfälle bekam.

Nach einer knappen Begrüßung lief der langhaarige Israeli schweigend ein Stück neben ihr her. Schließlich konnte er sich nicht mehr zurückhalten.

„Durch mich hast du diesen Deutschen kennengelernt. Wenn dir etwas passiert, trage ich letztendlich dafür die Schuld. Ich habe dir doch ausdrücklich gesagt, dass du dich von ihm fernhalten sollst."

„Danny, ich bin schon lange erwachsen und selbst meine Eltern sagen mir nicht mehr, was ich zu tun habe."

„Ich habe dich gestern Abend gesucht und Dubravka sagte mir dann, dass du zusammen mit Hagen nach Venedig fährst. Dieser Entschluss kam aber sehr plötzlich. Warum?" Fast trotzig stieß er die Worte raus.

Chiara ahnte, was ihm wirklich zusetzte. Nachdem sie sich damals in Neapel kennengelernt hatten, merkte sie bald, dass seine Gefühle für sie mehr als freundschaftlicher Natur waren. Sie wollte ihm nicht wehtun. Immer wieder versuchte sie auf die sanfte Art, ihm klarzumachen, dass es zwischen ihnen nie mehr als bloße Freundschaft geben würde. Für sie war er ein netter Kerl, ein Freund, aber nicht mehr. Zu dieser Zeit war die Trennung von ihrem Liebhaber in Rom viel zu frisch und schmerzte immer noch. Er kam ihr als gelegentlicher Begleiter sehr gelegen. Sie wusste von Anfang an, dass sie sich nie in ihn verlieben konnte.

Wenn sie sich mit ihm auf ein Glas Wein traf oder zum Abendessen verabredete, wunderten sich nicht wenige ihrer Freunde. Mit seinem ungepflegten Aussehen war er das genaue Gegenteil von ihr.

Niemand unter ihren Bekannten verstand, warum sie sich überhaupt mit ihm traf.

Besänftigend hängte sie sich bei ihm ein.

„Es ist doch ganz einfach und du hast es zuerst bemerkt. Markus und ich haben uns ineinander verliebt. Wir möchten natürlich viel Zeit miteinander verbringen. Ist das so schlimm? Als mein Freund solltest du dich für mich freuen."

„Ihr kennt euch doch erst seid ein paar Tagen. Wieso hat er dich in der kurzen Zeit herumgekriegt?"

Chiara zog ihren Arm zurück und funkelte ihn, ebenfalls wütend, an: „Danny, das geht zu weit. Wenn wir auch in Zukunft noch Freunde sein wollen, musst du mein Privatleben respektieren. Dazu gehört auch, dass ich mir meinen Partner selber aussuche."

„Du wirst schon noch merken, dass es ein Fehler war, dich mit ihm einzulassen."

Abrupt wechselte er die Laufrichtung, stieß dabei gegen einen anderen Mann und verschwand aufgebracht in einer schmalen Gasse. Etwas traurig schaute ihm Chiara hinterher.

Nach ihrer Rückkehr an Bord der „NINA" erzählte sie Markus von dem unerfreulichen Treffen mit Danny.

Als Antwort zog er sie an sich und küsste sie zärtlich. Was konnte er dazu auch sagen. Sein scherzhaft gemeintes Angebot, Danon bei nächster Gelegenheit einen anständigen Kinnhaken zu verpassen, lehnte sie lachend ab. Da ahnten sie beide nicht, dass es genau dazu kommen sollte.

Das Essen beim Hafenmeister und seiner Frau Anka brachte sie auf andere, bessere Gedanken. Die Männer hörten vom Esszimmer aus die beiden

Frauen in der Küche lachen. Sie schienen sich gut zu verstehen.

Nachdem die Neugierde seiner Frau in Bezug auf Chiara gestillt war, konnte der Hafenmeister sich wieder anderen Themen widmen. Natürlich hatte er bereits von dem brutalen Mord an der Israelin hier in Zadar gehört. Ziemlich richtig nahm er an, dass Markus irgendwie in die Angelegenheit verwickelt sein musste. Glücklicherweise war ein Großteil der fremden Männer wieder verschwunden. Jedenfalls tauchten sie in der Marina nicht mehr auf. Dass es sich bei ihnen nicht um die üblichen Touristen handelte, war ihm recht bald klargeworden. Ihrem Aussehen und Auftreten nach gehörten sie eher zu den kleinen Ganoven, wie man sie oft in Bahnhofsgegenden größerer Städte fand.

„Du hast die Tote gekannt, nicht wahr?", wollte er von Markus wissen.

„Ja, sie ist mir in der Bar von Mirko ein einziges Mal über den Weg gelaufen. Ich war dort mit Chiara verabredet. Da hat sie mich angesprochen."

Bei dieser Antwort musste er wenigstens nicht die Unwahrheit sagen.

„Und weiter?"

„Nichts weiter. Sie hat versucht, mit mir ins Gespräch zu kommen. Dann ist Chiara gekommen und sie ist verschwunden. Ich habe sie nicht wieder getroffen."

„Das alles muss mit den Leuten zu tun haben, die sich hier herumgetrieben haben. Einige wenige treiben sich immer noch hier herum. Ich habe gesehen, wie welche von denen zu dir auf die Jacht gekommen sind. Was ist in meiner Marina passiert?"

Markus legte seine Hand auf Ivos Schulter und überlegte, wie viel er von der Wahrheit erzählen konnte.

„Die ganze Angelegenheit ist ein bisschen verzwickt. In den letzten Tagen gab es zwei verschiedene Gruppen, die im Hafen unterwegs waren. Die Tote sowie die Männer, die mich an Bord besucht haben, gehören alle zum israelischen Konsulat in Zagreb oder stehen mit ihm in enger Verbindung. Dazu zählen auch die Besatzungen der zwei Boote neben mir. Auch wenn es sich dabei um meine Landsleute handelt. Der Mann, den wir bewusstlos am Hafen gefunden haben, und die rothaarige Frau wiederum gehören irgendwie zu Zivkovic oder haben für ihn gearbeitet. Genau weiß ich das auch nicht. Auf jeden Fall sind sie ein Teil der zweiten Gruppe. Dazu zählt auch der ältere Mann im weißen Anzug, der uns in der Marina angesprochen hat und alles Mögliche wissen wollte."

„Also gibt es einen richtigen Agententhriller in Zadar. Trotzdem ist das für mich sehr verwirrend. Aber du hast meine Frage nicht beantwortet. Was hast du damit zu tun?"

„Eigentlich nichts. Die Leute von Zivkovic suchen etwas und denken, ich könnte es dem dicken Mann abgenommen haben, den wir bewusstlos vor meinem Boot gefunden haben."

„Du weißt, dass Ante Zivkovic die Absicht hat, der nächste Präsident unseres Landes zu werden und dass er außerdem Führer der Faschisten hier in Kroatien ist? Es soll nicht ungefährlich sein, sich mit ihm anzulegen."

Markus nickte: „Man hat mir bereits gesagt, dass Zivkovic ziemlich rücksichtslos werden kann."

„Wie kommen dessen Leute ausgerechnet auf dich? Ich und eine ganze Menge anderer Menschen waren zur gleichen Zeit in der Marina. Sie müssten dann doch alle verdächtigen."

„Ich habe der rothaarigen Frau bei unserem Bad die Tasche des Bewusstlosen abgenommen und, wie du weißt, später an eure Polizei weitergegeben. Irgendetwas scheint daraus verschwunden zu sein. Darum vermuten sie, dass ich etwas damit zu tun habe."

„Was soll das gewesen sein?"

Markus schüttelte überzeugend den Kopf und gab sich Mühe, Ivo nicht in die Augen zu schauen.

„Das entzieht sich meiner Kenntnis. Niemand redet darüber. Es muss etwas sein, an dem auch die Israelis interessiert sind. Es könnte natürlich noch im Wasser liegen. Möglicherweise hat das Meer den Gegenstand davongetragen."

„Das ist also der Grund, warum die Männer von Zivkovic alles Mögliche über dich wissen wollten?" Der Hafenmeister grübelte. „Wie haben die Israelis dann von dem Vorfall hier erfahren?"

„Da bin ich abermals überfragt. Ich kann mir aber vorstellen, dass ich durch das unfreiwillige Bad in eurer Marina für beide Parteien verdächtig wurde. Die Israelis konnte ich immerhin von meiner Unschuld überzeugen. Dieser langhaarige Mann, den du vielleicht auch bei mir an Bord gesehen hast, ist ein Bekannter von Chiara und gleichzeitig Angestellter der israelischen Botschaft in Zagreb. Er wollte sie in Zadar besuchen und wurde dann zu mir dirigiert, um mich über den Vorfall zu befragen. Ich konnte ihm nichts Anderes erzählen als dir."

„Und was passierte dann?"

„Die Israelis waren damit immer noch unzufrieden. Sie schickten weitere Männer, um nach dem verschwundenen Gegenstand zu suchen. Dabei arbeiten sie mit deutschen Behörden zusammen. Einen der Israelis kenne ich aus der Zeit in Tel Aviv. Er erfuhr, dass Zivkovic Interesse an mir zeigte, und organisierte vorsorglich meinen Schutz hier in der Marina. Gleichzeitig konnten sie mich so unter Beobachtung halten, falls ich ihnen doch nicht die Wahrheit gesagt oder etwas verschwiegen habe."

„Agenten der Israelis, der Deutschen und dazu die Leute von Zivkovic. Dann wird es nicht mehr lange dauern, bis unsere Regierung ihre eigenen Truppen zu uns nach Zadar schickt. Vielleicht sind sie schon da und ich habe sie nur noch nicht bemerkt."

Ihre Unterhaltung wurde unterbrochen, als die zwei Frauen mit dem Essen aus der Küche kamen. Markus war erleichtert. Immerhin entging er damit den weiteren Fragen seines Freundes.

Chiaras gute Laune war endgültig zurückgekehrt. Das Essen fand in entspannter, fast ausgelassener Atmosphäre statt.

„Mia Cara, Anka hat mir ein paar Tipps gegeben, damit du bei mir nicht jeden Tag Spaghetti essen musst."

Markus Hagens Handy meldete sich als sie, in Begleitung ihrer Gastgeber, zusammen zur Marina gingen, um die neuen Gäste in Empfang zu nehmen. Unvermittelt blieb er stehen, als er die Stimme von Zeev Zakin erkannte.

„In der letzten Nacht haben wir den Professor nicht mehr gefunden. Er muss woanders übernachtet und sein Handy wahrscheinlich abgestellt haben. Aber soeben habe ich erfahren, das es einen

Sprengstoffanschlag auf das Restaurant ‚Riva-Dalmacija' in Bibinje gegeben hat. Offenbar gab es dabei etliche Tote. Aber der Professor und sein Schwager sollen nicht darunter sein. Sobald ich mehr weiß, melde ich mich bei dir."

13.

Als Zakin und Danon in Bibinje ankamen, blockierten eine kleine Menschenansammlung sowie zwei Polizisten die Zufahrt zum Restaurant „Riva-Dalmacija". Sie wiesen sich bei den Polizeibeamten mit ihren Diplomatenpässen aus und erklärten, dass der Anschlag vermutlich einem israelischen Staatsbürger gegolten habe. Da der Polizei bekannt war, dass es sich bei Subkow um einen Israeli handelte, durften sie die Absperrung passieren.

In der Vorderfront des Restaurants klaffte ein breiter Riss. Die gläsernen Seitenwände der Terrasse waren völlig zerstört. Glasscherben lagen weit verstreut in dunklen Wasserlachen. Zudem musste es gebrannt haben, aber inzwischen war das Feuer gelöscht worden. Die Feuerwehrleute standen um das Lokal herum. Ihre Arbeit war getan. Ein beißender Geruch hing in der Luft.

Das bestürzte Gesicht eines älteren Mannes in weißer Jacke weckte ihr Interesse. Sein Haar war von Ruß verschmiert, Jacke und Hose verschmutzt. Im Ärmel klaffte ein breiter Riss und vorne war sie versengt.

Zeev ergriff den dünnen, zerbrechlichen Arm des Mannes.

„Was ist geschehen?"

„Diese Schweine! Diese Mörder! Zwei unschuldige Kinder sind tot."

„Was ist passiert und wie hat es angefangen?"

„Es muss eine Bombe gewesen sein. Erst gab es einen lauten Knall und dann brannte es ganz plötzlich. Das Feuer hat sich immer mehr und sehr rasch ausgebreitet. Zwei Kinder von unseren Gästen waren hinten im Lokal. Dort wurden sie von einem Deckenbalken getroffen und sind sofort tot gewesen. Die Feuerwehrleute haben die kleinen Körper vorhin aus dem Restaurant geholt."

Dachten denn Terroristen niemals an Kinder und Unbeteiligte, wenn sie ihre Gemeinheiten in eine Bombe packen?

„Ist Professor Subkow hier gewesen, als es passierte?"

„Nein, nein. Er hat kurz vor dem Anschlag mit meinem Chef das Restaurant verlassen. Sie wollten nach Zadar fahren, um etwas zu erledigen."

„Gibt es außer den Kindern sonst noch Tote oder Verletzte?"

„Nein. Ein paar Gäste wurden von Glassplittern getroffen und bluteten. Ich selber war gerade auf der Terrasse."

Aus rot umränderten Augen sah er Zakin und Danon an. Er konnte noch nicht begreifen, dass ihm nichts weiter passiert war.

„Das Küchenpersonal ist zum Teil verletzt. Da ist es aber nicht so schlimm. Sie sind alle da hinten bei dem Kommissar." Der Mann deutete auf eine Gruppe von Leuten etwas abseits von der Brandruine.

Sie ließen den alten Mann mit seinem Schock zurück und stellten sich dem Kommissar vor. Sorgsam studierte er die Diplomatenpässe.

Nachdem Zakin ihm erklärt hatte, dass der Anschlag vermutlich dem israelischen Staatsbürger Professor Subkow gegolten habe, wirkte er erleichtert. Jetzt war das Attentat endgültig ein Fall für die Staatspolizei. Im Grunde genommen hätte dazu bereits der Bombenanschlag gereicht. Doch nun war auch noch ein Israeli darin verwickelt. Eilig ließ er sich über Handy mit einem Vorgesetzten in Zagreb verbinden.

Entspannt, unbekümmert und voller Vorfreude auf die bevorstehende Seereise stiegen die neuen Chartergäste aus dem alten Mercedes. Auf Markus machten sie einen unkomplizierten Eindruck. Unlösbare Probleme waren von ihnen nicht zu erwarten.

Wie immer, wenn neue Gäste an Bord kamen, stand Markus im weißen Anzug neben der Gangway, um sie zu begrüßen. Immerhin zahlten sie ein kleines Vermögen für die Reise. Nicht wenige von ihnen wollten standesgemäß begrüßt werden. Dazu gehörte, dass der Kapitän sie entsprechend willkommen hieß. Später, bei der täglichen Arbeit an Bord, kam es dann nicht mehr so sehr auf die Kleidung an. Dann brauchte Markus die „Uniform" nur noch gelegentlich in den größeren Häfen.

Chiara hatte sich in enge, weiße Jeans gezwängt und trug darüber ein gleichfarbiges Shirt, das ihre Figur vorteilhaft zur Geltung brachte.

Mit ihrem zauberhaften, spöttischen Lachen hatte sie ihm vorher mitgeteilt, dass sich leider keine helle Jacke unter ihrer Urlaubsbekleidung befand, die sie für den Empfang anziehen konnte. Bei der nächstbesten Gelegenheit würde sie sich allerdings eine Mütze mit der Aufschrift „Kapitän" zulegen.

„Du hast doch hoffentlich nichts dagegen, Mia Cara?"

Was konnte er diesem Funkeln ihrer Augen schon entgegensetzen?

Später, noch vor Beginn der Reise, erfuhren sie von ihren Gästen, dass es sich bei den Männern um Brüder handelte. Vor fünfundzwanzig Jahren hatten sie am gleichen Tag ihre Frauen, zwei Schwestern aus den Niederlanden, geheiratet. Alle vier waren Zahnärzte und arbeiteten in Essen zusammen in einer Gemeinschaftspraxis. Zum ersten Mal seit vielen Jahren hatten sie die Praxis geschlossen, um gemeinsam in Kroatien ihre silberne Hochzeit zu feiern. Für sie schien es ganz normal zu sein, jeden Tag zusammenzuarbeiten und für so einen einmaligen Festtag auch den Urlaub zusammen zu verbringen.

Die Männer ließen es sich nicht nehmen, Chiara mit einem Handkuss zu begrüßen. Ihre Ehefrauen nahmen es lächelnd zur Kenntnis.

Der Fahrer des Mercedes trug die Gepäckstücke an Bord in die Kabinen. Zur Begrüßung gab es ein Glas Champagner. Danach akzeptierten die Frauen Chiaras Angebot, ihnen beim Auspacken der Koffer zu helfen.

Markus setzte sich währenddessen mit den Männern und einem Glas Wein auf das Hauptdeck. Sie wollten die Route für die nächsten Tage besprechen.

Von den Schlafkabinen her klang das Lachen der drei Frauen bis an Deck. Die Urlaubsstimmung ihrer Gäste konnte besser nicht sein. Reisemüdigkeit war ihnen nicht anzumerken.

Die Männer fragten Markus, ob es irgendwelche Probleme geben würde, wenn sie erst später am Abend losfuhren. Sie kannten Zadar nicht und gedachten, vor der Abreise eine gemütliche Besichtigungstour durch das schöne, kleine Hafenstädtchen zu unternehmen. Dabei wollten sie auch das Abendessen einnehmen.

Hagen konnte sie beruhigen. Es würde keine Schwierigkeiten machen, wenn sie erst bei Dunkelheit die Marina von Zadar verließen. Zudem nannte er ihnen einige Restaurants, wo sie die typische kroatische Küche kennenlernen konnten.

Sie kamen überein, am selben Abend noch bis Vodice zu fahren. Dort waren sie am nächsten Tag mit Freunden zum Mittagessen verabredet. Danach wollten sie Sibenik, Trogir und Split anschauen. In diesen Städten würden sie jeweils über Nacht bleiben.

In Split wollten sie zudem ihre silberne Hochzeit feiern. Nach Möglichkeit in der „Konoba Matejuska", die ihnen von Freunden empfohlen worden war.

Markus kannte das kleine, hervorragende Fischrestaurant und versprach, sich sofort telefonisch um die Reservierung zu kümmern.

Ansonsten gab es seitens der Gäste keine Extrawünsche. Der südlichste Punkt auf dieser Reise sollte die Insel Brac sein. Danach ging es in aller Ruhe durch die Kornaten zurück in Richtung Norden. In Jesolo, also kurz vor Venedig, würde die Fahrt enden.

Die Männer erklärten Markus augenzwinkernd, dass der Urlaub hauptsächlich zur Erholung dienen sollte. Kulturangebote standen bei ihnen nicht im Vordergrund. Lediglich dem archäologischen

Museum in Split wollten sie, auch auf Anraten ihrer Freunde, einen Besuch abstatten. Ansonsten hatten sie vor, die Tage mit schwimmen und Faulenzen zu verbringen.

Mit den Wünschen der Gäste war Markus sehr zufrieden. Die Arbeit dürfte für ihn in den nächsten zwei Wochen nicht sehr aufreibend werden. Die Etappen zwischen den jeweiligen Tageszielen waren kurz. Da blieb genügend Zeit, um zu schwimmen oder vom Liegestuhl aus die Schönheit der kroatischen Adria zu genießen.

Die Frauen schienen mit dem Auspacken fertig zu sein. Die Männer hörten, wie sie an der Bar unter Chiaras sachkundiger Anleitung, Cocktails mixten.

Kurze Zeit später kamen sie mit zwei vollen Shakern auf das Hauptdeck. Bei der Bestandsaufnahme der alkoholischen Getränke waren sie auf den Frangelico, einen italienischen Haselnusslikör, gestoßen. Da sie ihn nicht kannten, hatten sie unter Chiaras fachkundiger Anleitung einen „Chocolate Cake" gemixt. Dass der Wodka dabei eindeutig die Oberhand gewonnen hatte, störte niemanden. Der typische Schokoladenkuchengeschmack blieb, wenn auch abgeschwächt, trotzdem erhalten. Von Beginn an herrschte ein angenehmes, entspanntes Klima an Bord. Chiaras offene Art hatte daran großen Anteil. Nachdem sie ihnen erzählte, dass sie zukünftig als Kinderärztin in Deutschland arbeiten wolle, erreichte die Stimmung einen Höhepunkt. Mit fünf Medizinern gleichzeitig zu reisen, war auch für Markus eine neue Erfahrung. Schon nach dem dritten Cocktail duzten sich alle. Sehr viel später als gedacht brachen ihre Gäste zu dem geplanten Stadtbummel auf.

Auf den Nachbarbooten rührte sich nichts. Entweder waren ihre Besatzungen noch in Zadar unterwegs oder sie schliefen bereits.

Arm in Arm standen Chiara und Markus an Deck und schauten ihren Gästen nach.

„Mia Cara, bist du zufrieden mit deinem Matrosen?"

Er zog sie dichter zu sich heran.

„Dein Charme wirkt nicht nur bei mir. Du hast Männer und Frauen gleichermaßen verzaubert."

„Das Cocktailrezept von meinem Papa hatte dabei einen großen Anteil. Jetzt muss ich mir nur all ihre Vornamen merken und darf nicht vergessen, wer zu wem gehört. Vorher war es einfacher. Da hießen alle Frau oder Herr Weipert."

Markus musste selber erst überlegen.

„Einmal gehören Cornelia und Rolf zusammen. Das zweite Paar besteht aus Hendrika und Alexander."

„Rolf ist der etwas dickere Mann mit der roten Nase, und Alexander der größere von den beiden. Richtig?"

„Richtig. Cornelia hat lange Haare und ist die Frau von Rolf. Hendrika ist die Frau mit dem großen Busen und gehört zu Alexander."

Chiara stieß ihn scherzhaft in die Seite. „Unterscheidest du Frauen immer an der Haarlänge und der Größe ihrer Brüste?"

„Nein, das kann man so nicht sagen. Dich erkenne ich an der vollendeten Form des Busens."

Chiara machte Anstalten, sich auf Markus zu stürzen, um mit ihm eine Rangelei zu beginnen. Nur das Pärchen, das auf dem Steg spazieren ging und dabei die Jachten bestaunte, hielt sie davon ab.

„Meine Schöne, was essen wir beide heute Abend? Ich bekomme langsam Hunger. Wenn du willst, können wir ebenfalls in ein nahegelegenes Restaurant gehen."

Die Italienerin überlegte kurz, bevor sie ablehnend den Kopf schüttelte und dabei lächelte.

„Lass mich heute Abend kochen. Eine Pasta nach einem Rezept aus Neapel. Die geht schnell und ich kann mich etwas mit der Küche hier auf dem Schiff vertraut machen. Wenn es dir nicht schmeckt, weißt du in Zukunft wenigstens, woran du mit mir bist."

„Ist das Rezept der Pasta auch von deinem Papa?"

„Nein, die Zubereitung des Nudelgerichtes habe ich mir von meiner Mama abgeschaut. Die hat es wiederum von ihrer Schwiegermutter gelernt."

„Was werden deine Eltern sagen, wenn sie erfahren, dass du mit einem wildfremden Mann auf der Adria unterwegs bist. Machen sie sich keine Sorgen?"

„Ich bin zwar seit einigen Jahren aus dem Kindesalter heraus, aber natürlich denken sie sich ihren Teil. Ich habe versprochen, per Mail ein Bild von dir und der „NINA" zu schicken. Vielleicht können wir bei Gelegenheit über das Internet mit ihnen telefonieren. Dann dürfen sie sich selber ein Bild von dir machen."

„Sie wissen also bereits, dass ihre schöne Tochter ab sofort die Adria unsicher macht?"

„Ich habe heute Nachmittag von Dubravka aus mit zuhause telefoniert. Dabei habe ich auch erzählt, wie ich dich kennengelernt habe. Jetzt sind sie natürlich ziemlich neugierig. Mutter wollte alles Mögliche über dich wissen." Sie küsste ihn leicht auf die Lippen. „Sie werden meinen Piraten mögen."

Während Chiara in der Kombüse die Pasta zubereitete, kümmerte Markus sich um die Reservierung für seine Gäste in der „Konoba Matejuska" in Split. Über Handy meldete er sich auch gleich bei Ivo ab und sagte ihm, welchen Hafen er als Nächsten anlaufen würde. Mit der Marina in Vodice sprach er sofort danach, um seine Ankunft für den späten Abend anzukündigen und sich vorsorglich einen Liegeplatz reservieren zu lassen.

Nachdem ihre Gäste zu vorgerückter Stunde aus der Stadt zurückgekehrt waren, versammelten sich alle auf der Flybridge. Sie wollten zusehen, wie Markus die „NINA" aus der Marina lenkte und auf das Meer hinausfuhr. Von den zwei starken Motoren war dabei fast nicht zu hören.

Es war windstill und der Sternenhimmel fast zum Greifen nah. In der Nähe der Küste konnten sie unzählige, kleine Fischerboote bei ihrer Arbeit sehen. Etliche von ihnen lockten mit einer hellen Lampe am Bug größere Meerestiere an, um sie mit der Harpune zu erlegen. Markus war zu Ohren gekommen, dass die Art des Fischens von der EU verboten werden sollte. Ob sich die kroatischen Fischer dann daranhielten, blieb abzuwarten.

Gefährlich wurde es bei der Nachtfahrt für vereinzelte kleine Fischerboote, die ohne Positionslampen fuhren. Auf dem Radarschirm waren sie fast nicht zu erkennen. Immer wieder musste er ausweichen.

Auf dem Radarschirm sah Markus auch die zwei Boote, die nach ihnen die Marina von Zadar verließen und mit großem Abstand folgten. Er fragte sich, ob es sich dabei nur um die Leute von Müller handelte.

Ihre Gäste waren bereits schlafen gegangen, als sie die Marina von Vodice erreichten. Markus machte die „NINA" fest und schaltete die Beleuchtung aus, um besser sehen zu können, wer nach ihnen in den Hafen einlief. Den Fischkutter mit Müllers Leuten erkannte er sofort. Bei dem zweiten Verfolgerboot handelte es sich um eine weiße „Bayside765". Diesmal konnte er Namen und Registrierungsnummer erkennen. Er war überzeugt, dass es sich dabei um die gleiche Jacht handelte, mit der ihr heimlicher Besucher geflüchtet war. Sie trug den romantischen kroatischen Namen „Mjesek i Zvijezde", was so viel wie Mond und Sterne hieß. Markus Hagen gab seine Beobachtung per Handy an Müllers Leute weiter. Sollten sie sich darum kümmern. Es war ihr Job.

14.

Hatte es für sie wirklich einmal eine Zeit vor Markus gegeben? Chiara konnte sich nicht mehr vorstellen, ohne ihn zu leben. Sie liebte seine fast zufälligen Berührungen ebenso, wie den festen, aber liebevollen Griff nach ihr, wenn sie unbeobachtet waren.

Mit ihm konnte sie nicht nur offen über alles sprechen. Von Markus lernte sie auch, all das zu tun, was ihr Spaß bereitete. Sie hätte von sich nie geglaubt, ohne jegliche Scheu Sachen zu tun oder mit sich geschehen zu lassen, die es bisher lediglich in ihrer Fantasie gegeben hatte.

Jeden Abend schlief sie, an ihn geschmiegt, ein und hielt dabei seine Hand. Meistens wachten sie auch eng umschlungen wieder auf.

Gelegentlich bekam sie Angst, dass diese unwahrscheinlich schöne Zeit irgendwann zu Ende gehen würde. Konnte der Überschwang an Empfindungen auf Dauer anhalten? Doch Markus gab ihr nie den geringsten Anlass dafür, an den starken Gefühlen, die sich zwischen ihnen ständig weiterentwickelten, zu zweifeln.

Längst war es für beide selbstverständlich, dass sie, nach Abschluss der Fahrt, mit ihm nach München fahren würde. Das kam ihr insoweit entgegen, da sie bereits vor Markus die Absicht gehabt hatte, sich in Deutschland an einem Krankenhaus zu bewerben. Jetzt kam sie eben ein bisschen schneller dorthin.

Schon in Neapel war ihr der Gedanke im Kopf herumgegangen, nach der Facharztprüfung in Deutschland, dem Heimatland ihrer Mutter, zu arbeiten. Wenigstens für paar Jahre. An den Krankenhäusern dort wurden Fachärzte gesucht. Einige Stellenbeschreibungen in den Fachzeitungen waren, gegenüber italienischen Verhältnissen, geradezu verlockend. Sie hatte vorgehabt, sich nach dem Urlaub in Kroatien, in Deutschland an einer Klinik zu bewerben.

Jetzt würde es München sein. Aurora, eine Jugendfreundin von ihr, und deren Mann besaßen dort ein italienisches Restaurant. Es musste irgendwo am Stadtrand sein. Ihre Freundin samt den inzwischen zwei Kindern schien in Bayern glücklich zu sein.

Doch was würde nächstes Jahr sein? Sollte sie in München bleiben, während Markus in Kroatien der Arbeit nachging?

Unvermittelt musste sie lachen. Ihr Optimismus gewann wieder die Oberhand. Sie war eine Närrin. Warum machte sie sich über etwas Gedanken, dass erst in Zukunft auf sie zukam. Bis dahin konnte viel geschehen. Im Augenblick war nur die Gegenwart wichtig. In der gab es so viel Glück, wie nie zuvor in ihrem Leben.

An Bord spielte sich unterdessen eine gewisse Routine ein. Die Ehepaare Weipert blieben weiterhin sehr angenehme Gäste. Auf der Fahrt zu ihrem nächsten Ziel lagen sie meist an Deck und sonnten sich. Wurde ihnen zu heiß, gaben sie Markus ein Zeichen. Der ließ daraufhin vor einer der über eintausend kroatischen, oft unbewohnten Inseln oder in einer versteckten Bucht den Anker ins Wasser. Natürlich nutzte sie selber dabei jede Gelegenheit, um in das klare, blaue Meer zu springen. Zu dieser Jahreszeit war es fast so warm wie in einer Badewanne.

Viel Gelächter gab es, wenn Markus ihnen die Bezeichnungen einzelner Inseln ins Deutsche übersetzte. Da gab es so merkwürdige Namen wie „Oma" oder „Opa". Beliebte Fotomotive waren die unscheinbaren Inseln „Große Schlampe" oder „Kleiner Weiberhintern". Von Markus erfuhren sie, dass die Kornaten zu den Gipfeln einer versunkenen Berglandschaft gehörten.

Falls sie zur Mittagszeit nicht gerade in einem Hafen lagen, richtete Chiara für ihre Gäste eine Kleinigkeit zum Essen her. Immer mit viel Obst und Gemüse, dass sie vorher frisch auf den Inseln eingekauft hatte. Meist halfen Cornelia und Hendrika bei der Arbeit.

Abends, sobald die „NINA" an der Mole oder vor Anker lag und ihre Gäste die oft recht kleinen Ortschaften erkundeten, machte sie sich auf den Weg, um für Nachschub an Vitaminen zu sorgen. Danach kochte Chiara eine Kleinigkeit oder sie gingen in eines der nahegelegenen Restaurants. Es war erstaunlich, wie viel Menschen Markus überall in den Häfen kannte. Oftmals wurde er dort mit Vornamen begrüßt.

Die Leute auf der „Bayside765" hatten sich nur bis Trogir an ihr Kielwasser geheftet und danach die, zumindest direkte, Verfolgung eingestellt. Oder folgte ihnen inzwischen ein anderes Boot?

Nach den ersten Tagen machten sie sich darüber nicht mehr allzu viele Gedanken. Es gab einige Jachten, die auf der gleichen Route unterwegs waren. Oftmals traf man sich abends in den Häfen wieder. Und es gab Müllers Leute auf dem Fischkutter, die ihnen getreulich folgten.

In Split stellten sie fest, dass weitere drahtlose Mikrofone an Bord geschmuggelt worden waren. Dadurch wussten sie zumindest, dass es ihre Verfolger noch gab und sie weiterhin Interesse an ihnen zeigten.

Markus hielt sich an den Rat von Martin Müller. Sobald die „NINA" mal unbeaufsichtigt gewesen war, ging er danach sofort mit dem Ortungsgerät durch sämtliche Kabinen.

Das ärgerte ihn immer mehr. Inzwischen hatte er die Nase voll davon, auf Schritt und Tritt belauscht zu werden. Egal wie Martin Müller darüber dachte. Den Leuten auf seinem Begleitboot teilte er schließlich mit, dass er alle bisher gefundenen Mikrofone im Meer entsorgen würde.

Doch Chiara hatte eine originellere Idee. An einem Abend bummelte sie durch die Marina und suchte dabei das Gespräch mit anderen Skippern. Einige von ihnen kannte sie schon von ihren vorherigen Liegeplätzen. Gelegentlich ließ sie sich auf eine Tasse Kaffee oder ein Glas Wein einladen. Nach ihrem Spaziergang hatte sie sämtliche Mikrofone auf den anderen Schiffen untergebracht. Allen war gemeinsam, dass sie etwa die gleiche Route nahmen wie sie selber. Die Leute, die sie belauschen wollten, würden einige Probleme haben, die aufgenommenen Gespräche in einen Zusammenhang mit ihnen zu bringen. Auf der „NINA" gab es jedenfalls keine Mikrofone mehr.

Bei der Ankunft im Hafen der Insel Molat, verzog Chiara überrascht und unwillig das Gesicht, als sie Danny sah. Nach dem hässlichen Auftritt in Zadar wollte sie ihn eigentlich nicht so bald wiedersehen. Hoffentlich war er nicht gekommen, um ein neues Eifersuchtsdrama aufzuführen. Sie machte Markus auf die Gestalt mit den langen Haaren aufmerksam.

Ihm war der Israeli bereits vorher aufgefallen. Was wollte er gerade auf dieser Insel? Ebenso wie Chiara befürchte er, dass es zu einer weiteren Eifersuchtsszene kommen würde.

Neuigkeiten von Zeev Zakin konnte er für sie nicht haben. Immerhin lagen Müllers Leute jeden Abend im gleichen Hafen wie sie und hätten jederzeit Kontakt zu ihnen aufnehmen können.

Nachdem die „NINA" an ihrem Liegeplatz lag, machten sich ihre Gäste auf den Weg zu der Ortschaft Molat, die ein bisschen entfernt vom Hafen auf einer kleinen Anhöhe lag. Rolf und Alexander wollten sehen, ob es auch etwas Anderes als Meerestiere zum Essen gab. Die Männer meinten übereinstimmend, dass ihnen von den vielen Fischmahlzeiten schon langsam Schuppen wuchsen. Sie hatten Appetit auf ein anständiges Stück Fleisch. Von Markus wussten sie, dass es dort ein Restaurant gab, in dem ein schmackhafter Lammbraten zubereitet wurde. Jetzt konnte es ihnen nicht schnell genug gehen. Chiara und Markus wollten später nachkommen.

Zuallererst mussten sie auf der Jacht etwas Ordnung schaffen. Das war ihr tägliches Ritual. Mittlerweile kannte Chiara sich mit den Abläufen an Bord bestens aus. Selbst am Steuer konnte sie Markus inzwischen ablösen.

Bei ihm kam nie irgendwelche Hektik auf. Im Laufe der Fahrt hatte er sie in die Bedeutung sämtlicher Kontrollinstrumente eingeweiht. Als sie zum ersten Mal das Steuer übernehmen durfte, schaute er ihr nur wenige Minuten zu, bevor er für kurze Zeit verschwand.

Es war ein herrliches Gefühl für sie, unter den Fingern das sanfte Vibrieren der starken Motoren zu spüren und die „NINA" ganz allein über das Meer zu lenken.

Vor allem mochte sie es, wenn er dabei auf der Flybridge oder am Hauptsteuerstand ganz dicht hinter ihr stand und sie mit der Hand sanft berührte. Sie fand es einfach wunderbar, dass er seine Zuneigung ganz offen zeigte.

Etwa zweihundert Meter von ihrem Liegeplatz entfernt gab es einen einsamen Kiosk. Während Markus routinemäßig die Motoren überprüfte, wolle sie schauen, ob es dort Ansichtskarten für Dubravka und ihre Eltern zu kaufen gab.

Danny war, jedenfalls im Moment, nicht zu sehen. Sie war aber sicher, dass er auftauchen würde, sobald sie an Land kam. Bei dieser Gelegenheit wollte sie ihn gleich fragen, was er auf der Insel zu suchen hatte.

Mit dem, was dann kam, konnte sie vorher auf keinen Fall rechnen. Danny hatte versteckt hinter einer halb verfallenen Mauer gestanden und auf sie gewartet. Beim Vorbeigehen packte er sie grob an den Armen und zog sie, ohne ein Wort zu sagen, zur anderen Seite des Hafens. Mit wütenden und kräftigen Tritten gegen seine Beine versuchte sie, ihm zu entkommen.

Nachdem der Israeli merkte, dass er Chiara auf die Art niemals bezwingen konnte, ließ er die Arme los, griff grob in ihre Haare und zerrte sie so weiter.

Die Schmerzen zwangen sie dazu, hinter ihm her zu stolpern. Aus den Augenwinkeln sah sie den Inhaber des Kiosks. Der ältere Mann war aus seiner Bude herausgekommen und schaute ihnen interessiert zu. Dabei machte er keinerlei Anstalten, etwas zu unternehmen. Sie ahnte, dass von ihm keine Hilfe zu erwarten war.

Chiara konnte sich nicht vorstellen, was Danny mit ihr vorhatte. Sie wusste nur, dass sie sich eine solche Behandlung von keinem Menschen gefallen lassen durfte. Trotz der Schmerzen wurde sie immer wütender. Wieso konnte er als Freund so etwas mit ihr machen?

Sie wehrte sich nicht mehr gegen das Ziehen an ihren Haaren. Um die Schmerzen zu mildern, lief sie jetzt schneller hinter ihm her. Dabei versuchte sie,

Danon keinen Moment aus den Augen zu lassen. Als er für einen kurzen Augenblick stehen blieb, um nach ihr zu schauen, handelte sie.

Der Israeli schaute verblüfft und ungläubig, als sie unverhofft wie ein Stier mit gesenktem Kopf auf ihn zustürmte. Seine Reaktion kam für den Bruchteil einer Sekunde zu spät. Chiara traf ihn mit dem Kopf voll im Bauch, wobei er stolperte und rückwärts hinfiel. Ungebremst stürzte sie auf ihn. Allerdings ließ er selbst da die Haare nicht los.

Chiara musste keinen Moment überlegen, als sie sein Ohr direkt vor ihrem Mund sah. Mehr reflexartig, aber auch aus Verzweiflung biss sie mit aller Kraft zu. Sie hörte damit auch nicht auf, als sein Blut ihr in den Mund lief.

Danons Schmerzensschrei im ansonsten ruhigen Hafen war es schließlich, der Markus auf die zwei Kämpfenden aufmerksam machte.

Es dauerte nur Sekunden, bis er sie erreichte. Er sah die Hand des Israelis, die wütend an einem Büschel von Chiaras Haaren zerrte, und er sah ihren blutverschmierten Mund, der sich fest in seinem Ohr verbissen hatte.

Nachdem er es nicht sofort schaffte, ihre Haare aus seinen Fingern zu lösen, musste er es mit roher Gewalt versuchen. Er bekam den Mittelfinger von Danons rechter Hand zu packen und bog ihn mit einem Ruck zurück. Es gab ein hässliches Geräusch, als der Finger brach. Die restliche Hand löste sich daraufhin wie von selbst aus Chiaras blonden Haaren. Sein lautes Jammern steigerte sich zu einem winselnden Schreien. Nur mit Mühe unterdrückte Markus den Reflex, ihn mit einem Faustschlag zum Schweigen zu bringen.

Vorsichtig befreite er Chiaras Mund von dem halb abgebissenen Ohr und nahm sie in die Arme. Ihre Augen tränten vor Schmerzen. Nachdem sie das Blut in ihrem Mund schmeckte, fing sie an zu würgen. Sie musste mehrmals ausspucken, um wenigstens etwas von dem ekligen Geschmack loszuwerden.

Sanft streichelte er solange ihr Gesicht, bis sie sich gefangen hatte und aufrichten konnte. Danon lag weiterhin, vor Schmerz winselnd, am Boden. Mit der unverletzten Hand hielt er sich das blutende Ohr.

Den Mann vom Kiosk trieb die Neugierde jetzt doch näher, obwohl er immer noch genügend Abstand einhielt, um gegebenenfalls sofort zu flüchten.

„Gibt es hier einen Doktor auf der Insel," wollte Markus wissen.

Der Mann schüttelte den Kopf.

„Nur eine Krankenstation mit Schwester Margaretha für Notfälle. Bei ernsten Fällen kommt ein Doktor von der anderen Insel." Er deutete unbestimmt in eine Richtung auf das Meer hinaus.

Markus zeigte auf den Israeli.

„Dann soll die Schwester kommen. Der Mann da braucht Hilfe."

Ihn der Polizei zu übergeben, falls es auf dieser Insel überhaupt so etwas gab, dürfte nicht viel bringen. Für ihn und Chiara würde es mit hoher Wahrscheinlichkeit bedeuten, sich stundenlang befragen zu lassen. Danon selber brauchte nur den Diplomatenausweis vorzeigen, um sofort freizukommen.

Chiara hatte sich bei dem Überfall lediglich ein paar Schürfwunden und dazu heftige Kopfschmerzen zugezogen. Mehr war ihr zum Glück nicht passiert.

Sollte sich Zeev Zakin um Danon kümmern. Er würde ihn anrufen.

Markus interessierte sich dafür, wie der Israeli zur Insel gekommen war. Die tägliche Fähre kam erst in zwei Stunden und über das Wasser dürfte er kaum gelaufen sein.

Nachdem er Chiara an Bord der „NINA" gebracht hatte, fuhr er mit dem Beiboot zur anderen Seite des kleinen Hafens. Hinter einer Kaimauer, etwa zehn Meter vom Ufer entfernt, lag eine weiße „Bayside 765". Es handelte sich um die „Mjesek i Zvijezde", die Jacht, die ihnen auf ihrer Reise bis Trogir gefolgt war. Zakin würde sich nicht nur um Danon kümmern müssen, sondern auch einiges zu erklären haben.

Markus überzeugte sich davon, dass es keine weiteren Personen an Bord gab. Anschließend durchsuchte er nochmals gründlich die zwei Kabinen. Außer einem Rucksack mit Kleidungsstücken von Danon fand er nirgendwo Hinweise, die auf den eigentlichen Eigentümer der Jacht schließen ließen.

Er war damit fast fertig, als er vom Ufer her Geräusche hörte. Sie kamen von Danny Danon. Markus sah ihn mit nacktem Oberkörper über die Kaimauer zu dem kleinen Beiboot klettern, das am Ufer festgemacht war. Dabei drückte er mit der verletzten Hand sein Hemd gegen das blutende Ohr. Ihm stand nur eine Hand zur Verfügung, um die „Mjesek i Zvijezde" zu erreichen. Offenbar hatte er nicht vor, auf die Krankenschwester zu warten.

Es lag nicht in Markus Hagens Absicht, den Israeli ohne Konsequenzen für sein Handeln davonkommen zu lassen. Er fand den Sicherungskasten des Bootes neben dem Steuerstand. Der Zündschlüssel steckte. Er brauchte weniger als eine Minute, um ein paar

Kabel herauszureißen und sie zusammen mit dem Schlüssel im Meer zu versenken. Der Israeli würde mit dem Boot nicht so schnell von der Insel wegkommen.

Danach versteckte er sich in der vorderen Kabine und wartete in aller Ruhe, bis der verletzte Israeli die Jacht erreichte, das Beiboot festmachte und mühsam über die Badeplattform an Bord kletterte.

Beim Anblick von Markus, der für ihn gänzlich unerwartet an Deck trat, stöhnte er erschrocken auf.

„Runter in die vordere Kabine mit dir, du Dreckskerl", wurde er von ihm angeschrien.

Danon zögerte einen Moment zu lange. Er bekam einen derben Tritt in die Kniekehlen und fiel über die Stufen nach unten. Reflexartig wollte er sich festhalten. Dabei stieß er mit dem gebrochenen Finger an die Seitenwand, was ihm einen lauten Schrei entlockte. Hastig lief er zu der angewiesenen Kabine vorne im Bug.

Markus verschloss sie hinter ihm. Anschließend verbarrikadierte er sie zusätzlich mit einem Bootshaken. Er hielt es für unwahrscheinlich, dass Danon sich mit seinen Verletzungen selber befreien konnte. Trotzdem löste er das Tau des Beibootes und sah dabei zu, wie es aufs Meer trieb.

Obwohl der Israeli sicher verstaut war, würde er in der kommenden Nacht noch etwas wachsamer sein als sonst.

Chiara kam mit dem Schock des schrecklichen Erlebnisses ziemlich gut zurecht. Als Markus zur „NINA" zurückkehrte, war sie bereits geduscht, hatte sich ein bisschen verarztet und lachte ihn mit ihren wunderschönen, großen Augen übermütig an.

„Mia Cara, du hast mir das Leben gerettet. Ich habe erst ein Glas Sliwowitz trinken müssen, um den ekelhaften Blutgeschmack loszuwerden." Sie schüttelte sich, als sie daran zurückdachte. „Danny wollte mich wirklich entführen. Ich kann es nicht fassen. Er ist verrückt geworden. Was passiert jetzt mit ihm?"

Markus war erleichtert, dass sie den Überfall so gelassen hinnahm.

„Zakin soll sich um ihn kümmern. Vermutlich hat er von ihm erfahren, wo wir heute haltmachen. Er ist mit der kleinen Jacht, der „Mjesek i Zvijezde" gekommen, die uns bis Trogir gefolgt ist. Sie liegt hinter der Kaimauer, sodass wir sie bei der Einfahrt in den Hafen nicht sehen konnten."

„Er wollte mich mit Gewalt auf das Boot bringen? Und was dann?"

„Du wärst seine schöne Piratenbraut geworden. Möglicherweise hätte es dir bei ihm besser gefallen als auf der „NINA"."

Chiara schlug ihn scherzhaft mit den Fäusten auf die Brust.

„Du bist verrückt. Bei nächstbester Gelegenheit hätte ich ihn draußen auf dem Meer über Bord geworfen. Dann wäre er jämmerlich ertrunken. Wie konnte er nur auf so eine Idee kommen?"

„Ich habe keine Ahnung, was Danon sich bei der Aktion gedacht hat. Ich habe mich gerade an Bord der „Mjesek i Zvijezde" umgeschaut, um nach Hinweisen auf den Besitzer zu suchen, als er hinkam. Vermutlich wollte er von hier verschwinden. Jetzt hat er es sich aber doch anders überlegt. Er sitzt in einer Kabine und wartet darauf, dass ihn jemand befreit. Ich werde Zeev anrufen."

„Vielleicht sollten sich in der Zwischenzeit Müllers Leute um ihn kümmern. Sie müssten bald hier eintreffen."

Markus nickte. „Eine gute Idee. Ich werde mal versuchen, sie per Funk zu erreichen und danach Zeev anrufen."

Ihre Aufpasser waren nur noch ein paar Meilen entfernt. Sie würden innerhalb der nächsten halben Stunde auf der Insel eintreffen. Markus erzählte ihnen von der versuchten Entführung und auch, wo sich Danon jetzt befand.

Zeev Zakin erreichte er über das Handy. Der Israeli war alles andere als begeistert über die Aktion seines Landsmannes. Sehr nachdenklich nahm er zur Kenntnis, dass Danon ausgerechnet mit dem Boot zu der Insel gekommen war, dass sie bis Trogir verfolgt hatte. Wie Markus ging er ebenfalls davon aus, dass es sich dabei um die gleiche Jacht handelte, deren frühere Besatzung in der Badebucht vor Zadar die Abhörgeräte bei ihnen an Bord platziert hatte. Zakin versprach, sich umgehend um Danon zu kümmern.

Nachdem in dieser Angelegenheit vorläufig alles geklärt war, legte Markus den Arm um Chiaras Taille und schaute sie fragend an: „Hast du noch Appetit oder ist dir der Besuch von Danon auf den Magen geschlagen? Wir haben den Weiperts versprochen, uns mit ihnen in dem Restaurant zu treffen. Ich kann auch alleine hingehen, wenn du dazu keine Lust mehr hast."

„Willst du mich verhungern lassen? Nach diesem verrückten Abenteuer mit meinem heißblütigen Verehrer habe ich sogar besonders großen Appetit."

Sie lachte und drückte ihren Kopf kurz an seine Brust.

„Ich ziehe mir nur schnell eine lange Hose an, damit man die zerschundenen Beine nicht sieht. Danach können wir sofort losgehen."

15.

Von ihrem Hotelzimmer im „Locanda de La Spada" in Venedig, konnten sie direkt auf den Canale Grande und die Lagune schauen. Es war ein Eckzimmer. Unterhalb des zweiten Fensters befanden sich der Eingang sowie ein kleiner Bootssteg für die Gäste des Hotels.

Vom Meer her wehte eine leichte Brise und die Abendsonne ließ das sonst so trübe Wasser des Kanals in vielen Farben glitzern. Kleine Wellen prallten gegen schwarze Gondeln und die Ankerpfähle. Manchmal wagten sie sich über die grün bemoosten Stufen bis auf den schmalen Fußweg unterhalb des Hotels.

Motorboote kreuzten vor den Vaporettos, die mit Leuten vollgestopft waren und Gondoliere stießen wütende Warnrufe aus, wenn es zu eng wurde.

Arm in Arm standen Chiara und Markus auf dem kleinen Balkon ihres Zimmers. Von dort aus beobachteten sie den regen Verkehr auf der malerischen Wasserstraße. Auf der gegenüberliegenden Seite des Kanals sahen sie Gebäude aus vergangenen Jahrhunderten. In den Erdgeschossen der Häuser befanden sich Restaurants, Bars oder Galerien. Die oberen Stockwerke schienen als Büros zu dienen.

Direkt unter einem ihrer Fenster hatten sich etliche Gondolieri versammelt, um lautstark zu diskutieren.

Chiara hörte ihnen eine Weile zu. Dann musste sie lachen.

„Ich dachte, sie reden den ganzen Tag nur über hübsche Mädchen und ihre Eroberungen."

„Tun sie es nicht?"

„Nein, sie unterhalten sich über die hohen Preise für Lebensmittel und ihren Rheumatismus."

Sie fragte sich, wie Müller es wohl angestellt hatte, ihnen ein Zimmer in dem Hotel zu beschaffen. Die Filmfestspiele waren zwar vorbei, aber die Stadt immer noch voller Touristen. Hotelzimmer ohne lange Vorbestellung waren praktisch nicht zu bekommen.

Die „NINA" hatten sie in der Marina von Jesolo zurückgelassen. Dort würde sie bis zum Frühjahr bleiben. Die Ehepaare Weipert waren nach einem herzlichen Abschied von dort aus mit dem Taxi direkt zum Flughafen gefahren. Es hatte ihnen ausgezeichnet gefallen. Deshalb wollten sie im kommenden Jahr erneut den Urlaub auf der „NINA" verbringen. Dann sollte es weiter in den Süden Kroatiens gehen.

Während der letzten zwei Tage des Törns war der Himmel meist von dicken Wolken bedeckt gewesen. Gelegentlich gab es kurze Regenschauer und die Sonne ließ sich nur von Zeit zu Zeit blicken. Das konnte den Gästen die gute Laune nicht verderben.

Erst als sie in Jesolo ankamen, verschwanden die Wolken. Da zeigte die Sonne noch einmal, dass sie auch im Spätsommer noch enorme Kraft entwickeln konnte.

Sie und Markus verbrachten noch eine letzte Nacht auf der „NINA". Wie meistens, wenn sie zu zweit waren, saßen sie an Deck dicht beieinander. Sie wollten sich nicht nur nah sein, sondern auch körperlich spüren.

Eine letzte Flasche Rotwein. Hinter ihnen lagen zwei unvergessliche Wochen. Vermutlich würden sie sich noch in Jahren daran zurückerinnern. Bedingt durch die engen Räumlichkeiten auf der Jacht, hatten sie sich besser kennengelernt, als es sonst in so kurzer Zeit möglich gewesen wäre.

Aus ihrer Verliebtheit heraus war in diesen wenigen Tagen eine tiefe und feste Bindung gewachsen. Von Markus wusste sie, dass er es ebenso fühlte. An ihrem letzten Abend auf der „NINA" hatte er es ihr gesagt. Ahnte er überhaupt, wie glücklich er sie mit diesen Worten gemacht hatte?

Ziemlich wehmütig war ihnen beiden ums Herz, als sie schließlich ihre Sachen in ein Wassertaxi packten, um sich zu ihrem Hotel in Venedig bringen zu lassen.

Seitdem sie sich in der Stadt aufhielten, dachte Markus viel nach. Chiara wusste, dass er sich innerlich auf das erste Zusammentreffen mit Christine vorbereitete. Schließlich konnten sie sich im Hotel jederzeit über den Weg laufen. Wie würde er reagieren?

Diese Frau hatte in Kontakt zu dem Mörder seiner Tochter gestanden und für ihn blieb sie, trotz Müllers und Zakins Gerede, weiterhin mitschuldig an ihrem Tod. Sie würde sehr gute und plausible Erklärungen liefern müssen, um ihn vom Gegenteil zu überzeugen.

Markus wurde etwas lockerer, nachdem Müller sie per Handy darüber informierte, dass Christine Landers sowie Freiherr von Thurau nun doch nicht in ihrem Hotel wohnten. Auch Chiara zeigte sich über die Nachricht erleichtert.

Müller hatte bis jetzt noch nicht herausgefunden, wo die beiden samt Leibwächtern in Venedig untergekommen waren. Auf jeden Fall befanden sie sich noch in der Stadt. Seine Leute bemühten sich, ihren Aufenthaltsort ausfindig zu machen.

„Wir können uns morgen nach dem Mittagessen in einem Souvenirladen in der Nähe des Bahnhofes „Santa Lucia" treffen", schlug er vor. „Bis dahin kenne ich möglicherweise den Aufenthaltsort von Christine Landers. In der Zwischenzeit wünsche ich Ihnen viel Spaß in der Stadt. Vielleicht haben Sie noch Lust auf einen Abendspaziergang. Zu der Tageszeit ist Venedig besonders reizvoll."

Also noch ein unbeschwerter Abend und ein halber Tag für sie beide, ohne dass die Gefahr bestand, der Frau aus seinem vergangenen Leben zu begegnen. Obwohl sie bei Müller, wenn er sie zum Bummeln durch Venedig schickte, sicherlich mit Hintergedanken rechnen mussten.

Chiara hoffte trotzdem, dass dieses Treffen mit der ehemaligen Geliebten recht bald über die Bühne ging. Danach konnten sie sich ausschließlich ihrem eigenen Leben widmen und Müller mitsamt dem ganzen Geheimdienstkram vergessen.

Zum wiederholten Mal fragte sie sich, wie es sein würde, mit Markus zusammen in München zu wohnen. Auf diesen neuen Lebensabschnitt war sie schon sehr gespannt.

Vor über fünfzehn Jahren war sie einmal, nur für wenige Stunden, dort gewesen. Damals befand sie sich, zusammen mit ihren Eltern, auf der Rückreise von Frankfurt nach Neapel. Sie hatten dort

Verwandte ihrer Mutter besucht. Da ihr Vater nur ungern flog, waren sie die gesamte Strecke, hin und auch zurück, mit dem Zug gefahren. Auf dem Rückweg mussten sie in München umsteigen, um auf den Nachtzug nach Neapel zu warten. Sie nutzten die stundenlange Pause, um einen Spaziergang durch die Innenstadt zu unternehmen. München war ihr als schöne und, im Gegensatz zu ihrer Heimatstadt, sehr saubere Stadt in Erinnerung geblieben. Nun wollte es das Schicksal, dass sie dort, zumindest zeitweise, mit Markus wohnen würde.

Wenn sie über die vergangenen Wochen nachdachte, konnte sie es immer noch nicht fassen, dass sich ihr gesamtes Leben innerhalb kürzester Zeit dermaßen verändert hatte. Vor einem Monat wusste sie noch nicht einmal, dass es Markus überhaupt gab.

Manche der alten Frauen in Neapel würden sagen, dass der Blitz bei ihnen eingeschlagen hatte. Das sagte man jedes Mal dann, wenn sich zwei Menschen bereits kurz nach dem Kennenlernen unwiderstehlich voneinander angezogen fühlten. In der Vergangenheit konnte sie solchen Sprüchen wenig abgewinnen. Jetzt war es ausgerechnet ihr passiert.

Ihre Gedankengänge wurden von Markus unterbrochen.

„Welche Überlegungen gehen durch deinen schönen Kopf?"

„Ich habe über Neapel, die Zufälle des Lebens und das Treffen mit deiner ehemaligen Geliebten nachgedacht. Außerdem bin ich sehr gespannt auf unser gemeinsames Leben in München."

Wie stets gab sie ihm eine direkte, ehrliche Antwort. Ausflüchte suchen oder auf irgendeine Art und Weise drum herum zu reden gab es bei ihr nicht. Auch eine Eigenschaft, die Markus an ihr mochte.

„Sobald wir das Treffen mit Christine hinter uns haben, kannst du den unangenehmsten Punkt in deinen Gedanken abhaken."

„Ich freue mich auf die Zukunft ohne Martin Müller oder Zeev Zakin. Was unternehmen wir jetzt?"

Markus lachte: „Wir befolgen die Vorgaben des deutschen Verfassungsschutzes und genießen erst einmal Venedig."

Sie zog ihr schwarzes, kurzes Kleid an, weil sie wusste, dass es ihm gefiel. Vorsichtshalber nahm sie eine leichte Jacke mit. Um die Jahreszeit konnte es abends schon mal kühl werden.

Als sie ihren Schlüssel am Empfang des Hotels hinterlegten, erschien der Geschäftsführer persönlich. Er gehörte zu den Menschen, dessen Auftreten perfekt zu seinem Beruf passte. Er war dezent, trotzdem sehr dienstbeflissen und besaß ein Gesicht, das durchaus Vertrauen erweckte. Höflich erkundigte er sich, ob sie mit ihrem Zimmer zufrieden waren.

Auf die Frage nach einem Restaurant empfahl er ihnen zwei Lokale. Allerdings sollten sie da ohne Voranmeldung nicht zu spät hingehen. Ab zehn Uhr abends waren meist sämtliche Plätze besetzt. Wenn sie warten wollten, würde er für sie aber gerne einen Tisch reservieren lassen.

Chiara hörte, wie Markus sich für das Angebot bedankte, aber ablehnte. Sie würden nicht zu spät zum Essen gehen.

Unterdessen betrachtete sie den kunstvoll ausgemalten, aber recht kleinen Empfangsraum. Ein großer, kräftiger Mann mit roter Knollennase und fleischigen Lippen schob sich unsanft an ihr vorbei, um den Zimmerschlüssel auf den Empfangstresen zu werfen.

Sie erkannte Zivkovic sofort wieder. An dem kurzen Aufblitzen seiner Augen bemerkte sie, dass er ebenfalls wusste, wem er soeben begegnet war.

Als sie mit Markus an der Hand das Hotel verließ, sah sie noch, wie der Kroate auf einer der schwarzen Gondeln verschwand. Sie musste auf ihn gewartet haben.

Sein Gondoliere brüllte zwei Arbeitern in einem plumpen Lastkahn, der mit großen Kartons beladen war, einen heiseren Warnruf zu. Zuerst sah es so aus, als würden sich die Männer im schmutzigen Wasser des Kanals vereinen. Doch die Bootsführer stießen kräftig zurück. Deshalb streiften sie sich nur wenig, als sie aneinander vorbeifuhren.

Die zwei Arbeiter auf dem Lastkahn äußerten sich ziemlich deutlich über die Fahrkünste des Gondolieres, was die Gäste vor dem benachbarten Café erheiterte.

„Hast du ihn auch gesehen?"

„Wen? Meine Aufmerksamkeit galt abwechselnd dem Gerede des Geschäftsführers und deinen hübschen Beinen."

Ihre Antwort bestand aus einem scheuen Lächeln, das ihn immer wieder bezauberte. Gleich darauf wurde sie ernst.

„Ante Zivkovic ist hier in Venedig und wohnt offenbar in unserem Hotel. Er stand für einen kurzen Moment an der Rezeption, um seinen Zimmerschlüssel abzugeben. Er hat mich wiedererkannt."

„Bist du dir da sicher? Er hat dich nur einmal in diesem Restaurant gesehen, als du mir die Nachricht von Danon überbracht hast."

„Er hat mich bestimmt erkannt. Seine Augen haben es verraten, als er mich anschaute. Sein Interesse gilt also inzwischen auch mir. Er wurde von der Gondel abgeholt, die vor unserem Hotel fast in einen Unfall verwickelt war."

„Das gefällt mir nicht. Ob Müller davon weiß? Vorsichtshalber werde ich ihm über das Handy eine Nachricht schicken."

Sie ließ sich von Markus in eine Ecke ziehen, wo sie den regen Fußgängerverkehr nicht störten.

Die Antwort von Müller kam per SMS unmittelbar darauf: „Restaurant Bacaromi, Dorsoduro 948, in einer Stunde. Danke."

„Jetzt wissen wir immerhin, wo wir das Abendessen einnehmen werden. Hoffentlich hat er wenigstens ein Restaurant mit guter Küche ausgesucht."

In weiser Voraussicht hatte Chiara an diesem Abend Schuhe mit nicht ganz so hohen Absätzen gewählt. Die manchmal ziemlich unebenen Pflastersteine auf den Wegen und die vielen Treppenstufen an den Brücken über die Kanäle, ließen einen Spaziergang zu einer kleinen, sportlichen Herausforderung werden. Ihr fiel ein, dass es in Venedig über vierhundert dieser Brücken geben sollte. Die Einheimischen mussten über eine ausgezeichnete Beinmuskulatur verfügen.

Bis zum vereinbarten Treffen blieb ihnen genügend Zeit. Immer wieder hielten sie an, um Fotos zu machen.

Zu ihren Eltern in Neapel und auch Dubravka samt Familie in Zadar unterhielt sie über das Internet regen Kontakt. Dauernd wollten alle wissen, wo sie sich befanden und was sie erlebt hatten. Immer dann, wenn sie gerade Zeit fand, schickte sie ihnen Bilder der Reise.

Oft sprach Chiara über Skype mit ihren Eltern. Dann versuchte sie nach Möglichkeit, auch Markus vor die Kamera zu bekommen. Sie sollten sich selber ein Bild von ihm machen. Sie würden sich, aus Sorge um ihre Tochter, sowieso mehr für ihn als für ihre Erlebnisse während der Fahrt durch die Adria interessieren.

Ihre Mutter hatte, als sie zum ersten Mal von Markus erzählte, sofort bemerkt, dass sie sich ernsthaft in den Deutschen verliebt haben musste. Da war es verständlich, dass sie diesen Mann schnellstmöglich persönlich kennenlernen wollten. Vermutlich dachten sie bereits darüber nach, sie bald in München zu besuchen.

Vielleicht ergab sich für Markus und sie auch die Gelegenheit, von München aus für ein paar Tage nach Neapel zu fliegen. Besonders ihr Vater legte auf solche respektvollen Gesten viel Wert.

Die Aufnahmen, die Markus an diesem Tag von ihr in dem kurzen Kleid machte, dürften bei ihren Eltern wenig Anklang finden. Sie konnte direkt sehen, wie ihr Vater bei der Betrachtung den Kopf schüttelte, mit der Zunge schnalzte und ärgerlich mit den Händen herumfuchtelte. Wie kann meine Tochter nur halb nackt durch Venedig laufen, würde er sich denken. Für ihn blieb sie wohl immer die kleine Prinzessin, die er vor den allzu lüsternen Blicken der Männer schützen musste.

Chiara übernahm die Führung zu dem Restaurant. In Venedig war es gar nicht einfach, eine bestimmte Anschrift zu finden. Die Stadtväter hatten die Hausnummern sehr willkürlich, ohne ein erkennbares System, verteilt. Selbst Einheimische bekamen damit ihre Schwierigkeiten. Das Navigationssystem des Handys brachte sie immerhin zur richtigen Straße. Dort konnte man ihnen in einem Geschäft den weiteren Weg beschreiben.

Pünktlich, sogar fünf Minuten vor der Zeit, kamen sie an. Das Restaurant lag ein bisschen versteckt. Für Touristen war es nicht leicht zu finden.

Martin Müller wartete bereits auf sie. Er saß allein im Wintergarten des Lokals. Zu dieser frühen Stunde war das Restaurant noch wenig besucht. Lediglich zwei weitere Tische im vorderen Teil waren besetzt.

Der Agent begrüßte sie freundlich.

„Eigentlich hätte ich das, was ich Ihnen zu sagen habe, auch telefonisch mitteilen können. Doch ich wollte das Abendessen nicht allein einzunehmen. Meine Leute sind anderweitig unterwegs. So habe ich die Gelegenheit genutzt, um wenigstens einen Teil des Abends in Gesellschaft einer schönen Frau zu verbringen."

„Sie sollten mit ihren Komplimenten sorgsam umgehen." Chiara lächelte ihn bei den Worten an. „Inzwischen wissen Sie ja, wie Markus mit Männern umgeht, die mir zu nahetreten."

Müller lachte laut auf und legte eine Hand an sein Ohr.

„Keine Sorge, ich weiß auch, wie Sie selber mit unliebsamen Verehrern umgehen. Zeev hat mir erzählt, was Sie mit Danon angestellt haben. Er hat ihn höchstpersönlich von der Insel abgeholt und nach

Zagreb zurückgebracht. Der Botschafter will ihn unverzüglich nach Israel zurückschicken."

„Schade, Danny ist sonst ein ganz netter Kerl. Ich kann mir auch nicht erklären, was da in ihn gefahren ist. Als er noch am Konsulat in Neapel arbeitete, sind wir gelegentlich zusammen ausgegangen. Dabei ist es nie zu Übergriffen gekommen. Wissen sie mittlerweile, wie er gerade an das Boot gelangt ist?"

Müller schaute die beiden nachdenklich an.

„Inzwischen konnten wir tatsächlich in Erfahrung bringen, wer das Boot gemietet hat, mit dem Danon ihnen gefolgt ist. Leider bringt uns das nicht weiter. Es wurde von einem gewissen Josip Micic gechartert. Allerdings ist dieser Mann seit mehr als drei Monaten in Singapur. Vermutlich weiß er gar nicht, dass auf seinen Namen ein Boot gemietet wurde. Wir gehen davon aus, das Danon ihnen bereits von Zadar aus gefolgt ist. Da haben wir fälschlicherweise angenommen, dass es sich bei den Verfolgern um Leute von der Gegenseite handelt."

Der Unterhaltung von Müller und Chiara folgte Markus schweigend. Statt sich zu beteiligen, studierte er lieber die Speisekarte.

„Mia Bella, diese Speisekarte ist nichts für unwissende deutsche Touristen. Die Gerichte haben allesamt italienische Namen. Weit über der Hälfte von dem, was dasteht, verstehe ich nicht oder nur ungenügend. Du musst für mich auswählen."

Sie lächelte ihn fragend an: „Dann essen wir aber so, wie es sich für zivilisierte Italiener gehört."

Markus wusste, was sie damit meinte. Es bedeutete, dass ihr Mahl mindestens aus fünf Gängen bestehen würde.

„Warum nicht. Wir haben Zeit und den gesamten Abend noch vor uns."

„Ich werde für mich nur die Kalbsleber venezianischer Art ohne alle Vorspeisen und Nachspeisen bestellen. Ganz so lange kann ich ihre Gesellschaft dann doch nicht in Anspruch nehmen", bedauerte Müller.

Mit Begeisterung stellte Chiara das Menü zusammen. Zuerst sollte es eine kleine Vorspeisenplatte mit Feigen und Salami geben, gefolgt von einer Tomatensuppe sizilianischer Art. Mit Cannelloni und einem toskanischen Schweinebraten ging sie bei ihrer Bestellung langsam zu den Hauptgerichten über. Zum Abschluss würde es Melone in Marsala geben.

Markus lächelte, als sie ihm die einzelnen Gerichte erklärte.

„Ist das bereits alles?"

„So ziemlich. Falls es für dich nicht genug ist, können wir nach dem Hauptgericht noch eine kleine Käseplatte kommen lassen. Außerdem fehlen noch der Grappa sowie zum Espresso das Gepäck. Doch das bestellen wir erst, wenn wir mit den anderen Gängen fertig sind."

Martin Müller schaute sie bewundernd an: „Wie können sie so viel essen und dabei eine solche Figur behalten?"

„Zum Glück habe ich damit keine Probleme. Außerdem treibe ich in letzter Zeit viel Sport."

Markus runzelte die Stirn. Von ihren sportlichen Aktivitäten, außer dem gelegentlichen Schwimmen im Meer, hatte er noch nichts mitbekommen.

Bevor er sie danach fragen konnte, spürte er ihre Finger auf dem Oberschenkel, die sich unter der

Tischdecke verdächtig seinem Schritt näherten. Ihr scheues Lächeln passte wieder einmal so gar nicht zu diesem Angriff.

„Stimmt doch mein Liebling?"

Bevor sie ihm noch deutlicher zeigte, welche Art von Sport sie meinte, stimmte er eiligst zu.

Nachdem sie die Bestellung aufgegeben hatten, wurde Müller ernst.

„Das Zivkovic statt Thurau bei Ihnen im Hotel wohnt, bringt unseren Plan ein wenig durcheinander, ist aber nicht besonders schlimm. Leider gibt es dort kein freies Zimmer mehr. Sonst hätte ich zusätzlich zwei meiner Leute einquartiert."

„Was stört sie an dem Kroaten?"

„Ich habe ihnen bereits einmal gesagt, dass Ante Zivkovic sehr gefährlich ist. Wir wissen schon seit geraumer Zeit, dass er in Kroatien Schlägertrupps unterhält. Er setzt sie immer dann ein, wenn er meint, dass er bestimmten Forderungen Nachdruck verleihen muss oder die Aktionen seinen Zielen dienen. Unter anderem ist er für die Übergriffe auf zwei Journalisten in Zagreb verantwortlich. Sie haben ihn in ihren Artikeln mit der serbischen Mafia in Verbindung gebracht. Einer der Männer wird für immer behindert bleiben. Außerdem gibt es gewichtige Hinweise darauf, dass er im Krieg bis Anfang 1999 für die Serben gegen sein eigenes Volk Spionage betrieben hat. Nachdem die NATO angefangen hatte, Serbien zu bombardieren, wechselte er die Seiten. Plötzlich wurde aus ihm der große Freiheitskämpfer, der sein Leben als Kommandant einer zivilen Partisanenarmee für das geliebte Kroatien riskiert. Bei einem Überfall seiner

Männer auf ein Dorf wurden sämtliche Frauen, Kinder und alte Leute getötet."

„Der Professor hat mir in Bibinje davon erzählt. Von ihm weiß ich auch, dass der Internationale Strafgerichtshof in Den Haag versucht, Beweise gegen ihn zu finden, die zu einer Verurteilung reichen."

„Er ist nicht nur ein Schwein, sondern nach eigener Aussage ein Schlächter. Im Kreis von Vertrauten prahlte er mal damit, für mehr als eintausend Tötungen, hauptsächlich an Bosniern, verantwortlich zu sein. Denken Sie nicht, dass er nur angegeben hat. In dem Krieg gab es mehr Massenmorde, als in der Öffentlichkeit bekannt geworden sind."

„Umso verwunderlicher ist es, dass er in Kroatien als angesehener Bürger eine hohe Stellung in der Regierung einnimmt und sich sogar zum Präsidenten wählen lassen will. Dass die EU da noch nicht eingegriffen hat?"

„Für die meisten Kroaten ist er ein Volksheld. Er wird noch immer von einflussreichen Leuten geschützt. Das ist auch einer der Gründe, warum die von ihm gegründete Partei „Unser Kroatien" so viel Zulauf hat. Solange keine handfesten Beweise vorliegen, kann die EU oder der Internationale Gerichtshof kaum etwas gegen ihn unternehmen."

„Aber was macht er jetzt hier in Venedig? Der möglicherweise zukünftige Präsident Kroatiens wird sich nicht die Mühe gemacht haben, wegen uns herzukommen."

„Das denke ich auch nicht. Aber abschließend kann ich die Frage nicht beantworten. Ich vermute, dass er sich hier mit Thurau treffen wird." Müller überlegte. „Immerhin konnten wir über den Geschäftsführer ihres Hotels in Erfahrung bringen, dass Zivkovic das frei gewordene Zimmer des Freiherrn bekommen hat. Der ist, zusammen mit Christine Landers, alias Maria Sanchez, zu einem Freund in Venedig gezogen. Thurau soll jetzt in einem Palazzo in der Nähe des Canale Grande wohnen. Wir versuchen herauszufinden, wo das ist."

„Ich hoffe, dass Sie es bald herausfinden. Ich möchte das Treffen mit Frau Landers möglichst schnell hinter mich bringen."

Markus merkte gar nicht, dass er unbewusst, aber immer öfter, von Frau Landers statt von Christine sprach.

Chiara musste plötzlich an ein kleines Detail denken, dass ihr an der Gondel aufgefallen war, mit der Zivkovic vom Hotel abgeholt wurde.

„Wenn mich nicht alles täuscht, ließ sich der Kroate von einer privaten Gondel abholen."

„Wie kommen Sie darauf?"

„Der Gondoliere war in eine besondere Livree gekleidet. Außerdem hatte die Gondel ein poliertes Messingwappen, das ich bei den anderen noch nicht gesehen habe. Eventuell gehört sie zu dem Palazzo, in dem der Freiherr augenblicklich residiert. Sollte Zivkovic damit auch zurückgebracht werden, finden Sie über die Registriernummer möglicherweise den Aufenthaltsort des Freiherrn heraus. Sie müssten nur jemanden vor unserem Hotel postieren."

Müller nickte dankend.

„Eine Möglichkeit, der wir auf alle Fälle nachgehen werden. Das Wappen auf dem Messingschild haben Sie nicht erkannt?"

„Leider habe ich darauf nicht geachtet. Ich habe mich mehr auf Zivkovic konzentriert."

„Nicht so schlimm. Wenigstens haben wir jetzt einen kleinen Anhaltspunkt."

Zum Telefonieren ging er vor die Tür. Als er zurückkam, nahm er das Thema Zivkovic wieder auf.

„Ein besonders großes Interesse hat die Staatsanwaltschaft in Italien an dessen Chauffeur. Er dient ihm seit Ewigkeiten als Leibwächter und erledigt spezielle Aufgaben, bei denen sich Zivkovic nicht selber die Finger schmutzig machen will."

Er zog das Foto eines Mannes mit blonden Haaren und blauen Augen aus der Tasche.

„Er heißt Stanko Krajic. In Italien wird er wegen Mordes an einer Prostituierten gesucht. Er könnte auch derjenige sein, der für den Tod von Zilly verantwortlich ist. Soweit unsere Informationen über ihn zutreffend sind, ist er der einzige Mensch, dem Zivkovic vorbehaltlos vertraut."

Markus versuchte, sich an den Besuch im Restaurant „Riva-Dalmacija" zu erinnern. Beim Verlassen hatte ihn der Wirt auf einen Mann aufmerksam gemacht und ihn als Chauffeur von Zivkovic bezeichnet. Vermutlich hatte es sich dabei um Stanko Krajic gehandelt.

Chiara erkannte ihn sofort wieder: „Den haben wir vor dem Restaurant in Bibinje gesehen. Der Wirt hat uns extra auf ihn aufmerksam gemacht.

„Ja, er ist gewöhnlich in der Nähe seines Herrn anzutreffen. Wir vermuten, dass er mit nach Venedig gekommen ist. Aber in Ihrem Hotel übernachtet er nicht. Das haben wir geprüft. Für ihn gab es dort kein freies Zimmer. Die hiesige Polizei überprüft bereits alle Übernachtungsmöglichkeiten, die sich in unmittelbarer Nähe zu ihrem Hotel befinden. Bis jetzt konnte er noch nicht ausfindig gemacht werden. Warum unternehmen Sie morgen Vormittag nicht einen gemütlichen Badeausflug an den Lido? Der Wetterbericht sagt schönes Wetter voraus."

Markus ahnte, worauf der Agent hinauswollte. Ihm gefiel die Idee nicht besonders. Die Vermutung bestätigte sich, als Müller weiterredete: „Falls Zivkovic Sie beobachten lässt, wird er das wahrscheinlich durch seinen Leibwächter machen lassen. Vorausgesetzt, dass Krajic in Venedig ist. Unsere italienischen Kollegen sowie Zeev Zakin würden sich über diesen Fang sicherlich freuen. Und für Zivkovic wäre es zweifellos ein schwerer Schlag, wenn er in Zukunft ohne seinen Chauffeur und Leibwächter auskommen müsste."

Markus wandte sich an Chiara: „Merkst du, was da vor sich geht. Dieser Mann spannt uns bereits für den Verfassungsschutz in Deutschland ein und zusätzlich sollen wir für die Polizei in Venedig die Lockvögel spielen. Meine schlimmsten Befürchtungen bewahrheiten sich."

„Das mit dem Lido sollte lediglich ein Vorschlag sein. Irgendetwas werden Sie doch morgen Vormittag unternehmen. Oder wollten Sie die Zeit bis zum Treffen mit Frau Landers im Hotel verbringen?"

„Warum gerade zum Lido?"

Markus war nahe daran, Müller die Bitte abzuschlagen. Er war nach Venedig gekommen, um sich mit Christine zu treffen. Da hatte er in der Hoffnung zugestimmt, von ihr etwas über den Tod seiner Tochter zu erfahren. Die Verbindung, die zwischen Zivkovic und dem Freiherrn bestehen mochte, interessierte ihn nicht wirklich. Falls er jetzt zustimmte, brachte er damit auch Chiara in zusätzliche Gefahr.

„Wenn Sie mir zusagen, morgen Vormittag zum Lido zu fahren, könnten wir die gesamte Strecke beobachten, ohne dass es auffällt. Falls Sie verfolgt werden, finden wir es heraus. Sollte sich unter eventuellen Verfolgern der Chauffeur von Zivkovic befinden, umso besser für uns. Dann kann die Polizei ihn sofort festnehmen." Müller sah ihn bittend an.

Chiara merkte, dass Markus zögerte. Sie wollte nicht, dass er auf sie Rücksicht nahm. Sie streichelte ihm über die Hand.

„Warum nicht. Lass uns noch einmal im Meer schwimmen. In diesem Sommer haben wir vielleicht zum letzten Mal die Gelegenheit dazu. Wenn wir unter Polizeischutz stehen, dürfte es ungefährlich sein."

Müller fasste ihre Worte als Zusage auf.

„Danke, Signorina. Bevor Sie zum Lido fahren, können sie ein bisschen spazieren gehen. Dann wissen wir gleich, ob und wer Sie verfolgt. Wenn Sie dabei durch die Calle Bernardo kommen, sollten Sie das kleine Glaswarengeschäft direkt an der Ecke besuchen. Machen Sie sich mit den dortigen Örtlichkeiten vertraut. Bei einer wichtigen Angelegenheit fragen Sie nach Signore Acerboni. Wenn sich verdächtige Kunden im Laden aufhalten sollten, wird man Sie umgehend in den Hinterraum führen. Dort werden besonders wertvolle Arbeiten aus Murano Glas ausgestellt. Das Geschäft kann Ihnen auch als Anlaufstelle dienen, falls Sie mich telefonisch mal nicht erreichen und es wichtige Neuigkeiten gibt. Außerdem können Sie dort den Datenträger abgeben, den Sie hoffentlich bald von

Frau Landers erhalten werden. Unser vereinbartes Treffen für morgen in dem Souvenirladen in der Nähe des Bahnhofes Santa Lucia ist damit natürlich überflüssig."

Schulterzuckend gab Markus nach. Wenn die Polizei ihre Arbeit ordentlich machte, sollte es für sie wirklich keine gefährlichen Überraschungen geben.

Sie waren erst beim Hauptgang, als Müller sich verabschiedete und im abendlichen Venedig verschwand.

16.

Etwa zur gleichen Zeit saßen sich in einem mit Fensterläden abgedunkelten Zimmer zwei Männer gegenüber. Bei der großen, knochigen Person handelte es sich um Freiherr von Thurau. Der zweite, kräftigere und deutlich jüngere Mann war Ante Zivkovic, Führer der Faschisten in Kroatien. Am anderen Ende des Raumes, aber in Hörweite, stand Ralf Knoten gelangweilt vor einem Bücherregal und studierte die verschiedenen Buchtitel.

Draußen schlängelte sich ein schmaler Kanal zwischen den Häusermauern hindurch, bevor er sich kurz darauf mit dem Canale Grande vereinigte. Das geschäftige Treiben von dort drang nicht bis in ihr Zimmer. Die schweren, geschlossenen Fensterläden hielten die Geräusche fern. Während draußen noch die Wärme dieses Septembertages in den Gassen und über den Kanälen lag, war es hier, hinter den dicken Mauern des Palazzo, angenehm kühl.

Die Männer befanden sich seit Stunden akustisch an Bord der „NINA" und lauschten gespannt den aufgenommenen Gesprächen. Bisher war das Ergebnis mehr als dürftig. Die versteckten Mikrofone hatten sich immer dann eingeschaltet, wenn jemand den Salon der Jacht betrat. Stundenlang mussten sie dem langweiligen Liebesgeplänkel zwischen Markus Hagen und Chiara Bertone zuhören. Die aufgenommenen Gespräche wurden auch nicht interessanter, als die beiden über Einkaufslisten und ähnlich unwichtige Dinge sprachen.

Aus den Mitschnitten der Unterhaltungen konnten sie bisher lediglich entnehmen, dass die beiden tatsächlich ein Liebesverhältnis hatten und es nicht inszeniert war. Die Vermutung von Zivkovic wurde dadurch bestätigt,

Als Hagen damals in diesem Restaurant in Bibinje auftauchte, hatte Zivkovic den Deutschen anhand der Bilder Knotens sofort erkannt. Über dessen Erscheinen war er anfangs ziemlich irritiert gewesen. Er wusste nicht, was er davon halten sollte. War es Zufall oder Absicht? Interessiert hatte er später das Kommen der blonden Italienerin registriert. Das sich zwischen den beiden etwas anbahnte, war nicht zu übersehen. Ihr verliebtes Auftreten an den darauffolgenden Tagen bestätigte die Vermutung.

Freiherr von Thurau wollte sich trotzdem selber davon überzeugen. Ihm war egal, dass er Zivkovic mit seinem Misstrauen verärgerte. Dass der israelische Mossad und der deutsche Verfassungsschutz bereits zu diesem Zeitpunkt auf ihn aufmerksam geworden waren, passte nicht in sein Konzept und bereitete ihm erhebliche Kopfschmerzen. Gerade bei den Juden konnte man nie vorab sagen, wie sie bei bestimmten Situationen reagieren würden. Jederzeit musste man mit verdeckten Aktionen oder Täuschungsmanövern rechnen. Schon deshalb war es für ihn wichtig, sich auf niemanden zu verlassen und von jeder Kleinigkeit selber ein Bild zu machen.

Das Verhältnis Hagens zu der blonden Italienerin war also echt. Das stand fest und konnte möglicherweise zu einem späteren Zeitpunkt von Nutzen sein.

Dass aber ausgerechnet dem ehemaligen Journalisten die sorgsam gefälschten Pässe und die registrierten Geldscheine in die Hände gefallen waren und der Fund durch ihn zu den Israelis gelangte, konnte kein Zufall sein. An solche Dinge glaubte er nicht. Genauso wenig wie der Besuch Hagens bei diesem israelischen Professor in Bibinje und sein darauffolgendes Erscheinen im Restaurant „Riva-Dalmacija" ein Zufall gewesen war. Irgendwie hing das alles zusammen. Dafür wollte er den Grund wissen.

Die Beratungen mit seiner langjährigen Mitarbeiterin Christine Landers hatten ebenso wenig zu einem Ergebnis geführt. Sie bezweifelte allerdings, dass Hagen direkt für den israelischen oder deutschen Geheimdienst arbeitete. Ihrer Meinung nach passte das nicht zu ihm. Schließlich hatte sie lange genug mit ihm zusammengelebt, um sich ein Urteil zuzutrauen. Dass die Nachrichtendienste Hagen für ihre Sache einspannten, lag da eher im Bereich des Möglichen.

Thurau hatte es damals für eine geradezu geniale Idee gehalten, dass sie, auf sein Anraten hin, in Israel mit dem Journalisten ein Verhältnis begann. Weniger erfreulich war für ihn die Dauer, mit der sie ihre Rolle als dessen Geliebte spielen musste. Jederzeit bestand die Gefahr, dass sie sich dabei mit einer unbedachten Bemerkung verriet.

Doch sie hatte hervorragende Arbeit geleistet. Das musste später selbst Ralf Knoten zugeben. Über den Journalisten und durch ihre Tätigkeit an der deutschen Botschaft konnte sie ihm Namen, Fotos, Personenbeschreibungen und vor allem Fingerabdrücke von Männern beschaffen, die für den Mossad arbeiteten. Diese Personen sollten in seinen zukünftigen Plänen eine wichtige Rolle spielen.

Immer wieder versuchte er darum, herauszubekommen, wie Hagen in die Geschichte mit den verlorengegangenen Ausweisen und den mühsam beschafften Geldscheinen passte. Konnte es der Tod der Tochter gewesen sein, der ihn dazu brachte, sich mit den Geheimdiensten gegen ihn zu verbünden? Bis jetzt hatte er für diese Hypothese von seinen Verbindungsleuten keine Bestätigung bekommen. Ihren Aussagen nach ging der Journalist immer noch davon aus, dass es sich bei den damaligen Anschlägen in Israel um Aktionen einzelner Rechtsextremisten aus Deutschland gehandelt hatte. Hagen war darüber informiert, dass beide Attentäter nicht mehr lebten. Von der verwandtschaftlichen Verbindung zwischen einem von ihnen und Christine Landers schien er nichts zu wissen. Genau deshalb blieben die ganzen Zusammenhänge für Thurau weiterhin ein Rätsel.

Und schließlich musste er von Zivkovic auch noch erfahren, dass der ehemalige Journalist und dessen Geliebte ausgerechnet im Hotel „Locanda de La Spada" nächtigten. Dadurch wurde für ihn alles noch verzwickter. Handelte es sich dabei tatsächlich nur um einen kurzen Liebesurlaub, oder wollte man erreichen, dass er es glaubte? Aber warum? Konnte es eine geschickt aufgestellte Falle sein. Wenn ja, wem galt sie dann? Ihm oder Zivkovic?

Lediglich zwei Punkte sprachen für einen tatsächlichen Kurzurlaub Hagens. Der Winterliegeplatz in Jesolo für die Jacht wurde bereits im Frühjahr reserviert. Da konnte er von den Pässen nichts wissen. Die Liaison mit der Italienerin hatte erst vor kurzer Zeit begonnen. Da war es durchaus verständlich, wenn er mit ihr ein paar Tage in Venedig verbrachte.

Dass er dafür ausgerechnet das Hotel „Locanda de La Spada" auswählte, sprach wiederum gegen einen Zufall. Ursprünglich hatte er selber die Absicht gehabt, dort abzusteigen. Wollte Hagen gezielt in seiner oder Christine Landers Nähe unterkommen? Aber warum?

Ante Zivkovic konnte dafür nicht der Grund sein. Die Reservierung des Hotelzimmers wurde erst nach ihrer Ankunft in Venedig auf den Namen des Kroaten abgeändert.

Da stellte sich ihm eine weitere Frage: Wieso kam der Journalist so kurzfristig an ein freies Zimmer? Um diese Jahreszeit waren alle besseren Hotels in Venedig ausgebucht. Da musste jemand mit Einfluss nachgeholfen haben. Wer aus Hagens Umfeld konnte das sein? Gab es doch engere Verbindungen zu den Geheimdiensten aus Israel und Deutschland?

Wenn man der Aussage der toten israelischen Agentin Glauben schenkte, sollte ursprünglich sie, zusammen mit Hagen, auf der Jacht nach Venedig reisen. So jedenfalls war es geplant gewesen - bis die Italienerin ins Spiel kam.

Den genauen Grund, weshalb sie ihn begleiten sollte, hatte sie nicht nennen können. Noch verwirrender wurde alles durch ihre Aussage, dass die blonde Italienerin vorher mit einem Mitarbeiter der israelischen Botschaft in Zadar liiert war.

Bei der Vernehmung dieser israelischen Agentin mussten sich die Männer von Zivkovic ziemlich dilettantisch angestellt haben. Noch bevor sie weitere Informationen von ihr bekommen konnten, war sie ihnen unter den Fingern weggestorben.

Auch Ralf Knoten hatte Fehler gemacht. Niemals hätte er sich persönlich in die Suche nach den verlorengegangenen Pässen einschalten dürfen. Es wäre geschickter gewesen, diese Arbeit von Anfang an den Kroaten zu überlassen. Allein durch sein persönliches Erscheinen in Zadar dürften ihre Gegner auf den Gedanken gekommen sein, die gefälschten Pässe und die registrierten Geldscheine mit ihm in Verbindung zu bringen. Knoten hätte sich damit begnügen sollen, die Fäden im Hintergrund zu ziehen, statt sich im Hafen selber auf die Suche zu machen. Dessen Nähe zu ihm war allgemein bekannt.

Um ihre weiteren Pläne nicht in Gefahr zu bringen, musste sofort eine Möglichkeit gefunden werden, die deutschen und israelischen Geheimdienste auf eine andere Fährte zu lenken. Gerade jetzt, zu diesem Zeitpunkt, konnte er auf keinen Fall zulassen, dass sie ihm dauernd auf die Finger schauten. Zudem musste er unbedingt die Vorsichtsmaßnahmen verstärken.

Schließlich war ihm der Gedanke gekommen, Knoten auffällig schnell, sehr heimlich und unter großem Aufwand in die USA zu schicken. Die

Geheimdienste sollten sich fragen, was er mit dieser Nacht-und-Nebel-Aktion bezweckte. Gleichzeitig würde er dafür sorgen, dass die Israelis sowie die Deutschen davon Kenntnis bekamen. Ihnen musste die Nachricht zugespielt werden, dass Knoten die gefälschten Pässe für ein besonders Unternehmen benötigte. Wenn sie es geschickt anstellten, würde ihr weiteres Interesse nur noch ihm gelten. Sollten sie ihm ruhig in die USA folgen. Bis sie dann feststellten, dass es sich um einen regulären Geschäftsbesuch in ihrem dortigen Büro handelte, war es bereits zu spät. Dort würde ein Doppelgänger Knotens Rolle weiterspielen, während der unter anderem Namen nach Europa zurückkehrte. Sollte die Täuschung gelingen, konnte er selber unbeobachtet weiter seinen eigenen Plan ausführen.

Die aufgezeichneten Gespräche auf Hagens Jacht blieben auch in den folgenden Stunden unergiebig. Auch nachdem die Chartergäste an Bord gekommen waren, wurden die Aufnahmen nicht interessanter. Langweilige Mediziner, die dauernd über ihre Erlebnisse am Tage, die Fahrtroute oder das Essen in den besuchten Restaurants sprachen.

Verwirrend wurden die belauschten Gespräche, als plötzlich Kindergeschrei, Ehestreitigkeiten und eine handfeste Diskussion zu hören waren. Es handelte sich um vollkommen unbekannte Stimmen, die sie niemanden zuordnen konnten. Dafür sprachen Hagen, dessen Freundin und die Chartergäste kein einziges Wort mehr.

Thurau und Zivkovic brauchten einige Zeit, bis sie auf die Lösung hierfür kamen.

Wütend schob der Deutsche das Abspielgerät zur Seite. Hagen schien sich über sie lustig zu machen.

Offensichtlich hatte er die Mikrofone entdeckt. Statt sie ins Meer zu werfen, musste er sie auf anderen Jachten platziert haben. Auf Schiffen, die auf derselben Route unterwegs waren. Deshalb war es von seinen Leuten nicht bemerkt worden.

Freiherr von Thurau zündete sich eine Zigarette an, wanderte im Zimmer umher und streckte sich. Die verblichene Eleganz des Raumes interessierte ihn nicht. Ebenso wenig wie die verstaubten siebenarmigen Leuchter und die angeschlagenen Kristalltropfen der anderen Lampen. Sie hatten Stunden damit vertan, völlig unwichtige Gespräche zu belauschen.

Ante Zivkovic saß zurückgelehnt auf einem hochlehnigen Stuhl und beobachtete missmutig den Freiherrn. Warum legte er so viel Wert auf das Geschwätz von Hagen und der Italienerin? Er zweifelte immer mehr daran, dass Thurau in Zukunft noch der geeignete Verbündete für ihn war. Bedauerlicherweise konnte er noch nicht auf dessen finanzielle Unterstützung verzichten. Anderenfalls wäre er längst seine eigenen Wege gegangen.

Thurau öffnete die Tür zur Bibliothek nebenan, wo sich Christine Landers oder Maria Sanchez, wie sie sich jetzt nannte, aufhielt.

Sie saß an einem großen, verzierten Schreibtisch, umgeben von geschnitzten Bücherregalen, die bis an die Decke reichten. Ein Stapel israelischer Pässe, verschiedene Stempel und ein kleiner Computer mit einer speziellen Apparatur standen vor ihr. Das Gerät diente dazu, auf dem Chip der Ausweise die Daten, Bild sowie Fingerabdrücke des jeweiligen Passinhabers zu speichern.

Christine Landers wirkte etwas abgespannt, als sie zu ihm aufsah. Ihre Brille, die sie auf die Stirn schob, war für ihn ungewohnt. Sie trug ein einfaches, buntes Sommerkleid ohne Ärmel. Eine Wolljacke schützte sie vor der feuchtkalten Luft in dem Raum. Um auf den Pässen nicht ihre Fingerabdrücke zu hinterlassen, trug sie weiße Baumwollhandschuhe.

Neugierig schaute sie ihm entgegen: „Haben die abgehörten Gespräche etwas gebracht?"

„Absolut nichts." Friedrich von Thurau kniff verärgert die Augen zusammen. „Hagen muss die Mikrofone gefunden haben. Doch statt sie im Müll oder auf dem Meer zu entsorgen, hat er sie auf anderen Jachten untergebracht. Du hast mir gar nicht verraten, dass er so ein Spaßvogel sein kann. Zivkovic und ich haben viel Zeit vertan, bis wir dahintergekommen sind." Er griff nach einem der bereits fertigen Pässe.

„Nicht anfassen!" Sie hob den Pass mit ihren geschützten Fingern hoch. „Besser ich halte ihn."

„Macht sich sehr gut", sagte er erfreut. „Du hättest eine gute Fälscherin abgegeben."

„Schließlich habe ich viel von dir gelernt, Liebling." Sie schmeichelte ganz bewusst, um seine Stimmung aufzuhellen. „Aber leider wird jeder Grenzbeamte sofort erkennen, dass die Dokumente selber zwar echt sind, aber es sich bei den Inhalten um plumpe Fälschungen handelt. Schade, dass die anderen Pässe für uns verloren sind. Sie wären perfekt gewesen. Du hast viel Zeit und Geld darin investiert."

„Das ist wirklich ärgerlich, aber nicht mehr zu ändern. Jetzt müssen wir mit deinen Fälschungen auskommen und dafür sorgen, dass nach dem

Anschlag niemand mehr die Gelegenheit hat, sie auf ihre Echtheit zu überprüfen."

„Wie willst du das anstellen?"

„Lass mir meine kleinen Geheimnisse."

Nachdem sie ihn weiterhin fragend anschaute, konnte er es doch nicht lassen, ein bisschen anzugeben.

„Sobald sie ihre Dienste getan haben, müssen sie soweit vernichtet werden, dass man sie nur noch anhand des Papiers auf Echtheit überprüfen kann. Die Namen und Nummern in den Pässen sind dann längst in den Computern der Sicherheitsdienste gespeichert. Bei den folgenden Ermittlungen wird man sie finden und entsprechend zuordnen. Es ist die einzige Möglichkeit, die wir noch haben."

Christine Landers brachte es über sich, ihn bewundernd anzulächeln. „Das ist geradezu eine geniale Idee, Friedrich. Du willst sie nach dem Anschlag verbrennen?"

Auch bei diesem Gespräch ließ er sich mit keinem Wort anmerken, welche Pläne es in Bezug auf ihre Person bereits gab. Aus einer belauschten Unterhaltung zwischen ihm und Ralf Knoten wusste sie, dass Thurau längst seine Zustimmung zu ihrem Tod gegeben hatte.

Sie hatte sich zufällig in einem kleinen Nebenraum aufgehalten, als die beiden Männer darüber sprachen, mit welchen Reaktionen der Polizei und Geheimdienste sie rechnen mussten, sobald der geplante Anschlag in München erfolgreich zum Abschluss gebracht worden war.

Dabei machte Ralf Knoten ganz nebenbei den Vorschlag, sie danach aus Sicherheitsgründen verschwinden zu lassen. Er war der Meinung, dass sie zu viel wusste und später zu einem Sicherheitsrisiko werden konnte.

Ihr langjähriger Gönner und Geliebter zögerte kurz, bevor er dazu die Zustimmung gab.

Für sie war es ein Schock, ihr eigenes Todesurteil von Männern zu hören, mit denen sie jahrelang zusammengelebt und -gearbeitet hatte.

Gleichzeitig war das mitgehörte Gespräch wie ein Wink des Schicksals gewesen. Sie konnte sich dagegen zur Wehr setzen. Thurau und Knoten sollten merken, dass sie nicht kampflos aufgeben würde.

Ganz nebenbei hatte sie noch erfahren, dass es nicht nur den einen geplanten Anschlag in München geben sollte. Zur selben Zeit würden die „Heimattreuen" eigene Aktionen starten. Knoten nannte es „seine Begleitmusik". Und sie wusste jetzt, was die beiden für die Zeit nach dem Attentat planten.

Offiziell galt Ralf Knoten als langjähriger Sekretär des Freiherrn. Was keineswegs zutraf. Für die Belange der „Heimattreuen" war er schon immer allein zuständig gewesen. Thurau mischte sich da nur selten mit Ratschlägen ein.

Wenn sie herausfand, um was es sich bei der „Begleitmusik" handelte, konnte sie diese Information ebenfalls weitergeben. Sie musste eine Möglichkeit finden, sämtliche Daten von ihren Rechnern zu kopieren. Ihre „Gönner" sollten sie in guter Erinnerung behalten.

Nach dem belauschten Gespräch beobachtete sie Thurau ganz genau. Im Umgang mit ihr stellte sie nicht die geringste Veränderung fest. Er war wirklich ein guter Schauspieler.

Wieso war sie, nach all den Jahren, für ihn nicht mehr wichtig? War sie irgendwann unvorsichtig gewesen? Konnte er bemerkt haben, dass sich ihre Einstellung gegenüber seinen politischen Zielen immer mehr veränderte?

Dass Thurau ihre körperlichen Reize nicht mehr schätzte, hatte sie seit Jahren bemerkt. Sie schob es auf sein Alter. Trotzdem bekam es ihrem Selbstbewusstsein nicht besonders, dass er zu ihrem Tod so nebenbei seine Zustimmung gab, ihn eher als unwichtigen Vorgang einstufte.

Seit diesem unabsichtlich belauschten Gespräch hatte sie nach einem Ausweg gesucht. Letztendlich blieb ihr nur die Flucht. Sie musste so gekonnt untertauchen, dass die „Heimattreuen" und sonstige Helfershelfer sie nicht ausfindig machen konnten. Trotzdem würde sie vor ihnen immer auf der Hut sein müssen.

Es sei denn, ihr gelang die Vernichtung von Thuraus Organisation mitsamt den „Heimattreuen". Andere Möglichkeiten, ihr Leben zu retten, sah sie nicht.

Von Anfang an war ihr klar, dass eine Flucht nur mit der Hilfe von Profis gelingen konnte. Aus diesem Grund hatte sie mit dem Verfassungsschutz Kontakt aufgenommen. Mit jemanden, von dem sie wusste, dass er keinesfalls zu Thuraus Leuten gehörte.

Es war ein Schock, als ihre erste Anfrage negativ beschieden wurde. Doch aufzugeben lag nicht in ihrer Natur. Damit der zweite Anlauf gelang, musste sie ein hohes Risiko eingehen. Es hatte sich gelohnt.

Christines Schmeicheleien gefielen dem Freiherrn immer noch. Sein Gesicht bekam einen erfreuten Ausdruck.

„Verbrennen oder mit Säure bearbeiten. Ich habe mich noch nicht entschieden."

„Dir wird bestimmt das Richtige einfallen. Jetzt lass mich weiterarbeiten. Zivkovic wird es nicht gefallen, wenn du ihn solange vernachlässigst."

„Ante wird sich in Geduld üben müssen. Da gibt es noch etwas Anderes, über das ich mit dir sprechen möchte."

Ohne zu antworten, schaute sie ihn über ihre Brille hinweg fragend an.

„Hast du gewusst, dass sich dein alter Freund Markus Hagen mit seiner Geliebten in Venedig aufhält? Er logiert im selben Hotel, in dem wir ursprünglich absteigen wollten. Zivkovic ist den beiden zufällig an der Rezeption über den Weg gelaufen. Das passierte ausgerechnet zu dem Zeitpunkt, als ich ihn von unserer Gondel abholen ließ."

Christine Landers konnte ihr Erschrecken gerade noch verbergen. Die Hotelsuite, in dem jetzt der Kroate wohnte, war eigentlich für sie und Friedrich gedacht gewesen. Erst als Thurau unverhofft die Einladung eines Freundes bekam, während des Aufenthaltes in Venedig in dessen Palazzo zu wohnen, hatte Zivkovic die Vorbestellung übernommen.

Für Friedrich war das Haus hier ideal. So hatte er auch die Möglichkeit, seine Leibwächter unterzubringen.

Er bezeichnete sie immer als „seine Soldaten". Die drei Männer hielten sich meist in ihren Zimmern im Dachgeschoss auf. Sie verließen das Haus nur dann, wenn Friedrich zu einem seiner seltenen Spaziergänge aufbrach oder er einen zuverlässigen Boten benötigte. Christine verabscheute die Schlägertypen, obwohl sie zu ihr immer höflich und zuvorkommend waren. Für sie blieben es brutale Schläger mit wenig Hirn; Wie Hunde dazu abgerichtet, jeden Befehl Thuraus zu befolgen.

Zu dieser Jahreszeit, auch wenn die Filmfestspiele vorbei waren, gab es in der Lagunenstadt kurzfristig kaum freie Übernachtungsmöglichkeiten. Jedenfalls nicht in den besseren Hotels. Tagsüber war es nicht mehr so heiß und deshalb die ideale Zeit für Stadtbesichtigungen. Jetzt drängten sich Touristenströme aus allen möglichen Ländern durch die Stadt, bevölkerten die engen Gassen oder fuhren mit den typischen schwarzen Gondeln durch die Kanäle.

Ursprünglich hatte sie zusammen mit Martin Müller vom Verfassungsschutz geplant, dass Markus Hagen ihr zufällig im gemeinsamen Hotel über den Weg laufen sollte. Das wäre unverdächtig gewesen.

Nachdem Thurau ihre Übernachtungspläne plötzlich änderte und sie in den Palazzo zogen, musste sie eine andere Möglichkeit finden, um den Speicherstick unauffällig an Markus zu übergeben. Sie hatte vorgehabt, bei dieser Gelegenheit ein paar Worte mit ihm zu wechseln. Sie wollte ihm erklären, warum sie damals so schnell aus Israel flüchten musste. Ihm ihr Bedauern über den Tod von Nina ausdrücken.

Obwohl die Zeit drängte, war es ihr noch nicht gelungen, mit Martin Müller Kontakt aufzunehmen. Ralf Knoten hatte ein neues Überwachungssystem eingerichtet, dessen genauen Umfang sie nicht kannte. Angeblich konnten jetzt sämtliche Gespräche sowie Telefonate in der Umgebung des Freiherrn, also auch Anrufe von ihrem Handy aus, auf seinem Rechner aufgezeichnet werden. Sie wusste nicht, in wieweit das technisch überhaupt möglich war. Ein unnötiges Risiko durfte sie aber keinesfalls eingehen. Schließlich hatte sie beschlossen, Markus irgendwo in Venedig zufällig über den Weg zu laufen. Nur über das „Wie" machte sie sich noch Gedanken. Natürlich müsste sie Friedrich danach von dem Treffen berichten. Bei ihm wusste man nie, wie weit sein Argwohn ging und bei welcher Gelegenheit er sie beobachten ließ. Jederzeit konnte er auf die Idee kommen, einen der „Soldaten" hinter ihr herzuschicken. Es würde nicht das erste Mal sein.

Damit, dass Markus in weiblicher Begleitung nach Venedig kam, hatte sie nicht gerechnet. Nachträglich konnte sie die Idee nur begrüßen. Es würde das lächerliche Misstrauen des Freiherrn, das gelegentlich bei ihm auftrat, in Grenzen halten. Manchmal fragte sie sich, was in dessen Kopf vor sich ging. Ihrem Tod hatte er zugestimmt, aber trotzdem gefiel es ihm nicht, wenn sie mit anderen Männern mehr als ein paar Worte wechselte. Oder gehörte das nur zu seinem üblichen Misstrauen? Genau würde sie das wohl nie herausfinden.

Sie erinnerte sich noch an die vielen Fragen, die ihr Friedrich über das Verhältnis zu Markus gestellt hatte.

Sie tat empört und spielte die Beleidigte, als er auch noch die intimsten Einzelheiten wissen wollte. Später, als sie zusammen im Bett lagen und er erneut darauf zurückkam, spürte sie an seiner Reaktion, wie ihn die Gedanken daran erregten.

Schließlich gab sie nach. In dieser und den folgenden Nächten erfand sie etliche intime, äußerst erotische Geschichten über Markus und sich selber.

Das Ende ihrer Beziehung zu Markus tat weh und die Rückkehr zu Thurau kostete sie viel Überwindung. Eine Alternative dazu gab es nicht. Von den Kollegen in der deutschen Botschaft in Tel Aviv hatte sie viel Schreckliches über den israelischen Geheimdienst Mossad gehört. Auch wenn ein Teil davon nicht stimmen mochte. Dazu kam die Angst vor Thuraus Reaktion. Er würde es nicht zulassen, dass sie sich von ihm lossagte.

Darum spielte sie nach der Rückkehr zu ihm die Erleichterte. Immer wieder zeigte sie ihm, wie froh sie war, bei ihm zu sein. Unter Tränen bettelte sie ihn an, ihr nicht noch einmal einen solchen Auftrag zu erteilen.

Ihre schauspielerischen Fähigkeiten mussten überzeugend genug gewesen sein. Jedenfalls schien Thurau über ihre Abneigung gegenüber Markus Hagen erfreut zu sein.

Ihre glaubhaft vorgebrachten Ängste, dass die israelischen Geheimdienste sie möglicherweise suchen würden, nahm er sehr ernst. Während einer Reise nach Kolumbien arrangierte er dort ihre Adoption und aus ihr wurde ganz legal Maria Sanchez. Gleichzeitig erhielt sie einen Diplomatenpass auf diesen Namen. Adoption, Namensänderung und der Pass dürften Friedrich einiges gekostet haben.

Thurau merkte nichts von ihren wirklichen Gefühlen. Die Tränen, die sie insgeheim über die Trennung von Markus vergoss, sah er nicht.

Während der Zeit in Tel Aviv hatte sich ihr gesamtes Weltbild verändert. Oft war sie dabei, wenn Markus und seine Bekannten sich unterhielten. Natürlich sprachen sie bei diesen Gelegenheiten auch über die Politik im Nahen Osten. Sie wusste nicht mehr, wann genau die Zweifel begonnen hatten. Doch nach und nach wurde ihr bewusst, dass ihre Ansichten in Bezug auf die Menschenrassen nicht stimmen konnten. Sowohl unter den Juden als auch bei den Moslems fand sie Menschen, die intelligent und ihr durchaus sympathisch waren. Sie musste erfahren und begreifen, dass es keine wirklichen Unterschiede zwischen den verschiedenen Nationen, Religionen oder Hautfarben gab. Überall unter ihnen waren Menschen, mit denen sie gerne zusammenkam, andere mochte sie weniger und dann gab es diejenigen, denen sie nach Möglichkeit ganz aus dem Weg ging.

Während ihrer gemeinsamen Zeit durfte sie Markus gelegentlich bei seinen kurzen Reisen in die Palästinenser-Gebiete begleiten. Er kannte da etliche Männer, die ihn immer mal wieder mit wichtigen Informationen versorgten. Dadurch kam sie auch in Kontakt mit den manchmal sehr ärmlichen Bewohnern. Ganze Familien hausten mit zehn und mehr Personen unter geradezu erbärmlichen Zuständen in einem einzigen Raum. Der Teil für die Frauen befand sich dann hinter einem Vorhang, der ihn vom Hauptteil des Zimmers abtrennte.

Natürlich durfte sie dort nicht an den Besprechungen der Männer teilnehmen. Sie musste in dieser Zeit mit den Frauen vorliebnehmen und nach einer gewissen Zeit gefielen ihr die Gespräche mit ihnen. Mit Erstaunen stellte sie fest, dass sich hinter den Schleiern teilweise recht hübsche, intelligente und lebenslustige Frauen verbargen.

Das stand ganz im Gegensatz zu den Aussagen der „Heimattreuen", die diese Menschen eher im

Bereich „Tierarten" ansiedelten. Mit einigen von ihnen freundete sie sich an.

Zum ersten Mal lernte sie die herzliche Gastfreundschaft der Palästinenser kennen. Anfangs kostete es sie Überwindung, freundlich zu sein, wenn ihr Kaffee aus schmutzigen Tassen angeboten wurde oder sie das fettige Lammfleisch mit den Händen essen musste.

Langsam, am Anfang noch ganz unbewusst, vollzog sich in ihrem Kopf ein Umdenken. Sie begriff, dass man die Asylanten in Deutschland nicht einfach als „Sozialschmarotzer" abtun konnte. Oftmals mussten sie vor Krieg, Vertreibung und Elend flüchten.

Anfangs war sie über den Wandel, der sich in ihrem Inneren vollzog, ziemlich irritiert. Während ihrer gesamten Jugend und später bei Friedrich von Thurau war ihr beigebracht worden, dass dieses „ausländische Gesindel" aus der Türkei, Nordafrika und den Ostblockstaaten nur darauf aus war, ohne Arbeit an die großzügige Sozialhilfe der deutschen Steuerzahler zu kommen.

In den Palästinenser-Gebieten lernte sie, dass die meisten dieser Menschen keineswegs daran dachten, das Land zu verlassen. Sie liebten ihre Heimat, auch wenn ihr Dasein erbärmlich genug war. Traten Einzelne doch den Weg nach Europa an, dann aus der puren Not heraus und in der Hoffnung, für ihre Kinder ein besseres Leben zu finden.

Wäre sie da geboren worden, hätte sie mit hoher Wahrscheinlichkeit ebenfalls versucht, dem Elend zu entkommen.

Ihre diesbezüglichen Anschauungen änderten sich ungefähr zu der Zeit, als sie merkte, dass sie sich ernsthaft in Markus Hagen zu verlieben begann. In ihr erwachten Empfindungen, die seit ihrer Zeit als Teenager verschwunden waren.

Von da an brauchte sie ihre Gefühle für ihn nicht mehr zu spielen. Das Zusammenleben mit ihm und seiner Tochter bereitete ihr wirklich Freude. Später, zurück bei Thurau, musste sie sich eingestehen, dass es der bis dahin schönste Teil ihres Lebens gewesen war.

In der Zeit mit Markus wurde ihr bewusst, wie einseitig und dumm ihre Denkweise war. Dabei hatte sie immer geglaubt, intelligenter als die meisten anderen zu sein. Nie wäre ihr früher der Gedanke gekommen, dass sie von ihrer gesamten Umwelt manipuliert und ihr Denken in eine ganz bestimmte Richtung gelenkt wurde.

Der Hass auf Juden, Zigeuner und alle Ausländer wurde ihr schon in die Wiege gelegt. Falls im Laufe der Jahre an dieser Sicht der Dinge doch mal Zweifel in ihr aufkamen, wurden sie rasch von den Menschen aus dem Umfeld vertrieben. Erst von ihrem Vater, später dann durch die Jugendgruppe und Thomas Berger.

Als sie Freiherr von Thurau kennenlernte, war sie vollkommen überzeugt von der Richtigkeit seiner politischen Weltanschauung. Sie bewunderte ihn für seine Weitsicht. Er schien ihr einer der ganz wenigen Männer zu sein, der wusste, was in Europa geschehen musste, um auch in Zukunft dort leben zu können. Durch ihn lernte sie auch, ihre wahre Gesinnung vor andersdenkenden Menschen zu verbergen. Dadurch wurde sie für ihn noch nützlicher.

Bevor der Freiherr sie zu sich holte, lebte sie mit Schwester und Eltern in einer kleinen Stadt am

Rande des Ruhrgebiets. Ihr Vater verdiente sein Geld als Gelegenheitsarbeiter, soweit er überhaupt Arbeit fand. Die Schuld an der häufigen Arbeitslosigkeit gab er den vielen Ausländern. Keinesfalls kam es durch sein unbeherrschtes Wesen oder die Alkoholsucht. Den geringen Verdienst sowie das Arbeitslosengeld investierte er überwiegend in den umliegenden Kneipen. Der Lebensunterhalt für die Familie wurde hauptsächlich vom Geld ihrer Mutter bestritten, dass sie als Putzfrau verdiente.

Für ihren Vater waren nur die wöchentlichen Kameradschaftsabende der „Heimattreuen", von denen er jedes Mal sturzbetrunken nach Hause kam, von Bedeutung. Dort fühlte er sich verstanden.

Mit zehn Jahren wurde sie selber Mitglied in der Jugendgruppe der Kameradschaft und folgte damit ihrer älteren Schwester nach. Von da an war sie öfter bei ihren Freunden im Klubheim als zu Hause. Dort lernte sie, dass Sachen wie Vaterland und Heimattreue das Wichtigste im Leben waren. Tolerantes Verhalten gegenüber Ausländern, insbesondere Juden, galt als niedrige Charaktereigenschaft, bekam sie von ihrer Ortsmädelführerin immer wieder eingetrichtert. Natürlich glaubte sie alles, was ihr in der Jugendgruppe erzählt wurde.

Die Ortsmädelführerin brachte ihren Vater dazu, seine Tochter auf ein Gymnasium zu schicken. Im Nachhinein gesehen, ihre beste Tat.

Besonders gut gefielen ihr bei den „Heimattreuen" die diversen Zeltlager irgendwo in Deutschland, wo sich oft mehrere Hundert Jugendliche trafen. Da konnte man richtig frei sein. Weniger Spaß fand sie *an den regelmäßigen Sport- und Wehrübungen sowie den Leistungsmärschen.*

In ihrer Kameradschaft wurde viel Wert auf deutsches Brauchtum gelegt. Dabei ging es zum Beispiel bei den Mädchen um Plätzchen backen, Volkslieder singen und Volkstanz. Das fand sie im Grunde genommen lächerlich, aber sie konnte sich nur selten davor drücken. In regelmäßigen Abständen gab es politische Schulungen. Da bestand Anwesenheitspflicht.

Mit fünfzehn Jahren wurde sie selber Ortsmädelführerin, was ihren Vater mächtig beeindruckte. Tagelang feierte er es. Irgendwann brachte ihn die Polizei total betrunken nach Hause.

Inzwischen hatte sie sich zu einem hübschen Teenager gemausert, was auch ihrem Gauführer Thomas Berger auffiel. Als der persönlich bei ihrem Vater um die Erlaubnis bat, sie zu einer Bundesversammlung der „Heimattreuen" nach Hamburg mitzunehmen, platzte ihr Erzeuger fast vor Stolz. Natürlich hatte er nichts dagegen. Die vorsichtigen Einwände ihrer Mutter wischte er einfach zur Seite.

In Hamburg bezogen sie Quartier in einem Haus, das den „Heimattreuen" gehörte.

Thomas Berger schaffte es, dass sich all ihre romantischen Mädchenträume in Luft auflösten. Kaum waren sie allein in einem der Schlafzimmer, riss er ihr die Kleidung vom Leib und warf sie auf das Bett. In Erinnerung daran blieben ihr die schrecklichen Schmerzen, als er in sie eindrang.

In ihr gab es den festen Willen, das Gymnasium erfolgreich zu beenden. Nur aus diesem Grund blieb sie fast drei Jahre lang seine Gespielin. Wo sollte sie

auch hin, ohne ihre schulische Ausbildung zu gefährden?
Immer dann, wenn Thomas Berger sie gerade für eines seiner perversen Spiele brauchte, holte er sie direkt von der Schule ab und brachte sie zu seiner Unterkunft. Oft wartete dort bereits ein zweites, noch jüngeres Mädchen auf sie.
Friedrich von Thurau sah sie zum ersten Mal auf der Abschlussfeier ihres Gymnasiums. Ein paar Tage später wurde sie durch seinen Sekretär Ralf Knoten zu einer Besprechung mit ihm nach Dortmund eingeladen. Der Freiherr wollte von ihr hören, wie sie sich ihre Zukunft vorstellte. Nicht nur die Unterhaltung schien ihm zu gefallen. Er bot an, ihr das Jurastudium zu finanzieren. Als Gegenleistung erwartete er, dass sie nach dem zweiten Staatsexamen für ihn arbeitete und ab sofort für seine körperlichen Bedürfnisse zur Verfügung stand. Das sagte er zwar nicht direkt, aber sie wusste auch so, was er wollte. Sie war realistisch genug, sein Angebot anzunehmen. Der Freiherr bekam sie als gelegentliche Gespielin und sie konnte sorgenfrei studieren. Ihre Jugend für sein Geld.
Thurau bewohnte unweit von Rüdesheim ein kleines Schloss. Die täglichen Bahnfahrten von dort zur Universität störten sie nicht. Ebenfalls im Schloss wohnte zu dieser Zeit Ralf Knoten, den sie von Anfang an nicht besonders mochte. Dazu kamen dauernd wechselnde, männliche Mitglieder der „Heimattreuen". Sie arbeiteten im Schloss als Gärtner oder begleiteten den Freiherrn als Chauffeur und Leibwächter auf seinen Reisen.
Zwei Männer der „Heimattreuen" halfen ihr dabei, die wenigen Habseligkeiten aus der elterlichen Wohnung ins Schloss des Freiherrn zu bringen.

Ihr neuer Geliebter musste sie im Vorfeld genau unter die Lupe genommen haben. Er wusste so ziemlich alles über sie. Auch ihr Verhältnis zu Thomas Berger war ihm bekannt. Thurau beendete es auf seine ihm eigene Art. Damit zeigte er ihr gleichzeitig, wie es Menschen erging, die ihm im Weg standen.

Ihr ehemaliger Geliebter wurde wegen Vergewaltigung eines zwölfjährigen Mädchens zu einer langen Gefängnisstrafe verurteilt.

Die wochenlange, negative Berichterstattung über die „Heimattreuen" nahm der Freiherr dabei billigend in Kauf. Diese Schlagzeilen hatten sogar etwas Positives, meinte Thurau später ziemlich spöttisch. Viele Pädophile fanden mit einem Mal ihre politische Heimat bei den Rechten.

Damals in Tel Aviv, noch bevor ihr Schwager zufällig die Tochter von Markus Hagen erschoss, stand sie kurz davor, bei ihm reinen Tisch zu machen. Sie wollte ihm beichten, weshalb sie sich in Israel befand. Zu dem Zeitpunkt hoffte sie, dass er ihr verzeihen würde. Eine Ehe mit ihm wäre die Chance für sie auf ein normales Leben gewesen. Wenn sie jetzt an diese Zeit zurückdachte, musste sie über ihre verliebte Naivität lächeln. Wie konnte sie damals glauben, dass Thurau dem stillschweigend zustimmen würde.

Bevor es zur Aussprache zwischen ihr und Markus kam, musste sie auf schnellstem Weg aus Israel verschwinden. Von einem Bekannten bei der israelischen Polizei erfuhr sie, dass man den Attentäter, nach dem in ganz Israel mit Hochdruck gesucht wurde, identifiziert hatte. Der Idiot war beim letzten Anschlag von einer Überwachungskamera vor der Schule unmaskiert gefilmt worden. Über die

Aufnahmen konnten die israelischen Behörden innerhalb kurzer Zeit seine wahre Identität herausbekommen. Dann war es nur ein kleiner Schritt, um die verwandtschaftliche Verbindung zwischen ihr und dem Attentäter herzustellen.
Auch wenn sie mit den Anschlägen nicht das Geringste zu tun hatte, wäre sie von den israelischen Sicherheitsdiensten kräftig in die Mangel genommen worden. Aus vielen vertraulichen Berichten in der Botschaft und vom Hörensagen wusste sie, dass die bei ihren Verhören nicht zimperlich vorgingen. Immer wieder hatte sie von Folterungen, besonders durch den Inlandsgeheimdienst, gehört. Bei diesen Vernehmungen hätte sie mit Sicherheit Sachen verraten, die für die Israelis unter Umständen noch interessanter waren als die Attentate selber.
Bevor sie Israel verließ, besuchte sie ihren Schwager in seinem Versteck in der Altstadt von Jaffa. Über ihren überraschenden Besuch konnte er sich nur kurz freuen. Der Lärm aus den umliegenden Häusern übertönte das Geräusch des Schusses aus ihrer Pistole. Vorsorglich hatte sie trotzdem ein Kissen als Schalldämpfer benutzt. Jetzt konnten ihn die Israelis nicht mehr befragen.
Auch nach den vielen Jahren dachte sie oft mit einer gewissen Wehmut an die Zeit in Tel Aviv zurück.

„So in Gedanken?" Friedrich von Thurau schaute sie spöttisch und gleichzeitig sehr aufmerksam an.

„Natürlich", gab sie zu. „Ich frage mich, was Hagen ausgerechnet jetzt in Venedig macht. Immerhin ist er es gewesen, der die Pässe und das Geld bei unserem Kurier gefunden und an die Israelis weitergegeben hat."

Seine Augen waren immer noch sehr direkt auf sie gerichtet. So als wollte er ihre Gedanken erraten.

„Warum versuchst du nicht, es herauszufinden? Es sollte möglich sein, eine zufällige Begegnung zwischen dir und Hagen zu arrangieren. Venedig ist nicht groß."

Darauf war sie nicht gefasst gewesen. Nie hätte sie gedacht, dass Thurau zu einem Treffen mit Markus seine Zustimmung geben würde. Und jetzt kam dieser Vorschlag sogar von ihm selber. Er war immer wieder für Überraschungen gut.

Um keinen Argwohn zu wecken, gab sie sich absichtlich zögerlich.

„Ich weiß nicht, ob das eine gute Idee ist, Friedrich. Schließlich wird er inzwischen wissen, dass der Mörder seiner Tochter mein Schwager war. Ganz bestimmt hält er mich immer noch für mitschuldig. Bestenfalls wird er versuchen, mir aus dem Weg zu gehen."

„Hagen ist überzeugt davon, dass du etwas mit dem Tod seiner Tochter zu tun hast. Ich weiß es aus sicherer Quelle. Bei einem Treffen bekommst du vielleicht die Gelegenheit, ihm die Vorgänge aus deiner Sicht zu schildern. Überzeuge ihn von deiner Unschuld. Falls er danach den Inhalt des Gespräches an die Israelis weitergibt, kann das für dich nur gut sein."

„Du meinst das tatsächlich ernst?"

„Ja. Wenn ich es mir genau überlege, ist das sogar eine ausgezeichnete Idee. Du könntest bei der Gelegenheit herausfinden, was er wirklich in Venedig vorhat. Außerdem ist mir vorhin eingefallen, Knoten für einige Zeit in unser Büro nach New York zu schicken. Diese absolut geheime Information kannst du an Hagen weitergeben. Erkläre ihm auch, dass Knoten für die Beschaffung der Pässe verantwortlich war. Jetzt möchte er zwischen sich und dem israelischen Geheimdienst eine gewisse Distanz aufbauen. Dabei kannst du ruhig andeuten, dass er Angst vor einer intensiven Befragung hat. Natürlich soll Hagen denken, dass dir diese Nachricht nur rausgerutscht ist. Hast du mich verstanden?"

Er verschwieg ihr, dass Knoten sofort unter anderen Namen aus den USA nach Deutschland zurückkehren würde.

„Natürlich habe ich verstanden, was du willst. Aber ist es wirklich nötig, dass Knoten in die USA fliegt? Die augenblickliche Phase deiner Planungen ist sehr arbeitsaufwendig. Es muss viel vorbereitet werden. Wer soll die Arbeiten erledigen?"

Insgeheim war sie froh darüber, wenn Ralf Knoten aus ihrer Umgebung verschwand. Sie mochte seine penetrante Schnüffelei nicht. Ihr reichte es schon, dass Friedrich dauernd versuchte, jeden ihrer Schritte zu überwachen.

Wie von ihr erwartet, ließ sich der Freiherr nicht umstimmen.

„Wir werden die restliche Arbeit auch ohne ihn schaffen. Knoten ist in Zadar bei der Suche nach den Pässen zu auffällig vorgegangen. Es ist allgemein bekannt, dass er mit mir zusammenarbeitet. Deshalb sehen nicht nur die Israelis eine Verbindung zu mir. Darum ist es auch wichtig, dass die Geheimdienste denken, Knoten sei aus eigenem Antrieb und ohne mein Wissen verschwunden. Mit etwas Glück folgen die Israelis und Deutschen der Spur und lassen uns in Ruhe."

„Wann soll ich deiner Meinung nach Hagen zufällig treffen?"

„Möglichst bald, aber ich werde dir den Ort, wo du ihn finden kannst, sowie den genauen Zeitpunkt noch nennen. Zivkovic lässt ihn durch seine Männer beschatten.

17.

Als Markus und Chiara am Morgen in den geschmackvollen und mit edlen Möbeln ausgestatteten Frühstücksraum kamen, saß Ante Zivkovic bereits an einem Tisch in einer Ecke, las Zeitung und schien sie nicht zu bemerken. Er war allein und blickte nicht einmal hoch, als sie den Raum betraten. Auch danach zeigte er an ihnen keinerlei Interesse.

Er saß noch da, als sie nach dem Frühstück, zu ihrem Ausflug aufbrachen. Offenbar wartete er auf jemanden.

Ihr Ansprechpartner Signore Acerboni war auch der Inhaber des Geschäftes für Muranoglas. Sein Name stand in großen Buchstaben auf der Schaufensterscheibe neben dem Eingang. Ihn selber konnten sie nirgendwo entdecken. Lediglich zwei freundliche, junge Frauen kümmerten sich um die Kunden.

Es handelte sich um ein kleines, aber helles, eher modernes Geschäft. Ziemlich untypisch für Venedig.

Zu beiden Seiten standen Tische mit Glasschmuck aus Murano. In den Regalen an den

Wänden befanden sich bunte Skulpturen, Miniaturen sowie große und kleine Figuren aus Glas.

Auf dem Weg zum Geschäft hatte Markus immer wieder versucht, eventuelle Verfolger auszumachen. Er konnte sich für niemanden entscheiden.

Nicht enden wollende Touristenmassen strömten durch die schmalen Gassen. Markus passte genau auf, wer nach ihnen das Geschäft betrat. Handelte es sich bei den Verfolgern um das junge Pärchen oder war es der ältere Herr im dunklen Anzug?

Mit der Miene eines folgsamen Hundes begleite er Chiara von Regal zu Regal. Schließlich zeigte sie ihm zwei kleine Elefanten aus buntem Glas.

„Ob diese Figuren meinen Eltern gefallen werden?"

Markus küsste sie leicht auf das Ohr.

„Wie soll ich das wissen mein Liebling. Noch kenne ich sie nicht."

Er wollte ihr nicht die Freude nehmen, indem er sagte, dass die meisten der Glasarbeiten inzwischen in China gefertigt wurden.

Der kleine, ältere Herr, der aus einem Hinterzimmer zu ihnen trat, schien seine Gedanken erraten zu haben.

„Ich glaube, sie würden jedem Kenner des Murano Glases sehr gefallen, Signora."

Chiara hatte ebenso von den vielen Fälschungen gehört und konfrontierte den Mann damit.

„Sie wurden tatsächlich in Murano gefertigt oder doch eher in China?"

Er schien über Chiaras Frage nicht einmal erbost zu sein. Vermutlich wurde sie ihm öfter gestellt.

„Ich kann ihnen versichern, dass Sie bei mir nur echte Stücke finden werden. Dafür bürge ich mit meinem Namen Acerboni."

Er wandte sich Markus zu und lächelte verschmitzt: „Sie haben alles gesehen, was Sie sehen wollten?"

Markus nickte: „Jedenfalls alles, was uns nützlich sein könnte."

Weder das Pärchen noch der ältere Herr schienen zu ihren Verfolgern zu gehören. Sie hatten das Geschäft inzwischen wieder verlassen.

„Ich glaube, ich kaufe diese entzückenden Elefanten. Aber erst auf dem Rückweg oder morgen, sonst muss ich sie den ganzen Tag über mit mir herumschleppen."

Mit einem entschuldigenden Blick zu Signore Acerboni und den Verkäuferinnen hin, nahm er Chiara bei der Hand und zog sie zum Ausgang.

„Wir wollten zum Baden gehen. Hast du das vergessen", sagte er ziemlich laut.

Eine der Frauen begleitete sie zur Tür, um sie mit einem freundlichen Lächeln zu verabschieden. Sie schaute ihnen nach, bis sie in der Menge der Touristen verschwunden waren.

Mit gerunzelter Stirn sah sie zu dem Mann im dunklen Anzug hin, der gegenüber vor einem Schaufenster stand und ihnen folgte. Zwei junge Männer, die aus einem Nebeneingang des Geschäftes kamen, schienen nur darauf gewartet zu haben. Gemächlich schlenderten sie hinter den Dreien her.

Markus nahm den Arm von Chiara und dirigierte sie in eine schmale Gasse, die zum Canale Grande führte. Bevor sie um die Ecke bogen, warf er einen kurzen Blick über die Schulter. Ein Ehepaar, wahrscheinlich Amerikaner, die hinter ihren beleibten Kindern hergingen, der ihm schon bekannte Mann im dunklen Anzug und mürrischem Gesicht, drei junge Japanerinnen, jede mit einem Fotoapparat in der Hand, ein Pärchen mit dunkelblonden Haaren, vielleicht Touristen aus Nordeuropa, immer mehr Leute, die in dieser Menschenflut dahintrieben. Es war zwecklos, sich über die Verfolger Gedanken zu machen, fand er. Der Mann im dunklen Anzug war mit Bestimmtheit einer von ihnen. Nur, zu welcher Seite gehörte er?

Das Vaporetto war sehr voll. Sie mussten ganz vorne stehen. Es war schön, durch die Lagune zu brausen. Chiara machte es nichts aus, dass die salzige Brise ihre Haare zerzauste. Sie fand es herrlich und erinnerte sie ein klein wenig an die Zeit auf der „NINA".

„Ein schönes Verkehrsmittel, finde ich. Da würde es richtig Spaß machen, jeden Tag ins Büro zu müssen. Immer mit der Aussicht, nach Dienstschluss mit dem Schiff nach Hause zu fahren."

Sie wechselte das Thema: „Kannst du unsere Verfolger entdecken?"

„Ich sehe nur Berge von Menschen und kann mich nicht entscheiden, wer noch, außer dem Mann im dunklen Anzug, dazu gehört."

Er musterte nochmals die Leute in der Umgebung.

„Möglicherweise die Frau im roten Kleid? Der Italiener mit Kind und Hund wohl eher nicht. Doch, jetzt habe ich sie vielleicht. Zwei Meter von dir entfernt steht ein junges Pärchen. Die zwei habe ich schon gesehen, bevor wir zum Canale Grande abgebogen sind."

„Bei dem Paar bin ich mir auch ziemlich gewiss. Aber gehören sie nun zu Zivkovic oder handelt es sich um Müllers Leute?"

Markus warf einen belustigten Blick zu Chiara. Er hatte gar nicht bemerkt, dass sie ihre Umgebung genauso gründlich musterte wie er. Sie sahen wieder hinaus auf die blaue Lagune, während das Vaporetto die Anlegestelle in Punta Sabbioni ansteuerte.

„Wir wissen noch nicht einmal, wie viel Parteien insgesamt hinter uns her sind. Unter Umständen hat Christine uns ebenfalls Leute nachgeschickt. Sie könnten nach einer Möglichkeit für ein Treffen suchen."

„Eigentlich soll es uns egal sein." Sie legte ihm einen Arm um die Taille. „Wir machen uns einfach einen schönen Tag. Nach dem Schwimmen und einem geruhsamen Mittagessen fahren wir erholt zurück ins Hotel. Eventuell kann Müller uns dann schon sagen, für wann das Treffen mit deiner Ex-Freundin geplant ist."

Chiara sprach das Wort „Ex-Freundin" ohne Hintergedanken aus. Ohne jeden Ansatz von Eifersucht.

Markus selber fragte sich schon, wie es sein würde, Christine gegenüberzutreten. Was konnte er ihr glauben, wenn sie über die Zeit in Israel sprach und ihre eigene Mitschuld am Tod von Nina abstritt? Oder würde sie auf das Thema erst gar nicht eingehen?

Seit dem Treffen mit Zakin fragte er sich dauernd, wieso er damals nichts von ihrem rechtslastigen Gedankengut bemerkt hatte. War er blind gewesen oder konnte sie sich so perfekt verstellen?

Bei Christines Arbeit in der Botschaft und seinem Job als Journalist war es normal, sich mit diversen politischen Situationen auseinanderzusetzen und darüber zu diskutieren. Sobald er über die gemeinsame Zeit nachdachte, wurde ihm klar, dass sie über ihre persönliche Einstellung dazu niemals direkt gesprochen hatten. Bei Gesprächen mit Freunden und Bekannten hatte sie durchaus an den Unterhaltungen teilgenommen. Ihre Beiträge dazu ließen zu keiner Zeit auf einen radikalen Hintergrund schließen. Automatisch war er damals davon ausgegangen, dass sie in etwa die gleiche Einstellung hatte.

Ein einziges Mal hatte sie sich in seiner Anwesenheit wütend über dreckige Juden, Palästinenser und alle übrigen „Nigger" beschwert, die allesamt in Lager eingesperrt gehörten.

Es geschah, als man ihr am helllichten Tag die Handtasche von der Schulter riss. Der Dieb war spurlos mit Ausweis, Geld sowie Kreditkarten in der Menschenmenge verschwunden.

Später entschuldigte sie sich für die Ausdrucksweise. Sie habe es nicht so gemeint und wäre nur wütend über den dreisten Diebstahl gewesen.

Markus verstand ihre Wut und akzeptierte die Entschuldigung. Ihm selber waren auch viele Menschen in seiner Umgebung zuwider. Das verband er aber nie mit der Herkunft, Hautfarbe oder ihrer Religion. Es gab auch unter den deutschen Landsleuten etliche, die ihm einfach unsympathisch waren.

Wie es Müller ihnen geraten hatte, fuhren sie mit einem Bus, der an der Anlegestelle bereits auf sie wartete, genau fünf Stationen. In einem Strandbad kurz vor Cavallino streckten sie sich auf dem Sand aus und plauderten ganz entspannt.

Chiara hatte sich diesmal für einen einteiligen, weißen Badeanzug entschieden, der den Kontrast zu ihrer dunklen Haut besonders betonte.

Immer wieder stellte sie Fragen zu ihrem bevorstehenden Leben in München. Markus verstand sie und er freute sich, ebenso wie sie, auf die gemeinsame Zukunft. Dafür wäre ihm auch jeder andere Ort auf der Welt recht gewesen. Für sie beide würde es ein totaler Neuanfang werden. Bei Chiara kam hinzu, dass sie sich in einer völlig neuen Umgebung zurechtfinden musste.

In ihrer Nähe befand sich niemand, der ihnen zuhören konnte. Den Mann im dunklen Anzug sahen sie an der Bar des Bades, in unmittelbarer Nähe zu den Umkleidekabinen, sitzen. Das Pärchen lag etwa zehn Meter entfernt im Sand. Dazwischen befand sich eine italienische Familie mit zwei Kindern, und unterhalb von ihnen saßen vier junge Frauen oder eher Mädchen in äußerst knappen Bikinis.

Unmittelbar neben den Bikinimädchen ließ sich eine Gruppe junger, fröhlicher Männer nieder.

„Mir wird heiß. Lass uns schwimmen gehen." Chiara stand auf und zog Markus mit sich.

Kurz bevor sie das Wasser erreichten, schrie eines der Bikinimädchen laut auf und versuchte zu flüchten. Zwei der jungen Männer verfolgten sie lachend. Genau vor Markus fiel das Mädchen in den Sand. Das Gelächter ihrer Verfolger verstärkte sich.

Höflich half er ihr beim Aufstehen. Als sie wieder auf den Füßen stand, schien sie sich kurz bei Markus zu bedanken, bevor sie ihre Verfolger mit einem

Schwall Wasser bedachte. Das Gerangel der jungen Leute artete zu einer regelrechten Schlacht aus. Alle standen jetzt mit den Beinen im Meer und bespritzten sich gegenseitig.

Markus machte, dass er aus der Schusslinie kam. Ein Stück voraus sah er Chiara, die mit kräftigen Kraulbewegungen das Schwimmfloß ansteuerte. Er beeilte sich, um sie einzuholen.

„Was wollte das Bikinimädchen von dir?" Chiara hielt sich an dem Floß fest und paddelte mit den Beinen, als Markus sie erreichte.

Er schaute sie verblüfft an.

„Du hast bemerkt, dass sie mir etwas gesagt hat?"

„Ich habe es mir gedacht. Bei ihr handelt es sich um eine der Verkäuferinnen aus dem Geschäft von Acerboni. Sie muss sich ziemlich beeilt haben, um gleichzeitig mit uns hier zu sein."

„Ich habe sie nicht wiedererkannt. Sie hat mir zugeflüstert, dass wir um halb drei nicht das Vaporetto von Punto Sabbioni aus nehmen sollen. Wir werden von einem Motorboot abgeholt, das direkt nebenan liegt."

Sie kletterten auf das leere Floß und ließen sich von der Sonne trocknen.

„Warum die Änderung des Planes? Ich dachte, sie wollen durch uns Stanko Krajic finden."

Markus konnte ihr auf diese Frage keine zufriedenstellende Antwort geben.

Leider hatten sie das Schwimmfloß nicht lange für sich. Ein weiterer Schwimmer schwang sich auf die Holzplanken. Er entschuldigte sich höflich, als er vor Nässe triefend über ihre Beine stieg, um einen freien Platz zu erreichen.

Wenig später tauchte das Bikinimädchen mit ihren Freundinnen auf. Sie lächelte Markus freundlich an, bevor sie sich dem Getuschel der anderen anschloss. Langsam wurde es eng auf dem Floß. Als auch noch das junge Pärchen und die Verehrer der Bikinimädchen auftauchten, wurde es Markus und Chiara zu viel. Sie sprangen zurück ins Meer und überließen den anderen kampflos das Badefloß.

Hand in Hand liefen sie zu ihrem Badetuch und ließen sich fallen.

„Hast du ihn auch erkannt?"

Chiara schüttelte sich wie ein Hund, bevor sie mit dem Handtuch ihre Haare trocknete und auf die Frage antwortete.

„Ja, sofort. Das Bild, das uns Müller gezeigt hat, muss neueren Datums sein. Der Leibwächter von Zivkovic ist uns die ganze Zeit gefolgt und wir haben ihn nicht bemerkt."

„Oder der Mann im dunklen Anzug gehört zu ihm und hat ihn per Handy informiert, wo wir zu finden sind. Ihn kann ich im Moment nicht mehr sehen. An der Bar sitzt er jedenfalls nicht mehr."

„Auf dem Floß wollte Stanko Krajic möglicherweise nur testen, ob wir ihn wiedererkennen. Wir haben ihn vor dem Restaurant in Bibinje gesehen, als er auf Zivkovic wartete. Er hat dich sehr direkt angeschaut, Markus."

„Ja, und ich habe so getan, als wenn ich es nicht bemerke. Das Mädchen aus dem Glasgeschäft hat ihn offensichtlich lange vorher bemerkt. Immerhin wissen wir jetzt, warum sie den Plan für unsere Rückfahrt geändert haben. Stanko Krajic wurde gefunden und da wollen sie die Amateure aus der Schusslinie haben."

Die vier Bikinimädchen hatten ihren Schwimmausflug zum Floß ebenfalls beendet. Sie strebten den Umkleidekabinen zu. Nur das junge Pärchen sonnte sich noch auf dem Badefloß. Sie schienen es nicht eilig zu haben. War ihr Auftrag bereits erledigt? Stanko Krajic und auch den Mann im dunklen Anzug konnten sie nirgendwo sehen.

„Wir müssen uns umziehen, wenn wir pünktlich am Treffpunkt sein wollen."

„Glaubst du, dass wir in Venedig noch etwas zu essen bekommen? Bis wir da sind, ist die Mittagszeit eigentlich vorbei. Aber ich habe einen Riesenhunger. Hoffentlich hat Müller unsere Zeit nicht schon wieder anderweitig verplant."

Chiara sah ihn gespielt mitleidig an.

„Du Ärmster, wir haben das Mittagessen glatt vergessen. In Venedig finden wir sicher noch etwas. Im Notfall essen wir eine Pizza für Touristen oder wir gehen zu McDonald's. Die haben immer geöffnet."

Ihre wunderschönen, braunen Augen strahlten ihn spöttisch an. In diesem Moment musste er an seine Freunde denken. Sie und auch er hätten in der Vergangenheit darauf geschworen, dass er sich niemals von zwei strahlenden Augen aus der Ruhe bringen lassen würde. Doch ihr Blick schaffte es problemlos.

Bevor er gegen den Vorschlag protestieren konnte, küsste sie ihn schnell auf den Mund. Sie wusste, wie seine Erwiderung ausfallen würde.

„Du als kultivierte Italienerin willst zum Mittagessen zu McDonald's gehen. Ich bin entsetzt."

Während sie in einer der Damenumkleidekabinen verschwand, zog Markus sich bei den Herren um.

Als sie danach auf die Straße vor dem Bad traten, sahen sie in einiger Entfernung an der Haltestelle den Bus abfahrbereit stehen. Auf halber Strecke stand ein Taxi mit weitgeöffneter Tür. Der Fahrer grinste sie einladend an.

„Steigen Sie ein. Ich bringe Sie sehr schnell zum Schiff nach Venedig."

Nachdem sie die Aufforderung ignorierten und einfach weitergingen, fuhr das Taxi gemächlich neben ihnen her, bis es plötzlich beschleunigte und quer vor ihnen stehen blieb. Der Fahrer stieg schnell aus und bedeutete ihnen, in den Wagen zu steigen. Jetzt grinste er nicht mehr.

Markus konnte sich erst nicht erklären, was der Mann damit bezwecken wollte. Glaubte er, auf diese Art Fahrgäste zu gewinnen? Erst als er hinter sich eilige Schritte hörte und aus den Augenwinkeln Krajic sowie einen weiteren Mann sah, die auf das Taxi zugelaufen kamen, wurde ihm etwas mulmig zumute.

Der Bus vor ihnen musste jeden Moment abfahren. In der Menschenmenge, die durch die Hintertür einstieg, sah Markus den Mann im dunklen Anzug wieder, dessen finsteres Gesicht sich auch hier nicht aufhellte.

„Lauf zu, Chiara!", rief er, stieß den Taxifahrer zur Seite und zog sie an der Hand mit sich. Sie erreichten den Bus, als er gerade abfahren wollte.

Der beharrliche Taxifahrer musste aufgeben. Als sie zurückblickten, sahen sie noch, wie Stanko Krajic und der zweite Mann in das Taxi stiegen.

Sehr nachdenklich blickte Markus zurück auf die Verfolger. Sollte das soeben ein Entführungsversuch gewesen sein? Dann waren die Männer jedenfalls sehr dilettantisch vorgegangen.

Chiara schaute ebenfalls durch die Heckscheibe des Busses auf die Verfolger und wurde blass. Krampfhaft hielt sie sich an Markus fest.

„Hast du den Mann gesehen, der mit Krajic zusammen in das Taxi gestiegen ist?"

„Ja ganz flüchtig. Aber ich glaube nicht, dass ich ihn kenne."

„Vielleicht habe ich mich getäuscht, aber meiner Meinung nach war das Danny Danon mit kurzen Haaren."

„Du täuschst dich sicher. Dein hartnäckiger Verehrer wurde doch nach Israel zurückbeordert. Was sollte er mit dem Kroaten zu schaffen haben?"

„Hoffentlich habe ich mich wirklich getäuscht. Auf eine weitere Auseinandersetzung kann ich verzichten. Aber der Mann sieht ihm zumindest sehr ähnlich. Dazu hatte er auch noch einen Verband an der rechten Hand. Danny müsste mit seinem gebrochenen Finger ebenfalls eine Bandage an der gleichen Hand tragen."

Im Bus schaute der Mann im dunklen Anzug verdutzt, als sie außer Atem einstiegen. Verfolgten die beiden jetzt ihn? Ihm hatte man gesagt, dass die zwei abgeholt würden und sein Auftrag beendet war. Was sollte er machen? Für so einen Fall hatte er keine Instruktionen erhalten.

Als der Bus an der Anlegestelle für das Vaporetto stehen blieb, hielt er sich vorsichtshalber zurück. Unsicher blickte er zum Taxi, mit dem sein Auftraggeber und ein weiterer Mann direkt nach dem Bus ankamen. Irritiert sah er, dass sie nicht ausstiegen. Schließlich fasste er den Entschluss, dem Deutschen sowie der Italienerin gemächlich zu folgen. Bis zur Abfahrt des Schiffes blieben noch gut fünf Minuten. So konnte er sie für alle Fälle im Auge behalten.

Neben dem Vaporetto lagen mehrere auf Hochglanz polierte Motorboote. Die Überlegung, welches für sie bestimmt war, wurde Markus abgenommen. Den jungen, braunhaarigen Mann, der vor einem der Boote stand, erkannte er wieder. Es handelte sich um einen ihrer „Wachhunde" während der Tour durch die Adria.

Der Mann tat, als würden sie sich nicht kennen. Zur Begrüßung nickte er lediglich. Er half ihnen an Bord und brachte sie in die Kajüte, wo man durch Gardinen vor neugierigen Blicken geschützt war.

Markus sah gerade noch, wie Stanko Krajic aus dem Taxi stieg und ihnen irritiert nachschaute. War da etwas nicht nach Plan verlaufen?

Der Motor ihres Bootes heulte auf und kurvte auf die offene Lagune zu, wobei sie heftig gegeneinander geschleudert wurden.

In einem Ledersessel saß bereits ein Mann. Zeev Zakin lächelte ihnen zur Begrüßung freundlich zu.

„Hallo ihr zwei. Habt ihr euch am Lido gut erholt? Ich fahre gerne mit dem Boot durch die Lagune, wenn ich in Venedig bin. Darum habe ich euch persönlich abgeholt."

18.

„Ihr habt den Leibwächter und Chauffeur von Ante Zivkovic erkannt? Das Lächeln war aus Zakins Gesicht verschwunden.

„Ja, nach dem Bild, das Müller uns gezeigt hat, haben wir ihn sofort erkannt. Zudem können wir jetzt sicher sein, dass er uns auch kennt. Fast schien es, als wollte er uns am Ausgang des Bades abfangen."

„Was ist passiert?"

Markus schilderte ihm die Begebenheit mit dem allzu einladenden Taxi und dessen Fahrer, der sie fast drohend dazu überreden wollte, bei ihm einzusteigen. Er berichtete auch, wie schließlich Krajic samt Begleitung selber einstiegen, um ihnen zu folgen.

„Die Kroaten sind eindeutig immer noch an uns interessiert. Dafür wüsste ich zu gerne den Grund."

Zakin schüttelte den Kopf. „Da kann ich dir leider nicht weiterhelfen. Mir ist das ebenfalls sehr rätselhaft. Im Besonderen, wenn Zivkovic seinen Leibwächter auf euch ansetzt. Martin Müller schien darauf gehofft zu haben. Sonst wäre er nicht auf die Idee gekommen, euch zum Lido zu schicken. Für mich stellt sich aber die Frage, warum ihr für Zivkovic so wichtig seid?"

„Das haben wir uns auch gefragt."

„Irgendwann werden wir darauf wohl eine Antwort bekommen. Jedenfalls wissen wir jetzt, dass sich Stanko Krajic in Venedig aufhält. Mithilfe der italienischen Polizei sollte es möglich sein, ihn noch heute festzusetzen. Übrigens hat es vor ein paar Tagen einen zweiten Anschlag auf Professor Subkow gegeben. Daran war Krajic nach Zeugenaussagen eindeutig beteiligt. Es ist wirklich an der Zeit, dass der Mann aus dem Verkehr gezogen wird."

„Ist dem Professor etwas passiert?"

„Nein. Wie schon beim ersten Anschlag hatte er auch diesmal Glück. Er muss einen wachsamen Schutzengel haben. Aber offiziell wurde bekannt gegeben, dass er samt Frau auf dem Weg ins

Krankenhaus ihren schweren Verletzungen erlegen sind. Nach dem zweiten Anschlag war er endlich damit einverstanden, sich und seine Frau an einen sicheren Ort bringen zu lassen."

Chiara hatte bis jetzt ruhig zugehört.

„Die Aufmerksamkeit von Zivkovic an uns beiden könnte möglicherweise einen Sinn bekommen, wenn meine Beobachtung von vorhin richtig war", schaltete sie sich in das Gespräch ein.

„Was meinen Sie damit?"

Zakins Stimme war ungewohnt laut geworden. Vielleicht auch nur, um das Aufheulen des Motors zu übertönen.

„Vorhin am Lido glaubte ich, Stanko Krajic zusammen mit Danny Danon gesehen zu haben. Ich habe mit Markus darüber gesprochen, aber wir beide haben letztendlich gedacht, dass ich mich getäuscht haben muss. Schließlich ist der inzwischen in Israel. Wenn aber Danon doch in einer Verbindung zu Zivkovic steht, würde es erklären, warum der Mann immer noch an uns interessiert ist. Danny weiß von dem geplanten Treffen zwischen Markus und Christine Landers."

„Sie meinen wahrhaftig, Danny Danon gesehen zu haben?"

„Jedenfalls habe ich es mir eingebildet. Nur dass er jetzt die Haare kurz trägt. Sind Sie wirklich sicher, dass Ihr Mann inzwischen zurück in Israel ist."

Zakin überlegte einen Moment.

„Nach dem bedauerlichen Vorfall auf dieser kroatischen Insel habe ich ihn selber abgeholt und anständig die Leviten gelesen. Bei der Gelegenheit habe ich ihn auch über die sofortige Rückversetzung nach Israel unterrichtet. Aber ich habe ihn nicht persönlich in ein Flugzeug gesetzt, wenn Sie das meinen."

„Dann wäre es durchaus möglich, dass er seinen Rückflug auf einen späteren Zeitpunkt verschoben hat?"

„Theoretisch ja und ob es praktisch auch so ist, werde ich sehr schnell herausgefunden haben."

Zakin ließ den Mann am Steuer des Motorbootes den Motor drosseln, damit es langsamer und leiser wurde. Er ging auf das Vorderdeck. Von der Kajüte aus sahen sie, wie er telefonierte.

Sein Gespräch dauerte weniger als fünf Minuten. Er gab dem Bootsführer ein Zeichen und der kreuzte weiter mit Volldampf durch die Lagune.

Zakins Blick war nachdenklich, als er zurückkam.

„Sie könnten mit Ihrer Beobachtung unter Umständen Recht haben, Frau Bertone. Danny Danon ist bis jetzt noch nicht bei seiner Dienststelle in Jerusalem aufgetaucht und hat sich auch nicht telefonisch zurückgemeldet. Unsere Leute in Israel überprüfen gerade die Passagierlisten aller infrage kommenden Fluglinien. Wenn Sie Recht behalten, dürfte es das Ende seiner Karriere im Staatsdienst bedeuten."

„Wann wirst du es genau wissen?"

Markus glaubte jetzt auch fast daran, dass Chiara Recht hatte und es sich bei dem Mann neben Krajic tatsächlich um Danny Danon handelte.

„Vielleicht bekomme ich noch Bescheid, bevor ich euch an Land setze. Sonst sobald wie möglich. Übrigens wissen wir jetzt mit ziemlich großer Wahrscheinlichkeit, wohin sich Ante Zivkovic gestern Abend hat hinbringen lassen. Müllers Leute haben ihn gesehen, als er mit einer Privatgondel zum Hotel zurückgebracht wurde."

„Sie haben herausgefunden, wem das Boot gehört?"

„Das Wappenschild der Gondel mit den zwei Palmen und einem Pferd konnten sie genau identifizieren. Es befindet sich im Besitz der Familie Neloni. Sie haben einen kleinen, unscheinbaren Palazzo in einem Seitenarm des Canale Grande. Es könnte ja durchaus sein, dass sich Zivkovic mit der Gondel abholen ließ, weil er dem Freiherrn von Thurau einen Besuch abstatten wollte. Seitdem lassen wir das Haus der Nelonis jedenfalls beobachten. Wir versuchen herauszufinden, ob sich der Freiherr und Christine Landers in dem Palazzo aufhalten."

Zakin gab dem Fahrer ein Zeichen. Das Motorboot verließ die Lagune und machte einen Bogen um die Insel San Giorgio, bevor es in einen Kanal einbog.

„Die Antwort auf den Verbleib von Danon kann ich euch nun doch erst später geben." Er hielt sich bereit, um das Boot zu verlassen. „Der Fahrer wird euch an eurem Hotel absetzen. Ich werde mich bemühen, euch heute Abend irgendwo in Venedig zu treffen. Wenn ihr zum Abendessen geht, macht Müllers Leuten die Beschattung nicht zu schwer."

Als er vom Boot sprang, rief er dem Steuermann zu: „Fahr so schnell du willst, aber achte auf die Polizei."

Der war von der Anweisung geradezu entzückt. In hohem Tempo umkreiste das Boot wieder die Insel San Giorgio in Richtung Lagune, bevor es mit gemächlicher Geschwindigkeit in den Canale Grande einbog und vor ihrem Hotel anlegte.

Sie brachten die Badesachen in ihr Zimmer. Das Grummeln in Markus Bauch ließ sich nicht länger unterdrücken. Notfalls wäre er jetzt auch mit einer Touristenpizza zufrieden gewesen. Der Empfangschef kannte jedoch ein kleines Restaurant ganz in der Nähe, in dem sie auch zu dieser Tageszeit hervorragend speisen konnten.

Gesättigt und müde von der vielen frischen Luft am Lido, machten sie nach dem Essen noch einen kleinen Spaziergang, obwohl es Chiara viel mehr zu einem Nachmittagsschlaf in ihr Bett zog.

In einer schmalen Gasse fand Markus ein Internetcafé. Die für alle offene Internetleitung im Hotel wollte er für die Anfrage in München nicht benutzen. Für jeden, der sich mit Datensicherheit ein wenig auskannte, wäre es möglich gewesen, seine Mail zu lesen. Das hielt er nicht für ratsam.

Die Vorfälle in Zadar und zuletzt in Venedig hatten ihn daran erinnert, welche Möglichkeiten ihm als Journalist früher zur Verfügung standen, um an Informationen über bestimmte Personen zu kommen. Es war höchste Zeit, dass er sich mehr für den Freiherrn von Thurau, Ante Zivkovic und dessen rechte Bewegung in Kroatien interessierte. Er und damit auch Chiara wurden immer tiefer in deren Vorhaben hineingezogen. Da konnte es nur von Vorteil sein, mehr über ihre Gegner in Erfahrung zu bringen.

Eine einfache Recherche im Internet genügte ihm da nicht. In einer persönlich gehaltenen Mail an seinen ehemaligen Chef Gottlieb Freden bat er diesen um sämtliche verfügbare Informationen über den Freiherrn von Thurau und dessen kroatischen

Freund Zivkovic. Im Archiv der Presseagentur dürfte einiges zu finden sein.

Markus wusste, dass Freden ihn unterstützen würde, wirklich alles über die beiden Männer herauszufinden. Natürlich hoffte er dabei selber auf eine gute Story. Die Ergebnisse dieser Recherche ließ er als verschlüsselte Datei an eine der Mailanschriften schicken, die er nur selten nutzte.

19.

Die Siesta im Hotel dauerte etwas länger, als es ursprünglich von ihnen vorgesehen war. Doch von ausgeruht konnte keine Rede sein, nachdem sich Chiara, nur mit Höschen und Büstenhalter bekleidet, auf einen Ringkampf mit ihm eingelassen hatte. Ihre samtweiche Haut zu fühlen, die so wunderbar nach Mandeln und Oliven roch, dem konnte er nicht widerstehen.

Als sie sich schließlich aufmachten, um an diesem Tag wenigstens einige der vielen Sehenswürdigkeiten Venedigs zu sehen, ging es langsam auf den Abend zu.

Wie Tausende andere Touristen spazierten sie entspannt Hand in Hand durch die Lagunenstadt.
Ein zuvorkommender Japaner fotografierte beide mit ihrem Handy auf der Seufzerbrücke, während Markus sie ausgiebig küsste.
Chiara lächelte schelmisch, als sie ihm erläuterte, dass diese Brücke ihren Namen durch das Seufzen der Liebenden bekam, die sich hier küssten und danach nie mehr vergessen konnten. Fast im gleichen Atemzug erklärte sie im Ton einer

Touristenführerin, dass über die Brücke die Gefangenen vom Gerichtssaal ins Gefängnis gebracht wurden. Ihr Seufzen, als sie zum letzten Mal einen Blick in die Freiheit und auf die Lagune werfen konnten, habe ebenfalls zu diesem Namen geführt.

„Jetzt kannst du es dir aussuchen. Mir gefällt die Geschichte der Liebenden viel besser."

Über die Rialtobrücke hinweg schlenderten sie durch die Touristenmeile. Immer wieder hielten sie an, um Fotos für Eltern und die Verwandtschaft zu machen.

Falls Zivkovic sie weiter beobachten ließ, mussten sich die Leute sehr geschickt anstellen. Sie blieben unsichtbar und ihre ständigen Begleiter, die Aufpasser von Martin Müller, konnten sie genauso wenig entdecken.

Schließlich traten sie aus den Kolonnaden heraus und vor ihnen erstreckte sich das weiträumige Rechteck des Markusplatzes. Unwillkürlich blieben sie stehen. Der Anblick der vielen prunkvollen Bauten zu beiden Seiten des großen Platzes ließ noch immer den einstigen Wohlstand der Stadtrepublik erahnen. Es war wie eine Sinfonie aus Kuppeln, Türmen und Mosaiken.

Markus spürte am festen Druck von Chiaras Hand, wie tief sie die einmalige Schönheit beeindruckte.

Ihm selbst ging es ebenso. Vier riesenhafte griechische Pferde; Engel mit goldenen Trompeten; goldene Kreuze auf jeder Kuppel. Die Markuskirche, der dazugehörende, aber freistehende Glockenturm Campanile sowie der Dogenpalast waren hier nicht die einzigen, aber wohl die beeindruckendsten Sehenswürdigkeiten.

Schweigend schlenderten sie über die großen Steinplatten mit dem markanten Muster aus weißem Marmor. Dabei mussten sie nur aufpassen, um nicht in die Hinterlassenschaften der vielen Tauben zu treten, die von den zahlreichen Touristen für ein Foto mit ihnen eifrig gefüttert wurden.

Die Tische im Café Florian standen in geraden Reihen auf der Piazza. Sie waren gut besetzt. Nach dem Spaziergang hatte sich Markus insgeheim Hoffnung auf einen Espresso und danach auf ein Glas Prosecco gemacht.

„Es wird schwerfallen, freie Plätze zu finden."

Chiara, die sich ebenfalls suchend umblickte, sagte leise: „Ich sehe Ante Zivkovic weiter hinten an einem Tisch sitzen. Den schlanken Mann neben ihm kenne ich nicht. Vielleicht ist es dieser Freiherr von Thurau."

Möglichst unauffällig schaute Markus in die angegebene Richtung. Der Mann neben Zivkovic war ihm ebenfalls fremd. Dafür erkannte er die Person mit den blonden Haaren, die wenige Meter von den beiden entfernt an einer Säule lehnte.

„Verflixt, da hinten steht Stanko Krajic. Eigentlich bin ich davon ausgegangen, dass Müller und die italienische Polizei ihn inzwischen aus dem Verkehr gezogen haben. Falls er uns sehen sollte, dürften wir hier, unter den vielen Touristen, aber trotzdem sicher sein."

Langsam schlenderten sie an den Tischen vorbei. Wirklich alle waren besetzt. Jetzt, Ende September, schienen auch die Venezianer ihre Lieblingsplätze wieder zu entdecken. An einem Tisch in der ersten Reihe sahen sie zwei der Bikinimädchen vom Lido, die offensichtlich das Angebot an hübschen Männern begutachteten, die an ihnen vorbei spazierten.

„Wir haben Glück. Die Frauen scheinen gerade zu gehen," rief Chiara entzückt. Eilig schritt sie auf den frei werdenden Tisch zu.

Niemand bemerkte, wie sie einem der Mädchen eine kurze Nachricht zuflüsterte. Zwei verärgerte Amerikanerinnen traten empört den Rückzug an, als die Italienerin sich sofort auf einen der frei werdenden Stühle setzte und ihre kleine Handtasche auf den anderen legte.

„Die Frauen wissen jetzt, wo sie Stanko Krajic finden. Jetzt kann sich die Polizei um ihn kümmern."

„Die Mädchen hat der Himmel ins Café Florian geschickt."

„Ich glaube nicht, dass Martin Müller etwas mit dem Himmel zu tun hat", widersprach ihm Chiara.

„Von mir aus können es Müller und der Himmel gemeinsam getan haben. Durch sie haben wir einen freien Tisch bekommen und konnten gleichzeitig die Nachricht über den Kroaten weitergeben."

Entspannt lehnte Markus sich zurück. Die Farben des Sonnenunterganges breiteten sich sanft über den Platz aus. Sie übergossen Menschen und Paläste mit einem goldenen Schimmer.

Ein Kellner nahm ihre Bestellung auf und hoch oben auf dem Uhrenturm in der Ecke der Piazza begannen die beiden Glocken die Stunde zu schlagen. Alles hier war einfach wunderschön.

Sanft streichelte Markus über Chiaras Arm: „Mit dir zusammen hier am Markusplatz in Venedig zu sitzen, das kommt mir wie ein Traum vor. Manchmal stelle ich mir vor, was ich momentan tun würde, wenn wir uns nicht getroffen hätten. Für mich ist das unvorstellbar."

Er spürte, wie ihre Lippen seine Hand berührten. Ohne Worte. Oft hatten sie die gleichen Gedanken. Beide waren dem Schicksal unendlich dankbar dafür, dass sie sich kennenlernen konnten. Sich auszumalen, diesen Mann nie kennengelernt zu haben, lag ebenfalls außerhalb Chiaras Vorstellungskraft.

Immer wieder mal schaute sie zum Tisch von Zivkovic und dessen unbekannten Begleiter. Sie machten keinerlei Anstalten zu gehen. Auch Krajic lehnte wie festgewachsen an der Säule. Womöglich hatte er jetzt den Auftrag, seinen Chef zu beschützen. Aber vor wem? Musste Zivkovic Angst davor haben, dass auf dem belebten Markusplatz ein Anschlag auf ihn verübt werden konnte?

Markus bestellte für beide ein zweites Glas Prosecco. Danach warf er abermals wie zufällig einen Blick zum Tisch des Kroaten.

Chiaras Hinweis an Miss Bikini war angekommen. Er konnte sehen, wie zwei Männer in grauen Anzügen auf Krajic zutraten und etwas sagten. Beim Zurückweichen wurden dessen Arme mit geübtem Griff von zwei uniformierten Polizisten umklammert, die in seinem Rücken postiert waren. Es gab einen kleinen Kampf, eher ein Handgemenge. Dann dann sah Markus nur noch, wie die Gruppe dicht nebeneinander davonging.

Gabriela, eines der Bikinimädchen und zurzeit als Verkäuferin in dem Glaswarengeschäft eingesetzt, beobachtete die Verhaftung des Kroaten aus der Nähe. Sie bemerkte auch als Einzige die drei glatzköpfigen Männer, die keine zwei Meter von ihr entfernt standen und den Tisch von Zivkovic nicht aus den Augen ließen.

Sie wirkten nervös. Nach der Festnahme von Krajic schienen sie auf ein bestimmtes Zeichen zu warten, dass anscheinend nicht kam. Dafür sahen die Glatzköpfe, wie direkt vor ihren Augen einer der Polizisten in Zivil auf Gabriela zutrat, sich für den Hinweis bedankte und dabei auch ein wenig mit ihr flirtete.

Langsam bummelte sie anschließend über den Markusplatz. Das Tagesziel, den gefährlichen Kroaten zu verhaften, war erreicht. Seit dem Besuch im Strandbad hatte die Polizei versucht, ihn nicht aus den Augen zu lassen. Damit keine Unbeteiligten zu Schaden kamen, warteten sie auf eine passende Gelegenheit, um ihn festzunehmen. Und dann, von einem Moment zum anderen, war er wie vom Erdboden verschluckt. Gut, dass der Deutsche und seine Begleiterin den Kroaten ausgerechnet auf dem Markusplatz entdeckt hatten.

Jetzt konnte sie beruhigt Feierabend machen. Bevor sie nach Hause ging, würde sie noch in einer Bar ein Glas Wein trinken.

Sie und ihre Kolleginnen gehörten zur Polizia di Stato in Venetien. In der Regel arbeiteten sie von der Questura in Padua aus. Erst vor wenigen Tagen hatte man sie nach Venedig beordert. Sie mussten Martin Müller und seine Mitarbeiter bei ihren geheimdienstlichen Aufgaben unterstützen. Natürlich sollten sie den Deutschen dabei auf die Finger schauen. Ermittlungen fremder Geheimdienste, auch wenn sie vom italienischen Innenminister persönlich genehmigt waren, wurden von keiner Inlandspolizei gerne gesehen.

Sie war dankbar für den Auftrag. Endlich durfte sie mal wieder eine längere Zeit in ihrer Heimatstadt verbringen. Im Gegensatz zu ihren Kolleginnen musste sie während dieser Zeit nicht in einem tristen Hotelzimmer schlafen. Sie konnte bei ihren Eltern wohnen.

Immer wieder blieb sie stehen, um die Schönheit der Piazza auf sich wirken zu lassen. Obwohl sie in der Stadt aufgewachsen war, wurde ihr der Blick auf die alten Gebäude nie zu viel. Wenn nur nicht jeden Tag tausende von Touristen hereinströmen und die Gassen verstopften würden. Für ihr Venedig war es Fluch und Segen gleichermaßen. Durch die Einnahmen konnten wenigstens Teile der Instandhaltungsmaßnahmen durchgeführt und bezahlt werden. Es könnte noch viel mehr geschehen, wenn nicht ein Großteil der Steuern in dubiosen, dunklen Kanälen verschwinden würden. Sie hoffte, dass wenigstens die riesigen Kreuzfahrtschiffe, die oftmals größer waren als die höchsten Gebäude hier, bald aus Venedig verbannt wurden. Seit Jahren kämpften die Einwohner darum. Die Wellen, die diese Schiffe machten, setzten den Fundamenten der Stadt verstärkt zu.

Trotz des einmaligen Zaubers bemerkte Gabriela, dass ihr die drei Glatzköpfe in sicherem Abstand folgten. Es war vorteilhaft für sie, dass die großen Männer mit den kahl geschorenen Köpfen selbst in der Touristenmeute wie bunte Hunde auffielen.

Warum wurde sie von ihnen verfolgt? Oder handelte es sich dabei lediglich um einen Zufall? Sollten die Männer von Zivkovic oder seinem Begleiter eine Anweisung bekommen haben, die sie betraf? Wollte man in Erfahrung bringen, wohin sie ging oder mit wem sie Kontakt aufnahm?

Gabriela beschloss herauszufinden, ob die Männer ihr tatsächlich folgten. Kurzerhand entschied sie sich, der Campanile einen Besuch abzustatten. Notfalls, stellte sie sich vor, konnte sie zwischen den zahlreichen Touristen untertauchen.

Betont gemächlich nahm sie die Stufen zu der quadratischen Halle mit dem Steinfußboden. Dabei ließ sie noch einer Gruppe Chinesen den Vortritt. Sie bezahlte das Ticket und betrat den großen Fahrstuhl.

Die drei Glatzköpfe kamen ihr tatsächlich nach und gingen direkt auf den Lift zu. Vom Fahrstuhlführer wurden sie allerdings unerbittlich abgewiesen.

„Fahrkarten gibt es dort drüben", sagte er streng.

Die Männer protestierten grob und versuchten, sich an ihm vorbei in den Lift zu drängen. Unerbittlich zeigte der Fahrstuhlführer auf die Kasse, während er den Eingang blockierte und ein Finger seiner rechten Hand sich immer in der Nähe des Alarmknopfes befand.

Die Männer sahen schließlich ein, dass sie gegen ihn nichts ausrichten konnten. Sie würden nur das Wachpersonal oder gar die Polizei auf sich aufmerksam machen.

Verärgert gingen sie zur Kasse. Als sie zurückkamen, rief der Fahrstuhlführer höflich lächelnd „Besetzt" und schloss die Fahrstuhltür vor ihrer Nase.

Die Leute im Lift lästerten über die drei Glatzköpfe. Gabriela lächelte und wurde ruhiger. Sie betrat die kleine Aussichtsterrasse, die um den Glockenturm herumführte. Von der Lagune her wehte eine leichte Brise. Langsam spazierte sie zur Ostseite der

Campanile. Die Aussicht auf die Anlegestelle von Sankt Markus war großartig. Ihr fiel ein, dass sie schon viele Jahre nicht mehr hier oben gewesen war.

Sie blieb auf der Lagunenseite, versteckt in einer Gruppe Amerikaner, und musterte die Besucher, die der nächste Fahrstuhl auslud. Als die Glatzköpfe, kaum angekommen, auf der Terrasse sofort zielstrebig ausschwärmten, verspürte sie ein leichtes Kribbeln im Rücken. Sie schienen es aufgegeben zu haben, ihr unauffällig zu folgen.

Einer direkten Konfrontation wollte sie auf alle Fälle ausweichen. Es war zweifelhaft, ob die Touristen helfend eingreifen würden. Allein konnte sie gegen die drei Männer nichts ausrichten.

Sie lief zur Westseite der Terrasse und überlegte, ob sie Müller unten auf der Piazza beizeiten erreichen konnte, um ihn von den Verfolgern zu berichten. Mit ihm zusammen traute sie sich ohne weiteres zu, den Glatzköpfen entgegenzutreten. Rechtzeitig fiel ihr ein, dass er sich den Abend über im Geschäft von Acerboni aufhalten würde und deshalb nicht auf der Piazza sein konnte.

Abrupt blieb sie stehen. Zwei der Glatzköpfe versperrten den Weg und kamen direkt auf sie zu. Als sie den Bruchteil einer Sekunde zögerten, um nach anderen Besuchern Ausschau zu halten, nutzte sie die Gelegenheit. Sie lief zurück und versteckte sich in einer Gruppe von Touristen, die soeben auf den Fahrstuhl wartete. Mit ihnen zusammen betrat sie den Lift.

Die Verfolger kamen abermals zu spät. Der Fahrstuhlführer erkannte die drei Männer von vorhin. Mit einem zufriedenen Lächeln schloss er die Tür unmittelbar vor ihnen.

Als es abwärts ging, begann Gabrielas Herz wieder regelmäßig zu klopfen. Trotzdem hätte sie zu gerne gewusst, was die Glatzköpfe von ihr wollten. Konnten sie die Absicht gehabt haben, sie vom Glockenturm zu werfen, als Rache für den verhafteten Kroaten?

Oder hatten sie von ihr in Erfahrung bringen sollen, weshalb Stanko Krajic festgenommen wurde?

Es war ein Fehler gewesen, dass sich der Beamte in Zivil für die Verhaftung des Kroaten bei ihr bedankt hatte. Erst dadurch waren die Männer auf sie aufmerksam geworden. Natürlich musste Zivkovic oder sein Begleiter ihnen den Auftrag dazu gegeben haben. Jetzt würde sie den Glatzköpfen keine Gelegenheit mehr geben, ihr zu folgen. Sie verschwand in einer der vielen Seitengässchen, bei denen nur Einheimische wussten, wohin sie führten.

Martin Müller saß allein im Hinterzimmer des Glaswarengeschäftes an einem Computer, während sich vorne im Laden Gabrielas Kolleginnen um die Kunden kümmerten.

In kurzer Zeit waren aus den hübschen Polizeibeamtinnen recht fachkundige und gewitzte Verkäuferinnen geworden. Seit dem zeitweisen Einsatz der jungen Frauen kamen sehr viel mehr Männer in das Geschäft. Der Umsatz war erheblich gestiegen. Signore Acerboni suchte bereits, für die Zeit nach dem Polizeieinsatz, ebenso hübsche, junge Frauen.

Wieder ganz ruhig, berichtete Gabriela dem deutschen Agenten von der Verhaftung des Kroaten und der Verfolgung durch die Glatzköpfe. Letzteres schien ihn wenig zu interessieren.

„Was macht unser Liebespaar jetzt?"

„Als ich gegangen bin, saßen sie noch im Café Florian. Sie wollten sich gerade ein weiteres Glas Prosecco bestellen. Zwei ihrer Mitarbeiter sitzen ein paar Tische hinter ihnen und passen auf."

„Ich musste ihre Bewachung noch verstärken. Zwei meiner Leute sind zusätzlich zum Markusplatz unterwegs. Die Sache am Lido mit dem Taxi hat mir von Anfang an nicht gefallen. Wieso wollte der Taxifahrer sie unbedingt in das Fahrzeug locken? Dahinter kann eigentlich nur Zivkovic stecken. Ohne Anweisung seines Chefs würde Krajic eine Entführung der beiden nicht riskieren. Dazu am helllichten Tag. Wir müssen davon ausgehen, dass die Kroaten unser Liebespärchen in ihre Gewalt bringen wollen."

Wenn sie unter sich waren, nannten sie Chiara und Markus immer nur das Liebespärchen oder sprachen über das Liebespaar. Die Zuneigung der beiden zueinander war einfach nicht zu übersehen. Fast konnte man ein wenig neidisch werden.

Gabriela nickte. „Davon gehen wir bei der Polizei auch aus. Ich habe in der Zwischenzeit das Kennzeichen des Taxis überprüfen lassen. Es ist falsch und die anderen Fahrer am Lido kannten den Kollegen nicht."

„Krajic ist Zivkovic Mann. Was wollen die Kroaten von den beiden?"

Darauf wusste die Polizistin keine Antwort.

„Die Männer, die mich verfolgt haben, gehören eindeutig zu Thurau. Aber ist er wirklich so dumm und hetzt seine Leute aus Gefälligkeit für den kroatischen Partner auf eine italienische Polizeibeamtin? Dafür muss es einen triftigen Grund geben."

Für Martin Müller stand fest, dass es in diesem Fall zu viele Fragen ohne die entsprechenden Antworten gab.

„Wenigstens habe ich noch eine gute Nachricht. Christine Landers und Freiherr Friedrich von Thurau haben tatsächlich Quartier im Palazzo der Familie Neloni bezogen. Deshalb habe ich zwischenzeitlich mit ihren Vorgesetzten in der Questura in Padua telefoniert. Sie wollen uns alle Informationen schicken, die es über die Nelonis in ihren Archiven gibt. Bis jetzt ist uns nur bekannt, dass Adrian Neloni das Oberhaupt der Familie ist und für die Liga Nord im Parlament in Rom sitzt."

Als die Tür zu ihrem Raum aufging und Zeev Zakin müde, mit tiefen Falten um den Mund, erschien, ging die Polizistin wortlos in die kleine Küche, um frischen Kaffee zu kochen. So schnell wurde wohl nichts aus dem erhofften Feierabend. Durch die geöffnete Tür konnte sie mithören, was der Israeli zu sagen hatte.

„Chiara Bertone hat sich nicht geirrt. Sie kann Danny Danon tatsächlich gesehen haben. Ich habe sein Handy anpeilen lassen. Dieser Idiot hat noch nicht einmal daran gedacht, es abzuschalten. Er hält sich in der näheren Umgebung des „Locanda De La Spada" auf. Entweder will er sich mit Zivkovic treffen oder er wartet auf unser Pärchen."

Müller griff nach seinem Handy, stellte Fragen und erteilte Befehle.

„Hagen und Bertone sitzen noch im Café Florian. Meine Leute werden sie bis auf weiteres vom Hotel fernhalten. Aber was können wir gegen Danon unternehmen? Falls er mit dem Kroaten zusammenarbeitet, sind unsere Pläne in Bezug auf das Treffen von Hagen und Landers wohl Makulatur."

„Wir müssen unbedingt herausfinden, ob und was er Zivkovic verraten hat."

„Könnten wir ihn nicht durch unsere charmante italienische Polizeibeamtin und ihre Kollegen verhaften lassen? Ganz offiziell. Bei dem Kroaten hat es doch wunderbar geklappt", schlug Zakin vor.

„Das ist schwierig", gab Gabriela von der Küche aus zu bedenken. „Gegen Krajic lag ein internationaler Haftbefehl vor. Danon können wir nicht einfach festnehmen. Er genießt diplomatische Immunität. Das würde unweigerlich zu politischen Verwicklungen mit ihrer Regierung führen. Darauf legen meine Vorgesetzten ganz sicher keinen gesteigerten Wert."

Zakin schüttelte den Kopf: „Danon hat seinen Diplomatenstatus in diesem Moment verloren. Innerhalb einer Stunde liegt ein entsprechendes Schreiben meiner Regierung bei Ihren Vorgesetzten in Padua auf dem Schreibtisch."

„Dann sollte es keine Schwierigkeiten geben." Die Polizeibeamtin lächelte. Es war angenehm, mit jemandem zusammenzuarbeiten, der Probleme so schnell lösen konnte. Niemals wäre ihr in den Sinn gekommen, dass der Israeli Entscheidungen von dieser Tragweite zu treffen vermochte.

„Jetzt brauchen wir noch einen Grund für seine Festnahme."

„Wie wäre es mit Beteiligung an der versuchten Entführung durch Stanko Krajic. So wie es aussieht, sollten Hagen und Bertone ja tatsächlich entführt werden. Dafür lassen sich auch jetzt noch Zeugen finden."

Sie nickte: „Einverstanden. Das dürfte für den Augenblick genügen. Selbst wenn die Beweise gegen ihn am Ende nicht ausreichen sollten, können wir ihn für 48 Stunden festsetzen. Ich sage meinen venezianischen Kollegen Bescheid. Wir machen uns sofort auf den Weg, während Sie für das entsprechende Schreiben ihrer Regierung sorgen."

20.

Getarnt als Fahrer eines Wassertaxis flegelte sich Danny Danon betont lässig in den Sitz des Motorbootes. Damit man den Verband über seinem Ohr nicht sofort sehen konnte, hatte er die Schirmmütze etwas schräg aufgesetzt.

Das Boot lag versetzt neben dem Hoteleingang. Der Hotelportier war längst auf ihn aufmerksam geworden. Dessen neugierige Fragen hatte er mit einer faulen Ausrede beantwortet. So ganz schien er ihm nicht geglaubt zu haben. Immerhin war er daraufhin wieder im Hotel verschwunden, nachdem er lautstark darauf hingewiesen hatte, dass es sich hier um einen privaten Anlegesteg handelte, den lediglich Hotelgäste bei der An- und Abfahrt benutzen durften.

Danon fühlte sich unwohl in seiner Haut. Falls Chiara und der Deutsche ihn hier vor dem Hotel erkannten, würde er eine viel bessere Erklärung benötigen. Er konnte nur hoffen, dass sie nicht gleich die Polizei holten oder noch schlimmer, Zeev Zakin über seine Anwesenheit unterrichteten.

Der Plan von Krajic, Chiara am Lido zu entführen, um ein Druckmittel gegen Hagen zu haben, war gründlich schiefgelaufen. Wütend über den Misserfolg hatte ihm der Kroate den Auftrag gegeben, vor ihrem Hotel auf sie zu warten und ihnen zu folgen, sobald sie es verließen. Bei seiner Ankunft waren die beiden entweder von ihrem Badeausflug noch nicht zurück oder bereits wieder ausgeflogen. Krajic gab ihm über Handy den Befehl, auf sie zu warten. Wenn sie zurückkämen, solle er sich melden. Dann würde er weitere Anweisungen erhalten.

Falls Zeev Zakin jemals dahinterkommen sollte, dass er wichtige Informationen an Stanko Krajic weitergegeben hatte, brauchte er nie mehr nach Israel zurückkehren. Dabei sah es anfangs ganz danach aus, als würde er für ein paar Auskünfte und die Beschattung des Deutschen und Chiara Bertone eine Stange Geld bekommen.

Nachdem ihm Chiara in Zadar erklärt hatte, sich in Hagen verliebt zu haben, war er sofort darauf in die nächstbeste Bar gegangen, um sich zu betrinken.

Danon gab Chiara die Schuld daran, dass er sich jetzt in dieser fast ausweglosen Situation befand. Inzwischen hegte er regelrechte Hassgefühle gegen sie. Hatte er in der Vergangenheit nicht alles getan, um sie von seinen ehrlichen Gefühlen zu überzeugen?

Selbst nach der Versetzung von Italien nach Kroatien wollte er den Kontakt nicht abreißen lassen. Er schaffte es einfach nicht, sie zu vergessen.

Auch nach ihrer bestandenen Facharztprüfung hatten sie miteinander telefoniert. Nachdem sie dabei erwähnte, dass sie in Zadar ihren Urlaub verbringen würde, waren regelrechte Glücksgefühle in ihm erwacht. Ihr Vorschlag, sich dort mit ihm zu treffen, verstärkte seine Zuversicht. Inzwischen schien sie bemerkt zu haben, wie sehr er ihr fehlte. Warum sollte sie sonst ausgerechnet in Kroatien ihren Urlaub verbringen? So viele Hoffnungen hatte er gehabt.

Bis dann der Deutsche mit seiner protzigen Jacht auftauchte. Einfach so, von einem Tag zum anderen, warf sie sich ihm in die Arme.

Sehr oft stellte er sich vor, wie es wäre, mit ihr wenigstens eine Nacht zu verbringen und morgens neben ihr aufzuwachen.

Nun konnte er seine Wünsche und Träume endgültig begraben. Die Wut über diese Ungerechtigkeit wurde von Glas zu Glas größer.

Nach einigen Flaschen Bier und diversen Schnäpsen stand plötzlich Stanko Krajic vor ihm. Ohne zu fragen, setzte er sich zu ihm.

Der Alkohol wirkte bereits. Der Kroate musste nicht viel Überredungskunst aufbieten, um die ganze Geschichte seiner unglücklichen Liebe erzählt zu bekommen. Krajic gab sich mitfühlend, tröstete ihn wie einen alten Freund und machte ihm ein konkretes Angebot. Er legte eintausend Euro auf den Tisch. Dafür wollte er von ihm wissen, was Hagen in Venedig vorhatte. Danon erzählte ihm daraufhin von dem geheimen Treffen mit Christine Landers.

Über diese Information war Stanko Krajic geradezu begeistert. Sein Chef versuchte seit Tagen herauszubekommen, welche Verbindung es zwischen Hagen, dem israelischen Geheimdienst sowie dem deutschen Verfassungsschutz gab.

Krajic stellte Danon weitere fünftausend Euro in Aussicht, wenn er ihm dabei half, Ort und genauen Zeitpunkt des Treffens herauszufinden.

Um den Israeli endgültig auf seine Seite zu ziehen, versprach er zudem, Hagen für immer aus dem Verkehr zu schaffen. Irgendwann würde er dann als

Wasserleiche in den Kanälen von Venedig gefunden werden.

In seinem betrunkenen Zustand war die Aussicht, nach Hagens Tod bei Chiara als tröstender Freund aufzutreten, einfach zu verlockend. Gleichzeitig konnte er durch diesen kleinen Nebenjob einen Haufen Geld verdienen. Diplomaten in den unteren Rängen wurden vom israelischen Staat nicht gerade fürstlich entlohnt. Der Alkohol lähmte sein logisches Denken. Er versprach Krajic, ihm bei der Arbeit zu helfen.

Zusätzlich machte ihm der Kroate den Vorschlag, der „NINA" auf ihrer Fahrt durch die Adria zu folgen. Falls das Treffen mit Frau Landers aus irgendeinem Grund vorverlegt werden würde, wäre er in der Nähe, konnte sofort eingreifen und gleichzeitig Krajic verständigen.

Am nächsten Tag vermochte er wieder klar zu denken. Als der Kroate ihm die Schlüssel für die Jacht brachte, wollte *Danon* von dem Deal nichts mehr wissen. Verächtlich grinsend zeigte Krajic ihm auf seinem Handy einen Filmausschnitt, der von einem Komplizen aufgenommen worden sein musste. Sehr genau war darauf zu erkennen, wie er die eintausend Euro einsteckte.

Der Kroate verschwieg dem Israeli, dass Hagen die „Mjesek i Zvijezde" schon einmal gesehen hatte. Krajic hielt das Risiko für gering, dass der Deutsche, falls er Danon bei der Verfolgung bemerken sollte, eine Verbindung zu dem Zwischenfall in der Badebucht herstellen würde. Jachten des Typs waren beliebt. Man fand sie fast in jedem Hafen an der Adria. Bei der Aktion vor Zadar, bei der sie fast erwischt worden wären, hatte der Deutsche den

Namen und die Registrierungsnummer nicht sehen können.

Genau genommen war es Krajic auch egal, ob der Israeli mit dieser Angelegenheit in Verbindung gebracht wurde. Sobald der Job in Venedig hinter ihnen lag, brauchten sie Danon nicht mehr.

Für alle Fälle war die Jacht von ihm auf den Namen eines Geschäftsmannes gemietet worden, der davon keine Ahnung hatte. Es gab nicht die geringste Spur, die zu Zivkovic führen konnte.

Bedrückt machte sich Danon mit der „Mjesek i Zvijezde" an die Verfolgung. Lediglich das Wissen, nur wenige Meilen hinter Chiara zu sein, gab ihm etwas Auftrieb. Da er wusste, dass die beiden von Müllers Leuten in dem alten Fischkutter begleitet wurden, konnte er sich danach richten. Es war kein Problem, der „NINA" zu folgen, ohne gesehen zu werden. Jedenfalls nahm er es an.

Abends, in den verschiedenen Inselhäfen, achtete er sehr darauf, dass man ihn nicht zu Gesicht bekam.

Auf der Fahrt durch die Adria, besonders in der Nacht, wurde seine Eifersucht immer stärker. Er stellte sich vor, wie Chiara nackt in Hagens Armen lag, er ihren Körper streichelte und sie sich über den dummen Israeli lustig machten. Dabei sollte sie doch eigentlich bei ihm sein.

An anderen Tagen hoffte Danon, dass Chiara inzwischen selber bemerkt hatte, welcher Fehler ihr mit diesem Deutschen unterlaufen war. Vielleicht wartete sie nur auf eine Gelegenheit, ihn und die Jacht zu verlassen.

Irgendwann hielt er es nicht mehr aus. Ihm kam die Idee, sich den beiden auf der Insel Molat zu zeigen. Chiara sollte wissen, dass er sich in ihrer

Nähe aufhielt und da war, falls sie Hilfe benötigte. In Gedanken sah er, wie sie sich weinend bei ihm bedankte. Natürlich würde er ihr den Fehler großzügig verzeihen.

Dann stand sie plötzlich auf der Insel ganz allein direkt vor ihm. So wunderschön und mit diesem glücklichen Lächeln im Gesicht.

Welcher Teufel ihn ritt, als er versuchte, sie auf sein Boot zu zerren, konnte er danach selber nicht mehr sagen. Es war peinlich genug, dass Zeev Zakin ihn persönlich von Molat abholte, zu einem Arzt brachte und die Weisung gab, nach Israel zurückzukehren.

Statt der Anordnung zu folgen, fuhr er von Zadar aus mit der Eisenbahn nach Venedig, um sich dort mit Stanko Krajic zu treffen. Ihm erzählte er nur, dass er die „Mjesek i Zvijezde" wegen Motorschadens auf einer der Inseln zurücklassen musste. Der Kroate zeigte sich darüber alles andere als begeistert, stellte aber keine weiteren Fragen.

Vorsichtig tastete Danon nach dem Verband an seinem Kopf. Dieses undankbare Weib hatte ihn für immer entstellt. Der Arzt, zu dem ihn Zakin brachte, wollte das Risiko einer Infektion vermeiden. Deswegen hatte er ihm das halbe Ohr abgenommen.

Seit diesem, für ihn so schmerzhaften Zusammentreffen mit Chiara, waren seine Gefühle für sie in Hass umgeschlagen. Der gebrochene Finger fiel da nicht mehr ins Gewicht. Dafür würde der Deutsche die gerechte Strafe erhalten. Das hatte Krajic ihm versprochen. Zudem hatte er vor, Chiara die Nachricht vom Tod ihres Geliebten zu überbringen. Bei der Gelegenheit wollte er sie zwingen, ihm zu folgen. Sein vergebliches Werben um sie sollte nicht umsonst gewesen sein. Zumindest einmal im Leben musste er sie besitzen. Nur deswegen hatte er unweit von Venedig einen kleinen, abgelegenen Bungalow gemietet.

In Gedanken sah er bereits, wie sie ihn mit ihren großen, braunen Augen anschaute und um ihr Leben bettelte. Er würde es genießen, mit ihr zu spielen. Nicht nur mit ihrem Körper. Was danach mit ihr geschehen sollte, wusste er noch nicht. Darüber konnte er später entscheiden. Das Einfachste wäre es wohl, sie zu töten und irgendwo in den Wäldern verschwinden zu lassen.

Danny Danon steigerte sich geradezu in diese Fantasien hinein. Deshalb bemerkte er das Motorboot nicht, das sich ihm von hinten näherte. Erst der Aufprall schreckte ihn aus seinen Gedanken. Für Gegenmaßnahmen war es da bereits zu spät.

Eine junge Frau hielt eine Pistole auf ihn gerichtet, während zwei ihrer uniformierten Begleiter zu ihm ins Boot stiegen und ihm Handschellen anlegten.

Er benötigte einen kurzen Moment, um sich von der Überraschung zu erholen. In überheblichem Ton wies er schließlich auf seinen Diplomatenstatus hin. Diese Idioten schienen ihn absichtlich nicht verstehen zu wollen. Grob drängten sie ihn dazu, auf das Polizeiboot umzusteigen. Mit Blaulicht brachte man ihn zum Polizeiquartier. Dort führte man ihn durch ein paar dunkle Gänge, bevor er schließlich in einem halbdunklen, muffigen Büro vor einem uniformierten Polizeibeamten stand. Den Sternen auf der Uniform nach zu urteilen, musste es sich um einen höheren Dienstgrad handeln.

Der musterte schweigend den Diplomatenpass und verglich umständlich die Daten mit einem

Schreiben, das vor ihm auf dem Schreibtisch lag. Anschließend sprach er ein paar Sätze in die Gegensprechanlage und lehnte sich mit halbgeschlossenen Augen zurück.

Als die Tür aufging, versuchte Danon vergeblich, sein Erschrecken zu verbergen. Der Italiener verließ den Raum und ließ ihn allein mit Zeev Zakin. Der kleine Israeli musterte ihn eine Zeit lang verächtlich, ohne etwas zu sagen. Als er dann sprach, trafen seine kalten Worte ihn wie Peitschenhiebe.

„Danny Danon, ihr Diplomatenstatus wurde von der Regierung unseres Landes mit sofortiger Wirkung aufgehoben. Die schriftliche Benachrichtigung darüber erhalten Sie nach ihrer Rückkehr in Israel. Dort wird man sie ebenfalls über Ihre Entlassung aus dem Dienst der Regierung informieren. Man hat mich beauftragt, ihren Diplomatenpass sicherzustellen und dem Außenministerium zu übergeben."

Zakin machte eine kleine Pause, damit Danon begriff, um was es gerade ging. Der elende Ausdruck in dessen Augen zeigte, dass die Worte angekommen waren.

Er fuhr fort: „Die italienische Regierung hat zugestimmt, dass Sie sich vor einem israelischen Gericht wegen versuchter Entführung an Markus Hagen und Chiara Bertone verantworten müssen. Dazu kommt die versuchte Entführung mit Körperverletzung an Chiara Bertone auf der kroatischen Insel Molat. Ihren Partner Stanko Krajic hat die italienische Polizei ebenfalls festgenommen. Er wird soeben verhört. Bis zu ihrer Überstellung nach Israel werden Sie in italienischem Gewahrsam bleiben. In Israel erwartet Sie eine weitere Anklage wegen Verrates von Staatsgeheimnissen. Sie als ehemaliger Diplomat können wahrscheinlich selber einschätzen, welche Gefängnisstrafe auf sie zukommt."

In Danons Kopf drehte sich alles. Vergeblich versuchte er, sämtliche Worte Zakins in die richtige Reihenfolge zu bringen. Krajic verhaftet; Gefängnisstrafe wegen versuchter Entführung; Verrat von Staatsgeheimnissen; Diplomatenstatus aberkannt; Entlassung.

Was sollte das dumme Geschwätz? Begriff der kleine Mann vor ihm denn nicht, dass allein Chiara Bertone mit ihrem unschuldigen Lächeln ihn zu den Taten getrieben hatte? Sie musste verhaftet werden. Ihr unehrliches Verhalten ihm gegenüber war letztendlich der Auslöser für all das gewesen. Wegen dieser Hure hatte er alles aufs Spiel gesetzt. Seine Zukunft, eigentlich sein gesamtes Leben.

Zum ersten Mal seit langer Zeit dachte er an seine Eltern, die in einem Kibbuz an der Negev Wüste lebten. Schon seit Ewigkeiten kämpften und arbeiteten sie für ihr Land. Was würden sie denken, wenn sie von seinem Verrat an ihrem geliebten Israel erfuhren? Vater war so stolz gewesen, als er in den diplomatischen Dienst trat, um dem Land zu dienen. Möglicherweise verleugnete er in Zukunft die Existenz des Sohnes. Für Mutter konnte die Nachricht von seiner Verhaftung den Tod bedeuten. Sie hatte ein schwaches Herz. Das Gerede der Nachbarn im Kibbuz würde es ihr nicht leichter machen.

Danny Danon merkte, wie ihm die Tränen der Verzweiflung in die Augen stiegen. Wieso konnte es soweit kommen?

Schweigend registrierte Zeev Zakin den Zusammenbruch. Die Verachtung, die er für den Landsmann empfand, sah man ihm nicht mehr an. Er war schon bei vielen Verhören dabei gewesen. Verräter hatten immer Gründe für ihre Handlungen. Aus Erfahrung wusste er, dass Danon soweit war, um ihm die ganze Geschichte zu erzählen.

Während der nächsten halben Stunde erfuhr er von dem angeblichen Verrat Chiaras, dem Zusammentreffen mit Krajic und der Verfolgung der „NINA". Er verschwieg auch nicht, dass er von dem Kroaten Geld angenommen hatte und noch mehr bekommen sollte, wenn es ihm gelang, die Übergabe der Unterlagen durch Christine Landers an Markus Hagen zu verhindern.

Von Krajic wusste er, dass Ante Zivkovic die Papiere haben wollte, um von Thurau mehr finanzielle Unterstützung für seinen Wahlkampf zu erhalten.

Die Tür des Zimmers öffnete sich und ein Polizist flüsterte dem Israeli etwas ins Ohr. Zakin unterbrach die Vernehmung und verließ den Raum. Es schadete nicht, wenn Danon Zeit zum Nachdenken hatte.

Stanko Krajic sollte innerhalb der nächsten Stunde in die Questura nach Padua überführt werden. Zuvor wollte Zakin sich mit ihm unterhalten.

Dankbar nickte der Israeli dem Polizisten zu. Bevor er zu dem Kroaten ging, führte er ein kurzes Telefongespräch. Es dauerte nicht lange. Sein Gesprächspartner hatte auf den Anruf gewartet.

Der blonde Kroate grinste ihm höhnisch entgegen, als er den Verhörraum betrat.

„Was wollen Sie denn hier? Soviel mir bekannt ist, sind wir in Italien. Da haben Juden nichts zu melden."

„Mir wurde gesagt, dass Sie das Bedürfnis haben, sich ein wenig zu unterhalten. Falls Sie nicht mit mir sprechen wollen, ist das weiter kein Problem."

Zakin zündete sich eine Zigarette an und blies den Rauch betont kunstvoll an die Decke.

„Mir reicht es, wenn Ante Zivkovic erfährt, dass Sie ihn verraten haben."

„Er wird es nicht glauben. Der Pokrovitelj weiß, dass er sich auf mich verlassen kann."

Krajic benutzte das kroatische Wort für Patron. Damit gab er schon einmal zu, dass er für Ante Zivkovic arbeitete und ihn als seinen Chef ansah. Ein ganz kleiner, erster Erfolg.

„Er wird es glauben."

Mit freudlosem Lächeln betrachtete Zakin die rechte Hand von Krajic, die sich in den Tisch krallte. War sie es gewesen, die Zilly in Zadar den Tod brachte. Er würde es bald wissen.

„Er wird es glauben", wiederholte er. „Besonders dann, wenn Thurau es ihm erzählt. Der Freiherr hat gute Freunde bei der Polizei in Venedig, ebenso wie in der Questura in Padua, wohin man Sie nachher bringen wird. Die werden dem Freiherrn viele Einzelheiten über ihr Geständnis berichten können. Zum Beispiel, wie Sie im Auftrag des Pokrovitelj Hagen entführen wollten, um das Treffen mit Christine Landers zu sabotieren. Eine Zusammenkunft, die Thurau von langer Hand geplant hat, um uns, seine Gegner, in die Irre zu führen."

„Sie sind ein verdammter Lügner. So etwas würde ich niemals aussagen."

„Woher, wenn nicht von ihnen sollten wir die Information haben? Thurau wird den Spitzeln in der Questura glauben. Erst haben Sie alles dafür getan, seinen Plan zu verhindern, und letztendlich sagen Sie vor der Polizei aus, weil die ihnen einen Deal angeboten hat."

Wütend sprang der Kroate auf und ging auf Zakin los. Zwei Polizisten waren nötig, um ihn festzuhalten. Vorsichtshalber legten Sie ihm Handschellen an.

„Der Pokrovitelj wird es trotzdem nicht glauben", schrie er.

„Für uns ist es nicht wichtig, was Zivkovic glaubt. Der ist nur ein unbedeutender Wicht. Er muss das machen, was ihm der Freiherr sagt."

„Warum sollte er auf ihn hören?"

„Ihr Pokrovitelj möchte Präsident von Kroatien werden. Dazu braucht er das Geld des Deutschen. Ohne dessen finanzielle Unterstützung ist er nichts. Das müssten Sie eigentlich wissen. Zivkovic wird Sie fallen lassen wie eine heiße Kartoffel, wenn Thurau es verlangt."

Stanko Krajic senkte den Kopf und schwieg. Man meinte zu hören, wie es in ihm arbeitete.

Zakin bohrte weiter. „Vermutlich stellt Thurau die Unterstützung für ihren Chef komplett ein. Was soll er mit einem Partner, der gegen ihn arbeitet. Zivkovic kann seinen Traum von der Präsidentschaft begraben. Die Zeitungen werden ihn in Verbindung mit der versuchten Entführung hier in Venedig bringen. Natürlich wird er ihnen die Schuld dafür geben. Sie haben verloren."

Doch der Kroate ließ sich nicht mehr aus der Reserve locken. Er hielt den Kopf weiter gesenkt und ließ sämtliche Anschuldigungen an sich abprallen.

Zeev Zakin sah ein, dass er bei Krajic nicht weiterkommen würde. Immerhin hatte er einen Teilerfolg errungen, und das konnte eventuell dazu beitragen, Misstrauen zwischen dem Freiherrn und Zivkovic zu säen.

Müde strich er sich über die Augen. Der wenige Schlaf in den vergangenen Nächten forderte seinen Tribut. Er nickte den Polizeibeamten dankend zu und ging zurück zu Danon. Es gab noch einige Fragen, die er dem Verräter stellen musste. Das wollte er erledigen, solange dessen Verzweiflung anhielt.

21.

Das Gedränge auf dem Markusplatz wurde weniger, als immer mehr Tagestouristen die Stadt verließen. Außer den Einheimischen blieben nur diejenigen zurück, die hier in einem der zahlreichen Hotels übernachteten. Noch einmal war es ein angenehm lauer Spätsommerabend geworden. Es tat gut, vor diesen prächtigen Gebäuden zu sitzen, in aller Beschaulichkeit Prosecco zu trinken, den Passanten nachzuschauen und dabei Chiaras Hand zu halten. Schon bald würde der Herbst den Regen bringen. Damit kam auch in Venedig die unangenehmste Zeit des Jahres.

Zivkovic und der unbekannte Mann an seinem Tisch hatten das Café verlassen. Fühlten sie sich nach der Festnahme von Krajic nicht mehr sicher genug?

Dass sie von Müllers Leuten beobachtet wurden, merkten sie, als Markus bezahlen wollte und sie auf den Kellner warteten. Es wirkte völlig unverdächtig, als eine junge Frau zu ihnen an den Tisch trat und fragte, ob der Platz frei werden würde.

Als Markus nickte, setzte sie sich auf einen der freien Stühle. Diesmal erkannte er in ihr sofort eines der Bikinimädchen vom Lido.

„Ich soll Ihnen von Herrn Müller ausrichten, dass es besser wäre, wenn sie noch nicht in ihr Hotel gehen würden."

„Sollen wir auf einem Stuhl hier am Canale Grande übernachten?"

Die Frage von Markus war ironisch gemeint. Was hatte Müller jetzt schon wieder vor? Ihm war klar, dass der Agent für diese Ansage einen Grund haben musste.

Die Frau lächelte: „Alles halb so schlimm. Danny Danon hat sich vor Ihrem Hotel niedergelassen. Wir vermuten, dass er dort auf Sie wartet. Wir sorgen dafür, dass er innerhalb der nächsten zwei Stunden dort verschwindet. Dann dürfen sie zurück."

„Wirklich? Sind Sie sicher, dass es Danny Danon ist?"

Chiara schaute die Frau etwas erschrocken an, obwohl sie es gewesen war, die ihn am Lido wiedererkannt hatte.

„Wissen sie, warum er dort auf uns wartet?"

„Zakin und Müller vermuten, dass er im Auftrag von Zivkovic oder Ante Krajic dort ist. Wir möchten kein Risiko eingehen und darum die Bitte von Müller, sich die nächsten Stunden vom Hotel fernzuhalten."

„Wieso wollen sie wissen, dass er dann tatsächlich verschwunden ist?"

„Martin Müller und Zeev Zakin werden einen Grund finden, ihn von dort zu entfernen. Einer der beiden wird es ihnen später am Abend genauer erklären. Genießen Sie also noch für ein paar Stunden die Schönheit der Stadt. Sehen Sie den

Mann in dem gestreiften Shirt?" Sie deutete auf einen Mann, der ein paar Meter von ihrem Tisch entfernt geduldig wartete. „Es ist ein Gondoliere. Wenn Sie möchten, wird er sie mit seiner Gondel durch Venedig fahren."

Chiara war von dieser Idee sofort begeistert.

„Die Idee gefällt mir. Wir sollten die Gelegenheit nutzen."

„Für das Abendessen empfiehlt Ihnen Herr Müller das „Corte Sconta". Es befindet sich in der Calle del Pestrin und ist leicht zu finden. Falls Sie unser Angebot mit der Gondelfahrt annehmen, wird Sie der Gondoliere nach der Rundfahrt dort absetzen. Er weiß Bescheid. Die Fischgerichte in dem Restaurant sind wirklich hervorragend."

Gegen die Fahrt mit einer der schwarzen Gondeln hatte auch Markus nichts einzuwenden. Schon gar nicht, nachdem er die Vorfreude in den Augen seiner Begleiterin bemerkte. Auf diese Art konnten sie die Lagunenstadt einmal aus einer anderen Perspektive kennenlernen.

Der Mann im gestreiften Shirt ging voraus, zeigte auf eine Gondel und half ihnen beim Einsteigen.

Kaum hatten sie sich auf der gepolsterten Bank niedergelassen, als der Gondoliere sich mit dem steuerbordseitigen Ruder von der Kanalmauer abstieß und mit lauten Rufen in den Verkehr einordnete. Fasziniert sahen sie zu, wie er vom Heck aus das lange Boot manövrierte. Mit einem seiner Beine benutzte er dazu gelegentlich auch Hausmauern oder andere Boote, um das Gefährt in die gewünschte Richtung zu lenken. Bei sehr niedrigen Brücken brachte er die Gondel durch

Gewichtsverlagerung in Schlagseite, um darunter durchzukommen. Während er ihnen mit lautstarker Begeisterung die Sehenswürdigkeiten der Lagunenstadt zeigte, ließ er zwischendurch immer wieder Komplimente über die Schönheit der „Bella Signora" einfließen. Manchmal sprach er Chiara auch direkt mit „Donna Bionda Bella" an.

Fröhlich rief sie ihm zu, sich mit seinen Schmeicheleien in Acht zu nehmen. Ihr Mann würde ihn sonst im Kanal ertränken. Dadurch ließ er sich erst recht nicht bremsen. An der Aussprache erkannte er die Landsmännin. Von dem Moment an waren seine gesamten englischen und deutschen Sprachkenntnisse vergessen. Nun bekamen sie sämtliche Erklärungen über die Gebäude rechts und links sowie den einzelnen Brücken nur noch in italienischer Sprache zu hören. Chiara bemühte sich, alles schnell genug für Markus zu übersetzen.

Er genoss es, mit ihr im Arm, durch die Kanäle zu gleiten. Längst hatte er sich an die Verzücktheit gewöhnt, die seine Begleiterin häufig bei anderen Männern auslöste. So deutlich, wie von dem Gondoliere wurde sie glücklicherweise selten gezeigt.

Vor dem Corte Sconta verabschiedete er sich von ihr mit einem Handkuss und ihm gratulierte er lautstark zu seiner wunderschönen Signora. Die letzten Sätze des Mannes konnte Markus nicht verstehen und ließ sie sich von Chiara übersetzen. Sie musste dabei laut lachen.

„Er sagt, dass er mich für alle Zeiten ins Herz geschlossen hat. Falls ich mich dazu entschließen könnte, mit ihm zu gehen, würde er dir dafür die

Gondel sowie seine Frau mitsamt den drei Kindern überlassen."

Markus musste ebenfalls lachen. „Das ist ein wirklich großzügiges Angebot."

In gelöster Stimmung betraten sie das schlicht möblierte Restaurant, wurden von der Inhaberin offensichtlich erkannt und an einen ruhigen Ecktisch geführt, der für sie reserviert worden war.

Sehr schnell und mit starkem, venezianischem Dialekt zählte sie auf, was die Küche an diesem Abend zu bieten hatte. Eine Speisekarte schien es nicht zu geben.

Sie entschieden sich schließlich beide für die Goldbrasse, die hier in Folie gebacken wurde. Die Wirtin nickte zustimmend und empfahl ihnen dazu einen venezianischen Weißwein.

Das Essen war wirklich hervorragend. Martin Müller besaß genug Anstand, um erst zum Dessert zu erscheinen. Nach der Empfehlung des Bikinimädchens gerade für dieses Restaurant, hatten sie mit seinem Kommen gerechnet.

Der Agent ließ sich auf einen freien Stuhl nieder und schenkte sich ein Glas Wasser aus der Karaffe ein. „Entschuldigen Sie, dass ich mich hier einfach bediene, aber ich konnte keine Minute länger warten. Ich bin regelrecht am Verdursten."

Mit einem bedauernden Schulterzucken wandte er sich schließlich an Chiara.

„Es tut mir leid, aber die italienische Polizei hat vorhin Ihren Freund Danny Danon festgenommen. Er wird wohl in den nächsten Tagen nach Israel überstellt."

Chiara schaute etwas bedrückt und schweigend auf ihren Teller. Sie war mit ihm lange Zeit befreundet gewesen. Den brutalen Überfall auf der Insel Molat würde sie ihm niemals verzeihen können. Und doch tat er ihr leid.

Die Fröhlichkeit der vergangenen Stunden war auch bei Markus wie weggewischt.

„Was wirft man ihm vor?"

„Er hat Stanko Krajic darüber unterrichtet, dass Christine Landers ihnen, Herr Hagen, in Venedig vertrauliche Unterlagen des Freiherrn geben will. Danon will betrunken gewesen sein, als er ihm bei einem zufälligen Zusammentreffen davon erzählte. Der Kroate plante, vermutlich im Auftrag von Zivkovic, die Aufzeichnungen an sich zu bringen."

„Deswegen wird man Danon doch nicht in Italien verhaften?"

„Nein, natürlich nicht. Da ist noch mehr. Zeev Zakin durfte ihn, mit Einwilligung der hiesigen Polizei, nach seiner Festnahme verhören. Er hat zugegeben, dass sie beide drüben am Lido entführt werden sollten. Er, ebenso wie der aufdringliche Taxifahrer, hatten die Aufgabe, Krajic dabei zu helfen. Sie Herr Hagen, wollte man danach mit der Auflage freilassen, die Unterlagen zu beschaffen und gegen Frau Bertone auszutauschen."

„Auf diesen freundlichen Vorschlag wäre ich mit Sicherheit eingegangen".

Müller nickte: „Das denke ich mir. Doch Frau Bertone wäre trotzdem nicht freigekommen. Danon hatte da seine eigenen Pläne."

Der Agent machte eine kurze Pause, schaute zu Chiara und trank noch einen Schluck Wasser.

„Ab hier wird dessen Aussage etwas wirr. Ihr Freund scheint sich einzubilden, dass er ein Anrecht auf Sie habe, Frau Bertone. Dass sie sich für Herrn

Hagen entschieden haben, betrachtet er als Verrat an ihm. Nach der Übergabe der Unterlagen hätte Krajic sie an Danon zur freien Verfügung übergehen. So jedenfalls hat man es ihm versprochen."

Müller schüttelte mit gerunzelter Stirn den Kopf.

„Das alles klingt ein bisschen verrückt. Doch sie sowie ein paar Tausend Euro sollten die Belohnung für Danons Beteiligung sein. Um sie irgendwo unterzubringen, hat er extra einen abgelegenen Ferienbungalow bei Cavallino gemietet. Zudem hatte Krajic ihm versprochen, Herrn Hagen nach der Übergabe der Aufzeichnungen zu töten. Während Sie als Gefangene in diesem Haus sitzen, wollte Danon ihnen die Nachricht von seinem Ableben persönlich überbringen. Er hatte die irrwitzige Vorstellung, dass sie dann mit ihm zusammenbleiben."

Chiara zitterte und Markus nahm ihre Hand.

„Das hat Danny wahrhaftig gesagt? Das ist krank."

„Zakin hat mir das Verhör am Telefon geschildert und ich gebe es ihnen sinngemäß weiter. Danon scheint wirklich nicht mehr ganz bei Sinnen zu sein. In dem wirren Geständnis war auch die Rede davon, sie von seinen körperlichen Vorzügen überzeugen zu wollen. Er hat zudem darüber nachgedacht, sie zu einem späteren Zeitpunkt umzubringen."

Chiara reagierte gleichermaßen geschockt und aufgebracht.

„Er hat vorgehabt, mich zu vergewaltigen und am Ende zu töten? Er ist ein Freund gewesen."

„Ja. So jedenfalls hat er es zu Zakin gesagt. Ihre bloße Freundschaft war ihm wohl nicht genug. Allerdings hat er später auch beteuert, sie unter bestimmten Umständen zu begnadigen. Ich habe nicht die geringste Ahnung, wie er sich das vorgestellt hat. Zakin ist daraus selber nicht schlau geworden."

Markus sah Müller fragend und gleichzeitig zweifelnd an: „Das bedeutet aber auch, dass Thurau noch keine Ahnung von dem geplanten Verrat seiner Vertrauten hat. Er und Zivkovic haben ihm nichts davon erzählt?"

„Wenn wir Danons Aussage glauben, dann ist der Freiherr immer noch ahnungslos. Die Kroaten wollten in den Besitz der Aufzeichnungen kommen, um den Freiherrn bei passender Gelegenheit unter Druck zu setzen. Womöglich denkt er, dass Thurau ihn nur ungenügend unterstützt."

„Kann die Regierung von Deutschland nichts gegen Zivkovic unternehmen? Stellen Sie sich nur vor, was alles passieren kann, wenn dieser Kriminelle Präsident von Kroatien wird. Das Land ist inzwischen immerhin Mitglied in der EU."

„Ich glaube, darüber brauchen wir uns keine Gedanken mehr zu machen. Zakin hat sämtliche Informationen über Zivkovic an die israelische Botschaft in Zagreb weitergegeben. Dort wird man sich unverzüglich mit den dortigen Behörden in Verbindung setzen. Damit Gefolgsleute von Zivkovic, die man auch in der augenblicklichen kroatischen Regierung findet, den Bericht nicht unter den Tisch fallen lassen, wurde auch die Presse, hauptsächlich in Kroatien und Italien, informiert. Ihre Kollegen werden sich mit Freude auf die Informationen stürzen. Ich gehe davon aus, dass sich die Präsidentschaftskandidatur damit von selber erledigt hat. Wenn dort alles mit rechten Dingen zugeht, wird man ihn wohl bei einer Rückkehr nach Kroatien sofort verhaften. Daran werden hoffentlich auch seine einflussreichen Anhänger nichts ändern können."

„Mit Christine Landers konnten Sie noch keinen Kontakt aufnehmen?"

„Leider nein. Sie hat den Palazzo nur einmal für kurze Zeit verlassen, um einzukaufen. Dabei hat sie einer der Glatzköpfe begleitet. Jedenfalls können wir jetzt sicher sein, dass sie tatsächlich dort abgestiegen ist."

„Schade. Ich habe gehofft, dass bald etwas geschieht."

„Uns wäre es ebenfalls sehr recht, wenn das Treffen mit ihr schon vorbei wäre. Das ständige Abwarten zehrt an den Nerven."

Martin Müller stand auf.

„Ich muss gehen. Zwei aus meiner Mannschaft werden draußen in der Nähe des Restaurants stehen und ein Auge auf Sie haben. Aber egal was passiert, bleiben Sie immer zusammen. Sie sollten keinen Moment getrennt sein. Wir wissen nicht, ob Zivkovic sich für Krajic Ersatz besorgt hat. Von Kroatien aus ist man schnell in Venedig. Unter Umständen könnte er dann nochmals den Versuch unternehmen, sie zu entführen."

Besonders die Italienerin schaute er dabei nicht ohne Sorge an.

Nachdem Müller gegangen war, bestellte Markus für sie beide Grappa und Espresso. Er hatte Chiaras nachdenkliche Stimmung bemerkt und wollte sie ein wenig aufheitern.

„Dass man in Venedig nicht mit dem Auto fahren kann, hat einen großen Vorteil. In der Stadt gibt es auch keine Alkoholkontrollen."

Chiara versuchte ein zaghaftes Lächeln. „Den Schnaps kann ich jetzt gebrauchen. Ich hätte nie gedacht, dass ich mich in einem Menschen, wie in Danny, so täuschen kann."

„Dass er sich in dich verliebt hat, kann ich verstehen. Schließlich ist mir das auch passiert. Doch auf die Abfuhr mit deiner Entführung zu reagieren, ist wirklich krass."

Die dunkelhaarige, schlanke Frau, die ohne Begleitung das Restaurant betrat, musterten sie nur flüchtig. Erst nachdem sie vor ihrem Tisch stehenblieb, erkannte Markus sie wieder. Christine Landers war gekommen.

Er hätte sie bald nicht wiedererkannt. Die blonden Haare steckten unter einer dunkelbraunen Perücke. Ihre Gesichtszüge erschienen ihm hagerer als damals, Nase und Kinn vielleicht etwas spitzer. Auch die Farbe ihrer Augen hatte sie verändert. Sie waren nicht mehr blau, sondern braun. Kontaktlinsen nahm Markus an.

Als sie sich auf den soeben frei gewordenen Stuhl setzte, stieß sie recht ungeschickt gegen Chiara. Dabei schaute sie Markus mit etwas spöttischem Blick an.

„Erkennst du mich nicht wieder? Ich beobachte euch seit einer Weile durch das Fenster und habe schon befürchtet, dass Müller den ganzen Abend hier sitzen bleibt."

Trotz der gespielten Lockerheit konnte er ihr die Anspannung über das Treffen anmerken.

Chiara wusste sofort, um wen es sich bei der Frau handelte. Markus musste sie ihr nicht vorstellen. Um die Höflichkeit zu wahren, tat er es trotzdem.

„Markus, kann ich dich unter vier Augen sprechen?"

Sie schaute die Italienerin an, als wolle sie sagen: Verschwinde endlich. Merkst du nicht, dass du hier störst.

Mit leichtem Druck auf Chiaras Arm bedeutete er ihr, bei ihm zu bleiben.

„Sie wird nicht gehen. Alles was du zu sagen hast, kann sie auch hören."

Christines Befehlston passte ihm nicht. Zudem befolgte er mit der Weigerung auch die Warnung Müllers, der ihnen eben erst geraten hatte, zusammenzubleiben.

Die Augen seiner ehemaligen Freundin funkelten ihn ärgerlich an.

„Was willst du Martin Müller sagen, wenn ich jetzt gehe, ohne dir den Chip mit den Unterlagen gegeben zu haben?"

Hagen lächelte sie kalt an: „Ich bin nicht sein Lakai und muss mich vor ihm nicht rechtfertigen. Er hat mich zu dem Treffen mit dir gedrängt. Soviel mir bekannt ist, willst du, dass dir der deutsche Geheimdienst aus der Patsche hilft. Mir selber wäre es lieber gewesen, der Mörderin meiner Tochter nicht zu begegnen." Er überlegte kurz, bevor er weitersprach: „Zumindest bist du mitschuldig an ihrem Tod."

„Ich hatte damit wirklich nicht das Geringste zu tun." Christine Landers lehnte sich zurück. Sie wirkte plötzlich müde und abgespannt.

„Vielleicht ist es besser, wenn ich die Zusammenhänge von damals gleich zu Beginn erkläre." Durch Hagens harsche Reaktion aus dem

Konzept gebracht, brauchte sie einen Moment, um sich zu fassen.

„Nachdem mein Schwager in Israel aufgetaucht war und er mir voller Stolz von seinem verrückten Plan erzählte, habe ich alles versucht, ihm den Irrsinn auszureden. Das kannst du mir ruhig glauben. Dass ausgerechnet Nina zu den Opfern zählte, war ein verdammter Zufall. Es hätte viele andere Kinder treffen können. Du weißt, dass ich Nina mochte und wir uns gut verstanden haben."

Sie schwieg und Chiara beobachtete die ehemalige Geliebte schweigend. Sie versuchte sich vorzustellen, wie die Frau ohne die Perücke aussah. Christine Landers war immer noch eine hübsche Frau, auch wenn sie jetzt müde und erschöpft wirkte. Der Tod von Nina damals schien sie in der Tat getroffen zu haben. Oder konnte sie sich so gut verstellen?

Hagen glaubte an Letzteres. In Israel war es ihr ausgezeichnet gelungen, ihn die ganze Zeit über zu täuschen?

„Das ist alles, was du zu sagen hast?"

Chiara spürte die Erregtheit und Wut, die in ihm aufkam. Diesmal war sie es, die seine geballten Fäuste in ihre Hände nahm und festhielt. Ihre großen, braunen Augen versuchten, seinen Blick einzufangen. Schließlich gelang es ihr.

Markus atmete tief durch und nickte ihr dankbar zu. Er hatte sich wieder gefangen. „Du behauptest also, nichts mit diesem rechtsradikalen Geschmeiß zu tun zu haben?"

Die falschen braunen Augen unter den falschen braunen Haaren versuchten, ihm offen ins Gesicht zu blicken.

„So etwas kann ich nicht sagen, weil es nicht der Wahrheit entsprechen würde."

„Was ist deine Wahrheit?"

„Lass mich bitte ausreden. Vielleicht verstehst du meine damalige Situation dann besser. Es soll keine Entschuldigung werden."

Nachdem Markus darauf nicht antwortete, sprach sie weiter: „Meine Familie gehörte zu den ärmeren Leuten in unserem Stadtviertel. Andere haben uns asozial genannt. Seit der Kindheit hat man mir eingetrichtert, dass an der ständigen Arbeitslosigkeit meines Vaters die vielen Ausländer schuld sind. Solche Aussagen habe ich Tag für Tag zu hören bekommen und letztendlich geglaubt. Mein Fehler war es, dass ich nie über den Tellerrand hinausgeschaut habe."

Markus und Chiara schauten sie schweigend an. Sie warteten darauf, dass die Frau weitersprach.

„Wie meine Schwester bin ich durch unseren Vater zur Jugendorganisation der „Heimattreuen" gekommen. Du wirst von der Organisation gehört haben. Seit meinem zehnten Lebensjahr sind sie ein Teil von mir gewesen. Dort kümmerte man sich um mich und die anderen Kinder aus der Nachbarschaft. Das Jugendheim wurde unser zweites Zuhause. Dort konnte ich mich mit Freunden treffen. Von da an bin ich eigentlich nur zum Schlafen nach Hause gegangen. Nachdem ich die Schule beendet hatte, lernte ich Friedrich von Thurau kennen. Er bot mir an, mein Studium zu finanzieren. Als Gegenleistung sollte ich nebenbei für ihn arbeiten. Er und hauptsächlich sein sogenannter Sekretär Ralf Knoten sind so eine Art übergeordnete Institution für die „Heimattreuen" und einige andere, ähnliche

Organisationen. Alle zusammen kämpften wir für ein sauberes Deutschland. Bei ihm fühlte ich mich endgültig am richtigen Platz. Als ich begann, für den Freiherrn zu arbeiten, musste ich nach außen hin alle Kontakte zu den „Heimattreuen" abbrechen. Selbst ehemalige Freunde durfte ich nicht mehr sehen und meine Familie nur sehr selten. Letzteres ist mir nicht schwergefallen. Die Arbeit bei Thurau bestand anfangs darin, Ralf Knoten bei der Organisation von politischen Schulungen, Jugendlagern und Ähnlichem zu unterstützen. Ich war so etwas wie eine Hilfskraft. Nach dem Studium habe ich nur noch für den Freiherrn gearbeitet, ihn juristisch beraten und in seiner politischen Arbeit unterstützt."

Sie machte eine Pause, um eine Flasche Mineralwasser zu bestellen.

„Willst du damit sagen, dass Thurau keinerlei direkten Einfluss auf die „Heimattreuen" und ähnliche Organisationen ausgeübt hat? Er soll alles seinem Sekretär überlassen haben? Das glaube ich nicht."

„Wenn es Friedrich von Thurau für nötig hielt, hat er mit ziemlicher Sicherheit gewisse Anregungen an Ralf Knoten weitergegeben. Aber ansonsten haben sie sich stets die Arbeit geteilt. Der Freiherr kümmert sich um die große Politik. Sein Ziel ist es, die Parteien des rechten Spektrums in Europa zu einen. Knoten gibt hinter den Kulissen in der rechtsradikalen Szene Deutschlands den Ton an. Er liebt es, vor Hunderten von Glatzköpfen den großen Feldherrn zu spielen. Es gefällt ihm, wenn Dutzende dieser hirnlosen Affen Wehrkampfübungen veranstalten. Nur deshalb ist er gelegentlich als Zuschauer dabei. Seit vielen Jahren versucht er, die gesamte rechte Szene in Deutschland zu einer Einheit unter dem Namen der

„Heimattreuen" zu formen. Dazu gehören inzwischen auch die wirklich Radikalen. Unter den Augen des Verfassungsschutzes und der Polizei hat er beachtliche Ergebnisse erzielt.

Thuraus Spielplatz dagegen ist das politische Parkett Europas. Er hat Knoten stets freie Hand gelassen. Auf keinen Fall wollte er bei den „Heimattreuen" persönlich in Erscheinung treten. Das hätte seinem Ansehen in Europa schaden können. Thurau sieht seine Aufgabe darin, Verhandlungen mit den rechtspopulistischen Parteien in Frankreich, Holland, Österreich, Ungarn und Kroatien zu führen. Er möchte, dass die Parteien dieser Länder nach der kommenden Europawahl eine gemeinsame Fraktion bilden. Sie könnte dann das stärkste Lager im Europaparlament sein. Ich bin dabei so etwas wie seine rechte Hand. Mit Ralf Knoten habe ich in den Jahren nach meinem Studium beruflich nur wenig zu tun gehabt. Nur wenn es unbedingt sein musste. Er mag mich nicht, und ich kann ihn ebenfalls nicht ausstehen."

Nachdem Markus immer noch nichts sagte, sprach sie nach einer kurzen Pause weiter: „Ich erzähle das alles, um dich davon zu überzeugen, das ich mit den „Heimattreuen", insbesondere mit den Attentätern in Israel nichts zu tun hatte. Ralf Knoten führt ganz alleine die regelmäßigen Besprechungen mit den Gauleitern der Rechtsradikalen. Jedenfalls mit denen, die der Freiherr mit seinem Geld unterstützt. Ich gehe davon aus, dass Thurau über einen Großteil der Aktionen eingeweiht war. Ich bin einmal dabei gewesen, als sie sich über die Gründung von Bürgerwehren unterhielten. Die sollten dann zum Beispiel an nationalsozialistischen

Gedenktagen Aufmärsche organisieren oder auch Angriffe gegen Asylantenheime unternehmen."

„Du redest von so feigen Überfällen wie auf das Ausländerheim in Rostock?"

„Ja."

„Gibt es Beweise, dass Thurau direkt etwas mit diesen Anschlägen zu tun hatte? Das er zumindest davon gewusst hat?"

„Nein, die wirst du sicherlich nicht finden. Dafür ist er zu schlau. Wie bereits gesagt, hatte er mit den „Heimattreuen", jedenfalls nach außen hin, nichts zu schaffen. Wenn das herausgekommen wäre, hätte seine politische Arbeit darunter gelitten. Das lag in Knotens Zuständigkeitsbereich."

„Dessen Verbindung zu den „Heimattreuen" war doch offensichtlich. Ich sehe da keinen Unterschied. Das hätte doch Thurau genauso schaden müssen. Immerhin handelt es sich um seinen Sekretär."

„Können wir später darauf zurückkommen? Zuerst möchte ich erklären, was damals in Israel geschah."

Christine Landers schaute Hagen fragend an. Nachdem er nickte, erzählte sie weiter.

„Die Anschläge in Israel kamen für den Freiherrn, zum damaligen Zeitpunkt, ziemlich ungelegen. Thurau befand sich da bereits im Anfangsstadium der Planungen und Vorbereitungen für den großen Schlag. So jedenfalls hat er sich ausgedrückt."

Sie machte eine weitere Pause, bevor sie fortfuhr: „Ich möchte aber nicht ausschließen, dass Ralf Knoten von den Anschlägen in Israel wusste oder sie sogar unterstützt hat. Immerhin kamen die Attentäter aus den Reihen der „Heimattreuen". Falls das so sein sollte, ist mir der Grund dafür unbekannt. Nach meiner Rückkehr aus Israel hat er manchmal eine

Bemerkung fallen lassen, die auf seine Beteiligung an den Attentaten hindeuten könnte. Es ist aber möglich, dass ich ihn falsch verstanden habe. Mit Bestimmtheit kann ich also nicht sagen, ob Knoten von den Anschlägen in Israel wusste oder sogar dahinterstand. Wenn dem so sein sollte, dann hat er mit Thurau darüber gesprochen, wenn ich nicht in ihrer Nähe war. Knoten gilt offiziell als der Sekretär des Freiherrn, aber in Wirklichkeit sind sie gleichberechtigt. Anders sind seine vielen Freiheiten nicht zu erklären. Wie ich schon sagte, gibt es zwischen den beiden Männern eine strikte Arbeitsteilung. Trotzdem sprechen sie sich natürlich ab. Thurau hat einen fast krankhaften Hass auf alles, was jüdisch ist und auf die Personen, die mit Israel zusammenarbeiten. Er will dem Land Israel und den Juden allgemein schaden. Der Freiherr möchte die Israelis da treffen, wo es richtig wehtut. Anschläge auf ein paar Politiker aus der zweiten Reihe oder unwichtige Geschäftsleute sind nicht sein Stil. Damit kann er Israel nicht wirklich wehtun. Sein höchstes Ziel wäre es, den Judenstaat samt den Bewohnern als Ganzes auszulöschen. So hat er sich einmal ausgedrückt. Gewissermaßen verfolgt er ähnliche Absichten wie seinerzeit Adolf Hitler. Der wollte ebenfalls alle Juden vernichten. Würde Thurau die Araber nicht ebenso verachten, hätte er sich längst mit ihnen zusammengetan."

Christine Landers machte abermals eine Pause, um etwas zu trinken.

„Jetzt bin ich schon wieder vom eigentlichen Thema abgekommen." Sie überlegte kurz, wie sie fortfahren sollte. „Ich will gar nicht erst abstreiten, dass ich dich im Auftrag von Thurau kennengelernt habe. Ich sollte für ihn gewisse Informationen über ganz bestimmte Leute in Israel beschaffen. Unser Verhältnis ist dabei eine zusätzliche und absolut logische Tarnung für mich gewesen. Du hast mich zu Empfängen mitgenommen. Durch dich konnte ich Menschen kennenlernen, denen ich als kleine Botschaftsangestellte vermutlich niemals begegnet wäre."

Sie machte erneut eine Pause, bevor sie etwas erregt fortfuhr: „Es wäre für mich sicherlich besser gewesen, wenn wir beide uns nie kennengelernt hätten. In der Zeit mit dir habe ich gelernt, anfangs gegen meinen Willen, über den rechten Tellerrand hinauszuschauen. So nach und nach wurde mir klar, welch idiotischen Ideologien ich mein Leben lang gefolgt bin. Ich habe begriffen, wie sehr ich mich die ganzen Jahre über von meiner Umgebung habe vereinnahmen lassen. Bevor ich dich kennenlernte, war ich von unseren politischen Ideen zu einhundert Prozent überzeugt."

Sie betrachtete ihre Hände, als sie sehr viel leiser hinzufügte: „Es soll keine Ausrede oder Entschuldigung sein, aber mein Umdenken begann ungefähr zu der Zeit, als ich feststellte, dass du mir nicht mehr gleichgültig warst."

Als sie aufblickte, hatte sie die Selbstsicherheit zum großen Teil wiedergefunden. „An diese Möglichkeit haben Thurau und ich nicht gedacht. Nachdem ich das bemerkt hatte, musste ich mich entscheiden. Am Abend des Tages, an dem Nina getötet wurde, wollte ich mit dir reden. Ich hatte mir fest vorgenommen, dir die Wahrheit über meinen wirklichen Auftrag in Israel erzählen. Ich konnte und wollte mit diesen Lügen nicht mehr weiterleben."

Christine Landers lächelte müde.

„Mir war natürlich klar, dass ich damit riskieren würde, dich zu verlieren. Doch ich musste es wenigstens versuchen. Vielleicht hättest du mir verzeihen können. Das habe ich damals jedenfalls gehofft."

Ihre Worte schienen ehrlich zu sein. Chiara glaubte es. Hagen war weiterhin misstrauisch.

„Und nach deinem überstürzten Abgang aus Israel hast du dich sofort wieder mit Thurau zusammengetan. Da waren alle Zweifel an seinen politischen Idealen verflogen?"

Christine Landers rieb sich mit beiden Zeigefingern über die Stirn, so als wolle sie die Falten glätten. Markus fiel ein, dass sie es schon früher getan hatte.

„Nachdem mein Schwager aufgeflogen war, wusste ich, dass die Israelis mich früher oder später verdächtigen würden, mit den Attentätern gemeinsame Sache gemacht zu haben. Es erschien mir logisch, erneut bei Friedrich von Thurau Schutz zu suchen. Sonst hätten mich nicht nur die Israelis, sondern auch seine Anhänger verfolgt. Zudem war er der Einzige, der mir in dieser Situation helfen konnte. Durch ihn bin ich schließlich zu einer neuen Identität gekommen. Doch meine Zweifel an allem, für was er eintrat, sind seitdem nie mehr vergangen. Ich habe lange darüber nachgedacht, wie ich mich aus seinen Fängen befreien kann. Über Bekannte habe ich schließlich Kontakt zum Verfassungsschutz in Berlin aufgenommen."

„Nur deswegen?"

„Nein, es gibt einen weiteren Grund dafür. Thurau hat sich, diesmal in Zusammenarbeit mit Knoten, einen Plan ausgedacht, mit dem ich absolut nichts zu tun haben möchte. In München soll es ein aus meiner Sicht völlig sinnloses Attentat geben. Danach bin ich für ihn nutzlos und soll irgendwie entsorgt werden."

„Wieso willst du das wissen?"

„An dem Plan für einen Anschlag arbeiten Thurau und ich schon seit Jahren. Nur Ort und Zeit waren noch nicht bekannt. Das war auch der Grund für meinen Aufenthalt in Israel. Ich habe dort nach Leuten aus der Regierung gesucht, die als angebliche Attentäter infrage kommen würden. Ich brauchte möglichst viele Hintergrundinformationen über sie und ihre Fingerabdrücke für die gefälschten Pässe. Vor Kurzem habe ich dann ein Gespräch zwischen dem Freiherrn und dessen Sekretär mitbekommen. Ralf Knoten war der Meinung, dass ich nach dem Attentat ein Sicherheitsrisiko bin und von Thurau hat dem zugestimmt."

Ihr Ton wurde etwas zynisch: „Typisch Friedrich. Wenn sein Anschlag gelingt, wird das viel Staub aufwirbeln. Damit es nicht die geringste Spur zu ihm gibt, werden Mitwisser vorher beseitigt."

Chiara mischte sich zum ersten Mal in das Gespräch ein: „Aber dieser Ralf Knoten ist auch ein Mitwisser."

„Vielleicht kann Friedrich mich leichter entbehren als seinen sogenannten Sekretär. Oder die beiden haben noch weitergehende Pläne. Ich weiß es einfach nicht."

„Wieso können Sie es überhaupt wagen, sich mit Markus in Venedig zu treffen. Wird er Sie nicht überwachen lassen?"

„Sie müssen sich in diesem Fall keine Sorgen um mich machen. Vor dem Restaurant stehen lediglich zwei Leute, die zu Müller gehören."

Sie lächelte Chiara etwas überheblich an.

„Thurau selber hat mir aufgetragen, mich mit Markus zu treffen. Er möchte unbedingt herausfinden, was ihn nach Venedig treibt. Er sieht einen Zusammenhang zwischen dem Fund der Pässe und dem Aufenthalt hier. Den es natürlich gibt, aber wovon er nichts weiß."

„Heißt das, du hast es so arrangiert, dass die gefälschten Ausweise und das Geld in meine Hände fallen?"

„Natürlich habe ich das organisiert. Der Kurier wurde dafür sehr gut bezahlt. Die gefälschten Dokumente und die registrierten Geldscheine sollten das Eintrittsgeld für mein freies, zukünftiges Leben sein."

„Wer war die Frau mit den roten Haaren, die mich mit einer Pistole bedroht hat? Gehörte sie auch zu deinem Plan?"

„Nein, sie hatte von Thurau den Auftrag bekommen, Pässe und Geld in Zadar in Empfang nehmen und nach Deutschland zu bringen. Die Übergabe sollte bei einem bestimmten Ausflugsboot stattfinden. Nachdem der Kurier den beabsichtigten Schwächeanfall bekam, wollte sie mit ihrem Eingreifen die Situation retten. Sie war es, die Ralf Knoten von dem Misserfolg berichtete."

„Was hat es mit den Geldscheinen auf sich, die ich zusammen mit den Pässen gefunden habe?"

„Wie ich schon sagte, handelt es sich dabei um registrierte Scheine. Das Geld wurde von einer Bank in Jerusalem nachweislich an einen Mitarbeiter des Mossad ausgegeben."

Dass die Sachen ihm absichtlich zugespielt worden waren, überraschte Markus nicht besonders. Er hatte es seit längerer Zeit vermutet.

„Wieso bist du ausgerechnet auf mich gekommen?"

„Ich kannte deinen Aufenthaltsort in Kroatien und konnte es so einrichten, dass die Übergabe durch den Kurier in Zadar stattfindet. Aus eigener Erfahrung wusste ich, dass du gute Verbindungen zu den verschiedensten israelischen Regierungsstellen hast. Wie von mir erwartet, kam damit auch der deutsche Geheimdienst beziehungsweise der Verfassungsschutz ins Spiel. Von denen erwarte ich mir schließlich ein bisschen Hilfe."

„Kannst du mir etwas über die Finanzierung der „Heimattreuen" und ähnlicher Organisationen erzählen? Woher kommt das ganze Geld und was will Thurau überhaupt erreichen? Abgesehen von seinen Plänen für ein geeintes, rechtsradikales Europa. Er muss doch noch andere Ziele verfolgen."

„Warum möchtest du das wissen?"

„Ich bin mal Journalist gewesen und darum grundsätzlich neugierig."

„Na gut. Ich will mal versuchen, das Thema kurz zu umreißen. Einzelheiten darüber wird Müller auf dem zweiten Datenstick finden. Thurau möchte so etwas wie ein viertes Reich in Deutschland errichten. Darum finanziert er aus eigenem Vermögen etliche rechte Parteien und Gruppierungen. Inzwischen gibt es viele Unterstützer in der Industrie, die sich ungemein spendabel zeigen. Meist sind es die Firmenchefs kleinerer und mittlerer Unternehmen.

Sie glauben an seine Ideen und möchten von Anfang an dabei sein. Ähnliches hat es bereits zu Beginn des Dritten Reiches gegeben. Die „Heimattreuen" finanzieren sich inzwischen fast komplett durch Mitgliedsbeiträge. Schon bald wird es auch in Deutschland eine Partei geben, die wirklich Einfluss auf die politische Arbeit nehmen kann."

„Wie will er das erreichen?"

„Die Vorarbeit läuft bereits. Die „Heimattreuen" sind nicht nur eine Bande von Idioten, die gegen Ausländer vorgehen. Insgeheim leistet die Organisation ganz im Stillen wirkliche Sozialarbeit. Mehr als es der Staat tut."

„Zum Beispiel?"

„Nehmen wir mal eine Familie mit drei Kindern. Beide Elternteile sind seit Jahren arbeitslos und leben mehr schlecht als recht von Hartz IV. Aus irgendeinem Grund kommt der Zeitpunkt, wo sie ihre Miete nicht mehr bezahlen können. Jetzt kommen die „Heimattreuen" ins Spiel. Durch andere Mitglieder haben sie von der Situation der Familie erfahren. Daraufhin bekommen sie Besuch vom zuständigen Gauleiter oder einem seiner ehrenamtlichen Mitarbeiter. Zusammen suchen sie nach dem Grund für ihre missliche Lage sowie einem Ausweg. Wenn die Voraussetzungen stimmen, sorgen sie dafür, dass die Familie ihre Wohnung nicht verliert. Oftmals leisten sie auch direkte finanzielle Hilfe."

„Wie sehen die Voraussetzungen aus", wollte Markus wissen.

„Es muss sich um Deutsche handeln. Das ist schon alles. Aber weiter mit meinem Beispiel. Der zuständige Gauleiter wird versuchen, zumindest für einen Elternteil Arbeit zu finden. Oft kommen Leute aus solchen Familien dann in Firmen unter, die schon vorher zu den Unterstützern zählten. Von dem zukünftigen Gehalt geht ein bestimmter Prozentanteil als Mitgliedsbeitrag zurück an die „Heimattreuen". Manche der Familien werden aktiv von eigenen sogenannten Sozialarbeitern betreut. Für alle Probleme gibt es Ansprechpartner. Für Kinder, wie ich eines war, gibt es Freizeitheime. Bei Bedarf erhalten sie kostenlosen Nachhilfeunterricht. Inzwischen gibt es bereits Altersheime, die insgeheim den „Heimattreuen" gehören. Dort werden nur Mitglieder der Organisation aufgenommen. Ebenso verhält es sich mit Entzugskliniken für Alkoholiker und Drogensüchtige. Thurau möchte damit erreichen, dass diese Leute sich ihr Leben lang an die „Heimattreuen" gebunden fühlen. Er verführt sie regelrecht zu einem besseren Dasein und größtenteils sind sie ihm dafür dankbar. Selbstverständlich wählen sie dann auch eine Partei, die ihnen von den Betreuern empfohlen wird."

„Du sprichst immer von Thurau. Vorher hast du aber betont, dass Knoten die „Heimattreuen" führt?"

„Die Idee, Familien in Notsituationen aufzufangen und ihnen Hilfe anzubieten, stammt von Friedrich. Knoten ist derjenige, der die Vorschläge weitergibt."

„Was wirst du dem Freiherrn über unser Treffen erzählen?"

„Die Wahrheit. Dass ich versucht habe, dich von meiner Unschuld am Tod deiner Tochter zu überzeugen, und es mir nicht besonders gut gelungen ist."

„Das stimmt. Aber immerhin hast du mich dazu gebracht, darüber nachzudenken."

Markus merkte, dass Chiara immer noch seine Hand hielt. In der Öffentlichkeit mochte es albern aussehen, aber er war ihr dankbar dafür.

„Ich muss darüber noch einmal mit den Israelis sprechen. Möglicherweise kann ich von ihnen zusätzliche Informationen bekommen. Sollte allerdings dabei herauskommen, dass du am Tod von Nina mitschuldig bist, werde ich alles dran setzen, damit dich ein Gericht dafür verurteilt. Egal, wo auf der Welt du dich dann gerade aufhältst."

„Du wirst sehen, dass ich wenigstens diesmal die ganze Wahrheit gesagt habe."

„Gut. Können wir jetzt zum wirklichen Grund für unser Zusammentreffen kommen?"

„Gerne. In wenigen Wochen findet in München die alljährliche Sicherheitskonferenz statt."

„Thurau plant also tatsächlich einen Anschlag auf die Teilnehmer? Das ist absurd. Es wird ihm nicht gelingen."

„Der Freiherr mag alles Mögliche sein, aber er ist nicht verrückt. Unmittelbar nach der Sicherheitskonferenz findet, ebenfalls in München, ein Kongress der Weltunion für progressives Judentum, also des Reformjudentums, statt. Da soll es zu dem geplanten Anschlag kommen. Thurau und Knoten rechnen damit, dass die Polizeiorgane nach dem problemlosen Ablauf der Sicherheitskonferenz etwas weniger aufmerksam sind. Zu diesem Kongress werden alle führenden Persönlichkeiten der Reformjuden nach München kommen. Ihr Präsident ist, soviel ich noch weiß, Rabbiner Ralph Tenton aus den Vereinigten Staaten. Für das Attentat wird man danach den israelischen Geheimdienst Mossad verantwortlich machen."

„Welchen Grund sollte der Mossad haben, so einen Anschlag durchzuführen? Selbst wenn es dafür Beweise gibt, wird man es nicht glauben."

„Die Beweise sollten unter anderem die gefälschten Pässe samt den Geldscheinen sein. Dazu kommt, dass der Rabbiner Ralph Tenton ein erklärter Gegner des israelischen Ministerpräsidenten und seiner Politik ist. Tenton will die amerikanischen Juden sogar dazu auffordern, ihre Spendenbereitschaft zu überdenken. Das hat es noch nie gegeben und wäre ein schwerer Schlag für das Land. Es geht dabei um Milliarden von Dollar, die jedes Jahr nach Israel fließen."

Markus dachte nach. Er erinnerte sich an Ralph Tenton. Vor Jahren hatte er ihn interviewt. Er konnte sich erinnern, dass der Rabbiner dabei für eine endgültige Friedenslösung mit den Palästinensern eingetreten war. Mit deutlichen Worten hatte er die Siedlungspolitik in den besetzten Gebieten kritisiert. Mit dieser Aussage lag er auf einer Linie mit der amerikanischen Regierung. Markus traute Tenton durchaus zu, den israelischen Ministerpräsidenten mit solch einer Drohung zu Eingeständnissen zu bewegen. Wenn es um viel Geld ging, überlegte sich jeder Politiker anstehende Entscheidungen mehrmals. Er wandte sich wieder an Christine.

„Für den geplanten Anschlag gibt es Belege?"

„Alle Planungen wie den zeitlichen Ablauf, die echten Namen der Attentäter, wann sie in München eintreffen, wo sie wohnen werden und einiges mehr findet ihr auf den Speicherstick. Thurau versucht gerade, Ersatz für die verlorenen Papiere zu beschaffen. Ich bin ihm dabei behilflich. Um die Polizei zu beschäftigen, wird es gleichzeitig in den

Großstädten Aufmärsche der Rechten geben. Gewaltsame Ausschreitungen sind auch in der Münchner Allianz-Arena während eines Fußballspiels geplant. Die „Heimattreuen" und weitere Organisationen der Rechtsradikalen wurden aufgefordert, dabei gewaltsam gegen die Polizei vorzugehen. Wie ich Ralf Knoten kenne, hat er noch viel mehr geplant. Er bezeichnet diese Aktionen als seine „Begleitmusik". Die Aufzeichnungen auf dem Chip sollten ausreichen, um wenigstens das Attentat in München schon im Vorfeld zu verhindern. Über weitere Einzelheiten zu Knotens sogenannter „Begleitmusik" kann ich nichts sagen, weil sie mir bisher unbekannt sind."

„Wann bekomme ich den Stick?"

„Er befindet sich bereits in der Handtasche deiner Begleiterin."

Chiara schaute sie verwundert an und wollte nach ihrer Tasche greifen. Christine schüttelte den Kopf.

„Nicht nachschauen. Falls Thurau mich beobachten lässt, könnten die Leute auf dumme Gedanken kommen", sagte sie hastig.

Markus musste ihr Recht geben. Darum hatte sie sich beim Hinsetzen so ungeschickt benommen.

„Gibt es auf diesem Chip auch Hinweise über die weiteren Tätigkeiten deines Freiherrn?"

„Das findet Müller alles auf dem zweiten Chip, den ich erst in München übergeben werde. Sobald ich meinen neuen Pass in den Händen halte. Von den Rechnern des Freiherrn und auch des Sekretärs konnte ich ein komplettes Backup machen. Sie sind zwar passwortgeschützt, aber es sollte für den Verfassungsschutz kein Problem sein, es zu knacken. Müller und die Staatsanwaltschaft werden darauf genügend Material finden, um beide Männer für viele Jahre aus dem Verkehr zu ziehen. Hauptsächlich auf dem Rechner von Ralf Knoten dürften sich auch Hinweise und vielleicht sogar Pläne für Anschläge auf Ausländerheime befinden. Daraus geht unter Umständen auch hervor, dass Friedrich von Thurau wenigstens zum Teil davon gewusst hat. Auf alle Fälle gibt es detaillierte Aufzeichnungen über sämtliche rechtsradikalen Organisationen in Europa. Ihre Führer und die meisten der Mitglieder sind mit vollem Namen aufgeführt. In einer gesonderten Liste sind die Organisationen und einzelne Personen aufgelistet, die von Thurau finanziell unterstützt, beziehungsweise geschmiert wurden. Außerdem gibt es eine Holding in Luxemburg, deren Mehrheitsanteile sich insgeheim im Besitz des Freiherrn befinden. Sie verwaltet einen Großteil seines eigenen Vermögens und das der „Heimattreuen". Das alles ist auf dem zweiten Chip und der befindet sich im Schließfach einer Münchner Bank. Müller bekommt ihn, sobald ich sicher sein kann, unbemerkt aus dem Umfeld des Freiherrn verschwinden zu können. Als Vorleistung sollten die Einzelheiten über den Anschlag genügen."

„Ich werde den Chip noch heute an Müller weitergeben und ihm auch von dem Bankfach in München erzählen."

„Gut. Falls ich aus irgendwelchen Gründen keine Gelegenheit mehr bekomme, den verwahrten Chip selber an Müller zu übergeben, gibt es für das Schließfach eine notariell beglaubigte Vollmacht auf deinen Namen. Wie du siehst, vertraue ich dir immer noch. Sie wurde vor meiner Abreise aus München bei Gottlieb Freden mit entsprechenden Anweisungen für die Bank hinterlegt. Ich bin davon ausgegangen, dass du auch nach deinem Ausscheiden aus seiner Presseagentur noch Kontakt zu ihm hast."

Markus protestierte. „Ich habe kein Interesse daran, weiter in euren Angelegenheiten mitzumischen. Das heutige Treffen mit dir ist die letzte Tätigkeit, zu der Müller mich noch überreden konnte."

„Die Vollmacht gilt ja nur für den Fall, dass ich meine Pläne ändern muss. Oder wenn ich München nicht lebend erreichen sollte. Ich gehe davon aus, dass Müller dann überzeugend genug ist, um dich zu überreden. Sage ihm, dass Ralf Knoten morgen mit dem ersten Flug über Rom in die USA fliegt. Der Freiherr hofft, dass dadurch die Geheimdienste ihr Augenmerk verstärkt auf ihn richten, damit er selber weiterhin unbeobachtet seine Pläne verfolgen kann. Aber das ist nur ein Ablenkungsmanöver. Thurau und ich wollen übermorgen nach München zurückkehren."

Christine Landers stand auf, um zu gehen. Markus hielt sie zurück. Während des Gespräches musste er dauernd überlegen, ob er sie darüber unterrichten sollte, dass Zivkovic von der Übergabe vertraulicher Daten durch sie wusste.

Nachdem sein Leibwächter Stanko Krajic verhaftet worden war, würde Zivkovic möglicherweise erkennen, dass es für ihn keine Chance mehr gab, an die Aufzeichnungen zu kommen. Unter Umständen überlegte er sich dann, Friedrich von Thurau nachträglich über den geplanten Verrat seiner Mitarbeiterin zu informieren. In diesem Fall würde das Leben von Christine Landers sehr viel früher enden, als sie selber es sich vorstellte.

Er hielt sie weiterhin für mitschuldig am Tod Ninas. Trotzdem wollte er sie wenigstens warnen.

Halb im Stehen schaute seine einstmalige Geliebte zu ihm herunter. „Gibt es noch etwas zu sagen?"

„Warum ist Thurau überhaupt in Venedig?"

„Lediglich, um sich mit Zivkovic zu treffen. Es gab da in der Vergangenheit einige Missverständnisse zwischen ihnen. Die sollten durch persönliche Gespräche ausgeräumt werden."

„Dein Chef hätte sich mit ihm auch in Kroatien treffen können. Schließlich hat er das in der Vergangenheit schon getan."

„Der Treffpunkt wurde von Thurau bewusst ausgewählt. Er wollte Zivkovic absichtlich nicht zu weit entgegenkommen. Venedig schien ihm für das Treffen der richtige Ort zu sein."

„Werden sich Freiherr von Thurau und Ante Zivkovic vor eurer Abreise aus Venedig nochmals treffen?"

„Ja, der Kroate hat heute telefonisch noch mal um eine Zusammenkunft gebeten. Ich habe den Termin für morgen Vormittag selber ausgemacht. Warum willst du das wissen? Zivkovic hat nichts mit München oder mir zu tun."

„Der Kroate hat erfahren, dass du gewisse Unterlagen von Thurau kopiert hast und über mich an den deutschen Verfassungsschutz weitergeben willst. Unter den Israelis hat es einen Verräter gegeben. Ursprünglich wollte Zivkovic die Unterlagen mithilfe seines Leibwächters selber in die Hände bekommen. Allein aus dem Grund dürfte er die Information bis jetzt für sich behalten haben. Nach der Verhaftung von Krajic könnte er in Erwähnung ziehen, Thurau nachträglich über deinen Verrat zu unterrichten."

Christine Landers wurde blass unter ihrer Schminke und ließ sich zurück auf den Stuhl fallen.

„Wie konnte das passieren?"

Sie biss sich auf die Lippen und Markus befürchtete, dass sie die Fassung verlieren würde. Dermaßen panisch hatte er sie noch nie gesehen.

„Das Wie hilft dir nicht weiter. Es ist nun einmal passiert."

„Da bist du ganz sicher?"

„Absolut. Zivkovic wollte die Daten von mir bekommen und hat deshalb den Versuch unternommen, mich und meine Begleiterin entführen zu lassen. Für ihre Freilassung sollte ich ihm diesen Speicherstick übergeben."

Chiara und Markus spürten regelrecht, wie konzentriert Christine Landers nachdachte. Die langen, rot lackierten Fingernägel ihrer rechten Hand bohrten sich dabei in ihre linke Handfläche.

„Kannst du noch heute mit Martin Müller Kontakt aufnehmen?"

„Natürlich, ich will den Speicherstick schnellstens loswerden und außerdem stehen vor der Tür seine Leute, wie du selber bemerkt hast."

„Richte ihm Folgendes aus: Wenn er die Aufzeichnungen, die ich in München deponiert habe, haben möchte, muss er mich morgen Vormittag Punkt zehn Uhr an unserem Palazzo mit einem Boot abholen. Inzwischen weiß er ja, wo wir residieren. Zu diesem Zeitpunkt ist Friedrich bereits unterwegs, um sich mit Zivkovic zu treffen. Wenn er zurückkommt, darf ich nicht mehr da sein."

„Es geht einfacher", antwortete Markus. „Du verlässt mit uns zusammen das Restaurant und wir bringen dich jetzt zu Müller."

„Das geht nicht. Ich muss noch einmal zurück in den Palazzo. Ich habe dort einige Sachen, die ich in Zukunft benötigen werde. Und heute Abend kann ich das Haus unmöglich nochmals verlassen, ohne dass Friedrich Fragen stellt."

Vermutlich will sie ihre persönlichen Wertsachen wie Geld und Schmuck nicht zurücklassen, vermutete Markus. Eine Frau wie sie verschwand nicht ohne finanzielle Rückendeckung.

„Ich werde deinen Wunsch an Müller weitergeben. Wie er damit umgeht, kann ich nicht sagen. Das ist dann eure Sache."

Äußerlich wieder gefasst, stand sie auf: „Richte ihm aus, dass er, wenn er mir morgen nicht hilft, mich sehr bald aus einem der Kanäle in Venedig ziehen kann."

Ohne ein weiteres Abschiedswort verschwand sie.

22.

In der Nacht bekamen Chiara und Markus nur wenig Schlaf. Sie waren am nächsten Morgen die Ersten und um diese Zeit einzigen Gäste im Frühstücksraum. Ihre Koffer standen bereits an der Rezeption. Einer von Müllers Leuten würde sie mit dem Motorboot abholen und zum Bahnhof Santa Lucia bringen.

Nachdem sie am Vorabend, geraume Zeit nach Christine Landers, das Restaurant verließen, wurden sie von Müllers Leuten abgefangen und sofort in eine wartende Gondel verfrachtet. Es handelte sich um denselben Gondoliere, der sie hergebracht hatte.

Ihre Aufpasser waren sichtlich angespannt. Aufmerksam beobachteten sie, was sich in der unmittelbaren Umgebung tat. Christine Landers war von ihnen identifiziert worden, nachdem sie sich im Restaurant zu ihren Schutzbefohlenen an den Tisch setzte. Auf den Moment hatte die gesamte Mannschaft seit Wochen hingearbeitet. Jetzt sollte nichts mehr schieflaufen.

Der Gondoliere war von der Aussicht begeistert, der hübschen Signorina die Stadt bei Nacht zu zeigen. Enttäuscht musste er feststellen, dass sie diesmal auf seine vielen Komplimente nur mit einem zaghaften, müden Lächeln reagierte. Der Tag war anstrengend gewesen und schien kein Ende nehmen zu wollen. Am liebsten hätte sie sich sofort ins Hotel fahren lassen.

Martin Müller war über das Treffen mit Christine Landers bereits informiert. Müde erwartete er sie im Hinterraum des Geschäftes mit dem Muranoglas. Unter seinen Augen lagen dunkle Schatten und die spärlichen blonden Haare standen in alle Richtungen vom Kopf ab.

Die zwei jungen Italienerinnen, die ebenfalls auf sie warteten, sahen nicht weniger erschöpft aus.

„Setzt euch. Wir wollen es möglichst kurz machen."

Er deutete auf die silberne Kanne und die vollen Flaschen auf dem Tisch. „Mehr als Kaffee und Mineralwasser kann ich um diese Zeit leider nicht anbieten."

Chiara gab den Speicherstick an Müller weiter, während Markus ihn über das Treffen informierte.

„Bei der Frau handelte es sich zu einhundert Prozent um Christine Landers. An ihrer Identität gibt es keine Zweifel."

Der Agent fluchte laut und vernehmlich, nachdem Markus ihm von dem zweiten Speicherstick in einer Münchner Bank erzählte. Resignierend zuckte er schließlich die Schultern, als er erfuhr, dass Christine Landers bereits nächsten Vormittag abgeholt werden wollte.

„Ade schönes Bett. Damit ist der Rest der Nacht für uns hier gelaufen. Frau Landers hat natürlich Recht. Nachdem Zivkovic um das morgige Treffen mit Thurau gebeten hat, ist es durchaus möglich, dass er Thuraus Vertraute ans Messer liefern will. Da die Pläne, das Speichermedium in die Hände zu bekommen, gescheitert sind, ist das die letzte Chance, um aus seinem Wissen noch Kapital zu schlagen. Wir hier haben jetzt noch einiges an Arbeit vor uns, wenn die Flucht der Frau gelingen soll."

„Und wir können ab sofort wieder unser Privatleben genießen und endlich nach München fahren?", wollte Markus wissen.

„Es wäre mir sogar sehr recht, wenn sie Venedig auf schnellstem Weg verlassen würden, Es ist nicht abzusehen, wie Thurau regiert, wenn er von der Flucht seiner Vertrauten erfährt. Ab sofort benötige ich meine sämtlichen Leute, um die Landers aus Venedig fortzubringen. Wir müssen falsche Fährten legen. Wir können davon ausgehen, dass Thurau und seine „Heimattreuen" überall nach ihr suchen lassen."

„Einverstanden. Soweit wir noch Plätze in einem Flugzeug bekommen, werden wir Venedig morgen verlassen."

Markus spürte, wie Chiara, die mit ihrem Kopf an seiner Schulter lehnte, zustimmend nickte.

Die Zusage löste bei den Anwesenden Erleichterung aus. Eine der Frauen versuchte sofort, zwei Flugtickets nach München zu bekommen. Vergeblich. Sämtliche Flüge für die kommenden zwei Tage waren ausgebucht. Schließlich schaffte sie es, Tickets der 1. Klasse für den Zug über Verona, Bozen und Innsbruck nach München zu reservieren. Allerdings verließ der Zug bereits um neun Uhr früh den Bahnhof Santa Lucia in Venedig. Sie stimmten trotzdem zu.

Jetzt, bei ihrem schnellen Frühstück, waren Chiara und Markus froh, die Stadt verlassen zu können. Bald würde es niemanden mehr geben, der jeden ihrer Schritte beobachtete.

Chiara befand sich trotz der frühen Uhrzeit und kurzen Nachtruhe sogar in besonders fröhlicher Stimmung. Nun wartete München auf sie. Nur noch wenige Stunden trennten sie von dem neuen Lebensabschnitt. Ihre großen, braunen Augen strahlten.

„Aber wir werden doch irgendwann noch mal nach Venedig kommen? Die Stadt ist wunderschön und es gibt noch so viel zu sehen."

„Gerne. Vielleicht bleiben wir im Frühjahr für ein paar Tage hier, bevor wir die „NINA" in Jesolo abholen. Aber nur, wenn Martin Müller und dessen Leute nicht hier sind."

Darüber mussten sie beide lachen.

Für Christine Landers zeichnete sich ein ernstes Problem ab, als es darum ging, ihre baldige Flucht in die Tat umzusetzen. Am Abend, bei der Rückkehr in den Palazzo, wurde sie von Thurau schon erwartet. An dessen verärgertem Gesichtsausdruck konnte sie sofort erkennen, dass etwas vorgefallen sein musste. Ihre schlimmsten Befürchtungen, dass er durch Zivkovic bereits hinter ihren Verrat gekommen war, bestätigten sich zum Glück nicht.

„Stanko Krajic, dieser Idiot, hat bei seiner Vernehmung durch die Polizei zu viel geredet. Nur von ihm können sie gehört haben, dass ich für das Treffen mit Zivkovic nach Venedig gekommen bin."

„Wie hast du das in Erfahrung gebracht?" Christine Landers versuchte, beruhigend zu wirken. In dem Moment war ihr ein Stein vom Herzen gefallen.

„Ein Freund aus der Questura in Padua hat mich angerufen. Jetzt wollen sie in den kommenden Tagen extra einen Staatsanwalt nach Venedig schicken, der nicht nur Zivkovic, sondern auch mich zu Krajic befragen soll."

„Es kann auch sein, dass sie dich zusammen mit dem Kroaten gesehen haben, als sie Krajic verhafteten. Immerhin befand er sich ganz in eurer Nähe. Du hast mir selber erzählt, dass deine Männer danach der Polizistin in Zivil gefolgt sind, um ihr ein paar Fragen zu stellen. Sie wird euch gesehen und erkannt haben."

„Auf alle Fälle ist das mehr als ärgerlich."

„Weiß Zivkovic schon Bescheid?"

„Ich kann es ihm bei unserem Treffen erzählen. Er muss dann selber entscheiden, ob er sich der Befragung aussetzt oder Italien verlässt. Wir jedenfalls werden das Haus morgen räumen und Venedig sofort nach meiner Besprechung mit ihm verlassen."

„Wir fliegen zurück nach München?"

„Leider müssen wir mit dem Auto fahren. Alle Flüge sind restlos ausgebucht. In Jesolo erwarten uns morgen Mittag zwei Leihwagen. Ein Wassertaxi wird uns hinbringen. Du wirst den einen Wagen fahren und meine Männer werden uns in dem zweiten Auto folgen. Während ich mich mit Zivkovic treffe, solltest du die gesamten schriftlichen Unterlagen in den Koffern verstauen. Ralf Knoten ist, wie geplant, bereits auf dem Weg nach New York. Er kann dir dabei nicht behilflich sein. Für uns alle ist es sicherer, wenn du den Palazzo bis zur Abreise nicht mehr verlässt. Nicht das die hiesige Polizei auf die Idee kommt, dich ebenfalls wegen Krajic befragen zu wollen."

„Warum sollten sie? In Venedig habe ich ihn kein einziges Mal gesehen."

„Wir müssen trotzdem vorsichtig sein. Bis zu unserer Abreise bleibst du im Haus. Meine Männer sind informiert. Nur Robert wird mich morgen zu dem Treffen begleiten."

Damit war ihr Plan, das Haus um zehn Uhr zu verlassen, akut gefährdet. Sie musste unbedingt einen Ausweg finden. Nach Friedrichs Anweisung würden es seine „Soldaten" nicht zulassen, dass sie auch nur die Nasenspitze aus dem Palazzo steckte. Da konnte ihr auch eine Ausrede nicht helfen.

Nachdem Thurau den Ärger über Krajics Geschwätzigkeit losgeworden war, ließ er sich von Christine über das Treffen mit Hagen berichten. Das Ergebnis gefiel ihm nicht und er sagte es ihr auch sehr deutlich.

„Ich glaube immer noch nicht, dass er in Venedig lediglich einen Liebesurlaub einlegt. Du hast es nicht geschafft, ihn aus der Reserve zu locken. Das gibt mir zu denken."

Christine Landers ersparte sich eine Erwiderung. Sie würde zu nichts führen. Ihre Müdigkeit war nicht gespielt, als sie schließlich schlafen ging.

Am nächsten Morgen, beim gemeinsamen Frühstück, gab sie sich Friedrich gegenüber betont aufmerksam. In der vergangenen Nacht hatte sie, obwohl sehr müde, viele Stunden wach gelegen. Die ganze Zeit hatte sie nach einem Weg gesucht, wie sie den Palazzo zur verabredeten Zeit verlassen konnte, ohne die Aufmerksamkeit der zwei Glatzköpfe auf sich zu lenken. Erst spät war sie auf die Idee mit den Rauchmeldern gekommen, die sich in jedem Raum des Hauses befanden.

Nachdem Thurau zu seiner Besprechung mit Zivkovic aufgebrochen war, machte sie sich an die Umsetzung des Planes. Sie lief hoch in ihr Zimmer. Alle Wertsachen und persönlichen Papiere verstaute sie in zwei schmalen Plastikbeuteln. Mit Klebeband befestigte sie diese an ihren Oberschenkeln. Unter ihrem weiten Kleid konnte sie niemand sehen.

Friedrichs Männer saßen bereits mit ihren gepackten Reisetaschen in der Bibliothek und warteten auf dessen Rückkehr. Wie sie schon am Abend vorher vermutet hatte, würden sie ihr keine Gelegenheit geben, das Haus zu verlassen.

Um kein Geräusch zu machen, lief sie barfuß in das oberste Stockwerk des Palazzo, dorthin, wo die Männer während des Aufenthaltes in Venedig geschlafen hatten.

Wahllos ergriff sie Bettwäsche, Handtücher und Kissen. Wenig später lag alles auf einem großen Haufen, direkt unter einem Rauchmelder. Aus einer

Abstellkammer nahm sie zusätzlich eine kleine Flasche mit der Aufschrift Benzina und verteilte es gleichmäßig auf dem Wäschehaufen.

Eines der Handtücher fing sofort Feuer, als es mit der Flamme des Feuerzeuges in Berührung kam. Sie warf es auf den Haufen mit den restlichen Textilien und lief geräuschlos zurück in ihr Zimmer.

Die Wirkung ihrer Brandstiftung fiel heftiger aus als von ihr angenommen. Sie musste nicht lange warten, bis Alarmsirenen in allen Räumen des Hauses und außen, neben dem Eingang zum Palazzo, zu heulen anfingen.

Thuraus „Soldaten" kamen hastig die Treppe hochgelaufen.

„Was ist passiert? Brennt es," fragte sie mit ängstlicher Miene.

Auf eine Antwort wartete sie erst gar nicht. An ihnen vorbei lief sie nach unten in die Halle. Es waren noch drei Minuten bis zehn Uhr. Sie hoffte, dass Müller pünktlich kam, um sie abzuholen.

Als sie die schwere Haustür öffnete, standen auf dem schmalen Gehweg, der den Palazzo vom Kanal trennte, bereits etliche Passanten und starrten nach oben. Sie konnte sehen, wie starke, schwarze Rauchschwaden aus einem der Fenster quollen. Ein leichter Brandgeruch verbreitete sich.

Mit ein paar Schritten entfernte sie sich aus der unmittelbaren Umgebung des Hauses. Müller konnte sie unter den Neugierigen nirgendwo sehen. Nervös wartete sie. Alle möglichen Gedanken schossen ihr dabei durch den Kopf. Konnte es sein, dass er gar nicht die Absicht hatte, ihr bei der Flucht zu helfen? Die Pläne für das Münchner Attentat hatte er. Womöglich reichte ihm das.

Erschrocken bemerkte sie, wie Thuraus Männer aus dem brennenden Haus gerannt kamen. Einer der beiden sah sie sofort. Sein Finger deutete auf sie.

Gewaltsam drängte er sich durch die Menschenmenge und lief auf sie zu. Der Zweite folgte ihm.

Nachdem sie den Berg brennender Sachen entdeckt hatten, mussten sie sich den entsprechenden Reim darauf gemacht haben. Ganz so dumm waren sie also doch nicht.

Müller konnte sie immer noch nicht entdecken. Verzweifelt dachte sie über Alternativen nach. Als letzte Möglichkeit hatte sie nur die Option, ohne jede Hilfe zu fliehen. Die Chancen, dabei am Leben zu bleiben, waren gering. Da machte sie sich nichts vor. Thurau würde nach ihr suchen lassen und sie letztlich auch finden.

Eine Hand ergriff ihren Arm.

„Kommen Sie! Schnell! Etwas weiter vorne ist unser Boot."

Martin Müller zerrte sie fort, während sich zwei seiner Begleiter den Verfolgern in den Weg stellten.

Als sie in das Motorboot sprangen, konnte man bereits die Sirenen der Löschboote hören. Der Bootsführer gab sofort Gas und entfernte sich von dem brennenden Palazzo.

„Waren Sie für das Feuer verantwortlich?", fragte Martin Müller, als ihr Boot bereits über zwei Nebenkanäle den Canale Grande erreicht hatte und in einen weiteren Kanal abbog.

„Nein", leugnete sie. „Das Feuer muss in den Räumen der Leibwächter ausgebrochen sein. Jedenfalls kam der Rauch aus den obersten Fenstern."

Müller schaute sie an, als würde er ihr nicht glauben.

„Dann ist ja alles in Ordnung. Die Polizei von Venedig wird bei Brandstiftung ziemlich ekelhaft. Die alten Häuser in der Stadt brennen wie Zunder."

„Mit denen kann sich jetzt Friedrich von Thurau herumschlagen. Wo bringen Sie mich hin," fragte Christine Landers. Dabei versuchte sie, Müller betont ehrlich in die Augen zu sehen.

„Wir bringen sie heute erst einmal nach Mailand. Dort müssen Sie sich vorübergehend verstecken."

„Wann bekomme ich den Pass mit meiner neuen Identität?"

„Sobald wir den zweiten Speicherstick haben."

„Also erst in München", antwortete sie enttäuscht.

„Natürlich, was haben Sie gedacht. Wir bekommen den Stick und sie erhalten im Gegenzug nagelneue und echte Dokumente."

„Warum machen wir den Umweg über Mailand? Ich weiß noch nicht, ob mir das gefällt."

„Durch ihre plötzliche Flucht wurden wir gezwungen, sämtliche Pläne in aller Eile zu ändern. Wie mit Ihnen vereinbart, wollten wir sie erst in München von der Bildfläche verschwinden lassen. Jetzt müssen wir zusehen, dass sie sicher und ohne eine Spur zu hinterlassen, aus Venedig rauskommen. Sobald Thurau erfährt, dass sie verschwunden sind, kann er sich den Rest denken. Ihm wird jedes Mittel recht sein, um Sie zurückzuholen. Aber das wissen sie ja selber am besten."

„Oh ja, ich weiß in etwa, was er unternehmen wird. Zuerst wird er Knoten informieren und der wird telefonisch die Schläger der „Heimattreuen" in Alarmbereitschaft versetzen. Unmittelbar danach werden die sogenannten Heimatvereine sowie Wehrsportgruppen mein Bild mit Beschreibung bekommen. Alle Naziorganisationen in Europa, zu denen Verbindungen bestehen, beginnen dann mit der Fahndung nach mir. Zum Glück für mich ist Ralf Knoten auf dem Weg in die Vereinigten Staaten und kann Thurau bei der Suche nicht direkt unterstützen."

„Ihr Freiherr wird sich denken können, dass Sie Deutschland erreichen wollen. In aller Eile haben wir eine entsprechende Spur nach Frankfurt gelegt, der seine Leute hoffentlich folgen. Vorerst sind sie in Mailand gut aufgehoben."

„Er wird mich noch in Wochen und Jahren suchen lassen."

„Das wussten Sie von Anfang an. Jetzt werden wir erst einmal einen Weg finden, um sie gefahrlos nach München zu bringen. Für die Zeit danach dürften Sie bereits Ihre eigenen Pläne haben. Bis dahin müssen Sie sich nicht allzu viel Sorgen machen. Ihr Stick, den sie an Hagen übergeben haben, wurde teilweise noch in der letzten Nacht ausgewertet. Heute, in den frühen Morgenstunden, hat der Generalbundesanwalt Haftbefehl gegen Thurau und Knoten erlassen. Es dürfte nicht lange dauern, bis die hiesige Polizei davon erfährt und ebenfalls nach ihm sucht. Thurau und Knoten befinden sich also auf der Flucht. Beide werden einen Großteil ihrer Energie darauf verwenden müssen, selber unentdeckt zu bleiben. Können sie mir in etwa sagen, was sich auf dem zweiten Speicherstick befindet."

„Ich konnte ein komplettes Backup ihrer Festplatten machen. Sowohl von Thuraus Rechner als auch dem von Knoten. Wenn Sie die Passwörter knacken, haben Sie alles über sie. Ihren

Schriftverkehr finden sie da ebenso wie eine Übersicht über die gesamten Finanzen Thuraus. Sie bekommen damit einen tiefen Einblick in die rechte Szene Deutschlands und Europas."

Bei der Unterhaltung mit Müller überdachte sie seinen Vorschlag. Sie sah ein, dass Mailand im Augenblick die einzige Lösung für sie war.

„Also gut, bringen Sie mich nach Mailand. Die restlichen Informationen erhalten Sie, wie abgesprochen, nachdem meine weitere Flucht gesichert ist. Aber ich möchte, dass der Tausch, Stick gegen Papiere, in der Bank stattfindet, in der auch das Schließfach ist. Um welche Bank es sich handelt, werden sie erfahren, sobald ich wohlbehalten in München angekommen bin. Außerdem habe ich beschlossen, die Übergabemodalitäten ein wenig zu ändern. Markus Hagen soll bei der Übergabe ebenfalls anwesend sein."

„Für wen soll das gut sein?" Martin Müller war sichtlich verärgert über die neue Bedingung. „Das wird Hagen nicht gefallen und mir auch nicht. Er hat Venedig inzwischen verlassen. Er freute sich darauf, wieder eigene Wege gehen zu können."

Sie lächelte ihn kalt an.

„Reden Sie ihm gut zu. Das ist doch ihre Spezialität. Ich möchte nur sichergehen, dass in München alles zu unserer beidseitigen Zufriedenheit abläuft. Wenn außer ihnen zusätzlich ein Außenstehender anwesend ist, fühle ich mich ein bisschen sicherer."

Martin Müller gab sich für den Moment geschlagen. „Ich werde mit ihm reden. Aber versprechen kann ich nichts."

23.

Das Gespräch, um das Ante Zivkovic den Freiherrn gebeten hatte, fand vor einer kleinen Bar unweit des Markusplatzes statt. Nach der Festnahme seines Leibwächters durch die Polizei war der Kroate gezwungenermaßen ohne Begleitung gekommen. Nervös ließ er sich auf einem der zierlichen Bistrostühle nieder. Ohne Krajic schien er sich nicht wohlzufühlen. Seine Unruhe steigerte sich, nachdem Thurau ihm von der bevorstehenden Vernehmung durch einen Staatsanwalt aus Padua erzählte.

Der Kroate begann schnell mit einer Aufzählung der vordringlichsten Aufgaben, die bis zur Präsidentenwahl in Kroatien noch erledigt werden mussten und bei deren Lösung er die Hilfe des Freiherrn benötigte.

Bis zu diesem Zeitpunkt konnte Thurau sich keinen Reim darauf machen, was Zivkovic tatsächlich von ihm wollte. Sämtliche Themen waren bereits in den letzten Tagen ausreichend besprochen worden. Es gab keinen Grund, nochmals darüber zu diskutieren. Die Festnahme von Krajic änderte daran nichts.

Die rote Knollennase über den fleischigen Lippen des Kroaten zitterte. Friedrich von Thurau glaubte ein heimtückisches, amüsiertes Funkeln in den Augen seines Gegenübers zu sehen, als dieser umständlich auf den wirklichen Grund des Treffens kam.

Schweigend und nur leicht besorgt hörte Thurau zu, als Zivkovic das Gespräch von Stanko Krajic mit dem betrunkenen israelischen Agenten Danny Danon wiedergab. Natürlich bedauerte es der Kroate zutiefst, dass er erst am Vortag durch den Rechtsanwalt seines Vertrauten davon erfahren hatte.

Das scheinheilige Bedauern glaubte ihm der Deutsche nicht. Krajic wäre nie auf die Idee gekommen, seinem Chef Informationen vorzuenthalten. Viel wahrscheinlicher war, dass Zivkovic aus diesem Wissen selber Kapital schlagen wollte. Thurau konnte sich gut vorstellen, was der damit zu erreichen hoffte.

Noch hielt er den Verdacht des Kroaten für unwahrscheinlich. Christine würde ihn niemals verraten. Krajic musste da etwas gründlich missverstanden haben.

Schließlich war er es gewesen, der sie dazu überredet hatte, sich mit Hagen zu treffen. Das konnte sie vorher nicht wissen. Neben Ralf Knoten gehörte sie zu den wenigen Menschen, denen er völlig vertraute. Er hatte Christine als junges Mädchen aus der Gosse geholt, ihr Studium finanziert. Er hatte sie zu der Frau geformt, die sie jetzt war. In den vergangenen Jahren hatte es nie einen Grund gegeben, ihr zu misstrauen.

Ralf Knoten war immer gegenteiliger Meinung gewesen. Er traute ihr nicht und hatte ihm gegenüber damit nicht hinter dem Berg gehalten.

Falls Zivkovic die Wahrheit sagte, fiel ihm ein, würde sich wiederum sein eigenes Misstrauen gegen Hagen bestätigen. Dagegen hatte Christine immer wieder versucht, dessen Erscheinen in Zadar sowie Venedig als harmlos hinzustellen. Die Frage nach dem Grund seines Auftauchens an den beiden Orten hatte er sich in den vergangenen Tagen schließlich mehr als einmal gestellt.

In Zadar stolperte Hagen, angeblich zufällig, zuerst über ihren Kurier mit den gefälschten Pässen und dem Geld. Daraufhin nahm er ausgerechnet mit dem israelischen Geheimdienst Verbindung auf. Andere Leute wären mit dem Fund zur Polizei gegangen oder hätten das Geld eingesteckt und die Ausweise verschwinden lassen. Ihm war es von Anfang an seltsam vorgekommen, dass Hagen ausgerechnet den Mossad einschaltete.

Je mehr er jetzt darüber nachdachte, umso nervöser wurde er. Konnte Christine Landers in den letzten Jahren die Verbindung zu Markus Hagen aufrechterhalten haben, ohne dass er selber oder Ralf Knoten davon etwas bemerkten? Eigentlich unvorstellbar. Er war immer überzeugt gewesen, über sie die volle Kontrolle zu haben. In der Vergangenheit merkte er sofort, wenn sie vor ihm irgendetwas verbergen wollte.

Seine Gedanken versuchten, das Unmögliche in eine eventuelle Realität umzusetzen. Das Ergebnis war ein Schock für ihn. Falls die Verdächtigungen von Zivkovic stimmten, würde es das Ende für den Großteil der eigenen Pläne bedeuten. Bei dem Gedanken wurde ihm noch um einiges unbehaglicher. Der geplante Anschlag in München sollte dazu dienen, Gleichgesinnten in Europa zu zeigen, dass es an der Zeit war zu handeln. Darin steckte jahrelange mühselige Vorarbeit. Durch ihren Verrat würde das alles zunichtegemacht.

Er musste sich eingestehen, selber einen großen Fehler begangen zu haben. In den vergangenen Jahren war er immer mehr dazu übergegangen, Christine in sämtliche Projekte einzubeziehen. Es lag daran, dass er in letzter Zeit recht schnell ermüdete.

Sie schaffte es fabelhaft, seine eigenen Gedanken in Worte zu fassen. Durch die enge Zusammenarbeit mit ihm kannte sie die meisten seiner politischen Verbindungen. Natürlich war sie auch über den Ablauf des Anschlages in München eingeweiht.

Zurück im Palazzo, und noch vor der Abreise, musste er ihr einige Fragen stellen. Falls ihn die Antworten nicht befriedigten oder sie Ausreden gebrauchte, konnten seine Männer das Verhör mit ihren Mitteln fortsetzen. Ihre Schreie würden nicht durch die dicken Mauern des Palazzos dringen.

Während Thurau über die Möglichkeiten eines Verrates durch Christine Landers grübelte, saß Zivkovic ruhig daneben. Er schaute einer Taube dabei zu, wie sie direkt vor seinen Füßen nach Futter suchte.

Er konnte fast hören, wie Thuraus Kopf versuchte, mit dem soeben Gehörten fertig zu werden.

„Ich glaube nicht, dass der israelische Agent die Wahrheit gesagt hat. Trotzdem bin ich ihnen für die Information sehr dankbar. Maria Sanchez wird das erklären müssen."

Er verabschiedete sich von dem Kroaten, ohne ihm weitere Zusagen gemacht zu haben. Erst musste er sich selber Gewissheit verschaffen.

Nach dem Treffen ließ er sich von einem Wassertaxi zum Palazzo bringen. Beim Anblick der Löschboote und der vielen Neugierigen steigerte sich die Unruhe in ihm weiter. Was war in der Zwischenzeit geschehen?

Seine Männer, die er mit Christine im Haus zurückgelassen hatte, erreichte er über das Handy. Ein ganzes Stück von dem brennenden Palazzo entfernt, traf er mit ihnen zusammen.

Fassungslos und entsetzt hörte Thurau sich ihren Bericht an. Die Mitteilung von Zivkovic schien sich zu bestätigen. Er erfuhr, wie seine Männer vom Feueralarm überrascht wurden und sie kurz darauf das Feuer im Dachgeschoss entdeckten. Während sie vergeblich versuchten, es zu löschen, war Christine Landers aus dem Haus geflüchtet. Ihnen wurde schnell klar, dass sie den Brand absichtlich gelegt hatte. Ihre Flucht war sorgfältig geplant gewesen. Das alles musste sie am Vorabend beim Treffen mit Hagen organisiert haben.

Thuraus Gedanken explodierten förmlich. Was würde sie verraten? Die Antwort konnte er sich selber geben: Alles was sie wusste. Er hörte kaum noch zu, als seine Männer ihm berichteten, wie sie von Unbekannten an der Verfolgung gehindert wurden. Hilflos mussten sie zusehen, wie Christine Landers in ein wartendes Motorboot stieg und über die Kanäle von Venedig verschwand.

Seine Leute hatten zum Glück auch nach dem Erscheinen der Polizei und Feuerwehr ihre Geistesgegenwart behalten. Ohne aufzufallen, war einer von ihnen noch einmal in das brennende Haus gelaufen, um den silbernen Aktenkoffer mit dem Laptop und Thuraus Papieren zu holen.

Von Thurau sah keinen Grund mehr, in das Haus zurückzukehren. Keinesfalls wollte er sich auch noch den unangenehmen Fragen der Polizei aussetzen. Der Verrat durch Christine Landers war für ihn der Super-GAU. Besonders wütend machte ihn die Tatsache, dass Zivkovic davon gewusst und nicht rechtzeitig gewarnt hatte. Das würde er dem Kroaten nicht durchgehen lassen.

Erst einmal schob er diese Gedanken zur Seite. Oberste Priorität hatte seine eigene Sicherheit. Er konnte davon ausgehen, dass Christine Landers bereits jetzt einen Teil ihres Wissens weitergab oder es sogar schon gestern Abend bei Hagen getan hatte. Dann würde in wenigen Stunden die Polizei weltweit nach ihm und Ralf Knoten suchen.

In der Nähe des Bahnhofes verließ Thurau das Wassertaxi. Um nicht aufzufallen, fuhren er und seine Leute getrennt voneinander nach Jesolo, wo die gemieteten Fahrzeuge für sie bereitstanden. Wenig später befand er sich mit einem von ihnen auf dem Weg nach Österreich. Am Wörthersee, im Ferienhaus eines zuverlässigen Freundes, konnte er sich verstecken. Seine anderen zwei Männer würden die längere Route über den Brenner nach Kärnten nehmen.

Nachdem Jesolo hinter ihnen lag, telefonierte Thurau über ein nicht registriertes Handy mit Ralf Knoten in New York. Dieser erreichte wenig später telefonisch die Gauführer der „Heimattreuen" in Bozen, Innsbruck und München.

Die Jagd nach Christine Landers, sowie die Überwachung von Markus Hagen liefen in Italien, Österreich und Deutschland bereits auf Hochtouren, als Knoten mit gefälschten Papieren von New York nach Montreal flog. Dort wechselte er nochmals seine Identität, bevor er nach Paris weiterflog. Von dort aus würde er mit dem TGV über Köln in die Bayerische Landeshauptstadt weiterfahren.

Im Zug von Venedig nach München konnten sich Markus und Chiara von der kurzen Nachtruhe erholen. Es war angenehm, entspannt aus dem

Fenster zu schauen, die Landschaft zu betrachten und ansonsten einfach nichts zu tun.

Auf dem kleinen Tisch zwischen ihnen standen die zwei hübschen Elefanten aus Muranoglas, die Chiara im Geschäft von Signore Acerboni aufgefallen waren. Der Portier ihres Hotels hatte sie ihr bei der Abreise gegeben.

„Eine kleine Erinnerung an Venedig. Danke. MM", stand auf dem beiliegenden Notizzettel.

Bis Innsbruck saßen sie allein im Abteil. Die zwei vollschlanken Männer mittleren Alters, die dort zustiegen und sich zu ihnen setzten, störten die bis dahin geruhsame Fahrt.

Von Anfang an versuchten sie, Chiara auf recht plumpe und aufdringliche Art in ein Gespräch zu verwickeln. Es störte sie keinesfalls, dass die junge Frau in Begleitung reiste und deutlich zu erkennen gab, dass sie kein Interesse daran hatte, sich mit ihnen zu unterhalten.

Dem Wortwechsel der beiden konnten sie entnehmen, dass es sich um Außendienstmitarbeiter aus Wien handelte, die bis Kufstein mitfuhren.

Es brauchte seine Zeit, bis die Männer begriffen, dass sie keinen Wert auf eine Unterhaltung mit ihnen legte. Jetzt wurden sie beleidigend. Sie begannen, sich schmutzige Witze über Frauen, insbesondere die aus Italien, zu erzählen. Zwar dämpften sie dabei etwas ihre Lautstärke, aber es war laut genug, dass sie es hören musste. Provozierend schauten sie immer wieder zu ihr hin. Sie hofften auf eine Reaktion und die sollten sie bekommen.

Als einer der Männer sich Kaffee aus der mitgebrachten Thermosflasche in einen Plastikbecher goss, stand sie wie zufällig auf. Dabei stieß sie mit ihrer Hüfte heftig gegen seine Hand. Das heiße Getränk ergoss sich über das Hemd und die Hose des Mannes. Mit einem Schmerzensschrei sprang er auf und hob drohend eine Hand, so als wolle er zuschlagen.

Bevor es dazu kommen konnte, drängte sich Markus dazwischen und stieß ihn grob auf den Sitz zurück. Gleichzeitig klemmte er die Nase des Mannes kräftig zwischen zwei Finger und drehte sie leicht. Dabei schaute er ihn so drohend an, dass der noch nicht einmal wagte, einen Schmerzensschrei auszustoßen.

Chiara lächelte Markus mit ihrem bezauberndsten Lächeln an.

„Danke für deine Hilfe, aber mit diesem Wiener Affen wäre ich auch allein fertig geworden."

Verächtlich lächelnd schaute sie danach auf den mit Kaffee besudelten

Mann, der mit hochrotem Kopf und schmerzender Nase aus dem Fenster blickte.

Dessen Begleiter konnte man ansehen, dass er sich am liebsten in Luft auflösen würde. Ängstlich starrte er zu Boden. Dabei versuchte er, sich auf seinem Sitz so klein wie möglich zu machen. Schon lange vor Kufstein verließen beide Männer das Abteil.

Nach dem Zwischenfall bekam Chiara unweigerlich Hunger. Trotz allem gut gelaunt begaben sie sich in den Speisewagen.

München empfing sie am späten Nachmittag mit kaltem Wind und leichtem Regen. Erstaunt und belustigt sah Chiara den vielen Frauen und Männern nach, die bereits zu dieser frühen Tageszeit betrunken durch den Hauptbahnhof torkelten. Überall standen Polizisten, die das Geschehen gelassen beobachteten.

Markus musste über ihr erstauntes Gesicht lachen.

„München befindet sich augenblicklich im Ausnahmezustand. Zurzeit ist Oktoberfest. Da findest du praktisch zu jeder Uhrzeit Menschen, die unser Bier nicht vertragen oder einfach zu viel davon trinken."

Chiara schaute belustigt zwei Männern hinterher, die kaum noch stehen konnten und Arm in Arm singend durch den Bahnhof torkelten.

„Im ersten Moment habe ich schon geglaubt, dass es hier immer so zugeht. Zum Oktoberfest müssen wir unbedingt mal hingehen. Viele meiner Landsleute aus Neapel fahren nur deswegen nach München."

„Willst du nach dem Oktoberfestbesuch ebenso betrunken durch die Stadt taumeln? Da kann ich mich ja auf einiges gefasst machen."

Vor den Augen zweier grinsender Polizisten kniff sie ihm kräftig in den Po.

„Auf diesen Spaß wirst du leider verzichten müssen. Ich werde lediglich einen oder auch zwei Schlucke von deinem Bier trinken. Ansonsten beschäftige ich mich damit, die Leute zu beobachten. Da gibt es einiges zu sehen."

Ein Taxi brachte sie zu seiner Wohnung am Stadtrand von München. Hier merkte man nur wenig davon, dass man sich in einer Großstadt befand. Kleine Häuser mit großen Gärten säumten die schmalen, ruhigen Straßen. Schon im Treppenhaus trafen sie auf eine Nachbarin. Von der herzlichen, wortreichen Begrüßung der Frau verstand Chiara nur den kleineren Teil.

Sie machte sich bereits Sorgen um ihre Deutschkenntnisse, bis Markus sie später darüber aufklärte, dass die Nachbarin und ihr Mann vor einigen Jahren aus Niederbayern nach München gezogen waren. Ihren ausgeprägten Dialekt hatten sie aber nie abgelegt. Sie wohnten in einem Apartment unter dem Dach.

Trotz der kühlen Witterung mussten sie in der Wohnung erst einmal sämtliche Fenster und die Tür zum Balkon weit öffnen, um frische Luft einzulassen. Man konnte riechen, dass sie über Monate hinweg unbewohnt gewesen war.

Auf den ersten Blick gefiel ihr das neue Zuhause. Alles war modern und zweckmäßig eingerichtet. Ein paar Kleinigkeiten würde sie trotzdem ändern müssen, nahm Chiara sich vor. Schließlich sollte man merken, dass jetzt eine Frau hier wohnte.

Angenehm empfand sie es, dass man durch die großen Fenster und vom Balkon aus in den Garten mit seinen vielen Bäumen und Sträuchern sehen konnte.

Sie zog Markus auf das breite Bett und kuschelte sich an ihn, während sie den verregneten Himmel betrachtete.

„Das Schlafzimmer ist herrlich. Wir können die Balkontür weit offenlassen. Trotzdem kann uns niemand im Bett beobachten. Das gefällt mir sehr."

Sie lächelte ihn mit naiv spöttischen Blick an: „Aber vielleicht sollten wir uns überlegen, ein neues Bett zu kaufen. Von hier aus werden schon etliche andere Frauen mit dir zusammen die Aussicht bewundert haben. Die Matratze könnte dadurch etwas abgenutzt sein."

Sie lächelte auch dann noch, nachdem Markus sich mit ganzem Gewicht auf sie legte und sehr lange küsste. Erst als Chiara keine Luft mehr bekam und wild zu strampeln anfing, gab er sie frei.

Sanft streichelte er über ihre Brust und sah in die braunen Augen unter dem blonden, zerzausten Pony.

„Darüber musst du dir keine Sorgen machen. In dem Bett hat noch nie eine Frau geschlafen. Du bist die Erste."

Markus erinnerte sich an die Jahre nach Ninas Tod. Da ließen die trüben Gedanken es nicht zu, überhaupt an so etwas zu denken. Die Wohnung blieb sein alleiniges Rückzugsgebiet. Das brauchte er. Hier konnte er für sich sein, sobald die Erinnerungen zu stark wurden.

Dieses Mal waren die beklemmenden Gefühle ausgeblieben, die ihn sonst immer überfielen, wenn er nach den Sommermonaten in die stille Wohnung zurückkehrte.

Auf seinem Nachttisch stand ein kleines Foto von Nina. Wenn er jetzt in ihre lachenden Kinderaugen schaute, blieb immer noch ein Rest Traurigkeit übrig. Aber diese Beklommenheit, die ihm das Herz abdrücken wollte, war verschwunden.

Chiara holte ihn in die Gegenwart zurück.

„Mio Marito, wir müssen sofort aufstehen und einkaufen gehen. Der Kühlschrank ist leer. Wie soll eine italienische Frau in so einer Wohnung leben können."

Er gab ihr einen leichten Klaps auf das Hinterteil. Zum ersten Mal sprach sie ihn mit „mein Mann" an. Es hörte sich gut an.

Sein BMW stand etwas staubig am gewohnten Platz in der Garage und sprang nach der langen Standzeit sofort an.

Später, nachdem die Einkäufe erledigt waren, wurde er von Chiara gnadenlos aus der Küche geschoben.

Er schaltete den Rechner ein. Dort fand er eine sehr persönlich gehaltene Nachricht von Gottlieb Freden mit drei Anlagen. Sein ehemaliger Chef bat ihn um einen baldigen Besuch, sobald er sich wieder in München befand.

Markus druckte sich alle drei Anhänge aus. Ihm war es lieber, wenn er Papier in den Händen halten und sich darauf Anmerkungen machen konnte.

Der Drucker musste viel arbeiten. Im ersten umfangreichen Dossier ging es um Friedrich von Thurau. Er überflog die Zusammenfassung am Bildschirm. Chiara sang derweil in der Küche eines ihrer italienischen Liebeslieder.

Freiherr Friedrich von Thurau kam zu Beginn des Zweiten Weltkrieges in Ostpreußen zur Welt. Sein Vater, ein überzeugter Gegner Hitlers, wurde aus fadenscheinigen Gründen von der SS verhaftet und starb kurz darauf bei einem Verhör durch „Herzversagen". Angeblich stand er den Sozialisten sehr nah, was zur damaligen Zeit in den Adelskreisen eher selten vorkam. Thuraus Mutter, eine gebürtige Engländerin, reiste nach dem Tod ihres Mannes mit dem Sohn nach London. Sie kam dort später bei einem Verkehrsunfall ums Leben. Ein Onkel wurde zum Vormund des Jungen ernannt. Nach dem Krieg kam der junge Freiherr von Thurau zurück und besuchte am Bodensee ein Internat.

Genaue Aussagen zu seinem Vermögen konnte der Verfasser des Berichtes nicht machen. Dazu lagen keine verlässlichen Angaben vor. Angeblich gab es Festgeldkonten in der Schweiz, auf den Kanalinseln, den Bahamas und in Singapur. Dazu kam umfangreicher Immobilienbesitz, hauptsächlich in den Vereinigten Staaten und Deutschland. Offiziell gehörte das gesamte Vermögen einer Luxemburger Holding, die auch für seine Ausgaben aufkam.

Den Grundstock für den Reichtum legte, laut der vorliegenden Recherche, bereits der Vater des jetzigen Freiherrn. Vorausschauend musste er es geschafft haben, einen großen Teil seines Kapitals vor den Nazis in der Schweiz in Sicherheit zu bringen.

Der junge Freiherr trat sein Erbe mit einundzwanzig Jahren an. In der folgenden Zeit konnte er es kräftig vermehren. Wie er das schaffte, blieb sein Geheimnis. Es gab viele Gerüchte über illegale Finanztransaktionen, doch belegbar waren sie nicht.

In der Kopie eines Zeitungsberichtes von 1976 wurde über die Verhaftung des Freiherrn durch die österreichische Polizei berichtet. In einer anonymen Anzeige wurde er beschuldigt, Taucher angeheuert zu haben, die im Achensee, ohne Genehmigung der zuständigen Behörden, nach einem Nazischatz suchten. Er wurde wieder freigelassen, als die Polizei weder die Taucher und erst recht keinen Schatz fand.

Markus wusste von vielen vergeblichen Suchen nach dem angeblichen „Nazigold". Zahllose Schatzsucher waren daran gescheitert.

In einem weiteren Zeitungsartikel wurde über die Ermordung eines Mannes berichtet, der als Taucher während des Krieges in der deutschen Marine diente.

Er starb in München. Der Freiherr war kurz zuvor aus der Untersuchungshaft in Österreich entlassen worden. Der Tod des Mannes blieb unaufgeklärt. Eine Verbindung zu Thurau wurde offiziell nie hergestellt. Lediglich der Reporter stellte zum Schluss seines Berichtes die Frage, ob die beiden Ereignisse womöglich zusammenhingen.

Allgemein bekannt war, dass der Freiherr rechtspopulistische Parteien, nicht nur in Deutschland, großzügig mit Spenden unterstützte. Das war legal. Keine offiziellen Beweise gab es für Vermutungen, dass er rechtsradikale Verbindungen, wie die „Heimattreuen" und andere, inzwischen verbotene Gruppierungen, finanziell unterstützte. Lediglich seinem Sekretär Ralf Knoten sagte man Beziehungen zu den gewaltbereiten Rechtsradikalen nach.

Über Monate hinweg wurde Thurau vom Verfassungsschutz beobachtet. Dagegen klagte er und gewann den Prozess.

Was musste passieren, überlegte sich Markus, dass der Sohn eines überzeugten Sozialisten und Antifaschisten im späteren Leben gegensätzliche politische Ansichten vertrat wie der Vater? Wie konnte es dazu kommen, dass sich Thurau aus freien Stücken maßgeblich an der Finanzierung des rechten Spektrums beteiligte?

Laut Auszug aus dem Melderegister des Einwohnermeldeamtes besaß Thurau in München ein Apartment in der Theatinerstraße. Sein Hauptwohnsitz befand sich auf einem Anwesen in der Nähe von Rüdesheim.

Auf mehreren Seiten wurden die diversen Firmen aufgelistet, von denen man genau wusste, dass

Thurau sie über die Luxemburger Holding kontrollierte. Das Dossier endete mit einer Auflistung derjenigen Firmen, wo man lediglich vermutete, dass der Freiherr über Hintermänner daran beteiligt war.

Sehr wenig Material fand Markus über Thuraus Sekretär Ralf Knoten.

Der zweite Bericht in der Mail bestand hauptsächlich aus Kopien von Zeitungsausschnitten über die „Heimattreuen". Bei einem Aufmarsch vor einigen Wochen in Bochum waren sie von radikalen Moslems angegriffen worden, weil sie öffentlich den Koran verbrannten und Mohammed auf Bildern lächerlich machten.

Ein weiterer Zeitungsbericht beschäftigte sich mit einem Angriff in Sachsen auf einen dunkelhäutigen Mann und dessen Frau durch Neonazis. Der Mann wurde durch Tritte gegen den Kopf dabei schwer verletzt und starb wenig später. Vier mutmaßliche Täter konnten ermittelt werden. Angeblich gehörten sie zum Ortsverband der „Heimattreuen".

In Frankfurt an der Oder fielen Mitglieder der Vereinigung über eine Gruppe älterer Polen her, die sich auf einem Stadtspaziergang befanden.

In Hannover wurde ein Wohnhaus angezündet, in dem vier türkische Familien lebten. Dabei starben zwei Kinder. Die Täter konnten nie gefasst werden. Man vermutete, dass sie ebenfalls zu den „Heimattreuen" gehörten.

Es gab unzählige weitere Vorfälle dieser Art. Die Innenminister von Bund und Ländern diskutierten schon seit Jahren darüber, die Gruppierung zu verbieten. Bis jetzt konnten sie sich nicht einigen.

Es war schlimm. Markus fragte sich, wann die deutschen Behörden damit aufhörten, nur zu reden, und dem Treiben endlich ein Ende machten. Oder war doch ein bisschen Wahrheit an der These von Professor Subkow, dass man Gruppierungen wie die „Heimattreuen" bewusst tolerierte? Gleichzeitig war er sich klar darüber, dass ein Verbot nicht viel brachte. Sie würden sich einen anderen Namen geben und wie bisher weitermachen.

Die Rechtsradikalen waren straff organisiert. Ihre zukünftigen Mitglieder wurden bereits in der Schule durch kostenlose Ferienlager sowie Kameradschaftsabende angelockt und letztendlich dort auch angeworben.

Markus war ganz froh, als Chiara ihn bei der deprimierenden Lektüre störte.

„Amato, jetzt benötige ich diesen Computer, um mit meinen Eltern in Neapel zu sprechen. Schließlich muss ich ihnen mitteilen, dass wir gut in München angekommen sind."

Ihre Brust drückte gegen sein Gesicht, als sie sich zu ihm auf den Schoß setzte. Sie nahm eines der losen Blätter und las es. Fragend schaute sie Markus an.

„Glaubst du, dass es dieses Nazigold wirklich gibt? Oder sind das nur erfundene Geschichten? Bei uns in Italien gibt es ähnliche Berichte über versteckte Schätze Mussolinis. Die einen glauben, dass sich Teile davon in einer Höhle in Südtirol befinden. Andere vermuten sie in einem See nahe bei Rom. Schon viele Leute haben danach gesucht, aber angeblich hat sie bis jetzt niemand gefunden."

Markus schob eine Hand unter ihren Pullover, bis er ihre nackte, samtige Haut spürte. Bevor er seine Finger weiter auf Wanderschaft schicken konnte, hielt Chiara sie fest.

„Lupo, du sollst jetzt nicht mit mir spielen. Dafür haben wir noch die ganze Nacht Zeit. Was sagst du, gibt es das Nazigold oder nicht?"

Markus ließ seine Hand unter ihrem Pullover und konzentrierte sich auf die Frage.

„Da gibt es etliche Geschichten. Niemand weiß genau, ob und welche davon stimmen. Tatsache ist, dass im September 1944 der Reichsführer der SS, Heinrich Himmler, die Freischärler-Gruppe „Werwolf" gründete. Sie sollte hinter den feindlichen Linien der Amerikaner, Engländer und Russen Sabotageakte verüben. Himmler wollte damit die Niederlage von Nazi-Deutschland verhindern. Logisch ist, dass er für die Geheimorganisation viel Geld benötigte und es in Form von Gold auch bereitstellte. Nach Hitlers Tod untersagte Karl Dönitz als letztes Staatsoberhaupt des Deutschen Reichs sämtliche Aktionen der Werwölfe. Der angebliche Goldschatz blieb verschwunden. Es soll an geheimen Stellen vergraben worden sein, damit er den heranrückenden Amerikanern nicht in die Hände fiel. Inzwischen sind schon jede Menge gefälschter Schatzpläne aufgetaucht, die alle zu dem Nazigold führen sollen. Selbst Wahrsager haben ihr Glück versucht. Gefunden hat man trotzdem nichts."

„Kann es sein, dass von Thuraus Vermögen, oder wenigstens ein Teil davon, aus dem Schatz stammt?"

„Darauf wird es wohl nie eine Antwort geben. Es sei denn, Thurau beantwortet sie selber und wahrheitsgemäß. Ich bin überzeugt, dass sich Martin Müller und seine Leute inzwischen intensiv mit dieser Frage beschäftigen. Vielleicht finden sie etwas heraus."

Seit der Abreise aus Venedig hatten sie nichts mehr von den Geheimdienstleuten gehört. Einerseits war Markus froh darüber. Doch anderseits wollte er schon wissen, welche Maßnahmen man inzwischen gegen den Freiherrn getroffen hatte und ob sie Erfolge zeigten.

Möglicherweise konnten die Behörden ihn bereits festnehmen. Reichten die Beweise von Christine Landers dazu überhaupt aus oder fand man diese erst auf dem zweiten Speicherstick?

Chiara hatte inzwischen ihre Internetverbindung nach Neapel hergestellt. In rasend schnellem Tempo sprach sie auf ihre Eltern ein. Sie sahen auf dem Bildschirm, dass ihre Tochter bei Markus auf dem Schoß saß. Deshalb wurde er immer wieder in die Gespräche mit einbezogen. Wie schon bei den vorangegangenen Telefonaten war es für ihn etwas schwierig, sich mit ihrem Vater zu unterhalten. Er sprach nur wenige Worte Deutsch. Seine eigenen, fast vergessenen, Lateinkenntnisse halfen ihm dabei kaum.

Chiara übersetzte unter lebhafter Zuhilfenahme ihrer Hände. Markus nahm sich vor, wenigsten die Grundkenntnisse der italienischen Sprache zu lernen.

Ausführlich berichtete sie ihnen von der Schönheit Venedigs. Beide mussten zugeben, noch nie da gewesen zu sein. Die missglückte Entführung am Lido und ihr Treffen mit den Leuten von den Geheimdiensten ließ sie in ihrem Bericht aus. Stattdessen schwärmte sie lieber davon, wie wundervoll es bei Sonnenuntergang am Markusplatz sein konnte.

Trotz ihrer natürlichen Bräune wurde Chiara vor Verlegenheit rot im Gesicht, nachdem der Vater eine Frage stellte, die Markus nicht verstand. Zum ersten Mal erlebte er, dass sie keine passende Antwort fand. Ihr schien die Übersetzung schwerzufallen. Er sah, dass ihre Mutter den Vater anstieß und lautstark mit ihm schimpfte. Danach rückten die Gesichter beider Elternteile nah vor die Kamera, sodass nur noch Teile davon zu sehen waren. Sie schauten ihre Tochter gespannt an.

„Was hat dein Vater gefragt? Ich habe es nicht verstanden."

Wie ein kleines Kind verbarg sie ihr Gesicht fest an seiner Schulter. Er konnte ihre Worte kaum verstehen, als sie ihm leise antwortete.

„Das kann ich dir unmöglich übersetzen."

Ihre Mutter übernahm die Antwort: „Entschuldige Markus, mein Mann ist manchmal sehr direkt und damit bringt er uns gelegentlich in große Verlegenheit. Aber du musst wissen, dass seine Familie hier in Neapel sehr konservativ ist. Da ist es nicht üblich, dass Mann und Frau zusammenwohnen, ohne verheiratet zu sein. Er weiß nicht, was er ihnen sagen soll, wenn sie sich nach unserer Tochter erkundigen. Er wollte von seiner Principessa wissen, ob ihr heiraten werdet?"

Die Frage kam für Markus überraschend. Während er sich die richtige Antwort überlegte, streichelte er Chiara sanft über den Kopf und küsste sie zärtlich auf die Haare. Sie vergrub ihr Gesicht immer noch an seiner Schulter.

„Ich muss zugeben, dass ich mich in den letzten Wochen ebenfalls mit dem Gedanken beschäftigt habe. Mir ist noch nicht eingefallen, bei welcher

Gelegenheit ich eure Tochter fragen soll. Ich habe einfach Angst gehabt, dass sie mir einen Korb geben wird. Immerhin kennen wir uns noch nicht sehr lange."

Chiaras Mutter übersetzte die deutschen Worte für ihren Mann. Der nickte zufrieden, während er gleichzeitig antwortete.

„Mein Mann sagt, dass du unsere Tochter ruhig fragen kannst. Obwohl er dich noch nicht persönlich kennengelernt hat, hast du dazu ganz offiziell sein Einverständnis. Er ist überzeugt davon, dass sie „Ja" sagen wird. Schließlich kenne er sie von Geburt an."

Wieder diskutierten ihre Eltern miteinander. Letztendlich zuckte ihre Mutter mit den Schultern und gab sich geschlagen. „Er möchte, dass du sie sofort hier vor der Kamera fragst. Er will es hören. Außerdem hat er noch gesagt, dass er sich schon lange auf Enkelkinder freut."

Markus lachte: „Wir werden uns anstrengen, damit ihr bald zu euren Enkeln kommt."

Ihre Mutter drohte ihm mit dem Zeigefinger: „Er hat aber auch gesagt, dass ihr die richtige Reihenfolge einhalten müsst. Erst heiraten und dann die Enkelkinder."

Er zog Chiaras Kopf von seiner Schulter und sah ihr in die großen Augen. Scheu und sehr verletzlich blickten sie ihn an.

„Du musst mir die Frage nicht stellen, Markus. Schon gar nicht vor meinen Eltern. Ich werde auch ohne diesen Ring am Finger bei dir bleiben."

Sanft küsste er ihre weichen Lippen. „Ich will dich aber fragen. Ich möchte es wirklich. Das hat absolut nichts mit deinen Eltern zu tun. Du weißt längst, dass du auch meine Principessa bist und ich will nie mehr ohne dich leben. Würdest du mich heiraten?"

Plötzlich liefen Tränen aus ihren Augen. „Natürlich möchte ich deine Frau werden. Ich wollte es von dem Tag an, als wir uns zum ersten Mal gesehen haben."

Sie legte ihre Arme um seinen Hals und küsste ihn. Markus spürte das Schlagen des Herzens, als sie sich an ihn drückte. Danach beschimpfte sie ihren Vater, der sich davon keineswegs beeindrucken ließ und ganz ruhig etwas wissen wollte.

„Er fragt, ob wir Champagner im Haus haben? Meine Eltern möchten jetzt gerne auf unsere Verlobung anstoßen."

Markus hob Chiara von seinem Schoß. In der kleinen Abstellkammer fand er zwar keinen Champagner, aber zum Glück eine Flasche Krimsekt. Er war etwas zu warm, aber besser als nichts.

Chiara setzte sie sich wieder auf seinen Schoß. Inzwischen hatte sie sich von dem unerwarteten Heiratsantrag erholt. Sie lachte verlegen, als sie die Gläser an den Bildschirm hielten, um mit ihren Eltern anzustoßen.

Jetzt herrschte geradezu eine gelöste Stimmung. Alle redeten durcheinander. Chiara richtete ihm von ihrem Vater aus, dass sie bald nach Neapel zu Besuch kommen sollten. Verständlicherweise wollten die Eltern ihren zukünftigen Schwiegersohn persönlich kennenlernen. Markus versprach ihnen, dass sie schon bald nach Neapel reisen würden. Gleichzeitig lud er sie nach Deutschland ein. Vielleicht konnten sie Weihnachten und Silvester zusammen feiern?

Danach wurde Chiara sachlich und redete auf ihre Mutter ein. Nachdem sie lediglich Urlaubsbekleidung dabei hatte, benötigte sie dringend Kleidung für Herbst und Winter. Im Vergleich zu Neapel war es für ihre Verhältnisse schon jetzt recht kühl. Bald würde es noch kälter werden. Nach einer schier endlosen Diskussion nahm Chiaras Mutter schließlich Zettel und Bleistift zur Hand um sich die Wünsche ihrer Tochter zu notieren. Sie versprach, die gewünschte Kleidung in den kommenden Tagen als Paket oder mit einer Spedition nach München zu schicken.

Nach dem Telefongespräch und der überraschenden Wendung des Abends ließ Chiara ihm keine Gelegenheit mehr, sich mit dem dritten Teil der Mail zu beschäftigen. Sie fand den Platz auf seinem Schoß bequem und kuschelte sich enger an ihn. Er spürte ihren heißen Atem am Hals.

„Eigentlich habe ich mir meine Verlobung irgendwie anders vorgestellt, viel romantischer", sagte sie leise. „Trotzdem müssen wir jetzt noch ein bisschen feiern. Außerdem ist das heute unser erster gemeinsamer Abend in München. Da haben wir einen doppelten Grund, die Korken knallen lassen."

Diesbezüglich war er absolut der gleichen Meinung. Die Informationen über Zivkovic und seiner Partei „Unser Kroatien", mussten unter diesen besonderen Umständen warten.

24.

Am nächsten Morgen zeigte sich München von seiner schönen Seite. Die Regenwolken vom Vortag waren verschwunden. Vom warmen Bett aus konnte Chiara den blauen Himmel mit einigen wenigen weißen Wolken durch das geöffnete Fenster sehen.

Die Luft war kühl. Sie zitterte schon bei dem Gedanken, das gemütliche Bett zu verlassen. Für ihre Verhältnisse waren die Temperaturen für die Jahreszeit zu niedrig, aber daran musste sie sich wohl gewöhnen.

Ihre Gedanken kehrten zum gestrigen Abend zurück. Von der direkten Frage ihres Vaters war sie anfangs peinlich berührt gewesen. Doch eigentlich hätte sie mit etwas Ähnlichem rechnen müssen. Paare, die zusammenlebten, ohne verheiratet zu sein, gab es in seiner Welt nicht. Jedenfalls nicht unter den „anständigen" Menschen. In der Beziehung war er noch richtig altmodisch. Das würde sich bei ihm niemals ändern. Selbst ihre Mutter, die um einiges toleranter mit solchen Themen umging, konnte ihn da nicht beeinflussen. Trotzdem liebte Chiara ihre Eltern von ganzem Herzen.

Jetzt, unter der der warmen Bettdecke, fühlte sie sich gelöst und unendlich glücklich. Alles war so einfach. Markus hatte ihr tatsächlich einen Heiratsantrag gemacht. Natürlich war der Anstoß dazu von ihrem Vater ausgegangen. Doch später, nachdem das Gespräch beendet war, hatte er zärtlich ihr Gesicht in seine Hände genommen und sie lange angeschaut.

„Damals, nach unserem zweiten Treffen in Kroatien habe ich dir schon gesagt, dich für immer festhalten zu wollen. Mit seiner Initiative hat dein Vater mir sehr geholfen. Ich wusste nie, wie und wann ich dich fragen sollte."

Sie spürte Markus kräftige Arme, die sie festhielten und auch im Schlaf an sich drückten. Sie musste an ihre erste Begegnung auf der „NINA" denken. Ihr fiel wieder ein, wie nervös sie damals plötzlich geworden war. Dann ihr zweites Zusammentreffen im Restaurant „Riva-Dalmacija". Kurz darauf im Hafen von Bibinje hatte er sie zum ersten Mal geküsst.

Von da an war eigentlich alles ziemlich schnell und wie in vorgezeichneten Bahnen abgelaufen. So als hätten sie schon immer gewusst, dass sie zusammengehörten. Daran war auch in der darauffolgenden Zeit nie der geringste Zweifel aufgekommen. Gab es so etwas wie Vorbestimmung?

Entschlossen schlug sie die Bettdecke zurück und stand auf. Dadurch weckte sie Markus. Interessiert schaute er zu, wie sie splitternackt und fröstelnd ihre Kleidung begutachtete.

„Nach dem Frühstück werden wir für dich wärmere Garderobe einkaufen", meinte er. „Obwohl du mir so eigentlich recht gut gefällst."

Chiara vermied es, auf seine Anspielung einzugehen.

„Ja, wir müssen unbedingt einkaufen gehen. Bei euch in München scheint die Sonne und trotzdem ist es kühl. Es wird noch einige Zeit dauern, bis meine Kleidung aus Neapel kommt. Bis dahin habe ich sonst nur Jeans und einen einzigen warmen Pullover zum Anziehen. Die Sommerkleidung werde ich wohl in diesem Jahr nicht mehr brauchen."

Er wurde ernst.

„Bevor wir einkaufen gehen, möchte ich das Grab meiner Tochter besuchen. Das mache ich immer, sobald ich nach München zurückkomme."

Der Friedhof mit Ninas Grab lag direkt neben der Haftanstalt Stadelheim. Markus erklärte Chiara, dass es sich dabei um ein Untersuchungsgefängnis handelte. Sobald die einsitzenden Verbrecher verurteilt waren, wurden sie auf andere Gefängnisse in Bayern verteilt.

„Hoffentlich sitzen der Freiherr und Ralf Knoten auch bald hinter diesen Mauern."

Die hohen Mauern, die das Gefängnis vom Friedhof abgrenzten, flößten Chiara ein Gefühl der Beklommenheit ein. Die Wachtürme und die zahlreichen Scheinwerfer machten die Sache nicht besser.

„Warum hast du Nina gerade hier beerdigen lassen? Wenn ich daran denke, wie viele Verbrecher sich hier in der unmittelbaren Umgebung befinden, bekomme ich irgendwie ein seltsames Gefühl."

„Die Toten stört es nicht und ich wollte, dass Nina nicht so allein ist. In dem Grab liegen auch ihre Großeltern, bei denen sie einen Teil ihrer Kindheit verbracht hat. Sie sind nur wenige Wochen nach dem schrecklichen Tod ihrer Enkelin gestorben."

Zu gerne hätte Chiara die lebende Nina kennengelernt. Immer wieder mal erzählte er kleine Episoden aus ihrem kurzen Leben. Manchmal stellte sie sich die hypothetische Frage, ob sie von Nina als Teil ihrer Familie akzeptiert worden wäre.

Nach einer Weile ließ sie ihn allein vor dem gepflegten Grab zurück. So konnte er ungestört mit seiner Tochter sprechen. Jedenfalls nahm sie an, dass er es tat. Wenn sie in Neapel zum Friedhof ging, um das Grab der Eltern ihres Vaters zu besuchen, redete sie immer mit ihnen.

Später fand Markus sie nachdenklich vor dem Grab der Geschwister Scholl stehen. „Du weißt, wer Hans und Sophie Scholl waren?"

„Wir haben irgendwann in meiner Schulzeit über sie gesprochen. Das ist schon lange her und ich habe fast alles vergessen."

„Sie waren im Widerstand gegen den Nationalsozialismus aktiv. Unter anderem haben sie Flugblätter verteilt. Deswegen hat man sie zum Tode verurteilt. Hier im Gefängnis Stadelheim hat man sie mit der Guillotine enthauptet."

„Sehr mutig und irgendwie auch dumm von ihnen, deshalb ihr Leben zu lassen. Möglicherweise würden sie jetzt gegen Friedrich von Thurau und seine Anhänger demonstrieren."

Es war später Vormittag, als sie am Marienplatz in München aus der U-Bahn stiegen. Hand in Hand schlenderten sie in der Fußgängerzone von einem Geschäft zum anderen. Markus machte es Spaß, mit Chiara einkaufen zu gehen.

Sie war überrascht, als er sie in ein kleines Juweliergeschäft führte. Nachdem sie jetzt offiziell verlobt waren, sollte es auch jeder sehen können. Außerdem wusste er aus einem Gefühl heraus, dass sich Chiara über die Geste freuen würde.

Sie entschieden sich für einfache, aber breite Ringe in Weißgold. Später, sobald es sich ergab, wollte er alleine losgehen, um für sie ein besonderes Geschenk zu kaufen.

Danach stöberten sie in Kaufhäusern und Boutiquen nach passender Garderobe. Wie viele Italienerinnen, besaß Chiara ein untrügliches Gespür dafür, welche Kleidung zu ihrem Typ passte. Nur gelegentlich, vermutlich mehr aus Höflichkeit, fragte sie ihn um seinen Rat.

Während sie von einem Geschäft zum anderen spazierten, fielen ihnen die vielen jungen Männer mit glatt geschorenen Köpfen auf, die in kleinen Gruppen von vier bis fünf Mann, mit Springerstiefeln und Lederjacken bekleidet, durch München spazierten. Die rechtsnationalen Symbole auf ihrer Kleidung zeigten deutlich ihre politische Gesinnung. Soweit er sich erinnerte, waren solche Typen vor einem Jahr noch nicht so zahlreich in München aufgetreten. Die vielen Polizisten mitten unter den Fußgängern, teilweise zu Pferd, ließen befürchten, dass irgendetwas Unangenehmes bevorstand.

Trotzdem wurden sie Zeuge, wie vier der Nazis auf einen älteren Asiaten einschlugen. Nachdem er schon am Boden lag, traten sie mit ihren Stiefeln weiterhin nach ihm.

In dem Moment dachte Markus nicht weiter über etwaige Folgen nach. Es gelang ihm, zwei der völlig überraschten Angreifer zur Seite zu stoßen. Die anderen zwei schauten ihn höhnisch an. Ihrer Körperhaltung konnte er entnehmen, dass sie auf solch einen Anlass nur gewartet hatten.

Breitbeinig stellte Markus sich schützend vor den Asiaten. Er ahnte, dass es um ihn nicht besonders gutstand. Das Verhältnis von vier zu eins sprach nicht für ihn. Von den zahlreichen anderen Passanten war kaum Hilfe zu erwarten. Sie machten einen großen Bogen um die Kämpfenden und gingen möglichst schnell weiter, ohne sich um das Geschehen zu kümmern.

Mit Schrecken sah Chiara zu, wie Markus sich auf die Nazis stürzte und schützend vor den am Boden liegenden Mann stellte. Sie atmete auf, nachdem gleich mehrere Polizisten von allen Seiten herbeistürmten und den Übergriff beendeten. Vergeblich versuchten die Männer, sich gegen die Beamten zur Wehr zu setzen. Handschellen klickten und sie wurden abtransportiert.

Zum Glück schien der Überfall für den Asiaten ohne größere Verletzungen ausgegangen zu sein. Er konnte bereits wieder lächeln, als er sich bei Markus bedankte. Ein Krankenwagen brachte ihn zur Untersuchung ins nächste Krankenhaus.

Nachdem die Polizisten von Chiara und Markus die persönlichen Daten aufgenommen hatten, konnten sie gehen. Irgendwann in den nächsten Tagen würden sie auf einem Polizeirevier ihre Zeugenaussage machen müssen.

Durch das schnelle Eingreifen der Polizei war der hässliche Zwischenfall für Markus glimpflich ausgegangen. Trotzdem waren Chiaras Einkaufsgelüste erst einmal gestillt.

Aufregungen dieser Art schienen bei ihr immer ein Hungergefühl auszulösen. Er erinnerte sich an den Überfall durch Danny Danon auf der Insel Molat sowie dem unguten Zwischenfall auf der Bahnfahrt von Venedig nach München. Andere Frauen würden nach solchen Erlebnissen verängstigt und niedergeschlagen reagierten. Chiara dagegen bekam danach jedes Mal einen unbändigen Appetit. Er ließ sich von ihr dazu überreden, das Mittagessen im Hofbräuhaus einzunehmen.

Wie ein Großteil der Münchner war Markus seit Jahren nicht mehr dort gewesen. Die Touristenströme in dem vielleicht bekanntesten Wirtshaus der Welt standen denen in Venedig in nichts nach. Dicke Amerikaner mit ihren noch dickeren Kindern, dazu jede Menge freundlich lächelnder Asiaten mit den unvermeidlichen Fotoapparaten, sowie viele weitere Menschen aus allen Ecken der Welt drängten sich durch die verschiedenen Geträume. Die Lärmkulisse war beachtlich. Einige von den Besuchern liefen in Kleidungstücken umher, die in ihren Augen wohl bayrische Trachten darstellen sollten.

Markus konnte sich das Grinsen nicht verkneifen, als sich vor ihm eine ältere Asiatin im knallgrünen Dirndl umdrehte und er den weißen Totenkopf auf ihrer leuchtend roten Schürze sah.

„In den kommenden Tagen fahren wir zusammen nach Bad Tölz. Eine Bekannte besitzt dort ein Geschäft für Trachtenmoden. Dort müssen wir mal schauen, ob wir ein echtes Dirndl für dich finden."

Zweifelnd schaute Chiara der Asiatin mit dem Totenkopf nach.

„Du denkst, dass mir so etwas steht?"

„Ich meine damit nicht so eine schreckliche Verkleidung wie bei der Touristin. Es soll ein richtiges Dirndl sein. Da kommt dein wunderschöner Busen wirksam zur Geltung."

Spöttisch stieß Chiara ihn mit dem Finger in die Seite. „Gelegentlich könntest du mal an was anderes denken."

Trotz der vielen Besucher fanden sich ohne Probleme zwei freie Plätze in einem der Geträume. Außer ihnen saß lediglich ein junges Pärchen aus Japan an dem großen Holztisch. Die Asiaten schienen sich nicht einig zu sein, welche der Speisen auf der Karte sie bestellen sollten.

Chiara hatte bei der Auswahl keine Probleme. Sie hatte es bereits vor dem Hofbräuhaus gewusst.

„Endlich habe ich mal Gelegenheit, einen echten bayrischen Schweinebraten mit Knödeln zu probieren. Was wirst du essen?"

„Den nehme ich ebenfalls. In Kroatien habe ich manchmal davon geträumt. Da wird er anders zubereitet und es gibt auch keine Knödel dazu. Hier müssen wir natürlich jeder eine Maß Bier trinken. Das ist so Sitte."

Chiaras braune Augen blitzten vergnügt, während sie protestierte.

„Eine Maß ist ein ganzer Liter. Soweit bin ich über eure bayrischen Gebräuche informiert. Was hast du mit mir vor, wenn du mich schon zur Mittagszeit betrunken machen willst?"

Sie einigten sich schließlich auf eine Maß Bier für beide zusammen.

Während sie auf das Essen warteten, bekam das japanische Pärchen an ihrem Tisch jeweils eine Schweinshaxe mit zwei großen Knödeln serviert. Zögerlich hielten sie Messer und Gabel in der Hand. Offenbar dachten sie darüber nach, wie sie dem Ungetüm auf ihrem Teller zu Leibe rücken sollten. Hilfe suchend schauten sie dabei zu den anderen Tischen. Wohl in der Hoffnung, sich dort Anregungen holen zu können.

Nach dem Essen, der Schweinebraten war für einen Touristentreffpunkt überraschend gut gewesen, bummelten sie ohne festes Ziel bis zum Karlsplatz, den die Münchner Stachus nannten. Von hier aus war es nicht mehr weit bis zur Presseagentur. Markus erinnerte sich an die Mail von

Gottlieb Freden, in der er ihn gebeten hatte, möglichst bald bei ihm vorbeizuschauen.

Kurzentschlossen rief er ihn an. Wenig später konnte Chiara aus dem Handy eine laute, dröhnende Stimme vernehmen. Unmissverständlich wurden sie aufgefordert, sich unverzüglich zu ihm auf den Weg zu machen.

Die Agentur in der Schwanthaler Straße lag nur wenige Gehminuten vom Stachus entfernt. Für Chiara war es der erste Besuch in einer Presseagentur. Sie stellte sich vor, dass es da genauso hektisch zuging wie bei einer Zeitung. In den Ferien, während der Schulzeit, hatte sie mal für ein paar Wochen in der Redaktion der Tageszeitung „La Repubblica" in Neapel gejobbt. Da ging es zu jeder Tages- und Nachtzeit ziemlich hektisch zu.

Fredens Tochter Barbara, die als Ressortleiterin für ihren Vater arbeitete, erwartete sie am Empfang. Chiara sah eine schlanke Frau mit sehr kurzen, schwarzen Haaren vor sich, die Markus sofort um den Hals fiel und ihn herzhaft rechts und links küsste.

„Das ist ja mal eine gelungene Überraschung. Ich freue mich sehr, dich bei uns zu sehen."

Danach wurde Chiara von oben bis unten gemustert und schließlich ebenfalls mit einer Umarmung begrüßt.

„Sie sind mit Markus zusammen?"

Chiara wunderte sich ein wenig über die direkte Frage. Nachdem sie daraufhin nickte, seufzte Fredens Tochter enttäuscht. Dabei machte sie ein betont betrübtes Gesicht.

„Das ist wirklich jammerschade. Dann habe ich wohl keine Chance bei Ihnen?"

Markus grinste. Er kannte ihre gelegentlich recht direkten Annäherungsversuche.

„Du versuchst doch nicht, mir mein Mädchen auszuspannen? Ich habe ihr erst gestern einen Heiratsantrag gemacht."

„Den sie hoffentlich abgelehnt hat. Außerdem bedeutetet eine Verlobung noch lange nicht, dass sie dich wirklich heiratet. Vielleicht überlegt sie es sich ja noch anders."

Barbara hakte sich bei Chiara ein und zog sie mit zum Lift,

Markus musste an die Zeit zurückdenken, als Gottlieb Freden ernsthaft den Versuch unternahm, ihn mit seiner Tochter zu verkuppeln. Erst nach diesen vergeblichen Bemühungen gestand Barbara ihrem Vater, dass sie sich im Grunde genommen aus Männern nichts machte und Frauen vorzog.

Sie hatte ihm ein paar Tage darauf von dem Gespräch erzählt. Nur um das Gesicht von Freden zu sehen, wäre Markus gerne zugegen gewesen.

Von der Überraschung erholte er sich erstaunlich schnell. Er war wenig später dabei, als Barbara zu einer Firmenfeier ihre damalige Lebensgefährtin, eine kleine, hübsche Blondine, mitbrachte. Ihr Vater behandelte bei dieser Gelegenheit die Freundin seiner Tochter mit ausgesuchter Höflichkeit.

Von Hektik bemerkte Chiara nichts, als sie über einen langen Gang zu Fredens Büro gingen. Nur gelegentlich hörte man durch die Türen rechts und links Stimmen.

Die langjährige Sekretärin in Fredens Vorzimmer, sonst eher der griesgrämige, unzufriedene Typ, begrüßte die Gäste, besonders Markus, unerwartet herzlich.

Die vergangenen Jahre waren an Gottlieb Freden spurlos vorübergegangen. Groß und kräftig gebaut, ohne dabei dick zu sein, empfing er sie in seinem geräumigen Büro. Dass sich hinter dessen überschwänglicher Freundlichkeit ein knallharter Geschäftsmann verbarg, sah ihm niemand an. Immerhin schaffte er es seit Jahren, eine Übernahme seiner relativ kleinen Presseagentur durch die Branchenriesen zu verhindern.

Die blauen Augen unter den weißen Augenbrauen blitzten, als er Markus zur Begrüßung auf die Schulter klopfte und sich dann Chiara zuwandte. Ganz selbstverständlich duzte er sie.

„Wie hat es dieser Halunke nur geschafft, so ein Prachtmädchen wie dich zu finden?"

Er führte sie in sein Besprechungszimmer, wo bereits Kaffee, Tee und Kuchen bereitstanden.

Die Unterhaltung zog sich hin. Gottlieb Freden machte keinerlei Anstalten, die kleine Wiedersehensfeier zu beenden. Normalerweise ließ er sich für Besucher maximal 30 Minuten Zeit. Sein Arbeitstag bestand regelmäßig aus mindestens zwölf Stunden, wobei eine Besprechung der anderen folgte. Jetzt schaute er noch nicht einmal auf die Uhr. Offensichtlich hatte er alle Termine verschoben. Markus fragte sich insgeheim nach dem Grund dafür. Die Frage sollte er bald beantwortet bekommen.

Nach der zweiten Tasse Kaffee lehnte Freden sich bequem in seinem Stuhl zurück und zündete sich eine Zigarre an.

„Markus, ich will mit dir über einen bestimmten Mann sprechen. Vor Kurzem habe ich dir über ihn ein Dossier geschickt. Wollen wir in mein Büro gehen?"

"Du kannst ganz offen reden. In diese Angelegenheit ist Chiara inzwischen genauso tief verwickelt wie ich auch und deiner Tochter können wir wohl auch vertrauen."

Freden dachte einen Moment nach, bevor er schließlich nickte: "In Ordnung. Ich habe gleich mal eine Frage: Hinter deiner Anfrage über diesen Freiherrn von Thurau steckt eine interessante Story?"

"Möglicherweise ja."

"Du wirst sie mir anbieten?"

"Ganz ehrlich, ich weiß noch nicht, ob die Geschichte je an die Öffentlichkeit gelangt. Falls doch, biete ich sie dir natürlich zuerst an."

"Worin liegt die Unsicherheit?"

"Erstens kann ich nicht abschätzen, ob sich jemand von deiner Kundschaft für die Story überhaupt interessieren wird. Außerdem haben deutscher Verfassungsschutz sowie israelischer Mossad dabei ein Wörtchen mitzureden. Um die Geschichte zu veröffentlichen, brauche ich erst deren Zustimmung."

Erklärend fügte er hinzu: "Ich habe es versprochen."

"Kannst du mir wenigstens sagen, um was es dabei geht? Du kennst mich lange genug, um zu wissen, dass ich ohne deine Zustimmung damit nicht an die Öffentlichkeit gehen werde."

Markus sah keinen Grund, über die Erlebnisse der letzten Wochen zu schweigen. In der Vergangenheit hatte Freden ihm gegenüber immer sein Wort gehalten. Das würde er auch diesmal tun. Sein Bauchgefühl riet ihm ebenfalls dazu. Es konnte sich in Zukunft für ihn und Chiara durchaus als nützlich erweisen, wenn jemand mit Einfluss über die

Geschehnisse der letzten Wochen Bescheid wusste. Dazu kam, dass ihm bereits einiges bekannt sein musste. Christine hatte schließlich ihre Vollmacht bei ihm hinterlegt. Zumindest hatte sie dafür einen Grund nennen müssen.

Da Freden es augenscheinlich nicht eilig hatte, ließ er sich Zeit. Erzählte, wie er in Zadar die gefälschten israelischen Pässe und das Geld gefunden hatte und was anschließend alles passierte, nachdem der Mossad durch ihn von dem Fund erfahren hatte. Er schilderte den Besuch des israelischen Agenten, zusammen mit dessen Begleiter vom deutschen Verfassungsschutz auf seiner Jacht. Dass er unter diesen Umständen Chiara kennengelernt hatte, ließ Markus aus. Stattdessen berichtete er von der hektischen Suche nach den Pässen durch Ralf Knoten und der brutalen Ermordung der israelischen Agentin.

Über die Anschläge auf seinen Freund, Professor Subkow, wusste Freden bereits Bescheid. Dass Zivkovic hinter dem Überfall stecken konnte, war ihm ebenfalls bekannt.

Freden unterbrach ihn mit einer Frage. „Welche Anhaltspunkte gibt es dafür, dass die zwei Anschläge auf Subkow mit den von dir gefundenen Pässen in Verbindung stehen?"

„Einen direkten Zusammenhang mag es nur in groben Umrissen geben. Jedenfalls sehe ich es so. Zivkovic dürfte wissen, dass der Professor insgeheim Material über die gesamte rechte Szene sammelt. Also auch über ihn. Die politische Kraft „Unser Kroatien", für die sich Zivkovic einsetzt, gehört eindeutig dazu."

Freden nickte zustimmend: „Mir und einigen anderen ist bekannt, dass Marek Subkow geradezu fanatisch alle Informationen zusammenträgt, die er über die extreme Rechte bekommen kann. Die Regierungen von Israel, Europa und auch der USA fragen ihn gelegentlich um seine Meinung zu einzelnen Personen oder Organisationen, die diesem Klüngel nahestehen könnten."

„Zivkovic wusste, dass ich mich mit Subkow getroffen habe", fuhr Markus fort. „Schon vorher dürfte er durch Ralf Knoten erfahren haben, dass ausgerechnet ich es war, der die gefälschten Pässe gefunden hat. Dazu kommen meine Kontakte zum israelischen Geheimdienst. Da wird er einen Zusammenhang hergestellt haben, den es so gar nicht gab. Da der Tod der israelischen Agentin in Zadar bereits jede Menge Staub aufgewirbelt hatte, könnte Zivkovic die Gunst der Stunde genutzt haben, um Subkow gleich mit zu beseitigen. Sozusagen in einem Aufwasch. Eine Agentin aus Israel und ein jüdischer Professor werden innerhalb kürzester Zeit nur wenige Kilometer voneinander entfernt umgebracht. Jeder wird da einen Zusammenhang sehen, aber es wird keine Spur geben, die zu Zivkovic führt."

Hagen machte eine Pause und deutete auf den Kuchen: „Den Rest kann euch Chiara erzählen. Jetzt werde ich mich erst mal um mein Wohl kümmern."

Die Italienerin zuckte die Schultern: „Von mir aus. Ich möchte nicht schuld daran sein, wenn Markus verhungert. Wenn ich etwas Wichtiges vergessen sollte, kann er mich ja unterbrechen."

Freden und dessen Tochter hörten gespannt zu, als sie mit ihrer rauchigen Stimme zuerst über die versuchte Entführung am Lido und von dem Treffen mit Christine Landers in Venedig berichtete.

Die beiden kannten die meisten Einzelheiten über den Tod Ninas. Ebenso wussten sie, dass die Frau etwas damit zu tun haben musste.

„Euch dürfte bekannt sein, dass direkt nach der Sicherheitskonferenz ein Treffen der Weltunion des progressiven Judentums ebenfalls in München stattfinden soll. Zu der Konferenz werden sämtliche führenden Persönlichkeiten der Reformjuden erwartet. Thurau hat sich ausgerechnet, dass die Polizeiorgane nach dem Abschluss der vorhergehenden Sicherheitskonferenz weniger aufmerksam sind. Christine Landers hat uns von dem Plan des Freiherrn erzählt, einen Anschlag auf genau diese Konferenz zu verüben."

„Wie kommen die gefälschten Ausweispapiere und das dazugehörige Geld ins Spiel?"

„Nach Thuraus Plan sollten einige Agenten des israelischen Geheimdienstes Mossad nach dem Attentat als Täter identifiziert werden. Laut den Pässen sind die Männer des Mossad bereits vor etlichen Wochen in Europa eingereist. Später wird jeder glauben, dass sie die Zeit für ihre Vorbereitungen genutzt haben. Thurau dürfte für das Attentat Leute ausgewählt haben, die den Bildern in den gefälschten Pässen ähnlichsehen. Es war geplant, dass man sie nach den Anschlägen findet. Anhand der Passbilder und den Fingerabdrücken hätte man die Mossad-Agenten eindeutig als Täter identifiziert. Ein weiteres Indiz für die Ermittlungsbehörden sollten die registrierten Geldscheine sein. Durch die Seriennummern könnte man sie bis zum israelischen Geheimdienst zurückverfolgen. Die wirklichen Attentäter wären zu diesem Zeitpunkt längst aus Deutschland verschwunden."

Gottlieb Freden nickte nachdenklich, während er dabei den Rauch seiner Zigarre in die Luft blies. „Mir ist bekannt, dass große Teile der Reformjuden, einschließlich ihres Präsidenten, für einen sofortigen Frieden mit den Palästinensern eintreten."

„Die Weltunion des progressiven Judentums streitet sich schon seit einiger Zeit mit denjenigen Israelis, die eine andere Meinung haben. Wäre das Attentat gelungen, würden alle annehmen, dass die israelische Regierung den Mossad mit dem Anschlag beauftragt hätte."

Fredens Tochter, die bis jetzt schweigend zugehört hatte, hakte sich in das Gespräch ein. Ganz nebenbei legte sie eine Hand auf den Oberschenkel der Italienerin. Ihr Vater schien es nicht zu bemerken oder war derartiges von seiner Tochter gewöhnt.

„So wie es derzeit aussieht, sind die Pläne wohl überholt. Freiherr von Thurau wird keine Chance mehr bekommen, sie in die Tat umzusetzen. Bleibt die Frage, ob es genügend gerichtsverwertbare Beweise gegen den Freiherrn und seinen Sekretär gibt."

Freundlich aber bestimmt schob Chiara die Hand von ihrem Bein.

„Markus und ich gehen davon aus, dass es Thurau nicht mehr riskieren wird, den Anschlag zu verüben. Aber sein Sekretär wollte gleichzeitig mit den „Heimatfreunden" eigene Aktionen starten. Darüber wusste Frau Landers angeblich nichts. Knoten scheint ihr nicht zu trauen. Was uns heute beim Spaziergang durch die Münchner Innenstadt beunruhigt hat, sind die vielen Gestalten, die mit Springerstiefeln und Lederjacken bekleidet, durch München laufen. Markus hat sich bereits mit ihnen angelegt, als einige dieser Typen über einen älteren Asiaten hergefallen sind. Falls es sich dabei um Mitglieder der „Heimattreuen" handelt, könnten sie etwas mit Knotens Plänen und seiner „Begleitmusik" zu tun haben. Etliche von ihnen tragen auf ihren Jacken Beschriftungen wie „100 %" oder dem Zahlencode 13/4/7. Sie gehören also eindeutig zur rechtsradikalen Szene. Markus hat mir später erklärt, welchen Sinn die Aufschriften haben."

„Und was sollen sie ausdrücken?" wollte Barbara wissen. „Ich kann mir zwar denken, in welche Richtung das geht, aber ich muss zugeben, dass mir die genaue Bedeutung unbekannt ist."

„Der Zahlencode 13/4/7 steht für die in Deutschland strafbare Grußformel „Mit deutschem Gruß". Die Zahlen stehen jeweils für einen Buchstaben im Alphabet. Die „100 %" bedeuten „100 % arischer Abstammung". Wie ihr seht, ich habe schon an meinem ersten Tag in München ein paar unerfreuliche Sachen gelernt. Willst du noch mehr wissen?"

„Es reicht. Mir ist bereits übel. Es tut mir leid, dass ich dich unterbrochen habe. Erzähl weiter", forderte Barbara die Italienerin auf.

„Von meiner Seite aus gibt es nicht mehr so viel zu sagen." Chiara überlegte, wie sie fortfahren sollte. „Inzwischen dürfte Martin Müller die zuständigen deutschen Sicherheitsdienste in Alarmbereitschaft versetzt haben. Ob die Beweise gegen den Freiherrn vor Gericht ausreichen werden, kann ich nicht beurteilen. Dazu ist mir euer Rechtssystem zu fremd.

Sicherlich würde es zu einer Verurteilung reichen, wenn man Christine Landers dazu bringen könnte, gegen ihn auszusagen. Allerdings kann ich mir das nicht vorstellen."

„Ob es letztendlich tatsächlich zu einem Prozess käme, bliebe sowieso abzuwarten," mischte Freden sich ein. „Sobald Geheimdienste irgendwo mitmischen, ist es mit unserem Rechtsstaat leider nicht weit her. Ich könnte da einige Geschichten erzählen. Aber wie geht es jetzt weiter?"

„Angeblich hat Christine Landers von den Computern des Freiherrn und seines Sekretärs Backups gemacht. Die Dateien sollen unter anderem genaue Aufzeichnungen mit Namen, ihren Tätigkeiten während der vergangenen Jahre und den Planungen für die Zukunft enthalten. Insbesondere auf der Festplatte von Ralf Knoten sollte es Beweise geben, inwieweit er in Anschläge auf Ausländer beteiligt ist. Hauptverantwortlich dürften dafür meistens die „Heimattreuen" sein. Wenn Christine Landers nicht übertrieben hat, könnten die Aufzeichnungen den Rechtsradikalen in ganz Europa einen herben Schlag versetzen."

„Soweit die einzelnen Regierungen das überhaupt möchten", warf Gottlieb Freden zynisch ein. „Falls sich herausstellt, dass hohe Regierungsangestellte oder sogar Politiker darin verwickelt sind, wird man versuchen, es unter den Tisch zu kehren. Vielleicht liegt es an uns, das zu verhindern. Wisst ihr zufällig, was die Dame für ihre Hilfe verlangt?"

Chiara überließ Markus die Beantwortung der Frage.

„Wenn man das ganze Ausmaß und den Wert ihrer Informationen betrachtet, verlangt sie dafür sehr wenig. Martin Müller hat davon gesprochen, dass sie lediglich einen Pass und die Hilfe des deutschen Geheimdienstes will, um untertauchen zu können. Von ihrer Seite aus gibt es angeblich keine finanzielle Forderung. Möglicherweise ist es ihr gelungen, einen Teil von Thuraus Vermögen abzuzweigen. Zuzutrauen wäre es ihr."

„Die professionelle Hilfe der Geheimdienste wird sie in der nächsten Zeit sehr nötig haben. Sobald die Szene von ihrem Verrat erfährt, wird man sie gnadenlos jagen. Die Rechtsradikalen, nicht nur hier in Deutschland, werden alles daransetzen, sie dafür zur Rechenschaft zu ziehen. Schon einfache Anhänger ihrer Ideologie, die lediglich aus der Szene aussteigen möchten, sind des Lebens nicht mehr sicher."

Markus wandte sich an Freden. Er wartete darauf, dass der endlich die Vollmacht von Christine Landers erwähnte.

„Welchen Grund gibt es überhaupt, dass dich diese Geschichte interessiert. Bis jetzt wissen wir noch nicht einmal, ob daraus eine Story wird, die du veröffentlichen kannst?"

Der große Mann mit der dröhnenden Stimme tat entrüstet: „Mich interessiert es eben, was ehemalige Mitarbeiter nach dem Ausscheiden aus meiner Firma so treiben. Außerdem bin ich auch als normaler Bürger der Bundesrepublik Deutschland an der braunen Scheiße interessiert. Schließlich müssen wir aufpassen, um darin nicht zu ersticken."

Markus kannte diesen Ton an seinem ehemaligen Chef und ahnte, dass es da durchaus noch weitere Gründe, außer der Vollmacht, gab. Er sollte sich nicht getäuscht haben.

Freden hatte die gespielte Entrüstung abgelegt und war wieder ernst geworden. „Inzwischen bin ich ja auch selber ein bisschen in die Geschichte involviert. Christine Landers hat mir vor wenigen Wochen einen Brief zukommen lassen. Darin war eine Vollmacht auf deinen Namen, Markus. Ihr wisst darüber Bescheid?"

Der nickte: „Ich habe mich schon gefragt, wann du sie erwähnst. Es soll sich um eine Bankvollmacht für ein Schließfach handeln. Im Falle ihres Todes bin ich berechtigt, den Inhalt an mich zu nehmen und an die zuständigen Stellen weiterzuleiten. Ich hoffe, dass ich sie nicht benutzen muss. Ich habe keine Lust, mich immer mehr in den Sumpf hineinziehen zu lassen. Dafür sind Martin Müller und sein Verfassungsschutz zuständig."

„Die Frau hat sich nur abgesichert. Es zeigt, dass sie in die Arbeit der Geheimdienste oder ihrer Akteure kein grenzenloses Vertrauen hat. Da kann ich sie durchaus verstehen. Doch jetzt möchte ich noch etwas Anderes von euch. Könnt ihr heute Abend zum Essen in mein Haus nach Vaterstetten kommen? Ihr habt hoffentlich noch nichts Besseres vor?"

„Gibt es einen bestimmten Grund für die Einladung?"

„Zufällig habe ich einen Gast, der euch mehr über Freiherr Friedrich von Thurau und auch Ralf Knoten erzählen kann. Er kann dir auch mehr über die Hintergründe sagen, die zum Tod deiner Tochter führten. Du solltest dich mit ihm unterhalten."

„Wer soll das sein? Kenne ich die Person?"

„Lass dich überraschen. Ihr nehmt die Einladung an?"

„Wir kommen. Ich bin gespannt, wem du da aus dem Hut gezaubert hast. Wann sollen wir bei dir sein?"

Freden war seit langer Zeit Witwer und bewohnte in Vaterstetten, einem Vorort von München, eine große Doppelhaushälfte. Für die Strecke dorthin benötigten sie mit dem Auto lediglich zwanzig Minuten. Obwohl sein letzter Besuch einige Zeit zurücklag, fand Markus das Haus auf Anhieb wieder.

Während der kurzen Fahrt erzählte er Chiara von den Gerüchten, die seit Jahren in der Presseagentur über seinen ehemaligen Chef im Umlauf waren.

Offiziell wohnte er dort allein. Wenn man allerdings dem Klatsch in der Firma glauben durfte, gab es da durchaus eine Frau. Dabei sollte es sich keineswegs um eine Haushälterin handeln, tuschelten die Leute. Markus hatte die geheimnisvolle Frau aber früher, bei seinen seltenen Besuchen, noch nie zu Gesicht bekommen. Freden selber hatte sie in keinem ihrer Gespräche erwähnt.

Den Gerüchten nach handelte es sich bei ihr um eine Frau, die etliche Jahre jünger als die eigene Tochter sein sollte. Das heizte den Flurfunk in der Presseagentur besonders an. Falls es die Person tatsächlich gab, musste Barbara es wissen. Allerdings hatte sie ihm gegenüber nie ein darüber Wort verloren. Markus war nie neugierig genug gewesen, um sie danach zu fragen. Sie selber wohnte nicht mehr bei ihrem Vater. Nur etwa zweihundert Meter von ihm entfernt besaß sie eine schicke Dachterrassenwohnung.

Freden öffnete ihnen die Haustür und führte sie, verschwörerisch lächelnd, in sein Arbeitszimmer. Auf dem Weg dahin mussten sie an der Küchentür vorbeigehen. Der fröhlichen Unterhaltung nach zu urteilen, hielten sich dahinter mehrere Frauen auf. Sie schienen viel Spaß miteinander zu haben. Markus konnte sie lachen hören.

Neben Barbaras erkannte er eine weitere weibliche Stimme sofort an ihrer kroatischen Aussprache wieder. Deshalb war er nicht besonders überrascht, als ihnen die schmächtige Gestalt von Professor Subkow entgegenkam.

Das war also der Gast, der ihm mehr über den Tod seiner Tochter, sowie Einzelheiten über den Freiherrn und Ralf Knoten erzählen konnte. Warum hatte er es nicht damals bei dem Interview in Bibinje getan? Gab es neue Erkenntnisse?

Markus wusste, dass man den Professor und dessen Frau nach den Anschlägen vorsorglich in Sicherheit gebracht hatte. Er wäre allerdings nie auf die Idee gekommen, dass sie vorübergehend bei Freden wohnten.

Wie bei ihrem ersten Zusammentreffen in Bibinje war der schmächtige Mann auch jetzt mit grauer Hose und weißem Hemd bekleidet.

„Hallo Herr Professor. Ich freue mich, sie gesund wiederzusehen. Wie geht es ihrem Schwager? Er ist hoffentlich auch in Sicherheit."

Freden machte den Professor mit Chiara bekannt und führte seine Gäste danach in einen Raum mit vollen Bücherregalen sowie gemütlichen Ledersesseln. Dabei schien es sich gleichzeitig um Bibliothek und Besprechungszimmer zu handeln. Die Italienerin konnte sich vorstellen, dass Freden hier schon viele geschäftliche sowie private Gespräche geführt hatte.

Subkow wandte sich an Markus: „Der Bruder meiner Frau hat sich nicht dazu überreden lassen, wenigstens vorübergehend in Deckung zu gehen und Bibinje zumindest für kurze Zeit zu verlassen. Er ist eifrig dabei, sein Restaurant aufzubauen. Meine Frau telefoniert fast täglich mit ihm. Zivkovic scheint an ihm selber kein weiteres Interesse zu haben. Jedenfalls sind dessen Leute seit damals nicht mehr in Bibinje aufgetaucht. Vermutlich hatten es die Verbrecher mit ihrem feigen Anschlag nur auf mich abgesehen."

Der Professor wurde unterbrochen, als die Tür hinter ihm aufging. Es war Barbara, die eine Flasche Champagner brachte. Ihr folgte eine junge Frau mit zartem Gesicht und langen, schwarzen Haaren, die ihr bis zur Taille reichten. Dem Aussehen nach dürfte es sich um eine Eurasierin handeln.

Bevor sie ihnen vorgestellt werden konnte, ließ Fredens Tochter es sich nicht nehmen, die Italienerin besonders herzlich zu begrüßen. Fast so, als hätten sie sich nicht erst vor ein paar Stunden voneinander verabschiedet.

Chiara schaute etwas hilflos zu Markus hinüber, während sie heftig umarmt wurde und dabei die Küsse auf ihrer Wange über sich ergehen ließ.

Möglicherweise war Fredens Tochter immer noch daran gelegen, bei der Italienerin zu punkten. Markus hielt es allerdings für wahrscheinlicher, das sie ihn mit der Begrüßung ein bisschen provozieren wollte.

Schließlich räusperte sich Gottlieb Freden. Fas so als wolle er etwas sagen, und wisse nicht, wie er anfangen soll. Diese Seite kannte Markus bei ihm gar nicht.

Barbara kam ihm zuvor: „Darf ich euch meine Schwester Azusa vorstellen. Wenn man es genau nimmt, ist sie eigentlich meine Halbschwester, aber das ist nicht wichtig."

Bevor ihr Vater die Vorstellungszeremonie fortführen konnte, sprach sie schon weiter: „Azusa ist zur Hälfte Japanerin. Den anderen Teil hat mein alter Herr beigesteuert."

Freden verdrehte die Augen und hob hilflos die Schultern. Liebevoll legte er einen Arm um die junge Frau.

„Barbara legt es geradezu darauf an, mir jede Freude zu nehmen. Eigentlich wollte ich meine zweite Tochter selber vorstellen. Nach dem Tod ihrer Mutter vor sechs Jahren ist sie nach Deutschland gekommen, um hier die Schulausbildung zu beenden. Inzwischen studiert sie Germanistik. Ich hoffe sehr, dass sie für immer in München bleibt."

Die junge Frau begrüßte Chiara und Markus ganz westlich mit einem festen Händedruck.

Nachdem sie alle mit Champagner versorgt waren, kam nach lautem Rufen auch Subkows Frau, um die Neuankömmlinge zu begrüßen.

„Seitdem wir in München sind, befindet sich meine Frau fast immer in der Küche," lächelte der Professor ergeben. „Sobald wir zurück in Kroatien sind, werden wir uns wohl auch einige dieser modernen Geräte anschaffen müssen."

Subkows Frau verschwand nach der Begrüßung sofort wieder. Azusa nahm sie mit. Barbara stand ebenfalls auf. Bedeutungsvoll schaute sie Chiara an, die aber keinesfalls die Absicht hatte, den sicheren Raum zu verlassen. Sie lächelte Fredens Tochter nur spöttisch an und schüttelte den Kopf.

„Ich brauche keine Hausbesichtigung. An einer eventuellen Münz- oder Briefmarkensammlung habe ich auch kein Interesse", kam sie ihr schlagfertig zuvor.

Barbara verzog das Gesicht zu einer Grimasse und setzte sich wieder hin.

Der Professor wusste, warum Freden Chiara und Markus eingeladen hatte. Von einem Regal holte er ein paar beschriebene Blätter.

„Gottlieb hat mir bereits gesagt, dass sie mehr über diesen Freiherrn von Thurau und seinen Sekretär Ralf Knoten erfahren wollen. Deshalb habe ich mir vorhin ein paar Notizen gemacht."

Er machte eine Pause und überlegte kurz, bevor er weitersprach: „Vorher möchte ich Sie aber bitten, niemals meinen Namen zu erwähnen, wenn Sie über die Leute schreiben sollten. Je weniger Aufmerksamkeit auf mich fällt, umso leichter komme ich auch in Zukunft an Informationen."

Und umso weniger brauchen Sie um ihr Leben und das ihrer Frau fürchten, fügte Markus insgeheim hinzu.

„Dein Name wird auf keinen Fall in irgendeiner Mitteilung von uns auftauchen, Marek", polterte Freden los. „Das ist doch selbstverständlich."

Auch Markus nickte: „Was können Sie uns über Freiherr von Thurau erzählen?"

„Ein Teil von dem, was ich Ihnen sage, kennen Sie vermutlich bereits. Als sich Gottlieb von mir weitergehende Informationen über den Freiherrn geben ließ, sagte ich ihm das, was mir bis zu diesem Zeitpunkt bekannt war. Erst danach zog ich weitere Erkundigungen ein, die zu hochinteressanten Ergebnissen geführt haben."

Er machte eine kleine Pause, vielleicht um die Spannung zu erhöhen.

„Der echte Friedrich von Thurau wurde während des Zweiten Weltkrieges in Ostpreußen geboren. Sein Vater, ein überzeugter Gegner Hitlers, starb kurz darauf bei einem Verhör durch die SS. Angeblich stand er den Sozialisten ziemlich nahe. In Adelskreisen kam das damals nicht gerade häufig vor. Seine Mutter, eine gebürtige Engländerin, flüchtete nach dem Tod ihres Mannes mit dem Sohn nach London und verstarb dort. Thurau kam nach dem Krieg zurück nach Deutschland. Die folgenden Jahre verbrachte er in einem Internat am Bodensee. Soweit die Informationen, die ich bis zu Gottliebs Anfrage zu dem Mann hatte."

Markus und auch den anderen war durchaus aufgefallen, dass der Professor vom „echten" von Thurau gesprochen hatte. Gespannt warteten sie darauf, dass Subkow weitersprach.

„An der Schule in London gab es zur selben Zeit einen etwa gleichaltrigen Jungen deutscher Herkunft namens Friedrich Rosental. Onkel und Neffe gaben sich als Juden aus. Sie waren angeblich aus Nazi-Deutschland geflüchtet. Zu dieser Zeit gab es Hunderte deutscher Juden, die in England Schutz vor ihren Verfolgern suchten. Später ging Thurau nach Deutschland zurück, um dort die Schule zu beenden. Dort studierte er auch. Der andere junge Mann, dieser Friedrich Rosental, und sein Onkel verschwanden etwa zur gleichen Zeit völlig spurlos. Niemand kannte den Grund dafür."

Freden unterbrach den Professor mit einer Frage: „Du denkst also, dass Friedrich von Thurau eigentlich Friedrich Rosental ist? Dann brauchte er sich nicht einmal an einen anderen Vornamen gewöhnen."

„Inzwischen bin ich mir sogar ziemlich sicher, dass dieser angeblich jüdische Junge in die Rolle des Freiherrn geschlüpft ist. Freunden von mir ist es gelungen, der Familie des Friedrich Rosental auf die Spur zu kommen. Über dessen Geburtsurkunde, die sie im Archiv der Londoner Schule fanden, kamen sie auf die Spur seines Vaters Alfred Rosental. Bei ihm handelte es sich keinesfalls um einen Verfolgten des Hitlerregimes. Eher das Gegenteil ist der Fall. Es existieren Dokumente, in denen der Name eines Obersturmbannführer Alfred Rosental genannt wird. Das entspricht in etwa dem heutigen Rang eines Oberleutnants. Im Auftrag des Hitlerregimes half Rosental vermögenden Juden dabei, Deutschland zu verlassen. Als Gegenleistung kassierte er von den Ausreisewilligen so gut wie alles, das einen gewissen Wert besaß. Die Juden konnten dagegen nichts unternehmen. Ihre einzige Alternative wäre die Freifahrt in ein Konzentrationslager gewesen. Riesige Vermögenswerte wie Gold, Edelsteine und wertvolle Gemälde gingen in Rosentals Besitz, beziehungsweise den der NSDAP, über. Ein Teil davon verschwand in dunklen Kanälen. Mehr als zehntausend Kunstwerke sind bis in die heutige Zeit verschwunden. Darunter befinden sich Werke von Picasso, Matisse, Chagall, Nolde und zahlreichen anderen Künstlern. Rosental besaß gute Verbindungen zu vielen Nazigrößen. Etliche der von ihm beschlagnahmten Kunstwerke landeten in der Kunstsammlung von Hermann Göring. Gelegentlich kaufte Rosental den Juden ihre Besitztümer auch für einen lächerlich geringen Betrag ab. Dabei handelte es sich meist um Fabrikanlagen und größere Immobilien. Die Kaufverträge dafür wurden vor einem

Notar geschlossen und rechtskräftig beurkundet. In diesen Fällen wollten die Nazis den äußeren Schein waren. Deren Besitzer kannte man auch im Ausland. Die so gekauften Fabriken wurden umgehend von verdienten Parteigenossen übernommen und in den Dienst des Reiches gestellt."

„Warum sollte so ein Mann den Sohn ins feindliche Ausland schicken?", wollte Freden wissen.

Alfred Rosental war überzeugter Antisemit, obwohl es zu seinen Lebzeiten viele Gerüchte über ihn gab. Angeblich sollte er selber jüdischer Abstammung sein, was sich aber nie belegen ließ. Durch seine Verbindungen dürfte er frühzeitig erkannt haben, dass Hitlers tausendjährigem Reich schon bald die Luft ausgehen würde. Da ist es durchaus vorstellbar, dass er den Jungen vorher in Sicherheit bringen wollte. Immerhin war es sein einziger Sohn. Natürlich besteht auch die Möglichkeit, dass sein Onkel mit dieser Ausrede unbeachtet in London leben und dabei für die Nazis spionieren konnte. Was kann unauffälliger sein, als ein älterer Herr jüdischer Abstammung, der mit dem Neffen vor Hitler geflohen war.

„Was ist aus ihnen geworden?"

„Wie bereits erwähnt, verschwanden Friedrich Rosental und dessen Onkel spurlos aus London. Man hat nie mehr etwas von ihnen gehört. Ich gehe davon aus, dass die beiden tot sind. Möglicherweise ist der jetzige Freiherr oder sein Onkel dafür verantwortlich. Von Alfred Rosental ist bekannt, dass er unmittelbar nach dem Krieg über Rom nach Argentinien flüchtete. Bei der Flucht benutzte er, wie viele Angehörige der SS, die sogenannte „Rattenlinie". Organisator dieser Fluchtorganisation war ein faschistischer, kroatischer

Franziskaner-Priester. Er organisierte auch die Flucht der Ustascha-Leute von Rom aus nach Südamerika. Es wäre möglich, dass bereits zwischen den Vätern von Rosental und Zivkovic eine Verbindung bestand. Alfred Rosental selber ist zehn Jahre später in Argentinien zu Tode gekommen. Er wurde vor seinem Haus erschossen. Die dortige deutsche Gemeinde war davon überzeugt, dass er einem geplanten Racheakt der Juden zum Opfer gefallen ist."

„Wenn das, was Sie uns hier erzählen, tatsächlich der Wahrheit entspricht, wäre Friedrich von Thurau eigentlich Friedrich Rosental. Ist das nach dessen Rückkehr in Deutschland niemandem aufgefallen?"

„Offenbar nicht. Als Thurau mit seiner Mutter das Land verließ, war er ein kleiner Junge. Als er nach dem Krieg zurückkam, gab es nur noch entfernte Verwandte, die ihn vielleicht ein paarmal während der Kindheit gesehen hatten. Es gab für niemanden einen Grund, misstrauisch zu sein. Die Papiere waren echt und Rückfragen in London hätten bestätigt, dass er dort die Schule besucht hat."

Markus fiel das Gespräch ein, das er erst vor wenigen Tagen mit Chiara über das Nazi-Gold geführt hatte.

„Könnte es zwischen den verschwundenen Kunstwerken und von Thuraus Reichtum eine Verbindung geben? Dann müsste sein Vater allerdings einen Teil der geraubten Schätze für sich behalten haben."

Der Professor nickte. „Die SS und ihre Helfershelfer haben gegen Ende des Krieges gewaltige Vermögenswerte beiseitegeschafft, um für eine etwaige Flucht und das Leben danach gewappnet zu sein. Etliche von ihnen wollten mit diesem Kapital den Kampf gegen die Besatzungsmächte und den Aufbau des vierten Reiches finanzieren. Falls es dem SS-Mann Rosental damals gelungen sein sollte, einen Teil der Vermögenswerte zu unterschlagen, könnte es sich jetzt durchaus im Besitz des Freiherrn befinden. Gold sowie Edelsteine sind problemlos zu verkaufen. Friedrich von Thurau ist durch seine Geschäfte weltweit gut vernetzt. Möglicherweise hat er seine Kontakte genutzt, um berühmte Gemälde oder Skulpturen an diese Art von Sammler zu verkaufen, die sie niemals in der Öffentlichkeit zeigen würden. Die weniger bekannten Kunstwerke könnte er nach und nach durch Mittelsmänner über Auktionshäuser auf den Markt gebracht haben. Ein großer Teil seines Vermögens dürfte aber aus der Erbschaft stammen, die Friedrich Rosental ganz offiziell als Freiherr Friedrich von Thurau angetreten hat." „Die angenommene Identität wäre auf alle Fälle eine plausible Erklärung dafür, wieso aus diesem Friedrich von Thurau, der in einem sozialistisch geprägten Elternhaus groß wurde, ein Faschist und Antisemit werden konnte", warf Chiara ein.

Sie hatte sich inzwischen bei Markus eingehakt und ihren Kopf an dessen Schulter gelegt. Seitdem vermied es Barbara, sie anzuschauen.

„Eine absolut verrückte Geschichte", überlegte Gottlieb Freden laut. „Es könnte wirklich eine heiße Story werden. Der vereitelte Anschlag in München, ein Adliger als Kopf einer Nazibande und dazu sein Vermögen, das wenigstens zum Teil aus einem Nazi-Schatz stammt."

„Wenn Markus dazu eine gefühlvolle Liebesstory einbaut, wird die Geschichte in der Boulevardpresse sicherlich reges Interesse finden", warf Barbara ironisch ein. Chiaras Abweisung schien ihrer guten Laune doch einen kleinen Dämpfer versetzt zu haben.

„Es wäre allemal besser, als die Fortsetzungsgeschichte über eine versoffene Möchtegernschauspielerin, die demnächst Zwillinge zur Welt bringt", antwortete ihr Freden. Dabei spielte er auf die Storys an, die über ihren Schreibtisch liefen.

„Haben Sie auch etwas über Ralf Knoten in Erfahrung bringen können?", wollte Markus von Subkow wissen.

„Nach eigenen Angaben gehörte er zu den Spätaussiedlern aus Siebenbürgen, die von 1993 an nach Deutschland gekommen sind. Das kann nicht stimmen. Unter diesen Leuten gab es keine Familie Knoten. In Mitgliederlisten der SS konnten wir allerdings einen Adolf Knoten finden, der sehr eng mit Alfred Rosental zusammengearbeitet hat. Ebenfalls im Rang eines Obersturmbannführers. Beide Familien zogen etwa zur gleichen Zeit in die Hauptstadt, also nach Berlin. Soweit ich mich erinnere, stammen sie ursprünglich aus Hannover und Dortmund. Über Melderegister von damals fanden wir jedenfalls heraus, dass die Familien Rosental und Knoten zur gleichen Zeit in einem Mehrfamilienhaus in Berlin wohnten. In der Familie Knoten gab es zwei Söhne. Ich gehe davon aus, dass die Kinder sich von frühester Jugend an kannten. Später zogen beide Familien jeweils in standesgemäße Villen, die ihnen großzügig von der

Partei überlassen wurden. Es ist sehr wahrscheinlich, dass Rosental die jüdischen Vorbesitzer dazu überredet hat, die Immobilien der NSDAP zu überschreiben."

Subkows Frau unterbrach die weitere Unterhaltung mit einer erfreulichen Nachricht. Dabei lächelte sie Markus freundlich zu.

„Das Essen ist fertig. Ich habe eine kroatische Spezialität gekocht. Ich hoffe, dass es ihnen hier genauso gut schmeckt wie bei meinem Bruder."

Freden führte sie ins Esszimmer des Hauses. Bei der Einrichtung des Raumes hatte ganz offensichtlich eine seiner Töchter die Hand im Spiel gehabt. Er war modern eingerichtet. Ein langer, rechteckiger Tisch und sechzehn chromblitzende Stühle nahmen fast den gesamten Raum ein. Alle Sitzmöbel waren mit weißem Büffelleder bezogen. Lediglich an einer Wand stand eine breite Anrichte und darüber hing ein Frauengemälde des österreichischen Malers Gustav Klimts.

Markus saß mit Chiara dem Professor gegenüber an der rechten Seite. Azusa hatte sich freundlich lächelnd neben sie gesetzt. Zwischen den beiden Frauen begann sofort ein lebhaftes Gespräch. Barbara schien es inzwischen aufgegeben zu haben, der Italienerin näherzukommen. Sie saß an einem Kopfende des Tisches, ihrem Vater gegenüber.

Der Professor aß schweigend, wie in Gedanken versunken, und auch Markus dachte über die vorangegangene Unterhaltung nach. Er spürte, wie er immer noch tiefer in die Geschichte verwickelt wurde. Wollte er das wirklich?

Erst nach dem Hauptgericht kehrte Subkow aus seiner geistigen Abwesenheit zurück. Er lächelte Markus entschuldigend an.

„Es tut mir leid, wenn ich kein sehr unterhaltsamer Tischnachbar gewesen bin. Aber ich habe erst gestern Informationen erhalten, die sie auch privat interessieren dürften. Da gibt es einen Zusammenhang zu dem Thema, über das wir vor dem Essen gesprochen haben. Daran musste ich die ganze Zeit denken."

Markus wartete interessiert, bis der Professor weitersprach.

„Erinnern Sie sich an unser Gespräch in Bibinje? Als ich Ihnen sagte, dass die Attentate in Israel, die zum bedauerlichen Tod Ihrer Tochter führten, meiner Meinung nach nicht von irgendwelchen Einzeltätern ausgeführt wurden?"

Angespannt nickte Markus. Er erinnerte sich sehr genau an die Thesen des Professors.

Wie immer, wenn das Gespräch auf seine Tochter kam, sah er ihr Gesicht vor sich. In den letzten Wochen waren die Gedanken an sie etwas in den Hintergrund getreten. Dank Chiaras Nähe hatte er schlafen können, ohne durch Albträume geweckt zu werden. Obwohl sie sich mit Azusa unterhielt, spürte sie die Anspannung in ihm. Dankbar fühlte Markus ihre Hand, die sich unter seinem Arm durchschob. Schweigend wartete er, bis Subkow weitersprach.

„Ich kann inzwischen mit hoher Wahrscheinlichkeit sagen, dass die Attentäter es damals auf neun ganz bestimmte Männer abgesehen hatten und diese auch getötet haben. Dass dabei weitere Menschen zu Tode kamen, war für sie nicht wichtig. Es wurde billigend in Kauf genommen."

„Warum gerade die neun Männer? Wir und sicherlich auch die Geheimdienste haben damals vergeblich versucht, etwas zu finden, was sie verbindet."

„Alle getöteten neun Männer gehörten vor etwa sieben Jahren zu einer Kommandoeinheit des Mossad. Unter dem Decknamen „Bajonett" töteten sie zum Beispiel mitten in Teheran am helllichten Tag durch eine Autobombe zwei Atomwissenschaftler. Zwei weitere ausländische Wissenschaftler, die ebenfalls für die iranische Regierung am Atomprogramm mitarbeiteten, wurden von ihnen in einem Hotel in Kairo aufgespürt und dort ermordet. Einer davon hieß Georg Knoten und war der Bruder unseres Ralf Knoten."

„Darf ich fragen, woher Sie diese Informationen bekommen? Ich kann mir nicht vorstellen, dass der Mossad damit hausieren geht."

„Die Morde an den Wissenschaftlern sind durchaus kein Geheimnis. Entsprechende Meldungen gingen durch die Weltpresse. Berichte darüber dürften sich auch im Archiv unseres Freundes Freden finden. An die Namen der getöteten Wissenschaftler bin ich durch einen Bekannten gekommen. Die israelischen Agenten wurden in Kairo von einer Überwachungskamera des Hotels aufgenommen und später auch identifiziert. Die Täter konnten aus Ägypten entkommen. Es handelte sich eindeutig um Israelis. Gegen sie liegt immer noch ein internationaler Haftbefehl vor. Nach der Erledigung des Auftrages kehrten sie in ihre Heimat zurück. Danach haben diese Männer Israel nie mehr verlassen. Der Mossad war ihnen dabei behilflich, sich unter anderem Namen eine neue Existenz aufzubauen."

In Hagens Kopf drehte sich alles. Knoten steckte hinter den Anschlägen in Israel und war damit für den Tod Ninas verantwortlich. Diesmal zweifelte er nicht an den Aussagen des Professors. Die Erklärungen klangen logisch und ergaben einen Sinn. Knoten hatte den Mord an seinem Bruder gerächt.

Trotzdem gab es noch einige Punkte, die zu klären waren. Wer vermochte ihm dazu mehr zu sagen? Hatte Christine ihn abermals belogen? Bei dem Treffen in Venedig hatte sie versichert, dass der Freiherr an den Anschlägen unbeteiligt war. Konnte es sein, dass Knoten damals ohne sein Wissen gehandelt hatte? Er erinnerte sich an Christines Bemerkung, dass nur er die Verbindung zu den „Heimattreuen" hielt.

Chiara streichelte ihm sanft über den Handrücken. Sie ahnte, worüber er nachdachte.

„Du wirst Müller oder besser noch Zakin danach fragen müssen. Vielleicht finden sich Hinweise dazu auf dem Datenstick, den sie von Christine bekommen sollen."

Markus nickte: „Ich werde Zakin darauf ansprechen. Gerade er sollte großes Interesse daran haben, den Auftraggeber für die damaligen Anschläge zu identifizieren. Oder er kennt die Zusammenhänge bereits und hat sie mir bisher verschwiegen."

Es war spät, als sie sich von Freden und den anderen Anwesenden verabschiedeten, um nach Hause zu fahren. Beim Abschied zog Subkow Markus ein wenig zur Seite.

„Unterschätzen Sie den Freiherrn und Ralf Knoten nicht. Freden hat mir von ihren Erlebnissen in Kroatien und Venedig erzählt. Ich hoffe, dass Sie ihm deswegen nicht böse sind. Sie haben dabei mitgeholfen, seine Anschlagspläne hier in München zunichtezumachen. Solche Menschen sind nicht bereit, Niederlagen einfach so hinzunehmen. Sie haben genug willige Helfer, die ihnen oder Ihrer Freundin etwas antun könnten. Halten Sie in der nächsten Zeit unbedingt die Augen offen."

25.

Der Name Freiherr Friedrich von Thurau gehörte der Vergangenheit an. Jetzt nannte er sich wieder Friedrich Rosental und irgendwie war er froh darüber.

Sofort nach der Ankunft am Wörthersee zog er sich in das kleine Arbeitszimmer des Ferienhauses zurück. Sein Leibwächter würde die Straße im Auge behalten. Rosental war überzeugt, dass Christine Landers von dem Haus nichts wusste. Deshalb hatte er es als vorläufigen Unterschlupf gewählt. Trotzdem musste er eine gewisse Vorsicht walten lassen.

Die Staatsanwaltschaft in München oder der Generalbundesanwalt in Karlsruhe würden schon bald Ermittlungsverfahren gegen ihn und Ralf Knoten eröffnen. Damit rechnete er. Seine ehemalige Vertraute konnte den Behörden genügend Beweise liefern. Auch mit Kontrollen durch die Finanzbehörden der verschiedenen Länder war zu rechnen. Er musste davon ausgehen, dass sie in den nächsten Tagen sämtliche Konten von ihm einfroren.

Zudem würden sie versuchen, sein gesamtes Vermögen zu beschlagnahmen.

Unverzüglich und ohne Rücksicht auf die Uhrzeit nahm er telefonisch sowie über das Internet Kontakt zu mehreren Rechtsanwälten in Europa und den Vereinigten Staaten auf. Das Kennwort, das er ihnen übermittelte, bestand aus einer bestimmten Zahlenkombination, die als Vollmacht diente. Die Anwälte würden sich unverzüglich an die Arbeit machen. Sämtliche Beteiligungen, die auf den Namen Freiherr Friedrich von Thurau liefen, mussten sie schnellstmöglich auf andere Personen übertragen. Ebenso würden sie mit der Luxemburger Holding verfahren. Nichts sollte mehr mit dem Namen Thurau in Verbindung gebracht werden. Alles würde wie eine legale Abtretung aussehen, die bereits vor einem Jahr notariell beurkundet wurde.

Hohe Geldbeträge mussten auf Nummernkonten in Singapur und den Bahamas transferiert werden. Kleinere Beträge, auf die er durch Strohmänner jederzeit zugreifen konnte, würden sie in der Schweiz und Luxemburg anlegen.

Er und Ralf Knoten hatten sich den Plan für den Fall aller Fälle schon vor Jahren ausgedacht. Allerdings waren sie nie wirklich davon ausgegangen, ihn jemals in die Tat umsetzen zu müssen. Die Zeit unter dem Namen Friedrich von Thurau lag endgültig hinter ihm.

Als er kurz nach Kriegsende von London nach Deutschland zurückkehrte, zweifelte niemand daran, dass es sich bei ihm um den legitimen Erben des bekannten Freiherrn von Thurau handelte. Die Papiere, die er den Schweizer Banken vorlegte, hielten jeder Überprüfung stand. Anstandslos überschrieben sie ihm die Erbschaft, die bis zur Volljährigkeit von einem Vormund verwaltet wurde. Die erhebliche Hinterlassenschaft seines leiblichen Vaters, die aus Gold, Edelsteinen und Kunstwerken bestand, veräußerte er im Laufe der folgenden Jahre. Der Name Freiherr von Thurau öffnete ihm viele Türen. Es gab etliche Menschen, die stolz darauf waren, mit ihm Geschäfte zu machen. Der Name stand für Seriosität und Gerechtigkeit. Automatisch ging man davon aus, dass die Eigenschaften auch für den Sohn galten. Viele erinnerten sich daran, wie standhaft Freiherr von Thurau damals den Nazis trotzte. Sie fühlten sich geehrt, dem Nachkommen dieses Mannes behilflich zu sein. Bei einigen kam eine Art Schuldgefühl hinzu. Ihre Väter hatten die Zeit Hitlers ohne schwerwiegende Blessuren überlebt.

Dank der Geldmittel war er in der Lage gewesen, sich für ein besseres Deutschland einzusetzen.

Während Rosental darüber nachdachte, welche Arbeiten noch zu erledigen waren, merkte er, wie sehr ihm die Verräterin in Zukunft fehlen würde. Sie hatte die Fähigkeit besessen, seine manchmal konfusen Überlegungen auf den Punkt zu bringen. Sie konnte die darin enthaltenen Fehler sofort erkennen.

Das war einer der wichtigsten Gründe gewesen, weshalb er sie die ganzen Jahre stets in seiner Nähe haben wollte. Richtig bewusst wurde es ihm während ihrer Zeit in Israel. Auf diese Zusammenarbeit musste er nun für immer verzichten.

Zum Schluss verbrannte er noch, wenn auch mit leichtem Bedauern, sämtliche Ausweise und jedes einzelne Papier, auf dem sich der Name Friedrich von Thurau befand. Bei einer eventuellen

Personenkontrolle sollte nichts darauf hinweisen, dass er diesen Mann überhaupt kannte.

In der Vergangenheit hatte Ralf Knoten stets hartnäckig verlangt, dass Christine nie etwas über die wahre Person erfuhr, die sich hinter dem Namen Friedrich von Thurau verbarg. Das konnte jetzt für ihn ein Glücksfall sein.

Stunden später trafen auch die zwei anderen Leibwächter, aus Venedig kommend, in Kärnten ein. Sie waren von Niemandem angehalten und kontrolliert worden.

Die Fahndung nach ihm schien noch nicht im großen Umfang angelaufen zu sein. Rosental beschloss, die Zeit zu nutzen, um München zu erreichen. Dort konnte er unter Umständen mehr bewirken.

Zwei der Männer schickte er sofort los, um die in Italien gemieteten Fahrzeuge offiziell in einer Filiale der Autovermietung in Klagenfurt zurückzugeben. In seiner jetzigen Situation kam es ihm darauf an, sich so unauffällig wie möglich zu verhalten. Von dort aus konnten sie mit der Eisenbahn nach München weiterfahren. Er selber ließ sich von einem Taxi zum Bahnhof nach Velden bringen. Die Tickets für die Zugfahrt 1. Klasse buchte er vorher über das Internet und bezahlte sie mit der Kreditkarte seines Leibwächters. Dieser würde ihn auch auf der Fahrt nach München begleiten. In weniger als fünf Stunden konnte er dort sein. Wenn alles wie geplant verlief, sollte Ralf Knoten tags darauf, von Paris kommend, ebenfalls dort eintreffen.

Während der Eisenbahnfahrt blieb Rosental genügend Zeit, sich über die Zukunft Gedanken zu machen. Christine hatte es mit unglaublicher

Raffinesse geschafft, fast seine gesamten Pläne zu sabotieren. Schlimm war auch, dass er, zumindest in nächster Zeit, aus dem Untergrund heraus agieren musste. Ein wenig Hoffnung gab es noch, den von ihr angerichteten Schaden zu begrenzen. Allerdings nur, wenn man sie innerhalb kürzester Zeit finden und zum Reden bringen konnte. Von ihr würden sie erfahren, wie viel sie verraten hatte. Danach musste sie spurlos beseitigt werden.

Inzwischen war er sich im Klaren darüber, dass sie schon vor geraumer Zeit zum deutschen Geheimdienst oder Verfassungsschutz Kontakt aufgenommen haben musste. Dabei war sie sehr geschickt vorgegangen. Sie hatte es so eingerichtet, dass keiner seiner dortigen Verbindungsleute davon erfuhr. Es war durchaus denkbar, dass sie bereits damals, bei ihrer Arbeit an der deutschen Botschaft in Tel Aviv, entsprechende Kontakte geknüpft hatte.

Trotzdem blieb ihm unklar, wie es jetzt erneut zu der Verbindung mit diesem Markus Hagen gekommen war.

In der Zeit, als sie an der deutschen Botschaft in Tel Aviv arbeitete, telefonierten sie regelmäßig miteinander. Sie sollte dort an Daten von Mitarbeitern des Mossad kommen, die er für seinen Plan nützen konnte. Bei einem der Gespräche erwähnte sie einen Journalisten Markus Hagen. Sie hoffte, über dessen Verbindungen an entsprechende Namen zu gelangen.

Er hatte sie dazu überredet, mit Hagen ein Verhältnis zu beginnen. Nur widerwillig war sie auf seinen Vorschlag eingegangen. Er fand diese Idee damals geradezu genial. Noch besser wurde es, nachdem sie schließlich mit dem Journalisten offiziell zusammenlebte. Selbst der stets neugierige israelische Inlandsgeheimdienst konnte nichts Verwerfliches daran finden, wenn eine Botschaftsangehörige das Bett mit einem renommierten Journalisten teilte.

Als dessen Lebensgefährtin durfte sie ihn auf Empfänge begleiten, zu denen sie sonst niemals eingeladen worden wäre. Durch Hagen und die Arbeit in der Botschaft kam sie an die entsprechenden Namen sowie Fingerabdrücke für die gefälschten Pässe.

Ihr Auftrag war fast abgeschlossen, als sie dort, von einem Tag auf den anderen, verschwinden musste. Schon damals, nach ihrer Rückkehr aus Israel, hatte Ralf Knoten den Verdacht geäußert, dass der Journalist mehr für sie geworden war, als der nützliche Idiot, den sie benutzen und für die Dauer des Aufenthaltes hinters Licht führen konnte. Lag in dieser Verbindung der eigentliche Grund für ihren Verrat?

Auf Drängen Knotens hatte er sehr ausführliche Gespräche mit ihr geführt. Sie musste ihm alles über ihr Verhältnis zu dem Journalisten erzählen. Nichts, aber auch gar nichts in ihren Antworten ließ darauf schließen, dass Knotens Verdacht berechtigt war. Im Gegenteil, Christine bat ihn inbrünstig darum, sie nie mehr in so eine Situation zu bringen.

Ihren Erzählungen nach musste sie über viele Monate hinweg bei Hagen in höchster Anspannung gelebt haben. Er konnte sich vorstellen, wie schwer es für sie gewesen sein musste, sich nicht durch ein unbedachtes Wort zu verraten. Schon der kleinste Fehler hätte ihn misstrauisch machen können.

Nach dem Gespräch war er absolut überzeugt davon, dass Knotens Verdacht jeder Grundlage entbehrte. Zudem hielt Hagen sie nach ihrer Flucht für mitschuldig am Tod seiner Tochter.

Was mochte sie dazu bewogen haben, ihn jetzt wieder ins Spiel zu bringen? Wie war es möglich, dass ausgerechnet ihm die gefälschten Dokumente in die Hände fielen? Sollte Christine das genauso geplant haben? Auf welchem Weg konnte sie den Kurier dazu gebracht haben, Pässe und Geld an Hagen weiterzugeben? Eigentlich war das eine absolut verrückte Idee, aber durchaus möglich. Noch vom Zug aus gab Friedrich Rosental per Handy Anweisung, den Kurier ausfindig zu machen. Man würde ihn dazu befragen.

Christine musste, unmittelbar vor seinen Augen, die deutschen Behörden und womöglich auch den israelischen Mossad überzeugt haben, ihr bei der Flucht behilflich zu sein. Die Anschlagspläne von München waren die Gegenleistung. Davon musste er ausgehen. Ihr weiteres Wissen über ihn und Knoten würde sie häppchenweise weitergeben, nicht alles gleich von Anfang an auf den Tisch legen.

Rosental glaubte auch jetzt noch, genau zu wissen, wie sie dachte und weiter vorgehen würde. Schließlich war sie unter seiner Führung vom Teenager zur Frau gereift. Er hatte sie geformt und war auf das Ergebnis immer ein wenig stolz gewesen.

Was genau konnte sie verraten? Bei dem Gedanken daran, dass sie Einblick auf sämtliche Dateien seines Computers gehabt und womöglich heruntergeladen hatte, wurde ihm übel. Er musste den Rechner baldmöglichst durch einen Fachmann überprüfen lassen. Der konnte eventuell feststellen, ob und inwieweit die Daten darauf kopiert worden waren.

Über Handy bekam er die Nachricht, dass Hagen und seine Begleiterin mit der Eisenbahn von Venedig nach München gereist waren. Österreichische Mitglieder der „Heimattreuen" konnten sie anhand der per Smartphone übermittelten Bilder eindeutig identifizieren. In ihrer Begleitung hatten sich keine weiteren Personen befunden. Man würde sie aber weiterhin beobachten.

Es wäre zu einfach gewesen, Christine Landers bei Hagen und seiner Begleiterin zu finden. Inzwischen waren mehr als dreißig Leute allein in Venedig und Umgebung damit beschäftigt, ihre Spur aufzunehmen. Bis zu diesem Zeitpunkt hatte er keine wirklich positiven Rückmeldungen erhalten. Ein vager Hinweis besagte, dass sie von einem Fahrzeug mit Frankfurter Kennzeichen in Mestre abgeholt worden war. Denselben Wagen hatte man gesehen, als er über Bassano in Richtung Brenner fuhr. Im Auto saßen zwei Frauen. Auf die Beifahrerin traf die Beschreibung von Christine Landers zu. An der Grenze zu Österreich gab es Überwachungskameras. Eventuell konnte man sie dort anhand der Aufzeichnungen identifizieren.

Seine Verbindungsleute beim Bundesnachrichtendienst in Pullach und Berlin sowie dem Verfassungsschutz in Köln versuchten ebenso emsig, aber unauffälliger, über interne Meldungen ihren Aufenthaltsort festzustellen. Bis jetzt ohne Erfolg.

Für Rosental stellte sich die Frage, ob Hagen wusste, wo sich Christine Landers zurzeit versteckt hielt? Um das herauszubekommen, mussten sie ihn gegebenenfalls festsetzen und einer verschärften Befragung unterziehen. Allerdings nur, wenn sich in den nächsten Stunden kein wirklicher Hinweis auf ihren Aufenthaltsort finden lassen ließ.

In aller Ruhe dachte Rosental über diesen Gedanken nach. Bei der Vernehmung konnte es hilfreich sein, wenn sich Hagens Geliebte als Druckmittel in ihrer Gewalt befand. In München gab es zurzeit genügend Mitglieder der „Heimattreuen" die vor solch einer Aufgabe nicht zurückschreckten. Knoten würde wissen, welche der Männer er damit betrauen konnte.

Mit der Entführung zweier Menschen gingen sie allerdings ein großes Risiko ein. Auch darüber musste er mit Ralf Knoten sprechen. Rosental ahnte, dass die Idee bei ihm auf fruchtbaren Boden fallen würde. Der liebte gewaltsame Maßnahmen. Der Gedanke, Hagen und dessen Geliebte zu entführen, dürfte ihm gefallen. Bei der anschließenden Befragung wollte er sicher dabei sein.

Als Rosental schließlich in München eintraf, gab es weiterhin keine wirklichen Hinweise darauf, wohin Christine Landers geflohen war. Ihre Leute am Brenner hatten noch keine Gelegenheit bekommen, die Aufnahmen dort auszuwerten. Ihr Ansprechpartner würde erst in einigen Stunden den Dienst antreten.

Da sein Apartment in München als Aufenthaltsort ausschied, ließ er sich sowie seinen Begleiter, von einem Taxi nach Schwabing bringen. Der Geschäftsführer des kleinen Hotels in der Hohenzollernstraße stand persönlich an der Rezeption und übergab ihm die Magnetkarte für eine der Suiten im Dachgeschoss. Gleich nebenan gab es Zimmer für seine „Soldaten".

Das Hotel wurde treuhänderisch von einer angesehenen Münchner Anwaltskanzlei betreut, die mehrere Objekte der „Heimattreuen" verwaltete. Offiziell gehörte es einer Holding mit Sitz in Luxemburg.

Bis spät in die Nacht stand Rosental mit engen Gefolgsleuten per Telefon oder Internet in Verbindung. Sollten sie nach Friedrich von Thurau befragt werden, würden sie angeben, schon seit längerer Zeit nichts von ihm gehört zu haben. Zwischendurch nahm er ein leichtes Abendessen zu sich. Da es in diesem Hotel kein eigenes Restaurant gab, ließ er es sich vom Chinesen gegenüber bringen.

Ein Kontaktmann im Münchner Polizeipräsidium bestätigte ihm, dass gegen ihn und Ralf Knoten ein internationaler Haftbefehl wegen Gründung einer terroristischen Vereinigung vorlag. Danach gönnte er sich drei Stunden Schlaf. Sie würden ausreichen müssen.

Knoten reiste jetzt unter dem Namen Pascal Marchand, war kanadischer Staatsbürger mit Wohnsitz in Quebec. Eventuelle Nachforschungen durch die Polizei würden ergeben, dass es diesen Mann tatsächlich gab. Seinem Wohnungsnachbarn in Quebec war bekannt, dass er sich zurzeit in Deutschland aufhielt.

Bei der Ankunft in München sah man Knoten die Anstrengungen der langen Reise an. Während der Zugfahrt hatte er nur wenig schlafen können. Zu viele Gedanken beschäftigten ihn.

Das Frühstück mit viel Kaffee nahmen Rosental und Knoten zusammen in dessen Suite ein.

So sachlich, wie es seiner Art entsprach, informierte er Knoten über die Geschehnisse der letzten Tage. Das Wesentliche kannte er bereits. Kontaktleute unter den „Heimattreuen" hatten ihn auf dem Laufenden gehalten.

Ralf Knoten oder Pascal Marchand, wie er sich jetzt nannte, unterließ es, Rosental das vertrauliche Verhältnis zu Christine Landers vorzuhalten. Alle wichtigen Entscheidungen für die nächste Zukunft mussten gemeinsam getroffen werden. Da brachte es nichts, sich über begangene Fehler aufzuregen.

Immerhin konnte er Rosental mitteilen, dass ihnen in München inzwischen etwa siebzig Männer und dreißig Frauen zur Verfügung standen, die bis zu einem gewissen Grad vertrauenswürdig waren. Bei allen handelte es sich um langjährige Mitglieder der „Heimattreuen". Sechs von ihnen wechselten sich bei der dauernden Beobachtung von Markus Hagen und seiner Freundin ab. Die vollständigen Bewegungsabläufe der beiden seit ihrer Ankunft in München lagen vor. Darunter war nichts von Bedeutung, das ihnen weiterhelfen konnte. Unmittelbar nach ihrer Rückkehr Einkauf im PEP. Am folgenden Morgen Besuch des Grabes von Hagens Tochter auf dem Friedhof am Perlacher Forst. Danach hatten sie einen Einkaufsbummel in der Fußgängerzone unternommen, den sie mit einem späten Mittagessen im Hofbräuhaus beendeten.

Hagens Einsatz für den Asiaten gegen Männer der „Heimattreuen" hatte man per Handy-Kamera festgehalten. Der Stippvisite bei seinem ehemaligen Chef in der Presseagentur konnte ihrer Meinung nach ebenfalls als unverdächtig eingestuft werden. Ebenso wie der abendliche Besuch bei Freden in dessen Haus in Vaterstetten. Aus ihren Unterlagen über Hagen wussten sie, dass er auch nach dem Ende der journalistischen Laufbahn noch gelegentlich als freier Mitarbeiter für ihn arbeitete.

Nichts in Hagens Verhalten deutete darauf hin, dass er irgendwie zu Christine Landers Kontakt aufnehmen wollte. Konnte der Chef der Presseagentur die Hände im Spiel haben? Das erschien ihnen eher unwahrscheinlich. In Deutschland gab es für den Verfassungsschutz genügend andere Möglichkeiten.

„Was ist, wenn Christine ihren Ex-Liebhaber lediglich dazu benutzt hat, um die Pässe und das Geld in die Hände der Geheimdienste kommen zu lassen? Wenn er ansonsten nichts mehr damit zu tun hat?"

„Was hat er dann in Venedig gemacht? Dafür gibt es keine wirklich logische Erklärung. Ich glaube schon lange nicht mehr an Zufälle."

„Dann gibt es nur eine Möglichkeit, um darauf eine Antwort zu bekommen."

„An was denkst du?"

„Wir holen uns Hagen und ich garantiere dir, dass er uns alle Fragen beantworten wird."

Rosental war froh, dass der Vorschlag von Knoten kam. Sollte dabei etwas schiefgehen, würde er allein die Verantwortung dafür übernehmen müssen.

Trotzdem blieb bei ihm ein ungutes Gefühl zurück. Da ihm eine andere Möglichkeit nicht einfiel, gab er schließlich nach.

„Warten wir damit noch. Erst wenn wir innerhalb der kommenden Tage keine Spur von Christine

Landers finden, werden wir den Plan in die Tat umsetzen. In der Zwischenzeit kannst du alles vorbereiten. Dazu brauchen wir absolut vertrauenswürdige, verschwiegene Leute und ein geeignetes Versteck. Die Entführung ist mit einem enorm großen Risiko verbunden. Wir dürfen sie nur als letzte Möglichkeit in Betracht ziehen. Falls wir doch darauf zurückkommen müssen, sollten wir nicht nur den Journalisten, sondern auch dessen Freundin einsammeln. Sie könnte ein geeignetes Druckmittel sein, um ihn schneller zum Reden zu bringen."

Ihre Unterhaltung wurde durch einen Anruf unterbrochen. An der Rezeption befand sich der angeforderte Spezialist, um seinen Computer auf ein eventuelles Backup zu überprüfen. Er ließ ihn hochkommen.

Er kam nicht umhin, Knoten von dem Verdacht zu erzählen. Der stand daraufhin kurz vor einer Explosion.

„Du kannst dir vorstellen, dass Christine Landers es fertiggebracht hat, Kopien unserer Festplatten herzustellen? Die Computer sind durch Passwörter geschützt. Dazu sind die Daten, jedenfalls auf meinem Rechner, zusätzlich verschlüsselt."

„Es handelt sich dabei um eine reine Vorsichtsmaßnahme," versuchte Rosental, ihn zu beruhigen. „Immerhin hatte sie genügend Zeit und auch die Gelegenheit dazu gehabt, es zu tun. Falls sie eine entsprechende Software hatte, könnte sie die Passwörter ohne Probleme geknackt haben. Selbst die verschlüsselten Dateien auf unseren Rechnern dürften für den Geheimdienst auch kein Hindernis sein."

26.

Es war später Vormittag, als sich das Telefon mit seinem aufdringlichen Ton bemerkbar machte. Markus ließ es läuten. An diesem Morgen hatten sie lange geschlafen. Chiara verstaute soeben die Reste des Frühstücks in den Schränken.

Der Besuch bei Chiaras Schulfreundin Aurora, die am anderen Ende der Stadt mit ihrem Mann zusammen ein italienisches Restaurant besaß, hatte länger gedauert, als es ursprünglich gedacht war.

Die Freundin samt Ehemann und den zwei Kindern lebten seit mehr als zehn Jahren in München. Das Wiedersehen wurde ausgiebig gefeiert. Erst in den frühen Morgenstunden waren sie nach Hause gekommen.

Beim Frühstück hatten sie beschlossen, das schöne Wetter zu nutzen, um nach Bad Tölz zu fahren. Markus wollte für Chiara das versprochene Dirndl kaufen. Das konnten sie mit einem gemütlichen Spaziergang durch die Altstadt verbinden. Der weißblaue Himmel forderte sie geradezu dazu auf, etwas zu unternehmen. Vielleicht wurde es warm genug, um das Mittagessen in einem Biergarten einzunehmen. Am Abend wollten sie einen Spaziergang über das Oktoberfest unternehmen.

Nachdem Chiara merkte, dass Markus keine Lust hatte, den Anruf entgegenzunehmen, meldete sie sich.

„Pronto?"

„Hallo Frau Bertone. Haben Sie sich schon in der neuen Heimat eingelebt?"

Chiara ging mit dem Telefon zu Markus. Als er sie fragend anschaute, zog sie eine Grimasse und formte mit ihrem Mund lautlos das Wort: Müller.

„Es geht so. Ich bin gerade beschäftigt. Ich gebe sie an Markus weiter."

„Was gibt es für Neuigkeiten, Herr Müller?"

„Ich möchte sie zu einem gemeinsamen Mittagessen überreden. Sie und Frau Bertone sind natürlich meine Gäste. Inzwischen haben sich interessante Neuigkeiten ergeben."

Markus überraschte der Anruf des Agenten nicht wirklich. Trotzdem kam bei ihm darüber keine rechte Freude auf. Das gab er ihm unverblümt zu verstehen.

„Sie rufen hoffentlich nur deshalb an, um mir Neuigkeiten über den Tod meiner Tochter mitzuteilen. Ansonsten wüsste ich nicht, was für uns noch interessant sein könnte. Wir haben es fast geschafft, die Geschehnisse der letzten Wochen zu vergessen."

Tatsächlich ahnte er, warum Müller anrief. Doch er hatte absolut keine Lust, sich schon wieder von ihm einspannen zu lassen,

„Den heutigen Tag haben wir bereits verplant. Jetzt gerade bedaure ich es geradezu, dass sie uns noch angetroffen haben. Was wollen Sie?"

„Ich hatte selber gehofft, Sie nicht mehr belästigen zu müssen. Aber eine gemeinsame Freundin hat mich gebeten, mit ihnen zu sprechen."

Markus konnte sich denken, wen Müller damit meinte.

„Sie unterhalten sich doch bereits mit mir. Also sagen Sie einfach am Telefon, was sie will. Und als Freundin will ich sie lieber nicht bezeichnen."

Martin Müller ließ nicht locker.

"Am Telefon möchte ich Ihnen nur ungern ihren Wunsch weitergeben. Ein persönliches Gespräch wäre in diesem Fall besser."

"Muss das wirklich sein? Können Sie Ihre Angelegenheiten nicht ohne die Hilfe von uns Amateuren regeln." Chiara setzte sich zu ihm auf die Lehne des Sessels. Um mitzuhören, drückte sie ihr Ohr an den Hörer.

"Ein persönliches Gespräch ist in dem Fall wirklich besser. Wenn Sie aus Ihrem Fenster auf die Straße schauen, werden Sie einen grauen VW-Golf sehen. Da sitzen zwei Männer drin, die auf sie warten. Ich kann Ihnen versichern, dass sie nicht von mir vor Ihrem Haus platziert wurden."

Chiara stand auf, um vorsichtig durch die Gardine die Straße zu beobachten. Sie sah den beschriebenen Wagen mit den zwei Männern schräg gegenüber der Eingangstüre vor einer Garageneinfahrt stehen. Sie gaben sich nicht viel Mühe, ihre Anwesenheit zu verbergen. Mit einem Nicken bestätigte sie, dass Müller die Wahrheit sagte.

"Was sind das für Leute?"

Markus überlegte, ob der Wagen vielleicht schon am Tag zuvor dort gestanden hatte, er ihn aber nicht beachtet hatte. Er konnte sich nicht daran erinnern. Möglicherweise waren sie ihnen bereits zu Chiaras Freundin gefolgt. Nachdem sie nicht zu Müller gehörten, dürfte es sich um Männer aus Thuraus Umfeld handeln.

"Wenn wir uns treffen, kann ich ihnen Genaueres sagen. Im Augenblick wäre ich auf Mutmaßungen angewiesen. Damit wir Klarheit bekommen, wird in wenigen Minuten die Polizei die Ausweise und

Wagenpapiere der Männer kontrollieren. Danach sind wir schlauer."

Markus stellte sich neben Chiara ans Fenster. Sie beobachteten, wie ein Polizeiwagen langsam die Straße entlangfuhr und sich so vor den Golf hinstellte, dass der Fahrer auf keinen Fall wegfahren konnte. Sie sahen, wie einer der Polizeibeamten mit ihm sprach, während dessen Kollege etwas abseitsstand und dabei die Hand in der Nähe des Pistolenhalfters hielt.

Einige Leute aus den Nachbarhäusern waren auf das Polizeifahrzeug aufmerksam geworden und beobachteten aus sicherer Entfernung, was da passierte. In dieser ruhigen Straße geschah äußerst selten etwas Aufregendes. Somit war die Neugierde der Anwohner entsprechend groß.

Markus gab nach: „Also gut, Sie haben mich überzeugt. Wann und wohin wollen Sie uns zum Mittagessen einladen?"

Müller gab sich erleichtert.

„Was halten Sie von der guten bayrischen Küche in zwei - drei Stunden? Zeev Zakin und eine junge Dame der italienischen Polizei, die Ihnen bereits in Venedig über den Weg gelaufen ist, freuen sich darauf, sie und Ihre bezaubernde Begleiterin wiederzusehen."

„Jetzt sagen Sie mir nur nicht, dass Sie mit uns ins Hofbräuhaus gehen wollen. Da waren wir erst vor ein paar Tagen."

„Nein, ans Hofbräuhaus habe ich nicht gedacht. Mein Handy hat mir den „Alten Wirt" in Putzbrunn empfohlen. Das Gasthaus ist ganz in ihrer Nähe. Kennen Sie es oder soll ich ihnen die Anschrift geben?"

„Ich weiß, wo es ist. In den vergangenen Jahren habe ich gelegentlich dort gegessen. Die Portionen dort reichen eigentlich für jeweils zwei Personen. Hoffentlich bringen Sie einen entsprechend großen Hunger mit. Sie sollten Zeev aber vorwarnen. Koschere Küche kann er da nicht erwarten."

Martin Müller erklärte Markus Hagen danach sehr genau, wann und wie er mit seinem Wagen die Tiefgarage verlassen sollte.

„Es ist wichtig, dass Sie sich an die Anweisungen halten. Wenn der Golf ihnen folgt, woran ich nicht zweifle, wird ihn einer meiner Leute bei der nächstbesten Gelegenheit etwas unsanft an der Weiterfahrt hindern. Es muss ja nicht sein, dass die Männer uns zusammen sehen."

Nachdem das Gespräch mit Müller beendet war, legte Markus von hinten die Arme um Chiara und gab ihr einen leichten Kuss auf die Haare.

„Da wird wohl vorerst nichts aus unserer Fahrt nach Bad Tölz, mein schönes Italienermädchen."

Sie lehnte den Kopf zurück und legte ihre Wange an die seine.

„Nach dem Mittagessen können wir immer noch nach Bad Tölz fahren. Womöglich ist das, was Müller zu sagen hat, wirklich wichtig. Vielleicht hat er inzwischen mehr über die Vorkommnisse in Israel in Erfahrung gebracht. Zumindest Zeev Zakin sollte mehr wissen."

Markus nickte und Chiara plante bereits, wie sie die Stunden bis zur Mittagszeit nutzen konnte.

„Ich werde jetzt damit anfangen, die Wohnung ein bisschen umzuräumen. Bald wird meine Kleidung aus Neapel kommen. Dann brauche ich in den

Schränken Platz. Dann wirst du dich daran gewöhnen müssen, ihn mit mir zu teilen."

Sie hatte sich in seinen Armen umgedreht und schaute ihn aus nächster Nähe lächelnd, fast ein wenig herausfordernd an. Vergebens hoffte sie auf einen Protest.

„Von mir aus kannst du die gesamte Wohnung auf den Kopf stellen. Du solltest mir anschließend nur verraten, wo ich meine Sachen finden kann. Falls du dabei Hilfe brauchst, musst du es sagen. Ansonsten übe ich schon mal für die Zukunft. Während du fleißig bist, werde ich, wie es sich für einen echten italienischen Ehemann gehört, dir bei der Arbeit zusehen.

Chiara erinnerte sich daran, wie sie ihn auf der „NINA" mit fast den gleichen Worten aus dem Salon vertrieben hatte. Sie lachte verschmitzt.

„Manche Sachen merkst du dir einfach zu gut. Ich werde sehr darauf aufpassen müssen, damit du nicht die schlechten Angewohnheiten der italienischen Männer annimmst."

„Was hast du dagegen einzuwenden? Du bist doch daran gewöhnt und brauchst dich nicht umzustellen. Ich werde mir von deinem Vater ein paar gute Tipps geben lassen."

Chiara gab ihm einen kräftigen Schubs, sodass er der Länge nach auf die hinter ihm stehende Couch fiel. Sofort setzte sie nach. Markus nahm sie bei den Schultern und zog sie zu sich hinunter. Bereitwillig ließ sie es mit sich geschehen. Sie blieb auf ihm liegen, schmiegte den Kopf an ihn und zog dabei die Beine zu sich heran.

„Manchmal kann ich nicht glauben, was mit uns passiert ist. Stell dir nur vor, Danny hätte mich nicht zu dir auf die ‚NINA' geschickt, wir wären uns niemals begegnet. Die Möglichkeit macht mir nachträglich noch Angst."

Später, exakt zur angegebenen Uhrzeit, fuhr Markus den BMW aus der Tiefgarage. Der graue Golf stand immer noch vor der Garageneinfahrt des gegenüberliegenden Hauses. Die Kontrolle der Polizei schien die Männer nicht besonders beeindruckt zu haben. Sie konnten sich denken, dass Markus Hagen sie längst entdeckt haben musste. Steckte Absicht hinter dieser Unbekümmertheit?

Wie mit Müller besprochen, bog er mit seinem Wagen aus der Garage nach rechts ab. Im Rückspiel konnte er sehen, wie der Fahrer des Golfs auf der schmalen Straße wendete, um ihnen folgen zu können.

Nachdem er die nächste Kreuzung überfahren hatte, kam aus einer Seitenstraße ein weißer Pkw und fuhr ihrem Verfolger entgegen. Durch die geparkten Autos am Straßenrand war ein Vorbeifahren unmöglich. Eines der beiden Fahrzeuge musste zurücksetzen oder in eine Garageneinfahrt ausweichen. Markus hatte das untrügliche Gefühl, als wenn der Fahrer des weißen Autos sich damit viel Zeit lassen würde.

Die beiden Fahrzeuge standen sich wie Duellanten gegenüber, als er in eine weitere kleine Straße abbog, schließlich die Hauptstraße erreichte und mit erhöhter Geschwindigkeit das Stadtgebiet von München verließ. Schon nach wenigen Kilometern gelangten sie zu der Gaststätte, in der sie sich treffen wollten. Der graue Golf war nicht zu sehen.

Das Gasthaus befand sich in einem ehemaligen Bauernhof. Hinter dem Haus gab es genügend Platz, um den BMW abzustellen. Von der Straße aus konnte er nicht mehr gesehen werden.

Zeev Zakin sah sie zuerst. Gut gelaunt winkte er ihnen zu. Bei der jungen Frau neben ihm handelte es sich um eines der hübschen Bikinimädchen aus Venedig.

Müller saß am Kopfende des Tisches. Während er ihre Begleiterin als Gabriela Capecchi vorstellte, versuchte er in Hagens Gesicht zu ergründen, ob dieser ihm die überraschende Einladung noch übelnahm. Erleichtert sah er, dass der sich offenbar damit abgefunden hatte.

Nachdem sie saßen, überreichte er ihnen zuvorkommend die Speisekarten.

„Ihre Verfolger sind Sie losgeworden?"

Markus nickte. „Ihre Leute haben das geschickt eingefädelt."

Müller grinste zufrieden vor sich hin.

„Das freut mich. Ich schlage vor, dass wir zuerst essen, bevor wir uns über die anderen Dinge unterhalten. Mit vollem Magen spricht es sich leichter."

Zeev Zakin bestellte sich Huhn mit Reis, während Martin Müller und Gabriela Capecchi jeweils die Schweinshaxen orderten. Chiara wollte sich ihnen gerade anschließen, als sie den warnenden Blick von Markus bemerkte. Schnell entschied sie sich, so wie er, für das Jägerschnitzel.

Als die Kellnerin, standesgemäß mit Dirndl, sich zu ihnen herunterbeugte, stieß Chiara ihn in die Seite.

„Ich glaube, du willst mir nur so ein Trachtenkleid kaufen, damit mein Busen auch so raushängt."

Nachdem die Bedienung ihnen das Essen gebracht hatte, wusste Chiara, warum Markus sie vor der Schweinshaxe gewarnt hatte.

Sämtliche Portionen waren riesig, die Schweinshaxen geradezu gigantisch. Es mussten überdimensionale Schweine gewesen sein. Dazu gab es jeweils zwei Knödel, ebenfalls in Übergröße.

Gabriela und Müller saßen mit offenen Mündern, fast entsetzt am Tisch und starrten auf ihre Teller. Nachdem sie sich von der Überraschung erholt hatten, fingen sie lautstark an zu lachen.

Chiara erinnerte sich an die Japaner, die im Hofbräuhaus mit ihnen am gleichen Tisch saßen und sich ebenfalls Schweinshaxen bestellten. Hier in diesem Restaurant waren die Portionen mindestens doppelt so groß.

Nach dem Essen wollte Chiara von der Polizistin wissen, was sie nach München verschlagen hatte.

„Nachdem der deutsche Geheimdienst und die italienische Polizei in Venedig so großartig kooperiert haben, wurde ich, nach Rücksprache mit der Regierung in Berlin, damit beauftragt, Herrn Müller nach München zu begleiten. Beide Länder haben großes Interesse daran, die faschistischen Bewegungen zu bekämpfen. Wir haben schon lange den Verdacht, dass Friedrich von Thurau auch in Italien durch Mittelsmänner finanzielle Mittel bereitstellt, um den Ausländerhass zu schüren. Teilweise nimmt er bereits jetzt erschreckende Ausmaße an. Ganz normale italienische Bürger hetzt man regelrecht dazu auf, etwas gegen Dunkelhäutige zu unternehmen. Damit sind nicht nur die vielen Flüchtlinge gemeint. Selbst einige Fußballspiele mussten schon abgebrochen werden. Die fremdenfeindlichen Rufe gegenüber farbigen Spielern gingen weit über normale Beleidigungen hinaus. Es kam vor, dass sich Fußballer nach der Halbzeitpause geweigert haben, zurück auf den Platz zu gehen. Die Schiedsrichter mussten daraufhin die Spiele abbrechen. Sämtliche Zeitungen in Italien haben darüber berichtet."

„Dass die Wahl Ihrer Regierung auf eine Polizeibeamtin gefallen ist, wundert mich. Wäre die Angelegenheit nicht etwas für den Staatsschutz", wollte Markus wissen.

„Die Polizei ist doch dafür da, die Bürger und auch den Staat zu schützen", gab sie schlagfertig zurück. „Oder sind Sie da anderer Meinung?"

Eigentlich hätte Markus es sich denken können. Die Italienerin gehörte offenbar zur „Divisione Investigazioni Generali e Operazioni Speciali", in Italien, kurzerhand „DIGOS" genannt. Diese Spezialeinheit der italienischen Polizei war zuständig für den Schutz des Staates vor politisch motivierten und staatsbedrohenden Aktivitäten. In jeder größeren Questura in Italien gab es eine entsprechende Abteilung. Offenbar gehörten zu deren Arbeitsbereich auch Sonderoperationen, so wie diese hier in München.

Bei seiner früheren Arbeit als Journalist hatte er in Florenz, auf Fredens Anraten hin, bei der „DIGOS" über eine bestimmte Person Informationen eingeholt. Anstandslos hatten sie ihm den Namen eines Informanten gegeben, der auf einem heruntergekommenen Bauernhof etwa dreißig Kilometer vor der Stadt leben sollte. Dass sie ihn lediglich als Lockvogel benutzten, hatte er erst bemerkt, nachdem sie seinen Gesprächspartner während des Interviews verhafteten. Für die freundliche „Mitarbeit" bedankten sie sich danach mit einigen vertraulichen Informationen, an die er sonst nie gekommen wäre. Eine fruchtbare Zusammenarbeit, wie er damals fand.

„Ihr habt ja selber mitbekommen, dass wir Christine Landers in aller Eile aus Venedig wegschaffen mussten. Gabriela und ihre Kollegen haben uns dabei unterstützt. Ohne ihre Hilfe wäre es kaum möglich gewesen", kam Müller auf den eigentlichen Grund des Treffens zu sprechen.

„Wann wird Frau Landers nach München kommen," wollte Chiara von ihm wissen.

„Das Treffen mit ihr soll bereits morgen Nachmittag stattfinden. Das ist auch der Grund dafür, warum ich heute unbedingt mit Ihnen, Herr Hagen, sprechen muss."

„Ich wüsste nicht, was mich das noch angeht. Sie werden die Übergabemodalitäten doch auch ohne mich abwickeln können," protestierte Markus.

„Leider haben sich auf Wunsch von Frau Landers einige Änderungen ergeben. Sie besteht inzwischen darauf, sich nur mit Ihnen und Gottlieb Freden in der Presseagentur zu treffen. Dort soll der Handel endgültig abgewickelt werden. Freden übergibt Christine Landers ihren neuen Pass, sobald einer seiner Leute den Datenstick daraufhin überprüft hat, ob es sich wirklich um Kopien von Festplatten handelt. Wir werden den Stick später bei ihm abholen lassen. Offensichtlich traut die Dame uns nicht. Sie sehen, ihre letzte Tätigkeit für uns besteht nur darin, als Zeuge für die Übergabe zu fungieren. Christine Landers hat ihre weitere Flucht selber organisiert. Sie wird München unter neuem Namen mit unbekanntem

Ziel verlassen. Von da an geht uns ihr Verbleib nichts mehr an."

„Und Sie glauben wirklich, dass alles genauso ablaufen wird? Wer sagt Ihnen, dass sich auf dem Stick tatsächlich die Dateien finden, die Sie haben wollen?"

„Uns bleibt in dem Fall nichts Anderes übrig, als ihr zu vertrauen. Sie wird sich an die getroffene Vereinbarung halten. Immerhin ist uns bekannt, unter welchem Namen sie in Zukunft lebt. Wir könnten sie ausfindig machen."

Markus gab sich geschlagen. Ihm blieb keine andere Wahl. Um eine Chance zu bekommen, die Wahrheit über den Tod Ninas herauszufinden, musste er weiter mitspielen.

„Es wird das letzte Mal sein, dass ich mich von ihnen einspannen lasse. Allerdings nur unter einer Bedingung."

„Ich kann ihnen versprechen, dass Sie danach nie mehr etwas von mir hören. Was wollen sie?"

„Das werden Sie gleich erfahren. Ich möchte vorher von Zeev die Bestätigung in einer ganz bestimmten Angelegenheit bekommen."

Er wandte sich an den Israeli: „Zeev, wieso bist du eigentlich hier in München? Ich habe angenommen, dass du dich bereits wieder in deiner Heimat befindest."

Markus ahnte zwar, was den Agenten des Mossad dazu bewogen hatte, hier in München zu sein, wollte es aber trotzdem von ihm hören.

„Das liegt wohl auf der Hand. Mir geht es hauptsächlich um den Freiherrn und den sogenannten Sekretär. Übrigens habe ich inzwischen mit Professor Subkow gesprochen. Von ihm habe ich die Auskunft bekommen, dass der Freiherr eigentlich Rosental heißt. Sein Vater war ein hoher Offizier bei den Nazis. Jedenfalls möchte ich, wenn die beiden Männer gefasst werden, bei den Verhören dabei sein. Am ehesten erfahre ich davon, wenn ich mich in der Nähe von Martin Müller aufhalte. Die Aussagen der Gesuchten betreffen nicht nur mein Land, sondern auch mich ganz persönlich."

„Ihr denkt, dass sich Rosental und Knoten in München befinden?"

„Es würde mich wundern, wenn es nicht so wäre," beantwortete Müller die Frage. „Hier sollte immerhin der Anschlag auf den jüdischen Kongress stattfinden. Wir rechnen damit, dass Knotens „Begleitmusik" ebenfalls für München geplant ist. Bis jetzt denken und hoffen wir nur, das Rosental die Attentatspläne fallengelassen hat. Niemand kann sagen, wie sich Knoten verhalten wird. Womöglich will er seine Aktionen trotzdem stattfinden lassen."

„Wenn sich die beiden Männer in München aufhalten, sollten sie doch zu finden sein?"

„Ein Haftbefehl gegen Rosental wurde nur kurze Zeit nach dessen überhasteten Abreise aus Venedig erlassen. Trotzdem konnte er von dort verschwinden, ohne eine Spur zu hinterlassen."

„Zeev, ich möchte von dir eine klare Aussage. Danach werde ich Müller meine Bedingung für die Mitarbeit stellen. Falls du nicht offen darüber sprechen willst, können wir uns für kurze Zeit an einen Nebentisch setzen."

„Was möchtest du wissen?"

„Glaubt euer Verein immer noch, dass die Opfer der Anschläge damals in Israel, bei denen meine Tochter umkam, wirklich nur Zufallsopfer waren? Ich sollte in dem Zusammenhang vielleicht die Kommandoeinheit „Kidon" erwähnen. Das heißt wohl so viel wie Bajonett oder Speerspitze. Du weißt, wovon ich spreche?"

Am Tisch wurde es still. Alle warteten gespannt auf die Antwort des Israelis. Alle, auch die italienische Polizistin, schienen über das damalige Drama in Israel unterrichtet zu sein.

„Ich gehe davon aus, dass du erst vor kurzem noch einmal mit Professor Subkow gesprochen hast. Das ist doch richtig?"

Markus gab keine Antwort, sondern nickte lediglich.

Zeev Zakin blickte konzentriert auf seine Hände, die vor ihm auf dem Tisch lagen. „Subkow hat die Wahrheit gesagt und ich verrate damit wohl kein großes Geheimnis. Die Attentäter hatten es damals in Israel auf die Mitglieder unserer ehemaligen Kommandoeinheit abgesehen. Dass die Anschläge im Zusammenhang mit der Operation „Bajonett" standen, haben wir von Anfang an geahnt. Da brauchten wir nur eins und eins zusammenzuzählen. Wir konnten nur nicht herausfinden, aus welcher Richtung der Rachefeldzug kam. Obwohl die Attentäter aus Deutschland stammten, suchten wir deren Hintermänner zuerst im Iran.

Erst Subkows Nachforschungen brachten uns vor wenigen Tagen auf die richtige Spur. Er hatte sich den Lebenslauf von Ralf Knoten genauer angesehen. Dadurch stieß er auf dessen Bruder Georg, einen Atomphysiker, der bis zum Tod für den Iran gearbeitet hat. Georg Knoten gehörte zu den beiden Männern, die in Kairo getötet wurden. Subkow hat uns das Ergebnis seiner Nachforschungen zukommen lassen. Möglicherweise wären wir ohne ihn nie darauf gekommen, dass hinter den Anschlägen in Israel ein persönliches Rachemotiv steckte."

„Also sind es Knotens Leute gewesen, die meine Tochter auf dem Gewissen haben?"

„Das ist so gut wie sicher. Vielleicht wird er uns dazu mehr verraten, wenn wir ihn fassen."

„Erzähle weiter. Du weißt doch mehr als Professor Subkow."

„Viel mehr konnten wir in dieser kurzen Zeit nicht in Erfahrung bringen. Sehr wahrscheinlich kennen wir aber den Mann, der die Waffen für die Attentäter nach Israel geschmuggelt und dort versteckt hat."

„Kenne ich ihn auch?"

Zeev Zakin nickte.

„Er ist dir mindestens dreimal über den Weg gelaufen. Erst in Kroatien vor dem Restaurant in Bibinje, später auf der Badeplattform am Lido und letztendlich am Markusplatz in Venedig. Es war Stanko Krajic."

Markus schaffte es, seine aufkommende Erregung zu unterdrücken. Auf der Badeplattform am Lido hatte er sogar direkt neben dem Kroaten gelegen.

„Seit wann wisst ihr das?"

„Wie schon gesagt, erst Subkow hat uns vor wenigen Tagen auf die richtige Spur gebracht. Nachdem wir die verwandtschaftliche Beziehung zwischen den Brüdern Knoten kannten, haben wir unsere Computer mit allen Namen gefüttert, von denen wir annehmen konnten, dass sie irgendwie mit Knoten in Verbindung stehen oder standen. Nachdem Subkow uns gesagt hatte, dass es sich bei dem Freiherrn von Thurau eigentlich um einen gewissen Friedrich Rosental handelt, haben wir unsere Computer auch mit dem Namen gefüttert. Da stießen wir bald auf Zivkovic und seinen Chauffeur. Wir konnten nachträglich feststellen, dass sich Krajic bis kurz vor Ankunft der Attentäter in Israel aufgehalten hat. Er ist mit einer Jacht, von Zypern kommend, ganz offiziell über den Hafen von Tel Aviv eingereist. Das Boot gehörte übrigens einem Freund von Zivkovic."

„Krajic ist doch in italienischem Gewahrsam. Werdet ihr ihn dazu befragen?"

„Das ist leider nicht mehr möglich", schaltete sich Gabriela Capecchi etwas verlegen in das Gespräch der Beiden ein. „Bei der Überführung des Mannes von Venedig nach Padua kam es zu einem bedauerlichen Zwischenfall, bei dem Krajic von einer Gruppe unbekannter, bewaffneter Leute befreit wurde. Das ist unserer Regierung natürlich sehr peinlich. Die italienische Polizei sowie Interpol fahnden nach ihm."

Markus wollte bereits einen entsprechenden Kommentar abgeben, doch Zakin kam ihm zuvor.

„Um Krajic muss man sich keine Gedanken mehr machen. Ich habe vor wenigen Stunden die Nachricht erhalten, dass er von unserer Marine in Gewahrsam genommen wurde."

„Du willst damit doch nicht sagen, dass ihr ihn nach Israel gebracht habt?"

„Unsere Marine wird ihn nach Tel Aviv bringen. Dort soll er wegen Mordes an unserer Agentin vor Gericht gestellt werden. Sollte es wider Erwarten zu einem Freispruch kommen, wird er an Italien ausgeliefert. Die Einzelheiten können die Regierungen aushandeln. Ich kann mir vorstellen, dass es von italienischer Seite aus keine Einwände geben wird."

„Wieso fiel Krajic ausgerechnet eurer Marine in die Hände?"

„Da hat uns der Zufall ein bisschen geholfen. Nach seinem Entkommen aus dem italienischen Gewahrsam verließ er Italien mit einem Schnellboot. Vermutlich haben es Freunde bereitgestellt. Leider hatte er Pech. Die Flucht wurde durch einen Motorschaden vorzeitig beendet. Unsere Marine war zufällig in der Nähe und hat ihn sozusagen aus Seenot gerettet. Bei der Überprüfung seiner Personalien stellten sie fest, dass ein internationaler Haftbefehl gegen ihn vorlag. Schon bald wird er uns erzählen, was genau in Zadar passiert ist."

Den letzten Satz sprach der Israeli in einem sehr entschiedenen Ton.

Markus runzelte die Stirn. Er bezweifelte, dass die Festnahme des Kroaten so abgelaufen war. In der Geschichte gab es seiner Meinung nach zu viele Zufälle.

„Warum hat er den umständlichen Weg über das Mittelmeer auf sich genommen? Auf dem Landweg wäre er viel schneller in Kroatien gewesen. Dort hätte Zivkovic ihn zumindest vorläufig verstecken können."

„Krajic dürfte bereits vorher erfahren haben, dass sein Chef bei der Rückreise aus Venedig in einen Autounfall verwickelt wurde und dabei starb. Der konnte ihm nicht mehr behilflich sein. Der Unfall mit Zivkovic passierte auf der Küstenstraße kurz nach Rijeka. Laut einer Pressemitteilung der kroatischen Regierung ist sein PKW ins Schleudern gekommen und ins Meer gestürzt. Kurz vorher muss es dort geregnet haben. Die Straße war laut Polizei ziemlich glitschig."

Langsam fing Markus an zu glauben, was man sich über den Israeli erzählte. Er musste an das Gespräch mit Zakin und Müller auf der „NINA" zurückdenken, bei dem sie über den Tod der Agentin Zilly gesprochen hatten. Schon damals wollte der Israeli Krajic vor ein israelisches Gericht stellen. Jetzt war er überzeugt davon, dass er die Befreiung inszeniert hatte. Ihn würde es nicht wundern, wenn Zakin auch für den Tod von Zivkovic mitverantwortlich war.

Er tat sich etwas schwer damit, sein ironisches Grinsen zu verbergen, und verkniff sich eine entsprechende Bemerkung. Was wirklich geschehen war, würde er niemals erfahren.

Gabriela Capecchi musste bereits vorher gewusst haben, dass sich der Kroate in den Händen der Israelis befand. Sie tat nicht einmal erstaunt, als Zakin von dessen zufälliger Festnahme berichtete. Mit Krajic würden die Israelis nicht nur über den damaligen Waffenschmuggel reden wollen. Er glaubte Zakin aufs Wort: Er würde ihnen verraten, was sie wissen wollten. Zumindest der Mossad verfügte über entsprechende Möglichkeiten und war bekannt für seine Verhörmethoden.

Markus schaute zu Müller: „Jetzt werden sie sich denken können, was ich als Gegenleistung erwarte."

„Das kann ich und verstehe ihren Wunsch voll und ganz. Sie möchten Einsicht in die Unterlagen, die wir von Christine Landers bekommen. Sie wollen endlich Klarheit über den Tod Ihrer Tochter."

„Genauso ist es. Außerdem will ich Ralf Knoten vor Gericht sehen. Jedenfalls dann, wenn er wirklich der Verantwortliche für die Anschläge und den Tod meiner Tochter ist. Mir wäre es sehr recht, wenn er in Israel verurteilt würde."

„Warum möchtest du nicht, dass er in Deutschland vor Gericht kommt," erkundigte sich Zakin neugierig.

„Weil ich bei euch sicher sein kann, dass er nicht wegen guter Führung schon nach zehn Jahren aus dem Gefängnis entlassen wird. In Deutschland würde er infolge des Alters vermutlich noch nicht einmal so lange hinter Gittern bleiben müssen. Abgesehen davon sind die Haftanstalten in Israel nicht so gemütliche Wohlfühlpensionen wie hier bei uns in Deutschland. Während meiner Zeit in eurem Land bekam ich mal Gelegenheit, das Ajalon-Gefängnis in Ramla zu besuchen. Dort wäre er gut aufgehoben. Ich will, dass er für seine Taten büßt, richtig büßt."

Markus sprach die letzten Sätze leise, fast flüsternd. Chiara hatte noch niemals diesen harten Blick an ihm gesehen. Doch sie verstand ihn.

Müller kam auf die Forderung nach einer Gegenleistung zurück.

„Ich habe keinen Einfluss darauf, in welchem Land Knoten letztendlich der Prozess gemacht wird. Das werden die beiden Regierungen untereinander aushandeln. Ich weiß nur, dass es in der Regel nicht üblich ist, deutsche Staatsbürger an ein anderes Land auszuliefern. Soweit er in Deutschland verhaftet wird, kommt er vermutlich auch hier vor Gericht. Ich kann Ihnen im Moment nicht versprechen, dass Sie Einblick in die Unterlagen von Frau Landers bekommen. Das liegt nicht in meinem Ermessen, aber ich werde ihren Wunsch auf alle Fälle weitergeben."

Soeben hatte Markus noch geflüstert, jetzt passte der Ton der Antwort zum Ausdruck seiner Augen.

„Da sollten sie sich baldmöglichst mit Ihrem Vorgesetzten absprechen. Die ganzen letzten Wochen und heute schon wieder wollten sie etwas von mir. Dadurch wurde nicht nur ich mehrmals in Gefahr gebracht. Denken sie bei dem Gespräch mit ihrem Vorgesetzten daran, dass ich viele Jahre als Journalist gearbeitet habe. Ich weiß immer noch, wie man Nachrichten formuliert, die es auf die Titelseiten der wichtigsten Tageszeitungen in Europa schaffen. Keinesfalls werde ich es zulassen, dass es zwischen den Verbrechern und der deutschen Regierung zu irgendwelchen Mauscheleien, beziehungsweise außergerichtlichen Absprachen kommt."

„Soll ich das als Drohung verstehen?"

„Warum sollte ich Ihnen drohen? Das war nicht mehr als ein gut gemeinter Rat. An den Unterlagen interessieren mich hauptsächlich jene Teile, die sich mit den Hintergründen und Anschlägen in Israel befassen. Ursachen, die zum Tod meiner Tochter führten. Sollten Rosental, und besonders Knoten, egal aus welchem Grund, für ihre Verbrechen nicht vor Gericht gestellt werden, gehe ich mit der Geschichte an die Öffentlichkeit. Das gilt natürlich ebenso für den Fall, dass Frau Bertone oder mir etwas zustoßen sollte."

Darauf gab Martin Müller keine Antwort. Angestrengt schaute er auf den leeren Teller vor sich. Womöglich überlegte er bereits, in welcher Form er Hagens Bedingungen an seine Vorgesetzten weitergeben konnte.

Zeev Zakin schwieg ebenfalls. Zum ersten Mal an diesem Abend sah man bei ihm einen fast vergnügten

Ausdruck im Gesicht. Es schien ihm zu gefallen, dass Markus seine Bedingungen dermaßen klar ausgesprochen hatte. Vielleicht befürchtete er gleichfalls, dass es zu einem Kuhhandel kommen könnte.

Chiara beobachtete den Israeli schon länger. Fast bewundernd. Hatte er es doch tatsächlich fertiggebracht, unter den Augen der italienischen Polizei einen Gefangenentransport zu überfallen und Krajic außer Landes zu schaffen. Oder hatten ihre Landsleute von Anfang an davon gewusst? An das Märchen seiner Flucht, ausgerechnet in die Arme der israelischen Marine, glaubte sie ebenso wenig wie Markus, auch nicht an den angeblichen Unfall von Zivkovic. Womit war bei dem Israeli noch zu rechnen? Bis jetzt kannte sie ihn nur als netten, höflichen Mann. Nach der Unterhaltung traute sie ihm einiges zu.

Die italienische Polizistin unterbrach das Schweigen, das über der Gruppe lag. „Möchte außer mir noch jemand einen Nachtisch? Ein kleines Eis auf Kosten der deutschen Regierung würde in meinem Magen wieder Platz finden."

Gabriela Capecchi schaffte es mit ihrem Wunsch nach einer Nachspeise, dass die zuletzt angespannte Stimmung am Tisch lockerer wurde. Nur Müller grübelte weiter vor sich hin. Die deutlich vorgebrachte Forderung Hagens, sowie die damit verbundene Drohung, gefiel ihm allem Anschein nach nicht.

Außer Markus bemerkte niemand sein Schweigen. Chiara und Gabriela unterhielten sich angeregt auf Italienisch, während Zakin so intensiv die Einrichtung des Restaurants begutachtete, als wolle er etwas Ähnliches in Israel eröffnen.

Markus holte ihn aus seinen Gedanken.

„Kennen sie auch schon die genaue Uhrzeit, wann sich Frau Landers mit mir treffen will.

„Noch nicht. Ich rufe sie vorher noch an. Bis dahin behalten Sie Ihre Verfolger besser im Auge. Was ihren Wunsch angeht, werde ich sehen, was ich bei meinen Vorgesetzten erreichen kann."

„Sie wollten mir noch sagen, zu wem die Männer vor unserem Haus gehören. Haben Sie inzwischen herausbekommen, wer so großes Interesse an uns hat?"

„Nach der Polizeikontrolle haben wir ihre Personendaten natürlich genauer überprüft. Die zwei Männer gehören zum Fußvolk der „Heimattreuen". Ich habe mir so etwas schon gedacht. Beide haben ellenlange Strafregister. Sie wurden in der Vergangenheit immer wieder wegen kleinerer Delikte wie Körperverletzung, Ruhestörung oder Beteiligung an nicht genehmigten Demonstrationen der Neo-Nazis verurteilt. Wir müssen davon ausgehen, dass Rosental und Knoten Sie im Auge behalten wollen. Möglicherweise haben sie die Hoffnung, dass Christine Landers bei ihnen auftaucht. Doch dabei dürfte es sich um eine reine Vorsichtsmaßnahme handeln. Sonst hätten sie nicht zwei ihrer dümmsten Schläger dorthin abkommandiert. So wie die sich angestellt haben, mussten sie ja entdeckt werden."

Markus nickte nachdenklich. Er machte sich da eigene Gedanken. Es konnte ja durchaus sein, dass man die Männer absichtlich so vor dem Haus platziert hatte, damit man sie sah. Noch etwas verwunderte ihn: In Kroatien wie in Venedig wurden er und Chiara fast rund um die Uhr bewacht. War dem Agenten ihr Leben inzwischen nicht mehr wichtig genug? Konnte

Müller einen Weg gefunden haben, um ohne ihn an den zweiten Speicherstick zu kommen?

Der Agent musste erraten haben, welchen Gedanken er nachging.

„Ich denke nicht, dass Sie und Frau Bertone von den „Heimattreuen" etwas zu befürchten haben. Trotzdem behalten wir sie auch in München im Auge. Dadurch haben wir das Fahrzeug vor ihrer Tür entdeckt. Aber Rosental und Konsorten können unmöglich wissen, dass Frau Landers Sie bei der Übergabe dabeihaben will. Wir werden uns auch morgen, wenn Sie sich mit ihr treffen, etwas einfallen lassen, um ihre Schatten loszuwerden."

„Sie könnten aber vermuten, dass ich ihren Aufenthaltsort kenne, und versuchen, ihn mir auf etwas unsanfte Art zu entlocken."

„Das werden sie sich nicht trauen. Rosental weiß aus Venedig, dass wir dauernd ein wachsames Auge auf sie haben. Doch wie bereits gesagt, kann es nicht schaden, wenn Sie bis zum Termin auf sich und Ihre Begleiterin aufpassen."

„Diese Warnung habe ich in den letzten Tagen schon mehrmals gehört." Markus dachte dabei an die Worte des Professors, die fast ähnlich lauteten. Er würde vorsichtig sein und trotzdem blieb da ein ungutes Gefühl zurück.

„Sind wir mit der Besprechung und dem Essen fertig?"

Chiara sah sich fragend in der Runde um. Als alle Anwesenden nickten, wandte sie sich an Markus: „Fahren wir noch wie geplant nach Bad Tölz?"

Nach der Diskussion mit Müller gab er sich wieder ganz entspannt.

„Natürlich. Tölz ist eine hübsche, kleine Stadt und den blauen Himmel habe ich extra zu diesem Zweck bestellt. Außerdem bin ich schon gespannt darauf, dich im Dirndl zu sehen."

Chiara lächelte ihn verschmitzt an: „Dann hast du heute die große Ehre, den Nachmittag mit zwei Frauen zu genießen. Gabriela hatte bereits vorher die Absicht, sich in München ein Dirndl zu kaufen. Da habe ich sie eingeladen, mit uns nach Bad Tölz zu fahren."

Markus zuckte mit den Schultern: „Ein Mann allein mit zwei so schönen Frauen. Sämtliche männliche Wesen, die uns über den Weg laufen, werden mich beneiden."

Müller und Zakin passten auf, ob den Dreien beim Wegfahren vom Parkplatz jemand folgte. Sie konnten niemanden entdecken.

Bevor Markus auf die Autobahn fuhr, glaubte er für einen Moment, einen grauen VW-Golf im Rückspiegel zu sehen. Doch schon bald verlor er das verdächtige Fahrzeug aus den Augen, obwohl er sich bewusst zwischen zwei Lastwagen auf der äußersten rechten Spur einreihte und den nachfolgenden Verkehr genau beobachtete. Der graue Wagen tauchte nicht mehr auf. Er musste sich getäuscht haben. Womöglich war er durch die Männer vor seiner Haustür nur zu misstrauisch geworden.

Eventuelle Verfolger konnte er auch nicht entdecken, als er den BMW in Bad Tölz auf einem der öffentlichen Parkplätze vor der Altstadt abstellte.

Gemächlich bummelte er mit den zwei Frauen durch die Marktstraße, an den aufwendig renovierten alten Häusern vorbei, in Richtung Isar. Ihr Ziel, das

Geschäft für Trachtenmoden, lag im Kurviertel auf der anderen Seite des Flusses, versteckt in einer ruhigen Seitenstraße.

Trotz des strahlend blauen Himmels war es im Schatten recht kühl. Man merkte, dass der Herbst Einzug hielt. In den Straßencafés rückten die Besucher ihre Stühle, so gut es eben ging, in die Sonne.

Bereitwillig ließ Markus sich von den zwei Frauen von einem Schaufenster zum anderen ziehen.

Einmal kamen zwei kräftige Männer mit glatt geschorenen Köpfen und ärmellosen Lederblousons direkt auf sie zu. Die muskulösen Arme zierten etliche Tattoos. Gabriela sah sie zuerst. Sofort dachte sie an die Glatzköpfe, die ihr in Venedig bis auf den Glockenturm am Markusplatz gefolgt waren und denen sie nur mit etwas Glück entwischen konnte. Mit Nachdruck drängte sie ihre Begleiter in eine kleine Geschäftspassage, in der sich bereits etliche Menschen aufhielten. Die Männer gingen vorbei, ohne sich für sie zu interessieren.

Die italienische Polizistin scheint nicht nur mitgekommen zu sein, um sich Dirndl anzusehen, dachte Markus etwas belustigt. Müller musste sie darum gebeten haben.

Die Inhaberin des Trachtengeschäftes, eine ältere, rundliche Dame mit weißen Haaren freute sich sichtlich, als sie Markus erkannte. Chiaras Schätzung nach musste die Frau mindestens siebzig sein.

Hagens damalige Ehefrau, Ninas Mutter, war bei der Suche nach einem stilechten Dirndl aus dem Isartal, vor vielen Jahren eher zufällig auf das Trachtengeschäft gestoßen. Später, als Markus sich eine Jacke zu seiner Lederhose kaufen wollte, zeigte sie es ihm. Die Ladeninhaberin mit ihrem breiten Dialekt und dem bayrischen, verschmitzten Humor, war ihm von Anfang an sympathisch gewesen. Trotzdem kam er nur selten hin. Gelegentlich empfahl er das Geschäft bei Bekannten und ließ ihr Grüße ausrichten.

Trotz ihrer Freude schimpfte die alte Frau ziemlich heftig mit ihm. Die zwei Italienerinnen erkannten es nur an ihren Gesten. Den ausgeprägten Dialekt verstanden sie beide nicht. Offenbar machte sie Markus Vorwürfe, weil er so lange Zeit nicht da gewesen war.

Außer ihnen befanden sich zwei weitere Frauen im Geschäft, die nach ganz bestimmten karierten Herrenhemden suchten. Schließlich gingen sie, ohne etwas zu kaufen.

Markus erklärte der Geschäftsinhaberin, ebenfalls in oberbayrischer Mundart, wonach seine Begleiterinnen suchten. Bis dahin hatte Chiara gar nicht gewusst, dass er den Dialekt so gut beherrschte. Sie erriet weiterhin nur einzelne Wörter.

Markus schien der Frau genau erklärt zu haben, was für ein Dirndl er sich für Chiara vorstellte. Sie nickte, betrachtete die zwei Italienerinnen abschätzend und verschwand über eine kleine Treppe in einem angrenzenden Raum, der durch einen Vorhang vom Vorderteil des Geschäftes abgetrennt war. Es dauerte eine Weile, bis sie mit mehreren farbenprächtigen Trachtenkleidern und passenden, weißen Blusen zurückkam.

Ausführlich erklärte sie ihnen die Bedeutung der verschiedenen Stickereien. Dabei versuchte sie, so weit es ihr möglich war, hochdeutsch zu sprechen.

Trotzdem musste Markus die umständlichen Beschreibungen gelegentlich übersetzen.

Die beiden Frauen verschwanden schließlich samt Kleidern in den Umkleidekabinen, die sich in dem angrenzenden Raum hinter einem Vorhang befanden. Er selber wurde von der alten Dame resolut auf einen Stuhl in einer Ecke des Geschäftes verbannt. Unaufgefordert brachte sie ihm eine Tasse Kaffee.

Chiara und Gabriela kamen fast gleichzeitig aus den Umkleidekabinen. Markus stieß einen anerkennenden Pfiff aus, als sie sich vor ihm um die eigene Achse drehten.

Beide sahen in der Tracht bezaubernd aus. Sie hatten jedoch die gleiche Beanstandung: Ihnen waren sie zu lang. Übereinstimmend meinten sie, dass knielange Dirndl ihren eigenen Geschmack besser treffen würden.

Die Geschäftsinhaberin hatte eine ganz andere Meinung, machte sich aber auf die Suche nach anderen Dirndln.

Markus konnte den Frauen nur zustimmen, als sie sich danach erneut von ihm begutachten ließen. Die kürzeren Dirndl brachten, auch wenn sie nicht mehr ganz stilecht waren, ihre schlanken Beine vorteilhaft zur Geltung.

Gabriela Capecchi stand noch vor dem großen Spiegel und betrachtete sich, während Chiara erneut in der Umkleidekabine verschwand. Sie wollte noch ein weiteres Dirndl anprobieren.

Automatisch schauten sie durch das Schaufenster nach draußen, als das Heulen einer Sirene ertönte und ein großer Krankenwagen mit eingeschaltetem Blaulicht unmittelbar vor dem Eingang anhielt.

Fünf weißbekleidete Männer, alle mit OP-Masken vor dem Gesicht, sprangen auf die Straße und stürmten in das Geschäft. Ohne etwas zu sagen, schlugen sie mit langen, schwarzen Schlagstöcken auf die drei Anwesenden ein.

Markus blieb nur wenig Zeit, um zu reagieren. Entsetzt sah er, wie die Geschäftsinhaberin mit einer blutenden Kopfwunde zu Boden sank.

Er und die italienische Polizistin erholten sich fast gleichzeitig von dem ersten Schrecken. So gut es ging, versuchten sie sich gegen die Angreifer zu wehren. Markus ergriff sich einen Holzstuhl und nutzte ihn, um die Männer auf Abstand zu halten. Ein Bein davon traf einen der Gegner im Gesicht. Ob er damit etwas erreichte, konnte er nicht mehr sehen. Der Schlagstock eines anderen Maskierten traf ihn zuerst am Kopf und dann mit Wucht auf der linken Schulter. Dabei fiel ihm der Stuhl aus den Händen. Mit dem erhobenen, rechten Arm versuchte er, seinen Kopf vor weiteren Schlägen zu schützen, während er gleichzeitig nach den Angreifern trat.

Sie hatten keine Chance. Die Übermacht war zu groß. Er sah, wie Gabriela Capecchi mit blutendem Gesicht zusammenbrach. Einer der Männer schlug weiterhin wie wild auf sie ein und trat mit den Füßen nach ihr. In diesem Moment fiel ihm Chiara ein. Inständig hoffte er, dass sie in Deckung blieb und sich nicht einmischte.

Mit einem verzweifelten, lauten Schrei ging er zum Angriff über. Er wünschte sich, dass Chiara ihn hören würde und in der Umkleidekabine hinten im Geschäft blieb. Mit gesenktem Haupt stürmte er auf die Gegner zu. Sein Kopf traf auf Widerstand. Mit zweien der Angreifer ging er zu Boden.

Die Schädeldecke schien vor Schmerz zu platzen, nachdem ihm weitere Schläge an Kopf, Schultern sowie Nacken trafen. Ihm wurde schwarz vor Augen. Vergeblich versuchte er, mit aller Willenskraft gegen die aufkommende Bewusstlosigkeit anzukämpfen und gleichzeitig die Schmerzen zu unterdrücken. Ein weiterer Hieb traf seinen Kopf. Es wurde endgültig dunkel um ihn herum.

27.

Durch die dezente Musikberieselung in der Umkleidekabine bemerkte Chiara erst spät den Aufruhr, der im vorderen Teil des Ladens stattfand. Der Schrei eines Mannes drang bis zu ihr und übertönte die Musik.

Lediglich mit Slip und Bluse bekleidet, lief sie mehr neugierig als ängstlich auf Zehenspitzen zu dem schweren Vorhang, der die zwei Ladenhälften voneinander trennte. Durch einen schmalen Spalt musste sie entsetzt mit ansehen, wie drei mit OP-Masken getarnte Männer mit langen, schwarzen Gummiknüppeln auf Markus einschlugen. Sein Gesicht war blutverschmiert. Etwas entfernt sah sie Gabriela, die bewegungslos und ebenfalls blutend am Boden lag. Zwei weitere maskierte Männer standen neben ihr. Sie beobachteten teilnahmslos den einseitigen Kampf ihrer Komplizen gegen Markus.

Geschockt lief sie zurück in die Umkleidekabine und zog sich rasch an. Ihr erster Gedanke war, sich mit irgendeinem Gegenstand zu bewaffnen, um Markus und Gabriela zu helfen. Gerade noch rechtzeitig wurde ihr klar, dass sie gegen die Übermacht nichts auszurichten vermochte.

Vergeblich sucht sie nach einer anderen Möglichkeit, um irgendwie helfend einzugreifen. Noch nicht einmal die Polizei konnte sie benachrichtigen. Das Handy befand sich in ihrer Handtasche und die stand vorne bei Markus. In dem Teil des Geschäftes gab es weder Fenster noch Türen. Hilflos musste sie zusehen, wie die Männer mit den langen Schlagstöcken immer wieder brutal auf ihn einschlugen.

Schließlich sah sie, wie zwei von ihnen Tragen aus dem Krankenwagen holten. Markus und Gabriela wurden darauf festgeschnallt, bevor man sie nach draußen brachte. Inbrünstig hoffte sie, dass beide lediglich bewusstlos waren.

Erst nachdem sie sicher sein konnte, dass die Gangster nicht zurückkehrten, traute sie sich vorsichtig in den vorderen Teil des Geschäftes. Durch das Schaufenster sah sie einen Krankenwagen wegfahren.

Überall im Raum, teilweise sogar an den Wänden, sah sie verschmiertes Blut. Die Geschäftsinhaberin lag unweit der Tür mit geschlossenen Augen auf dem Fußboden. Sie bewegte sich nicht. Aus einer Kopfwunde lief Blut. Vor der Eingangstür sah sie die Gesichter eines älteren Paares. Um zu sehen, was drinnen vor sich ging, hatten sie die Nasen neugierig an die Glasscheibe gedrückt.

Später konnte Chiara selber nicht mehr sagen, wieso sie in der Situation so beherrscht reagierte.

Zuerst überzeugte sie sich davon, dass sich wirklich keiner der Gangster mehr im Geschäft aufhielt. Dann erst öffnete sie die Ladentür einen

Spalt und rief dem Ehepaar zu, die Polizei sowie einen Notarzt zu rufen.

Bei der Geschäftsinhaberin, die weiterhin am Boden lag, prüfte sie routiniert Atem und Puls. Erleichtert stellte sie fest, dass die alte Frau lediglich bewusstlos war. Sie schien nicht allzu viele Schläge abbekommen zu haben. Möglicherweise hatte sie eine Gehirnerschütterung davongetragen. Mit dem Stoff einer Bluse versuchte sie, das Blut der Kopfwunde zu stillen.

Als Notarzt und Polizei eintrafen, war die alte Frau wieder bei Bewusstsein. Chiara hielt ihren Kopf und sprach beruhigend auf sie ein.

Die mögliche Tragweite des Überfalls wurde ihr bewusst, als die Polizisten begannen, unendlich viele Fragen zu stellen. Bei den meisten konnte sie nur hilflos mit den Schultern zucken.

Du musst dich konzentrieren, versuchte sie, sich einzureden. Doch ganz andere, verzweifelte Gedanken gingen ihr durch den Kopf. Waren Markus und Gabriela bewusstlos oder bereits tot, als man sie abtransportierte? Warum diese Brutalität, wenn man sie nur entführen wollte? Falls sie nicht mehr lebten, würden die Gangster sie nicht mitgenommen haben, redete sie sich selber beruhigend zu.

Eine Polizistin führte sie schließlich zu einem Stuhl und reichte ihr ein Glas Wasser. Dankbar nahm sie es an. Nach den ersten Schlucken schaffte sie es wenigstens, auf einige der Fragen eine Antwort zu geben.

Zweifelnd schauten die Uniformierten zu der blonden Italienerin, die angeblich fünf Männer in weißen Anzügen mit OP-Masken vor den Gesichtern gesehen haben wollte. Dass ihre zwei Begleiter auf

Tragen abtransportiert und mit einem Krankenwagen weggebracht wurden, glaubten sie erst, nachdem das ältere Ehepaar es bestätigte.

Nur langsam kehrte Chiaras Geistesgegenwart zurück. Sie bekam mit, wie einer der Polizisten telefonisch die Kriminalpolizei sowie Spurensicherung anforderte.

Sollte sie den Polizeibeamten etwas von den „Heimattreuen" und Martin Müller vom Verfassungsschutz erzählen? Sie ließ es sein. Womöglich würden die Beamten ihr dann noch weniger glauben. Stattdessen dachte sie darüber nach, wen sie benachrichtigen und um Hilfe bitten konnte. Martin Müller und Zeev Zakin schieden aus, da sie nicht wusste, wie sie zu erreichen waren. Es blieb nur Gottlieb Freden übrig. Er kannte die ganze Geschichte. Bei ihm konnte sie sicher sein, dass er ihr glaubte.

Sehr höflich und mit besonders schüchternem Lächeln bat sie die misstrauischen Polizisten darum, telefonieren zu dürfen. Ohne Probleme fand sie über die Auskunft die Telefonnummer der Presseagentur. Dort, in der Telefonzentrale, musste sie ein bisschen Überzeugungsarbeit leisten, bevor man sie mit Freden verband.

Sehr beherrscht schilderte sie ihm, wo sie sich gerade befand und was mit Markus und der italienischen Polizistin passiert war. Freden unterbrach sie mit keiner einzigen Zwischenfrage. Erst danach erteilte er ihr klare Anweisungen.

„Chiara, du begleitest die Polizisten zur Wache. Sie werden dich sowieso mitnehmen wollen, um ihr Protokoll zu schreiben. Du bleibst solange bei ihnen, bis ich persönlich komme, um dich zu holen. Auf keinen Fall gehst du allein auf die Straße. Ich lasse mich von meinem Chauffeur nach Bad Tölz fahren. In etwa einer guten Stunde werden wir bei dir sein."

„Sie müssen mich nicht extra abholen", protestierte sie. „Die Gangster sind weg und ich kann mit dem Taxi nach München fahren. Das Auto von Markus steht auch noch hier auf einem Parkplatz. Ich habe Sie nur angerufen, weil ich jemanden brauchte, dem ich die Geschichte erzählen kann. Außer Ihnen ist mir sonst niemand eingefallen. Da konnte ich sicher sein, dass Sie mir glauben."

„Nein, du wirst mit keinem Taxi fahren. Den Wagen von Markus lässt du in Bad Tölz stehen. Wir können ihn irgendwann in den nächsten Tagen abholen lassen. Halte dich an meine Anweisungen. Wir wissen nicht, wieso die Männer euch überhaupt gefunden haben. Möglicherweise haben sie jemanden vor Ort, der genau beobachtet, was geschieht. Wenn der dich sieht, weiß er, dass es für den Überfall einen Zeugen gegeben hat. Das könnte für dich unangenehm werden. Jetzt sei ein braves Mädchen und warte bei der Polizei auf mich. Verstanden?"

Erleichtert gab Chiara nach. In ihrer jetzigen Lage war sie recht froh, dass Freden ihr weitere Entscheidungen abnahm.

„Also gut, ich werde brav sein und bei der Polizei bleiben, bis Sie mich holen kommen."

„Das wollte ich hören. Jetzt gib mir mal einen der Polizeibeamten ans Telefon."

Später, eine ganze Ewigkeit später, sie befand sich bereits mit Gottlieb Freden auf der Rückfahrt nach München, fing sie plötzlich an zu zittern. Unkontrolliert liefen Träne über ihre Wangen. Bis dahin war es ihr irgendwie gelungen, sie zurückzuhalten und die Gedanken über die schrecklichen Vorkommnisse des Nachmittags zurückzudrängen. Die Angst um Markus ließ sie fast verrückt werden. Was würden die Gangster mit ihm anstellen - falls er überhaupt noch lebte? Vermutlich wollte man durch ihn herausfinden, wo sich Christine Landers versteckt hielt. Müller hatte sich mit seiner Analyse total verschätzt.

Energisch rief sie sich zur Ordnung, aber die Tränen mochten nicht versiegen. Natürlich lebte Markus noch, redete sie sich selber ein. Ansonsten dürfte er für Rosental und Knoten wertlos sein. Doch würde sie ihn jemals lebend wiedersehen? Freden neben ihr wusste, dass es der Schock des Erlebten war, der erst jetzt Wirkung zeigte. So wie er die Italienerin einschätzte, dürfte sie sich schnell fangen und der Realität ins Auge schauen. Sie war eine starke Frau. Tröstend legte er ihr den Arm um die Schultern.

Trotz der Tränen bekam Chiara mit, wie Freden neben ihr mit Professor Subkow telefonierte. Mit wenigen Worten unterrichtete er ihn über das, was in Bad Tölz passiert war.

„Bitte setzen sie sich unverzüglich mit Zeev Zakin in Verbindung. Der wird wissen, wie er diesen Martin Müller vom Verfassungsschutz erreichen kann. Machen sie den Leisetretern richtig Druck. Ich möchte beide noch heute bei mir im Haus sehen. Dann will ich hören, was sie zu tun gedenken. Falls ich keine zufriedenstellenden Antworten bekomme, werde ich mich persönlich an die zuständigen Ministerien in München und Berlin wenden."

Professor Subkow samt Frau und Fredens Tochter Azusa standen vor dem Haus in Vaterstetten, als sie ankamen. Fürsorglich nahmen die zwei Frauen die Italienerin in die Mitte und brachten sie in ein Zimmer. Die Männer verschwanden sofort im Arbeitszimmer.

Chiaras Tränen waren inzwischen versiegt. Ihr Verstand begann langsam rationell zu denken. Die Sorge um Markus saß tief in ihr, doch sie verdrängte die Angst. Sie konnte nicht zulassen, sich von Beklemmung und Ungewissheit leiten zu lassen.

Der Tee, den ihr die Frauen gaben, half Chiara beim Überlegen. Intensiv versuchte sie, sich an alle Einzelheiten des Überfalls zu erinnern. Immer wieder gingen ihr dabei die Bilder durch den Kopf. Müller und Zakin würden, wenn sie kamen, ähnliche Fragen stellen wie die Polizei. Davon musste sie ausgehen. Wie aber konnte sie ihnen bei der Suche nach Markus und Gabriela helfen? Viel zu spät hatte sie doch erst mitbekommen, was im vorderen Teil des Geschäftes vor sich ging.

Durch den Spalt im Vorhang hatte sie nicht viel sehen können. Mit Bestimmtheit konnte sie nur sagen, dass einer der Maskierten besonders groß und sehr kräftig gebaut war. Ansonsten wusste sie lediglich, dass einer der Männer hellblonde Haare gehabt hatte. Und seine rosafarbenen Turnschuhe waren ihr aufgefallen. Mehr nicht. Recht unverblümt bekam sie daraufhin von den Polizisten zu hören, dass mit dem Wenigen nicht allzu viel anzufangen sei.

Das ältere Ehepaar vor dem Geschäft konnte ebenfalls keine weiteren brauchbaren Hinweise liefern. Der Mann wollte in dem Krankenwagen sogar ein russisches Modell der Marke KAMAZ erkannt haben.

In Gedanken sah sie noch einmal, wie das Fahrzeug mit Markus und Gabriela davonfuhr. Nur durch die roten Kreuze auf den hinteren Türen, dem Blaulicht sowie Sirenengeheul hatte sie ihn als Krankenwagen erkannt. Dabei hatte sie auch einen kurzen Blick auf das Kennzeichen werfen können. Doch die Buchstaben und Zahlen wollten ihr einfach nicht mehr einfallen. Jedenfalls nicht alle. Die ersten drei Buchstaben waren „TÖL" und in grüner Farbe gewesen.

Warum war ihr das nicht bereits bei der Polizei eingefallen? Die Beamten hatten sie nach dem Kennzeichen gefragt und da war ihr das nicht in den Sinn gekommen. Als Gottlieb Freden ins Zimmer kam, um zu sehen, wie es ihr ging, erzählte sie ihm von dem Kfz-Zeichen mit den drei grünen Anfangsbuchstaben.

Zweifelnd schüttelte er den Kopf: „Ich kann mir nicht vorstellen, dass die Burschen mit echten Kennzeichen unterwegs gewesen sind. So dumm können sie gar nicht sein. Aber es bringt mich auf eine Idee."

Eiligst ging er zurück in das Arbeitszimmer.

Nach einer Stunde kam Zeev Zakin. Die Spuren der Tränen in Chiaras Gesicht waren fort. Fast schien es, als wenn nichts passiert wäre. Nur der Glanz war aus ihren Augen verschwunden.

In der Folgezeit meldete sich Martin Müller per Telefon. Er würde in etwa einer Stunde in Vaterstetten sein.

Nachdem Chiara ihm von dem Tölzer Kennzeichen mit den grünen Buchstaben auf dem

Krankentransporter erzählt hatte, war Freden ein Einfall gekommen, dem er sofort nachging. Auch wenn er weiterhin davon ausging, dass die Entführer mit gefälschten Kennzeichen unterwegs gewesen waren, konnte es sich trotzdem um einen Wagen aus dem Landkreis Bad Tölz handeln. In dieser Gegend bis hin zum Tegernsee befanden sich neben einigen öffentlichen Krankenhäusern auch viele Privatkliniken und Sanatorien für zahlungskräftige Kunden.

Freden versuchte, sich in die Kidnapper hineinzuversetzen. An ihrer Stelle wäre er mit den Entführten möglichst schnell von der Straße verschwunden. Jeder gefahrene Kilometer erhöhte das Risiko, entdeckt zu werden. Sie mussten davon ausgehen, dass innerhalb kürzester Zeit nach dem Krankenwagen gesucht wurde. Möglicherweise waren sie erst auf die Idee mit der Entführung gekommen, als Hagen zufälligerweise nach Bad Tölz fuhr. Sie mussten dort im näheren Umkreis ein sicheres Versteck für die Entführten haben.

Für Freden war das eine Möglichkeit, auch wenn sie nur verschwindend klein war. Zeev Zakin, mit dem er, nach dessen Ankunft darüber sprach, stimmte ihm vorsichtig zu.

Gottlieb Freden ließ sofort seine Kontakte spielen. Wenig später lag vor ihm eine Liste mit sämtlichen zugelassenen Krankenwagen sowie deren Eigentümern. Alle aus dem Landkreis Bad Tölz.

Nachdenklich studierten die beiden Männer die Auflistung. Alle Fahrzeuge befanden sich im Besitz bestimmter Kliniken oder Sanatorien. Im ersten Arbeitsgang strichen sie diejenigen Kennzeichen von der Liste, die zu öffentlichen Krankenhäusern gehörten. Darum konnte man sich gegebenenfalls später kümmern. Zuletzt blieben drei Fahrzeuge übrig, die sich im Besitz von Privatkliniken befanden.

Sofort rief Freden seine Tochter Barbara an, die ihn in der Agentur vertrat. Er bat sie um eine Überprüfung der privaten Kliniken. Sicherlich gab es darüber Unterlagen in ihrem Archiv. Hauptsächlich interessierten ihn die Eigentumsverhältnisse. Er hoffte, dadurch irgendeinen Hinweis zu bekommen.

Barbara schickte ihm die gewünschten Informationen wenig später per Fax zu. Gleichzeitig traf Martin Müller ein. Zu dritt überlegten sie, in welche der Privatkliniken die Entführten möglicherweise gebracht worden waren.

28.

Nur langsam tauchte Markus aus den Tiefen der Bewusstlosigkeit auf. Obwohl er spürte, dass er die Augen geöffnet hatte, blieb es um ihn herum dunkel. Lediglich einzelne Schatten vermeinte er zu erkennen. Waren das die Auswirkungen seiner schrecklichen Kopfschmerzen?

Der Versuch, eine Hand zum Kopf zu führen, blieb ohne Ergebnis. Er konnte sie nicht rühren. Genauso wenig wie die Beine. Irgendetwas schränkte seine Bewegungsfreiheit ein.

Behutsam versuchte er, den Kopf zu bewegen. Ein rauer Stoff, der säuerlich roch, kratzte ihn an der Nase. Daran merkte er, dass man ihm etwas übergezogen haben musste.

Es dauerte eine Weile, bis sein Erinnerungsvermögen zurückkehrte. Erst langsam und dann immer schneller fielen ihm die Ereignisse wieder ein. Fünf ganz in weiß gekleidete Männer hatten sie überfallen. Sie waren mit einem Krankenwagen gekommen. Wie viel Zeit mochte seitdem vergangen sein?

Er erinnerte sich wieder an den heftigen Schlag mit dem schwarzen Knüppel, der ihn am Kopf getroffen hatte. Dadurch musste er das Bewusstsein verloren haben.

Beruhigt darüber, dass seine augenblicklichen Sehstörungen von dem Stoff auf dem Gesicht herrührten, versuchte er sich auf die Umgebung zu konzentrieren. Er hörte das Geräusch eines Dieselmotors und spürte ein leichtes Schaukeln. Anscheinend befand er sich in dem Krankenwagen, mit dem die Maskierten gekommen waren. Vermutlich hatte man ihn auf einer Krankenliege festgebunden. Das dürfte seine Bewegungsunfähigkeit erklären.

Nachdem er diese Frage vorerst geklärt hatte, versuchte er zu überlegen, wohin man ihn bringen würde?

In seinem Kopf begann sich alles zu drehen, als er an Chiara und Gabriela Capecchi dachte. Was war mit ihnen?

Die alte Geschäftsinhaberin hatten sie zuerst rücksichtslos niedergeknüppelt. Er erinnerte sich an die blutende Kopfwunde. Kurz darauf musste Gabriela nach heftiger Gegenwehr zu Boden gehen. Zu der Zeit hielt sich Chiara noch in der Umkleidekabine im hinteren Teil des Geschäftes auf.

Ein schwacher Hoffnungsschimmer keimte in ihm auf. Falls sie unentdeckt geblieben war, würde sie die Polizei alarmiert haben.

Wem sie den Überfall zu verdanken hatten, konnte er sich unschwer ausmalen. Aber warum die brutale Härte gegenüber den Opfern? Sollten sie dadurch gleich von Anfang an eingeschüchtert werden?

Mit leichten Bewegungen versuchte Markus, sich dem Schaukeln des Fahrzeuges anzupassen. Er hoffte, damit die Fesseln lockern zu können. Unwillkürlich stöhnte er auf, als er dabei die Schulter bewegte. Ein stechender Schmerz machte sich bemerkbar. So gut es möglich war, hielt er den Oberkörper still, während er versuchte, wenigstens seine Beinfreiheit zu erhöhen.

Die Versuche und das gelegentliche, schmerzhafte Stöhnen blieben nicht unbemerkt. An den Geräuschen um ihn herum bemerkte er, dass sich zumindest eine weitere Person in der Nähe befand.

Etwas drückte heftig durch den rauen Stoff auf sein Gesicht. Als er den ekelhaften Geruch von Chloroform wahrnahm, versuchte er vergeblich, den Atem anzuhalten. Abermals schwanden ihm die Sinne.

Beim nächsten Erwachen spürte er nicht nur Schmerzen an Kopf und Schultern. Ihm war auch schrecklich übel. Ganz ruhig blieb er liegen., Dabei atmete er gleichmäßig ein und aus.

Zumindest etwas hatte sich in der Zwischenzeit zu seinem Vorteil verändert. Der raue Stoff über dem Gesicht war, ebenso wie der Druck auf Arme und Schenkel, verschwunden. Er konnte sie wieder frei bewegen. Außerdem stellte er fest, dass es kein Motorengeräusch mehr gab. Auch das Schaukeln hatte aufgehört.

Trotzdem blieb er vorerst ruhig auf dem Rücken liegen. Er musste warten, bis die Übelkeit zumindest ein wenig nachließ. Das hinderte ihn nicht daran, sich umzuschauen.

Schließlich hielt er es nicht länger aus. Ganz vorsichtig, um die schmerzende Schulter nicht unnötig zu belasten, setzte er sich auf. Unter den Fingern rechts und links neben sich fühlte er das Gestänge einer Trage, ähnlich denen, die in Krankenwagen benutzt wurden. Seine erste Vermutung schien sich zu bestätigen.

Es dauerte noch eine Zeit lang, bis Übelkeit und Schwindelgefühl soweit verschwunden waren, dass er sich auf die unmittelbare Umgebung konzentrieren konnte. Die Augen gewöhnten sich nach und nach an die Dunkelheit.

Während der Bewusstlosigkeit mussten ihn die Entführer in ein Gebäude gebracht haben. Über sich sah er schräge Wände, die über ihm spitz zusammenliefen. Immerhin wusste er jetzt, dass er sich in einem Dachgeschoss befand. Am Ende der Räumlichkeit konnte er ein Fenster erkennen. Ganz wenig Licht fiel durch die schmalen Zwischenräume eines geschlossenen Rollladens. Neben sich, aber auf der gegenüberliegenden Seite des Raumes, erkannte er eine weitere Trage.

Eine schreckliche Angst befiel ihn, als er unter einem weißen Tuch schemenhaft eine Gestalt zu erkennen glaubte. Die eigene Schwäche war vergessen. Unsicher lief er zu der anderen Trage.

Unter den Fingern fühlte er die warme Haut einer leblosen Frau. Hastig tastete er sich vor bis zum Kopf. Erleichtert stellte er fest, dass es sich nicht um Chiara handeln konnte.

Nachdem er das Tuch zur Seite geschoben hatte und sich zu ihr beugte, erkannte er Gabriela Capecchi, die Polizistin von „DIGOS". Er erinnerte sich an den kräftigen Schlag, unter dem sie zusammengebrochen war. Ihr Puls war deutlich zu spüren. Zumindest hatte sie die Entführung überlebt. Bei den schlechten Lichtverhältnissen konnte er aber unmöglich erkennen, ob und wie schwer verletzt sie war.

So nach und nach verschwand seine Übelkeit. Lediglich ein Dröhnen im Kopf spürte er noch. Vermutlich waren es die Nachwirkungen des Chloroforms oder es kam von dem Schlag mit dem Gummiknüppel.

Größere Sorgen bereitete ihm die Schulter. Sie schmerzte bei der kleinsten Bewegung. Er befürchtete, dass sie womöglich angebrochen sein konnte.

Trotzdem setzte er die weitere Untersuchung des Raumes fort. Mit kurzen Schritten bewegte er sich an der Wand entlang, bis er schließlich eine Tür erreichte, die sich gegenüber dem Fenster befand.

Sorgfältig tastete er sie ab. Unter den Fingern fühlte er Holz sowie abgesplitterte Lackreste. Dort wo die Klinke sein musste, fand er lediglich ein kleines, rundes Loch. Erst sachte und dann mit aller Kraft, soweit es die schmerzende Schulter zuließ, drückte er gegen die Tür. Sie rührte sich kein bisschen.

Die Hoffnung, irgendwo einen Lichtschalter zu finden, erfüllte sich ebenfalls nicht. Er und Gabriela Capecchi waren in dem dunklen Raum gefangen.

Mit sehr kurzen Schritten bewegte er sich in Richtung Fenster. Ein größeres Hindernis versperrte ihm den direkten Weg. Unter den Fingern spürte er die Kante eines Schreibtisches oder etwas Ähnlichem aus Holz. Wenig später trat er gegen einen leeren Plastikeimer, der scheppernd wegrollte. Sie schienen sich in einer Art Abstellkammer zu befinden.

Am Fenster angekommen, musste er feststellen, dass der zweiteilige, alte Rollladen aus massivem Holz bestand und mit einem stabilen Vorhängeschloss gesichert war. Dummerweise ließen sie sich nur nach innen öffnen. Anders herum wäre es ihm lieber gewesen. Dann hätte es vielleicht die Möglichkeit gegeben, die Halterungen des Schlosses aufzudrücken.

Durch die schrägen, schmalen Schlitze der Lamellen konnte er nur etwas vom Nachthimmel sehen. Mond und Sterne sorgten für das wenige Licht in ihrem ansonsten dunklen Gefängnis.

Er musste versuchen, mit irgendeinem schmalen, aber robusten Gegenstand die Spalten zwischen den Lamellen am Fenster zu vergrößern. Vielleicht konnte er dann an der Umgebung erkennen, wo sie sich befanden und gegebenenfalls nach Hilfe rufen.

Markus nahm den Plastikeimer, über den er fast gestolpert wäre. Der Metallhenkel erwies sich aber als zu schwach, um gegen das dicke Holz des Rollladens anzukommen.

Die zwei Schubladen des Schreibtisches klemmten ein wenig, ließen sich aber herausziehen. Bis auf eine vereinzelte Büroklammer waren sie leer.

Markus unterbrach die Erkundungstour, als er von der anderen Trage her ein leises Wimmern vernahm. Gabriela Capecchi schien wach geworden zu sein. Er tastete sich zu ihr hin.

„Hören Sie mich?"

„Sind Sie es, Herr Hagen?" Ihre Stimme war eher ein Flüstern.

„Ja. Wie geht es Ihnen?"

„Nicht sehr gut. Ich habe wahnsinnige Schmerzen und kann den Mund kaum bewegen. Ich glaube, dass mein Kiefer gebrochen ist. Was ist passiert?"

„Erinnern Sie sich an den Überfall auf das Trachtengeschäft?"

Markus spürte, wie sie nickte.

„Wir sind entführt worden. Ich kann noch nicht sagen, wo wir uns jetzt befinden."

Die Polizistin versuchte, sich zu bewegen. Dabei stöhnte sie mehrmals laut auf. „Können Sie mir beim Aufstehen helfen? Mir kommt es vor, als wenn mich ein Elefant getreten hätte."

Markus legte den Arm um sie und half ihr, sich aufzurichten. Sie blieb einen Moment ganz ruhig sitzen, bevor sie vorsichtig die Füße auf den Boden setzte. Die Polizistin musste sich an ihm festhalten, um dabei nicht hinzufallen.

So standen sie noch, als sich ein Schlüssel im Schloss drehte, die Tür geöffnet wurde und der helle Strahl einer Taschenlampe sie blendete.

„Sehr schön, Sie sind also beide bereits wach. Damit hatte ich eigentlich noch gar nicht gerechnet. Dann werden Sie mir wohl einige Fragen beantworten können. Ich habe ihnen auch etwas zum Trinken mitgebracht."

Obwohl Markus die Stimme bisher nur einmal im Hafen von Zadar gehört hatte, erinnerte er sich an sie. Am Klang erkannte er Ralf Knoten sofort wieder. Er verzichtete vorerst auf eine Antwort. Was sollte er auch sagen.

Direkt hinter Knoten, noch in der Tür, sah er im Licht des Ganges, die Gestalt eines weiteren Mannes. Der betrat den Raum nur ganz kurz, um zwei Flaschen mit Wasser auf den Boden neben der Tür zu stellen. In der rechten Hand hielt er einen der schwarzen Schlagstöcke, den er schon einmal kennenlernen durfte und mit dem seine Mitgefangene so übel zugerichtet worden war. Es würde ihm also nichts bringen, wenn er den alten Mann niederschlug.

Ralf Knoten fühlte sich, mit dem Begleiter an der Seite, offenbar sehr sicher. Er trat noch einen weiteren Schritt in den Raum. Dabei versuchte er abermals, mit Markus ins Gespräch zu kommen.

„Herr Hagen, sie sind doch ein intelligenter Mensch. Sie verraten mir, wo sich Christine Landers augenblicklich aufhält. Sobald Sie sich in unseren Händen befindet, sind sie und ihre hübsche Freundin wieder frei."

Dass Knoten sie freilassen würde, glaubte Markus keinen Moment. Er konnte es sich nicht leisten, sie am Leben zu lassen. Deshalb war es ihm auch egal, dass er von den Gefangenen erkannt wurde. Er hatte noch nicht einmal den Versuch gemacht, die Stimme zu verstellen oder sein Gesicht zu bedecken.

Bewusst zögerte Markus eine Antwort hinaus. Er ignorierte vorerst den alten Mann und dessen Begleiter. In Gedanken suchte er fieberhaft nach Möglichkeiten, die ihnen helfen würden, aus dem Gefängnis zu entkommen. Ihre einzige Chance, um am Leben zu bleiben, war seiner Meinung nach eine geglückte Flucht.

Gleichzeitig beunruhigte ihn der Gedanke an Chiara. Knoten schien zu glauben, dass sie sich ebenfalls hier befand. Was war in dem Geschäft passiert, nachdem er bewusstlos wurde?

Dass sie nicht hier war, deutete er erst einmal als ein gutes Zeichen. In ihm kam die Hoffnung auf, dass man sie nicht entdeckt hatte. In dem Fall konnte er sicher sein, dass inzwischen Polizei und Martin Müller über die Entführung informiert waren.

Markus fand, dass er Knoten lange genug auf eine Antwort hatte warten lassen. „Zuerst einmal sollten Sie einen Arzt holen. Ihre Schläger haben die junge Frau hier übel verletzt."

„Frau Bertone wird es noch viel schlimmer ergehen, falls sie mir meine Frage nicht beantworten."

„Knoten, sie sind noch viel dämlicher, als ich sie eingeschätzt habe. Oder ist das die beginnende Demenz? Hier neben mir steht nicht Frau Bertone, sondern eine völlig unbeteiligte Person. Das zu erkennen, sollten selbst Sie in der Lage sein. Bei der Frau hier handelt es sich um eine italienische Touristin, die mich und Frau Bertone rein zufällig begleitet hat. Ihre primitiven Schlägertypen können, so wie sie, anscheinend eine Frau nicht von der anderen unterscheiden."

Markus hörte den Schlag kommen. Es gelang ihm aber nicht mehr, ihm ganz auszuweichen. Die Lampe in Knotens Hand streifte die bereits verletzte Schulter. Unwillkürlich stöhnte er auf. Es schmerzte höllisch. Der alte Mann konnte noch ganz schön zuschlagen. Er nahm sich vor, in Zukunft mit den Antworten etwas vorsichtiger zu sein.

Immerhin kam Knoten näher und leuchtete mit der Lampe direkt ins Gesicht der Italienerin. Sie hielt den Kopf gesenkt.

Brutal packte er sie mit seinen dürren Fingern an den Haaren und zerrte ihren Kopf vor die Lampe. Gabriela Capecchi schrie vor Schmerzen laut auf.

Markus reagierte reflexartig und ohne an eventuelle Folgen zu denken. Er ergriff Knoten seitlich an der Jacke und schleuderte ihn mit aller Kraft gegen die Trage, auf der er vor kurzem noch selber gelegen hatte.

Die Reaktion des alten Mannes kam zu spät. Vergeblich versuchte er, sich an der beweglichen Trage festzuhalten. Sie rollte von ihm weg und Knoten verlor die Balance. Mit einem erschrockenen Aufschrei krachte er auf den Boden, wobei ihm die Taschenlampe aus der Hand fiel.

Als er danach greifen wollte, traf der Absatz von Markus Schuh seinen Unterarm, absichtlich und mit voller Wucht. Jeder in unmittelbarer Umgebung konnte das Brechen des Knochens hören. Es folgte ein Schmerzensschrei, der sofort darauf in ein lautes Jammern überging.

Bevor Markus den alten Mann hochziehen konnte, um ihn als Schutzschild zu benutzen, stürmte dessen Begleiter heran. Unkontrolliert schlug er mit dem Schlagstock nach ihm. Blitzschnell versuchte er, unter den Armen des Glatzkopfes durchzuschlüpfen. Für einen Moment schien es, als könnte er die offene Tür erreichen.

Ein gezielter und sehr hart geführter Schlag warf ihn zu Boden. Natürlich wieder auf die verletzte Schulter. Noch ehe Markus sich davon erholen konnte, packte der Glatzkopf den jammernden Knoten am Kragen seiner Jacke und schleifte ihn aus dem Raum. Die Tür schlug zu und sie hörten, wie der Schlüssel im Schloss gedreht wurde.

Gabriela Capecchi und er waren wieder allein. Zwar befanden sie sich jetzt im Besitz einer Taschenlampe, doch insgesamt war ihre Situation genauso schlecht wie vorher. Falls ihm kein Ausweg einfiel, würden sie sterben. Flucht war ihre einzige Überlebenschance.

Trotz der schmerzenden Schulter begann Markus sofort damit, diesmal im Schein der Taschenlampe, ihr Gefängnis genauer zu untersuchen. Außer dem Schreibtisch fand er noch zwei alte Stühle; einen zersprungenen Spiegel mit Aluminiumrahmen; zwei kleinere, abgenutzte Lederkoffer, zwei offene Kisten mit Büchern sowie einen verbogenen Notenständer. Insgeheim fragte er sich, wie die Sachen wohl hier in dem Raum gelandet waren.

Als Knoten mit schmerzverzerrtem Gesicht zurückkehrte und dabei den verletzten Arm an seinen Körper drückte, hätte Friedrich Rosental am liebsten laut geflucht.

„Was ist passiert?"

„Ich habe diese italienische Schlampe ein bisschen grob angefasst. Da ist Hagen über mich hergefallen."

„Warum hat Dirk nicht eingegriffen? Du hast ihn doch extra mitgenommen."

„Das ging alles zu schnell. Ich bin gestürzt und als Dirk hinzukam, war es bereits zu spät. Dieser Mistkerl Hagen ist mit voller Absicht auf meinen Arm getreten."

Dirk, der Leibwächter, verfolgte die Unterhaltung furchtsam. Knotens beruhigende Worte konnten daran nichts ändern. Er wusste aus Erfahrung, wie die beiden alten Männer mit Leuten umgingen, denen Fehler passierten.

Hastig suchte er nach einem Tuch, aus dem er eine Schlinge für den verletzten Arm knüpfen konnte. Damit ging es Knoten etwas besser. Doch die kleinste Bewegung ließ ihn immer noch vor Schmerzen aufstöhnen.

Rosental war kein Arzt, aber auch als Laie schätzte er die Verletzung richtig ein. Der Arm schien gebrochen zu sein. Ausgerechnet in der jetzigen Situation brauchte Knoten selber Hilfe.

Er überlegte. Hier im Haus gab es auch um diese Zeit noch Ärzte. Doch niemand vom Personal der Klinik wusste, dass sie hier waren. Sobald es bekannt würde, konnte es Getratsche geben. Das durfte keinesfalls passieren.

In München gab es einen Arzt, der sie insgeheim unterstützte. In der Vergangenheit hatten die „Heimattreuen" dessen Dienste gelegentlich in Anspruch genommen. Kurz dachte Rosental über die Risiken nach, den Mann holen zu lassen. Schnell verwarf die Idee wieder. Nur wenige Leute wussten, dass die Schönheitsklinik in Bad Wiessee der Organisation gehörte. Es war besser, wenn Knoten sich zu dem Arzt bringen ließ.

Sein Vorschlag löste bei dem Verletzten nicht gerade Begeisterung aus. Wie sollte er bei den Schmerzen die Autofahrt nach München überstehen? Nach kurzer Diskussion musste er schließlich einsehen, dass es keine Alternative gab. Wütend stimmte er zu.

„Sobald ich aus München zurück bin, wird es mir ein Vergnügen sein, mich mit Hagen auf meine Art zu unterhalten", fluchte er. „Bedauerlich ist nur, dass unsere Leute die falsche Frau mitgenommen haben. Ihn wird es eventuell gar nicht stören, wenn wir sie vor seinen Augen in die Mangel nehmen."

Genervt schaute Rosental ihn an.

„Was heißt falsche Frau? Du meinst, deine Männer haben nicht Hagens Freundin Chiara Bertone entführt?"

„Genauso ist es. Diese Idioten haben die nächstbeste Frau eingesammelt, ohne sich davon zu überzeugen, ob es sich dabei um dessen Geliebte handelt. Jetzt haben wir eine italienische Polizistin am Hals. Hagen wollte sie mir als unschuldige Touristin verkaufen, doch das stimmt nicht. Dirk hatte sie bereits in Venedig gesehen und jetzt wiedererkannt. Sie gehörte zur Mannschaft der Polizisten, die Krajic am Markusplatz verhaftet haben. Deine Männer haben sie noch verfolgt, aber aus den Augen verloren."

Wieder ein Rückschlag, dachte sich Rosental. Wenn er den auch nicht als besonders schlimm einschätzte. Sie würden Hagen trotzdem zum Reden bringen. Seitdem Christine Landers die Seiten gewechselt hatte, lief alles schief. Oder bildete er sich das nur ein?

Fragend schaut er zu Knoten: „Wann wirst du deine Aktionen starten?"

„Wie abgesprochen, bleibt es bei der übernächsten Nacht. Den Zeitplan können wir nicht mehr ändern. Das würde nur Verwirrung stiften. Meine Leute in den verschiedenen Städten wissen Bescheid. Eigentlich hatte ich die Absicht, mich vorher nochmals mit den einzelnen Gauleitern in Verbindung zu setzen. Ich wollte noch einige Details besprechen. Nun muss ich stattdessen nach

München fahren. Ich habe nicht die geringste Ahnung, wie lange die Versorgung des Arms dauern wird. Dieser verdammte Hagen. Wir hätten ihn spätestens in Venedig aus dem Verkehr ziehen sollen."

Auf den letzten Satz ging Rosental gar nicht erst ein. Bevor er ihn nach München fahren ließ, gab es noch einiges zu besprechen.

Fragend schaute er Knoten an: „Du bist dir immer noch ganz sicher, dass Christine über deine Pläne nicht informiert war?"

„Das kann ich mir nicht vorstellen. Selbst wenn der Verfassungsschutz oder die Israelis die Unterlagen von meiner Festplatte entschlüsseln konnten, wissen sie immer noch nicht, wo wir zuschlagen werden. Dort gibt es nirgendwo Angaben zu Zeiten und Orten."

Die Gedanken an die bevorstehenden Aktionen gaben Knoten ein wenig Auftrieb. Dabei konnte er für einen kurzen Augenblick die Schmerzen fast vergessen. Sein Teil an ihrem Vorhaben würde gelingen.

Eigentlich hatten sie geplant, das Attentat auf den jüdischen Kongress gleichzeitig mit den Angriffen gegen Ausländer stattfinden zu lassen. Die Aktionen der „Heimattreuen" in ganz Deutschland sollte die „Begleitmusik" zu dem Anschlag sein. Ihr Sinn bestand ursprünglich darin, möglichst viele Polizeikräfte an den verschiedensten Orten zu binden. Nachdem der erste Teil nicht mehr ausgeführt werden konnte, blieb nur noch die Vertreibung der Ausländer übrig.

So wie Rosental ging er ebenfalls davon aus, dass Christine Landers den Anschlag auf den jüdischen Kongress verraten hatte. Schließlich musste sie den

Geheimdiensten etwas wirklich Wichtiges anbieten, um sich von ihnen die Unterstützung für ihre Flucht zu erkaufen. Auf Dauer würde es ihr trotzdem nicht gelingen. Die „Heimattreuen" besaßen auf der ganzen Welt Freunde. Es war nur eine Frage der Zeit, bis man sie entdeckte.

Nicht nur dieser Verrat war tragisch. Einen weiteren und mindestens genauso schweren Schlag fügte sie ihnen zu, als sie die Festplatten ihrer Laptops kopierte. Der Computerspezialist in München hatte Rosentals Verdacht bestätigt. Sogar Datum und Uhrzeit hatte er ihnen genannt.

Schon damals, als die Hure plötzlich aus Israel zurückgekehrte, hatte ihn ein unbestimmtes Gefühl davor gewarnt, ihr weiterhin zu trauen. Jetzt bedauerte er es, dass sie seiner Ahnung nicht gefolgt waren. Der Verrat kostete nicht nur viel Zeit und Geld, sondern trieb sie für lange Zeit in den Untergrund. Sie mussten sich vollkommen neue Identitäten aufbauen.

Gleichzeitig verspürte Knoten ein wenig Genugtuung darüber, dass er in Bezug auf die Frau Recht behalten hatte. Es war an der Zeit, dass Rosental sich mehr zurückhielt. Glücklicherweise hatte er dessen Vorstoß, Männer seines Vertrauens bei den „Heimattreuen" unterzubringen, rechtzeitig unterbunden. Das kam ihnen jetzt zugute. Seine „Begleitmusik" war ohne das Wissen der Hure geplant und organisiert worden. Nur ganz wenige aus dem obersten Führungskreis der „Heimattreuen" kannten die genauen Einzelheiten. Weltweit würden die Nachrichtenstationen darüber berichten.

Gezielt waren von ihm und seinen Vertrauten ganz bestimmte Objekte ausgewählt worden: In München würden zwei Asylantenheime in Ramersdorf und

Giesing brennen. Die unmittelbaren Anwohner versuchten seit geraumer Zeit, durch Demonstrationen und Unterschriftensammlungen die Unterkünfte aus ihren Stadtteilen zu verbannen. Bisher vergebens.

Zu exakt der gleichen Zeit sollten in der Dresdener Neustadt ebenfalls zwei Brandanschläge auf Ausländerheime stattfinden. Weitere Ziele gab es in Leipzig, Bremen und Saarbrücken. Unter den Bewohnern der Heime würde Panik ausbrechen. Sobald sie aus den brennenden Gebäuden gerannt kamen, standen Gefolgsleute der „Heimattreuen" bereit, um sie aus der Stadt zu jagen.

Dazu kam der konzentrierte Angriff mit mehr als hundert Leuten auf einen ganzen Wohnblock in Duisburg. Dabei handelte es sich um eines seiner Lieblingsobjekte.

In leerstehenden, heruntergekommenen Häusern im Stadtteil Hochfeld hausten seit geraumer Zeit Rumänen, Bulgaren und etliche Zigeunerfamilien. Einzelne der Wohnungen wurden von mehr als dreißig Personen genutzt und immer mehr Angehörige der Familien zogen nach. Diesen Abschaum der menschlichen Gesellschaft konnte man bereits aus gebührender Entfernung riechen.

Von den unhaltbaren Zuständen dort hatte er sich bei einer Führung durch den Duisburger Gauleiter der „Heimattreuen" selber überzeugen können. Sie stellten alles in den Schatten, was er bisher gesehen hatte.

Die Schweine, die in den Häusern hausten, entsorgten ihren Müll doch tatsächlich entweder in den Vorgärten der Nachbarhäuser oder unmittelbar neben der eigenen Haustür. In den oberen Etagen gab es etliche Parteien, die ihren Müll in dünnen Plastiktüten gleich aus dem Fenster auf die Straße warfen. Dort platzten sie auf und der stinkende Unrat wurde durch vorbeifahrende Autos gleichmäßig in der Umgebung verteilt.

In den Hinterhöfen türmten sich alte Schränke sowie verschlissene Matratzen neben abgestellten Einkaufswagen. Ratten erfreuten sich an diesen für sie so paradiesischen Umständen. Keine gute deutsche Familie sollte unter solchen Verhältnissen leben müssen.

Schon mehrfach hatten die deutschen Anwohner sich wegen dieser Missstände bei der Polizei und in den Rathäusern beschwert. Geschehen war, auch nach der Besichtigung durch einige Stadträte, nichts.

Nach der Vertreibung der Ausländer würden die Menschen überall in Deutschland erkennen, wer ihnen bei Problemen tatsächlich half. Da konnten sie sicher sein, dass sie nicht mit leeren Floskeln irgendwelcher Lokalpolitiker abgespeist wurden. Knoten rechnete fest damit, dass die Bewohner der Stadtviertel, besonders in Duisburg, seine eigenen Leute bei der Vertreibung der Ausländer unterstützten. Nach Möglichkeit sollte es einen regelrechten Aufruhr geben.

Ursprünglich hatte er vorgehabt, diesen Teil der Aktion aus nächster Nähe zu verfolgen. Durch den Verrat der Hure hatte er umplanen müssen. Keinesfalls durfte es der Polizei gelingen, ihn zu verhaften und der Presse als Verantwortlichen für die Aufstände zu präsentieren.

Bereits seit Monaten waren Männer und Frauen der „Heimattreuen" gerade in diesem Duisburger Stadtviertel besonders aktiv. Dabei wurde auch

Rosentals Plan, deutsche Bürger in allen Bereichen des täglichen Lebens zu unterstützen, konsequent umgesetzt. Zeitgleich hatten sie in mehreren Städten die ersten Kindergrippen, Kindergärten und sogar Altersheime für Mitglieder der „Heimattreuen" eröffnet.

Die Bedürftigen bekamen regelmäßig finanzielle Unterstützung. Zahlreiche Arbeitslose hatten dank ihrer Hilfe einen Job gefunden. Bei den Arbeitgebern handelte es sich meist um Firmen, deren Inhaber die „Heimattreuen" seit Jahren finanziell unterstützten.

Überall in Deutschland gab es Freizeiteinrichtungen für Jugendliche, die alle von den „Heimattreuen" finanziert wurden. Das Ziel war es, die Heranwachsenden von der Straße zu holen, um ihnen durch gezielte Förderung eine Zukunftsperspektive zu bieten. Ausgebildete Sozialarbeiter kümmerten sich um außergewöhnliche Härtefälle. Besonders beliebt waren in den Freizeiteinrichtungen die vielen Sportangebote. Die Jugendzeltlager mit Lagerfeuer an den verlängerten Wochenenden waren regelmäßig ausgebucht. Jugendliche aus finanziell ärmeren Familien durften kostenlos daran teilnehmen.

Jetzt, in der Vorbereitungsphase zur „Begleitmusik", gingen sorgsam ausgewählte und speziell geschulte Mitglieder in dem Problemviertel von Tür zu Tür. Sie sprachen mit den noch verbliebenen deutschen Anwohnern. Stets wurde dabei auf die „faulen Ausländer" hingewiesen, die reichlich Sozialhilfe und Kindergeld kassierten, während die Leistungen bei den wirklich bedürftigen, deutschen Familien, regelmäßig gekürzt wurden. Diesen Menschen wurde eingeredet, dass man dagegen endlich etwas tun müsse und könne. Immer wieder wurde darauf hingewiesen, dass sich ihre finanziellen Möglichkeiten verbesserten, sobald die Sozialschmarotzer weg waren. Jeder würde sich dann einen Urlaub an der Nordsee oder auf Mallorca leisten können. Ihnen wurde gesagt, dass Engländer, Franzosen und Holländer bereits seit einiger Zeit mit Erfolg gegen Ausländer vorgingen. Stück für Stück eroberten sie ihre Heimat zurück.

Den Mitgliedern der „Heimattreuen" kam es nicht so sehr darauf an, dass jedes Wort der Wahrheit entsprach. Die Menschen sollten es einfach glauben und anfangen, von einer besseren Zukunft zu träumen.

Die bevorstehenden Aufstände waren von Knoten und den Gauleitern bis ins kleinste Detail geplant worden. Der Regierung in Berlin würde es dann nicht mehr gelingen, die Augen vor der Wut ihrer Wähler zu verschließen.

Wie schon in vielen anderen Ländern Europas, mussten sie schließlich einsehen, dass auch die deutsche Bevölkerung genug davon hatte, die Massen von Flüchtlingen durchzufüttern und ihnen Hunderte Millionen Euro Steuergelder in den Hintern zu schieben, während dabei ihre eigenen Wohngebiete vor die Hunde gingen.

Der Zeitpunkt war gekommen, um ein Zeichen zu setzen. In naher Zukunft würden alle Asylanten und sonstige Flüchtlinge keine Lust mehr verspüren, in Deutschland Zuflucht zu suchen. So wie sie es vor ein paar Jahren geschafft hatten, Hoyerswerda in Sachsen „ausländerfrei" zu machen, würde das bald für ganz Deutschland gelten.

29.

Nachdem klar war, dass sie in dieser Nacht nichts mehr ausrichten konnten, schickte Freden alle in die Betten.

Im Landkreis Bad Tölz gab es lediglich zwei private Reha-Einrichtungen sowie eine Beauty-Klinik, die ihre eigenen Krankenfahrzeuge besaßen. Möglicherweise standen sie in irgendeiner Verbindung zu Rosental und seinen „Heimattreuen". Darauf wollten sie sich am nächsten Tag konzentrieren, auch wenn Müller ihnen dabei nicht allzu viel Hoffnung machte.

Über die Eigentumsverhältnisse dieser privaten Einrichtungen konnte man jetzt am Abend kaum etwas herausbekommen. Dazu benötigten sie zuerst Einblick in die Unterlagen der zuständigen Gemeinden. Über das Impressum auf den Internetseiten der Reha-Einrichtungen hatten sie lediglich herausgefunden, dass sie zu den „Perida-Krankenhäusern", einer Aktiengesellschaft, gehörten. Als Eigentümer der Beauty-Klinik war eine Luxemburger Holding angegeben.

Damit es in den Rathäusern keine Schwierigkeiten gab, konnte Müller bei seiner vorgesetzten Dienststelle immerhin erreichen, dass ein Staatsanwalt ihn bei den Recherchen in Bad Tölz, Miesbach und Bad Wiessee begleitete. Zakin wollte sich ihnen anschließen.

Chiara bat vergeblich darum, sie bei ihrer Arbeit unterstützen zu dürfen. Sie wollte etwas zu tun haben und nicht nur auf Nachrichten warten.

Müller lehnte ihr Ansinnen kategorisch ab. Er musste sich sowieso beeilen, um das Treffen mit Christine Landers nicht zu gefährden.

Parallel zu den Ermittlungen wollte Barbara über das Internet versuchen, Informationen über die Eigentürmer der drei Objekte zu bekommen.

Chiaras Vorschlag, alle drei Krankenhäuser sofort vom Keller bis zum Dach von der Polizei durchsuchen zu lassen, stieß ebenfalls auf wenig Zustimmung. Freden erklärte ihr später, dass sie dafür einen richterlichen Beschluss benötigten, den sie aber nur bekommen würden, wenn ein konkreter Verdacht vorlag.

„Das Leben von Markus und Gabriela ist in Gefahr. Das sollte für die Polizei Grund genug sein, um die Häuser zu durchsuchen", forderte sie.

„Es reicht nicht, wenn wir nur glauben, dass die beiden dort sein könnten. Für eine Hausdurchsuchung brauchen wir Beweise. Leider."

Sie war niedergeschlagen. Diese drei Krankenhäuser waren bisher ihre einzige Spur, und dort durften sie nicht einmal suchen.

Von Gottlieb Freden erfuhr sie, dass die Kriminalpolizei mit Nachdruck ermittelte. Man hatte extra eine Sonderkommission eingerichtet. Die Entführung hatte nicht nur in der kleinen Stadt viel Staub aufgewirbelt. Sämtliche deutsche Zeitungen berichteten davon. Mit der Suche nach Markus Hagen und Gabriela Capecchi beschäftigte sich auch das Fernsehen. Der Entführungsfall schaffte es mit einem Interview des bayrischen Innenministers bis in die Nachrichtensendungen. Der italienische Fernsehsender „Italia 1" machte daraus eine Sondersendung, in deren Mittelpunkt Gabriela

Capecchi stand. Vorsichtshalber bat Müller alle hier Versammelten darum, auf öffentliche Kommentare zu verzichten.

Chiara konnte nicht schlafen. Sie döste lediglich vor sich hin. Ihre aufgewühlten Gedanken fanden keine Ruhe. Wie mochte es Markus in diesem Moment gehen? War er bei dem Angriff ernsthaft verletzt worden?

Seit ihrer ersten Nacht auf der „NINA" war sie nie mehr ohne ihn schlafen gegangen. Manchmal war sie während der Nacht wach geworden. Dann hörte sie sein gleichmäßiges Atmen und spürte die Wärme seines Körpers. Dieses Glücksgefühl wollte sie nie mehr missen. Den Gedanken, dass er nicht mehr lebte, schob sie weit von sich. Das war unvorstellbar und darum unmöglich.

Bereits nach wenigen Stunden hielt sie es im Bett nicht mehr aus. In der Küche traf sie Frau Subkow sowie Martin Müller und Zeev Zakin. Alle schienen schlecht geschlafen zu haben. Es gab frischen Kaffee und die Frau des Professors richtete für die Besucher belegte Brote her.

Die Agenten diskutierten darüber, ob ihnen Christine Landers glauben würde, dass Hagen entführt worden war und darum für die Übergabe des Speichersticks nicht zur Verfügung stand. Gottlieb Freden würde sie unter Umständen davon überzeugen müssen. Sollte sie einen Blick in die Tageszeitungen geworfen haben, würde sie es sowieso wissen.

Freden und seine Tochter Barbara waren noch vor allen anderen aufgestanden und bereits auf dem Weg in die Agentur. Sie wollten von dort aus versuchen, Hintergrundinformationen über die drei infrage kommenden Kliniken zu bekommen.

Es wurde ruhig in Fredens Haus. Nachdem auch die Agenten abgefahren waren, brachte Azusa die nervöse Italienerin in ihr Zimmer. Chiara fragte sich, wie sie den Tag herumbringen sollte, ohne wenigstens etwas Sinnvolles zu tun?

Der Vormittag verging unheimlich langsam. Auch die Versuche der Asiatin, ihre Hoffnung zu stärken, halfen wenig. Immer wieder schaute Chiara auf die Uhr. Jedes Mal, wenn das Telefon im Haus läutete, lief sie ins Treppenhaus, um kurz danach enttäuscht ins Zimmer zurückzukehren.

Nach dem freudlosen Mittagessen war ihre Geduld zu Ende. Sie konnte nicht mehr warten. Weder von den Agenten noch von Fredens Agentur hatten sie etwas gehört.

Azusa ließ sich letztendlich von Chiaras Unruhe anstecken. Deshalb schlug sie der Italienerin vor, mit ihr zusammen eine kleine Spritztour zu unternehmen. Chiara wollte bereits ablehnen, als sie das verschwörerische Blinzeln in den Augen der Asiatin bemerkte.

Subkow und seine Frau schauten den zwei jungen Frauen sorgenvoll nach, wie sie mit Azusas knallgelbem Volkswagen davonfuhren. Der Professor hatte das Zwinkern in den Augen von Azusa durchaus bemerkt und daraus eigene Schlüsse gezogen. Vergeblich hatte er versucht, sie von ihrer Fahrt abzuhalten.

Freden schimpfte wie ein Rohrspatz, als Subkow ihn anrief und von dem verdächtigen Ausflug der Frauen berichtete.

„Die haben etwas vor, aber ich weiß nicht, was es ist. Womöglich versuchen sie auf eigene Faust, mehr über Hagens Entführung herauszufinden. An ihrer Stelle würde ich die Reha-Einrichtungen oder die Beauty-Klinik aufsuchen."

Müller und Zakin waren gerade gekommen und saßen bei ihm im Büro. Besonders der Agent vom Verfassungsschutz konnte seine schlechte Laune nur schwer verbergen. Ihr Besuch in den Rathäusern der zuständigen Gemeinden war ohne greifbares Ergebnis geblieben. Die beiden Reha-Kliniken gehörten einer Aktiengesellschaft, die ähnliche Krankenhäuser in ganz Deutschland betrieb. Das hatten sie bereits am Abend selber herausgefunden. Unter den Großaktionären gab es keinen Friedrich von Thurau. Genauso wenig wie einen anderen verdächtigen Namen, der sich mit ihm oder den „Heimattreuen" in Verbindung bringen ließ. Die Beauty-Klinik in Bad Wiessee wiederum gehörte einer Luxemburger Holding. Als Geschäftsführer der Schönheitsklinik fungierte ein bekannter Münchner Rechtsanwalt. Auch diese Spur schien ins Leere zu führen.

Die Laune des deutschen Agenten wurde noch schlechter, als Freden ihnen von dem Ausflug der zwei Frauen und Subkows Verdacht berichtete.

„Geht denn heute alles schief. Konnte Ihr Freund die zwei Frauen denn nicht zurückhalten? Sie sollten doch wissen, dass sie sich unter Umständen in Gefahr bringen. Jetzt können wir nur hoffen, dass wenigstens das Treffen mit Christine Landers ohne weitere Probleme über die Bühne geht."

Freden hatte die ganze Zeit verdächtig ruhig zugehört, wie die Agenten von ihren Fehlschlägen in

Bad Tölz, Miesbach und Bad Wiessee berichteten. Nachdem sie mit der Berichterstattung fertig waren, legte er behutsam einen roten Datenstick vor sich auf den Tisch. Dabei musterte er die Agenten schweigsam. Der Israeli begriff als Erster, um was es sich handelte. Müller benötigte einen Augenblick länger, bis auch er ahnte, was es mit dem Stick auf sich hatte.

„Sie wollen mir damit aber nicht sagen, dass es sich hier um den Speicherstick von Christine Landers handelt?"

„Doch meine Herren. Frau Landers ist etwas früher als vereinbart ohne jegliche Begleitung hier aufgetaucht. Sie schien es eilig zu haben. Bei einer Tasse Kaffee konnte ich sie glücklicherweise davon überzeugen, dass Herr Hagen zurzeit wirklich nicht zur Verfügung steht. Sie muss es bereits gewusst haben. Ich vermute, dass sie die Tageszeitung gelesen hat."

„Wo ist Frau Landers jetzt?"

„Das kann ich nicht sagen, weil ich es nicht weiß. Sie hat mir den Speicherstick übergeben und wie vereinbart, bekam einer meiner Mitarbeiter die Gelegenheit, ihn kurz zu überprüfen. Die Daten darauf sind eindeutig Rosenberg und Knoten zuzuordnen. Im Gegenzug habe ich ihr den neuen Pass ausgehändigt. Dafür haben Sie ihn doch bei mir hinterlegt. Oder nicht? Jedenfalls ist sie zusammen mit meiner Tochter Barbara danach sofort zum Flughafen gefahren."

„Hat sie gesagt, wohin sie fliegen will?"

Freden schüttelte den Kopf.

„Das hat sie mir nicht verraten. Ich habe sie auch nicht danach gefragt. Meine Tochter hat ihr angeboten, sie mit dem Privatjet unserer Firma außer Landes zu bringen."

Martin Müller schien kurz vor einer Explosion zu stehen, beherrschte sich aber. „Sie haben die Frau einfach so gehen lassen und jetzt wissen sie noch nicht einmal, wohin sie fliegt?"

„Das ist richtig, aber wenn Sie so begierig darauf sind, ihr Ziel zu erfahren, können Sie mit der Flugsicherung telefonieren. Dort müsste der Flugplan für unseren Jet eingereicht worden sein. Er hat eine Reichweite von gut zweitausend Kilometern. Irgendwo in diesem Radius werden sie landen müssen."

Müller holte bereits sein Handy aus der Tasche, als Freden ihn stoppte.

„Hatte Frau Landers also recht damit, ihnen nicht zu trauen. Sie scheint schlechte Erfahrungen gemacht zu haben. Oder warum sonst wollen Sie unbedingt wissen, wohin sie fliegt? Ihren Teil der Abmachung hat sie doch eingehalten."

Er schaute Müller nachdrücklich an.

„Jetzt sollten wir doch zuerst einmal alles daransetzen, Herrn Hagen und seine Begleiterin zu finden? Als ich Frau Landers von dessen Entführung berichtete, konnte sie mir einen zusätzlichen kleinen Tipp geben."

„Und der wäre?"

„Der Geschäftsführer dieser Schönheitsklinik auf unserer Liste ist ein gewisser Rechtsanwalt Dr. Robert Bosl. Gleichzeitig gehört er zum Aufsichtsrat der Luxemburger Holding, in deren Besitz sich die Klinik befindet. Sein Sozius ist übrigens ein gewisser Dr. Alfred Thier. Ihre Kanzlei ist in der Theatinerstraße in München. Interessant ist dieser

Dr. Thier. Er ist Strafverteidiger und hat vor ein paar Jahren Jochen Berger vertreten."

Den Agenten schien der Name Jochen Berger nichts zu sagen. Enttäuscht über ihre Unkenntnis half Freden ihnen auf die Sprünge.

„Jochen Berger gründete vor gut zehn Jahren eine sogenannte rechte Wehrsportgruppe. Er und einige seiner Kameraden planten, die alte Synagoge in der Reichenbachstraße in die Luft zu sprengen. Ihr Plan wurde rechtzeitig durch einen Spitzel verraten. Berger und drei weitere Männer wurden festgenommen. Diese Rechtsanwälte könnten die Verbindung zur rechtsradikalen Szene sein, nach der wir die ganze Zeit gesucht haben."

Müller schüttelte zweifelnd den Kopf. Sein Handy hielt er immer noch in der Hand. „Das könnte ein Zufall sein. Jeder Angeklagte hat vor unseren Gerichten das Recht, sich von einem Anwalt verteidigen zu lassen."

„Eigentlich sollten sie, Herr Müller, wissen, dass die Rechtsradikalen fast immer von hervorragenden Juristen vertreten werden, die dem rechten politischen Spektrum sehr nahestehen. In Ihrer Behörde dürfte es darüber entsprechende Berichte geben. Und hier liegt es sogar auf der Hand. Von einer der verbliebenen Kliniken auf unserer Liste gibt es eine direkte Verbindung zur rechten Szene, nämlich zu den Rechtsanwälten Bosl und Thier."

Fast flehend schaute er zu Martin Müller: „Sie sollten sich schnellstens auf den Weg nach Bad Wiessee machen, bevor die zwei Mädchen auch noch in Gefahr geraten."

„Auf keinen Fall", lehnte der Agent ab. „Zuerst muss ich in Erfahrung bringen, wohin Christine

Landers fliegt. Danach werde ich dafür sorgen, dass der Stick nach Berlin kommt. Das hat Vorrang. Um die zwei Frauen können wir uns später immer noch kümmern. Falls ihnen etwas passieren sollte, sind sie schließlich selber daran schuld."

Freden schaute Müller zornig und ziemlich ungläubig an.

„Ich muss Christine Landers Recht geben. Sie hatte allen Grund, ihnen nicht zu trauen. Sie hat sich an ihre Abmachung gehalten und trotzdem wollen sie die Frau verfolgen? Warum? Dass Sie mit Ihrer Rücksichtslosigkeit das Leben von zwei oder sogar vier Menschen aufs Spiel setzen, ist Ihnen völlig egal? Ganz abgesehen davon, dass eine der gefährdeten Personen meine Tochter ist."

Mit zusammengekniffenen Augen fügte er hinzu: „Nehmen Sie diesen verdammten Speicherstick und verschwinden Sie. Ich werde auch ohne Ihre Hilfe weiterkommen. Dass Sie noch lange für unseren Staat arbeiten, möchte ich unter diesen Umständen bezweifeln."

Müller steckte den Stick ein und stand auf, um der Aufforderung Folge zu leisten. Zeev Zakin folgte ihm zögernd.

Gottlieb Freden war noch nicht fertig.

„Sobald Herr Hagen sich wieder in Freiheit befindet, werde ich ihm raten, seine Erlebnisse in Kroatien, Venedig und München zu veröffentlichen. Ihr Arbeitgeber wird sich freuen, wenn sie im Mittelpunkt einer Reportage stehen. Sie haben Privatpersonen für ihre Arbeit eingesetzt und mehrmals ihr Leben aufs Spiel gesetzt. Und jetzt werden sie von ihnen im Stich gelassen."

„Hagen hat zugesagt, die Geschichte nur mit meiner Zustimmung zu veröffentlichen."

Verächtlich schaute Freden ihn an.

„So wie Sie Frau Landers versprochen haben, mit Ihrer Hilfe unerkannt aus Deutschland zu entkommen? Glauben Sie wirklich, dass nur andere Leute Abmachungen einzuhalten haben? Und noch etwas, Herr Müller. Ich habe mir erlaubt, die Dateien auf dem Stick zu kopieren."

„Dazu haben Sie kein Recht", brauste der Agent auf.

„Wer will mir das verbieten. Frau Landers hat mir persönlich diesen Speicherstick übergeben, weil sie Ihnen schon vorher nicht traute. So hat sie sich ausgedrückt, und wie wir jetzt sehen, hatte sie damit durchaus Recht. Bei unserem Gespräch war zu keiner Zeit die Rede davon, dass ich den Stick an sie weitergeben soll. Dazu können sie meine Tochter befragen, sobald sie nach München zurückkommt. Mit der Übergabe durch Frau Landers wurde er somit mein Eigentum. Wenn sie möchten, lassen wir das von einem Gericht klären. Ich kann mir aber beim besten Willen nicht vorstellen, dass ihre Firma in Köln viel Wert darauflegt."

Martin Müller verzichtete auf eine Antwort. Er musste erkennen, dass Freden ihn ausgetrickst hatte.

30.

Nach Knotens Besuch und dessen abruptem Ende unternahm an diesem Abend niemand mehr den Versuch, mit ihnen zu sprechen. Möglicherweise hofften die Entführer, sie dadurch gefügsamer zu machen.

Die Italienerin trank das Wasser aus den Flaschen in großen, durstigen Schlucken. Danach half Markus ihr dabei, sich wieder auf die Trage zu legen. Sie befand sich in einem schrecklichen Zustand. Oberhalb des Mundes war das Gesicht stark angeschwollen und die Augen fast nicht mehr zu sehen.

Aus seinem Hemd riss Markus ein Stück Stoff, befeuchtete es mit Wasser und legte es auf die Schwellungen. Die Kühlung schien ihrem Gesicht gutzutun. Er sah, wie sich ihre Lippen bewegten. Obwohl er das Ohr direkt an ihren Mund hielt, konnte er ihr Flüstern fast nicht verstehen.

„Danke."

Ein erfolgreicher Ausbrecher hatte mal in einem Interview behauptet, dass es aus jedem Gefängnis eine Möglichkeit zur Flucht gab. Man müsse nur gründlich genug danach suchen.

Was konnte er in diesem Raum noch finden? Zum Nachdenken legte sich Markus, mangels anderer Gelegenheit, zurück auf die Trage. So waren auch die eigenen Schmerzen, hauptsächlich in der Schulter, am besten auszuhalten. Gelegentlich döste er ein, wurde aber immer wieder durch das Stöhnen seiner Mitgefangenen geweckt.

Dass ein neuer Tag anbrach, merkte er an den schmalen Lichtstreifen, die durch die Lamellen der Rollläden schienen und immer heller wurden.

Durch die Türe ihres Gefängnisses waren keine Geräusche zu hören. Nur durch das geschlossene Fenster hörte er gelegentlich, wie Autos kamen oder davonfuhren. Das Gebäude, in dem sie sich befanden, musste abseits befahrener Straßen liegen.

Der Besitz der Taschenlampe hatte ihnen bisher nicht viele Vorteile gebracht. Im Schein der Lampe hatte sich lediglich sein Verdacht bestätigt, dass die Tür von innen nicht zu öffnen war. Den Rollladen am Fenster konnte er eventuell überwinden, wenn er es schaffte, die Lamellen auseinanderzudrücken oder sogar aufzubrechen. Dazu benötigte er ein festes, schmales Element, das er dazwischenschieben konnte.

Zum wiederholten Mal suchte er deshalb trotz der Schmerzen, unterbrochen von kurzen Pausen, den Raum nach solch einem Gegenstand ab. Um weiterleben zu können, mussten sie eine Möglichkeit finden, um zu entkommen, sagte er sich immer wieder.

Den Schreibtisch hatte er schon mehr als einmal untersucht. Er gab nichts her. Selbst die hölzernen Streben im Inneren waren zu schwach, um gegen den schweren Rollladen aus Holz etwas auszurichten. Blieben nur die Liegen übrig, auf der sie die Nacht verbracht hatten.

Versuchsweise legte Markus die Trage verkehrt herum auf den Boden und untersuchte sie sorgsam im Schein der Taschenlampe. Er sah, dass die vier Tragegriffe mittels Gewinde angeschraubt waren. Noch besser würden sich die schmalen, aber trotzdem ziemlich stabilen Querstreben unterhalb der Polsterung als Hebel eignen. Um diese zu lösen, brauchte er einen Schraubenzieher, den es nicht gab.

Blieben letztendlich nur die eisernen Griffe an der Trage übrig. Jeder einzelne davon war etwa 50 cm lang. Er stellte die Liege wieder auf die Räder und versuchte einen der Handgriffe, durch kräftiges Drehen zu lösen. Nichts geschah. Nacheinander versuchte er es auch an den restlichen drei Griffen. Alle waren fest mit der Trage verschraubt und offensichtlich schon sehr lange nicht mehr gelöst worden. Sobald er den Versuch unternahm, sie mit beiden Händen zu lösen, drehte sich die gesamte Liege und drohte umzufallen.

Gabriela musste ihm trotz der zugeschwollen Augen zugesehen haben. Unbeholfen deutete sie auf ihre eigene Trage. Markus brauchte einen Moment, bis er wusste, was sie meinte. Eigentlich hätte er selber darauf kommen können. Mit ihrem Körpergewicht würde sie verhindern, dass sie umkippte.

Bevor Markus sich an die Arbeit machen konnte, hörte er vor der Tür Geräusche. Ein Schlüssel drehte sich im Schloss. Ihre Entführer schienen Sehnsucht nach ihnen zu haben.

Diesmal machten es die Besucher anders. Sie kamen gleich im Dreierpack. Zwei der Männer postierten sich mit gezogenen Pistolen jeweils rechts und links neben die Tür, während der dritte ein Tablett auf den Boden stellte. Heller Lichtschein fiel dabei in ihr Gefängnis.

Es schien sich um ihr Frühstück zu handeln. Markus sah eine silberne Kanne und einen Kunststoffteller mit Brot, Käse sowie Wurst. Wenigstens wollte man sie nicht verhungern lassen. Erst danach betrat ein weiterer, älterer Mann den Raum, blieb aber in der Nähe der Bewaffneten stehen. Knotens Missgeschick hatte ihn offensichtlich vorsichtig gemacht. Markus vermutete, dass es sich bei ihm um von Thurau handelte. Er erinnerte sich an den Mann. Auf dem Markusplatz in Venedig hatte er ihn zusammen mit Zivkovic gesehen. Äußerlich gelassen schaute er ihm entgegen.

Der angebliche Freiherr versuchte, sich großzügig zu geben. Er besaß eine kräftige, wohlklingende Stimme.

„Herr Hagen, warum machen sie es uns unnötig schwer. Sagen Sie uns, wo sich Christine Landers befindet und sie samt ihrer Begleiterin können gehen. Wie sie sehen, meinen wir es gut mit ihnen. Wir haben Frühstück mitgebracht. Schließlich sollen sie unsere Gastfreundschaft genießen und wir wollen vermeiden, dass sie und ihre Begleiterin verhungern. Warum beantworten sie nicht einfach meine Frage? Dann können wir diese leidige Angelegenheit sofort beenden."

„Rosental, offenkundig sind sie genauso senil wie Ihr Partner Knoten. Ansonsten hätten sie so einen dämlichen Vorschlag gar nicht erst gemacht. Selbst wenn ich ihnen verraten würde, wo sich ihre ehemalige Hure aufhält, können sie uns nicht gehen lassen. "

Markus hatte absichtlich in recht provozierendem Ton gesprochen, auch wenn er damit riskierte, abermals geschlagen zu werden.

Der alte Mann zuckte zusammen, als der Gefangene ihn mit seinem richtigen Namen anredete.

„Wie kommen Sie auf den Namen Rosental?"

„Ihren richtigen Namen, also Friedrich Rosental, kennt inzwischen so gut wie jeder Polizist in Europa. Interpol fahndet nach ihnen. Dachten sie wirklich, sie könnten den Freiherrn einfach so abstreifen und als Friedrich Rosental weiterleben?"

„Gegen mich liegt nichts vor. Es gibt nur die verleumderischen Aussagen meiner ehemaligen Mitarbeiterin. Alles, was ich getan habe, ist durch unser Grundgesetz gedeckt. Jedem steht das Recht auf freie Meinungsäußerung zu. Das sollten Sie als Journalist wissen. Deutschland muss sich endlich von den Heerscharen von Ausländern befreien."

„Unsere Entführung ist ganz sicher nicht durch das Grundgesetz gedeckt. Und glauben Sie wirklich, dass der Anschlag auf einen jüdischen Kongress ihnen dabei helfen könnte, die Hirngespinste eines geisteskranken Nazis weiterzuführen?"

Rosental trat erregt einen Schritt nach vorne. Seine Leibwächter hielten ihn davon ab, weiter auf Hagen zuzugehen.

„Wen meinen Sie mit ‚geisteskranken Nazi'?"

Markus tat so, als wolle er mit einer bewusst abwertenden Armbewegung eine Fliege vertreiben. Der alte Mann konnte sich denken, wen Hagen mit dem „geisteskranken Nazi" meinte. Die verächtliche Geste steigerte seine Erregung zusätzlich.

„Christine Landers hat für den Augenblick einen Anschlag auf diese Versammlung der Juden verhindert. Das werden wir schon bald nachholen. Aber sie wusste nicht, dass bereits in der kommenden Nacht mehrere hundert aufrichtige Deutsche gegen Ausländer und weiteres minderwertiges Pack in unserem Land zu Felde ziehen."

„Wollen ihre Schläger mal wieder einen unschuldigen Schwarzen zusammenschlagen oder eine Döner-Bude anzünden? Ist das ihre sogenannte Begleitmusik"? Sie und Ihr Gesindel sind doch nur zu solchen feigen Taten fähig. Dass die Mehrheit unter den Deutschen friedlich mit ihren ausländischen Mitbürgern zusammenleben will, scheint ihnen entgangen zu sein."

„Da irren sie sich. Viele von denen trauen sich nur nicht, ihre Meinung offen zu sagen. Doch insgeheim geben sie uns Recht. Sie sollten sich mal an den Stammtischen umhören. Falls sie morgen noch leben, kann ich ihnen ein paar Tageszeitungen zukommen lassen. Dann können sie nachlesen, wie das deutsche Volk wirklich denkt. Die Titelseiten werden von brennenden Asylantenheimen in München, Dresden, Leipzig und vielen anderen Städten berichten. Wie damals in Hoyerswerda werden die meisten Bürger Beifall klatschen oder sich sogar an der anschließenden Jagd auf diesen Abschaum beteiligen. Allein in Duisburg werden sich Hunderte von deutschen Bürgern aus ehrlicher Wut heraus erheben. Sämtliche Rumänen und Bulgaren wird man aus der Stadt treiben", ereiferte sich Rosental.

Angeekelt schaute Markus den alten Mann an: „Sie und ihren Anhang sollte man in eine geschlossene Anstalt einweisen und den Schlüssel für die Zelle wegwerfen. Ich hoffe, dass ich es noch erlebe."

„Sie wollen mir also nicht sagen, wo sich Christine Landers aufhält?"

Rosental schien sich wieder in der Gewalt zu haben. Er musste eingesehen haben, dass er den Journalisten nicht überzeugen konnte. Der gehörte seiner Meinung nach zu denjenigen, die man nach der Machtübernahme in ein Konzentrationslager stecken würde.

Markus drehte dem alten Nazi den Rücken zu, ohne weiter auf die Frage nach Christine Landers einzugehen. Menschen mit solchen irrwitzigen Überzeugungen kotzten ihn an.

„Dann gebe ich ihnen noch ein wenig Zeit, es sich anders zu überlegen", sprach Rosental ruhig weiter. „Sobald Ralf Knoten zurückkommt, wird er ihnen beim Reden behilflich sein. Sozusagen eine kleine Gnadenfrist, die ihnen noch bleibt. Mit ihrem unüberlegten Angriff haben Sie ihm den Arm gebrochen. Er wird sehr darauf aus sein, schlimmere Schmerzen in ihren Augen zu sehen. Unsere Freunde hier werden sich derweil mit ihrer Mitgefangenen beschäftigen."

Rosental deute mit dem Kopf auf seine drei Begleiter, die wie aus Stein gehauen neben und hinter ihm standen. „Natürlich dürfen sie zusehen, wenn sie sich mit ihr vergnügen."

Mit Freude hätte Markus dem alten Mann in diesem Moment den dünnen Hals umgedreht. Nur die Pistolen in den Händen der Begleiter hielten ihn davon ab.

„Schaffen Sie einen Arzt heran, der Frau Capecchi behandelt. Dann könnte ich ihnen auf der Suche nach ihrer ehemaligen Geliebten behilflich sein."

„Immerhin ein erstes Angebot, das in die richtige Richtung geht." Rosental lächelte zufrieden. „Ich werde es mir überlegen."

Der alte Mann schien auf eine weitere Unterhaltung keinen Wert mehr zu legen. Er ging und seine Leibwächter folgten ihm rückwärtsgehend. Bis zum Schluss hielten sie dabei die Pistolen auf den Gefangenen gerichtet.

Nachdem sie abermals eingesperrt waren, nahm Markus das Tablett und brachte es zu seiner Mitgefangenen. Verlangend schaute sie auf das Brot und die Wurst. Seit gestern Mittag hatten sie beide nichts mehr gegessen. In der silbernen Kanne befand sich lauwarmer Kaffee.

Er füllte etwas in einen weißen Plastikbecher und reichte ihn ihr. Gierig versuchte sie, trotz der Verletzung, davon zu trinken. Das Brot und ein wenig Käse rupfte sie in winzige Stücke, bevor sie es sich zwischen die Lippen schob. Nach Möglichkeit vermied sie es, ihre Kieferknochen zu bewegen.

Markus machte sich Sorgen um sie. Die Stirn der Italienerin glühte. Sie musste Fieber haben und benötigte ganz dringend ärztliche Hilfe. Er glaubte nicht daran, dass Rosental seinen Vorschlag aufgreifen und einen Arzt holen ließ. Nur die Androhung des alten Nazis, dass sich die Glatzköpfe mit ihr beschäftigen würden, nahm er wirklich ernst. Er wollte gar nicht darüber nachdenken, zu welchen Grausamkeiten diese Leute fähig waren. Davor dürften sie auch die schlimmen Verletzungen nicht schützen.

Nach der Mahlzeit versuchte Markus sofort wieder, die Griffe an der Trage zu entfernen. Mit Gabrielas Gewicht darauf klappte es auf Anhieb. Wenig später hielt er zwei recht schwere Metallrohre in den Händen.

Sofort versuchte er damit, den Rollladen zu bearbeiten. Die abgeschraubten Griffe waren zu dick. Sie passten nicht zwischen die Lamellen. Erst als er die Blende einer Schreibtischschublade dazwischen zwängte und eines der Metallrohre wie einen Hammer benutzte, klappte es. Eines der Rohre steckte zwischen den Lamellen des Rollladens. Die Hebelwirkung reichte aus, das alte Holz brechen zu lassen.

Der Krach, der dabei entstand, war erheblich. Zwischendurch horchte er deshalb immer wieder zur Tür hin. Doch offenbar hörte es keiner. Rosental und seine Leute schienen sich ziemlich weit entfernt von ihnen aufzuhalten.

Jetzt konnte er nur darauf hoffen, dass niemand mehr kam, solange es draußen hell war. Etwaige Besucher mussten den Lichteinfall zwischen den Lamellen in dem ansonsten dunklen Raum sofort bemerken.

Markus verdrängte diese Erwägungen. Sie brachten nichts. Zudem hatte er keine andere Wahl. Sollten sie unerwarteten Besuch bekommen, würde er versuchen müssen, ihn mit den Metallrohren außer Gefecht zu setzen. Er rechnete sich eine kleine Chance aus, wenn es ihm gelang, sie beim Eintreten zu überraschen. Mit dem alten Mann selber sollte es keine Probleme geben.

Nachdem einige der Lamellen soweit zerbrochen waren, dass er hinausschauen konnte, hielt sich seine Zuversicht in Grenzen. Wie bereits vermutet, befanden sie sich in einem Dachzimmer. Das Dach unterhalb des Fensters fiel steil ab. Bis zur Dachkante waren es noch gut zwei Meter. Eine Flucht auf dem Weg, vor allem mit der verletzten Italienerin, beinhaltete ein hohes Risiko. Ein falscher Tritt auf dem Dach und sie würden mit Schwung über die Kante hinwegfliegen. Trotzdem mussten sie es versuchen. Alles war besser, als Gabriela und sich selber den grausamen Befragungen ihrer Peiniger auszusetzen.

Was sich direkt unterhalb der Dachkante befand, konnte er von seinem Standort aus nicht erkennen. Er schätzte, dass es da noch einmal etwa sieben bis zehn Meter in die Tiefe ging.

Dem Sonnenstand nach zu urteilen, musste es später Nachmittag sein. Zu sehen waren lediglich Wälder und Wiesen, aber nirgendwo Menschen. Auf einem Hügel stand ein gelbes Auto.

Doch selbst wenn der Fahrer zufällig in ihre Richtung blickte, konnte er ihn unmöglich sehen. Dazu war die Entfernung zu groß. Noch weiter entfernt sah er einen Bauernhof sowie mehrere Einfamilienhäuser. Doch auch da sah er niemanden.

Sie befanden sich irgendwo auf dem Land, doch er hatte nicht die geringste Ahnung, wo sie waren.

Nur mit Mühe schaffte er es, den Holzschreibtisch unter das Fenster zu schieben. Wegen den Schmerzen in der verletzten Schulter musste er immer wieder Pausen einlegen. Immerhin konnte er, bedingt durch sein Körpergewicht, den Griff der Trage viel wirkungsvoller einsetzen.

Als es dämmerte, waren die Lamellen soweit zerbrochen, dass er bereits den Kopf aus dem Fenster stecken konnte. Es tat gut, die frische Luft der Freiheit zu spüren.

Danach musste er abermals eine Pause einlegen, um die schmerzende Schulter wenigstens etwas zu schonen.

Viel Zeit gönnte er sich dafür nicht. Jederzeit konnten Rosental, Knoten oder deren Helfer auftauchen, um sie der angekündigten Befragung zu unterziehen. Verbissen bekämpfte er die Holzlamellen weiter.

Draußen war es bereits vollkommen dunkel, als er die Öffnung im Rollladen soweit vergrößert hatte, dass er auf das davorliegende, steil abfallende Dach steigen konnte. Mit aller Kraft hielt er sich am Fensterrahmen fest, während er vorsichtig die nähere Umgebung ausleuchtete.

Oberhalb ihres Mansardenfensters vermutete er eine kleine, natürliche Ebene. Genau konnte er es nicht erkennen. Er hoffte nur, dass Gabriela noch die Kraft besaß, um mit seiner Hilfe dorthin zu gelangen. Sie würden sich sehr klein machen müssen, um beide darauf Platz zu finden.

Dort angekommen, wären sie, jedenfalls für kurze Zeit, erst einmal in Sicherheit. Jeden, der seinen Kopf aus dem Fenster steckte, konnte er mit einem der eisernen Griffe notfalls den Schädel einschlagen.

Unter Umständen mussten sie auf dem Dach bleiben, bis es hell wurde. Spätestens dann sollte es ihnen gelingen, mit lauten Rufen jemanden auf sich aufmerksam zu machen.

Den Gedanken daran, dass sie dann für einen Gewehrschützen ein hervorragendes Ziel abgaben, verdrängte er ganz schnell. Bisher hatte er nur Pistolen gesehen. Damit würde es den Kidnappern schwerfallen, sie auf die Entfernung zu treffen.

31.

Eigentlich hatte Azusa nur vorgehabt, den Reha-Zentren und der Beauty Klinik einen kurzen Besuch abzustatten. Sie wollte an den Objekten nur langsam vorbeifahren, um sich ein Bild der Örtlichkeiten zu machen. Im Grunde genommen ging es ihr nur darum, Chiara ein klein wenig von ihren trübsinnigen Gedanken abzubringen. Möglicherweise wäre ihnen dort etwas aufgefallen. Danach wollte sie mit ihr nach Vaterstetten zurückkehren. Womöglich gab es dann positive Nachrichten von den Agenten oder ihrem Vater.

Auf der Fahrt kam Chiara ganz plötzlich der Einfall, zuerst die Schönheitsklinik in Bad Wiessee zu besichtigen. Ihr war in den Sinn kommen, dass Christine Landers bei dem Treffen in Venedig von einer Luxemburger Holding gesprochen hatte, deren Mehrheitsanteile sich insgeheim im Besitz des Freiherrn von Thurau befanden.

Azusa selber war es egal, wohin sie fuhren. Für sie ging es nur darum, ihre Begleiterin für einige Stunden abzulenken. Während der Autofahrt dämmerte ihr, dass Chiara zumindest den Versuch unternehmen würde, in das Gebäude zu gelangen.

„Hast du dir schon mal überlegt, was wir tun werden, sobald wir die Beauty-Klinik erreichen?", wollte sie von der Italienerin wissen.

„Was meinst du damit?"

„Na ja, mir ist längst klargeworden, dass du die Klinik nicht nur von außen besichtigen willst. Dort am Empfang sollten wir aber einen glaubwürdigen Grund für unseren Besuch angeben. Wir können schließlich nicht sagen, dass wir auf der Suche nach deinem Markus sind und ihn unbeschadet zurückhaben wollen."

„Danke, dass du mir hilfst. Zumindest werde ich den Versuch unternehmen, wenigstens einen Fuß in das Gebäude zu setzen. Ich bin ganz sicher, dass mir bis dahin ein Grund dafür einfällt. Erst einmal ist es gut für mich, dass diese endlose Warterei ein Ende hat und ich für Markus etwas tun kann. Die Gedanken daran, was ihm passiert sein könnte, bringen mich noch um."

Azusa versuchte mit einem kleinen Scherz die Italienerin abzulenken: „Ich kann mich ja bei der Gelegenheit erkundigen, ob mir die Ärzte dort einen ähnlich großen Busen wie den von dir machen können. Ich kann ja sagen, dass ich dich als Vorlage mitgebracht habe. Zumindest sollte das als Grund für unseren Besuch ausreichen."

Chiara antwortete mit einem gequälten Lächeln: „Oder ich frage mal nach, ob sie in der Schönheitsklinik eine Kinderärztin gebrauchen können."

Kurz vor der Autobahnausfahrt Holzkirchen meldete sich Azusas Vater über das Handy. Chiara hörte ihn laut schimpfen. Irgendwie gelang es ihrer Begleiterin, ihn zu beruhigen. Zum Abschied hauchte sie einen zärtlichen Kuss ins Telefon.

„Papa macht sich Sorgen. Er hat Angst, dass wir uns in Gefahr bringen."

„Ich habe gehört, wie du ihm etwas von einer Brustvergrößerung erzählt hast. Das wird ihm genauso wenig gefallen haben wie unser spontaner Ausflug nach Bad Wiessee."

„Ich habe ihm wahrheitsgemäß gesagt, dass ich mich nur über eine derartige Schönheitsoperation informieren möchte und keineswegs die Absicht habe, es machen zu lassen."

Das Navigationsgerät lotste sie ohne Umwege zu der gesuchten Adresse in Bad Wiessee. Das Gebäude befand sich am Rand der Ortschaft in einer Sackgasse. Zweimal fuhren sie durch die kleine Seitenstraße bis zur Einfahrt der Beauty-Klinik. Jedes

Mal, während Azusa ihren Wagen wendete, konnte sich Chiara einen kurzen Überblick verschaffen. Alles wirkte vollkommen ruhig. Nirgendwo gab es Anzeichen von Leben. Vielleicht schätzten die Kunden der Klinik gerade diese Abgeschiedenheit. Oberhalb des Gebäudes gab es einen kleinen Hügel, der sich hervorragend als Beobachtungsposten anbot. Chiara machte Azusa darauf aufmerksam.

Geschickt und mit sicherem Gespür lenkte die Asiatin ihren VW von der Hauptstraße weg über einen Feldweg zu genau dieser Anhöhe. Wie schon vermutet, lag nun der ganze Gebäudekomplex direkt unter ihnen.

Erst von hier aus konnten sie sehen, dass die Beauty-Klinik fast unmittelbar an den Tegernsee grenzte, nur durch einen Fußgängerweg von ihm getrennt.

Das Gebäude bestand aus zwei, eigentlich sogar drei Teilen. Von einem kleinen Parkplatz aus führte ein schmaler Kiesweg direkt zum neueren und ersten Teil der Klinik, in der sich die Anmeldung befand. Sie erkannten das Ende der Sackgasse wieder, an der Azusa ihr Fahrzeug gewendet hatte.

Der ältere Teil des Komplexes lag unmittelbar dahinter. Ein gläserner Durchgang verband die beiden Häuser. Dem Altbau schloss sich ein weiteres, aber fensterloses Gebäude an. Es endete mit einer Giebelseite direkt unter ihnen, vor der kleinen Anhöhe, auf der sie sich befanden. Links neben der Klinik gab es einen schmalen, asphaltierten Weg, der zu einem großen Tor führte.

Bei dem fensterlosen Anbau konnte es sich dem Aussehen nach um eine ehemalige Scheune oder Stall handeln. Der ältere Teil der Klinik musste vor

Jahren einmal ein Bauernhaus gewesen zu sein. Sämtliche Gebäudeteile machten rein äußerlich einen sehr gepflegten Eindruck. Großzügige Grünflächen mit vereinzelten Blumenrabatten umgaben die Klinik. Hübsche weiße Liegestühle, lose auf der Wiese verteilt, luden Patienten und Besucher zum Ausruhen ein. Einen Krankenwagen oder irgendwelche Menschen konnten sie nirgendwo entdecken. Es gab überhaupt keinen Anhaltspunkt dafür, dass sich hinter diesen Mauern Markus und die italienische Polizistin befanden.

Wie von Azusa vorausgesehen, beschloss Chiara daraufhin, der Klinik einen Besuch abzustatten. Natürlich wollte die Asiatin sie bekleiden. Was sollte schon groß passieren? Niemand wusste, wer sie waren. Mehr als rauswerfen konnte man sie nicht.

Nachdem sie ihr Fahrzeug auf dem kleinen Parkplatz abgestellt hatten, betraten sie den vorderen Teil des Hauses durch eine große, gläserne Tür.

Außer einem dezenten Schild neben dem Eingang deutete nichts darauf hin, dass sie sich in einer Klinik befanden. Die imposante Empfangshalle war mit dicken Teppichen ausgelegt und die Wände geschmackvoll getäfelt. Ein junges Mädchen mit langen, kastanienbraunen Haaren saß hinter einem zierlichen Tisch, auf dem sich lediglich Telefon, Notizblock sowie einige bunte Broschüren befanden.

Zuvorkommend kam sie ihnen entgegen. Nachdem Azusa sich etwas verlegen über die Möglichkeiten einer Brustvergrößerung erkundigte, wurde die Empfangsdame noch freundlicher. Sie wusste, wie man mit zukünftigen Kunden umzugehen hatte.

Die Besucherinnen bekamen eine farbige Broschüre überreicht und wurden sofort in eine Art Wartezimmer geführt. Dankend nahmen Chiara und Azusa den angebotenen Kaffee an.

„Ich werde mich sofort erkundigen, ob einer unserer Ärzte frei ist, der ihre Fragen vollständig beantworten kann."

Ein freundlicher Mann mit leicht angegrauten Haaren erschien wenig später und stellte sich als Dr. Schatz vor.

„Nur Schatz ohne i bitte. Nur meine Frau darf den Namen mit i aussprechen", versuchte er die sichtliche Verlegenheit der beiden Frauen zu überbrücken.

Trotz des weißen Kittels machte seine ganze Art eher den Eindruck eines geübten Verkäufers, als den eines Arztes. Mit einem abschätzenden Blick schien er sich auszurechnen, wie viel Euro sich die Besucherinnen ihre Schönheit kosten lassen würden. Zuvorkommend führte er sie in ein kleines Besprechungszimmer unmittelbar neben dem Empfang.

Sein Redeschwall dauerte fast dreißig Minuten. Zwischendurch legte er diverse Brustimplantate in allen möglichen Größen und Formen vor sie auf den Tisch. Neugierig nahmen beide Frauen die weichen Kunststoffteile in die Hände.

„Falls Sie mir gestatten, einen Vorschlag zu machen, möchte ich ihnen, bei ihrer zierlichen Figur, die kleinen bis mittleren Implantate empfehlen", wandte er sich Azusa zu. „Genaueres kann ich dann nach der ersten Voruntersuchung sagen."

Sehr ausführlich erklärte er ihnen noch, dass sie hier in der Klinik bei der Art von Operation einen kleinen Schnitt in der Brustumschlagfalte bevorzugten.

„Das Implantat wird zwischen Drüsengewebe und Brustmuskel gelegt. Der vollkommen ungefährliche Eingriff wird unter Narkose durchgeführt. Bereits nach einem Tag können sie die Klinik wieder verlassen."

Chiara glaubte zu sehen, wie Azusa bei den Erläuterungen des Arztes etwas blass um die Nase wurde.

Anschließend ging er ausführlich auf die Qualität der von der Klinik verwendeten Implantate ein. Schließlich schaute er die junge Asiatin an.

„Haben Sie sonst noch irgendwelche Fragen, die ich Ihnen beantworten kann?"

„Können Sie uns die Zimmer für die Patienten zeigen", schaltete Chiara sich in das Gespräch ein. „Meine Freundin muss doch wissen, ob sie sich hier auch wohlfühlt."

Bedauernd zuckte der Arzt mit den Schultern.

„Das ist im Augenblick leider nicht möglich. Alle Krankenzimmer sind zurzeit belegt. Unsere Patienten möchten natürlich nicht gestört werden. Wie ich Ihnen bereits vorhin sagte, ist bei einer Brustvergrößerung kein längerer Klinikaufenthalt nötig."

Er schlug die Seite in einer Broschüre auf und zeigte auf das Bild eines freundlich eingerichteten Raumes.

„So in etwa sehen alle Zimmer aus, in denen unsere Patienten während des Aufenthaltes wohnen. Zusätzlich bieten wir den Service eines Fünf-Sterne-Hotels. Sie dürfen sicher sein, dass es ihnen an nichts fehlen wird. Die Mahlzeiten können sie wahlweise im Zimmer oder dem Speisesaal einnehmen."

Während der Arzt weiter auf Azusa einredete, suchte Chiara unablässig nach einer Möglichkeit, das Krankenhaus auf eigene Faust zu erkunden. Sie glaubte zu spüren, dass sich Markus ganz in der Nähe befand.

Bedauernd musste sie schließlich zur Kenntnis nehmen, dass es ihr über den offiziellen Weg nicht gelingen würde, im Krankenhaus nach den beiden Gekidnappten zu suchen. Selbst wenn sie es schaffen sollte, ungesehen an der Empfangsdame vorbei ins Gebäude zu gelangen, dürfte es schwierig bis unmöglich sein, das Haus zu durchsuchen. Sie musste ständig damit rechnen, vom Personal aufgehalten und ausgefragt zu werden. Etwas niedergeschlagen verließen sie schließlich die Klinik.

Die Italienerin wollte nicht glauben, dass ihr Besuch hier umsonst gewesen sein sollte. Ein ganzer Tag war vergangen, ohne dass sie etwas von Markus gehört hatte. Eine weitere Nacht ohne ihn lag vor ihr. Verzweifelt bat sie Azusa, nochmals zu der kleinen Anhöhe zu fahren, von der aus sie bereits einmal die Klinik in Augenschein genommen hatten.

„Falls du die Absicht hast, dort mit mir zusammen die halbe oder sogar ganze Nacht zu verbringen, sollten wir uns vorher im Ort etwas zum Essen und Trinken besorgen", schlug Azusa mit einem augenzwinkernden Lächeln vor.

Inzwischen schien sie das Abenteuer geradewegs zu genießen. Sie dachte gar nicht daran, das Unternehmen gegen Chiaras Willen abzubrechen. Die war ihr dafür unendlich dankbar.

Es wurde bereits dunkel, als sie erneut auf der Anhöhe ankamen. Auf dem Gelände der Klinik gab es rund ein Dutzend Laternen, die hauptsächlich den

Parkplatz und die Zugangswege beleuchteten. Hinter den zugezogenen Gardinen einiger Fenster brannte ebenfalls Licht. Gelegentlich sahen sie, wie einzelne Fahrzeuge wegfuhren. Möglicherweise waren es späte Besucher oder Angestellte, die Feierabend machten und nach Hause fuhren. Seitlich von ihnen war die schmale Sichel des Mondes zu erkennen.

Beim Blick hinauf zum Himmel musste Chiara an die Abende auf der „NINA" denken. Wie oft hatten sie mit Markus noch zusammengesessen, dabei Wein getrunken und zu den Sternen geschaut. Es kam ihr vor, als würde diese traumhafte Zeit bereits Ewigkeiten zurückliegen.

Rechts unter ihnen konnten sie an den Lichtern einen Teil der Ortschaft erkennen. Von einem hell erleuchteten Dampfer mitten auf dem Tegernsee erklang laute Tanzmusik.

Etwas Ungewöhnliches konnten sie beide nicht entdecken. Es gab keine verdächtigen Gestalten, die sich heimlich durch Seitentüren in das Haus schlichen oder es auf diesem Weg verließen. Ungeduldig hofften sie darauf, wenigstens einen kleinen Hinweis auf die Anwesenheit von Markus zu bekommen.

Nach langweiligen zwei Stunden, in denen absolut nichts Wichtiges passiert war, dachten sie ernsthaft daran, nach Vaterstetten zurückzukehren. Genau in dem Moment sahen sie einen Mann, der vom Haupteingang kommend, zum rückliegenden, fensterlosen Teil des Gebäudekomplexes ging und das breite Tor aufschob.

Im Licht der Laternen sahen sie, wie kurz darauf ein Krankenwagen das Gelände verließ. Chiaras Erinnerung nach konnte es sich durchaus um dasselbe Fahrzeug handeln, mit denen man Markus und Gabriela weggebracht hatte. Gleichzeitig war ihr klar, dass es viele solcher Krankenfahrzeuge gab. Auch in den Krankenhäusern in Italien gab es sie.

Die Unterbrechung des eintönigen Wartens hatte die beiden Frauen wieder hellwach werden lassen. Ein schwacher Lichtschein in einem Mansardenfenster des Altbaus weckte schließlich erneut ihre Aufmerksamkeit. Kurz darauf verschwand er. Weitere fünf ergebnislose Minuten vergingen, bis die zwei Frauen abermals Licht in der Mansarde sehen konnten. Es bewegte sich. Mehrmals hintereinander ging es an und wieder aus. Für sie sah es so aus, als würde dort jemand im Schein einer Taschenlampe arbeiten.

Aufgeregt klammerte sich Chiara an den Gedanken, dass es sich bei der Person um Markus handelte. Azusa ließ sich von ihrer Unruhe anstecken. Konzentriert beobachten die Frauen vom Auto aus, was sich unter ihnen auf dem Dach tat. Wirklich etwas erkennen konnten sie beide nicht.

Vor Schreck schrien sie laut auf, als von draußen an die Seitenscheibe ihres Wagens geklopft wurde. Zwei männliche Nasen drückten sich an die Seitenfenster. Die dazugehörenden Gesichter sah man durch die beschlagenen Scheiben nur verzerrt. Darum dauerte es einen Moment, bis die Frauen sich von ihrem Schrecken erholten und die Nasen den entsprechenden Gesichtern zuordnen konnten. Ziemlich erleichtert stellten sie fest, dass es sich bei den Männern draußen um Zeev Zakin und Martin Müller handelte.

Chiara stieg kurz aus, damit die beiden in dem kleinen, zweitürigen Wagen auf die hintere Sitzbank klettern konnten.

„Hätten sie uns über Ihr Kommen nicht vorwarnen können? Wir haben uns vor Schreck fast in die Hose gemacht," schimpfte sie dabei.

„Das kann passieren, wenn man sich allein auf Entdeckungstour begibt", antworte ihr Müller. „Sollten Sie nicht im Haus von Herrn Freden darauf warten, bis wir uns melden?"

Ohne eine Antwort abzuwarten, fuhr er fort: „Mit Ihrer Vermutung, dass sich Hagen und die italienische Polizistin in dem Haus da unter uns befinden, könnten Sie durchaus Recht haben", klärte Martin Müller die Frauen auf.

Mit wenigen Worten erzählte er ihnen, wie sie hauptsächlich durch den Hinweis von Christine Landers darauf gekommen waren.

Der Deutsche verschwieg die harte Auseinandersetzung, die er mit Azusas Vater gehabt hatte. Erst der Israeli hatte ihn später doch noch dazu überredet, nach den beiden Frauen zu suchen.

Azusa schaute die Männer neugierig an: „Wieso haben Sie gewusst, dass wir uns hier auf diesem Hügel befinden?"

„Das herauszufinden war nicht allzu schwer", klärte Zakin sie auf. „Wir sind an der Klinik vorbei bis zum See gefahren und haben uns dann überlegt, von welchem Punkt aus man das Gebäude am besten beobachten kann. Letztendlich haben wir uns für diesen Hügel entschieden."

„Und da haben Sie sich überlegt, dass ein kleiner Spaziergang in der Dunkelheit Ihnen guttun würde.

Sie haben sich hier angeschlichen, um uns fürchterlich zu erschrecken?"

„So ungefähr", brummte Müller. „Wir konnten in der Dunkelheit doch nicht hier auf dem Hügel mit dem Auto spazieren fahren. Dieser Feldweg hier ist schließlich keine öffentliche Straße. Ein misstrauischer Landwirt hätte die Scheinwerfer sehen und sich fragen können, was wir hier machen. Bestenfalls wären wir als Liebespaar durchgegangen. Unseren Wagen haben wir auf einem Parkplatz am See gelassen."

„Wenn Sie nun ebenfalls der Meinung sind, dass sich Markus und Gabriela in der Klinik befinden, wäre es da nicht besser gewesen, gleich mit der Polizei zu kommen", wollte Chiara wissen. „Dann brauchte ich jetzt keinen Spaziergang über die Dächer der Gebäude zu unternehmen."

Entgeistert versuchte Müller, ihr ins Gesicht zu schauen. Von seinem Platz aus war das nicht ganz einfach.

„Was haben Sie vor?"

„Das habe ich doch soeben gesagt", entgegnete ihm Chiara. „Ich will versuchen, über die Bedachung der Scheune zu dem Mansardenfenster auf dem Altbau zu gelangen."

Der Gedanke war ihr schon vor Erscheinen der Männer im Kopf herumgegangen.

„Das machen sie auf keinen Fall", versuchte Martin Müller sie zu bremsen. „Wenn man sie entdeckt, wird man sie der Polizei übergeben. Dann haben sie eine Anzeige wegen Hausfriedensbruch oder sogar Einbruchs am Hals. Wieso glauben sie, dass sich Hagen ausgerechnet hinter diesem Fenster befindet? Vielleicht ist da nur ein Raum, in denen sich die Ärzte oder Krankenschwestern zwischendurch etwas ausruhen können."

„Sehen Sie den Lichtschein dort auf dem Dach. Dort bewegt sich jemand mit einer Taschenlampe."

„Und an diesem Licht wollen Sie erkennen, dass es sich dabei um Herrn Hagen oder Frau Capecchi handelt?"

Chiara wollte mit dem Agenten nicht diskutieren. Ihr Entschluss stand längst fest. Müller würde sie von ihrem Vorhaben nicht abhalten.

„Haben Sie eine bessere Idee? Wir zwei haben heute Nachmittag schon vergeblich versucht, den offiziellen Weg durch den Haupteingang zu nehmen. Leider sind wir nur bis zur Anmeldung gekommen."

Sarkastisch fügte sie hinzu: „Azusa hätte sich fast zu einer Schönheitsoperation überreden lassen. Jetzt werde ich auf das Dach steigen und nachschauen, um was es sich bei dem Lichtschein handelt. Daran wird mich niemand hindern. Falls es nur der Hausmeister sein sollte, lädt er mich eventuell auf eine Tasse Kaffee ein. Dann werde ich mit ihm ein wenig plaudern. In der Zwischenzeit könnten sie, zusammen mit Herrn Zakin und Azusa, die Umgebung der Klinik im Auge behalten. Sollte die Polizei kommen, können sie ja für mich ein gutes Wort einlegen."

„Falls der Lichtschein zu einem Handwerker gehört, wird er sich nicht wenig darüber wundern, wieso er ausgerechnet mitten in der Nacht und noch dazu auf dem Dach der Klinik, Besuch von einer jungen Frau bekommt."

Bevor Müller noch weitere Argumente vorbringen konnte, war Chiara aus dem Auto gestiegen. Sie schaute Azusa bittend an.

„Sollte mich jemand dort unten bemerken, dann starte irgendein Ablenkungsmanöver. Wenn es einen Weg über das Dach in die Klinik gibt, werde ich ihn finden."

Zeev Zakin stieg hinter ihr aus dem Fahrzeug.

„Ich bin zwar seit Jahren nicht mehr bei Dunkelheit auf fremden Dächern herumgeklettert, aber ich komme trotzdem mit. Etwas sportliche Betätigung kann mir nicht schaden. Für die Polizei wird uns gegebenenfalls eine Ausrede einfallen."

Der Israeli konnte in der Dunkelheit das dankbare Lächeln der Italienerin nicht sehen.

Sie wandte sich noch einmal an Azusa. Dabei übersah sie den deutschen Agenten geflissentlich.

„Dann passt du zusammen mit Müller auf, dass uns niemand in die Quere kommt. Solltest du nach einer Stunde nichts von uns gehört haben, rufe deinen Vater an. Wenn es bei uns irgendwelche Verzögerungen gibt, melde ich mich per Handy bei dir."

Azusa schaute überlegend auf Chiaras Fußbekleidung. „Du kannst doch nicht mit diesen hochhackigen Dingern auf dem Dach herumklettern."

Sie betrachtete ihre eigenen Schuhe. „Meine sind auch nicht viel besser, außerdem sind sie für dich wahrscheinlich zu eng. Im Kofferraum müssten noch die Bergstiefel meines Vaters und mir liegen. Wir sind vor ein paar Wochen zusammen wandern gewesen. Danach habe ich vergessen, sie wegzuräumen. Probiere sie mal aus. Selbst wenn sie nicht richtig passen sollten, dürften sie allemal besser sein als dein Schuhwerk. Im Kofferraum findest du auch eine kleine Taschenlampe."

Chiara musste Azusa Recht geben. Sie ärgerte sich darüber, dass sie nicht schon vor der Fahrt an andere, besser geeignete Schuhe gedacht hatte. Dankbar nahm sie darum den Ratschlag an.

Fredens Wanderstiefel waren eindeutig zu groß für sie, aber mit den kleineren Bergstiefeln von Azusa konnte es gehen. Zwar waren sie etwas zu schmal für ihre Füße, aber die Blasen, die sie deswegen möglicherweise bekam, nahm sie gerne in Kauf. Auch die Taschenlampe fand sie im Kofferraum und steckte sie in ihre Jackentasche.

Ohne zu zögern begann sie den Abstieg vom Hügel hinunter zu dem fensterlosen Anbau der Klinik. An den festen Schritten hinter sich hörte sie, dass der Israeli ihr folgte.

Nachdem sie die Dachkante der Scheune erreicht hatten, blieb Chiara stehen, um sich, trotz der Dunkelheit, einen Überblick über den vor ihnen liegenden Weg zu verschaffen. Die Lampen außerhalb der Klinik leuchteten nur die Umgebung in Bodennähe aus. Ihr Schein erreichte sie nicht. Obwohl ihre Augen sich längst an die Dunkelheit gewöhnt hatten, war es schwierig, Genaueres zu erkennen.

Das Dach der Scheune konnten sie bequem erreichen. Es war dicht an den Hang gebaut und der untere Teil mit der Dachrinne endete unmittelbar vor ihrem Hügel. Sie mussten versuchen, über die Regenrinne zum Altbau zu kommen. Von da an gab es dann Schneefanggitter, die ihr und Zakin beim Weiterkommen helfen würden.

Von ihrem Standpunkt aus konnten sie zu den zwei Mansardenfenstern sehen. Im Moment war kein Lichtschein mehr zu erkennen.

Die Schwierigkeit würde später darin liegen, von der Dachrinne aus über das sehr steile Dach des Altbaus bis zu diesen Fenstern zu gelangen.

Zeev Zakin war sich über das Problem ebenfalls im Klaren. Er glaubte, einen besseren Weg gefunden zu haben.

„Wir sollten zuerst bis zum Giebel der Scheune klettern, um von dort aus zum mittleren Teil des Gebäudes zu kommen", schlug er vor. „Das müsste zu schaffen sein. Der Teil des Daches ist lange nicht so steil wie auf dem Altbau."

„Und dann? Müssen wir wie Seiltänzer auf dem Dachfirst balancieren?"

Chiara hörte, wie der Israeli leise lachte.

„Wenigstens haben Sie Ihren Humor nicht ganz verloren. Wenn Sie genau hinsehen, müssten Sie auf dem Altbau etwas unterhalb des Firstes einen schmalen Steg erkennen. Jetzt in der Dunkelheit kann man nur ganz leicht den Schatten davon sehen. Ich nehme an, dass er dazu gedacht ist, dem Schornsteinfeger seine Arbeit auf dem Dach zu erleichtern."

Chiara musste sich anstrengen, um überhaupt zu erkennen, was Zakin meinte. Der Israeli schien verdammt gute Augen zu haben.

„Ist Ihnen auch schon eine Idee gekommen, wie wir von dort zu den Mansardenfenstern gelangen können?"

„Ich denke, dass uns an dieser Stelle die Schwerkraft helfen wird. Eine kleine Rutschpartie sollte uns zum Ziel bringen. Wir müssen uns nur vorher entscheiden, zu welchem der beiden Fenster wir möchten."

Nachdem Chiara ebenfalls den schmalen Steg auf dem Altbau zu sehen glaubte, gab sie Zakin Recht. Dieser Weg erschien auch ihr erfolgversprechender. Trotzdem machte sie sich nichts vor. Es war ein gefährliches Unternehmen. Oberhalb der Dachfenster gab es jeweils eine kleine flache Ebene. Genau dort musste es ihnen gelingen, ihre Rutschpartie vom Giebel aus zu beenden. Ansonsten würden sie bis zur Dachkante oder sogar darüber hinaus weiter rutschen.

Unklar blieb in diesem Augenblick, wie sie von der ebenen Stelle oberhalb des Fensters aus ins Haus kommen sollten. Falls der Lichtschein nicht von Markus oder Gabriela herrührte, sondern von einem Angestellten der Klinik kam, dürften sich Müllers Befürchtungen bewahrheiten. Mit großer Wahrscheinlichkeit würden die Leute die Polizei rufen.

Ebenso risikoreich war der Rückweg. Sollte es ihnen nicht gelingen, das Haus durch eines der unteren Geschosse zu verlassen, mussten sie, ohne dort abzustürzen, irgendwie zu der Regenrinne unterhalb des Fensters gelangen. Von da konnten sie den Rückweg zum Ausgangspunkt ihrer Kletterei antreten.

Chiara wusste selber nicht, woher ihre feste Überzeugung kam, dass der Lichtschein in dem Dachfenster von Markus oder Gabriela stammte. Bedauerlicherweise besaßen sie kein Seil. Damit wäre es ihnen möglich gewesen, sich gegenseitig bei ihrer Kletterpartie abzusichern. Sie überlegte kurz, ob es Sinn machte, im Inneren der Scheune danach zu suchen.

Zakin schien den gleichen Gedanken gehabt zu haben.

„Ich glaube nicht, dass wir in der uns verbleibenden Zeit ein Seil finden. Wenn wir das Dachfenster erreichen, sollten wir zusehen, in den dahinterliegenden Raum zu kommen. Dann finden wir auch eine Möglichkeit, die Klinik auf einem ungefährlicheren Weg zu verlassen."

Chiara nickte, war aber wenig überzeugt von dem, was Zakin sagte. Falls es einen anderen Weg als über das Dach gab, hätte Markus ihn längst gefunden.

Sie stieg zuerst auf das Scheunendach. Schon nach den ersten Schritten merkte sie, dass bereits hier das Vorwärtskommen schwieriger als gedacht war. Im Laufe der Jahre hatte sich darauf eine dicke Schicht Moos gebildet, die sie vorher in der Dunkelheit nicht sehen konnten.

Um nicht auszurutschen, setzte sie behutsam einen Schritt vor den anderen. Jetzt war sie wirklich dankbar für die Bergschuhe. Die dicken Profilsohlen gaben ihr wenigstens etwas Halt. Trotzdem musste sie sich mehr als einmal mit den Fingernägeln im Moos festkrallen, um nicht ins Rutschen zu geraten. Hinter sich hörte sie das Keuchen und leise Fluchen Zakins. Erleichtert atmete Chiara auf, als sie endlich den Giebel erreichte.

Um zu verschnaufen, legten sie eine kurze Pause ein. Azusas Auto war von ihrem Standort aus in der Dunkelheit nicht zu sehen. Trotzdem winkten sie hinüber.

Der Steg unterhalb des Giebels, den sie vorher von unten aus gesehen hatten, befand sich ebenfalls nicht gerade in einem vertrauenerweckenden

Zustand. Als Chiara mit den Fingern darüberstrich, merkte sie, dass er nicht nur schmal, sondern wie das hinter ihnen liegende Dach mit Moos überzogen und genauso glitschig war. Sobald sie nach unten zu den Laternen schaute, fühlte sie ein ziemlich flaues Gefühl in ihrem Magen.

Anfangs ging sie gebückt, sich mit einer Hand am Dachfirst festhaltend, über den Steg. Bereits nach den ersten Schritten wurde sie mutiger und lief aufrecht weiter. Sie vermied es, nach unten zu schauen und konzentrierte sich völlig auf das schmale Brett.

Oberhalb des Mansardenfensters, aus dem der Lichtschein gekommen war, blieb sie stehen. Etwa zwei Meter weiter befand sich ein großer Schornstein, der ihnen allerdings kaum von Nutzen sein konnte. Trotz der abendlichen Kühle hatte sie Schweißperlen auf der Stirn. Unterwegs musste sie sich an der Hand verletzt haben. Sie blutete leicht aus einer kleinen Risswunde.

Zakin kam unmittelbar nach ihr an. „Mein Gott, wie ich Höhen hasse. Ich hatte ganz vergessen, dass ich nicht schwindelfrei bin."

Mit der Taschenlampe leuchteten sie nach unten und betrachteten ihr mögliches Ziel. Die Ebene oberhalb des Fensters war viel kleiner, als sie es sich vorgestellt hatten, und zudem nicht ganz waagerecht. Sie beide zusammen würden da auf keinen Fall Platz finden.

Doch auch das konnte Chiara nicht aufhalten. Fragend sah sie Zakin an und prüfte dabei den Stoff seine Sakkos.

„Ich werde allein runtergehen müssen. Ihre Jacke scheint robuster zu sein als die meine. Wenn sie nichts dagegen haben, benutzen wir sie als Seilersatz. Sie halten einen Ärmel fest, während ich mich am anderen nach unten bewege."

„Ihre Idee ist gut, aber lassen Sie mich das machen. Mit einem etwaigen Gegner werde ich leichter fertig."

„Dafür sind sie um einiges schwerer und ich bezweifle, dass ich sie halten kann."

Chiara versuchte, ihre Nervosität hinter einem Lächeln zu verbergen.

„Sie müssen die Jacke nur gut festhalten. Ansonsten rutsche ich über den Sims hinaus." Ironisch fügte sie hinzu: „Achten Sie auf die Nähte an den Ärmeln. Wenn die aufgehen, habe ich nicht nur die versaut."

Der Israeli sah ein, dass die junge Frau mit ihrem Argument Recht hatte. Insgeheim bewunderte er ihren Mut.

„Können Sie mit einer Pistole umgehen?"

„Ich denke schon, dass ich es noch kann. Bei meinem Onkel in Avellino durfte ich gelegentlich auf Konservendosen schießen. Da hat es jedenfalls ganz gut geklappt. Ein Scharfschütze bin ich trotzdem nicht. Warum fragen sie?"

Zakin reichte ihr vorsichtig eine Pistole und zeigte, wie sie zu entsichern war. Chiara hatte keine Ahnung, wie er sie so am Körper verstecken konnte, ohne das es ihr aufgefallen war.

„Ihre Jackentasche dürfte groß genug sein, um sie dort zu verstauen. Aber schließen Sie den Reißverschluss und passen Sie auf, damit sie sich mit dem Ding nicht selber verletzen."

Prüfend wog sie die Waffe in der Hand. Trotz der geringen Größe war sie schwer und würde ihre Jacke nach unten ziehen.

„Danke. Ich hoffe, dass ich sie nicht benutzen muss."

Da sie für die Taschenlampe keinen Platz mehr fand, gab Chiara sie Zakin. Danach schlang sie sich den Ärmel seiner Jacke mehrmals um den rechten Arm, atmete tief durch. Ohne innezuhalten, rutschte sie langsam und ohne zu zögern die Schräge des Daches hinunter.

32.

Am liebsten hätte Markus laut geflucht, als er vor der Tür Schritte hörte. Er war soeben von einem Ausflug aufs Dach zurückgekommen und versuchte Gabriela zu erklären, wie sie womöglich aus ihrem Gefängnis entkommen konnten. Dabei wusste er noch nicht einmal, ob sie ihn überhaupt verstand. Ihr Gesundheitszustand hatte sich in den vergangenen Stunden drastisch verschlechtert. Mit fiebrigen Augen schaute sie ihn an und nickte nach jedem Satz.

Über das hohe Risiko, das sie bei der Flucht eingingen, sagte er lieber nichts. Er wollte sie nicht auch noch verunsichern. Sobald sie das steile Dach sah, würde sie selber erkennen, was auf sie zukam.

Trotzdem hatte er sich dazu entschlossen, sofort zu handeln. Mit jeder weiteren Stunde, die sie in dem Raum tatenlos herumsaßen, schwanden ihre Kräfte. Eher früher als später, würde der Zeitpunkt kommen, wo sich die Polizistin nicht mehr selber auf den Beinen halten konnte.

Er hatte darüber nachgedacht, allein zu fliehen und Hilfe zu holen. Der Gedanke daran, was die Verbrecher aus lauter Wut mit der jungen Frau anstellen würden, sobald sie seine Flucht entdeckten, gab den Ausschlag dafür, nicht ohne sie zu gehen.

All diese Überlegungen waren hinfällig. Wenn die Kidnapper jetzt den Raum betraten, würden sie den aufgebrochenen Rollladen sehen. Trotz der Dunkelheit draußen konnte man deutlich den Sternenhimmel erkennen.

Nur eine letzte, verzweifelte Möglichkeit, sein Notfallplan, blieb ihnen. Mit der Eisenstange in der Hand stellte Markus sich direkt neben die Tür. Vergeblich versuchte er, durch die Geräusche herauszuhören, wie viele Leute vor der Tür standen.

Mit einem kräftigen Ruck wurde die Tür von außen aufgerissen. Sofort ertönte wütendes Geschrei, als der aufgebrochene Rollladen von den Entführern entdeckt wurde. Eine andere Stimme fing an, lautstark zu schimpfen. Der Lichtstrahl einer starken Lampe huschte durch den Raum und traf die Liege, auf der sich die Italienerin befand. Unsicher blinzelte sie in das helle Licht.

Weitere Flüche und aufgeregtes Stimmengewirr ertönten, als sie den zweiten Gefangenen nicht gleich entdecken konnten. Er musste durch die Öffnung des aufgebrochenen Rollladens geflüchtet sein. In dem Fall war damit zu rechnen, dass schon bald die Polizei hier auftauchte.

Recht unvorsichtig trat einer der Leibwächter über die Türschwelle, um auch in die Ecken neben der Tür zu leuchten. Die Eisenstange traf ihn mit voller Wucht am Kopf über dem Ohr. Mit einem halblauten

Stöhnen sackte er unmittelbar vor Markus zusammen.

Geistesgegenwärtig wollte ein zweiter Mann ihn auffangen. Das war ein Fehler. Für einen kurzen Moment kam dessen Oberkörper ins Blickfeld des Gefangenen. Abermals schlug Markus mit aller Kraft zu. Der Mann verschwand aus seinem Sichtfeld. Trotz des schrillen Schmerzensschreis meinte er, das Brechen eines Schulterknochens zu hören.

In dem Augenblick war es ihm völlig gleichgültig, wie schwer er die Männer verletzte. Er kämpfte nicht nur um sein Leben.

Damit, dass die Gefangenen sich ernstlich wehren konnten, hatten die Kidnapper nicht gerechnet. Ohne sich weiter um den bei ihnen im Raum liegenden Kameraden zu kümmern, wurde die Tür von außen zugestoßen und eilig verschlossen.

Zu gerne hätte Markus auch Rosental oder Knoten mit der Stange erwischt, aber immerhin war es ihm gelungen, zwei der Glatzköpfe außer Gefecht zu setzen. Ein gutes Ergebnis, wie er fand.

Jetzt galt es, ihre Flucht durch das Fenster möglichst schnell zu bewerkstelligen. Unter Umständen standen ihnen dafür nur wenige Minuten zur Verfügung. Ihre Gegner hatten den aufgebrochenen Rollladen gesehen. Sie konnten sich denken, dass die Gefangenen schnellstmöglich fliehen würden.

Wie viele Männer standen Rosental und Knoten noch zur Verfügung? Sollten hier im Haus keine weiteren Leute sein, mussten sie sich einen anderen Plan ausdenken, um ihre Gefangenen erneut in ihre Gewalt zu bringen. Oder würden sie warten, bis Verstärkung eintraf?

Egal was sie jetzt planten, es dürfte dann ziemlich ungemütlich werden. Beim nächsten Mal würden sich ihre Gegner nicht so leicht überraschen lassen.

Hagen nahm sich nicht die Zeit, die Kopfverletzung des Bewusstlosen zu untersuchen. Er hoffte, dass der Schlag fest genug gewesen war, um ihn für längere Zeit außer Gefecht zu setzen.

Gabriela hatte das Geschehen von ihrer Trage aus verfolgt. Inzwischen war sie aufgestanden und versuchte langsam und unbeholfen, das offene Fenster zu erreichen. Dabei drohte sie immer wieder hinzufallen. Markus kam gerade noch rechtzeitig, um sie zu stützen. Trotz der eigenen, verletzten Schulter gelang es ihm schließlich, sie auf den Schreibtisch unterhalb des Fensters heben.

Das Denkvermögen der Polizistin schien unter den Verletzungen nicht gelitten zu haben. Die Erklärungen von ihm hatte sie verstanden. Mit seiner Hilfe schaffte sie es, sich aufzurichten.

Sofort schob sie Kopf und Schultern durch den aufgebrochenen Rollladen. Markus hörte ihr erschrecktes Keuschen beim Anblick des steil abfallenden Daches. Er konnte sich denken, was in dem Augenblick in ihrem Kopf vor sich ging.

Sollte sie irgendwo dort draußen ein Schwächeanfall bekommen, würde sie über das Ende des Daches hinaus in die Tiefe stürzen. Es war fraglich, ob das Schneefanggitter sie aufhalten konnte.

Die Polizistin versuchte, durch möglichst gleichmäßiges atmen, ihre ganze verbliebene Kraft zu bündeln und gleichzeitig die Angst vor der Tiefe zu unterdrücken.

Sie spürte den festen Griff von Markus zuerst an der Taille und später an den Beinen, als sie vorsichtig ins Freie stieg. Sie vermittelten ihr wenigstens etwas Sicherheit.

Ihr selber kam es wie eine Ewigkeit vor, bis sie schließlich auf dem Fenstersims stand. Sie musste sich einen Moment ausruhen.

Die frische Luft tat ihr gut. Oder war es nur die Erleichterung darüber, aus dem Gefängnis entkommen zu sein? Tief atmete sie die kühle Nachtluft ein. Wenig später merkte sie, wie ihr Lebenswille stärker wurde. Ihr fielen die Erklärungen von Markus ein. Irgendwie musste sie versuchen, das Flachstück oberhalb des Fensters zu erreichen. Würde er es schaffen, sie so festzuhalten, dass sie nicht nach unten stürzte?

Mit einer Hand tastete sie den oberen Teil des Mansardenfensters nach einem Halt ab, als ohne Vorwarnung etwas ihr Handgelenk umklammerte. Durch den Schrecken hätte sie fast die Balance verloren. Gerade noch rechtzeitig erkannte sie die Stimme Chiaras.

„Ich halte dich. Gleich bist du in Sicherheit."

Von der Tür her konnte Markus erneut Geräusche vernehmen. Die Kidnapper kamen zurück. Jetzt zählte jede Minute.

Falls ihnen genügend Männer zur Verfügung standen, würden sie vermutlich versuchen, sie mit einem Sturmangriff zu überwältigen.

Durch das Fenster glaubte er, eine weibliche Stimme zu hören, die mit Gabriela sprach und anschließend ihm etwas zurief, dessen Wortlaut er nicht verstand. Das konnte unmöglich sein.

Es dauerte einen Moment, bis er begriff, dass sich auf dem Dach über ihnen wirklich Chiara befand. Offenbar hatte sie mitbekommen, dass ihre Landsmännin ernsthaft verletzt war.

„Italienermädchen, du musst verrückt sein. Doch einen besseren Moment für dein Erscheinen hättest du dir nicht aussuchen können. Die Kidnapper werden jeden Augenblick versuchen, uns wieder in die Gewalt zu bekommen. Gibt es weitere Hilfe?"

„Zeev Zakin steht fünf Meter über mir auf dem Dach. Von da aus hat er allerdings keine Möglichkeit, einzugreifen. Und Müller sowie Azusa sind noch weiter entfernt. Du wirst mit meiner Hilfe auskommen müssen. Der Israeli hat mir seine Pistole mitgegeben."

„Wenn ich nicht schon bis über beide Ohren in dich verliebt wäre, spätestens jetzt wäre ich es."

Trotz der brenzligen Situation hätte Chiara am liebsten einen lauten Jubelschrei ausgestoßen. Ihr Gefühl, Markus hinter dem Dachfenster zu finden, war richtig gewesen. Er lebte und schien, wenigstens äußerlich, unverletzt zu sein.

„Ich steige zu dir runter, damit Gabriela meinen Platz hier über dem Fenster einnehmen kann. Für zwei Leute ist es hier zu eng. Halte sie fest. Sobald ich unten bin, kann ihr einer von uns beim Hochsteigen helfen."

Unmittelbar darauf sah er Chiaras Beine, die sich langsam heruntergleiten ließ, bis sie auf dem Fenstersims Halt fand. Von da aus sprang sie zu ihm ins Zimmer.

Für einen kurzen Moment spürte er ihren Atem im Gesicht und eine Hand, die seine Wange streichelte.

Zu gerne hätte er sie, wenigstens für eine Sekunde, an sich gezogen. Dazu blieb keine Zeit.

„Mit deiner Waffe kannst du mir den Rücken freihalten, während ich Gabriela nach oben schiebe. Es ist sehr wahrscheinlich, dass Rosentals Leute jeden Moment versuchen werden, den Raum zu stürmen."

Chiara versuchte, sich in der Dunkelheit zu orientieren. Derweil hielt sie die Pistole in Richtung der Tür, auf die Markus gezeigt hatte.

„Es ist sicherer, wenn du den Schreibtisch umkippst. Die Tischplatte ist ziemlich stabil. Da können sie dich nicht sofort sehen", hörte sie ihn rufen. „Sobald die Tür aufgeht, gib einen Warnschuss ab. Das dürfte Rosental und seine Männer erst mal davon abhalten, den Raum zu betreten. Danach legst du dich sofort flach auf den Boden."

Nur ungern ließ Markus sie zurück. In sich spürte er eine unsägliche Angst um sie.

Für ihn gestaltete sich die Rettung Gabrielas, bedingt durch die verletzte Schulter, anstrengender, als er gedacht hatte. Es war gar nicht leicht, sie auf die kleine Plattform zu schieben und dabei nicht selber das Gleichgewicht zu verlieren.

So gut es ihr möglich war, unterstützte sie ihn. Doch die ihr verbliebenen Kräfte ließen schnell nach.

Zakin hatte vom Dachfirst gehört, wie Chiara jemandem etwas zurief. Wenig später hörte er die Stimme von Markus, die ihr antwortete. Er war froh, dass sie mit ihrer Vermutung, ihn ausgerechnet dort zu finden, richtiggelegen hatte. Leider waren seine eigenen Möglichkeiten, helfend einzugreifen, ziemlich begrenzt. Mit dem schwachen Schein der kleinen Taschenlampe leuchtete er wenigstens die

Fläche über dem Fenster ab, damit Gabriela leichter Halt finden konnte. Erleichtert sah er wenig später, dass sie halbwegs sicher auf der Ebene oberhalb des Mansardenfensters saß.

Schnellstmöglich kletterte Markus zurück zu Chiara. Mit dem Handy am Ohr lag sie hinter dem umgeworfenen Schreibtisch. Trotz der Angst um sie war er unsagbar froh darüber, dass sie bei ihm war.

So als wäre ihre Situation die natürlichste der Welt, küsste er sie zärtlich aufs Ohr. „Plauderst du gerade ein bisschen mit einer Freundin oder sprichst du zufällig mit deiner Mutter?"

„Nein, Azusa ist am Telefon. Ich habe ihr gesagt, dass wir euch gefunden haben. Sie und Müller sitzen nicht weit von hier in ihrem Auto."

Markus nahm ihr das Gerät aus der Hand.

„Azusa kannst du mir Müller geben. Es eilt."

Unmittelbar darauf hörte er die Stimme des Agenten: „Herr Hagen, es freut mich ungemein ..."

Markus unterbrach ihn unsanft.

„Müller, jetzt ist keine Zeit für belangloses Geschwätz. Wir brauchen sofort Unterstützung."

Der Agent wollte etwas sagen, doch Markus ließ ihn nicht zu Wort kommen. „Dringend benötigt wird ein Notarzt und die Polizei findet hier auch genügend Arbeit. Ihre italienische Polizistin sitzt schwer verletzt auf dem Dach oberhalb eines Mansardenfensters. Also alarmieren Sie auch die Feuerwehr. Bei uns vor der Türe stehen mindestens drei bewaffnete Männer. Darunter wahrscheinlich Rosental und Knoten. Sie werden jeden Moment versuchen, den Raum, in dem wir uns aufhalten, zu stürmen. Zakin sitzt auf dem Dachfirst fest. Der kann uns nicht unterstützen. Kommen Sie mir jetzt nicht mit faulen Ausreden über

Zuständigkeit oder so. Lassen Sie sich was einfallen. Wir brauchen Hilfe, und zwar sofort."

Er drückte das Telefon Chiara wieder in die Hand.

„Ich kann nur hoffen, dass Müller diesmal das Richtige tut."

Vor der Türe schienen die Kidnapper immer noch über die geeignete Taktik zu diskutieren. Er hörte leise Stimmen.

Markus stand auf, um sich einen Platz hinter den Bücherkisten zu suchen.

„Ich liebe dich. Pass auf, dass du deinem zukünftigen Ehemann nicht aus Versehen eine Kugel verpasst."

Sie hatten Fehler gemacht. Zu viele Fehler, gestand Rosental sich ein. Es wäre besser gewesen, die Planung und Ausführung der Entführung sowie die Bewachung der Gefangenen von Anfang an kompetenten Männern der „Heimattreuen" zu überlassen. Knoten war dagegen gewesen. Er wollte nicht zu viele Leute aus München abziehen. Er brauchte sie für die Angriffe auf die Ausländerheime. Das war sein Projekt und es durfte nicht auch noch scheitern. Selbst die Männer, die Hagen und die Frau aus dem Geschäft in Bad Tölz entführt hatten, waren von ihm nach München zurückgeschickt worden. Deshalb standen ihnen nur noch seine eigenen „Soldaten" zur Verfügung. Wie sich jetzt herausstellte, hatten sie es noch nicht einmal fertiggebracht, die Gefangenen sicher unterzubringen.

Warum waren er und Knoten nicht auf die Idee gekommen, den Raum, der als Gefängnis dienen sollte, vorher gründlich zu untersuchen?

Stillschweigend hatten sie angenommen, dass ihre Leute das Nötige tun würden.

Zudem war es diesem verdammten Hagen gelungen, zwei seiner „Soldaten" auszuschalten.

Jetzt hatten sie nur noch Leo. Ausgerechnet der Dümmste von ihnen war noch unverletzt. Der andere saß mit zertrümmerter Schulter in einer Ecke und jammerte vor sich hin.

Den dritten hatten sie notgedrungen bei den Gefangenen zurücklassen müssen. Hagen dürfte längst dafür gesorgt haben, dass er ihnen nicht mehr behilflich sein konnte. Falls er noch lebte. Rosental hatte noch mitbekommen, wie ein schweres Rohr, mit voller Wucht, auf dessen Kopf knallte. Wie konnten die Gefangenen an so eine Waffe kommen?

Alles zusammengenommen, war das eine mehr als peinliche Bilanz. Den ehemaligen Journalisten zu unterschätzen, war ein großer Fehler gewesen. Trotz der dauernden Bewachung durch den Verfassungsschutz, hätten sie ihn bereits in Zadar aus dem Weg schaffen müssen. Dann wäre es in Venedig auch nicht zu dem Treffen mit Christine gekommen. Stattdessen waren sie zu zögerlich vorgegangen. Wollten durch seinen Tod nicht noch mehr Aufmerksamkeit auf sich ziehen. Letztendlich war das einer der Gründe für ihre derzeitige Lage. Und jetzt kam noch Knotens schwere Verletzung dazu.

Seit einer gefühlten Ewigkeit diskutierten sie nun bereits über ihr weiteres Vorgehen. Sie mussten einen Weg finden, um die Gefangenen schnell zu überwältigen. Den Geräuschen hinter der Tür nach zu urteilen, war es ihnen bisher nicht gelungen, über das Dach zu entkommen. Rosental ging davon aus, dass die Italienerin dazu nicht mehr in der Lage war. Er hatte ihre Gesichtsverletzungen gesehen. Hagen war nicht der Typ, der sie allein zurückließ.

Um Verstärkung aus München kommen zu lassen, war es zu spät. Bis diese in Bad Wiessee eintraf, dürften die Gefangenen einen Weg gefunden haben, um sich mit der Außenwelt in Verbindung zu setzen.

Jetzt mussten sie selber versuchen, die verfahrene Situation unter Kontrolle zu bringen. Jeder von ihnen war inzwischen mit einer Schusswaffe ausgerüstet. Rosental hatte zudem auf Schalldämpfer bestanden. Mehrere laute Schüsse hintereinander würden im Krankenhaus Aufmerksamkeit erregen. Mussten sie sonst noch etwas bedenken?

Schließlich war es Knoten, der weitere Überlegungen beendete.

„Länger dürfen wir nicht mehr warten. Wir müssen Hagen und die Frau jetzt sofort überwältigen. Sonst geben wir ihnen doch noch die nötige Zeit, um zu flüchten. Unter Umständen kann es für uns schon unangenehm werden, wenn sie vom Dach aus laut um Hilfe zu rufen. Sobald es hell wird, wird jemand vom Personal der Klinik sie hören und die Polizei alarmieren. Außerdem beginnen in knapp drei Stunden die Aktionen meiner Leute. Bis dahin will ich wenigstens wissen, ob Hagen uns den Aufenthaltsort von Christine nennen kann."

Rosental musste Knoten widerwillig Recht geben: „Dann bleibt uns keine andere Wahl, als den Raum zu stürmen."

Unbewusst schüttelte Rosental seinen Kopf. Niemals hätte er geglaubt, nochmals selber zur Waffe greifen zu müssen. Für solche Spielchen war er zu alt.

Zu dem einzigen ihnen verbliebenen „Soldaten" sagte er: „Wenn wir die Tür öffnen, fangen sie sofort an zu schießen. Anfangs sollten wir uns auf die Ecken neben der Tür konzentrieren. Hagen wird erneut versuchen, uns mit der Eisenstange anzugreifen. Ich übernehme die rechte Seite und sie die linke. Ralf Knoten wird uns Rückendeckung geben. Aber der Mann darf keinesfalls getötet werden. Ansonsten wäre die gesamte Entführung sinnlos gewesen. Versuchen sie, seine Beine zu treffen. Bei der Frau brauchen wir keine Rücksicht nehmen."

Knoten presste ein letztes Mal sein Ohr an die Tür. Vielleicht fand er doch noch heraus, in welchem Teil des Zimmers sich Hagen aufhielt. Vor wenigen Minuten hatte er von drinnen ein Poltern gehört. Einen Reim darauf konnte er sich nicht machen. Er deutete Rosental und dem „Soldaten" an, in die Hocke zu gehen.

Behutsam drehte Knoten den Schlüssel im Schloss herum und drückte die Klinke sanft nach unten. Noch einmal nickte er seinen Mitstreitern zu, bevor er mit einem kräftigen Ruck die Tür ganz aufriss.

Es war nur ein trockenes Husten zu hören, als Rosental und der letzte unverwundete „Soldat" wie verabredet jeweils zwei Schüsse in den Raum neben der Tür feuerten. Der Schein aus Knotens Lampe erfasste unterdessen den umgekippten Schreibtisch und das aufgebrochene Fenster. Auf den ersten Blick war nichts von ihren Gefangenen zu sehen.

Zuerst irritiert und mit einem Mal sehr erschrocken registrierten sie den lauten Knall eines Schusses. Er konnte unmöglich aus ihren Pistolen kommen. Erst nachdem Leo laut aufschrie und gleichzeitig zu Boden sank, wurde Knoten klar, dass sich die Gefangenen im Besitz einer Schusswaffe befanden. Geschockt, und trotz seiner Armverletzung schnell genug, sprang er in Deckung. Ein weiterer Schuss, verbunden mit einem Aufschrei, war zu hören.

Jetzt war die Lage völlig unübersichtlich. Wie konnte es den Gefangenen jetzt auch noch gelingen, an Schusswaffen zu gelangen? Knoten wusste, wann er eine Schlacht verloren hatte. Er musste sich zurückziehen und den Ort ihrer Niederlage schnellstens verlassen.

Beim Weglaufen drehte er sich noch einmal um. Rosental lag neben seinem Leibwächter auf dem Boden. Die Lampe in seiner Hand war erloschen.

Für ihn machte es keinen Sinn, sich noch um die Verletzten zu kümmern. Womöglich waren sie bereits tot. Er musste einen Weg finden, um ungesehen aus der Klinik zu kommen.

33.

Chiara weinte. Es waren Tränen der Erleichterung. Zärtlich und zugleich unendlich dankbar nahm Markus sie in die Arme.

„Es ist vorbei, meine tapfere Geliebte. Du musst nicht weinen. Leider ist uns Knoten entkommen. Ich kann nur hoffen, dass er bald gefunden wird. Dann hat der Spuk endgültig ein Ende."

Während Markus mit Chiaras Handy Müller anrief, hielt er sie weiterhin fest an sich gedrückt. Mit dürftigen Worten teilte er ihm mit, dass sie es geschafft hatten, Rosental samt seinen Männern, zu überwältigen. Lediglich Knoten war ihnen entkommen.

Ausführlicher unterrichtete er Müller über die Attentate, die von den „Heimattreuen" für diese Nacht geplant waren. Der Agent versprach, sofort in allen betroffenen Städten Alarm auszulösen. Sie mussten darauf vertrauen, dass die Polizei noch schnell genug reagieren konnte.

Sirenengeheul kam näher und erfüllte die bis dahin ruhige Nacht. Befriedigt stellte Markus fest, dass seine schroffen Worte von vorhin Wirkung gezeigt hatten. Jetzt kam Hilfe.

Er ging zum Fenster ihres ehemaligen Gefängnisses, um Gabriela, die weiterhin auf dem Dach saß, zu beruhigen.

„Bleiben Sie ganz ruhig sitzen. Nicht bewegen. Wir haben die Entführer überwältigt. Die Feuerwehr wird ihnen dabei behilflich sein, vom Dach zu kommen. Halten Sie es so lange aus?"

Ihre Antwort war nur schwer zu verstehen: „Ich kann warten, wenn es nicht ewig dauert. Mir ist ein bisschen kalt, aber ansonsten ist es zu ertragen."

Markus verspürte auf einmal einen stechenden Schmerz im Oberschenkel. Er kam ohne jede Vorwarnung. Ungläubig und entsetzt schaute Chiara zu, wie er sie ganz plötzlich losließ und mit einem Stöhnen zu Boden rutschte.

In der offenen Tür sah sie eine Bewegung. Dem verletzten Rosental war es gelungen, sich halbwegs aufzurichten. Konzentriert hielt er eine Pistole auf sie gerichtet. Im Licht des Korridors war er gut zu erkennen. Fast ein wenig höhnisch grinste er sie an.

Auf ihn und den anderen Verwundeten hatten sie in den letzten Minuten nicht geachtet.

Fast automatisch zielte Chiara mit ihrer eigenen Pistole auf ihn und drückte, ohne zu zögern, ab. Ein unterdrückter Schrei war zu hören, bevor der alte Mann zurückfiel und bewegungslos liegenblieb. Die Waffe mit dem aufgesetzten Schalldämpfer war ihm aus der Hand gefallen.

Schon bevor sie ihnen den Puls fühlte, ahnte sie, dass keiner der beiden Männer jemals wieder in der Lage sein würde, auf irgendjemanden zu schießen. Sie waren tot. Aus einem Reflex heraus schob sie deren Pistolen trotzdem mit dem Fuß aus ihrer Reichweite.

Etwa fünf Meter von der Tür entfernt sah sie einen weiteren Mann auf dem Boden sitzen. Er hielt sich die Schulter und jammerte halblaut vor sich hin.

Als wenig später in der Tür zwei Feuerwehrleute im Schlepptau von mehreren Polizisten auftauchten, war es ihr bereits gelungen, die Blutung an Markus Oberschenkel zu stoppen. Im Schein der Taschenlampe hatte sie die Wunde flüchtig untersucht und erleichtert festgestellt, dass keine größeren Blutgefäße verletzt worden waren. Markus lehnte still mit dem Rücken an der Wand und beobachtete sie bei ihrer Arbeit.

Chiara wich nicht von seiner Seite, als ihn zwei Sanitäter mit einer Trage zum Krankenwagen trugen. Vorher hatte sie den Feuerwehrleuten erklärt, wo sich die verletzte italienische Polizistin und Zeev Zakin befand. Sofort eilten sie zum Fenster, um sich ein Bild von der Lage zu machen. Der Israeli war bereits nicht mehr auf dem Dach über ihnen. Er hatte sich zu Fuß auf den Rückweg begeben.

Markus musste grinsen, als er die zahlreichen Polizeiautos, Feuerwehrfahrzeuge und Krankenwägen von der Schönheitsklinik stehen sah. Alle kreuz und quer durcheinander. Diesmal musste Müller bei den zuständigen Dienststellen anständig Dampf gemacht haben. Zudem hatte der Lärm etliche Ärzte sowie Krankenschwestern aus dem Haus gelockt. Verwundert betrachteten sie das Aufgebot an Polizei und Rettungsfahrzeugen. In den oberen Stockwerken waren fast hinter sämtlichen Fenstern die Lichter angegangen.

Ohne auf seine Proteste Rücksicht zu nehmen, schob man Markus auf einer Trage in einen Krankenwagen, wo Chiara noch einmal gründlich die Wunde am Oberschenkel untersuchte. An ihrem zufriedenen Gesichtsausdruck konnte er sehen, dass die Verletzung nicht allzu schwer war. Es tat ihm unendlich gut, sie so nah neben sich zu wissen.

„Deine Wunde muss gereinigt und genäht werden. Dann ist bald alles wieder in Ordnung. Du hast viel Glück gehabt."

„Wenn sie mich ins Krankenhaus mitnehmen wollen, können sie dort auch gleich meine Schulter röntgen. Da hat mich einer der Kerle mehrmals mit dem Schlagstock erwischt. Sie schmerzt ganz schön, aber ich hoffe, dass da nichts gebrochen ist."

Trotz Chiaras Proteste stieg Markus aus dem Krankenwagen, nachdem weitere der Kidnapper auf drei Bahren aus dem Haus getragen wurden.

Wie aus dem Nichts tauchte plötzlich Zeev Zakin neben ihnen auf. Im Schein der Blaulichter sah man die Anspannung in seinem Gesicht.

„Du hast da ein ganz schönes Gemetzel angerichtet, Markus. Einen der Glatzköpfe haben sie dort oben mit einer tödlichen Kopfverletzung vorgefunden. Ich kann mir denken, dass es dein Werk war. Rosental und der andere Leibwächter wurden durch Schüsse getötet, Sie werden uns nichts mehr verraten können. Lediglich einer der Glatzköpfe hat überlebt. Bei ihm scheint die Schulter gebrochen zu sein."

„Was ist mit Gabriela Capecchi? Wird sie versorgt?"

„Bei ihr ist soweit alles in Ordnung. Sie ist bereits auf dem Weg ins Krankenhaus. Feuerwehr und Sanitäter haben sich sofort um sie gekümmert. Ihr Gesicht schaut schlimm aus. Trotzdem machte sie schon wieder einen recht munteren Eindruck auf mich."

Markus ließ es vorerst unerwähnt, dass Chiara die Schüsse auf Rosental und einen der Glatzköpfe abgegeben hatte. Dafür war später noch Zeit.

Der Israeli schaute ihn fragend an: „Sind das jetzt alle Entführer oder gibt es noch mehr?"

Ärgerlich schüttelte Markus den Kopf. „Ralf Knoten ist es offensichtlich gelungen, sich vor dem Eintreffen der Polizei abzusetzen."

„Bist du sicher, dass er wirklich abgehauen ist? Oder kann er hier noch irgendwo sein?"

„Auf die Idee, dass er sich noch hier in der Nähe aufhalten könnte, bin ich bis jetzt gar nicht gekommen. Womöglich hat er sich in einem der Zimmer in der Klinik versteckt. Darüber solltest du mit der Polizei sprechen."

Zakin schien genug gehört zu haben. Bevor er jedoch verschwinden konnte, hielt Chiara ihn auf, gab ihm seine Pistole zurück und drückte ihm einen Kuss auf die Wange.

„Vielen Dank für Ihre Hilfe. Ohne Sie wäre ich nicht bis zu Markus gekommen. Dann wäre womöglich alles bedeutend schlimmer ausgegangen."

Der Israeli verzog überrascht das Gesicht und grinste: „Dafür hat sich die Kletterei auf dem Dach doch allemal gelohnt."

Sie sahen ihm nach, als er zu einigen Polizeibeamten ging und denen etwas erklärte. Mit mehreren von ihnen lief er, vorbei am Krankenhauspersonal, in die Klinik. Einen protestierenden Mann im weißen Kittel, vermutlich ein Arzt, schob er einfach zur Seite.

Zwei zivile Polizeifahrzeuge, nur an ihren blinkenden, blauen Lichtern zu erkennen, fuhren vor. Mit ihnen kamen Martin Müller und Azusa.

Chiara musste Markus für einen Moment loslassen, um die Asiatin zu umarmen.

„Danke, dass du mir geholfen hast. Ohne deine Unterstützung wäre das hier nicht möglich gewesen."

Danach versuchten beide Frauen, Markus davon zu überzeugen, sich sofort ins Krankenhaus bringen zu lassen. Seine Wunde am Schenkel blutete erneut. Der Verband hatte sich bereits rot gefärbt.

„Ich werde eure Anordnungen befolgen, sobald ich weiß, ob Zakin diesen Ralf Knoten gefunden hat." Sanft streichelte er über Chiaras Handrücken. „Ich muss es wissen." Eindringlich fügte er hinzu: „Er ist der wirklich Schuldige am Tod meiner Tochter. Vielleicht beantwortet er mir einige Fragen."

Ihre großen, braunen Augen schauten ihn etwas bedrückt an: „Zakin hat davon gesprochen, das Rosental und einer der Leibwächter durch Schüsse gestorben sind. Womöglich habe ich sie getötet."

„Das ist reine Notwehr gewesen. Mach dir darüber bitte keine Gedanken. Sie haben es mehr als verdient. Durch deinen Einsatz hast du vermutlich mein Leben gerettet. Rosentals nächster Schuss hätte mich woanders treffen können und dann wäre ich jetzt tot."

Chiara nickte: „Natürlich hast du Recht. Trotzdem ist es ein seltsames Gefühl, dass ich Menschen getötet haben soll."

Markus zog sie an sich. Er spürte ihren Atem an seinem Hals, als er ihr etwas ins Ohr flüsterte. Azusa schaute währenddessen diskret zur anderen Seite.

„Meinst du wirklich, dass es möglich ist? Müller und die Polizei werden in den nächsten Tagen noch viele Fragen an uns haben."

„Die können warten, bis wir zurück sind."

„Aber du bist verletzt und die Ärzte werden immer wieder nach der Verletzung sehen wollen. Außerdem wissen wir nicht, was mit deiner Schulter ist."

„Eigentlich bin ich davon ausgegangen, dass du Ärztin bist? Oder habe ich da etwas Falsches erzählt bekommen? Den Verband am Oberschenkel kannst du ebenso wechseln. Um die Schulter mache ich mir keine allzu großen Sorgen. Anfangs habe ich noch geglaubt, dass sie gebrochen ist. Nachdem ich sie doch relativ gut bewegen kann, dürfte es sich lediglich eine starke Prellung handeln. Die Röntgenaufnahmen werden das hoffentlich bestätigen. "

„Du meinst also wirklich, dass es möglich ist?"

„Natürlich. Eine bessere Pflege kann es für mich doch gar nicht geben. Tag und Nacht unter ständiger hautnaher, ärztlicher Betreuung kann mir kein Krankenhaus bieten."

Chiara lachte glücklich. „Wann denkst du, dass wir fliegen können?"

„Sobald wir zu Hause sind, werde ich zwei Plätze für die nächste Maschine nach Neapel buchen. Damit sollte es uns gelingen, Müller und seine Leute erst einmal abzuhängen. Ich denke, dass wir dort vor ihnen Ruhe haben. Glaubst du denn, dass deine Eltern den überraschenden Besuch ihrer Tochter und deren zukünftigen Ehemann verkraften werden?"

Ihr Gespräch wurde durch mehrere Schüsse, die aus dem Gebäude kamen, unterbrochen. Kurzzeitig brach Panik aus. Das Personal sowie einzelne Patienten liefen Schutz suchend zu den parkenden Fahrzeugen. Zivile und uniformierte Polizisten stürmten mit gezogenen Waffen in die Klinik. Ein Notarzt und zwei Sanitäter folgten ihnen in sicherem Abstand.

Die Feuerwehren, die das Gelände nach getaner Arbeit soeben verlassen wollten, stellten ihre Motoren wieder ab.

Es dauerte fast eine halbe Stunde, bis Zeev Zakin, gestützt von zwei Sanitätern, aus dem Gebäude kam.

„Mit unserer Vermutung lagen wir richtig. Ralf Knoten hatte es sich in einem leer stehenden Krankenzimmer gemütlich gemacht. Als wir dort nachgeschaut haben, hat er sofort geschossen. Dabei hat er mich an der Schulter getroffen.".

„Und wo ist er jetzt?", wollte Markus wissen.

„Ich war der bessere Schütze. Er ist tot. Eigentlich ist das schade. Ich bin überzeugt davon, dass er uns noch viel hätte erzählen können", gab Zakin gleichmütig zur Antwort.

Markus glaubte, in dessen Augen eine gewisse Zufriedenheit zu sehen. Daran musste er später noch oft denken.

Prolog

Ohne einen Teil der Verwandtschaft, allein mit Chiara durch Neapel zu spazieren, war zweifellos erholsamer, als ständig irgendwelchen Fragen ausgesetzt zu sein.

Seit mehr als einer Woche hielten sie sich bereits in ihrer Heimatstadt auf. Dies war ihre erste Gelegenheit, die Stadt zu durchstreifen, ohne von Mitgliedern des Bertone Clans begleitet zu werden.

Aus Chiaras Erzählungen wusste er zwar von ihrer zahlreichen Verwandtschaft, jedoch wäre ihm nie in den Sinn gekommen, dass sie so engen Kontakt hielten.

Nachdem Chiara ihn nach dem Frühstück verschmitzt anlächelte und den Vorschlag machte, mit ihm allein spazieren zu gehen, hatte er sofort zugestimmt. Für die wenigen Stunden Zweisamkeit musste sie einen harten Kampf mit ihrem Vater ausfechten, denn eigentlich war für diesen Tag der Besuch bei ihrer Patentante eingeplant gewesen.

Seit ihrer Ankunft in Neapel wurden sie von der Verwandtschaft regelrecht belagert. Als sie, vom Flugplatz kommend, vor dem Wohnhaus der Eltern im Stadtteil Piscinola aus dem Taxi stiegen, warteten bereits zahlreiche Tanten, Onkel, Cousins und Cousinen darauf, die Rückkehrerin zu begrüßen. Selbst Chiara hatte über das Aufgebot an Verwandtschaft nur entgeistert den Kopf geschüttelt.

Markus wurde freundlich, teilweise sogar herzlich begrüßt. Letzteres zeigte sich in den vielen Begrüßungsküssen der meist älteren Damen. Die jüngeren Frauen dagegen schüttelten ihm lediglich zaghaft die Hand.

Ein wenig amüsiert ließ er das Ganze über sich ergehen. Gelegentlich bekam er dabei von Chiara einen ihrer spöttisch hilflosen Blicke zugeworfen. Zusammen mit Markus so im Mittelpunkt zu stehen, war ihr geradezu peinlich. Doch um ihn brauchte sie sich keine Gedanken machen. Wie bereits in Kroatien beim Besuch der Verwandtschaft auf der „NINA", kam er mit der ungewöhnlichen Situation hervorragend zurecht.

Eigentlich wollte sie, dass sich ihre Eltern und Markus erst einmal ohne die restliche Familie kennenlernten.

Doch sie hatten die Nachricht ihrer Verlobung unter der gesamten Verwandtschaft verbreitet. Chiara ahnte, dass der Großteil von ihnen aus purer Neugierde gekommen war.

Später, wenn sie unter sich waren, würden sie über die vermeintlichen Vor- und Nachteile des zukünftigen Ehemannes diskutieren.

„Vermutlich hat die liebe Verwandtschaft bereits befürchtet, dass ich als alte Jungfer enden würde. Nun wollen sie unbedingt den Mann kennenlernen, der sich für mich geopfert hat", flüsterte sie Markus ins Ohr. „Selbst nach meiner Rückkehr aus Rom, hat es keinen solchen Ansturm gegeben. Und da war ich immerhin mehrere Monate weg."

„Vielleicht sollte ich mal die Frage stellen, wieso es unter den jungen Männern in Neapel nur Idioten gibt.

Wie konnten sie eine so ungewöhnliche Frau wie dich ohne männliche Begleitung aus der Stadt lassen?"

Markus verlor schon bald den Überblick darüber, wer zu wem gehörte und in welchem Verwandtschaftsverhältnis er zu Chiaras Familie stand.

Ihre Eltern akzeptierten ihn mit typisch italienischer Herzlichkeit sofort als weiteres Familienmitglied. Schließlich hatten sie oft genug miteinander telefoniert und sogar die ungewöhnliche Verlobung ihrer Tochter mit dem Mann aus Deutschland zusammen per Internet gefeiert.

Chiaras Mutter war eine herzliche Frau mit ebenso blonden Haaren. Auch die Figur hatte sie ihrer Tochter vererbt. Sie schloss Markus sofort in ihr Herz.

Ihr Mann schien mit der Auswahl seiner Principessa ebenfalls zufrieden zu sein. Es hatte ihm gefallen, wie herzlich der zukünftige Schwiegersohn auf die versammelte Verwandtschaft zugegangen war. Trotz der sprachlichen Schwierigkeiten hatte er sich mit ihnen bestens verständigen können.

An diesem ersten Abend in Neapel kamen ihre Eltern erst spät dazu, den zukünftigen Schwiegersohn besser kennenzulernen. Es dauerte seine Zeit, bis sich die Wohnungstür hinter dem letzten Besucher geschlossen hatte. Endlich konnten sie ihre zahlreichen Fragen loswerden.

Markus wusste ja inzwischen aus Erfahrung, dass Chiaras Vater ziemlich direkt sein konnte, aber an diesem Abend wollte er hauptsächlich wissen, wann und wo sie heiraten würden. Schließlich mussten sich alle gebührend darauf vorbereiten.

Chiara saß neben Markus und drückte ihm dankbar die Hand, als er ihren Vater fragte, ob die

Hochzeit auch in Neapel stattfinden könne. Immerhin war Chiaras Verwandtschaft um einiges umfangreicher als die seinige. Damit hatte er die letzten, eventuellen Vorbehalte beseitigt.

Alle redeten wild durcheinander. Mal antwortete Chiara ihrem Vater in italienischer Sprache, um dann plötzlich deutsch weiterzusprechen, wenn sie sich an ihre Mutter wandte. Unweigerlich protestierte er dann und sie kehrte wieder zu ihrer Heimatsprache zurück.

Von den gefährlichen Erlebnissen während der letzten Wochen erzählten sie vorsorglich nichts. Dadurch vermieden sie es, dass sich die Eltern noch nachträglich Sorgen machten. Die genähte Schusswunde an Markus Bein kam deshalb auch nie zur Sprache. Chiara versorgte die Verletzung, sobald sie allein waren. Mit dem Heilungsprozess war sie recht zufrieden. Mehr als eine kleine Narbe würde nicht zurückbleiben. Seine Schulter schmerzte zwar noch, aber durch ihre intensive Massage wurde es mit jedem Tag besser.

Am ersten Abend hatte ihre Mutter etwas sorgenvoll zu ihrem Vater geblickt, als sie spät in der Nacht schlafen gingen. Doch es kamen keine Einwände, als Chiara Markus wie selbstverständlich mit in ihr Zimmer nahm.

„Jetzt glaube ich wirklich, dass mein Vater es akzeptiert hat, seine Principessa mit dir zu teilen."

Zufrieden kuschelte sie sich in dem schmalen Bett an Markus.

„Du bist der einzige Mann, dem es erlaubt worden ist, in diesem Zimmer zu schlafen. Und dazu noch mit mir."

Bereits tags darauf waren sie bei wunderschönem Wetter, zusammen mit ihren Eltern und zwei älteren

Tanten, mit der berühmten Zahnradbahn zum Stadtteil Vomero mit dem mächtigen Castel Sant Elmo gefahren. Chiara wollte, dass Markus die schönsten Seiten ihrer Stadt gleich zu Beginn sah. Sie hoffte, dass er sie ebenso lieben würde, wie sie selber. Der Ausblick von der Festung aus über Neapel bis hin zum Vesuv war wirklich sehenswert.

Auf dem Rückweg besuchten sie eine Cousine und tags darauf waren sie bei einem Onkel, der mit seiner Frau außerhalb der Stadt wohnte, zum Mittagessen eingeladen. In diesem Rhythmus ging es täglich weiter.

Nach den Anstrengungen der letzten Tage war es ungemein erholsam, diesmal ganz ohne Anhang spazieren zu gehen.

Unaufhörlich und ziemlich gespannt hatten sie die Nachrichten aus Deutschland verfolgt. Selbst das italienische Fernsehen brachte eine Sondersendung nach der anderen.

In München waren Hundertschaften der Bereitschaftspolizei eingesetzt worden, um die Asylantenheime zu schützen. Dabei wurden zwei der Angreifer getötet und mehr als zwanzig von ihnen verletzt. Fünf Polizisten mussten ebenfalls mit Verletzungen im Krankenhaus behandelt werden. Es gab über vierzig Festnahmen.

In Duisburg kam die Polizei fast zu spät. In einem der Zielobjekte hatten die Nazis bereits Feuer gelegt und damit begonnen, die ausländischen Bewohner aus der Stadt zu jagen. Dutzende von den deutschen Anwohnern schlossen sich ihnen an. Schließlich setzte die Polizei Wasserwerfer ein, um das Treiben zu beenden. Weit über fünfzig Menschen wurden verletzt. Darunter ebenfalls zahlreiche Polizisten.

Tags darauf kam es in der Stadt spontan zu einer Demonstration, bei der sich Tausende Duisburger mit ihren ausländischen Mitbürgern solidarisch zeigten.

In den anderen Städten konnte die Polizei durch Großeinsätze ebenfalls das Schlimmste verhindert.

Der Verein „Die Heimattreuen" wurde auf Beschluss des Innenministers in ganz Deutschland verboten. Die Regierungen von Österreich und Italien schlossen sich an. Ein Großteil der Verantwortlichen konnte verhaftet werden. Immobilien und Geldmittel der „Heimattreuen" wurden beschlagnahmt. Bei zeitgleichen Razzien in den Vereinsheimen stellten die Beamten Computer sowie zahlreiche schriftliche Unterlagen sicher. Sie würden in den nächsten Wochen von den zuständigen Staatsanwälten ausgewertet werden. Die Freizeit- und Altersheime sollten vorläufig, bis zu einem endgültigen Gerichtsurteil, in die Obhut von Sozialämtern und Kirchengemeinden übergehen.

Der Justizminister der Bundesrepublik Deutschland gab kurz darauf bekannt, dass rassistische, fremdenfeindliche oder sonstige menschenverachtende Beweggründe in Zukunft bei der Strafzumessung für eine Tat besonders zu berücksichtigen sind.

Chiara und Markus waren letztendlich froh darüber, dass durch ihre Mithilfe Schlimmeres verhindert werden konnte. Jetzt blieb abzuwarten, was und ob sich in Zukunft wirklich etwas ändern würde.

Mit fast kindischer Freude führte ihn Chiara durch die engen Gässchen der Altstadt von Neapel, vorbei an zahlreichen, geheimnisvollen Kirchen und Eingängen, die teilweise zu Katakomben und unterirdischen Höhlen führen sollten. Sie versprach, diese geheimnisumwitterte Unterwelt an einem der nächsten Tage mit ihm zu erkunden.

Obwohl viel in der Welt herumgekommen, war es für ihn der erste Besuch in der Stadt. Es überraschte ihn, wie viel Schönheit und Lebensfreude sich hinter den alten Mauern verbarg. In Zeitungsberichten sowie Fernsehsendungen wurde Neapel immer nur in Zusammenhang mit Müllproblemen und Gangsterbanden erwähnt. Das, was sie wirklich ausmachte, kam darin viel zu kurz.

Übermütig grinsend meinte Markus: „Ich bin von deiner Stadt ein wenig enttäuscht. Wo sind die ganzen Müllberge? Und bis jetzt mussten wir kein einziges Mal vor eurer schießwütigen Mafia in Deckung gehen. Venedig ist viel gefährlicher gewesen."

Sie spazierten unter flatternder Wäsche und schreienden Fischverkäufern vorbei durch die Krippenstraße San Gregorio Armeno, besichtigten den Dom San Gennaro sowie die Kapelle Sansevero, in der geheimnisvolle, anatomische Maschinen zu sehen waren.

In Neapel ging es bedeutend lebhafter zu als in vielen anderen italienischen Städten, in denen Markus bisher gewesen war. Gelegentlich kam es ihm vor, als würden sich die meisten der Passanten untereinander kennen. Immer wieder blieben Leute vor ihnen unerwartet stehen, um irgendjemanden lautstark zu begrüßen.

Zur Mittagszeit kehrten sie in der Pizzeria Brandi ein. Hier hatte angeblich im Jahr 1889 der Pizzabäcker Esposito die weltbekannte Pizza Margherita zu Ehren der gleichnamigen Königin erfunden. Ungläubige Besucher konnten ein entsprechendes Dankesschreiben bewundern.

Danach fuhren sie mit der U-Bahn zur Uferpromenade. Das Wetter war so klar, dass sie einen Blick auf die Inseln Capri, Ischia und Procida werfen konnten.

Sie beendeten ihren Spaziergang an der Marina von Santa Lucia. Beim Anblick der vielen Jachten bekam Chiara regelrecht Sehnsucht nach ihrer „NINA".

„Würde es dir etwas ausmachen, wenn ich für die nächste Saison bei dir anheuere?" Sie blinzelte ihn unter ihren blonden Haarsträhnen hervor an. „Hier im Jachthafen musste ich sofort an unsere „NINA" denken, die jetzt verlassen in Jesolo liegt und auf das Frühjahr wartet. Es wäre schön, wenn sie hier in der Marina liegen würde und wir dort übernachten könnten."

„Ich habe bisher gelaubt, dass du in München deine medizinische Karriere starten möchtest?"

„Um den Anschluss nicht zu verpassen, kann ich vielleicht während der Wintermonate in einem Münchner Krankenhaus arbeiten. Glaubst du, dass es möglich sein wird? Vom kommenden Frühjahr an würde ich am liebsten mit dir zusammen auf der „NINA" fahren. "

„Ich selber bin von deiner Idee regelrecht begeistert. Falls du während der Wintermonate in einem Krankenhaus arbeiten möchtest, kann Freden dir bei der Jobsuche sicherlich behilflich sein. Er kennt überall die richtigen Leute. Vermutlich will er dann, dass ich in der Zeit gelegentlich für ihn schreibe. Sobald wir wieder in München sind, werden wir mit ihm darüber sprechen."

Als sie am Abend müde zurück zu ihren Eltern kamen, hatte ein Kurier einen Brief für Markus abgegeben. Überrascht betrachtete er den braunen, gepolsterten Umschlag. Es gab keinen Absender. Wer konnte wissen, dass er sich in Neapel aufhielt? Er hatte niemandem davon erzählt. Selbst sein Handy war seit der Ankunft ausgeschaltet geblieben.

Im Brief fand er eine DVD sowie eine kurze Nachricht: „Machen Sie damit, was Sie wollen. Müller."

Nachdem Chiaras Eltern schlafen gegangen waren, saßen sie bis in den frühen Morgen zusammen am Rechner. Sie lasen in Hunderten von Dokumenten, Briefen sowie Mails, die sich auf den Festplatten von Rosental und Knoten befunden hatten.

Zuerst nahm Markus sich die Dateien vor, die mit „Knoten" gekennzeichnet waren.

Professor Subkow hatte mit seinen Informationen Recht gehabt. Die Anschläge in Israel, die letztendlich zum Tod Ninas führten, hatte Ralf Knoten geplant. Damit hatte er den Tod des Bruders gerächt. Das ging unzweifelhaft aus den Aufzeichnungen hervor. Mit den Anschlägen wollte er den Israelis auch zeigen, dass es durchaus Möglichkeiten gab, sie für ihre Taten zu bestrafen.

In einer Art Tagebuch hatte Knoten sehr sachlich aufgezählt, nach welchen Kriterien er die späteren Attentäter auswählte. Aus seinen Aufzeichnungen ging hervor, dass jeder der beiden Männer vor ihrem Einsatz 50.000,00 Euro als Anzahlung bekommen hatte. Den gleichen Betrag sollten sie nach der Rückkehr aus Israel erhalten, soweit sie ihren Auftrag erfolgreich abschließen konnten. Über Zivkovic kam

Knoten an die Waffen, der sie durch Krajic nach Israel schaffen ließ. Der Führer der kroatischen Faschisten erhielt für die Dienste ebenfalls eine „Spende" von über 100.000,00 Euro.

Endlich bekam Markus Gewissheit darüber, warum seine Tochter sterben musste. Aus Sicht Knotens waren sie und alle weiteren unschuldigen Opfer lediglich bedauerliche „Kollateralschäden", die nun einmal bei solchen Aktionen passierten. Chiara hoffte für Markus, dass er jetzt, nach diesen vielen Jahren, endgültig Abschied von seiner Tochter nehmen konnte. Ihr strahlendes Kinderlächeln würde ihn für immer begleiten.

Schließlich öffnete er die Dateien mit dem Namen „Rosental/von Thurau".

Ein großer Teil ihres Inhaltes betraf den Schriftverkehr mit rechtspopulistischen Parteiführern in ganz Europa. Rosental schien kurz davor gewesen zu sein, die vielen kleinen und mittleren Parteien in den einzelnen Ländern in einer wirklich mächtigen europaweiten Organisation zusammenzuführen.

Zwischen den nationalen Parteien herrschte bereits Einigkeit darüber, welchen Weg man in Zukunft gehen würde, um unliebsame Einwanderer und Asylanten schnell abzuschieben. Die Regierungen der einzelnen Länder sollten mit den öffentlichen Forderungen der rechten Parteien dauerhaft unter Druck gesetzt werden.

Dazu hatte Rosental bereits einige Vorschläge seiner europäischen Kollegen aufgeschrieben: Diejenigen der Asylanten, deren Staatsbürgerschaft man nicht sofort ermitteln konnte, sollten bis zu ihrer Abschiebung in bewachten Arbeitslagern untergebracht werden. Dort mussten sie die Kosten ihrer Unterbringung abarbeiten.

Ebenso würde man mit den sogenannten „Sozialschmarotzern" umgehen, die wegen der besseren sozialen Versorgung aus den rückständigen Gegenden der EU in die reicheren Länder kamen. Man war sich einig darüber, dass es dabei hauptsächlich Sinti und Roma treffen würde. Die Kinder sollten in der Zeit von den Eltern getrennt und in speziellen Jugendheimen zwecks geordneter Erziehung untergebracht werden. Für die anfallenden Kosten hatten die Eltern ebenfalls aufzukommen. Man ging davon aus, dass sich diese Menschen dann schnell bereit erklärten, in ihre Heimatländer zurückzukehren.

Es gab eine Datei, in der sich sogar Berechnungen darüber fanden, wie viel Stunden jeder Einzelne arbeiten musste, um die Kosten seiner Unterbringung einschließlich der Verwaltung zu finanzieren.

Angeekelt von der Lektüre schaltete Markus den Rechner aus. Er wusste, dass die genaue Durchsicht der DVD ihn noch viele Stunden kosten würde. Durch seine Arbeit als Journalist konnte er ein wenig dabei mithelfen, dass niemand solche Pläne jemals in die Tat umsetzte.

Chiara hatte den Kopf an seine Schulter gelegt. Ihre großen, braunen Augen schauten ihn unsagbar traurig an.

„Glaubst du, dass es in Europa wirklich einmal so weit kommen kann? Dass es wieder Regierungen geben wird, die Konzentrationslager errichten, um Tausende von armen Menschen einzusperren? Die meisten von ihnen wollen doch nur dem Krieg und Elend in ihren Ländern entkommen."

„Ich denke und hoffe, dass es nie soweit kommt. Ich bin fest davon überzeugt, dass die Mehrheit der Menschen in Europa solche Pläne genauso verabscheut wie wir beide. Viele trauen sich nur nicht, es laut zu sagen. Wir müssen sie dazu bringen, gegen diese kranken Ideen auf die Straße zu gehen. Bei zukünftigen Wahlen dürfen sie ihre Stimme nicht solchen Volksverhetzern geben. Die Demonstration in Duisburg macht mir Hoffnung."

Chiara strich ihm zärtlich über die Wange.

„Ich bin sehr froh darüber, dass ich gerade dich kennengelernt habe."